國家社科基金
GUOJIA SHEKE JIJIN HOUQI ZIZHU XIANGMU
後期資助項目

楊維禎全集校箋 （五）

Notes and Commentary on the Complete Works of
Yang Weizhen

【明】楊維禎 著

孫小力 校箋

上海古籍出版社

卷五十一　鐵崖賦稿卷上之上

卷五十一　鐵崖賦稿卷上之上

伏蛟臺賦〔一〕

按真君許遜傳〔二〕：晉永嘉時，誅蛟精於鄱①〔三〕。蛟既誅，復埋鐵券於鄱湖口，植靈柏於西山，用制蛟之餘孽也。柏不幸毀於至正甲申。明年，鐵券走其所。鄱陽道士胡道玄於東湖之濱〔四〕，夜見神光燭天，電火下掣，於是就掣所得鐵券。遂築臺東湖之濱，曰"伏蛟"。仍瘞券其下，守以銅仙。始真君仙去時，言五陵當出地仙八百人〔五〕，振其教而嗣吾事者在鍾陵〔六〕。今鎮蛟之券千年而變，變而蛟復爲孽。一旦先幾俾道玄得之，豈非神陰有授於道玄，而符鍾陵之言乎！前太史虞公集已爲志其事〔七〕，而鐵笛道人楊維禎過其臺〔八〕，復爲之賦云：

神禹氏之鎖支祁也〔九〕，水帖東南，民宅下土。閲三千餘年而大江之西洪復，民復洪苦。曰有慎郎〔十〕，修容吐語。潛妖匿怪，出没洪所。或化黃牛，或嘯玄虎。呼之則靁作而鯨吞，吐之則雲湧而霧聚。利劍莫施於佽飛〔十一〕，犀兵曷用乎周處〔十二〕？於是汝南異人，旌陽宰官〔十三〕。當赤烏之歲，首降金鳳於人寰〔十四〕。馳神情於玄覽，縱道眼於遐觀。木夔無以肆厥詐，石魖無以遁其奸。嗟爾慎郎，遨游豫章。偷龍宮之寶藏，竊仙閨之異香。幻長眉而美目，被繡衣而繡裳。托交於長沙之市，而卒婿乎刺史之堂〔十五〕。方其載飲載食，且冠且裾。惡氣將蔽於南昌，腥涎薦被於鴻都。險何止乎鬼工，暴奚啻於鱷魚？法官方士，電策雷驅，又孰得以執其辜、俘厥誅乎？若乃策杖縮地，得旨太清。銅符鐵券，金丹寶經。五神告妖而首謁，三老指蹤而前迎。試三五之飛步〔十六〕，按三尺之蒼精。老蜃一斥，海波四平。靈柏消海桑之讖，鐵符垂帶礪之銘〔十七〕。要以一千年之久，制以八百師之冥。

嗚呼，真人功亦盛矣。劍光燭地，雷丁躑空，鍾陵之占斯應，西山之植攸同。宅臺是築，東湖之東。軼雲雨於天半，恬氾濫於地中。光地仙之故迹，建水府之新功。觀其西則雲氣冉冉，烟骨重重，雲君騎鵠,羽客呼龍,非逍遥真人之峰乎?瑶草披披,玉樹差差,錦魚上化,朱鷺齊飛,非洪崖仙子之磯乎〔十八〕?其東則青霞鳳騫,蒼蘿龍蜓②,簪牙啄月,旋題刷烟,非吴彩鸞寫韻之軒乎〔十九〕?西山雨歇,南浦雲停〔二十〕,竹窗雞語,華表鶴鳴,非徐孺子高風之亭乎〔二十一〕?挹其前則滕王之高③閣〔二十二〕,與秋屏而争聳〔二十三〕。拱其後則梅子貞④之坡〔二十四〕,與蘇墩而比隆〔二十五〕。是臺也,蓋將絶後而莫躡,追古而同風。鬼母泣乎當道,龍公返乎故宫。札瘥夭昏之氣弭,雪霜風雨之候從。蓋非旌陽之靈,不足以安千秋之治而符五陵之雄。非道玄之玄,亦不足以膺五百之運而應八百之功。是旌陽之道至道玄而益顯〔二十六〕,而道玄之澤與旌陽而罔窮也歟。賦已,於是復爲檄蛟之辭曰:

吁嗟蛟乎歸來乎,玉龍揚靈,蒼龍騰英,九天不可以邅升。吁嗟蛟乎歸來兮,豐隆裂膽,鬱攸焦頭,下土不可以久留。嗚呼,裂四海,碎九州,嗟爾蛟乎尚遨游。定乾綱,鎮坤維,四海一隅今同歸,吁嗟蛟兮爾何爲!臺伏蛟,礦銅石,民降土,奠枕席,吁嗟蛟乎無反側。

【校】

① 鐵崖賦稿兩卷,收録楊維禎賦共計五十篇,清人勞格據何元錫重編本影鈔校訂,續修四庫全書據以影印。今以此本爲底本,校以清鈔楊鐵崖先生文集一卷本。鄱:清人勞格校記曰:"元作'番',何改'鄱'。下同。"按:何氏,即清人何元錫,字夢華,杭州人。曾删編校勘鐵崖賦稿。其校改之處,勞格逐一過録。參見鐵崖賦稿卷首與卷末勞格識語。
② 蜓:勞格校記曰:"原作'蜿',何校。"
③ 高:何氏校本删。
④ 貞:何氏校本删。

【箋注】

〔一〕本賦當作於元至正五年(一三四五)胡道玄築成伏蛟臺之後數年之間,其時鐵崖游寓錢塘、吴興、姑蘇等地,授學爲生,與張雨、鄭元祐、成廷珪等交往頗多。繫年依據:張雨、鄭元祐、成廷珪等,皆爲胡氏伏蛟臺賦詩撰文。句曲外史集卷中載詩伏蛟臺胡道玄請題伯生有記;鄭元祐僑吴集卷三有詩活死人窩爲番陽胡道玄賦,同書卷九伏蛟臺記,乃臺成五年之後(即至正九年)所撰;元音卷十一載成廷珪詩道士胡道玄嘗以一舟往來洪之東湖扁曰活死人窩爲賦此。

〔二〕許遜:字敬之。先世許昌人,其父於漢末徙居南昌。許遜生而穎悟,從西安吳猛得神方秘法。與郭璞游,以修煉爲事。晉太康元年爲旌陽縣令,施行善政。後棄官東歸,訪女師諶姆,傳以道術。寧康二年,一百三十六歲,舉家同時昇天,雞犬亦随逐飛去。其事迹詳見旌陽許真君傳(載重刊道藏輯要要集)。

〔三〕誅蛟精:相傳許遜訪女師諶姆,傳以道術後。斬蛟誅蛇,爲民除害。慮豫章爲浮州,蛟螭所穴,乃於牙城南井鑄鐵爲柱,下施八索,鈎鎖地脉,由是水妖屏迹,城邑無虞。參見旌陽許真君傳。

〔四〕東湖:在南昌府城東隅,水清魚美。酈道元稱"東太湖"。參見江西通志卷七山川。鄭元祐伏蛟臺記:"至正四年秋,(胡道玄)君艤舟東湖,夜睹光怪赫然出隄南,即其地得鐵券一块,上有盟告之詞,則許仙斬蛟之埋銘也。"胡道玄:別號互盧子、神霄野客、申公等,番陽(今江西鄱陽)人。道士。相傳生有異禀,幼斷葷血,紙衣草屬。年二十餘,得王文卿真傳。"其道術每於水旱蝗疫有時,而取日雲天,借水淵泉,起瘵癘,殞蜈螣,其應皆章章可稽"。元中後期聞名浙閩,人稱神霄野客。舟游各地,扁曰"活死人窩"。與虞集、楊維禎、李存、鄭元祐等著名文人皆有交往。參見鐵崖文集卷四跋包希魯死關賦、卷五跋月鼎莫師符券,十八卷本玉山草堂雅集卷後二題互盧子詩,道園學古録卷二十五靈惠沖虛通妙真君王侍宸記、道園遺稿卷三題鄱陽胡仙伯活死人窩、俟庵集卷二十六寄詠胡道士活死人窩、成廷珪詩道士胡道玄嘗以一舟往來洪之東湖扁曰活死人窩爲賦此(載元音卷十一)、僑吳集卷三活死人窩爲番陽胡道玄賦、民國南豐縣志卷三十六仙釋傳等。

〔五〕"始真君"二句:旌陽許真君傳:"(許真君)預讖云:'吾仙去後一千二百四十年間,豫章之境,五陵之内,當出地仙八百人,其師出於豫章,大揚吾教。郡江心忽生沙洲,掩過井口者,是其時也。'"

〔六〕鍾陵:南昌古名。

〔七〕虞集:元史有傳。按:鄭元祐伏蛟臺記亦曰"奎章學士青城虞公爲之記"。今查虞集文集,未見爲伏蛟臺所撰記文,然道園學古録卷二十五靈惠沖虛通妙真君王侍宸記中,述及胡道玄事迹頗多。

〔八〕按:所謂"過其臺",或屬虛擬。至正年間,鐵崖似未曾涉足江西。

〔九〕支祁:太平寰宇記卷十六泗州:"按古嶽瀆經,云禹治水,三至桐栢山,乃獲淮渦水神,名曰無支祁。"

〔十〕慎郎:太平廣記卷十四許真君:"(許真君)後於豫章遇一少年,容儀修整,自稱慎郎。許君與之談話,知非人類,指顧之間,少年告去。真君謂門人曰:'適來年少,乃是蛟蜃之精。吾念江西累爲洪水所害,若非翦戮,恐致逃遁。'蜃精知真君識之,潛於龍沙洲北,化爲黃牛……真君屬聲而言曰:'此是江湖害物,蛟蜃老魅,焉敢遁形!'於是蜃精復變本形,宛轉堂下,尋爲吏兵所殺。"

〔十一〕佽飛:或作次非。吕氏春秋知分:"荆有次非者,得寶劍于干遂。還反涉江,至於中流,有兩蛟夾繞其船……次非攘臂祛衣拔寶劍曰:'此江中之腐肉朽骨也。棄劍以全己,余奚愛焉!'於是赴江刺蛟。"

〔十二〕周處:晉書周處列傳:"周處字子隱,義興陽羨人也。……處少孤,未弱冠,膂力絕人。……處乃入山射殺猛獸,因投水搏蛟。"

〔十三〕"汝南異人"二句:許遜先世爲許昌(今屬河南)人,故有此稱。曾於晉太康元年任旌陽縣令,故又稱"許旌陽",本文略爲旌陽。參見後文。

〔十四〕赤烏:三國時東吴孫權年號,公元二三八年至二五一年。真仙通鑑:"許真君遜,字敬之。吴赤烏二年己未,母夫人夢金鳳銜珠,墜於掌中,玩而吞之。及覺,腹動,因是有娠而生真君焉。"(載明董斯張輯廣博物志卷四十四。)

〔十五〕"幻長眉"四句:太平廣記卷十四許真君:"先是,蜃精(即慎郎)化爲美少年,聰明爽儁,而又富於寶貨。知潭州刺史賈玉有女端麗,欲求貴婿以匹之,蜃精乃廣用財寶,賂遺賈公親近,遂獲爲伉儷焉。"按:長沙曾爲潭州州治。

〔十六〕三五之飛步:雲笈七籤卷一百十七嚴譔掘洪州鐵柱驗:"許君與其師吴君得正一斬邪、三五飛步之術,制禦萬精,自潭州井中奮劍逐蛟,出於此井。"

〔十七〕帶礪:元梁益撰詩傳旁通卷七賜鐵券:"楚漢春秋:高帝初封侯者,皆賜丹書鐵券,曰:'使黃河如帶,泰山如礪,漢有宗廟,爾無絕世。'自漢以下,功臣賜鐵券。"此二句指真君鐵券。

〔十八〕洪崖:明胡應麟撰少室山房筆叢卷四十四玉壺遐覽三:"神仙家名號相類者,最易混淆……唐張氳得仙,慕古洪崖,因自號洪崖子。神仙通鑑遂以爲古洪崖姓張……傳又稱氳居豫章洪崖山,有石磯曰洪崖釣臺,石池曰洪崖硯池。氳自稱洪崖子,玄宗稱之曰洪崖先生。"

〔十九〕吴彩鸞:宣和書譜卷五:"(唐)女仙吴彩鸞,自言西山吴真君之女。太和中,進士文蕭客寓鍾陵。南方風俗,中秋夜婦人相持踏歌,婆娑月影中,最爲盛集。蕭往觀焉,而彩鸞在歌場中,作調弄語以戲蕭,蕭心悦之……蕭拙於爲生,彩鸞爲以小楷書唐韻,一部市五千錢,爲糊口計。然不出一日間能了十數萬字,非人力可爲也。"據江西通志卷三十八南昌府,寫韻軒即仙姝吳綵鸞寫孫恪唐韻處,位於南昌城南惠民門外。又,虞集記龍興紫極宫寫韻軒:"高據城表,面西山之勝;俯瞰長江,間乎民居官舍之中。"

〔二十〕南浦:大清一統志南昌府:"南浦,在南昌縣西南廣潤門外,往來艤舟之所,章江至此分流。唐王勃詩'畫棟朝飛南浦雲',即此。"

〔二十一〕徐孺子:後漢書徐稺傳:"徐稺字孺子,豫章南昌人也。"注:"謝承書曰'稺少爲諸生,學嚴氏春秋、京氏易、歐陽尚書,兼綜風角、星官、筭歷、河圖、七緯、推步、變易,異行矯時俗,閭里服其德化。有失物者,縣以相還,道無拾遺。四察孝廉,五辟宰府,三舉茂才'也。"又,方輿勝覽卷十九江西路隆興府:"徐孺子墓。圖經:'章水者,逕南昌城西,歷白社,其西有孺子墓。又北歷南塘,其東爲東湖,其北土洲上有孺子宅,號孺子臺。'"

〔二十二〕滕王閣:在南昌城西。

〔二十三〕秋屏閣:在南昌大梵寺之側,登眺可盡覽江山之勝。參見方輿勝覽卷十九隆興府。

〔二十四〕梅福:字子真。"真"或作"貞"。太平寰宇記卷一百六江南西道四洪州:"梅福宅在州東北三里,西接開元觀東西池,書堂餘址猶存。徐孺子宅在州東北三里。按洞仙傳,云孺子少有高節,追美梅福之德,仍於福宅東立宅。"按:洪州即豫章郡,下轄南昌等七縣。梅福傳見漢書。

〔二十五〕蘇墩:未詳。

〔二十六〕"是旌陽之道"句:鄭元祐伏蛟臺記:"世傳九州都仙輕舉時,嘗有縣記,謂後千年江心生砂磧,下掩井口,則其所斬之蛟當復出時,則有地仙八百人,而師則在豫章。於是鄱陽胡君道玄之生,適與縣記合。"

蒿宫賦[一]

按大戴禮及吕氏春秋,皆著成周蒿宫之事。然未嘗經載詩、書，而特見於秦、漢儒者之言，君子疑焉。或曰結萵以爲宮，如堯宮之茅、楚宮之蒲耳。清廟茅屋，亦以昭其儉也。以萵可柱，則方外之士談，如瓜之棗，如扇之桃，如船之藕，皆可憑信。後世誇大，如漢唐之君稱以符瑞者多矣，而皆未聞瑞萵之足以柱宮室也。歐陽子曰：“秦、漢之間，學者喜爲異説，如玄鳥、大人迹之類。以稷、契有聖德，故神其事耳〔二〕。”萵宮非此類也歟？愚生幸際盛時，不尚符瑞，敢假問答之辭，折衷以爲萵宮之賦。

客有洛下生，見於北京先生，曰：“昔蒼姬氏之作邑於豐也，實爲酆宮〔三〕，而不知爲周人之盛觀者，乃有鎬京之萵宮也。惟周之德，動於坤極，嘉禾既生，華平亦植〔四〕。曰神萵之高茂，挺若豫章之與松柏。仰卿雲之上承，垂甘露之下澤。大不知其幾圍，窮不計其幾尺。宣后皇之嘉樹，異凡卉之自形自色也。於時九經九緯，經涂九軌。左祖右社，前朝後市〔五〕。明堂大開，洛①寢中起。資修柱於神萵，創危棟之特峙。體唐木之不彫〔六〕，懲璇臺之傷②侈〔七〕。爾廼右靈臺，左辟雍。複道嬋娟，重屋玲瓏。四阿旁翼，大室中隆，萵宮法寢，在乎其中。天子不齋不戒，則不得戾乎斯宮。是蓋靈祇之昭鑒，而天人之所交通者也。天子於是穆穆其容，翼翼其敬。蝍蛆蠖濩，收視反聽。表賢簡能，班常布政。逆釐乎三神，祈福於百姓。斯萵宮之特名，於以昭揭上帝之休命也。後代靈宮異室，千門萬户〔八〕。建木蘭以爲橑，樹文杏以爲柱。尚詞臣之鋪張，移一時之誇詡。矧靈植之不常，而可以乏揄揚於往古乎？”

先生啞爾笑曰：“異哉，子之所聞也！吾聞諸爾雅：蘩之醜，秋爲萵。初生曰薂，暨長爲荻。艾萵爲冰臺，菽萵爲蔠薞蘿萵曰莪蘿，菣萵曰蔚牡。斥之曰邪，邢博士之正心〔九〕；剡之爲矢，張將軍之假手〔十〕。胡③有柱石之大材，爲梁棟之重負？借萵宮之有名，亦不過茅屋之昭儉於清廟而已耳。

在漢之時也，以果名宮：‘蒲萄’‘扶荔’〔十一〕；以木名宮：‘五柞’‘枌楂’〔十二〕；或‘菹若’而‘椒風’，或‘林蘭’而‘草蕙’〔十三〕。托物之芳，治德之穢。迨其宗祀乎明堂，封禪乎梁父〔十四〕。金芝九莖，產於齋房〔十五〕；玉獸并角〔十六〕，游於春圃。風聲來於西那④，連理植於樂府也。

在唐之日也，紫宮既正，離宮日繁，太和翠微，蓬萊含元〔十七〕，紫桂芳椒[十八],襄城飛山[十九],玉華合璧[二十],嶺秀峰蘭[二十一]。或義托地理,名取仙寰。而貞觀盛治之際,連理之木生於玉華[二十二],華平之花出於武關[二十三]。君臣動色,遐邇交觀。而神嵩之柱,亦未聞書其史宫⑤。故知嵩宫之事,述於秦、漢之儒,而不同嘉禾之登於書[二十四],棣華之頌於詩也[二十五],吾故疑其不如蘭橑杏梁之弗近誣也。況子徒知在古之嵩宫,而未知今日三雍之有宫也[二十六]。

方今聖天子嗣大歷服,治具一新。五皇⑥比德,三王同仁,萬國修乎方貢,四夷⑦坌其來賓。天子於明堂布政之宫,感尼父之嘆魯國[二十七],念孟軻之陳齊君[二十八]。昭修禮樂,統和天人。廣一元之所運,與萬物而爲春。於是陽岡儀⑧鳳,靈圃來麟,嘉禾協象,靈茅應辰。辟雍茁三秀之草,靈臺見五色之氛。諸福之物,莫不畢臻矣。子何徒信耳不信目,而尚拾陋儒之陳言,以啓萬代之君誇奇喜怪以爲神也?”

生於是逡巡避席,曰:“僕陋人也,徒聞法宫以嵩,未聞法宫以道也。微先生之教,則以中國靈嵩,求十丈之神蓮、千尺之影木於海外之島矣[二十九]。”遂喜而爲之歌曰:“堯茨不剪兮,禹室不穹。明堂啓周兮,有嵩之宫。匪嵩之爲瑞兮,儉德之崇。”

先生從而和之曰:“惟冀作宫,今之鎬兮。合宫同德,衢室⑨同道兮。明堂布政,天人之交兮。如松之茂,如木之苞兮。如地之員,如南山之高兮,吾不知宫之爲嵩不爲嵩兮。”

【校】

① 洛:疑當作“路”。

② 傷:原本作“喪”,據勞格校記改。

③ 胡:勞格改作“奚”。

④ 那:疑爲“郡”之誤寫。

⑤ 宫:當作“官”。

⑥ 皇:勞格改作“帝”。

⑦ 夷:勞格改作“遠”。

⑧ 儀:勞格改作“集”。

⑨ 勞格校記曰:“室,元脱,何補。”

【箋注】

〔一〕嵩宫:大戴禮記解詁卷八明堂:“周時德澤洽和,嵩茂大以爲宫柱,名嵩宫也。此天子之路寢也,不齊不居其室。"又,吕氏春秋卷二十召數議及明堂"蒿柱"。

〔二〕"歐陽子曰"六句:宋歐陽修詩本義卷十三取捨義:"秦、漢之間學者喜爲異説,謂高辛氏之妃陳鋒氏女感赤龍精而生堯,簡狄吞乙卵而生契,姜嫄履大人迹而生后稷。高辛四妃,其三皆以神異而生子。蓋堯有盛德,契、稷後世皆王天下數百年,學者喜爲之稱述,欲神其事,故務爲奇説也。"

〔三〕酆宫:左傳昭公四年:"成有岐陽之蒐,康有酆宫之朝。"

〔四〕華平:文選張衡東京賦:"植華平於春圃,豐朱草於中唐。"薛綜注:"華平,瑞木也。天下平,其華則平。有不平處,其華則向其方傾。"

〔五〕"於時"四句:周禮冬官考工記下:"匠人營國,方九里,旁三門。國中九經九緯,經涂九經九緯,經涂九軌。左祖右社,面朝後市。"

〔六〕唐木:蓋指陶唐之木,即堯時用於建房之木。韓非子五蠹:"堯之王天下也,茅茨不翦,采椽不斲。"

〔七〕璇臺:夏、商天子之臺,飾以美玉。晉皇甫謐帝王世紀:"(武王)命原公釋百姓之囚,歸璇臺之珠玉。"

〔八〕千門萬户:指建章宫。參見本卷太液池賦。

〔九〕邢博士:指北齊邢峙。北齊書儒林傳:"邢峙字士峻,河間鄭人也。……天保初,郡舉孝廉,授四門博士,遷國子助教,以經入授皇太子。峙方正純厚,有儒者之風。厨宰進太子食,有菜曰'邪蒿',峙命去之,曰:'此菜有不正之名,非殿下所宜食。'顯祖聞而嘉之,賜以被褥縑纊,拜國子博士。"

〔十〕張將軍:指唐人張巡。新唐書忠義傳:"張巡字巡,鄧州南陽人。……巡欲射(尹)子琦,莫能辨,因剡蒿爲矢,中者喜,謂巡矢盡,走白子琦。乃得其狀,使霽雲射,一發中左目,賊還。"

〔十一〕蒲萄宫:漢哀帝元壽二年,單于來朝,因起此宫,在上林苑西。參見太平寰宇記卷二十五。扶荔宫:漢武帝元鼎六年,破南越,起扶荔宫。宫以荔枝得名,在上林苑中。參見三輔黄圖卷三。

〔十二〕五柞宫:漢之離宫,在扶風盩厔。宫中有五柞樹,五柞皆連抱,上枝覆蔭數畝,因以爲名。參見三輔黄圖卷三。枌榆:木名。漢有枌榆宫,以木而名。參見古今韻會舉要卷十九。

〔十三〕"或菂若"二句:漢武帝時後宫八區,有昭陽、飛翔、增成、合歡、蘭林、披香、鳳凰、鴛鴦等殿,後又增修安處、常寧、茝若、椒風、發越、蕙草等殿。參見三輔黄圖卷三。

〔十四〕梁父:泰山下小山。參見史記秦始皇本紀。

〔十五〕“金芝”二句：漢書宣帝紀：“乃元康四年，嘉穀玄稷降于郡國，神爵仍集，金芝九莖產于函德殿銅池中。”

〔十六〕玉獸并角：論衡指瑞篇：“孝武皇帝西巡狩，得白驎，一角而五趾；又有木，枝出復合於末。武帝議問羣臣。謁者終軍曰：‘野禽并角，明同本也；衆枝內附，示無外也。如此瑞者，外國宜有降者。’”

〔十七〕含元宮：武則天時改爲大明宮。

〔十八〕芳椒：疑爲“芳樹”之誤。或指椒房殿。

〔十九〕飛山：疑指高山宮。

〔二十〕合璧宮：原名八關宮。

〔二十一〕嶺秀、峰蘭：指秀嶺宮和蘭峰宮。按：上述宮殿，詳見三輔黃圖卷三長樂未央建章北宮甘泉宮中宮室臺殿。

〔二十二〕玉華：宮殿名，貞觀二十一年七月，建於“宜君縣之鳳凰谷”。次年正月，宮中“李木連理，隔澗合枝”。參見舊唐書太宗本紀、玉海卷一百九十七唐玉華宮木連理。

〔二十三〕武關：位於今陝西丹鳳縣東南。

〔二十四〕嘉禾：書微子之命：“唐叔得禾，異畝同穎，獻諸天子……周公既得命禾，旅天子之命，作嘉禾。”

〔二十五〕棣華：詩小雅常棣：“常棣之華，鄂不韡韡。凡今之人，莫如兄弟。”

〔二十六〕三雍：漢書景十三王傳：“武帝時，獻王來朝，獻雅樂，對三雍宮及詔策所問三十餘事。注：應劭曰：‘（三雍宮）辟雍、明堂、靈臺也。雍，和也，言天地、君臣、人民皆和也。’”

〔二十七〕尼父之歎：禮記禮運：“昔者仲尼與於蜡賓，事畢，出游於觀之上，喟然而嘆。仲尼之嘆，蓋嘆魯也……孔子曰：‘嗚呼哀哉！我觀周道，幽、厲傷之，吾舍魯，何適矣！魯之郊、禘，非禮也，周公其衰矣！’”

〔二十八〕“念孟軻”句：孟子梁惠王下：“齊宣王問曰：‘人皆謂我毀明堂，毀諸？已乎？’孟子對曰：‘夫明堂者，王者之堂也，王欲行王政，則勿毀之矣。’”

〔二十九〕影木：拾遺記卷十瀛洲：“有樹名影木，日中視之如列星，萬歲一實，實如瓜，青皮黑瓤，食之骨輕。上如華蓋，羣仙以避風雨。”

金蓮炬賦〔一〕

曰若稽於唐之十五葉也〔二〕，偉大中之臣鄰〔三〕。上從諫之有主，下納誨之有人。蓋將進善政於貞觀之祖,而鑒至①亂於天寶之君者乎[四]!爾其群臣退朝,百司休署。守城憑萬雉之雄,司闔嚴九關之禦。合金獸之連環,閑千門而萬户[五]。朱樓月白,金鐘破夢以宵鳴;紫禁風清,玉漏穿花而夜語。時則天子兢兢圖治,不遑寧寐。沉吟金鏡,恭默丹宸。追創業之多艱,念守成之不易。夜迢迢其未央,思從臣之清議。

乃有詔於翰林,斯臣綯之在侍[六]。備顧問於玉音,揚大對乎九陛。曰嘉言之有補,裨聖聰之未至。天子於是下明命於司烜,徹金蓮之寶炬。因夜直於玉堂[七],來吾道夫先路。感明良之相逢,致千載之恩遇。是炬也,匪荷之蓋,匪葛之籠,取髓於丹豹,求膏於赤龍。粲爛兮金菡之英,煒煌兮蒼精之蟲。吐祥氛之五色,繽瑞氣之千紅。動彤庭之花影,見紫極之天容。蛾翅交飛,隔絳紗之暖霧;螭頭欲墜,落金剪之春風。誠可鄙"列錢"於西京[八],陋"青玉"於秦宫[九]。瑩若覿天威於咫尺,推光被於九重者乎!

嗚呼,吾觀是炬之光且榮也,于以揚天子之清光,于以昭聖人之明德。再觀是炬之錫而出也,非惟著唐主之仁愛,實以表臣綯之忠赤。沿後日之故事,宋翰林之有軾[十]。既賢主之簡知,宜希恩之嘉錫。一崇德而尚賢,法前王之遺則。偉内府之寶用,恭承恩於夜直。於是乎玉堂之儔,金馬之匹[十一],固當廣木天之餘光[十二],燭閭閻於隱側也。賦已,而爲之歌曰:

寶②炬降,黄金闕,射綵虹兮貫銀月。寶炬歸,白玉堂,映五星,輔三光。昭聖明③,揚忠烈,千秋萬歲光不滅。

【校】

① 至:何氏校本作"致"。

② 寶:原本作"實",據下文改。

③ 明:勞格改作"恩"。

【箋注】

〔一〕金蓮炬:愛日齋叢抄卷一:"唐令狐綯爲翰林承旨,夜對禁中,燭盡,宣宗命以金蓮花炬送還。此蓮炬故事之始。"又,北夢瑣言卷六劉蛻奏令狐相:

"宣宗以政事委相國令狐公,君臣道契,人無間然。"

〔二〕按: 即使不計武則天在内,宣宗實爲李唐第十七位皇帝。此謂之"唐之十
　　　五葉",不知何故。

〔三〕大中: 唐宣宗年號。

〔四〕至亂於天寶: 指發生於唐玄宗天寶年間的安、史之亂。

〔五〕千門而萬户: 指建章宫。此代指宫殿。參見本卷太液池賦。

〔六〕綯: 即令狐綯。新、舊唐書皆有傳。

〔七〕玉堂: 又稱白玉堂,指翰林院。

〔八〕列錢: 後漢書班固傳引班固西都賦: "金釭銜璧,是爲列錢。"注: "謂以黄
　　　金爲釭,其中銜璧,納之於壁帶,爲行列歷歷如錢也。"

〔九〕青玉: 酉陽雜俎前集卷十物異: "漢高祖入咸陽宫,寶中尤異者有青玉燈。
　　　檠高七尺五寸,下作蟠螭,以口銜燈,燈燃則鱗甲皆動,炳煥若列星。"

〔十〕"沿後日"二句: 述蘇軾故事。愛日齋叢抄卷一: "元祐間,東坡爲學士,草
　　　吕申公平章、吕汲公、范忠宣左右僕射制。夜,對内東門小殿,撤御前金蓮
　　　炬送歸院。"

〔十一〕金馬: 館閣名,用於整理秘文、撰述篇章,類似後世史館。參見宋程大
　　　昌撰雍録卷二説金馬門。

〔十二〕木天: 秘閣别名。宋沈括夢溪筆談卷二十四雜志: "内諸司舍屋,唯秘
　　　閣最宏壯。閣下穹隆高敞,相傳謂之'木天'。"

八陣圖賦

余嘗游於白帝城,覽於魚腹浦〔一〕。睹石磧兮依然,粲歷歷兮可
數。此非武侯八陣之圖,而綿亘於今古者乎!

是圖也,天衡在外,地軸居中〔二〕,八陣爲雲,八陣爲風。三十二
陽,則風與天衡而并位;三十二陰,則雲與地軸而共宗。天地之前,衡
爲虎翼;天地之後,衡爲飛龍。風爲蛇蟠,蜿蜒乎西北;雲爲鳥翔,軒
翥乎南東。蓋以天地風雲爲四正,以龍虎鳥蛇爲四奇〔三〕,而每二陣以
相從。凡行軍而會陣,或設疑而補伏,皆游軍二十四陣之功。中外有
輕重之互異,陰陽有剛柔之不同。主客先後之有數,彼此虚實之相
通。一守一戰,妙用無窮。固不知其端倪,亦孰明其始終! 撫遺迹以

夷猶,良有感於予衷。

　　想夫是圖既成,變化不測,乾坤回旋,山川失色。風淒雲慘,神號鬼泣。數定兮莫移,理妙兮莫測。極垂大法以示人,爛昭昭其如白日。彼常山之蛇[四],不足以言其仿佛;而"六花"之陣[五],不得以見其萬一。此唯所以思武侯於當年,而嘆天才之不易得也。方其漢業衰微,九州騰沸,孫權據吳,曹瞞僭魏[六],當時惟劉玄德,其猶漢室之裔乎! 而且三顧草廬,殷勤懇至,則武侯之出處,蓋在於天下之安危,而不在於一身之顯晦。蓋將繼炎劉四百之基,而不爲鼎足三分之計。其趣①劍閣之險①,有②全蜀之利。所以經營於胸中者,欲鹹魏吞吳,以克復漢家之神器;掃清中原,以造高光之盛際。而所謂八陣之圖,方將用夫一二。奈何人心雖定,天命不回。木牛流馬之徒巧,而秋風五丈之堪哀[七]。街亭既往而莫及[八],祁山徒至於載來[九]。何上天之相厄③,使大業之中頹。愚於是頌出師之表,撫八陣之圖,而知其忠誠貫日月,氣節橫風雷。惜乎天不遂其志,而用不盡其才也。乃爲之歌曰:

　　天下兮三分,漢業兮如雲。彼蒼蒼兮何心,使吾侯兮功不成! 八陣圖兮魚腹浦,我思侯兮心獨苦。天地兮無窮,與斯圖兮終古。攀古柏之虬枝兮,拜④君侯於祠下。

【校】

① 趣:勞格校記作"趨"。險:原本作"除",據勞格校記改。
② 有:勞格校記作"負"。
③ 勞格校記曰:"厄,元脱,何補。"
④ 拜:原本作"肆",據勞格校記改。

【箋注】

〔一〕魚腹浦:或作"魚復"。太平寰宇記卷一百四十八夔州:"按郡國記,白帝城,即公孫述至魚復,有白龍出井中,因號魚復爲白帝城。劉先主改魚復爲永安。"參見麗則遺音卷三八陣圖注。

〔二〕"天衡"二句:明王應電撰周禮翼傳卷二:"八陣,總以天地風雲四者爲名。天地取其動靜開闔,風雲取其往來屈伸。衡者,車駕馬以行,天衡十六陣包陣外,猶天之運乎外,故曰天衡。軸者,車持輪不動,而輪之運由之,地軸十二陣主陣内,猶地之静而化生萬物,故曰地軸。"

〔三〕四正四奇:或稱"八奇",參見麗則遺音卷三八陣圖注。

〔四〕常山之蛇:參見麗則遺音卷三八陣圖注。

〔五〕六花陣法:唐李靖效法八陣圖所創。明楊時偉諸葛忠武書卷九遺事:"唐太宗問李靖曰:'卿所製六花陣法,出何術乎?'靖曰:'臣所本諸葛亮八陣法也。大陳包小陳,大營包小營,隅落鈎連,曲折相對,古制如此。臣爲圖因之,故外畫之方,内環之圓,是成六花。'"

〔六〕曹瞞:指曹操。曹操小字阿瞞。

〔七〕五丈:三國志諸葛亮傳:"(建興)十二年春,亮悉大衆由斜谷出,以流馬運,據武功五丈原,與司馬宣王對於渭南……相持百餘日。其年八月,亮疾病,卒于軍,時年五十四。"

〔八〕街亭既往莫及:諸葛亮用馬謖督諸軍而街亭失守,導致士卒離散,進無所據,乃拔西縣千餘家還漢中。詳見資治通鑑卷七十一。

〔九〕祁山徒至於載來:諸葛亮於建興六年春,率諸軍攻祁山,因街亭失守而敗于魏將張郃。九年春,諸葛亮復出祁山,射殺張郃。詳見三國志諸葛亮傳。

太液池賦

維漢武皇,威武奮揚。外夷①賓服,中國富强。侈千門而萬户,壯城池之金湯〔一〕。羌有感於多士,肆多慾以祈長生。於是神明通天〔二〕,望鶴柏梁〔三〕。廓神游乎八極,而資大漢之靈長。爾乃鑿太液之神池,壯清觀於未央〔四〕。倒青天兮練净,耿銀河兮鏡明。三山鼎峙以中立,魚龍踏浪而群驤。石鯨吼壺天之翠雨〔五〕,白麟舐丹鼎之玄霜。花島春晴,舞藏珠之神鳥;滄洲雲暖,覆映木之瓊芳。俾②奇景之畢睹,與瀛海而相望。

天子於是闢石室,開金堂。御以飛龍之舟,揭以雲霓之幢。啓青鸞之琅械〔六〕,邀金母之瑶裝〔七〕。授五嶽之真圖,賜紫錦之霞囊〔八〕。奏瑶池白雲之曲〔九〕,鼓崑丘彩鳳之簧。啖千歲之蟠實,酌九天之神漿。殆將脱腥腐而輕舉,馭浩氣而高翔。遠而望之,何異引風驃於弱水;近而視之,其猶遡星槎於天潢。睇始元之黄鵠,眦儀鳳之蹌蹌。

感靈瑞之來備,符漢德之明昌。翼後王之繼作,仍於此乎徜徉。幸飛燕於雲舟〔十〕,馱虯龍而并行。觀鳴鶴之小娃,擷菱藚之秋香。肆羅襪之淩波,結翠縷於珠裳。勑伏飛之金鎖〔十一〕,纜桂枻於滄浪。颯涼風之西來,慮弱質之莫當。故七寶避風之榭〔十二〕,又截然屹立乎其傍。

嗟斯池之淫湎,其能衍漢澤於無疆!厥後玉環繼迹〔十三〕,流殍于唐。築高臺之百尺,挹明月之夜涼。始霓裳之歌舞,終"錦褓"之荒亡〔十四〕。則是池也,適爲禍國之穽,而不足以爲治國之光。嗚呼,影常娥於皓月,獲巨魚之明璫。飲秦酒之鐵杯〔十五〕,乘昆明之樓航〔十六〕。是皆無益於治道,吾獨怪忌諫於忠良。此所以騷人墨客感慨於百世之下,徒資弔古之彷徨。

噫嘻,安得澤吾善也,有周文之靈沼〔十七〕;除吾惡也,有大禹之刑塘〔十八〕。然後傾太液之水,以一洗武皇之宴荒也哉!

【校】

① 夷:勞格校記作"裔"。
② 俾:勞格校記作"偉"。

【箋注】

〔一〕"維漢武皇"六句:史記封禪書:"(武帝)作建章宮,度爲千門萬戶。前殿度高未央,其東則鳳闕,高二十餘丈。其西則唐中,數十里虎圈。其北治大池,漸臺高二十餘丈,命曰太液池,中有蓬萊、方丈、瀛洲、壺梁,象海中神山龜魚之屬。"

〔二〕神明:臺名。文選班固西都賦:"神明鬱其特起。"李善注:"孝武立神明臺。"通天:臺名。漢書武帝紀:"(元封)二年冬十月……作甘泉通天臺。"

〔三〕望鶴:即望鵠臺。三輔黃圖臺樹:"未央宮有鉤弋臺、通靈臺、望鵠臺。"柏梁:臺名。漢武帝元鼎二年修建。或謂臺有梁百根,故名。或曰梁材爲香柏,故稱。詳見漢書武帝紀。又,太平廣記卷二百九十一宛若:"漢武帝起柏梁臺,以處神君。神君者,長陵女,嫁爲人妻,生一男,數歲死。女悼痛之,歲中亦死。死而有靈,其姒宛若……武帝即位,太后迎於宮中祭之,聞其言不見其人。至是神君求出,乃營柏梁臺舍之。"

〔四〕未央:史記高祖本紀:"蕭丞相營作未央宮。"正義:"括地志云未央宮在雍州長安縣西北十里長安故城中。”

〔五〕“魚龍”二句：三輔黄圖卷四池沼：“（上林苑昆明）池中有豫章臺及石鯨。
刻石爲鯨魚，長三丈，每至雷雨，常鳴吼，鬐尾皆動。”

〔六〕青鸞：相傳西王母以青鳥爲使傳信。參見鐵崖先生古樂府卷二三青鳥。

〔七〕金母：即西王母。

〔八〕“授五嶽之真圖”二句：漢武帝内傳：“帝又見王母巾笈中有一卷書，盛以
紫錦之囊，帝問：‘此書是仙靈方耶？不審其目可得瞻盼否？’王母出以示
之曰：‘此五嶽真形圖也。’”

〔九〕白雲曲：穆天子傳卷三：“天子觴西王母于瑶池之上，西王母爲天子謡曰：
‘白雲在天，山陵自出。道里悠遠，山川間之。將子無死，尚能復來。’”

〔十〕飛燕：指趙飛燕。趙飛燕外傳：“於太液池作千人舟，號合宫之舟。池中
起爲瀛洲榭，高四十尺。帝御流波文縠無縫衫，后衣南越所貢雲英紫裙，
碧瓊輕綃廣榭上。后歌舞歸風送遠之曲，帝以文犀簪擊玉甌，令后所愛侍
郎馮無方吹笙以倚后歌。”

〔十一〕佽飛：或作次非。楚國勇士。參見本卷伏蛟臺賦。

〔十二〕七寶避風：楊太真外傳卷上：“漢成帝獲飛燕，身輕，欲不勝風。恐其飄
蕩，帝爲造水晶盤，令宫人掌之而歌舞。又製七寶避風臺，間以諸香安
於上，恐其四肢不禁也。”

〔十三〕玉環：楊貴妃小名。

〔十四〕錦褓：指安禄山。宋趙汝鐩撰野谷詩稿卷六明皇：“一曲羽衣妃子進，
三朝錦褓禄兒生。”

〔十五〕秦酒：水池名。三輔黄圖卷四池沼：“秦酒池在長安故城中。廟記曰：
‘長樂宫中有魚池、酒池，池上有肉炙樹，秦始皇造。漢武行舟於池中，
酒池北起臺，天子於上觀牛飲者三千人。’又曰：‘武帝嘗欲夸羌胡，飲以
鐵杯，重不能舉，皆抵牛飲。’”

〔十六〕昆明：水池名。漢武帝開鑿，方圓四十里，位於上林苑。參見三輔黄圖
卷四池沼。

〔十七〕周文之靈沼：在長安西三十里。參見三輔黄圖卷四池沼。孟子梁惠王
上：“文王以民力爲臺爲沼，而民歡樂之，謂其臺曰靈臺，謂其沼曰靈沼，
樂其有麋鹿魚鱉，古之人與民偕樂，故能樂也。”

〔十八〕刑塘：相傳大禹誅殺防風氏處。萬曆會稽縣志卷十五古迹：“刑塘，在
縣北一十五里。舊經引賀循記云，‘防風氏身三丈，刑者不及，乃築高塘
臨之，故曰刑塘。’王十朋風俗賦：‘刑塘筑兮長人誅。’”

方諸賦[一]

玉兔之英,老蟾之精,雲開鏡明,珠孕水清。貫陰氣之至象,發奇津於瀼零。此所以藏取水之實用,而著"方諸"之美名者歟!

想夫大蛤顯瑞,陰燧發珍,美素石之瑩潔,佳奇珠之孕真。沉埋已久,進用何新! 忽玉府之登崇,與璜尊而并陳。至若禮嚴明堂,聿崇祀事。庭設燎之且①光,器盛秬之既備。羌三酒之權②具[二],有③六尊之咸至[三]。既明火之聿來,思明水以爲貴。乃命司烜,修其職位。奉寶鑒而取新,列上尊於五齊,致方潔之美液,如大羹之至味。當其寒兔泣霄,老鶴唳天,璇宫開啓,瑶階濕沾。爇兹鑒之磨拭,來泚淚而清漣? 地上升而默致,天下降而通玄。鑒得水而争輝,水貯鑒而彌妍。澄然如罍甕之得露[四],滴然如漢盆之得泉[五]。凝潤澤之厭浥,浴元氣之渾全。佐王祭之事畢,與陽燧而功肩。吾求其初,則其成於湛恩爲波之遠、至和爲源之深歟? 天酒未蘗之降、仁澤無形之臻歟? 其在五行之理,則金生水之津歟? 其在五星之内義,則水輔太陰之倫歟? 故不得其物類之兆,而必其理感之因而已。

天地中間,太乙是主[六]。水精之生,萬物之母。雲從神龍,風從嘯虎。彼以類而相感,亦其理之所寓。況方諸之毓英,與陰精而同祖。宜天一之所生,實陰胎之有取。爾乃尚其味於五味之本,和其齊於説齊之序。故夏后之尚黑④[七],由王人之潔著,又何以一共於祭祀,而同於萬物之欣睹也。

嗟夫,物貴適用,士貴逢時。方今大明⑤麗天,四海春熙,琳琅效貢,怪石售奇。明鑒是明,仁寶不遺。豈尚明水之陸贄,而獨取龍榜之昌黎[八]。蒼生仰熙,帝臣願爲,將崇皇元方諸之本,陋唐人明水之卑。

【校】

① 且:勞格校記作"有"。

② 羌:勞格校記作"縶"。權:勞格校記作"惟"。

③ 有:勞格校記作"亦"。

④ 黑：原本作“重”，徑改。參見注釋。

⑤ 明：勞格校記作“德”。

【箋注】

〔一〕方諸：置於夜月之下，用於滋水承露的蚌殼。淮南子天文訓：“故陽燧見日則燃而爲火，方諸見月則津而爲水。”注：“方諸陰燧，大蛤也。熟摩令熱，月盛時以向月下，則水生，以銅盤受之，下水數滴。”

〔二〕三酒：宋呂祖謙撰呂氏家塾讀詩記卷二十二：“三酒，諸臣之所酢，非祭用也。”又，“三酒：一事酒，二昔酒，三清酒”。

〔三〕六尊：周禮春官小宗伯：“辨六尊之名物，以待祭祀、賓客。”鄭玄注引鄭司農云：“六尊：獻尊、象尊、壺尊、著尊、大尊、山尊。”

〔四〕“澄然”句：嚳，相傳爲黃帝裔孫，三皇之一，號高辛氏。拾遺記卷一高辛：“有丹丘之國，獻瑪瑙甕，以盛甘露。帝德所治，被於殊方，以露充於廚也……當黃帝時，瑪瑙甕至，堯時猶存。甘露在其中，盈而不竭，謂之寶露，以班賜群臣。至舜時，露已漸減。隨帝世之污隆，時淳則露滿，時澆則露竭，及乎三代，減于陶唐之庭。舜遷寶甕於衡山之上，故衡山之岳有寶露壇。”

〔五〕漢盆：即建章宮承露盤。參見麗則遺音卷三承露柈。

〔六〕太乙：相傳爲至大天神，又稱之爲昊天上帝，或天皇大帝。參見宋祝穆撰古今事文類聚前集卷二天道部引録五經通義。史記封禪書司馬貞索隱引宋均云爲北極神。

〔七〕夏后：即大禹。宋蘇軾撰書傳卷五夏書：“禹以治水得天下，故從水而尚黑。……帝錫禹以玄圭，爲水德之瑞。是夏尚黑也。”

〔八〕“豈尚明水之陸贄”二句：謂陸贄主持進士考，欣賞韓愈明水賦而取以登第。昌黎，韓愈之郡望。韓昌黎文外集上卷明水賦題下注：“公貞元八年登第，即明水賦御溝新柳詩，今詩逸矣。時禮部侍郎陸贄典貢舉，進士則……韓愈、李絳、温商、庾承、宣員結、胡諒、崔群、邢册、裴光輔、萬璫、李博等二十三人中第。其間多知名士，時號爲‘龍虎榜’云。”

柱後惠文冠賦

昔楚王之伯略，惟畋獵之是勤。飛蒼鷹於雲夢之澤，逐黃犬於漢

水之濱〔一〕。當其逐竄群獸，辟易衆禽。獬豸何來，神羊始聞〔二〕。闊臆
婪尾，奮鬣舐唇，正直威勢，竦颯精神。發聲雷響，瞋目電焚。勁烈毫
毛，糾纏骨筋①。豹見之而隱南山，犀避之而入海津。虎嘯風而屈首，
兔入月而遁身。狐不敢於假威，狼亦收其野心。其狀也，觸藩之羝不
可②比，卧沙之羶寧足倫。蘇武不可得而牧〔三〕，王良不可得其③擒〔四〕。
忽見夢④於雲夢之藪，鑑目犲聲之君〔五〕。執法是簪，因鄭氏而獻囚於
晉，爲周衰而見取於秦〔六〕。龍顏奮興，豸冠再新。是冠也，不皮不鞹，
不絲不綸。不飾珠玉，不崇金銀。矧鵲尾之非寶，陋氂毛之徒珍。匪
錦里之烏角〔七〕，邁諸葛之綸巾〔八〕。許子素冠之卑陋〔九〕，老氏黃冠之
異紛。小冠子夏〔十〕，烏帽參軍〔十一〕，皆不若是冠之正直，而可以革邪佞
與奸囂。故胡⑤廣名之爲獬豸法冠〔十二〕，張子目之爲柱後惠文〔十三〕。

　　爾其御史是職，官儀縉紳。自出漢庭，親承帝恩。居天下紀綱之
地，佐朝廷耳目之臣。光耀狐裘之袂，風生繡衣之襟。懷狼心者不敢
以當道，包梟志者豈可以遁群。察猛虎之苛政，求率獸於病民。狗尾
望風而降〔十四〕，羊胃削迹而論〔十五〕。指斥佞夫，扶植正人。登未央之
宮，升金馬之門。近天威之咫尺，立玉階以敷陳。載秉白簡，仰竭丹
誠。將軍坐背闕而見斥〔十六〕，御史不識字而即論〔十七〕。暴勝服之而持
斧〔十八〕，張綱戴之而埋輪〔十九〕。有温造而官僚始懼〔二十〕，得李勉而朝廷
始尊〔二十一〕。賈琮〔二十二〕、朱博之稱職〔二十三〕，桓典〔二十四〕、郅都之咸
循〔二十五〕。此則柱後惠文之稱，實由柱後惠文之得其人也。

　　伊我皇元，遠邪舉仁。相以熊兆〔二十六〕，將以虎賁。聖德昭昭，符
瑞紜紜。驗原隰之騶虞，出郊藪之麒麟。軒轅白澤之必至〔二十七〕，有周
旅獒之載臻〔二十八〕。御史凜乎秋霜，郎官應乎列辰。西北之獸，光乎惠
文。洗楚、秦之荒陋，振漢、唐之晦湮。予將升虎臺而拜天顏，獻豸賦
而陳楓宸。

【校】

① 勞格校記曰："'骨筋'二字元倒，何乙。"

② 可：勞格校記作"能"。

③ 其：勞格校記作"而"。

④ 夢：勞格校記作"獲"。

⑤ 胡：原本作"湖"，逕改。參見注釋。

【箋注】

〔一〕"飛蒼鷹"二句：概述楚王嗜好畋獵之行爲，寓有譏刺。

〔二〕神羊：即獬豸，又名"廌"。參見麗則遺音卷四神羊注。

〔三〕蘇武：傳見漢書。蘇武出使匈奴被留，故牧於北海。

〔四〕王良：戰國時人，爲趙簡子駕車，善御駿馬。參見戰國策秦策。

〔五〕蠭目豺聲之君：指楚王。左傳文公元年："初，楚子將以商臣爲大子，訪諸令尹子上。子上曰：'君之齒未也，而又多愛，黜乃亂也。楚國之舉，恒在少者。且是人也，蠭目而豺聲，忍人也，不可立也。'弗聽。"商臣後篡逆爲穆王。

〔六〕"執法是簪"三句：謂後世執法吏之冠，源自楚王。楚王曾獲獬豸，仿其形式製成新冠。其後楚王伐鄭，晉國救援，鄭人遂將戴"南冠"之楚囚獻於晉侯。春秋末年，秦王稱霸，滅楚，又以楚王冠服賜予執法臣。參見左傳成公九年、後漢書輿服志下。

〔七〕錦里之烏角：杜詩詳注南鄰："錦里先生烏角巾。"注："華陽國志：'西城，故錦官城也。錦江，濯錦其中則鮮明，故命曰錦里。'南史：'劉巗隱逸不仕，常著緇衣小烏巾。'"

〔八〕諸葛：即諸葛亮。"羽扇綸巾"乃其標志。

〔九〕許子：指許行。孟子滕文公上："有爲神農之言者許行，自楚之滕……（孟子曰）'許子必織布然後衣之乎？'曰：'否。許子衣褐。''許子冠乎？'曰：'冠。'曰：'奚冠？'曰：'冠素。'曰：'自織之與？'曰：'否。以粟易之。'"

〔十〕小冠子夏：漢書杜欽傳："欽字子夏，少好經書，家富而目偏盲，故不好爲吏。茂陵杜鄴與欽同姓字，俱以材能稱京師，故衣冠謂欽爲'盲杜子夏'以相別。欽惡以疾見詆，乃爲小冠，高廣財二寸，由是京師更謂欽爲'小冠杜子夏'，而鄴爲'大冠杜子夏'云。"

〔十一〕烏帽參軍：指桓溫參軍孟嘉。桓溫曾於重陽日設宴龍山，群僚畢集，孟嘉"落帽"，後成美談。詳見晉書孟嘉傳。

〔十二〕胡廣：字伯始，東漢太傅。撰有百官箴四十八篇。生平見後漢書本傳。按：胡廣解說"獬豸法冠"由來，參見後漢書輿服志下。

〔十三〕張子：指西漢張武。漢書張敞傳："初，敞爲京兆尹，而敞弟武拜爲梁相。是時梁王驕貴，民多豪彊，號爲難治。敞問武：'欲何以治梁？'……武應曰：'馭黠馬者利其銜策，梁國大都，吏民凋敝，且當以杜後惠文彈治之耳。'秦時獄法吏冠柱後惠文,武意欲以刑法治梁。"

〔十四〕狗尾:喻指名不副實的冗官庸官。晉書趙王倫傳:"諸黨皆登卿將,并列大封。其餘同謀者咸超階越次,不可勝紀,至於奴卒廝役亦加以爵位。每朝會,貂蟬盈坐,時人爲之諺曰:'貂不足,狗尾續。'"

〔十五〕羊胃:喻指濫竽充數官員。後漢書劉玄傳:"其所授官爵者,皆群小賈豎,或有膳夫庖人,多著繡面衣、錦袴、襜褕、諸于,罵詈道中。長安爲之語曰:'竈下養,中郎將。爛羊胃,騎都尉。爛羊頭,關內侯。'"

〔十六〕"將軍"句:唐肅宗時,武臣受寵,不受約束。大將管崇嗣背闕坐而笑語,毫無顧忌,遭監察御史李勉彈劾。參見舊唐書李勉傳。

〔十七〕"御史"句:參見麗則遺音卷四神羊注。

〔十八〕"暴勝"句:漢書武帝紀:"泰山、琅邪群盜徐勃等阻山攻城,道路不通。遣直指使者暴勝之等衣繡衣杖斧分部逐捕。刺史郡守以下皆伏誅。"

〔十九〕"張綱"句:參見麗則遺音卷四神羊注。

〔二十〕"有溫造"句:舊唐書溫造傳:"溫造字簡輿,河内人……召拜侍御史,請復置彈事朱衣、豸冠于外廊,大臣阻而不行。李祐自夏州入拜金吾,違制進馬一百五十匹,造正衙彈奏,祐股戰汗流。祐私謂人曰:'吾夜逾蔡州城擒吳元濟,未嘗心動,今日膽落于溫御史。吁,可畏哉!'"

〔二十一〕"得李勉"句:舊唐書李勉傳:"李勉字玄卿……至德初,從至靈武,拜監察御史。屬朝廷右武,勳臣恃寵,多不知禮。大將管崇嗣於行在朝堂背闕而坐,言笑自若,勉劾之,拘於有司。肅宗特原之,歎曰:'吾有李勉,始知朝廷尊也。'"

〔二十二〕賈琮:後漢書賈琮傳:"有司舉琮爲交阯刺史。琮到部,訊其反狀,咸言賦歛過重,百姓莫不空單,京師遙遠,告冤無所,民不聊生,故聚爲盜賊。琮即移書告示,各使安其資業,招撫荒散,蠲復徭役,誅斬渠帥爲大害者,簡選良吏試守諸縣,歲間蕩定,百姓以安。巷路爲之歌曰:'賈父來晚,使我先反;今見清平,吏不敢飯。'"

〔二十三〕朱博:漢書朱博傳:"朱博字子元,杜陵人也……遷冀州刺史。博本武吏,不更文法,及爲刺史行部,吏民數百人遮道自言,官寺盡滿。從事白請且留此縣録見諸自言者,事畢乃發,欲以觀試博……博駐車決遣,四五百人皆罷去,如神。吏民大驚,不意博應事變乃至於此。"

〔二十四〕桓典:參見麗則遺音卷四神羊注。

〔二十五〕郅都:史記郅都傳:"郅都者,楊人也。……郅都遷爲中尉。丞相條侯至貴倨也,而都揖丞相。是時民樸,畏罪自重,而都獨先嚴酷,致行法不避貴戚,列侯宗室見都側目而視,號曰'蒼鷹'。"

〔二十六〕熊兆:此指太公望呂尚。參見陳善學序刊楊鐵崖先生文集卷一楚妃曲注。

〔二十七〕白澤:雲笈七籤卷一百軒轅本紀:"帝巡狩,東至海,登桓山,於海濱得白澤神獸,能言,達於萬物之情。因問天下鬼神之事。自古精氣爲物、游魂爲變者,凡萬一千五百二十種,白澤言之,帝令以圖寫之以示天下。"

〔二十八〕旅獒:尚書周書旅獒:"西旅獻獒,太保作旅獒。"正義曰:"西方之戎有國名旅者,遣獻其大犬,其名曰獒。"

刺史屏賦[一]

李唐氏之有天下也,實創業於文皇[二]。既大統之纘承,視生民其如傷。覽九有之博大兮,念撫字之未遑。惟刺史之任責兮,係生民之否康。得千里之一才兮,恐癏瘝之或忘。筆素屏之在目兮,將懲惡而勸良。此貞觀之治,所以浸明而浸昌;而刺史一屏,所以昭萬世之休光也。

是屏也,廓然而方,危然而直。橫玉殿之中央,映丹宸之邐密。非圖白波青障之淋漓而供耳目之戲玩,非繪窈窕娉婷之豔麗而資中心之淫佚。揭翰墨之芬芳,浩縑素之潔白。樹宮寢之深沉,隔仙凡於咫尺。當其玉筍拜班,紫宸退朝。適萬機之逸暇,方少憩而逍遙。思閭閻之休戚,係守土之臣僚。泚香露於陶泓,沐玄雲於銛毫,向屏障而親題,蔚奎翰之昭昭。列州郡之鉅細,分姓名之卑高。志治政之得失,明黜陟於疲勞。所以激昂天下之俊乂,而莫不思翱翔於九霄也。於是智者效力,善者竭忠。遐陬黔黎,輦下困窮,罔不周知而洞明,咸在乎太陽下照之中。

嗚呼!急於求賢,斷自宸衷。嗟嗟明①主,疇能與同。顧是屏之上列,豈樹塞於深宮!而一時人才之區別,非潁川之黃②[三],與渤海之龔[四],曾何足以比隆也哉!慨文皇之既逝,移暗主之相仍。捫遺編而太息,徒憂心之沖沖③。當宋世之五葉[五],書洪范於御屏。知天位之艱哉,與天命之難忱。若無逸之圖繪〔六〕,恒惕惕而兢兢。是誠足以追貞觀之盛心,與文皇而并榮也。

【校】

① 明:勞格校記作“仁”。

② 潁川:原作“穎川”,徑改。

③ 沖沖:似當作“忡忡”。

【箋注】

〔一〕刺史屏:新唐書循吏傳:“太宗嘗曰:‘朕思天下事,丙夜不安枕,永惟治人之本,莫重刺史,故録姓名於屏風,卧興對之,得才否狀,輒疏之下方,以擬廢置。’”

〔二〕文皇:即唐太宗。唐太宗李世民初謚“文”,後又相繼增謚爲“文武聖皇帝”、“文武大聖皇帝”、“文武大聖大廣孝皇帝”。

〔三〕潁川之黄:漢書循吏傳:“黄霸字次公,淮陽陽夏人也……(大將軍霍光)遵武帝法度,以刑罰痛繩群下,緣是俗吏上嚴酷以爲能,而霸獨用寬和爲名……有詔歸潁川太守官,以八百石居治如其前。前後八年,郡中愈治。是時鳳凰神爵數集郡國,潁川尤多。天子以霸治行終長者,下詔稱揚。”

〔四〕渤海之龔:漢書循吏傳:“龔遂字少卿,山陽南平陽人也……宣帝即位,久之,渤海左右郡歲饑,盜賊并起,二千石不能禽制。上選能治者,丞相御史舉遂可用,上以爲渤海太守。時遂年七十餘……遂對曰:‘海瀕遐遠,不霑聖化,其民困於饑寒而吏不恤,故使陛下赤子盜弄陛下之兵於潢池中耳。今欲使臣勝之邪,將安之也?’上聞遂對,甚説……遂單車獨行至府,郡中翕然,盜賊亦皆罷。”

〔五〕宋世之五葉:指北宋第五朝皇帝英宗。宋李燾撰續資治通鑑長編卷二百八英宗:“(治平三年六月)壬子,改清居殿曰欽明。召直集賢院王廣淵書洪範於屏,謂廣淵曰:‘先帝臨御四十年,天下承平,得以無爲。朕方屬多事,豈敢自逸?故改此殿名。’因訪廣淵先儒論洪範得失。”

〔六〕無逸之圖繪:唐玄宗開元年間事。舊唐書崔植傳:“開元初,得姚崇、宋璟,委之爲政。此二人者,天生俊傑,動必推公,夙夜孜孜,致君於道。璟嘗手寫尚書無逸一篇,爲圖以獻。玄宗置之内殿,出入觀省,咸記在心……開元之末,因無逸圖朽壞,始以山水圖代之。”

旅獒賦[一]

　　夫何西域之神獸兮，挺奇姿之雄虓。毛五色其異兮，形四尺其高。其類雖庬①兮，其名則獒。當夫姬武克商[二]，四裔來王，九夷之國，八蠻之荒，莫不通道里以底貢，跨山海而梯航。於是獒也，出幽岩之盤紆，越流沙之汪洋[三]，逾蔥嶺之迤陲[四]，來上國以觀光。觀其容止俊特，筋骨權奇，龍臆虎脊，殊文異姿。耳聃聃兮葉妥，尾蕭蕭兮彗垂。目光炯乎星射，足勢矯乎風馳。性辨慧而解意，才聰明以識機。寧虞人之從欲，逐走獸以忘歸。方之以天狗，不足比其精神。浴之以咸池[五]，才可澤其光儀。故其動必擇群，出必適時。一號而狐狸遠避，一秼②而神駿不追。猛氣不群，豈勁猣狂狔之可伍；雄姿拔類，非宋獹韓犴③之敢窺[六]。此周人所以謂旅獒爲聖人之瑞應，而重西土之產宜也。是故重華玄德而鳳凰來儀[七]，神禹文命而龍馬賦形[八]。匪智力之可致，類因人而見徵。獒之出於盛時也，又豈無其事而虛其應也哉！

　　彼其槃瓠五采[九]，解報國仇；鶝鴹九尾[十]，蒙恩葬丘。矧棄人而用犬，隨所嗾於晉侯[十一]。是皆禮不合於聖典，事或出於繆悠。維彼武王，撫臨萬國。偃武修文，萬邦懷德。宜其有非常之貢，而應非常之績。配越裳之素雉[十二]，侈王會之名物。而太保方且作訓於王，錄於史册：毋畜非性，毋作無益。百度是貞，不爲物役。觀寶賢之誡語，實老臣之忠識也。

　　方今聖人御世，四海宴然。不寶遠物，而所寶惟賢。軼三王而丕④侔，與唐、虞而比肩。郊藪麟出，阿閣鳳騫。犛牛獻於疏勒[十三]，馴象貢於南安[十四]。豈特旅獒之有獻，且見四靈之畢臻矣。

【校】

① 庬：似當作"犬"。

② 秼：勞格校記作"抹"。

③ 犴：或當作"猭"。參見注釋。

④ 丕：勞格校記作"作"。

【箋注】

〔一〕旅獒：西旅所産大犬。參見本卷柱後惠文冠賦注。

〔二〕姬武：指周武王。周爲姬姓。

〔三〕流沙：位於敦煌之西。參見漢書地理志。

〔四〕蔥嶺：位於今新疆帕米爾高原和喀喇崑崙山一帶。

〔五〕咸池：楚辭集注卷一離騷："飲余馬於咸池兮，總余轡乎扶桑。"注："咸池，日浴處也。"

〔六〕宋獵韓犴：當作"宋猊韓獵"，均古代名犬。禮記少儀"乃問犬名"孔穎達疏引桓譚新論："夫畜生賤也，然其尤善者皆見記識，故犬道韓盧、宋猊"。

〔七〕重華：即舜。史記五帝本紀："虞舜者，名曰重華。"正義："尚書云：'重華協於帝。'孔安國云：'華謂文德也，言其光文重合於堯。'……目重瞳子，故曰重華。"又，舜所在之處，"鸞鳥自歌，鳳鳥自舞"。詳見山海經大荒南經。

〔八〕按："神禹文命而龍馬賦形"一句或有誤，相傳伏羲時，龍馬負河圖出。

〔九〕槃瓠：後漢書南蠻西南夷列傳："昔高辛氏有犬戎之寇，帝患其侵暴，而征伐不剋。乃訪募天下，有能得犬戎之將吴將軍頭者，購黄金千鎰，邑萬家，又妻以少女。時帝有畜狗，其毛五采，名曰槃瓠。下令之後，槃瓠遂銜人頭造闕下，群臣怪而診之，乃吴將軍首也。"

〔十〕鵠倉：張華博物志卷七："徐偃王志云：徐君宫人娠而生卵，以爲不祥，棄之水濱。獨孤母有犬名鵠蒼，獵于水濱，得所棄卵，銜以東歸。獨孤母以爲異，覆煖之，遂蜅成兒，生時正偃，故以爲名。徐君宫中聞之，乃更録取。長而仁智，襲君徐國。後鵠倉臨死，生角而九尾，實黄龍也。"

〔十一〕"隨所"句：左傳宣公二年："晉侯飲趙盾酒，伏甲，將攻之。其右提彌明知之，趨登，曰：'臣侍君宴，過三爵，非禮也。'遂扶以下。公嗾夫獒焉，明搏而殺之。"

〔十二〕越裳：參見鐵崖先生古樂府卷五唐刺史注。

〔十三〕疏勒：後漢書孝順帝紀："疏勒國獻師子、封牛。"注："東觀記曰：'疏勒王盤遣使文時詣闕。'師子似虎，正黄，有顝耏，尾端茸毛大如斗。封牛，其領上肉隆起若封然，因以名之，即今之峰牛。"又，後漢書班超傳注："疏勒國居疏勒城，去長安九千三百五十里也。"

〔十四〕南安：州名，隸屬於雲南行省。參見元史地理志。按：此蓋以南安指南越之地。漢書武帝紀："（元狩二年春三月）南越獻馴象、能言鳥。"

未央宮賦[一]

龍卧沙丘[二],鹿走秦關[三]。斬白帝於中霄[四],斷①三尺之芒寒。望碭雲之應瑞[五],肇炎祚之開端[六]。若乃鴻溝不限[七],垓下無兵[八]。狡兔既獲,良犬斯烹[九]。基崤、函以建業,據天府而作京。而未央之壯麗,實酇侯之經營[十]。想其背陰負陽,延庚揖辛[十一]。定乾坤之方位,效太、紫之儀形[十二]。厚土豐隆,崇基增成。鑿石於山,伐木於林。川浮陸載,神輸鬼行。萬人舉築,千夫揮斤。捄之繩繩,捄之丁丁。工倕獻巧[十三],離朱司明[十四]。灑汗雨飛,嘘氣雲興。咎鼓弗勝,如雷如霆。曾日月之幾何,而巨構之崢嶸。

於是雙闕肇飛,嶢嶵嶔崟。蒼龍蚴蟉於東廂,白象蜿蜒於西清[十五]。貫天閣之嚴謐,闢九重之幽深。仰杳眇而無見,洞俯達而無垠。繚以周垣二十八里,按成數於列星。歷閶門而直上,陟甬道以旁升。但見夫洞豁岵峥,蠭牙突兀,心驚目眩,轉盻迷惑。鳩梟巧以爭能,因瓌材而成質。抗龍首以疏殿,勢隆崇而嶪業。亘虹梁於栱端,縈虹閫於砌側。繡栭②繽紛,雲楣的皪。蘭橑生香,文棍奪色。圓柰方楄,層架疊出。彤簷引風,鷟鳳軒翥。鼉脊摩霄,蛟龍辟易。軼雲雨於前榮,拖虹霓於四壁。激日景以内虛,納浮光而外闢。繪花卉之蒙茸,幻仙靈於金碧。奇形異狀,變化不測。旰旰皓皓,燁燁③熠熠。粲兮爛兮,不可遍識。至若武庫雲湧[十六],太倉山立。別館紆迴,長廊修直。閒房婞娟,層樓峛崺。彌山裕谷,櫛比鱗緝。望不能盡,步不能及。此未央之宮,爲關中之第一。

迨夫建元之時[十七],武皇御極,增廣乎前修,恢弘乎舊式。窮奢極侈,靡所顧惜。削瓊琢瑤,雜以珹玏。玫瑰琳珉,珝鐫鏤刻。木蘭文杏,五采華飾。玉户金鋪,參差翕赩。華榱璧瑺,鳴風耀日。青瑣熒煌,丹墀赫奕。前修後廣,左平右城。黄金爲帶,白玉爲碼。錯以照乘之珍[十八],間以和氏之璧[十九]。則未央之宮,益隆於往昔。

嗚呼噫嘻,是宮也,酇侯之經始,武皇之增益。撫遺編而博覽,未嘗不爲之太息。固無責於建元之多慾,而每罪夫相國之無術。方其鮑魚未息[二十],嬴緒方强,役驪山,建阿房,勞民生以自樂,僅二世而國亡。此漢之所以興，而秦之所以亡。於斯時也，萬姓皇皇，朝攻莫戰，扶傷裹創。共想望於息肩，蘇民力以安康。何建邦之七年，即經營乎未央？偉高帝之一怒〔二十一〕，慨盛德之難量，曰民生之勞苦，何過度於宮室，誠仁厚而莫忘。嗟爾酇侯，“三傑”之良〔二十二〕，乃曰因天下勞苦，可以治宮室，何是説之披猖？夫以洶洶之多難，以力役之擾攘。匪吊民之盛事，俾群黎兮永傷。且謂不壯不麗，無以示威，尤見其學術之荒唐。夫以創業垂統之一初，固宜發政施仁於四方。以王道而爲本，以盛德而爲綱。苟或不然，雖山川之險不足恃，又何宮室之可防！且謂後世之無以加，曾不知五葉而生武皇。

　　夫以支鵲、露寒〔二十三〕，宣温、清涼、神仙、長年、金華、玉堂〔二十四〕。立仙掌於建章〔二十五〕，校羽獵於長楊〔二十六〕。營宜春而結棠梨〔二十七〕，亘長樂而趨明光〔二十八〕。皆酇侯之作俑，而末流之浸長。使酇侯有王佐之才，而輔賢明之主。茅茨以崇夫堯，卑宮以法夫禹。則漢可同於三代，而高帝可比夫湯、武。奈何不此之務，而維彼之舉？是所以未央之既成，而炎德之不溥矣。

　　安得會赤松子於鴻蒙之間〔二十九〕，而與之一論此語乎！

【校】

① 斲：原本作“斬”，據勞格校記改。
② 栖：原本作“極”，據勞格校記改。
③ 燁燁：勞格校記作“郁郁”。

【箋注】

〔一〕未央宮：漢高祖八年（公元前一九九年），蕭何主持修建。據史記注引括地志，未央宮在雍州長安縣西北十里，長安故城之中。詳見史記高祖本紀。
〔二〕龍卧沙丘：指秦始皇崩於沙丘平臺。參見史記秦始皇本紀。
〔三〕鹿走秦關：史記淮陰侯列傳：“秦失其鹿，天下共逐之，於是高材疾足者先得焉。”
〔四〕斬白帝：赤帝子斬白帝子，喻指漢高祖劉邦取代秦帝。詳見史記高祖本紀。
〔五〕碭雲：高祖亡匿芒、碭山中，“吕后與人俱求，常得之，高祖怪問之，吕后曰:'季所居上常有雲氣,故從往常得季。'"見史記高祖本紀。

〔六〕炎祚:指漢代政權。相傳"漢爲火德"。參見史記高祖本紀。

〔七〕鴻溝:劉邦曾與項羽約定,鴻溝以西屬漢,鴻溝以東歸楚。鴻溝位於滎陽之東。詳見史記項羽本紀。

〔八〕垓下:在亳州,今屬安徽。項羽軍遭圍困且滅亡之地。

〔九〕"狡兔既獲"二句:參見史記淮陰侯列傳。

〔十〕酇侯:指西漢丞相蕭何。

〔十一〕延庚挹辛:宋陳郁藏一話腴内編卷上:"名山大川登臨之勝,多在乎西,故汝陰之西湖……滁之瑯琊、九江之庾樓,皆延庚挹辛,賓夕陽而導初月。"又,禮記注疏卷十六月令:"其日庚辛。注:'庚之言更也,辛之言新也。'"

〔十二〕太:太微。紫:紫微宮。文選班固西都賦:"體象乎天地,經緯乎陰陽。據坤靈之正位,仿太、紫之圓方。"注:"七略曰:王者師天地,體天而行。是以明堂之制,内有太室,象紫微宮。南出明堂,象太微。"又,張衡西京賦:"正紫宮於未央。"注:"天有紫微宮,王者象之。"

〔十三〕工倕:堯時巧匠。參見莊子胠篋篇。

〔十四〕離朱:孟子作離婁,相傳爲黃帝時人,視力絶佳,百步之外能見秋毫之末。

〔十五〕"蒼龍"二句:文選司馬相如上林賦:"青龍蚴蟉於東箱,象輿婉僤於西清。"

〔十六〕武庫:據三輔黃圖卷六庫,武庫在未央宮,蕭何造以藏兵器。

〔十七〕建元:漢武帝登基後第一個年號。

〔十八〕照乘:史記田敬仲完世家:"梁王曰:'若寡人國小也,尚有徑寸之珠照車前後各十二乘者十枚。'"

〔十九〕和氏璧:即卞和獻于楚王之璞玉。詳見史記鄒陽列傳注文。

〔二十〕鮑魚未息:指秦始皇在世之時。秦始皇崩於沙丘,李斯等人曾以鮑魚一石亂其尸臭。詳見史記秦始皇本紀。

〔二十一〕高帝一怒:漢書高帝記:"(高祖七年)二月,至長安。蕭何治未央宮……上見其壯麗,甚怒,謂何曰:'天下匈匈,勞苦數歲,成敗未可知,是何治宮室過度也!'何曰:'天下方未定,故可因以就宮室。且夫天子以四海爲家,非令壯麗亡以重威,且亡令後世有以加也。'上説。"

〔二十二〕三傑:史記高祖本紀:"高祖曰:'……夫運籌策帷帳之中,決勝於千里之外,吾不如子房。鎮國家,撫百姓,給餽饟,不絶糧道,吾不如蕭何。連百萬之軍，戰必勝，攻必取，吾不如韓信。此三者，皆人傑也。’”

〔二十三〕支鵲、露寒：皆觀名。文選司馬相如上林賦：“麗石闕，歷封巒，過鳷鵲，望露寒。”注：“‘張揖曰：此四觀，武帝建元中作。在雲陽甘泉宮外。’”

〔二十四〕按：上述諸殿均在未央宮。文選班固西都賦：“清涼、宣溫，神仙、長年，金華、玉堂，白虎、麒麟，區宇若茲，不可殫論。”注：“三輔黃圖曰：‘未央宮有清涼殿、宣室殿。中溫室殿、金華殿、太玉堂殿。中白虎殿、麒麟殿。長樂宮有神仙殿。’……長年，亦殿名。”

〔二十五〕仙掌：指承露盤。承露盤立於建章宮，參見麗則遺音卷三承露柈。

〔二十六〕長楊：資治通鑑綱目卷七：“（漢武帝）校獵長楊射熊館。”注：“三輔黃圖曰：長楊宮在扶風盩厔縣東南三十里，其中垂楊數畝，因以名宮。射熊館在長楊宮中。武帝嘗至此游獵，好自擊熊。司馬相如從至上林，作賦納諫。”

〔二十七〕宜春、棠梨：文選司馬相如上林賦：“下棠梨，息宜春。”注：“張揖曰：棠梨，宮名，在雲陽東南三十里。郭璞曰：宜春，宮名，在渭南杜縣東。”

〔二十八〕長樂宮、明光殿：皆漢高祖時修建。文選班固西都賦：“自未央而連桂宮，北彌明光而亘長樂。”注：“三輔舊事曰：桂宮內有明光殿。”

〔二十九〕赤松子：指張良。漢書張良傳：“（良曰：）‘今以三寸舌爲帝者師，封萬戶，位列侯，此布衣之極，於良足矣。願棄人間事，欲從赤松子游耳。’乃學道，欲輕舉。”故後世或稱張良爲張赤松。

姑蘇臺賦之一〔一〕

吴山嵯峨，吴水淥波。問姑蘇其何在，傷春草之遺坡。當夫春秋季世，閶闔奮武〔二〕，滅徐伐越，援蔡敗楚。迨夫差之傳國〔三〕，遂爭雄乎伯主。既勢强於外敵，遂志荒於内蠱。

爾其伯長黄池〔四〕，讋棲越嶠〔五〕。進美人於會稽〔六〕，回春風於一笑。謂館娃之宮〔七〕，不足以極崇高。謂響屧之廊〔八〕，不足以供瞻眺。於是乃築崇臺，於水之涯，經之營之，輦石漕材。紛百堵兮交作，隱萬杵兮春雷。何成功之敢後，羌不日而崔嵬。遠而望之，則上摩蒼穹，下壓后土,日月蔽虧,山川掩翳。礙晴雲以不飛,却坌埃於無際。近而視之,則崇基盤薄,壁立贔屭。白堊塗附,玫瑰雜緻。繚周垣以縈廻,幾歷階而後能至也。於是朱甍宿霧,畫棟棲烟。金環鑄獸,翠瓦藏鴛。危闌屈曲以依倚,迴窗玲瓏以駢聯。想宮車之至止,擁西子之嬋娟。瞻玉容於雲表,盼蛾眉於天邊。恍神女之憑虛[九],異秦嬴之驂鸞[十]。天風至而笙歌遠揚,白日照而簾幕高褰。渺縱目於千里,曠游情於八埏。散深宮之幽思,極娛樂於群仙。若乃蘭芷春香,燕鶯曉語。爇銀葉以氤氳,對菱花而延佇。綵鳳斜欺①,金翹低拊。妙光華於豔粧,丐君王之一顧。每登臺以游觀,暢情懷而容與。展華筵以共樂,酌桂漿於鸚鵡。行素鱗於玉盤,出紫駞於翠釜。樂已甚而忘疲,忽流光之西去。於是日沉極浦,雲暝長河。芙蓉披風,遠樹交柯。微月初出,歡情愈多。笑言綢繆,朱顏半酡。有酒如澠[十一],不醉如何。何烏啼之未已,忽歲月之蹉跎。載鴟夷於鏤②劍[十二],致烏啄之揮戈[十三]。

　　高臺已傾,往事如夢。人已去而燕子聲空,春欲回而野棠陰重。撫遺基而永歎,嗟聲色兮安用。自豔媚之一蠱,雖有國而誰共! 吊伍君於胥門[十四],曾不滿夫一慟。論東吳之爲國,亦襟江而帶湖。暨夫差之雪耻,而勾踐之囚拘。猗伍胥之忠貞兮,將繼黃池之伯圖。何宰嚭之亂國[十五],受種、蠡之揶揄[十六]。進尤物於若耶[十七],築高臺於姑蘇。自美色之炫目,而夙志之已孤。胥既亡而莫救,國遂没而身俘。太伯之廟已湮[十八],而閶闔之城已墟。致敵人之一笑,貽萬世之嗟吁。

　　嗚呼,靈臺之築[十九],文王以之而興周;金臺之築[二十],燕昭以之而復讐。何姑蘇之一成,而吳國之爲丘! 彼與民而同樂,或尊賢而禮優。此惟樂於女色,而與賢以爲仇。所以爲臺者既異,而所以處夫臺者又不侔。姑蘇固不媲乎黃金,又安與靈臺而并求也哉! 於是爲姑蘇臺之賦,以亂之歌曰:

　　臺之築兮民勞,君之怒兮怒夫不高。女色兮迷人,日夕兮恢恢。月明兮烏啼,君王之宴兮不醉無歸。敵已至兮不知,人已去兮臺亦墮。吊麋鹿之遺址,撫怒濤其同悲。

【校】

① 欺:勞格校記作"欹"。

② 夷：勞格校記作“革”。鏤：原本作“縷”，據勞格校記改。

【箋注】

〔一〕姑蘇臺：史記吳太伯世家集解：“越絕書曰：‘闔廬起姑蘇臺，三年聚材，五年乃成。高見三百里。’”索隱：“姑蘇，臺名，在吳縣西三十里。”

〔二〕闔閭：即公子光，弑王僚而自立爲王。生平事迹詳見史記吳太伯世家。

〔三〕夫差：闔閭之子，繼闔閭而爲吳王。事迹詳見史記吳太伯世家。

〔四〕黃池：吳王夫差與晉定公爭霸於此。文選左思吳都賦：“闕溝乎商、魯，爭長於黃池。”注：“闕池爲深溝於商、魯之間，北屬之濟，以會晉定公於黃池。吳、晉爭長，吳先歃，晉惡之。”

〔五〕讐棲越嶠：吳王夫差報父之仇，興兵滅越，將越王勾踐安置於會稽。見史記越王句踐世家。

〔六〕進美人於會稽：指越王勾踐獻西施與吳王夫差。

〔七〕館娃宮：相傳專爲西施而建。宋范成大吳郡志卷八古迹館娃宮：“吳越春秋、吳地記皆云闔閭城西有山號硯石山，山在吳縣西三十里，上有館娃宮。又，方言曰吳有館娃宮，今靈巖寺即其地也。”

〔八〕響屧廊：在靈巖山寺，相傳吳王令西施等步屧，廊虛而響，故名。參見宋范成大吳郡志卷八古迹。

〔九〕怳神女之憑虛：參見鐵崖先生古樂府卷九陽臺曲注。

〔十〕秦嬴：魏鍾會撰菊花賦：“乃有毛嬙、西施，荊姬、秦嬴，妍姿妖艷，一顧傾城。”又，此用秦弄玉騎鳳事，參見鐵崖先生古樂府卷十小游仙之二十五注。

〔十一〕有酒如澠：左傳昭公十二年：“有酒如澠，有肉如陵。寡人中此，與君代興。”

〔十二〕鴟夷：指伍子胥。參見麗正遺音卷一吊伍君注。

〔十三〕鳥喙：喻指越王勾踐。史記越王句踐世家：“范蠡遂去，自齊遺大夫種書曰：‘蜚鳥盡，良弓藏；狡兔死，走狗烹。越王爲人長頸鳥喙，可與共患難，不可與共樂。’”

〔十四〕伍君：伍子胥。宋祝穆撰方輿勝覽卷二平江府胥門：“晏公類要：吳相伍員氏子胥家于此，後以諫死，令抉其目垂于此門，觀越兵之入。因以爲名。”

〔十五〕宰嚭：即吳太宰伯嚭，力主接受越王勾踐求和。

〔十六〕種：越國大夫文種，字子禽，行賄於伯嚭而使勾踐復仇成功，後自殺。

蠡：范蠡，越國上將軍。二人事迹參見史記越王勾踐世家。

〔十七〕若耶：溪名。參見鐵崖先生古樂府卷下吳下竹枝歌之一注。

〔十八〕太伯：即泰伯。漢永興二年，太守糜豹始建吳泰伯廟於姑蘇閶門外，其後泰伯廟屢有興廢，吳越王錢鏐時，遷于閶門内。宋元符三年，封泰伯爲至德侯。詳見明初盧熊撰蘇州府志卷十五祠祀。

〔十九〕靈臺：毛詩正義卷十六靈臺序：“靈臺，民始附也。文王受命，而民樂其有靈德，以及鳥獸昆蟲焉。”

〔二十〕金臺：指燕昭王所筑黃金臺。參見鐵崖先生古樂府卷一金臺篇注。

姑蘇臺賦之二

駕扁舟於具區〔一〕，過夫差之故都。考平生之史册，探今日之姑蘇。當夫春秋之季，始聞闔閭。伐鄰①戰楚〔二〕，列會兵車。終以夫差奮武，橫開伯圖。大邦懷畏，小邦走趨。天地爲之改觀，風霆爲之馳驅。當是時也，内有志謀之士，外有雄悍之夫。吳辟則虎，越辟則狐。南强北伯，莫之抗予。由是志驕而溢，量窄而膚。舍敵國之外患，乃築臺而自娱。

於是鳩工累土，運畚載塗。矗九重於日表，通咫尺於天衢。影没滄浪之水，勢壓虎丘之隅〔三〕。結坤之絡，振乾之樞。五岳屹立乎霄漢，三山飛出乎方壺。彼方積薪而卧〔四〕，我乃宴鳩而居〔五〕。宜其勢高則傾，器滿則虞。覆亡莫救，禮義放疎。致使夷②社而滅國，何異拉朽而摧枯。爾其游觀爲沼，歌舞成墟。春風走鹿，夜月啼烏。鯨吞㟧浦，龍作太湖。江雲吞吐，海雨模糊。嘯饑鳶於島嶼，悲落雁於洲渚③。劍精掩一抔④之土〔六〕，水犀滅萬軍之夫〔七〕。

居人悵怏，行客踟躕。固欲暢懷而登眺，無乃愴古以嗟吁。仲雍之祀，誰其忽諸〔八〕。指血未乾，懷寶迷吳〔九〕。疾攻心腹，諫咈龍魚〔十〕。妖女尚媚容於脂粉，忠臣已吼血於屬鏤〔十一〕。金香時鬱乎樓闕，鐵甲夜啟乎閨闈。甬東之耻，深慚伍胥〔十二〕。使勾踐得伸乎烏喙〔十三〕，黃金合鑄乎陶朱〔十四〕。顧兹臺之既傾，空對景而欷歔。後之銅雀，愧分香而賣履〔十五〕；及乎戲馬〔十六〕，空叱咤而暗鳴。嗟二雄之覆轍,曾不鑒於茲乎!

【校】

① 郊：疑爲"郢"之誤寫,參見注釋。
② 夷：勞格校記作"亡"。
③ 渚：勞格校記作"蘆"。
④ 抷：原本作"坏",徑改。

【箋注】

〔一〕具區：指吳、越之間之太湖,又稱震澤。參見周禮職方氏。

〔二〕郊：似當作"郢",郢爲楚國都城,闔閭率軍攻克。詳見史記吳太伯世家。

〔三〕虎丘：宋范成大吳郡志卷十六虎丘:"虎丘山又名海湧山,在郡西北五里,遙望平田中一小丘。"

〔四〕積薪而臥：指越王勾踐臥薪嘗膽,準備報仇。詳見史記越王勾踐世家。

〔五〕宴鴆：宴安鴆毒。左傳閔公元年:"宴安鴆毒,不可懷也。"杜預注:"以宴安比之鴆毒。"

〔六〕"劍精"句：史記吳太伯世家集解:"案越絕書曰：闔廬冢在吳縣昌門外,名曰虎丘。下池廣六十步,水深一丈五尺,桐棺三重,澒池六尺,玉鳧之流扁諸之劍三千,方員之口三千,槃郢、魚腸之劍在焉。卒十餘萬人治之,取土臨湖。葬之三日,白虎居其上,故號曰虎丘。"

〔七〕水犀：指吳王夫差軍中"衣水犀甲者十有三萬人"。參見漢趙曄吳越春秋卷六勾踐伐吳外傳。

〔八〕"仲雍之祀"二句：蓋謂後世吳人不甚重視對仲雍之祭祀。仲雍：太伯弟,讓賢與幼弟,而偕太伯奔吳。詳見史記吳太伯世家。又據明初盧熊撰蘇州府志卷十五祠祀記載,"泰伯居右,仲雍居左,皆南面坐"。可見仲雍實無專廟,與泰伯共祀於泰伯廟內。

〔九〕懷寶迷吳：蓋指伍子胥欲效忠於吳王、爲政於吳國而不得。論語陽貨:"(陽貨)謂孔子曰：'來! 予與爾言。'曰：'懷其寶而迷其邦,可謂仁乎?'"注:"馬曰：言孔子不仕,是懷寶也。知國不治而不爲政,是迷邦也。"

〔十〕龍魚：用白龍化爲魚爲豫且所射事,參見楊鐵崖咏史玩鞭亭注。

〔十一〕屬鏤：吳王夫差賜伍子胥屬鏤之劍以死。

〔十二〕"甬東之恥"二句：謂吳王夫差臨終追悔莫及。史記吳太伯世家:"越敗吳,越王句踐欲遷吳王夫差於甬東,予百家居之。吳王曰：'孤老矣,不能事君王也。吾悔不用子胥之言,自令陷此。'遂自剄死。"

〔十三〕烏喙:喻指勾踐。參見上篇姑蘇臺賦之一。

〔十四〕陶朱:史記越王勾踐世家:"(范蠡)乃歸相印,盡散其財,以分與知友鄉黨,而懷其重寶,間行以去,止於陶,以爲此天下之中,交易有無之路通,爲生可以致富矣。於是自謂陶朱公。"吳越春秋勾踐伐吳外傳:"越王乃使良工鑄金,象范蠡之形,置之坐側,朝夕論政。"

〔十五〕銅雀臺:魏武帝曹操修建。參見陳善學序刊楊鐵崖先生文集卷五銅雀妓注。

〔十六〕戲馬臺:"在(彭城)縣東南二里,項羽所造,戲馬於此",參見元和郡縣志卷十徐州。

卷五十二　鐵崖賦稿卷上之下

象載賦[一]

聖德昭兮皇風赫,和氣流兮休祥集。昔漢德之方炎,偉武皇之御極。詠赤雁於雅歌[二],知象載之同出。吾想西方之英,山嶽之靈,聚彩毓秀,據奇吐英。孕瑞物於岩突,昭斯世之太平。鍾元氣以爲質,妙大巧於無形。靭軧軨軸之咸備,輈輖輗軏之天盛。蓋象乎任載之車,所以爲瑞世之徵也。

上圓類乎穹昊,下方法乎柔祇。斧斤之迹既泯,而輪輻之製不遺。應規合矩,或似無而有;軒前輕後,或似是而非。實化工之所造,非人力之能爲。於是群仙驂乘,山靈捧轂。望長安之迢遥,瞻帝居之蕭穆。造父之徒不能御[三],渥洼之馬不能服[四]。遡埃堨以回旋,駕清飆以馳逐。仙關曉起,與玉輅以争輝[五];輦道塵清,使金根之退伏[六]。念轍迹之無繼,望先驅之神速。烟霏碧樹,騰瑞彩於晴虹;露濕瑶階,眩祥光於清旭。并芝房以纚美[七],侍竹宮之祈祝[八]。蓋地不愛寶而效靈,天眷武皇而錫福。此所以詠①於侍臣之歌,進於太史之録。

然是時也,未央、建章之纏屬,千門萬户以相紆[九]。内爲求仙之舉,外爲瀆武之圖。方將殷朱輪以逐北,望指南於飛車[十]。無輪臺之一詔[十一],殆漢室之爲墟。如是則象載之出,恐適以媚君之不德,而爲天下之厚誣。

且與其瑞於異物,孰若瑞於吾人!如嵩岳之降神,生申、甫之良臣[十二]。運元氣於樞機,載斯文於鈞衡。軼吾皇於太古,輓吾民於太平。豈不勝夫象載非載,而不可以用;似輿非輿,而不可以乘。如是則象載之出,未必不爲方士之怪誕,以惑君之聰明。雖然,瑞固有應,應必有徵。山出器車,著於禮經[十三]。出匪其時,爲世所輕。使象載也,果出於唐、虞之上,與鳳凰以來庭,又未必不爲珍矣。

浮雲蒼蒼,往事堪傷。未央之銅馳荆棘,茂陵之石馬荒涼[十四]。何當裹仙人之清淚[十五],與論夫象載於渺茫。

【校】

① 詠：原本作"誅"，據勞格校記改。

【箋注】

〔一〕象載：據下文所謂"軔軹軥軸之咸備，輈輲輗軛之天盛"、"象載非載，而不可以用；似輿非輿，而不可以乘"等等，蓋指形似車輿之象車。漢書禮樂志二："象載瑜，白集西，食甘露，飲榮泉。赤雁集，六紛員，殊翁雜，五采文……象載瑜十八，太始三年行幸東海獲赤雁作。"顏師古注："象載，象輿也。山出象輿，瑞應車也。瑜，美貌也。言此瑞車瑜然色白而出西方也。"

〔二〕"詠赤雁"句：漢書武帝紀："（太始三年二月）行幸東海，獲赤雁。作朱雁之歌。"

〔三〕造父：相傳爲周穆王駕車。

〔四〕渥洼：相傳天馬出於此。參見鐵崖先生詩集丙集題任月山所畫唐馬卷注。

〔五〕玉輅：上古帝王專用座車，飾以美玉。

〔六〕金根：車名，秦始皇作，以金銀爲飾。參見後漢書輿服志。

〔七〕芝房：史記孝武本紀："（元封二年）夏，有芝生殿防內中。天子爲塞河、興通天臺若有光云，乃下詔曰：'甘泉防生芝九莖，赦天下，毋有復作。'"索隱："芝生殿房中。案：生芝九莖，於是作芝房歌。"

〔八〕竹宫：參見麗則遺音卷二泰畤注。

〔九〕千門萬户：指建章宫。參見本卷太液池賦。

〔十〕指南車：參見鐵崖賦稿卷下記里車賦。

〔十一〕輪臺一詔：漢武帝與匈奴連年交戰，兵凋民勞，道殣相望，頗悔。後御史大夫桑弘羊請輪佃輪臺，武帝拒之，詔曰："當今之務，務在禁暴、止擅賦。"遂不復言戰，國家安寧。參見漢劉向撰新序卷十善謀。

〔十二〕嵩岳：又稱崧高。詩集傳大雅崧高："崧高維嶽，駿極于天。維嶽降神，生甫及申。維申及甫，維周之翰。"傳："宣王之舅申伯出封於謝，而尹吉甫作詩以送之。言嶽山高大，而降其神靈和氣，以生甫侯、申伯，實能爲周之楨幹屏蔽，而宣其德澤於天下也。"

〔十三〕"山出器車"二句：參見鐵崖賦稿卷下器車賦。

〔十四〕茂陵：漢武帝陵墓。

〔十五〕仙人：指金銅仙人承露盤。參見麗則遺音卷三承露柈注。

紫微垣賦〔一〕

翰林主人問於大比賓曰：“子亦知夫天上紫微之垣乎？”

賓曰：“二氣既闢，九天獨穹。圓方相涵，浩蕩無窮。星藩十五，天門九重〔二〕。維七在西，其八在東。跨中元之浩蕩，接北極之鴻蒙。左樞右樞之夾户〔三〕，天乙大乙之當墉〔四〕。三爲庶子之居，四爲後宮之櫳。上宰少宰之以次，上丞少丞之相從〔五〕。二位在大贊府而優游，兩輔處陰德門而從容。女史①柱史之守，天柱②大理之恭。勾陳橫尾之指北，天皇獨在而居中。五帝內座之後門〔六〕，十六華蓋之并杠〔七〕。名傳舍之九星〔八〕，如庖丁之衆庖〔九〕。八宿號八穀之俊〔十〕，六曜名六甲之雄。四辰名爲四輔，三台目以三公〔十一〕。天府階之崒嵂，文昌室之穹窿。惟文星之淡淡，似月形之朦朦。天桴天牀之設，天柱天牢之充。樞精突兀，北斗高沖。璇璣權衡之粲粲，闓陽瑤光之瞳瞳。環太微之正衛，朝太陽之昭融。東垣比夫上③相，西垣比夫上將。而垣之貴要，無過乎紫微之宮矣。”

主人莞爾而笑曰：“此因天上紫微垣也。若夫燕山之地，冀都之封。天吉其相，地靈其鍾。拱大明④之丹墀，待未央之紫宮。襟高臺於龍虎〔十二〕，帶巨關於居庸。創華省之崔嵬，顧都堂之崚嶒。疏桂卓越乎青雲，畫棟高凌乎太空。軒檻繚繞而婀娟，窗櫺周迴而玲瓏。嵌岩赫澤，嶙峋岌衝。面天顏之不遠，知民望之有崇。滂澝溉注，爲鳳池之瀁。崛峋磊磈⑤，爲瀛洲之蓬。薇花開廊間之紫，蓮萼泛幕底之紅。東吏户禮，西兵刑工。相君居要於中令，曹司各職乎乃功。大陰陽之調爕，廣天下之會同。鳳閣空誇乎武后〔十三〕，薇省徒詫於玄宗〔十四〕。門下不語之以同日，尚書又直在其下風。總十省之領袖〔十五〕，闢一人之四聰。不多門之是出，惟一揆之攸通。此非人間之紫薇垣也歟？”

大比賓曰：“方今錢唐浙水，武林胥岡〔十六〕。巨湖在西而漾漾，大⑥江東去而溶溶。環四道而新作南省〔十七〕，拓闤闠而據乎要衝。東民子來，不日是攻。西蜀之栢，徂徠之松，南山之梓，嶧陽之桐。奔會雜集，翥鳳蜚龍。上承恩於天帝之澤，下懷德於柱國之公〔十八〕。此又人間第二之紫微垣也。況今大比之歲,歌乎鹿鳴之工。歷都堂而北觀,伏丹墀而對恭。觀三登之取士,奚異禹門之登龍! 愚也不敏,方將探洙、泗於硯沼〔十九〕,列五嶽於筆鋒。春宮較藝,上國觀光。奏三千禮樂之字〔二十〕,披二十八宿之胸。十年鳳池之到〔二十一〕,則紫微之垣,安知不置吾七尺之躬乎?"

　　於是主人喜而爲之頌,頌畢而效三呼之嵩。

【校】

① 女史:原本無,何氏校本增補。
② 天柱:原本無,何氏校本增補。
③ 上:原本作"土",據勞格校本改。
④ 明:勞格校本改作"殿"。
⑤ 碪:原本作"聞",據勞格校本改。
⑥ 大:原本作"太",徑改。

【箋注】

〔一〕本文虛擬"翰林主人"與"大比賓"對話,描摹并誇飾元朝中書省與江浙行中書省之地位作用,兼寫作者懷抱,或當作於元泰定四年(一三二七),鐵崖在京考進士之際。繫年依據:"紫微"乃中書省舊名。據"方今錢唐 浙水,武林 胥岡"、"十年鳳池之到,則紫微之垣,安知不置吾七尺之躬"等語,知"大比賓"乃江浙士人,赴京參與會試,且有日後進身中書省之雄心。故疑此所謂"大比賓",實爲鐵崖自擬。大比賓,此指參與會試之士子,在元代應爲鄉貢進士。紫微垣:晉書天文志:"紫宮垣十五星,其西蕃七,東蕃八,在北斗北。一曰紫微,大帝之座,天子之常居也,主命主度也。"

〔二〕天門九重:楚辭章句九辯:"豈不鬱陶而思君兮,君之門以九重。"樂府詩集郊廟歌辭一漢郊祀歌:"九重開,靈之斿。"

〔三〕左樞右樞:宋史天文志紫微垣:"東蕃近閶闔門第一星爲左樞……其西蕃近閶闔門第一星爲右樞。"

〔四〕天乙大乙:清游藝天經或問卷三經星名位:"天乙星在紫宮門右星南,天帝之神也。太乙星在天乙南,亦帝之神也。"

〔五〕"三爲"四句:明王英明曆體略卷中附步天歌:"中垣紫微宮,北極五星在其中。大帝之座第二珠,第一前星太子居。第三之號爲庶子,四爲后宮五天樞。左右四星是四輔,天乙太乙當門路。左樞右樞夾南門,兩面營衛二八伍。太尉少尉右樞連,依序上輔與少輔。上衛少衛次上丞,後門東邊兩贊府。門西唤作一少丞,依次却向前門數。陰德門裏兩黄聚,尚書以次其位五。女史柱史各一户,女御四星五天柱。"

〔六〕"勾陳"三句: 步天歌:"大理兩星陰德邊,鈎陳尾指北極巔,鈎陳六星六甲前。天皇獨在鈎陳裏,五帝内座後門是。"

〔七〕"十六"句: 甘公、石申 星經卷上華蓋:"華蓋十六星,星在五帝座上,正,吉,帝道昌。星傾,邪,大兇。扛九星爲華蓋之柄也。"(載説郛卷一百八。)

〔八〕傳舍: 星經卷上傳舍:"傳舍九星在華蓋、奚仲北,近天河,主賓客之館。"又,步天歌:"華蓋并杠十六星,杠作柄象蓋織形。蓋上連連九箇星,名曰傳舍如連丁。"

〔九〕庖丁: 晉書天文志:"西南角外二星曰内厨,主六宫之内飲食,主后妃夫人與太子宴飲。東北維外六星曰天厨,主盛饌。"

〔十〕八穀: 晉書天文志:"其西八星曰八穀,主候歲。八穀一星亡,一穀不登。"又,步天歌:"垣外左右各六珠,右是内階左天廚。階後八星名八穀,廚下五箇天棓宿。天牀六星左樞在,内廚兩星右樞對。"

〔十一〕三台: 晉書天文志:"三台六星,兩兩而居,起文昌,列抵太微。一曰天柱,三公之位也。在人曰三公,在天曰三台,主開德宣符也。"

〔十二〕龍虎臺: 位於居庸關南口。參見陳善學序刊楊鐵崖先生文集卷六阿犖來操注。

〔十三〕鳳閣: 武則天於唐 光宅元年改中書省爲"鳳閣",此後遂用作中書省別稱。

〔十四〕薇省: 唐玄宗 開元元年改中書省曰紫微省,中書令曰紫微令。參見舊唐書職官志。按: 紫微,亦作"紫薇"。

〔十五〕十省: 按元史 百官志,元代除中書省外,設立河南江北、江浙、江西等十個行中書省。

〔十六〕胥岡: 此指杭州 吴山。按: 吴王夫差取子胥尸浮之江中,吴人憐之,爲立祠於江上,因命曰胥山。然胥山究竟位於何處,説法不一,水經注云子胥死於吴,吴人立祠江上,名胥山。杭州 吴山又名胥山,蘇州 吴縣亦有胥山。

〔十七〕南省: 指江浙行中書省。江浙行省創立於至元二十一年,治於杭,下轄江南浙西道、浙東道、江南諸道、福建道等四道。參見元史 地理志。

〔十八〕柱國: 按元史 百官志,勳階共計十等,第一上柱國,正一品。其次柱國,從一品。

〔十九〕洙泗：漢書地理志：“魯地，奎、婁之分埜也……其民有聖人之教化。……瀕洙泗之水，其民涉度，幼者扶老而代其任。”又，史記貨殖列傳：“鄒魯濱洙泗，猶有周公遺風。”

〔二十〕三千禮樂之字：宋代科舉考試，曾規定試策論三道，以三千字以上爲准。故夏竦應廷試詩曰：“縱橫禮樂三千字，獨對丹墀日未斜。”（載宋詩紀事卷九。）元高明寄月彦明省郎詩亦曰：“當年禮樂三千字，今日須看及物功。”（載式古堂書畫匯考卷十九。）按：元代科舉考試，策論字數大爲減少。據元史選舉志一，漢人、南人會試“第三場，策一道，經史時務内出題，不矜浮藻，惟務直述，限一千字以上”。

〔二十一〕鳳池：即鳳凰池，本指禁苑中池沼，魏晉南北朝時，設中書省於禁苑，故後人稱中書省爲“鳳凰池”。

封禪賦〔一〕

噫吁嘻，封禪何始也？五三無其憲〔二〕，其秦、漢之侈①心乎〔三〕！六籍無其載〔四〕，其緯書之詖淫乎！由人主之好名，紛②佞臣之逢欲。故勞民而張費，貽一時之慘毒。崇封降禪，其祀兮何志！泥金塗玉〔五〕，其秘兮何辭！上不足以格皇穹，下不足以福蒸黎。不過誇詡功德，而爲長生不死之祈者乎！

昔重華之巡守〔六〕，至於岱宗之下。嘗燔柴以告至〔七〕，豈五色之封土〔八〕。羌③昧者之罔覺，鑿鈎命之簧④鼓〔九〕。證禮器之升中，封泰山而禪梁父〔十〕。遂一趨而問惑〔十一〕，妄殊流之原祖。登介⑤丘而礛石〔十二〕，謂卒業之有取。然而立名紀功，何二葉而亡羊〔十三〕。致海内之虛耗，亦封巒之啟行。或巨迹與三呼〔十四〕，受面罔於聾盲。世祖拒群臣之請〔十五〕，亦先代之懲羹〔十六〕。胡⑥讖文之重蔽，遽轉石而紛更〔十七〕。彼有後元之主，分獨守其儉節〔十八〕；天監之君，聆嘉謨而遽輟〔十九〕。迨貞觀之採議，德太微之警孚〔二十〕，何開元之旋踵〔二十一〕，又天人之敢咈。

噫吁嘻，考封禪之不經兮，信非三代聖王之對越。孰能闡正經之通議，滅緯書之曲説。嫉邪如魏公〔二十二〕，尚以其時爲未可；達道如昌黎，猶縱其君之蹈轍⑦〔二十三〕。痛草儀於身後，紛相尤於佞舌。夫郊上玄於圓丘,祀申儀于方澤。遍靈祇於四望,有山川與喬嶽。躬秉精以端誠,侈天子之禮樂。兹祀典之所昭,焉皇皇其更索！自伯者誇大,管氏猶不能以格非,七十二君之無稽〔二十四〕,又焉用夫誕爲。尚論古人,獨一許懋之建議〔二十五〕,闢衆邪於直筆。其曰聖主不封禪,而凡主之不應兮。豈非百代之元龜,而足以箴時君之痼疾。

【校】

① 侈：原本作“移”,據勞格校記改。

② 紛：原本作“繽”,據勞格校記改。

③ 羌：勞格校記作“惟”。

④ 簧：原本作“篁”,據勞格校記改。

⑤ 介：原本誤作“分”,據史記改正。參見本文注釋。

⑥ 胡：勞格校記作“何”。

⑦ 轍：原本作“輟”,據勞格校記改。

【箋注】

〔一〕封禪：史記封禪書正義：“此泰山上築土爲壇以祭天,報天之功,故曰封。此泰山下小山上除地,報地之功,故曰禪。言禪者,神之也。”

〔二〕五三：指三皇五帝。

〔三〕“秦漢”句：中說卷一王道篇：“(文中子)曰：封禪之費,非古也,徒以夸天下,其秦、漢之侈心乎？”

〔四〕六籍：指易、詩、書、禮、樂、春秋等儒家經典。

〔五〕泥金塗玉：史記封禪書正義：“白虎通云：或曰封者,金泥銀繩,或曰石泥金繩,封之印璽也。”

〔六〕重華：舜之美稱。

〔七〕“至於”二句：尚書舜典：“歲二月,東巡守。至於岱宗,柴。”注：“諸侯爲天子守土,故稱守,巡行之……岱宗,泰山,爲四岳所宗。燔柴祭天告至。”

〔八〕五色之封土：漢書武五子傳：“皇帝使御史大夫湯廟立子閎爲齊王,曰：‘烏呼！小子閎,受兹青社。’”顏師古注引張晏曰：“王者以五色土爲太社,封四方諸侯,各以其方色土與之。茸以白茅,歸以立社。”

〔九〕鈎命：緯書孝經鈎命決之略稱。梁書許懋傳：“時有請封會稽禪國山者,高祖雅好禮,因集儒學之士,草封禪儀,將欲行焉。懋以爲不可,因建議曰：‘臣案舜幸岱宗,是爲巡狩,而鄭引孝經鈎命決云“封于泰山,考績柴燎,禪乎梁甫,刻石紀號”。此緯書之曲説,非正經之通義也。’”

〔十〕“封泰山”句:隋書禮儀志二:“自古帝王之興,皆稟五精之氣。每易姓而起,以致太平,必封乎太山,所以告成功也。封訖而禪乎梁甫,梁甫者,太山之支山,卑下者也,能以其道配成高德。故禪乎梁甫,亦以告太平也。”

〔十一〕一趨而問惑:當指漢武帝行封禪時問黃帝冢。史記孝武本紀:“上曰:‘吾聞黃帝不死,今有冢,何也?’或對曰:‘黃帝已仙上天,群臣葬其衣冠。’既至甘泉,爲且用事泰山,先類祠泰一。”

〔十二〕介丘:史記司馬相如列傳:“蓋周躍魚隕杭,休之以燎,微夫斯之爲符也,以登介丘,不亦恧乎!”集解:“漢書音義曰‘介,大;丘,山也。言周以白魚爲瑞,登太山封禪,不亦慚乎!’”

〔十三〕“然而立名紀功”二句:謂秦始皇父子行封禪而未能使其江山永固。史記封禪書:“(秦始皇)上自泰山陽至巔,立石頌秦始皇帝德,明其得封也。從陰道下,禪於梁父……二世元年,東巡碣石,并海南,歷泰山,至會稽,皆禮祠之,而刻勒始皇所立石書旁,以章始皇之功德。”

〔十四〕“巨迹”句:漢武故事:“拜公孫卿爲郎,持節候神。自太室至東萊,云見一人,長五丈,自稱‘巨公’,牽一黃犬,把一黃雀,欲謁天子,因忽不見。上於是幸緱氏,登東萊,留數日,無所見,惟見大人迹。”又:“上幸梁父,祠地主,上親拜,用樂焉;庶羞以遠方奇禽異獸及白雉白鳥之屬。其日,上有白雲,又有呼萬歲者。”

〔十五〕世祖:東漢光武帝廟號。建武三十年二月,群臣上言,謂當今皇帝即位三十年,宜封禪泰山。光武拒絶,曰:“即位三十年,百姓怨氣滿腹。吾誰欺?欺天乎?”參見資治通鑑卷四十四漢紀三十六世祖光武皇帝下、宋沈樞撰通鑑總類卷十上漢光武却群臣請封禪。

〔十六〕懲羹:楚辭九章惜誦:“懲於羹者而吹虀兮,何不變此志也?”

〔十七〕“胡讖文之重蔽”二句:謂光武帝拒絶群臣請行封禪兩年之後,受緯書讖文蠱惑,下令封禪。詳見通鑑總類卷十上光武感河雒文而封禪。

〔十八〕“彼有後元之主”二句:指西漢文帝因節儉而不封禪。史記孝文本紀:“漢興,至孝文四十有餘載,德至盛也。廩廩鄉改正服封禪矣,謙讓未成於今。”又,資治通鑑卷一百九十四貞觀六年:“(唐太宗曰:)昔秦始皇封禪,而漢文帝不封禪,後世豈以文帝之賢不及始皇邪!”按:後世稱文帝改元之後爲“後元”,故此稱“後元之主”。

〔十九〕天監:南朝梁武帝蕭衍年號。按:梁武帝聽從許懋建議而輟封禪。詳見資治通鑑“梁武帝天監八年”有關記載。

〔二十〕“迨貞觀”二句：舊唐書褚遂良傳：“（貞觀）十五年，詔有事太山。先幸洛陽，有星孛于太微，犯郎位。遂良言於太宗曰：‘陛下撥亂反正，功超前烈，將告成東嶽，天下幸甚。而行至洛陽，彗星輒見，此或有所未允合者也……’太宗深然之，下詔罷封禪之事。”

〔二十一〕開元之旋踵：舊唐書禮儀志三：“玄宗開元十二年，文武百僚、朝集使、皇親及四方文學之士，皆以理化昇平，時穀屢稔，上書請修封禪之禮并獻賦頌者，前後千有餘篇……乃下制。”

〔二十二〕魏公：指魏徵。舊唐書禮儀志三：“貞觀六年，平突厥，年穀屢登，群臣上言請封泰山……秘書監魏徵曰：‘隋末大亂，黎民遇陛下，始有生望。養之則至仁，勞之則未可。升中之禮，須備千乘萬騎，供帳之費，動役數州。戶口蕭條，何以能給？’太宗深嘉徵言。”

〔二十三〕“達道”二句：韓愈曾上表建議唐憲宗至泰山封禪，詳見其潮州刺史謝上表。

〔二十四〕管氏：指管仲。文獻通考卷八十四封禪：“按文中子曰：‘封禪非古也，其秦漢之侈心乎！’而太史公作封禪書，則以爲古受命帝王，未嘗不封禪，且引管仲答齊桓公之語，以爲古封禪七十二家，自無懷氏至三代，俱有之。蓋出於齊、魯陋儒之説，詩書所不載，非事實也。”按：相傳上古封禪七十二家，即所謂七十二君。參見鐵崖先生古樂府補卷二太山高。

〔二十五〕許懋：梁武帝時官至中庶子，梁書有傳。資治通鑑卷一百四十七梁紀三：“（武帝天監八年正月）上命諸儒草封禪儀，欲行之。許懋建議，以爲‘……若聖主，不須封禪；若凡主，不應封禪’。”

均田圖賦

按五代周世宗以均田圖賜諸道[一]，蓋均田之制創自後魏孝文[二]，而其圖則李唐元稹①獻於德宗者也[三]。因作均田圖賦曰：

嗟阡陌之一開兮，肆兼并之不仁。制不可以率復兮，乃議田之是均。鬱林林之黎元兮，資稼穡以爲生。既教養之無法兮，宜貧富之不平。繫口分而畫野兮，允經國之大式。必邑地之相參兮，限田萊而有極。土不遺利兮，人無餘力。派頃田于單陋兮，制強宗之侵陵。獲資生之大利兮,免豪右之倍徵。此均田之大略兮,見寫圖之詳悉。將損多而益寡兮,致齊民之歸一。相爾疇之紛紛兮,畎爲數其秩秩。受露田之四十兮[四],配桑田之二十。定盈縮於還與受兮,各分牛以自給。强不敢於占奪兮,弱猶得以播殖。圖雖卷而不盈兮,備輿地之所有。粲良策於指掌兮,念生靈其獨厚。

懿元魏之文辟兮,獨有志乎古制也。荃用夏以變易兮,昭太和之康乂也[五]。唐有臣曰元稹兮,圖均田于德宗。幸皇覽之見收兮,路透迤而不通。迄柴宗之顯德兮[六],巧留心于務農。頒稹圖於諸鎮兮,均境内之租庸。雖不能伯仲於魏之君兮,亦拔萃于五季也。視貞元之聚斂兮[七],誠何足與議也!慨圖遠而名存兮,異索駿之丹青。倘按圖以取則兮,吾固知其有成。伊李泌②之農書兮[八],與斯圖其表裏。當中和而進獻兮[九],亦務本之深意。彼輿地非無圖兮,徒經營乎版籍。豳風之亦有圖兮[十],亦勤勞夫稼穡。豈若名田之與限兮,紛總總其可行也。實醇儒之良計兮,均井地之不平也[十一]。亂曰:

均田有圖,唐所作兮。厥制初行,魏之度兮。桑井思復,孰諗其故兮。索空圖於實效③,幾太平之助兮。

【校】

① 稹:原本作"禎",勞格校記作"氏",據舊五代史徑改。下同。
② 泌:原本作"秘",據舊唐書改。
③ 原本"效"字下有"兮"字,據勞格校本删去。

【箋注】

〔一〕周世宗:後文稱之爲柴宗。舊五代史周世宗本紀:"(顯德五年七月)丁亥,賜諸道節度使、刺史均田圖各一面。唐同州刺史元稹,在郡日奏均户民租賦。帝因覽其文集而善之,乃寫其辭爲圖,以賜藩郡。時帝將均定天下賦稅,故先以此圖遍賜之。"
〔二〕後魏:又稱元魏、北魏。北魏孝文帝太和九年,下詔均給天下民田。詳見魏書食貨志。
〔三〕其圖則李唐元稹獻於德宗者:後世於此有異議,或謂元稹撰表而已,并未作圖。四庫全書總目五代會要三十卷曰:"周世宗讀長慶集,見元微之所上均田表,因令製素成圖,頒賜諸道。而歐史乃云世宗見元微之均田圖,

是直以圖爲元微之作,乖舛尤甚。"按:元稹所撰同州奏均田,載元氏長慶
集卷三十八狀。

〔四〕露田:不栽桑麻而專植穀物之田。

〔五〕太和:北魏孝文帝年號。

〔六〕顯德:周世宗年號。

〔七〕貞元:唐德宗年號。

〔八〕李泌之農書:實指李泌請令下臣於中和節進獻農書。舊唐書德宗本紀
下:"(貞元五年春正月)宰臣李泌請中和節日令百官進農書,司農獻種稑
之種,王公戚里上春服,士庶以刀尺相問遺,村社作中和酒,祭勾芒以祈年
穀。從之。"李泌,新、舊唐書皆有傳。

〔九〕中和:節日名,唐德宗貞元五年始定。新唐書李泌傳:"泌謂:'廢正月晦,
以二月朔爲中和節,因賜大臣戚里尺,謂之裁度。民間以青囊盛百穀瓜果
種相問遺,號爲獻生子。里閭釀宜春酒,以祭句芒神,祈豐年。百官進農
書,以示務本。'帝悦,乃著令,與上巳、九日爲三令節。"

〔十〕豳風有圖:後人常爲詩經配圖,其中豳風圖更爲多見,且常用作勸諫,元代
也不例外。元史塔失不花傳:"英宗居東宫,塔失不花撰集前代嘉言善行,
名曰承華事略,并畫豳風圖以進。"

〔十一〕井地:指盛行於西周之井田制度。

玉筍班賦[一]

維人才之用舍,關治亂與盛衰。上實勞于慎取,下寧粥以自卑。
羌①貢舉之選士,亦取法於成周。或論秀於鄉里,或舉逸於山丘。觀
大唐之得士,首登瀛之有耀[二]。迨揭榜於元和,紛龍吟而虎嘯[三]。當
長夜之羌②元,亦大比之急賢。何錢公之知舉,累宗閔③之私牽[四]。幸
後來之有選,蓋前日之所僭。曰海内之名士,咸茅拔而茹聯[五]。乃若
唐、薛稱首,袁郁④在中[六]。堂堂之姿,寋寋之風。錚錚鐵中之玉[七],
濯濯人中之龍[八]。凡得與夫甲乙之列者,莫不清俊而奇秀、磊落而雍
容也。宜其絶一榜之"龍虎",班"玉筍"以爲名。"玉"以譬人才之
貴,"筍"以方人品之榮。吾想其臚傳既唱,袍笏初承。冠章甫以山
立,珮琳琅而鏘鳴。皎如玉樹之隔塵埃,瑩若金莖之歷青冥。彼蔣氏

之風標〔九〕,又豈足以當夫是稱。

　　吾猶感“玉筍”之諸生,異娥眉之供奉。孰爲將相之英,孰爲文學之重。奄寺何術而可制,河隍何道而可統。矧宗閔之黨魁,來群小之匈匈〔十〕。宜太和之當國,欲進士之罷科〔十一〕。知唐、薛之虛聲,異韓、李之可誇〔十二〕。是則“玉筍”之雅評,曾不若蒼州之石,出奇於表墓〔十三〕;顧渚之“紫”,錫名於貢茶也〔十四〕。

　　嗚呼,抱荆山之三獻者〔十五〕,必待識而刓;韞崑山之一片者,必待賈而沽〔十六〕。懷蠵筅者叶律於雌雄〔十七〕,蓄柯亭者遇賞於吹噓〔十八〕。吾豈無望於今日之文衡,列朝班於王除。立玉筍之萬丈,肅朝端之楷模。蓋將與龍儀而鳳師,爲異世而同符也。

【校】

① 羌:勞格校記作“肇”。
② 羌:勞格校記作“初”。
③ 閔:原本作“敏”,據下文及新唐書改。
④ 袁郁之“郁”,或作“都”。

【箋注】

〔一〕玉筍班:參見明佚名鈔本楊維禎詩集玉筍班注。
〔二〕登瀛:參見鐵崖先生詩集丙集題瀛洲學士圖注。
〔三〕“迨揭榜”二句:述“龍虎榜”之來由。新唐書文藝傳下歐陽詹:“舉進士,與韓愈、李觀、李絳、崔群、王涯、馮宿、庾承宣聯第,皆天下選,時稱‘龍虎榜’。”按:歐陽詹等舉進士在唐德宗貞元八年,陸贄主試,并非“元和”,本文有誤。
〔四〕“何錢公”二句:錢公,名徽。新唐書李宗閔傳:“李宗閔字損之。……長慶初,錢徽典貢舉,宗閔託所親於徽,而李德裕、李紳、元稹在翰林,有寵於帝,共白徽納干丐,取士不以實。宗閔坐貶劍州刺史。由是嫌忌顯結,樹黨相磨軋,凡四十年,搢紳之禍不能解。”
〔五〕“咸茅拔”句:易泰:“拔茅茹以其彙。”王弼注:“茅之爲物,拔其根而相牽引者也。茹,相牽引之貌也。”
〔六〕袁郁:新唐書作“袁都”。
〔七〕錚錚鐵:後漢書劉盆子傳:“卿所謂鐵中錚錚,傭中佼佼者也。”

〔八〕人中之龍：晉書宋纖傳：太守馬岌造訪不見，歎曰：“名可聞而身不可見，德可仰而形不可睹，吾而今而後知先生人中之龍也。”

〔九〕蔣氏：指蔣凝，唐懿宗咸通年間進士。北夢瑣言卷五沈蔣人物：“蔣凝侍郎亦有人物，每到朝士家，人以爲祥瑞，號‘水月觀音’。前代潘安仁、衛叔寶何以加此。唐末朝士中有人物者，時號‘玉笋班’。”

〔十〕“刓宗閔”二句：新唐書李宗閔傳：“宗閔性機警，始有當世令名，既寖貴，喜權勢。初爲裴度引拔，後度薦德裕可爲相，宗閔遂與爲怨。韓愈爲作南山、猛虎行規之。而宗閔崇私黨，薰煬中外，卒以是敗。”

〔十一〕“宜太和”二句：新唐書選舉志：“太和八年，禮部復罷進士議論，而試詩、賦。文宗從内出題以試進士，謂侍臣曰：‘吾患文格浮薄，昨自出題，所試差勝。’乃詔禮部歲取登第者三十人，苟無其人，不必充其數。是時，文宗好學嗜古，鄭覃以經術位宰相，深嫉進士浮薄，屢請罷之。文宗曰：‘敦厚浮薄，色色有之。進士科取人二百年矣，不可遽廢。’因得不罷。”

〔十二〕韓、李：指韓愈、李翱。舊唐書卷一百六十卷末：“史臣曰：貞元、大和之間……韓、李二文公，於陵遲之末，遑遑仁義，有志於持世範，欲以人文化成，而道未果也。至若抑楊、墨，排釋、老，雖於道未弘，亦端士之用心也。”按：韓愈、李翱二人皆謚“文”，故稱“文公”。

〔十三〕“蒼州之石”二句：當指蜀中石笋。華陽國志蜀志：“每王薨，輒立大石，長三丈，重千鈞，爲墓志，今石笋是也。”

〔十四〕“顧渚之紫”二句：霅川顧渚有茶樹生石上，其茶名爲“紫笋”，絕品之一。參見清鈔鐵崖楊先生詩集卷下長城懷古、宋史食貨志。

〔十五〕荆山三獻：指卞和獻玉，詳見後漢書趙壹傳注。

〔十六〕“韞崑山”二句：晉書郤詵傳：“累遷雍州刺史。武帝於東堂會送，問詵曰：‘卿自以爲何如？’詵對曰：‘臣舉賢良對策，爲天下第一，猶桂林之一枝、崑山之片玉。’”

〔十七〕嶰箋：嶰谷之竹，伶倫取以製作黄鍾之管。參見鐵崖先生古樂府卷十春俠雜詞之五注。

〔十八〕柯亭：藝文類聚卷四十四笛：“伏滔蔡邕長笛賦叙曰：余同僚桓子野有故長笛賦，傳之耆艾，云蔡邕之所作也。初，邕避難江南，宿於柯亭。柯亭之館，以竹爲椽。仰而眄之，曰良竹也。取以爲笛，奇聲獨絶。歷代傳之。”

弘文館賦[一]

　　基唐皇之肇造[二]，煥重華於乾坤。度神京而置館，錫嘉名曰“弘文”。維時四海瞻天日之表，八方掃雲霧之氛。播同書乎萬宇，倬爲章于九門。樸斲之勤，示丹膜於後世；輪奐之美，昭堂構於至尊。此豈非貞觀十四年之盛典[三]，而有光於文子文孫者乎！

　　想夫館之肇造也，穀旦既涓，梓人是責。取徂徠之松，暨新甫之栢[四]，斫辛夷以爲楣①，菊芳椒以爲壁。簪牙固見於兩端，榱題不知其幾尺。爰鳩僝功，爰著成績。碧瓦鱗次而與與，朱甍虹貫而奕奕。如翬斯飛，如跂斯翼[五]。宣后皇之經營，俾君子其藏息。至若天開道山，地接岩廊。學舍衍千百區之盛，部書裒二十②萬之强。聚牙籤錦軸之類，分金匱石室之藏[六]。來西閣綺疏之步，挹東觀芸草之香。矧天策之開雖久[七]，而瀛洲之登未央[八]。自攀鱗附翼之徒[九]，篷翔鵷振鷺之行。若虞、姚之與蔡、褚[十]，若德言之與歐陽[十一]。莫不衣冠濟濟，環珮鏘鏘。職本官以如故，兼學士之異常[十二]。去威顏於咫尺，近龍鳳之清光。夜直擁青綾之被[十三]，天機粲雲錦之裳。朝參既罷，燕見帝旁。乃萬機之暇，審百爲之方。講論古昔之言行，商略政事之紀綱。儲三品之俊秀，備諸生以頡頏。配都俞於元凱[十四]，歌喜起於明良[十五]。魚水之會，風雲之祥。符泰階之兩岌③[十六]，萃有虞之一堂④。

　　此弘文之館，所以追竦⑤其旅而金玉其相。靡徒侈一時之美觀，實以賁當代之文章。雖未足以經緯天地，而庶幾黼黻於大唐也。彼天禄、石渠之登，與金馬、玉堂之署。信雲感而風從，來拔茅而連茹[十七]。何漢武迎風之成，爲儲胥、露寒之所[十八]。慨多欲之荒唐，匪群英之容與。

　　嗚呼，文學已廢，弘文已開。偉貞觀之庶幾，爛雲漢之昭回[十九]。至今千載而下，猶恨夫生之遲莫，而不得預登瀛之群材。顧斯館其弗見，唯貫道之文尚有接夫後來。

【校】

①　辛夷：勞格校記作“文杏”。楣：勞格校記作“梁”。

② 二十：或當作“十二”，參見注釋引録舊唐書經籍志。

③ 炭：勞格校記作“比”。

④ 之：勞格校記作“於”。堂：原本作“廬”，據勞格校記改。

⑤ 㨦：勞格校記作“琢”。

【箋注】

〔一〕弘文館：資治通鑑卷一百九十二唐紀八：“（高祖武德九年，太宗）於弘文殿聚四部書二十餘萬卷，置弘文館於殿側。”

〔二〕唐皇：此指唐太宗。

〔三〕貞觀十四年之盛典：資治通鑑卷一百九十五唐紀十一：“（貞觀十四年）二月丁丑，上幸國子監，觀釋奠，命祭酒孔穎達講孝經，賜祭酒以下至諸生高第帛有差。是時上大徵天下名儒爲學官，數幸國子監，使之講論，學生能明一大經已上皆得補官。增築學舍千二百間，增學生滿二千二百六十員。……命孔穎達與諸儒撰定五經疏，謂之正義，令學者習之。”

〔四〕“取徂徠”二句：詩集傳魯頌閟宫：“徂來之松、新甫之柏，是斷是度，是尋是尺。”注：“徂來、新甫，二山名。”

〔五〕“如翬”二句：詩小雅斯干：“如跂斯翼，如矢斯棘，如鳥斯革，如翬斯飛，君子攸躋。”

〔六〕“聚牙籤錦軸之類”二句：實謂分類整理宫中藏書。據史書記載，在玄宗時。舊唐書經籍志：“國家平王世充，收其圖籍，泝河西上，多有沈没，存者重復八萬卷。自武德已後，文士既有修纂，篇卷滋多。開元時，甲乙丙丁四部書各爲一庫，置知書官八人分掌之。凡四部庫書，兩京各一本，共一十二萬五千九百六十卷。皆以益州麻紙寫。其集賢院御書，經庫皆鈿白牙軸，黄縹帶，紅牙籤；史書庫鈿青牙軸，縹帶，緑牙籤；子庫皆雕紫檀軸，紫帶，碧牙籤；集庫皆緑牙軸，朱帶，白牙籤，以分别之。”按：通鑑作二十餘萬卷。

〔七〕天策之開：資治通鑑卷一百八十九唐紀五：“上以秦王功大，前代官皆不足以稱之，特置天策上將，位在王公上。（武德四年）冬十月，以世民爲天策上將，領司徒、陝東道大行臺尚書令，增邑二萬户，仍開天策府，置官屬。以齊王元吉爲司空。世民以海内浸平，乃開館於宫西，延四方文學之士。”

〔八〕登瀛洲：參見本卷玉笥班賦。

〔九〕攀鱗附翼：唐温大雅大唐創業起居注卷二：“欣戴大弟，攀鱗附翼。惟冀早膺圖録，以寧兆庶。”

〔十〕虞、姚、蔡、褚：分別指虞世南、姚思廉、蔡允恭、褚亮，皆屬武德年間“登瀛州”之十八學士。參見新唐書褚亮傳。

〔十一〕德言、歐陽：指蕭德言、歐陽詢。二人於貞觀年間爲弘文館學士，新、舊唐書皆有傳。

〔十二〕“職本官”二句：房玄齡、虞世南等十八學士，皆以本官兼學士之職。詳見新唐書褚亮傳。

〔十三〕青綾：漢代尚書郎入直，供青綾被、白綾被或錦被。參見山堂肆考卷一百九十入直供被。

〔十四〕都俞：尚書正義卷五益稷：“禹曰：‘都！帝，慎乃在位。’帝曰：‘俞。’禹曰：‘安汝止，惟幾惟康，其弼直。’注：“言慎在位，當先安好惡所止，念慮幾微，以保其安，其輔臣必用直人。”元凱：即“八元八凱”。相傳帝嚳有才子八人，稱“八元”；顓頊亦有才子八人，稱“八愷”，堯用之而政平。詳見左傳文公十八年。

〔十五〕喜起：尚書正義卷五益稷：“帝庸作歌曰：‘勑天之命，惟時惟幾。’乃歌曰：‘股肱喜哉！元首起哉！百工熙哉！’”注：“元首，君也。股肱之臣喜樂盡忠，君之治功乃起，百官之業乃廣。”

〔十六〕符泰階之兩炭：喻指萬物和順，天下太平。漢書東方朔傳：“願陳泰階六符。”顏師古注：“孟康曰：‘泰階，三台也。每台二星，凡六星。符，六星之符驗也。’應劭曰：‘黃帝泰階六符經曰：泰階者，天之三階也。上階爲天子，中階爲諸侯公卿大夫，下階爲士庶人。上階上星爲男主，下星爲女主。中階上星爲諸侯三公，下星爲卿大夫。下階上星爲元士，下星爲庶人。三階平則陰陽和，風雨時，社稷神祇咸獲其宜，天下大安，是爲太平。’”

〔十七〕拔茅而連茹：參見本卷玉筍班賦注。

〔十八〕迎風、儲胥、露寒：皆漢武帝所建宮殿名。文選張衡西京賦：“既新作於迎風，增露寒與儲胥。”李善注：“漢書曰，武帝因秦林光宮，元封二年，增通天、迎風、儲胥、露寒。”

〔十九〕雲漢之昭回：詩大雅雲漢：“倬彼雲漢，昭回於天。”

九府圜法賦〔一〕

維聖人之創物，心化工之範模。夏后貢赤銅於州郡〔二〕，殷湯鑄莊金於國都。務國用之通變，實幣金之權輿。蒼姬大老，載於後車〔三〕。鷹揚牧野之郊〔四〕，馬躍孟津之渚〔五〕。爰建大功，爰立嘉謨。遂立九府之圜法，曰輕重焉以銖。

想夫陰陽爲炭，天地爲爐。奇銅成聚，寶貨刻圖。仰觀俯察，錢制是區。外圜而實，内方而虛。圜像天體，方象地隅。積如疊葉之荷，散如落莢之榆。便通遠近，貿易有無。流行於市井，充滿於里閭。故當時之貨，寶于金，利於刀，流于泉，布于布，束于帛①〔六〕，莫不充然而有餘。

而况九府立法，九式均輸〔七〕。二公制作〔八〕，周官掌諸。職金職幣之黨，掌財掌帛之徒。或操或縱，或斂或紓。宜其用之於天下以足貨食，傳之於一國以富貯儲。景王之世，錢輕世虞。通子母之兩權，行輕重之殊塗。故穆公之遺論，信異代之同符〔九〕。道乖事冗，時異世殊。變秦文之半兩〔十〕，來②漢武之五銖〔十一〕。莢③錢白金之異狀，五分赤仄之爭銖〔十二〕。三官既鑄〔十三〕，而群盜屏息；五十變制，而賊莽就④誅〔十四〕。光武復銖兩之制度〔十五〕，漢章用布帛於斯須〔十六〕。創號白水之真人〔十七〕，壞法郿塢之吏胥〔十八〕。四銖直百於劉備〔十九〕，大泉當千于周瑜〔二十〕。

時世愈變，奸僞愈趨。或純用於鉛錫，或間鑄于鐵鈇。晉、宋多弊，齊、梁過愚。邁“耒⑤子”之“鵝眼”〔二十一〕，矧荇帶之青蚨〔二十二〕。白鹿馬文之似，龜背龍文之如〔二十三〕。東西錢之貫陌，子母錢⑥之血塗。細眉匹絹之更名，赤熟青熟⑦之多摹〔二十四〕。三十五文之至極〔二十五〕，二十八品之難拘〔二十六〕。或斗米之千直，或風飄而水浮。楊堅之泉通流布〔二十七〕，隋煬之皮裁紙糊〔二十八〕。嗟奸僞之日長，曾莫返於古初。李唐建國，高⑧祖創功。至建元之武德，行元寶于開通。古七銖之相重，時二銖之爲鎔〔二十九〕。千錢百兩之積，六斤四兩之庸。遠近便益，最爲折中。更式泉寶，重見乾封〔三十〕。禁惡錢於天⑨寶〔三十一〕，定九爐于玄⑩宗〔三十二〕。黑錫文鉛，白鑞青銅。開元通寶，語異文同〔三十三〕。飛錢首於京兆□□〔三十四〕，交綏見於乘崖張公〔三十五〕。此圜法之末流，爲錢幣之始終。

皇元奮興，成周并隆。羌⑪大臣之助順，協太公之非熊〔三十六〕。九府既法，九式是宗。錢兼金以流布，鈔權貫以通融〔三十七〕。孔方兄之面目肉好〔三十八〕,楮先生之聲價斗穿〔三十九〕。書生未達,陋巷固窮。逢西都之朽貫〔四十〕,鄙鴻都之臭銅〔四十一〕。願持青錢之交,萬選上清之童〔四十二〕。肯徼銅山之倖〔四十三〕,而方自誓乎首陽之風〔四十四〕。

【校】

① 束于帛:勞格校本删去。
② 來:原本作"乘",據勞格校記改。
③ 莢:勞格校記作"紺"。
④ 就:原本作"孰",據勞格校記改。
⑤ 未:原本作"萊",據宋書顏竣傳改。參見本文注釋。
⑥ 勞格校記曰:"錢,元脫,何增。"
⑦ 赤熟青熟之"熟",原本作"郭",據隋書食貨志改。參見本文注釋。
⑧ 高:原本作"萬",據勞格校記改。
⑨ 天寶之"天",原本作"大",據舊唐書食貨志改。參見本文注釋。
⑩ 玄:原本作"元",徑改。
⑪ 羌:勞格校記作"繁"。

【箋注】

〔一〕九府圜法:指貨幣流通之法。漢書食貨志下:"凡貨,金錢布帛之用,夏、殷以前其詳靡記云。太公爲周立九府圜法。黃金方寸,而重一斤;錢圜函方,輕重以銖。"顏師古注:"周宜太府、玉府、内府、外府、泉府、天府、職内、職金、職幣,皆掌財幣之官,故云九府。圜,謂均而通也。"
〔二〕赤銅:按禹貢無赤銅,山海經中山經郭璞注云周穆王時西戎獻赤銅劍。
〔三〕"蒼姬大老"二句:謂周文王覓得吕尚而車載同返。蒼姬大老:指吕尚。相傳周以木德王,故以蒼姬爲號。參見孟子注疏卷首孟子題辭。
〔四〕牧野:在朝歌南七十里。周武王伐紂,於此大戰而獲勝。
〔五〕孟津:周武王會盟之地。參見麗則遺音卷一吊望諸君。
〔六〕"寶于金"五句:漢書食貨志下:"布帛廣二尺二寸爲幅,長四丈爲匹。故貨寶於金,利於刀,流於泉,布於布,束於帛。"
〔七〕九式均輸:周禮天官小宰:"以九式均節財用:一曰祭祀之式,二曰賓客之式,三曰喪荒之式,四曰羞服之式,五曰工事之式,六曰幣帛之式,七曰芻秣之式,八曰匪頒之式,九曰好用之式。"注:"式,謂用財之節度。"
〔八〕二公:蓋指姜太公與周公。

〔九〕“景王之世”六句：漢書食貨志下：“周景王時患錢輕，將更鑄大錢。單穆公曰：‘不可。古者天降災戾，於是乎量資幣，權輕重，以救民。民患輕，則爲之作重幣以行之，於是有母權子而行，民皆得焉。若不堪重，則多作輕而行之，亦不廢重，於是乎有子權母而行，小大利之。今王廢輕而作重，民失其資，能無匱乎？’”注：“應劭曰：‘（大錢）大於舊錢，其價重也。’”

〔十〕半兩：秦錢。漢書食貨志下：“秦兼天下，幣爲二等：黃金以溢爲名，上幣；銅錢質如周錢，文曰‘半兩’，重如其文。”

〔十一〕五銖：史記平準書：“（元狩四年）有司言三銖錢輕，易姦詐，乃更請諸郡國鑄五銖錢，周郭其下，令不可磨取鎔焉。”

〔十二〕赤仄：指西漢京師官鑄之錢。漢書食貨志下：“郡國鑄錢，民多姦鑄，錢多輕，而公卿請令京師鑄官赤仄，一當五，賦官用非赤仄不得行。”注：“應劭曰：‘所謂子紺錢也。’如淳曰：‘以赤銅爲其郭也，今錢郭見有赤者。’”

〔十三〕三官：指上林三官。史記平準書：“赤側錢賤，民巧法用之，不便，又廢。於是悉禁郡國無鑄錢，專令上林三官鑄。錢既多，而令天下非三官錢不得行。”集解：“漢書百官表：水衡都尉，武帝元鼎二年初置，掌上林苑，屬官有上林均輸、鍾官、辨銅令。然則上林三官，其是此三令乎！”

〔十四〕“五十變制”二句：謂王莽變亂錢制而自取滅亡。漢書食貨志下：“王莽居攝，變漢制，以周錢有子母相權，於是更造大錢，徑寸二分，重十二銖，文曰‘大錢五十’。”

〔十五〕光武：東漢開國皇帝劉秀。後漢書光武帝紀下：“初，王莽亂後，貨幣雜用布、帛、金、粟。是歲（建武十六年），始行五銖錢。”注：“武帝始爲五銖錢，王莽時廢，今始行之。”

〔十六〕漢章：東漢章帝劉炟。晉書食貨志：“及章帝時，穀帛價貴，縣官經用不足，朝廷憂之。尚書張林言：‘……宜令天下悉以布帛爲租，市買皆用之，封錢勿出，如此則錢少物皆賤矣。’”

〔十七〕“創號”句：後漢書光武帝紀下：“（論曰：）王莽篡位，忌惡劉氏，以錢文有金刀，故改爲貨泉。或以貨泉字文爲‘白水真人’。”

〔十八〕“壞法郿塢”句：郿塢爲漢末董卓所筑，此借指董卓。資治通鑑卷五十九漢紀五十一：“（獻帝初平元年）董卓壞五銖錢，更鑄小錢，悉取雒陽及長安銅人、鐘虡、飛廉、銅馬之屬以鑄之，由是貨賤物貴，穀石至數萬錢。”

〔十九〕直百錢：重四銖，劉備鑄造於漢獻帝建安十九年。參見洪遵泉志（清杭世驗撰三國志補注卷五引錄）。

〔二十〕周瑜：借指三國時孫吳政權。晉書食貨志：“孫權嘉禾五年，鑄大錢一
　　當五百。赤烏元年，又鑄當千錢。”

〔二十一〕耒子、鵝眼：宋書顏竣傳：“前廢帝即位，鑄二銖錢，形式轉細。官錢
　　每出，民間即模效之，而大小厚薄皆不及也。無輪郭，不磨鑢，如今之
　　剪鑿者，謂之‘耒子’。景和元年，沈慶之啟通私鑄，由是錢貨亂敗，一
　　千錢長不盈三寸，大小稱此，謂之‘鵝眼錢’。劣於此者，謂之‘綖環
　　錢’。入水不沉，隨手破碎，市井不復料數，十萬錢不盈一掬，斗米一
　　萬，商貨不行。”

〔二十二〕青蚨：搜神記卷十三青蚨：“生子必依草葉，大如蠶子。取其子，母即
　　飛來，不以遠近。雖潛取其子，母必知處。以母血塗錢八十一文，以
　　子血塗錢八十一文。每市物，或先用母錢，或先用子錢，皆復飛歸，輪
　　轉無已。故淮南子術以之還錢，名曰‘青蚨’。”

〔二十三〕“白鹿”二句：漢書食貨志下：“又造銀錫白金。以爲天用莫如龍，地
　　用莫如馬，人用莫如龜，故白金三品：其一曰重八兩，圜之，其文龍，
　　名‘白撰’，直三千；二曰以重差小，方之，其文馬，直五百；三曰復小，
　　橢之，其文龜，直三百。”

〔二十四〕赤熟青熟：隋書食貨志：“至乾明、皇建之間，往往私鑄。鄴中用錢，
　　有赤熟、青熟、細眉、赤生之異。河南所用，有青、薄、鉛、錫之別。青、
　　齊、徐、兗、梁、豫州，輩類各殊。武平已後，私鑄轉甚，或以生鐵和銅。
　　至于齊亡，卒不能禁。”

〔二十五〕“三十五文”句：意爲以三十五文當一百文。隋書食貨志：“至普通
　　中，乃議盡罷銅錢，更鑄鐵錢。人以鐵賤易得，并皆私鑄。及大同已
　　後，所在鐵錢，遂如丘山，物價騰貴。交易者以車載錢，不復計數，而
　　唯論貫。商旅姦詐，因之以求利。自破嶺以東，八十爲百，名曰東錢。
　　江、郢已上，七十爲百，名曰西錢。京師以九十爲百，名曰長錢。中大
　　同元年，天子乃詔通用足陌。詔下而人不從，錢陌益少。至於末年，
　　遂以三十五爲百云。”

〔二十六〕二十八品：資治通鑑卷三十七漢紀二十九王莽始建國二年：“莽以錢
　　幣訖不行……於是更作金、銀、龜、貝、錢、布之品，名曰寶貨……凡寶
　　貨五物、六名、二十八品。鑄作錢布，皆用銅，殽以連、錫，百姓潰亂，
　　其貨不行。”

〔二十七〕楊堅：隋文帝。

〔二十八〕皮裁紙糊：隋書食貨志：“大業已後，王綱弛紊。巨姦大猾，遂多私鑄，錢轉薄惡。初每千猶重二斤，後漸輕至一斤。或翦鐵鍱、裁皮糊紙以爲錢，相雜用之。貨賤物貴，以至於亡。”按：大業乃隋煬帝年號。

〔二十九〕二銖：舊唐書食貨志：“武德四年七月，廢五銖錢，行開元通寶錢，徑八分，重二銖四絫，積十文重一兩，一千文重六斤四兩……敢有盜鑄者，身死，家口配没。”

〔 三十 〕乾封：舊唐書食貨志：“至乾封元年封嶽之後，又改造新錢，文曰‘乾封泉寶’，徑一寸，重二銖六分。仍與舊錢并行，新錢一文當舊錢之十。周年之後，舊錢并廢。”

〔三十一〕禁惡錢：唐玄宗開元五年、天寶十一年曾兩度下敕，禁用惡錢。詳見舊唐書食貨志。

〔三十二〕九爐：通志卷六十二食貨略：“天寶中，内作判官韋倫請厚價募工，由是役用減而鼓鑄多，天下置九十九鑪鑄錢。”

〔三十三〕“開元通寶”二句：唐高祖武德年所造錢幣面作“開元通寶”，或回環讀作“開通元寶”。南唐亦曾鑄此錢。

〔三十四〕飛錢：新唐書食貨志四：“（憲宗）時商賈至京師，委錢諸道進奏院及諸軍、諸使富家，以輕裝趨四方，合券乃取之，號‘飛錢’。”

〔三十五〕交緡：明胡我琨錢通卷三：“宋自真宗以後，蜀始有交子。高宗以後，東南始有會子，而始以紙爲錢矣。”又，宋史食貨志下三：“會子、交子之法，蓋有取於唐之飛錢。真宗時，張詠鎮蜀，患蜀人鐵錢重，不便貿易，設質劑之法，一交一緡，以三年爲一界而換之。六十五年爲二十二界。謂之交子，富民十六户主之。後富民資少衰，不能償所負，爭訟不息。”按：張詠，號乖崖。

〔三十六〕非熊：參見陳善學序刊楊鐵崖先生文集卷一楚妃曲注。

〔三十七〕鈔：元史食貨志一鈔法：“鈔始於唐之飛錢、宋之交會、金之交鈔，其法以物爲母，鈔爲子，子母相權而行，即周官質劑之意也。”

〔三十八〕孔方兄：指銅錢，出魯褒錢神論。

〔三十九〕楮先生：語出韓愈毛穎傳。原喻指紙，此指紙鈔。

〔 四十 〕朽貫：史記平準書：“京師之錢累巨萬，貫朽而不可校。”

〔四十一〕鴻都之臭銅：後漢書崔寔傳：“靈帝時，開鴻都門榜賣官爵……烈時因傅母入錢五百萬，得爲司徒……論者嫌其銅臭。”

〔四十二〕上清之童：即上清童子，隱指古錢。源於唐代傳奇故事岑文本（載佚

名撰博異記）。此二句用張鷟典。新唐書張薦傳："員外郎員半千數
爲公卿稱'鷟文辭猶青銅錢，萬選萬中'。"

〔四十三〕銅山之倖：漢文帝賜與鄧通蜀嚴道銅山，鄧氏得以自鑄錢幣，富可敵
國。詳見漢書佞幸傳。

〔四十四〕首陽之風：指伯夷、叔齊之節操。

玩鞭亭賦[一]

湖陰傾，江左輊。大龍升，巴駿騰。暮抵姑孰[二]，朝發秣陵[三]。
彼老妖之據穴，驚赤日之繞營。於是飲漿村嫗，留鞭旅亭。逗五騎之
追逐，表一龍之纂承。此七寶之鞭，所以開江左百年之鴻業；萬丈之
亭，光典午中興之汗青也[四]。

想是亭也，采椽烜赫，碧瓦晶熒。簷楹飛舞，欄檻縱橫。吞長江
之鋪練，銜遠山以來青。環于湖爲襟帶[五]，列當塗爲障屏[六]。方其五
星竟天[七]，群胡①播腥。典午奔竄，琅邪繼仍[八]。居敦、導於樞要[九]，
謠五馬於衆聲[十]。宜其同心秉政，共中原之恢復，快②江左之中興。
夫何劉隗既進，刁協亦升[十一]。導既心於王室，敦乃闞夫上京。嘘逆
謀以火熾，睨神鼎如羽輕。爾其銀鞍初被，天駟不鳴。風飛千里，電
繞孤城。蛇矛賤士，覲天顏於咫尺；玉帳老奴，落妖魄於虜③庭[十二]。
則晉明之是行也，其亦躍馬檀溪之昭烈[十三]，脫關函谷之武靈矣[十四]。
若乃寶鞭既留，追騎群驚。老嫗示鞭，知黃鬚之已去；五丁傳玩，免鮮
卑之却行。則晉明之是④鞭也，不爲滎陽黃屋之信[十五]，乃爲白登出奇
之平矣[十六]。是故沈充見戮，錢鳳就刑[十七]。剪賊奴之草蔓，綿典午
之雲仍。亭以鞭而紀績，鞭以亭而增⑤榮。崔嵬江澃，鄙鎮江之陋策；
駐延豪傑，消泣雨之填膺也。

嗟乎⑥，方琅琊以懷帝之命而臨江左也[十八]，曾無覿王之戰；以愍
帝之諭而膺重寄也[十九]，曾無應兵之援。徒聞長安近遠之語[二十]，未
聞國家緩急之諫。受宗社之托而昧其萌禍，因時事之艱而利其有難。
殺稽糧之吏而柱血倒流[二十一]，制渡江之將而病卒功半。既政綱之一
紊，曾建國之可暫。如賊子敦者，寧不淪胥而謀篡也耶！且西晉流

移，職兹曠誕。受詔之日，導既居司空之職；冊妃之際，亮又爲中書之監[二十二]。徒下聖人真假之歸[二十三]，未息朝士清言之訕。使皇嗣聽其翼虛駕僞[二十四]，崇浮煽謾，又何異登膠舟而泛巨浸，操朽索而御追電。如亂臣蘇峻者[二十五]，又寧不拒詔而背叛也耶。

嗟，使晉明者，上諫其父，痛懷、愍，念家國，北面討賊，一以太公爲心，任祖逖[二十六]，用陶侃[二十七]，何有不平乎！百年之患，下傳其子。黜浮侈，登淳實，南遷以來，一轉嚚風，則聽應詹，納熊⑦遠[二十八]，亦未可量晉祚之衍曼。則是亭之建也，得不如泗上傳漢高之作長[二十九]，蕪蔞紀光武之進飯[三十]。惜乎，帝之計不出乎此，幸逃讒於虎口，得兹鞭之一玩。

誠⑧使夫敦者回悖逆，竭忠藎，立大節，去讒間。誓清中原，肩琨與逖[三十一]，尅復神州，儕導與鑒[三十二]。固可全晉舊物，迎帝北歸，爲元勳之冠。則是亭之建也，得不題"精思"而紀德裕之計事[三十三]，額"燕喜"而記昌黎之頌贊[三十四]。又惜乎敦不出此，徒⑨立三策[三十五]，以速蠟席之裹尸[三十六]；夢繞太陽[三十七]，而甘生民之塗炭。

吁，王老婢生爲逆臣[三十八]，死爲愚鬼。不能爲韓、李[三十九]，不足惜；馬道畿文武兼資[四十]，才略過人，不得爲高、光[四十一]，斯實可歉。

余嘗追論典午氏之三戰也，又不能不太息其遺編。開陣圖於斜谷，出巾幗於五原[四十二]。不將星之墜漢，奚睹天才於狼顧之宣？擁泚水⑩之貔貅百萬，唳公山之風鶴九天[四十三]。不草木之化兵，曷敗雲母於千里之堅⑪[四十四]。何無忌舉大事而可畏，劉下邳擅英雄而率先[四十五]。不孫祐之矢下如雨，又焉能斬九錫南面之玄[四十六]！斯時也，安得起晉明而乘巴滇，崇高亭而玩遺鞭也耶！

【校】

① 胡：勞格校記作"醜"。

② 快：原本作"恢"，據勞格校記改。

③ 虜：勞格校記作"敵"。

④ 是：原本作"示"，據勞格校記改。

⑤ 增：原本作"争"，據勞格校記改。

⑥ 乎：勞格校記作"夫"。

⑦ 熊：原本作“態”，據晉書改。參見本文注釋。

⑧ 誠：原本作“仍”，據勞格校記改。

⑨ 徒：原本作“圖”，據勞格校記改。

⑩ 勞格校記曰：“水，元脱，何增。”

⑪ 堅：原本作“間”，據勞格校記改。

【箋注】

〔一〕玩鞭亭：據大明一統志卷十五太平府，位於蕪湖縣（今屬安徽）北二十里。晉書明帝紀：“明皇帝諱紹，字道畿，元皇帝長子也。……（王）敦將舉兵内向，帝密知之，乃乘巴滇駿馬，微行至于湖，陰察敦營壘而出。有軍士疑帝非常人。又敦正晝寢，夢日環其城，驚起曰：‘此必黄鬚鮮卑奴來也。’帝母荀氏，燕代人，帝狀類外氏，鬚黄，敦故謂帝云。於是使五騎物色追帝。帝亦馳去……見逆旅賣食嫗，以七寶鞭與之，曰：‘後有騎來，可以此示也。’俄而追者至，問嫗。嫗曰：‘去已遠矣。’因以鞭示之，五騎傳玩，稽留遂久……帝僅而獲免。”

〔二〕姑孰：位於今安徽當塗。

〔三〕秣陵：今江蘇南京。

〔四〕典午：指司馬氏，代指晉朝。

〔五〕于湖：縣名。大明一統志卷十五太平府：“于湖廢縣，晉太康中分丹陽縣之南境置。”位於今安徽當塗東南。

〔六〕當塗：山名，又稱塗山。民國當塗縣志卷一輿地志山：“稍西而北曰塗山。在龍山西北約三里，距縣南八里。”

〔七〕五星竟天：晉書天文志：“五車五星，三柱九星，在畢北。五車者，五帝車舍也，五帝坐也，主天子五兵，一曰主五穀豐耗。西北大星曰天庫，主太白，主秦。次東北星曰獄，主辰星，主燕趙。次東星曰天倉，主歲星，主魯衞。次東南星曰司空，主填星，主楚。次西南星曰卿星，主熒惑，主魏。五星有變，皆以其所主占之……其中五星曰天潢。天潢南三星曰咸池，魚囿也。月、五星入天潢，兵起，道不通，天下亂。”

〔八〕“典午奔竄”二句：晉懷帝司馬熾、晉愍帝司馬鄴因匈奴攻陷洛陽，相繼逃亡，被俘被殺，之後琅邪王入繼大統。晉書元帝紀：“元皇帝諱睿，字景文，宣帝曾孫，琅邪恭王覲之子也……年十五，嗣位琅邪王……及懷帝蒙塵於平陽，司空荀藩等移檄天下，推帝爲盟主。”

〔九〕敦、導：晉書王敦傳：“王敦字處仲，司徒導之從父兄也……帝初鎮江東，威名未著,敦與從弟導等同心翼戴,以隆中興,時人爲之語曰:'王與馬,共天下。'……初,敦務自矯厲,雅尚清談,口不言財色。既素有重名,又立大功於江左,專任閫外,手控强兵,群從貴顯,威權莫貳,遂欲專制朝廷,有問鼎之心。"

〔十〕五馬:晉書元帝紀:"太安之際,童謠云:'五馬浮渡江,一馬化爲龍。'"按:意爲司馬氏五王避亂而南渡長江,其中琅邪王司馬睿後來稱帝。

〔十一〕"夫何"二句:晉書劉隗傳:"劉隗字大連,彭城人。楚元王交之後也……隗雅習文史,善求人主意,帝深器遇之……與尚書令刁協并爲元帝所寵……及敦作亂,以討隗爲名,詔徵隗還京師,百官迎之於道,隗岸幘大言,意氣自若。及入見,與刁協奏請誅王氏,不從,有懼色……隗至淮陰,爲劉遐所襲,攜妻子及親信二百餘人奔于石勒。"

〔十二〕"蛇矛"四句:張耒于湖曲:"蛇矛賤士識天顏,玉帳髯奴落妖魄。"

〔十三〕躍馬檀溪:參見陳善學序刊楊鐵崖先生文集卷二的盧馬注。

〔十四〕"脱關"句:史記趙世家:"武靈王自號爲主父。主父欲令子主治國,而身胡服將士大夫西北略胡地,而欲從雲中、九原直南襲秦,於是詐自爲使者入秦。秦昭王不知,已而怪其狀甚偉,非人臣之度,使人逐之,而主父馳已脱關矣。審問之,乃主父也。秦人大驚。"

〔十五〕信:指漢將紀信。漢王劉邦困於滎陽,紀信"乘黄屋車,傅左纛",假扮漢王,誘騙楚軍,遂使劉邦乘夜逃出重圍。詳見史記項羽本紀。

〔十六〕平:指漢將陳平。史記韓王信傳:"高皇帝居晉陽,使人視冒頓。還報曰'可擊'。上遂至平城。上出白登,匈奴騎圍上……居七日,胡騎稍引去。時天大霧,漢使人往來,胡不覺。護軍中尉陳平言上曰:'胡者全兵,請令彊弩傅兩矢外鄉,徐行出圍。'入平城。漢救兵亦到,胡騎遂解去。"

〔十七〕"是故"二句:晉書王敦傳:"敦以沈充、錢鳳爲謀主……既而周光斬錢鳳,吳儒斬沈充,并傳首京師。"

〔十八〕琅邪:指晉元帝司馬睿。參見前注。又,懷帝:晉懷帝司馬熾生平,詳見晉書孝懷帝紀。

〔十九〕愍帝:晉愍帝司馬鄴,武帝孫。晉懷帝遇害之後,於長安登基。生平詳見晉書孝愍帝紀。

〔二十〕長安近遠:晉書明帝紀:"幼而聰哲,爲元帝所寵異。年數歲,嘗坐置膝前,屬長安使來,因問帝曰:'汝謂日與長安孰遠?'對曰:'長安近。不聞人從日邊來,居然可知也。'元帝異之。明日,宴群僚,又問之。對曰:

‘日近。’元帝失色，曰：‘何乃異間者之言乎？’對曰：‘舉目則見日，不見長安。’由是益奇之。”

〔二十一〕殺稽糧之吏：晉書五行志中：“（愍帝建興）四年十二月丙寅，丞相府斬督運令史淳于伯，血逆流上柱二丈三尺，此赤祥也。是時，後將軍褚裒鎮廣陵，丞相揚聲北伐，伯以督運稽留及役使贓罪，依軍法戮之。”

〔二十二〕亮：庾亮。晉書庾亮傳：“庾亮字元規，明穆皇后之兄也。……（元帝）聘亮妹爲皇太子妃，亮固讓，不許……明帝即位，以爲中書監，亮上書讓曰……。疏奏，帝納其言而止。”

〔二十三〕“徒下”句：晉書明帝紀：“有文武才略，欽賢愛客，雅好文辭。當時名臣自王導、庾亮、溫嶠、桓彝、阮放等，咸見親待、嘗論聖人真假之意，導等不能屈。”

〔二十四〕翼虛駕僞：晉書明帝紀：“及王敦之亂，六軍敗績。帝欲帥將士決戰，升車將出，中庶子溫嶠固諫，抽劍斬鞅乃止。”

〔二十五〕蘇峻：晉書蘇峻傳：“時明帝初崩，委政宰輔，護軍庾亮欲徵之。峻聞將徵，遣司馬何仍詣亮曰：‘討賊外任，遠近從命，至於內輔，實非所堪。’不從。”

〔二十六〕祖逖：晉書有傳。

〔二十七〕陶侃：晉書有傳。

〔二十八〕應詹、熊遠：應詹與熊遠上疏，分別見晉書應詹傳、熊遠傳。

〔二十九〕泗上：漢高祖劉邦曾任泗上亭長。

〔三十〕蕪蔞：漢光武帝劉秀曾於饒陽蕪蔞亭食馮異豆粥，曰：“得公孫豆粥，饑寒俱解。”參見後漢書馮異傳。

〔三十一〕劉琨：字越石。晉書有傳。

〔三十二〕郗鑒：晉書有傳。

〔三十三〕精思：舊唐書李德裕傳：“德裕以器業自負，特達不群。好著書爲文，獎善嫉惡，雖位極台輔，而讀書不輟。……在長安私第，別構起草院。院有精思亭，每朝廷用兵，詔令制置，而獨處亭中，凝然握管，左右侍者無能預焉。”

〔三十四〕燕喜：燕喜亭太原王弘中所建，韓愈爲命名并撰文。詳見韓愈燕喜亭記。

〔三十五〕三策：王敦病篤，曾囑錢鳳以身後事，設上中下三策。詳見晉書王敦傳。

〔三十六〕蠟席之裹尸：晉書王敦傳：“俄而敦死，時年五十九。（養子）應祕不
　　　　　發喪，裹尸以席，蠟塗其外，埋於廳事中，與諸葛瑤等恒縱酒淫樂。”

〔三十七〕夢繞太陽：參見注一。

〔三十八〕按：此以“王老婢”指王含、王敦弟兄。晉書王敦傳：“帝遣中軍司馬
　　　　　曹渾等擊含于越城，含軍敗。敦聞，怒曰：‘我兄老婢耳，門户寂矣！’”

〔三十九〕韓、李：蓋指韓信、李廣。

〔 四十 〕馬道畿：即司馬道畿。道畿爲晉明帝字。

〔四十一〕高、光：指漢高祖、漢光武帝。

〔四十二〕“開陣圖”二句：晉書宣帝紀：“（諸葛亮）又率衆十餘萬出斜谷，壘於
　　　　　郿之渭水南原……時朝廷以亮僑軍遠寇，利在急戰，每命帝持重，以
　　　　　侯其變。亮數挑戰，帝不出，因遺帝巾幗婦人之飾。帝怒，表請決戰，
　　　　　天子不許。”參見本卷八陣圖賦。

〔四十三〕“擁淝水”二句：淮南八公山之戰，詳見晉書苻堅載記。

〔四十四〕“不草木”二句：晉書孝武帝紀：“諸將及苻堅戰於肥水，大破之，獲堅
　　　　　輿輦及雲母車。”

〔四十五〕“何無忌”二句：晉書何無忌傳：“何無忌，東海郯人也……及玄篡位，
　　　　　無忌與玄吏部郎曹靖之有舊，請莅小縣，靖之白玄，玄不許，無忌乃還
　　　　　京口。初，劉裕嘗爲劉牢之參軍，與無忌素相親結。至是，因密共圖
　　　　　玄……桓玄聞裕等及無忌之起兵也，甚懼。”按：劉下邳，指劉裕。

〔四十六〕“不孫祐之矢”二句：費恬、孫祐之等迎擊桓玄，并置之於死地。詳見
　　　　　晉書桓玄傳。

千秋金鏡録賦〔一〕

繫晉陽之開迹兮〔二〕，實肇基於有唐。惟重熙而累洽兮〔三〕，奕五葉
而彌昌〔四〕。開元之盛際兮，民欣欣其樂康。臣九齡之何幸兮，獲避罪
而爲相。承后皇之嘉惠兮，心沖沖其莫忘。千秋之令節兮〔五〕，日吉而
辰良。群臣紛其總總兮，進金鏡之熒煌。光華炯其淩亂兮，爛昭昭其
無方。燭天顏於不老兮，與日月以齊光。固衆人之所好兮，非臣心之
所急。跪敷衽以獻録兮，捫寸心之歷歷。

鬚眉見夫妍好兮，固於鏡而有取。鑒當世之吉凶兮，必覽觀夫往

古。歲月忽其云邁兮，老冉冉而將及。惟后皇之未艾兮，願修名之早立。仰放勳之勞來兮[六]，亦既慕乎重華[七]。禹、湯儼而祗敬兮，文、武用而不差。自前世以固然兮，胡①不守夫此度？雖微臣之昧昧兮，竭愚情以匡輔。何桀、紂之荒淫兮，既窘步而失路。彼幽、厲之披猖兮，又隕身而弗寤。撫紀載于前聞兮，孰不懷夫憂懼。君心雖不至於此極兮，臣不敢不爲之先慮。集美惡以成編兮，願出入以省觀。將不貽夫后患兮，格君心于宴安。千秋萬歲兮，同金鏡以不刊。

　　嗟時俗之洶淰兮，胡②佞倖之紛紜。競諛悦以自容兮，曾讜言之莫聞。臣自念夫疏遠兮，君之恩兮已深。固知謇謇之爲患兮[八]，不忍違夫素心。或有裨於萬一兮，又何恤夫此身。雖九死其猶未悔兮，願吾君兮聖明。

　　嗚呼，金鏡之書兮先皇所傳[九]，無逸之圖兮先臣所編[十]。臣固不敢比夫往昔者兮，猶③孤忠之拳拳。倘后皇之鑒觀兮，保唐祚兮億萬斯年。

【校】

① 胡：勞格校記作“奚”。

② 胡：勞格校記作“何”。

③ 猶：勞格校記作“獨”。

【箋注】

〔一〕按：本文模擬張九齡口吻撰寫。千秋金鑑録：唐張九齡撰。新唐書張九齡傳：“張九齡字子壽，韶州曲江人……遷中書侍郎，以母喪解，毀不勝哀……是歲，奪哀拜中書侍郎、同中書門下平章事。固辭，不許。明年，遷中書令……初，千秋節，公、王并獻寶鑑，九齡上‘事鑒’十章，號千秋金鑑録，以伸諷諭。”

〔二〕晉陽：位於今山西太原。唐高祖李淵、太宗李世民在此起事。

〔三〕重熙累洽：文選班固東都賦：“至於永平之際，重熙而累洽。”張銑注：“熙，光明也；洽，合也。言光武既明，而明帝繼之。”

〔四〕五葉：此指唐玄宗。

〔五〕千秋節：唐玄宗生日。舊唐書玄宗本紀：“（開元十七年八月）百寮表請以每年八月五日爲千秋節，王公已下獻鏡及承露囊，天下諸州咸令讌樂，休暇三日。仍編爲令。從之。"又,新唐書禮樂志:"千秋節者,玄宗以八月五日生,因以其日名節,而君臣共爲荒樂,當時流俗多傳其事以爲盛。"

〔六〕放勳: 即堯。

〔七〕重華: 舜之美稱。

〔八〕蹇蹇之爲患: 與下"九死其猶未悔",皆採自屈原離騷。

〔九〕金鑑書: 蓋指唐太宗李世民所撰金鏡書,參見新唐書令狐綯傳。

〔十〕"無逸"句: 舊唐書崔植傳:"(宋)璟嘗手寫尚書無逸一篇,爲圖以獻玄宗。"

閔忠閣賦[一]

閣在京師城南。故老相傳,唐太宗伐東夷,遠涉蒼海,無功而旋。於是帝深傷陣亡之衆不可以恩覃也,乃創斯閣,若將招之,庶忠靈之有托也,遂以"閔忠"名閣云。今閣尚存,雖大内龍樓鳳宇,有不及其雄者。夫太宗是舉,亦平生好大喜功之過也,君子何取焉! 然猶憫①忠於六師,而萌悔過之善,則與秦穆郊迎之誓[二]、漢武輪臺之悔同[三],皆足以收人情於既泮、保國祚於顛危者也。騷人詞客尚有取於此,以爲之賦云。

真龍飛兮晉陽[四],加海内兮威揚。羌②群雄之馳逐,開帝業之搶攘。既内安兮中土,復決討兮東羌③。涉蒼海以耀武,乃見衄於小邦。於是帝心懇切,聖意彷徨。傷六師之塗炭,感衆魂之散亡。乃創飛閣,相去北陲。雖以閔飛魂之無托,招忠靈之有歸;實以悔前事於既往,存戒心於將來。此閣以閔忠爲名,而猶存後聖之鑒戒。若有衆靈之護持,而至今閱千祀而不墮也。

觀是閣也,重威幽都,壯觀冀方。右太行之峨峨,左蒼海之湯湯。居庸掩映乎其前,薊門逶迤乎其旁。天山拱顧[五],易水流長。右陵萬歲之飛棟,左壓金臺之洪梁。瞰星辰於下界,軼雲雨於空蒼。崒如五嶽干霄而屹立,峩若三山出海而昂藏。巍巍嶪嶪,嘩嘩焞焞。引流景以内照,焕金碧其外環。靾牙撐柱,俯后土之固鞏;唅呀洞豁,仰天宇之重開。鰲背摩空,風鸑鏋金而欲翥;璇題刷霧,雲螭爛錦而層堆。岌乎如麒麟之出漢而壁立,嶪乎如凌煙之沖霄以龍回。若其深簷跋翼,層構翬飛。彤綵半濕,晴文始輝。動清潢之微瀾,留落照之餘暉。雲擁寒蟾而珠簾影轉,風連清露而玉漏聲遲。實忠聖④之攸托,而衆魂之依歸。泣鬼母於秋郊,挽神隊於東夷⑤。望朝聲而神斷,泊箕野而涕悲〔六〕。此閔忠之所以馳名於往古,而爲悲歌慷慨之士之所懷思也。

　　愚嘗歷幽都,訪陳迹〔七〕,至閔忠之墟,而重爲文皇太息也。當其諫復於遂良之言〔八〕,忠起乎大亮之策〔九〕。而興是役者,徒得於張亮、世勣輩之啟邊功、談戰術也〔十〕。遂使暴萬骨於窮荒,殘生民於遠役。海上之兵不返,塞北之血塗地。使非衷由天啟,臍悔自噬,發閔忠之心,爲恤民之計。不待武曌、玉環之厄〔十一〕,而幽都之地未必不爲狐鼠⑥之利也。

　　我元宅冀之區,全燕作都。搆奎章之傑閣而文命方朗〔十二〕,創宣文之弘規而文治誕敷。九夷⑦賓服,百獸率舞。方且狹金臺之市才〔十三〕,而況閔忠之尚乎! 賦已,復繫之歌曰:

　　于崤有誓,秦伯强兮。輪臺有悔,漢懲⑧康兮。東夷⑨有閔,唐治張兮。吁嗟君心,暴復良兮。一反而復,易天壤兮。吁嗟唐之君兮,過以爲戒、悔以爲尚兮。

【校】

① 憫:原本作"憎",據勞格校記改。
② 羌:勞格校記作"當"。
③ 羌:勞格校記作"方"。
④ 聖:勞格校記作"靈"。
⑤ 夷:勞格校記作"垂"。
⑥ 未必不:勞格校記作"豈得以"。狐鼠:勞格校記作"唐室"。
⑦ 夷:勞格校記作"宇"。
⑧ 懲:勞格校記作"獲"。
⑨ 夷:勞格校記作"伐"。

【箋注】

〔一〕本賦當撰於元文宗天曆二年(一三二九)之後。繫年依據:參見"搆奎章之傑閣"一句注文。

〔二〕秦穆之誓：尚書正義卷二十秦誓：“秦穆公伐鄭，晉襄公帥師敗諸崤，還歸，作秦誓。”傳：“遣三帥帥師往伐之……晉舍三帥，還歸秦。穆公悔過，作誓。”

〔三〕漢武輪臺之悔：參見本卷象載賦注。

〔四〕真龍飛兮晉陽：參見上篇千秋金鏡録賦。

〔五〕天山：又名祁連山。參見舊唐書地理志三。

〔六〕箕：二十八星宿之一。對應地域爲東北，故此稱“箕野”。

〔七〕“愚嘗歷幽都”二句：元泰定四年，鐵崖北上京師考進士，歸途曾一路游覽。參見東維子文集卷十六春遠軒記。

〔八〕遂良之言：新唐書褚遂良傳：“帝欲自討遼東，遂良固勸無行：‘一不勝，師必再興；再興，爲忿兵。兵忿者，勝負不可必。’帝然可。會李勣贊其計，帝意遂決東。”

〔九〕大亮：姓李。新唐書李大亮傳：“詔大亮爲西北道安撫大使……大亮上言：‘臣聞欲綏遠者必自近。中國，天下本根；四夷，猶枝葉也。殘本根，厚枝葉，而曰求安，未之有也……臣以爲諸稱藩請附者，宜羈縻受之，使居塞外，畏威懷德，永爲藩臣。謂之荒服者，故臣而不内，所謂行虚惠，收實福……使邊人得就農晦，此中國利也。’帝納其計。”

〔十〕張亮、世勣：新唐書太宗本紀：“（貞觀十八年十一月）甲午，張亮爲平壤道行軍大總管，李世勣、馬周爲遼東道行軍大總管，率十六總管兵以伐高麗。”按：李世勣即李勣。張亮、李勣，兩唐書皆有傳。

〔十一〕武曌、玉環之厄：指武則天與楊貴妃招致的禍亂。

〔十二〕搆奎章之傑閣：天曆二年二月，元文宗立奎章閣學士院於京師。元史百官志四：“奎章閣學士院，秩正二品。天曆二年立于興聖殿西，命儒臣進經史之書，考帝王之治。”參見元史明宗本紀。

〔十三〕狹金臺之市才：意爲燕昭王筑黄金臺以招攬賢才，仍屬狹隘。

周公負成王圖賦

按家語：孔子觀乎明堂，見周公抱成王負斧扆之圖[一]。至漢武帝，使黄門畫以賜霍光[二]，則其圖固有所祖矣。余讀光傳，未嘗不廢卷而歎，曰：“嗟乎，光受顧命，擁昭立宣，以匡定社稷。使大臣不疑，百姓不貳，亦不負於帝矣。奈不無負於周公乎！自受繩葆之任，顓制國命〔三〕。上官既誅〔四〕，昌邑既廢〔五〕，後威遂至於震主。而況寡妻弗刑，子弟日橫〔六〕。宣帝芒刺於光，豈惟驂乘之際乎〔七〕！光素不學，無修己之術、家庭之教，固周公之罪人也爾。吁，周公七年而反政，猶窮窮其慎畏也；光顓制至二十年之久，而不知退避。周公子孫封於魯，傳世者三十；而光之族，一日而赤。人之才德相懸，固如此哉！”

或曰：“光不幸，遭宣帝寡恩之主爾。孝昭明過周成〔八〕，信任大將軍，有毀者坐之。惜乎，天不假年，光弗及終事也。”吁，誠使孝昭與光始終，又果得成王之“康周公”於魯者乎〔九〕？因論次其事，而賦其圖云：

溢余游此明堂兮，閱天府之圖書。曰無逸與王會兮〔十〕，固縱覽而無餘。忽游目而反顧兮，儼赤鳥之模糊。兹非吾尼父之所嘗見，而周公抱成王負斧扆之圖歟？慨余生之好修兮，遂披圖而求索。遭予道夫西京兮，若予心之有獲。昔炎漢之龍興兮，歷五葉之武皇。堯門立於鈎弋兮〔十一〕，戾苑廢於博望〔十二〕。志落落以多華兮，景翳翳以將暮。雖服食之有方兮，恐年歲之不吾與。視嗣子之在亂兮，尤隱衷之所慮也。曰托孤之大節兮，微重臣其孰屬也。美長髯之諤諤兮，實漢家之柱石。方出入乎禁闥兮，慮尺寸之或失。夫何黃門之有圖兮，乃委裘之攸寄〔十三〕。匪徒示乎觀美兮，重顧命之可貽。光拜稽首兮，實兢實懼。曰惟沖人兮，是調是護。顧六尺之既托兮，雖九死其不易。出納政令兮，左右正直。統御庶士兮，匡定社稷。雖不周於古之人兮，願依周公之遺則。兀砥柱於中流兮，受萬國之朝宗。四海想其風采兮，咸曰漢室之周公。迨昌邑之再禪兮，好棄①忠而蔽美。顧兹圖之遺命兮，指皇天以永矢。爰按劍之有律兮，叱殿前之唯唯〔十四〕。璽組一解兮，行絕自天。金門涕泣兮〔十五〕，社稷忘顛。二百人之一剿兮〔十六〕，亦足以慰先帝於九泉。

吾切悲夫子孟之貪婪兮〔十七〕，何持盈之弗悟也。顓制以二十年之久兮，曷不改乎此度也。階黨人之根據兮，彼又專之而不去也。昔周公之退政兮，猶窮窮其畏懼也。功在周室兮，報在魯也。嗚呼，勢不可以縱兮，權不可以久持。孰有滿而不溢兮，穹而不危。自淳于之失策兮〔十八〕，放妻黜於椒房〔十九〕。啟上心之一悟兮，恨昭臺之夜長。撥一剗於後昆兮，終亦罹夫禍殃。赤族氏於千户兮，流污血於平陽〔二十〕。

君子知霍氏之顛覆兮,固不在驂乘之日也。斬元勳而不殁兮,又豈爲寡恩之失也。賦已,復爲辭以誄之曰:

君以臣而信兮,亦以臣而疑。臣以權而寵兮,亦以權而危。彼勳德之格天兮,兹功烈其何卑。彼世封之三十兮,兹九族之頓夷②。游魂不食兮,霍叔餒[二十一],而問宬圖以何在兮,欻明堂其驚飛。顧麟閣其亦圮兮[二十二],憯愁雲之四垂。

【校】

① 棄:原本作"慎",據勞格校記改。
② 頓夷:勞格校記作"如斯"。

【箋注】

〔一〕"按家語"三句:孔子家語卷三觀周:"孔子觀乎明堂,睹四門墉,有堯、舜之容,桀、紂之象,而各有善惡之狀,興廢之誡焉。又有周公相成王,抱之負斧扆,南面以朝諸侯之圖焉。孔子徘徊而望之,謂從者曰:'此周公所以盛也。夫明鏡所以察形,往古者所以知今。'"

〔二〕"至漢武帝"二句:漢武帝命黃門畫工畫周公負成王圖以賜霍光,詳見漢書霍光傳。

〔三〕"自受"二句:漢書霍光傳:"(武帝)年老,寵姬鈎弋趙倢伃有男,上心欲以爲嗣,命大臣輔之。察群臣唯光任大重,可屬社稷……上以光爲大司馬大將軍,日磾爲車騎將軍,及太僕上官桀爲左將軍,搜粟都尉桑弘羊爲御史大夫,皆拜臥内牀下,受遺詔輔少主。明日,武帝崩。太子襲尊號,是爲孝昭皇帝。帝年八歲,政事壹決於光。"

〔四〕上官:上官桀。上官桀父子與桑弘羊等欲暗殺霍光,迎立燕王爲天子,事泄,遭誅殺。詳見漢書霍光傳。

〔五〕昌邑:昌邑王劉賀,武帝之孫,繼昭帝登基。然行爲淫亂,霍光廢黜之。詳見漢書霍光傳。

〔六〕"而況"二句:漢書霍光傳:"初,光愛幸監奴馮子都,常與計事。及(妻)顯寡居,與子都亂。而(光子)禹、(兄孫)山亦并繕治第宅,走馬馳逐平樂館。(兄孫)雲當朝請,數稱病私出,多從賓客,張圍獵黃山苑中。使蒼頭奴上朝謁,莫敢譴者。"

〔七〕"宣帝"二句:漢書霍光傳:"宣帝始立,謁見高廟。大將軍光從驂乘,上内嚴憚之,若有芒刺在背。後車騎將軍張安世代光驂乘,天子從容肆體,甚安近焉。及光身死而宗族竟誅,故俗傳之曰:‘威震主者不畜,霍氏之禍萌於驂乘。’”

〔八〕孝昭:漢昭帝。漢書霍光傳:“上問:‘大將軍安在?’左將軍桀對曰:‘以燕王告其罪,故不敢入。’有詔召大將軍。光入,免冠頓首謝。上曰:‘將軍冠,朕知是書詐也……’是時帝年十四,尚書左右皆驚……後桀黨與有譖光者,上輒怒曰:‘大將軍忠臣,先帝所屬以輔朕身,敢有毀者坐之!’”

〔九〕康周公:禮記祭統:“昔者周公旦有勞於天下,周公既没,成王、康王追念周公之所以勳勞者,而欲尊魯……康周公,故以賜魯也。”

〔十〕無逸:尚書篇名。王會:周書篇名,相傳爲孔子删定尚書後所存。

〔十一〕鈎弋:漢昭帝母,獲武帝寵愛。參見鐵雅先生復古詩集卷四鈎弋夫人注。

〔十二〕戾苑:戾太子園。漢書武五子傳:“孝武皇帝六男,衛皇后生戾太子……戾太子據,元狩元年立爲皇太子,年七歲矣……及冠就宫,上爲立博望苑,使通賓客,從其所好,故多以異端進者。元鼎四年,納史良娣……皇太子謚曰戾,置奉邑二百家。史良娣曰戾夫人,置守冢三十家……以湖閺鄉邪里聚爲戾園。”按:戾太子遭武帝猜忌,拒捕自殺。

〔十三〕委裘:借指周公。語出呂氏春秋察賢:“故曰:堯之容若委衣裘,以言少事也。”

〔十四〕“爰按劍”二句:漢書霍光傳:“光曰:‘昌邑王行昏亂,恐危社稷,如何?’群臣皆驚鄂失色,莫敢發言,但唯唯而已。田延年前離席,按劍曰:‘先帝屬將軍以幼孤,寄將軍以天下,以將軍忠賢,能安劉氏也……群臣後應者,臣請劍斬之!’”

〔十五〕金門:即金馬門。按:太后廢除天子詔書宣讀之後,霍光扶昌邑王下殿,出金馬門,送至其居處,涕泣告别。詳見漢書霍光傳。

〔十六〕二百人:漢書霍光傳:“太后詔歸賀昌邑,賜湯沐邑二千户。昌邑群臣坐亡輔導之誼,陷王於惡,光悉誅殺二百餘人。”

〔十七〕子孟:霍光字。

〔十八〕淳于:女醫淳于衍。漢書外戚傳:“霍光夫人顯欲貴其小女,道無從。明年,許皇后當娠,病。女醫淳于衍者,霍氏所愛,嘗入宫侍皇后疾。衍夫賞爲掖庭户衛,謂衍‘可過辭霍夫人行,爲我求安池監’。衍如言報顯。顯因生心,辟左右,字謂衍:‘少夫幸報我以事,我亦欲報少夫,可乎?’衍曰:‘夫人所言,何等不可者!’顯曰:‘將軍素愛小女成君,欲奇貴之,願以累少夫。’衍曰:‘何謂邪?’顯曰:‘婦人免乳大故,十死一生。

今皇后當免身,可因投毒藥去也。成君即得爲皇后矣。'"

〔十九〕"放妻"句:漢書霍光傳:"(夫人)顯及諸女昆弟,皆棄市。唯獨霍后廢
　　　　處昭臺宮。與霍氏相連坐誅滅者,數千家。"

〔二十〕平陽:霍光爲河東平陽人。

〔二十一〕霍叔:相傳封於晉,爲霍光始祖。參見漢書霍光傳卷末讚語。

〔二十二〕麟閣:即麒麟閣。麒麟閣陳列漢代功臣畫像,以霍光爲首。參見麗則
　　　　遺音卷二麒麟閣。

鹵簿賦^{〔一〕}

　　蓋聞古者天子出,則備法駕,所以示至尊;嚴儀衛,亦所以新一代
之制作也。豈徒誇多鬥靡、炫世駭俗而已哉!漢天文志^①以出駕次第
謂之鹵簿,此"鹵"之名所由始。蓋鹵者,盾也,一人執盾以簿其衆也。
後世因之弗易。朝廷參考古今,斟酌時宜,以舊用一萬二千人爲多,
承詔以六千爲之^{〔二〕}。衆寡適均,文質兼備,實方今之盛事也。臣愧不
才,獲叨侍從。歡欣鼓舞,獻賦闕廷。雖不足以鋪陳巨麗,姑以備上
方采擇云耳。其辭曰:

　　盛哉,聖皇之御極也。乾坤清寧,雨暘時叙。德洽仁浹,禮修樂
舉。觀人文以宣朗,粲儀章之畢睹。菆南郊以祀天,稽載籍於前古。
蹇微臣之多幸,獲榮觀乎鹵簿。方其肅肅廊廟,雍雍百辟。議禮考
文,按圖稽册。俾太常以討論,命翰林以治擇,而鹵簿之制,已可得而
識矣。於是繕寫成章,上塵聖聽。天顏怡怡,以允衆請。詔有司以從
事,紛百工以順令。

　　羽毛齒革之繁,璣組玄纁之盛。遠萬國以來庭,或一朝而并進。
技藝之巧畢陳,杼軸之聲相應。殷春雷兮在行,爛雲采兮多勝。迨器
備而功成,極禮文之全盛。於是涓穀旦,嚴儀衛。菆南郊,禮上帝。
瞻大明之殿闕而帝室嵯峨^{〔三〕},出麗正之門屏而天衢迢遞。步閶闔之
坦夷^②,望蓬萊於尺咫。飛廉翕赩以清塵^{〔四〕},雨師奔騰而灑地。一人
執盾以先驅,萬夫捷獵而群至。賁、育之勇^{〔五〕},夾道而疾馳;彪虎之
威,執殳而相繼。侈儀章之盛美,紛服飾之華麗。

臣也昔聞鹵簿之名，今見鹵簿之制。其車則指南、辟邪之殊[六]，記里、金根之異[七]。武岡、雲罕，先後陸離。闒戟、皮軒[八]，紛紜附麗。雲起雷興，驚天動地。離散別追，淫淫裔裔。車何數乎千乘，馬曷稽乎萬騎。繽紛往來，輻轤相繼。將軍陪乘，太僕執轡。輮輳膠轕，焱拉奮厲。輊軌駖轄，洶洶沸沸。則鹵簿之車，蓋不可勝計。

其儀則有日月之常，蛟龍之旐。雞翹豹尾之藻飾，幰蓋繳扇之設施。雲霞爲旒，雜沓紛披。虹霓爲環，忽乎高低。金戈玉戟，前行後隨。瘯瘯夭矯，黃麾委蛇。雀錯閒砢，幡纚參差。旖旎從風，雜襲蔽虧。上干青雲，照耀光輝。則鹵簿之儀，蓋又有不可周知也。

於是聖皇乃乘玉輅，鳴和鸞，秩秩徐行，神怡體安。百官景從，萬人聚觀。祥烟霏霏而散野，慶雲靄靄以行天。日月爲之改觀，山川爲之爭妍。圓靈曉衛，方祇晝喧。駭耳目之聞見，傾京邑之駢闐。都人野老，接袂摩肩。紛紛褵褷，星聚碁連。盈衢塞途，誕衍緣延。喜意洋溢，歡聲相傳。微臣何幸，身親見焉！

臣嘗博求典籍，載稽古昔。黃帝作車，太昊是式[九]。有虞、陶唐，因之無易。夏后建旒旄而辨尊卑，殷人制大輅而崇儉德。迨及蒼姬，禮文備極。設五輅與九旗，羌③隆隆而赫赫。秦嬴火炎，烟消圖册。歎典禮之不存，徒興嗟於陳迹。漢武既作，殷勤求索。祠天甘泉[十]，輿服修飾。出駕次第，纚乎有秩。是曰鹵簿，儀章翼翼。南北諸朝，沿革不一。晉陽龍興，太宗御極[十一]。房、魏群公[十二]，討論密勿。大駕時行，隊仗名物，各有等差，無以復益。此唐鹵簿之盛，所以底隆於昔也。

方今大明④麗天，群賢承式。禹、皋司聰明之寄[十三]，夷、夔任禮樂之職[十四]。崇道德以爲儀衛，建禮文以爲干戚。固不待黃屋左纛而後天威嚴，亦不待龍旗鸞輅而後皇風赫。仁澤春融而法度可想，聖恩天覆而典章可則。如是則鹵簿之設，所以黼黻皇猷而鋪張聖迹。德不及於聖皇，道或替於今日，而欲舉鹵簿之大禮，崇虛文以華飾。見其窮奢極侈，傷國用而蠹民力，而鹵簿亦爲之悒鬱矣。是則今日聖皇之德，所以光輝乎鹵簿；而今日之鹵簿，又所以超漢、唐而莫能及也。

微臣幸遇昌辰，獲觀盛事。開耳目之蒙蔽，駭見聞之殊異。私喜填中，鄙才縈思。既承令於詞臣，當洗心以頌美。侈今日之威儀，啟

後日之觀視。無屈、宋之奇才[十五],幾操瓠而生愧。望闕庭而獻賦,聊鋪張夫巨麗。賦畢,又繼之以詩三章。其詩曰:

　　鹵簿在途,武夫前驅。被服執殳,洵美且都。

　　邦家之儀,天子之威。旂常秩秩,車輿翼翼。群黎百辟,和樂且懌。邦家之休,天子之德。

　　和鸞鏘鏘,在彼周行。朱芾煌煌,袞衣繡裳。自天降康,萬壽無疆。邦家之祥,天子之光。

【校】

① 志: 原本作"間",據勞格校記改。

② 坦夷: 勞格校記作"崇宏"。

③ 羌: 勞格校記作"洵"。

④ 大明: 勞格校記作"聖德"。

【箋注】

〔一〕文撰於元泰定四年(一三二七),或稍後。繫年依據: 文中曰"蹇微臣之多幸,獲榮觀乎鹵簿",若屬實録,則當撰於鐵崖進京赴考,得觀鹵簿之後。後漢書匽皇后紀注:"漢官儀曰:'天子車駕次第謂之鹵簿。有大駕、法駕、小駕。大駕公卿奉引,大將軍參乘,太僕御,屬車八十一乘,備千乘萬騎,侍御史在左駕馬,詢問不法者。'"

〔二〕"朝廷"四句:"朝廷參考古今"而定規制,在延祐年間。元史英宗本紀:"(延祐七年十二月)辛未,拜住進鹵簿圖,帝以唐制用萬二千三百人耗財,乃定大駕爲三千二百人,法駕二千五百人。"

〔三〕大明之殿: 元仁宗等皆於大明殿登基。元陶宗儀南村輟耕録卷二十一宮闕制度:"壯哉帝居,擇此天府。城方六十里,里二百四十步。分十一門: 正南曰麗正,南之右曰順承,南之左曰文明……大内南臨麗正門,正衙曰大明殿。"

〔四〕飛廉: 漢書武帝紀:"(元封二年)作甘泉通天臺、長安飛廉館。"注:"應劭曰:'飛廉,神禽能致風氣者也。'"

〔五〕賁、育: 指夏育、孟賁,相傳爲古之力士。

〔六〕指南車: 又名司南車,相傳周公所創。其形制、功能和歷史,詳見晉書輿服志、宋書禮志。辟邪: 辟邪皮軒車,參見宋史儀衛志。

〔七〕記里、金根：皆車名。晉書輿服志：“記里鼓車，駕四。形制如司南，其中有木人執槌向鼓，行一里則打一槌。”又：“金根車，駕四馬，不建旗幟，其上如畫輪車，下猶金根之飾。”

〔八〕闔戟、皮軒：晉書輿服志：“次九游車，中道，武剛車夾左右，并駕駟。次雲罕車，駕駟，中道。次闔戟車，駕駟，中道，長戟邪偃向後。次皮軒車，駕駟，中道。”

〔九〕太昊：或謂即泰皇，或謂即伏羲氏。參見史記孝武本紀索隱。

〔十〕祠天甘泉：參見鐵崖賦稿卷下記里車賦。

〔十一〕“晉陽龍興”二句：謂唐高祖、唐太宗在晉陽（今山西太原）起事，先後稱帝。

〔十二〕房、魏：指房玄齡、魏徵，新、舊唐書皆有傳。

〔十三〕禹、皋：指大禹和皋陶。

〔十四〕夷：即伯夷。伯夷與夔爲堯、舜之臣。

〔十五〕屈、宋：指屈原、宋玉。

會通河賦[一]

文軌會通，朔南大同。定鼎幽、薊，丕闡皇風。當忠武之挺出[二]，實冠世之元功。揮戈南指，江左攸降。凱聲渡河，旋節山東。顧詹齊、魯，汶、泗瀜瀜[三]。思其達於上國，通漕運而無窮。於是稽首拜手而上奏曰：“臣受命南征，實賴帝德。四海爲家，南北混一。方轉輸之有程，收貢賦之委積。彼車運之行陸，終有罷於民力。宜穿鑿乎河渠，庶舟楫之裨益。”皇覽曰俞，汝其圖之，博加採訪，允合其宜。

由是太史之掾首陳其良籌，都漕之臣繼相其地理。乃引汶、泗，起安氏[四]，底臨清，合漳水[五]。繪形勢於新圖，徵沿革於陳紀。不舒而遲，不棘而駛。視綿亘之所經，實三百有餘里。爾乃司徒庀役，鼖鼓勸功。畚鍤叢叢，疏鑿沖沖。庶僚雲集，貴游景從。傾冠蓋而忘形，佩鞞鞪之必躬。曾日月之幾何，竟不勞而成功。割平地之中斷，合眾流而來宗。譬若人之咽喉，貫百體而當中。東合齊、魯之交，北達燕、薊之沖。此非昭代之偉績，所以錫名爲會通者乎！

於是利舟楫之行水，陋車馬之眛塵。如意行而必達，亦奚勞乎問津！乃若觀風問俗之史，方伯連帥之臣。靡靡信邁，迢迢于征。近而淮、浙，遠而八閩。江潢截乎南紀[六]，交廣達乎朱垠①[七]。莫不軸轤相屬，出御河而南臻[八]。至於荊、揚之金，朱提之銀[九]。象齒參差，元龜紱毿。翡翠火齊，琳瑉晶瑩。珍十襲而來贄，萃筐筥而孔殷。莫不奔走率職，由南國而來賓。若乃宇宙澄寂，八風悠揚。或罟而漁，或販而商。或自近郊，或自遐方。駕艑艖，運餘艎。千艘并纜，萬里連檣。舟子搊棹，涉人欀榜。偃波濤而靡靡，鼓碙磕而浪浪。莫不快川原之浩浩②，樂河水之洋洋。下至水族之靡，游泳之微。若鱣若鮪，振鬣揚鬐。莫不沐浴乎膏澤，樂恩波而無涯。此又會通河之利，所以連絡於京畿者也。當今天啟文運，風動八區。觀光之士，彬彬于于。吾聞"登高作賦，可爲大夫"[十]，於是慨然睹禹迹而歎曰：

汶水出於萊蕪，泗水登於卞墟[十一]。二流會合於濟[十二]，貫大野之所瀦[十三]。今會通之發源，得非漳水、安氏而合汶，由博興而入海者乎[十四]！衡、漳合於黄河，至砥礫而稍改[十五]。自河流之東南，獨清漳之入海。今會通之行③交會，得非漳水東北，至阜④城而入北河者乎[十六]。切傷夫昔之開渠者，如邗溝之水[十七]，東跨上國而爭雄；永濟之渠[十八]，竟事東夷⑤而敗績[十九]。雖後世之利源，忍當時之歎息。孰知夫天平地成之後，漳、衛之水始交會於今日[二十]！斯乃順天時而合地宜，而非私出於胸臆者也。用頌皇元之丕功，配禹績於無極。頌曰：

惟皇建業，揮戈南極。師武臣力，底定丕績。河伯效靈，川祇率職。會通有河，神其助闢。近自淮甸，遠而南域。奔走奉貢，玉帛來辟。天清地寧，風波帖息。自南自北，往來如織。舟人載過，釃酒戲劇。顧瞻洋洋，如在衽席。魚鼈咸若，庶類繁殖。嗟我群黎，孰知帝力。庶僚獻謀，廟箅無敵。是用作頌，勒兹貞石。維此河渠，永配水德。

【校】

① 垠：原本作"珢"，徑改。參見注釋。
② 快川原：原本作"視五源"；浩浩：原本作"動静"，據勞格校記改。
③ 行：勞格校記作"得"。
④ 阜：原本作"异"，據讀史方輿紀要等改。參見本文注釋。

⑤ 夷：勞格校記作“裔”。

【箋注】

〔一〕會通河：元史河渠志一：“會通河，起東昌路須城縣安山之西南，由壽張西北至東昌，又西北至于臨清，以逾於御河。至元二十六年，壽張縣尹韓仲暉、太史院令史邊源，相繼建言開河置牐，引汶水達舟于御河，以便公私漕販。省遣漕副馬之貞與源等按視地勢，商度工用。於是圖上可開之狀……首事於是年正月己亥，起於須城安山之西南，止於臨清之御河，其長二百五十餘里……六月辛亥成，凡役工二百五十一萬七百四十有八。賜名曰會通河。”

〔二〕忠武：指伯顏。伯顏（一二三六——一二九四），巴林氏。其父從宗王居西域。伯顏爲征伐南宋之總帥，官至右丞相，加太傅，録軍國重事。元世祖至元三十一年卒，享年五十九。至大四年，敕建廟於臨安。生平詳見元蘇天爵撰元朝名臣事略卷二丞相淮安忠武王。

〔三〕汶：指汶水，又名大汶河，自西而東流經山東東北部，入黃河。泗：即泗水，又稱泗河，位於今山東中部。

〔四〕安氏：似指安民山，亦稱安山。明謝肇淛北河紀卷四河防紀：“至元二十六年，朝廷用令史邊君、同知馬公言，開會通漕河。自安民山引汶、泗、洸等水，屬之御河。”又，清朱鶴齡撰禹貢長箋卷四：“元時，南方貢賦之來，至濟寧，陸行數百里，後從濟寧開渠抵安民山，復從安民山開渠至臨清。”

〔五〕漳水：源出山西，流經河北、河南。

〔六〕江漢：蓋指江漢口，位於寶坻縣（今屬天津市），爲薊運河入口。南紀：指南方。出詩小雅四月：“滔滔江漢，南國之紀。”

〔七〕朱垠：指南方極遠之地。語出班固東都賦。

〔八〕御河：元史河渠志一：“御河，自大名路魏縣界，經元城縣泉源鄉于村渡，南北約十里，東北流至包家渡，下接館陶縣界三口。御河上從交河縣，下入清池縣界。又，永濟河在清池縣西三十里，自南皮縣來，入清州，今呼爲御河也。”

〔九〕朱提：漢書食貨志下：“黃金重一斤，直錢萬。朱提銀重八兩爲一流，直一千五百八十。它銀一流直千。”顏師古注：“朱提，縣名。屬犍爲，出善銀。”

〔十〕“登高”二句：漢書藝文志：“傳曰：‘不歌而誦謂之賦，登高能賦可以爲大夫。’”

〔十一〕卞墟：當指汴渠（又名通濟渠）之墟，汴渠於南宋時廢棄。讀史方輿紀要卷三十山東一："元憲宗七年,濟倅畢輔國始於汶陰堽城之左作斗門一,遏汶南流,至任城合泗水,以餉宿、蘄戍邊之衆,謂之引汶入泗,而汶始南通於泗。至元間以江、淮水運不通,自任城開渠,達於須城安山,爲一牐於奉符,以導汶入洸。爲一牐於兗州,以導泗、沂會洸,合而至會源牐南北分流。二十六年,又用壽張尹韓仲暉言,復自安山西開河,縣壽張西北屬衛、漳,謂之引汶絶濟,而汶始北通於漳。"

〔十二〕合於濟:讀史方輿紀要卷一百二十四川瀆一:"汶水,在今山東汶上縣。濟水自西南來,汶水自東北至,故曰'會'也。由是并流而北,復折而南,以達於海。今山東之境,有大小二清河,經濟南、青州二郡之間者,或曰即濟水之委流矣。"

〔十三〕大野:據春秋左傳正義卷五十九,大野"在高平鉅野縣東北,大澤是也"。相傳爲春秋末年獲麟處。

〔十四〕入海:清胡渭禹貢錐指卷四:"以今輿地言之,淄水出益都縣東南岳陽山,歷臨淄、博興、樂安,至壽光縣北,由清水泊入海。"同書卷十五:"濟瀆之水,自周以來凡數變。……金皇統中,縣令高通改由縣南長沙溝至博興,合時水,又東北至樂安,由馬車瀆入海。"

〔十五〕砱礫:禹貢錐指卷十三:"蔡傳曰:'周定王五年,河徙砱礫。'砱礫,不知在何處。按溝洫志,賈讓治河奏有滎陽漕渠。如淳曰:'今礫谿口是也……'二字明係杜撰,絶無根據。"

〔十六〕"得非"二句:元王充耘書義矜式卷二禹貢:"漳水東北至於阜城,乃入於北河,則必至於衡漳而後漳水入於河也。"又,讀史方輿紀要卷十北直一漳水:"經武强縣東,而入河間府阜城縣西北境。"

〔十七〕邗溝:元陳師凱書蔡氏傳旁通卷二禹貢:"吳始開邗溝,隋人廣之,而江淮舟船始通。"注:"寰宇記云:'揚州江都縣合瀆渠,在縣東二里,本吳掘邗溝,以通江淮之水路也。昔吳王夫差將伐齊,北霸中國,自廣陵城東南築邗城,城下掘深溝。謂之邗江,亦曰邗溝。'"

〔十八〕永濟渠:資治通鑑隋紀五:"(煬帝)大業四年春,正月乙巳,詔發河北諸軍百餘萬穿永濟渠,引沁水南達于河,北通涿郡。"

〔十九〕東夷:此指高麗。

〔二十〕漳、衛:讀史方輿紀要卷十北直一衛河:"今衛河由濬縣經內黃縣北、魏縣東南,又經大名府城南,東北流與故屯氏河相接,歷山東東昌府館陶縣西,漳河合焉。又東北流至臨清州西,與元人所開會通河合,流濁勢盛,漕河得此始無淺澀之虞。"

卷五十三　鐵崖賦稿卷下之上

泰元神策賦[一]

　　繄神明之昭事，爰有祀而有宗。豈嘉生之徼福，實本始之報功。黃帝郊而接萬靈[二]，虞舜柴而禋六宗[三]。夏、商以降，備於周公。制禮作樂，明堂辟雍。厥後享祀無度，民黷神聰。齊臣辨封禪於小白[四]，晉又殺①鬼怪於莨弘[五]。秦襄祠白帝以創西畤，秦文夢黃蛇而畤雍東[六]。始皇驪嶧，立石登封。上太山而祠四帝，休諸阪而遇五松[七]。天意待五，赤帝興隆。定五載於馬上[八]，仗三尺於關中。置太史奉北畤之祠，詔御史治枌②社之豐[九]。迨至孝武，比迹祖龍[十]。招縉、臧以議巡守[十一]，來少君以談海蓬[十二]。獲郊雍之一角[十三]，開鬼道之八通[十四]。望氛異於公孫[十五]，信誣殘③於少翁[十六]。立通天之臺，置甘泉之宮。泰畤重於建始，河東創於元封[十七]。巫④錦得鼎[十八]，黃雲下霧。集獲符應，乘矢路弓[十九]。采⑤秘禮於齊卿，符神策於鬼容。謂朔旦冬至，而黃帝實同。得天之紀，終始始終。曰曾孫之聖者，當鼎出而神通。援申公以左驗，義不草於所終[二十]。

　　於時辛巳朔旦，甲子首冬。月建子位，律應黃鐘。復迎日而推測，實協紀之奇逢[二十一]。后皇於是祠上帝於明堂，行封禪於岱嵩。既獲麟以彰應，復射鹿而祭供。犧牲精乎少牢太武，粢盛潔於黍稷秬秠。鑑取明水之潔，盤盛甘露之濃。親舉玉趾，禮見誠衷。爾乃具太乙壇，三陔是崇。五帝五色[二十二]，月白日肜。朝朝夕夕，望拜行宮。璧六寸而奉瑄，旗三星而吐熢。燔燎在庭，龍光在空。德星出而淵耀，壽星見而昭融。美光有爍於清夜，黃氣上接乎靈穹。風車雜沓，雲馬靈霶。千態萬狀，不可殫窮。聿來贊饗，神若有降。紫衣爍電，黼服耀虹。赫若天顏，肅焉靈風。曰天以泰元神策，授皇⑥帝厥躬[二十三]。使既周而復始，保是數於無疆。后皇於是乎敬拜，望太乙而愈恭。是策也，非智兮非略，非謀兮非機。詹尹不可端而視[二十四]，臧穀不可挾而窺[二十五]。太乙之應，元運之推。神明降祐，策數有歸。此圖呈於河馬，類書獻於洛龜。珞琭子兮曷議[二十六]，鬼臾區兮何知！蓋將與大禹之石函兮同秘[二十七]，周公之金縢兮并貽[二十八]。上昭祖宗之統啟，下永子孫之祚垂。故寶鼎爲授神策之器，泰畤爲開神策之基。一十二萬以爲偶，而九千六百以爲奇[二十九]，此封禪長生之期也。

　　嗟夫，吾嘗論太乙非郊祀之神，封禪非郊祀之儀。群儒采集，曰書曰詩。彼丁公、偃、霸之所議[三十]，又何愈乎文成、五利之師乎[三十一]？彼奉車子侯之暴死[三十二]，又何有乎蓬萊諸神之冀乎？古者大路所歷，黎元不知。夫何甘泉先驅而失道，禮月奉引而復迷。后土還而船遇風厄，祠雍至而宫阤雨危[三十三]。甲子⑦災林光之門[三十四]，乙酉焚柏梁之臺[三十五]。祥瑞未至，咎徵頻來。宜窮樂大之誅[三十六]，致有谷永之議[三十七]。歷宣、成而未改，至賊莽而可悲。雞當鷲雁⑧，犬爲鹿麋[三十八]。一千七百之神，三萬七千之祠[三十九]。光、晏、向、歆之罔談奚補，咸、順、陽、由之亂説無稽[四十]。獨丞相衡挺出乎紛議[四十一]，而長安南北郊之庶幾也。

　　嗚呼，神之策兮，十二萬之積兮，何卯金之祚止四百兮？不若鼎湖之策兮[四十二]，三百八十而索兮。豈若郊廟之數兮[四十三]，八百四十而極⑨兮。洪惟今日之一元兮，出庶物之首也。先天而爲先，後天而爲後也。郊神明於南北，陟祖考於左右也。履泰於泰階之符[四十四]，體元於乾元之壽也。鄙太乙禋之昏淫，亳人忌之鬼道[四十五]。人九九八十一萬[四十六]，曾不足以數計，而又何必論秦穆之錫而昌、漢武之增而授者也！

【校】

① 殺：勞格校記作“惑”。

② 枌：原本作“汾”，據史記改正。參見本文注釋。

③ 殘：勞格校記作“妄”。

④ 巫：原本作“正”，據史記改正。參見本文注釋。

⑤ 采：原本作“夾”，據勞格校記改。

⑥ 皇：原本作“黃”，據勞格校記改。

⑦ 甲子：原本作“甲午”，據漢書改正。參見本文注釋。

⑧ 雁：原本作“爲”，據勞格校記改。

⑨ 極：原本作“華”，據勞格校記改。

【箋注】

〔一〕泰元神：即太乙神。又稱太皇。太皇與天皇、地皇并稱“三皇”，漢武帝時太乙被奉爲至尊之神。參見後注。

〔二〕“黃帝”句：史記封禪書：“黃帝接萬靈明廷。”

〔三〕禋六宗：尚書正義舜典：“禋于六宗。”傳：“精意以享謂之禋。宗，尊也。所尊祭者，其祀有六，謂四時也、寒暑也、日也、月也、星也、水旱也。”柴而禋，參見鐵崖賦稿卷上封禪賦。

〔四〕“齊臣”句：齊臣，指管仲。小白，即齊桓公。史記封禪書：“齊桓公既霸，會諸侯於葵丘，而欲封禪……於是管仲睹桓公不可窮以辭，因設之以事，曰：‘古之封禪，鄗上之黍，北里之禾，所以爲盛；江、淮之間，一茅三脊，所以爲藉也。東海致比目之魚，西海致比翼之鳥，然後物有不召而自至者十有五焉。今鳳皇麒麟不來，嘉穀不生，而蓬蒿藜莠茂，鴟梟數至，而欲封禪，毋乃不可乎？’於是桓公乃止。”

〔五〕“萇又”句：史記封禪書：“萇弘以方事周靈王，諸侯莫朝周，周力少，萇弘乃明鬼神事，設射狸首。狸首者，諸侯之不來者。依物怪欲以致諸侯。諸侯不從，而晉人執殺萇弘。”

〔六〕“秦襄”二句：史記封禪書：“秦襄公既侯，居西垂。自以爲主少暤之神，作西畤，祠白帝……文公夢黃蛇自天下屬地，其口止於鄜衍。文公問史敦，敦曰：‘此上帝之徵，君其祠之。’於是作鄜畤。”

〔七〕“始皇嶧嶁”四句：史記秦始皇本紀：“二十八年，始皇東行郡縣，上鄒嶧山。立石，與魯諸儒生議，刻石頌秦德，議封禪望祭山川之事。乃遂上泰山，立石，封，祠祀。下，風雨暴至，休於樹下，因封其樹爲五大夫。禪梁父。刻所立石。”

〔八〕赤帝：“赤帝子”之略稱，指劉邦。定五載於馬上：漢五年，漢高祖劉邦滅項羽，即位爲皇帝。

〔九〕“置太史”二句：史記封禪書：“高祖初起，禱豐枌榆社。……立黑帝祠，命曰北畤。……天下已定，詔御史，令豐謹治枌榆社，常以四時春以羊彘祠之。”

〔十〕祖龍：指秦始皇。參見陳善學序刊楊鐵崖先生文集卷一臘嘉平注。

〔十一〕“招綰、臧”句：史記封禪書：“（武帝）元年，漢興已六十餘歲矣，天下艾安，搢紳之屬皆望天子封禪改正度也，而上鄉儒術，招賢良，趙綰、王臧

等以文學爲公卿,欲議古立明堂城南,以朝諸侯。草巡狩封禪改曆
服色。”

〔十二〕少君: 方士李少君。李少君曾炫言不死之術,對漢武帝言海上蓬萊等奇
異事。詳見史記封禪書。

〔十三〕一角: 漢武帝曾“郊雍,獲一角獸,若麃然”。見史記封禪書。

〔十四〕八通: 史記封禪書:“亳人謬忌奏祠太一方,曰:‘天神貴者太一,太一佐
曰五帝。古者天子以春秋祭太一東南郊,用太牢,七日,爲壇開八通之
鬼道。’於是天子令太祝立其祠長安東南郊,常奉祠如忌方。”

〔十五〕公孫: 齊人公孫卿。公孫卿上書漢武帝,詭稱能望蓬萊之氣,候黃帝之
神。詳見史記封禪書。

〔十六〕少翁: 史記封禪書:“齊人少翁以鬼神方見上。上有所幸王夫人,夫人
卒,少翁以方蓋夜致王夫人及竈鬼之貌云,天子自帷中望見焉。於是乃
拜少翁爲文成將軍……又作甘泉宮,中爲臺室,畫天、地、太一諸鬼神,
而致祭具以致天神。居歲餘,其方益衰,神不至。乃爲帛書以飯牛,詳
不知,言曰:‘此牛腹中有奇。’殺視得書,書言甚怪。天子識其手書,問
其人,果是僞書,於是誅文成將軍。”

〔十七〕“泰畤”二句: 漢書武帝紀:“(元鼎五年)十一月辛巳朔旦,冬至。立泰
畤于甘泉。天子親郊見,朝日夕月……(元封)四年冬十月,行幸雍,祠
五畤……幸河東。春三月,祠后土。詔曰:‘朕躬祭后土地祇,見光集于
靈壇,一夜三燭。’”

〔十八〕得鼎: 史記孝武本紀:“(元鼎四年)夏六月中,汾陰巫錦爲民祠魏脽后
土營旁,見地如鉤狀,掊視得鼎。鼎大異於衆鼎,文鏤毋欵識,怪之,言
吏。吏告河東太守勝,勝以聞……乃以禮祠,迎鼎至甘泉,從行,上薦
之。至中山,晏温,有黃雲蓋焉。”

〔十九〕“集獲符應”二句: 漢武帝得寶鼎之後,有司即奏賀章。上引二句皆見
於此章奏。詳見史記孝武本紀。

〔二十〕“采秘禮”十句: 公孫卿援引有關黃帝傳説,慫恿武帝封禪。齊卿,齊人
公孫卿。鬼容,指鬼容區。見漢書藝文志。按: 鬼容區之“容”,史記作
“臾”。本篇後文亦作鬼臾區。史記封禪書:“上幸雍,且郊。或曰‘五
帝,太一之佐也,宜立太一而上親郊之’。上疑未定。齊人公孫卿曰:
‘今年得寶鼎,其冬辛巳朔旦冬至,與黃帝時等。’卿有札書曰:‘黃帝得
寶鼎宛朐,問於鬼臾區……’卿因嬖人奏之。上大説,乃召問卿。對曰:
‘受此書申公,申公已死。’上曰:‘申公何人也?’卿曰:‘申公,齊人。與

安期生通,受黄帝言,無書,獨有此鼎書。’”

〔二十一〕“復迎日”二句:史記封禪書:“鬼臾區對曰:‘黄帝得寶鼎神策,是歲
　　　　己酉朔旦冬至,得天之紀,終而復始。’於是黄帝迎日推策。”宋黄震
　　　　黄氏日抄卷三十三:“事之最大,在推測天道以授人時。既已迎日推
　　　　測之,復考中星以正四時。”

〔二十二〕五帝五色:史記封禪書:“(漢文帝)於是作渭陽五帝廟,同宇,帝一
　　　　殿,面各五門,各如其帝色。”

〔二十三〕“曰天”二句:漢武帝修封禪,其贊饗曰“天增授皇帝泰元神筴”;郊拜
　　　　太一,其贊饗曰“天以寶鼎神策授皇帝”。詳見史記孝武本紀、史記
　　　　封禪書。

〔二十四〕詹尹:文選卷三十三屈原卜居:“屈原既放三年,不得復見……不知
　　　　所從,乃往見太卜鄭詹尹,曰:‘余有所疑,願因先生決之。’詹尹乃端
　　　　策拂龜……注:詹尹,工師姓名也。”

〔二十五〕臧穀:莊子外篇駢拇:“臧與穀二人相與牧羊而俱亡其羊,問臧奚事,
　　　　則挾筴讀書;問穀奚事,則博塞以游。”

〔二十六〕珞琭子:明曹學佺撰蜀中廣記卷九十四著作記第四子部:“珞琭子,
　　　　鬼谷先生著。大峨志云山有鬼谷洞,相傳先生於其中著珞琭子而上
　　　　昇去。通考以爲即今禄命之書。”又,文獻通考經籍考:“珞琭子三命
　　　　一卷。晁氏曰:‘李獻臣云,珞琭者,取珞珞如玉、琭琭如石之義,推人
　　　　生休咎否泰之法。’”

〔二十七〕大禹之石函:抱朴子辯問:“吴王伐石以治宫室,而於合石之中得紫
　　　　文金簡之書,不能讀之,使使者持以問仲尼……仲尼以視之,曰:‘此
　　　　乃靈寶之方、長生之法,禹之所服,隱在水邦,年齊天地,朝於紫庭者
　　　　也。禹將仙化,封之名山石函之中,乃今赤雀銜之,殆天授也。’”

〔二十八〕金縢:尚書正義金縢:“武王有疾,周公作金縢。”注:“爲請命之書,藏
　　　　之於匱,緘之以金,不欲人開之。”

〔二十九〕“一十二萬”二句:謂天地運行之終始一周。元胡震周易衍義卷十
　　　　六:“晝夜晦明,各順其常,周而復始,此一日之運也。一日之數即一
　　　　歲之數,一歲之數即一元之數,一元之數統十二數而爲會,一會統三
　　　　十數而爲運,凡三百六十運。一運統十二數而爲世,凡四千三百二十
　　　　世。一世統三十數而爲年,凡一十二萬九千六百年。皆是這圖子上
　　　　起數也。”

〔 三十 〕“彼丁公”句:史記孝武本紀:“自得寶鼎,上與公卿諸生議封禪……

齊人丁公年九十餘，曰：‘封者，合不死之名也。秦皇帝不得上封。陛下必欲上，稍上即無風雨，遂上封矣。’……羣儒既以不能辯明封禪事，又牽拘於詩、書古文而不敢騁。上爲封祠器示羣儒，羣儒或曰‘不與古同’，徐偃又曰‘太常諸生行禮不如魯善’，周霸屬圖封事，於是上絀偃、霸，盡罷諸儒弗用。”

〔三十一〕文成：即齊人少翁。五利：指膠東王宮人欒大。二人同師，先後獻方術於漢武帝。少翁被封爲文成將軍，欒大封五利將軍。詳見史記孝武本紀。

〔三十二〕子侯：史記孝武本紀：“天子獨與侍中奉車子侯上泰山，亦有封……天子既已封禪泰山，無風雨菑，而方士更言蓬萊諸神山若將可得，於是上欣然庶幾遇之，乃復東至海上望，冀遇蓬萊焉。奉車子侯暴病，一日死。上乃遂去。”集解：“韋昭曰：‘子侯，霍去病之子也。’”

〔三十三〕“后土”二句：漢書郊祀志下：“（杜鄴曰：）前上甘泉，先毆失道；禮月之夕，奉引復迷。祠后土還，臨河當渡，疾風起波，船不可御。又雍大雨，壞平陽宮垣。”

〔三十四〕“甲子”句：漢書郊祀志下：“乃三月甲子，震電災林光宮門。”注：“孟康曰：‘甘泉一名林光。’師古曰：‘林光，秦離宮名也。漢又於其旁起甘泉宮，非一名也。’”

〔三十五〕焚柏梁：漢書武帝紀：“太初元年冬十月，行幸泰山。十一月甲子朔旦，冬至，祀上帝于明堂。乙酉，柏梁臺災。”

〔三十六〕欒大：即五利將軍，坐誣罔腰斬。參見麗則遺音卷三承露柈。

〔三十七〕谷永：漢書谷永傳：“永於經書，泛爲疏達，與杜欽、杜鄴畧等，不能洽浹如劉向父子及揚雄也。其於天官、京氏易最密，故善言災異，前後所上四十餘事，專攻上身與後宮而已。”按，谷永爲成帝時人，其說辭詳見漢書郊祀志下。

〔三十八〕“雞當”二句：漢書郊祀志下：“莽遂窴鬼神淫祀，至其末年，自天地六宗以下至諸小鬼神，凡千七百所，用三牲鳥獸三千餘種。後不能備，乃以雞當鶩雁，犬當麋鹿。數下詔自以當僊。”

〔三十九〕“一千”二句：漢書郊祀志下：“哀帝即位，寢疾，博徵方術士，京師諸縣皆有侍祠使者，盡復前世所常興諸神祠官，凡七百餘所，一歲三萬七千祠云。”

〔四十〕“光、晏”二句：漢書郊祀志下：“平帝元始五年，大司馬王莽奏言：‘……臣謹與太師孔光、長樂少府平晏、大司農左咸、中壘校尉劉歆、太中大夫朱陽、博士薛順、議郎國由等六十七人議，皆曰宜如建始時丞相衡等議，復長安南北郊如故。’”按：上引文未及劉向，向乃歆父。

〔四十一〕衡：丞相匡衡。匡衡主張“於長安定南北郊爲萬世基”，詳見漢書郊祀志下。

〔四十二〕鼎湖之策：漢書郊祀志上：“鬼臾區對曰：‘……黃帝迎日推策，後率二十歲復朔旦冬至，凡二十推，三百八十年，黃帝僊登于天。’”

〔四十三〕郟鄏之數：春秋宣公三年：“成王定鼎于郟鄏，卜世三十，卜年七百，天所命也。”注：“郟鄏，今河南也。武王遷之，成王定之。”正義：“律曆志云：周三十六王，八百六十七年。過卜數也。”

〔四十四〕履泰於泰階：參見本卷渾天儀賦。

〔四十五〕亳人忌：即謬忌。

〔四十六〕九九八十一萬：戰國策卷一東周：“昔周之伐殷，得九鼎，凡一鼎而九萬人輓之，九九八十一萬人。”

首陽山賦〔一〕

太虛既判，二氣一元①。地濁以黃，天清以玄。森而融者爲水，結而峙者爲山。東岱宗而雄竦，西太華而高騫。南祝融之拔地〔二〕，北恒嶽之連天。惟首陽之環②偉兮，曰華山之中劃。掌跖幻③乎巨靈兮，河流忽其開坼④〔三〕。矧孤竹之二子兮，聿高風之是宅。宜名光乎天壤，若尼山之名洙、泗〔五〕，而傅巖之名虞、虢也〔六〕。

爾其地鎮乎冀、兗，疆蕃乎豫、梁。迴崖疊嶂，若馳若鶩。文嵐翠靄，若翶若翔。深根亘乎洪河〔七〕，高標出乎太行。吐雷首之氣宇〔八〕，揮龍門之輝光〔九〕。觀其雲堂參差，天磴峻嶒。崒嵂嶔岑，碨磊崢嶸。白帝高司兮〔十〕，運金精之浩顥；三峰却立兮〔十一〕，俯汾流之清泠。至若玉井有蓮〔十二〕，玉女有盆〔十三〕。蘿月掛鏡，石瓮引尊。酌醴泉而爲飲，茹瓊蕊以爲飱。茅龍杞狗之異狀，玉芝瑤草之殊芬。則有霓裳仙子，鶴駕神人。出沒飄忽，御風挾雲。其狀萬萬，胡可殫論！

於是余與客攝衣而上，若躡星虹，陟峭崿，攀蒙茸。扳古柏兮摹挲，披幽菖兮叢叢。掇薇苗兮樂飢，恍箭括兮天通。是知秋雨既霽，曀日初晶。曠余情兮太白，游余目兮西傾。訪二墨之故家〔十四〕，覽孤竹之遺城。頌采苓兮坐石[十五]，賦秋興兮滿亭[十六]。嗟荒祠之就圮，軼封册於仁清。羌沈吟而悲感，吾將酹而些其神之靈也。曰商受之爲⑤君兮，撥前人之所植。迨周德之勃興兮，滌兇殘之蠹螫。嗟先生之遁迹兮，處北海而夷猶⑥。聞聖昌之作興兮[十七]，因⑦躔屬而歸周。當重鼎之遷洛兮[十八]，既天命之有屬。何扣馬之一諫兮[十九]，異八百之歸國[二十]。寧暴骨於山椒兮，毋寧岐土之食粟；寧巢軒以爲徒兮，毋寧周家之臣僕。歌采薇之歌兮，信孤清之警俗。

嗚呼，彼獨夫之是誅兮，吾三綱之是扶。彼有讓乎荊蠻兮，吾亦返德乎唐、虞。故知蒼姬八百之祚鼎鼎而有盡[二十一]，首陽千仞之節落落而有餘也，不亦百世之師乎！賦已，客復爲之歌曰：

盜跖兮高墳，穴爲田兮木爲薪。彼莩死兮何人，首陽之邱兮嶙峋。與天齊高兮與地不淪，特立獨往兮孰匹與鄰！噫，彼君萬乘而馬千駟兮，又何足較亡之與存！

【校】

① 元：勞格校記作“原”。

② 環：似當作“瓌”。

③ 幻：勞格校記作“施”。

④ 坼：原本作“拆”，據勞格校記改。

⑤ 爲：原本作“不”，據勞格校記改。

⑥ 夷猶：勞格校記作“濱流”。

⑦ 因：原本作“固”，據勞格校記改。

【箋注】

〔一〕首陽山：所處何地，史籍著録不一。或曰在蒲州河東縣（今屬山西永濟市），或曰在偃師縣（今屬河南）西北二十五里，或曰在遼州和順縣（位於今山西東部），等等。皆以傳說伯夷、叔齊隱居於此而得名。參見太平寰宇記卷四十六河東道七、卷五河南道、卷四十四河東道五。

〔二〕祝融：衡山有七十二峰，祝融爲其中最著名五峰之首。

〔三〕“惟首陽”四句：采自神話傳說。李太白全集卷七西岳雲臺歌送丹丘子：“巨靈咆哮擘兩山，洪波噴流射東海。”王琦注：“薛綜注：‘巨靈，河神也。華山對河東首陽山，黃河流於二山之間。古語云：此本一山，當河，河水過之而曲行。河之神以手擘開其上,以足踏離其下,中分爲二,以通河流。手足之迹,於今尚在。'"

〔四〕孤竹之二子:爲伯夷、叔齊。商亡,二人不食周粟,隱居首陽山,采薇而食。後人於首陽山上建夷齊祠。參見史記伯夷列傳、太平寰宇記卷五首陽山。

〔五〕尼山:尼丘山之簡稱。孔子生於魯昌平鄉闕里尼丘山,詳見史記孔子世家。又,孔子授徒講學,於洙水、泗水之間。

〔六〕傅巖:又作傅險,位於虞國、虢國之界。商王武丁執政時,聖賢傅説版築隱逸於此。詳見史記殷本紀。

〔七〕洪河:古名滍水。源出河南方城,流經上蔡,入汝水。

〔八〕雷首:太平寰宇記卷四十六河東道七蒲州:"首陽山即在雷首山南阜也。"

〔九〕龍門:山名。位於今河南洛陽市南。

〔十〕白帝:天皇大帝太乙之佐,五帝之一,爲西方之神。參見五經通義(宋祝穆撰古今事文類聚前集卷二天道部引録)。

〔十一〕三峰:指華山之落雁、蓮花、朝陽峰。參見清王琦李太白全集卷七西岳雲臺歌送丹丘子詩注。

〔十二〕玉井蓮:參見鐵崖先生詩集庚集泊穆溪注。

〔十三〕玉女盆:參見鐵雅先生復古詩集卷五香奩八題之一金盆沐髮注。

〔十四〕二墨:指伯夷、叔齊。相傳其姓氏爲墨胎,故稱。參見史記伯夷列傳。

〔十五〕采苓:詩經采苓:"采苓采苓,首陽之巔。"

〔十六〕秋興:晉潘岳有秋興賦。

〔十七〕聖昌:指周文王,文王名昌。

〔十八〕重鼎之遷洛:指周平王東遷洛邑。

〔十九〕扣馬:史記伯夷列傳:"西伯卒,武王載木主,號爲文王,東伐紂。伯夷、叔齊叩馬而諫曰:'父死不葬,爰及干戈,可謂孝乎? 以臣弑君,可謂仁乎?'"

〔二十〕八百之歸國:周武王欲伐紂,各地紛紛響應,"不期而會盟津者,八百諸侯"。詳見史記周本紀。

〔二十一〕蒼姬八百之祚鼎:指周王朝延續八百餘年。參見本卷泰元神策賦注。

五雲書屋賦①〔一〕

余讀唐鄭仁表之言曰:"天瑞五色雲,人瑞鄭仁表〔二〕。"及觀晉人王子敬、謝敷之事〔三〕，其讀書處常有五色雲見，乃知山中賢人行藝，固應乎天也。易京之占曰："西方嘗有五色雲，其下有賢人隱也〔四〕。"京之占，質以王、謝之事，不以驗乎！鄉人韓諤氏以五雲生自號，又以號其讀書之室，非生有王、謝隱德，其能繼"五雲"之應乎？生十世祖爲魏王琦〔五〕，擢第之日，太史奏曰："下五色雲見。"彼王、謝隱德山中，五雲尚爲之見，況魏王，則五雲之應也宜矣。生讀書，通經史，其爲人忠信孝友，以著書立言爲不朽，是有志於丕承先緒，則雲之五色，爲生言屋之瑞，蓋可知矣。乃爲叙之，而賦其五雲書屋云。詞曰②：

夫何天地扶輿之氣，萃東南之一區。鍾慶雲之五色，兆人瑞而同符。曰典午氏之隱德，在爾獻③與爾敷〔六〕。依山結屋，避地讀書。文應奎、璧之府，秀拔斗、牛之墟。宜天瑞之所在④，被賢人之攸廬。

爾乃⑤安陽北第，會稽東道〔七〕。王者之孫，人倫之表。室有五雲之莊⑥，書有五雲之稿〔八〕。騰華蓋之蘢蓯，觸草堂以⑦繚繞。芒經緯乎五星，光盤旋乎二曜。辨祥祲於烟雲，割陰陽於昏曉。集瑤海之飛仙，回高空之游鳥。搴⑧乎若鯤鵬之變化，矗乎若虹龍之夭矯。金枝玉葉，不專奇於涿鹿之墟⑨〔九〕；層臺高觀⑩〔十〕，漫溢美於太山之杪。矧公超氏五里之霧飛〔十一〕，劉訏氏半天之霞皎〔十二〕，可以較其美惡大小哉！

吾嘗會禹會之地〔十三〕，望秦望之峰〔十四〕。左挹霞城之麗〔十五〕，右控海門之雄〔十六〕。其陽則有宛委、玉笥之崗〔十七〕，屹乎巃嵷，與塗山而并起〔十八〕，直上摩乎蒼穹⑪。其陰則玄洲、弱水之島〔十九〕，浩乎空濛。與臥龍而爭奮〔二十〕，若飛來兮⑫方蓬〔二十一〕。悲歌吊古，則越勾踐之高臺〔二十二〕，既⑬野狐之穴土；而⑭唐小蓬之仙閣〔二十三〕，亦海蜃之漂風矣⑮。

綿矣哉，五雲生之居也。開藏室，植環堵。鑿石依⑯楹，交柯結⑰户。發造化之靈秘，占山川之奇聚。於是積鉛槧，布毫楮。首我鶡冠，身衣緼褚⑱。截蒲以爲編，燎枲以爲炬⑲。左圖右籍，朝劬夕苦。厲精覃思，懸髻刺股。涉獵百家，出入千古。韋編爲之三絶〔二十四〕，嶽鹿爲之連拄⑳〔二十五〕。下泝濂、洛〔二十六〕，上宗鄒、魯〔二十七〕。舠排佛老，攘斥荆楚㉑〔二十八〕。馳騁乎翰墨之場，逍遥乎仁義之府。雖樵兒牧豎過亦指之㉒曰"此五雲生讀書之所"也。

予方掛冠南下，挾册東歸。扣舷一曲之鏡〔二十九〕，策杖㉓五雲之扉。啟爾宋宗之牗〔三十〕，講爾董生之帷〔三十一〕。鹿啣花而出洞〔三十二〕，恍若見處士於斗北㉔；鶴㉕啣魚而集堂，駭若接夫子於關西〔三十三〕；吾見生之學日以積，名日以馳。不舉逸於丘壑，即採秀於鄉閭。收科名於奏瑞之史，復相業於頌曆之詩，庶有以秀五色之㉖秀而輝五雲之輝也。

【校】

① 本賦又載清初印溪草堂鈔本東維子集卷十六，據以校勘。印溪草堂鈔本題作五雲書屋。

② 卷首“余讀唐鄭仁表之言曰”至此“詞曰”，凡二百二十二字，原本無，據印溪草堂鈔本東維子集增補。

③ 獻：印溪草堂鈔本作“敬”。

④ 在：印溪草堂鈔本作“存”。

⑤ 爾乃：印溪草堂鈔本作“廼有”。

⑥ 莊：印溪草堂鈔本作“居”。

⑦ 以：印溪草堂鈔本作“而”。

⑧ 搴：原本作“蹇”，據印溪草堂鈔本改。

⑨ 墟：印溪草堂鈔本作“處”。

⑩ 層臺高觀：印溪草堂鈔本作“高觀層臺”。

⑪ 摩：原本作“厚”，據印溪草堂鈔本改。蒼穹：印溪草堂鈔本作“青蒼”。

⑫ 兮：印溪草堂鈔本作“乎”。

⑬ 既：印溪草堂鈔本作“慨”。

⑭ 而：原本無，據印溪草堂鈔本增補。

⑮ 矣：印溪草堂鈔本無。

⑯ 鑿石依：印溪草堂鈔本作“倚石爲”。

⑰ 交柯結：印溪草堂鈔本作“鑿翠爲”。

⑱ “首羢鷗冠”二句：印溪草堂鈔本無。

⑲ “截蒲以爲編”二句：印溪草堂鈔本作“截蒲爲編，燎杲爲炬”。

⑳ 嶽：原本作“岳”；拄，原本作“柱”，據漢書朱雲傳改。參見注釋。

㉑ “舠排佛老”二句：印溪草堂鈔本無。

㉒ 雖樵兒牧豎過亦指之：印溪草堂鈔本作“雖世遠而代遷，孰不”。

㉓ 策杖：印溪草堂鈔本作“扶策”。

㉔ 恍若見處士於斗北：印溪草堂鈔本作“恍然見夫子於北斗”。

㉕ 鸛：印溪草堂鈔本作"鶴"。

㉖ 五色之：印溪草堂鈔本作"五雲"。

【箋注】

〔一〕本賦撰於元文宗至順二年（一三三一），或稍後，即鐵崖被免去天台縣令以後、還鄉之初。繫年依據：文中作者自述曰："予方掛冠南下，挾册東歸。"又曰："啟爾宋宗之牖，講爾董生之帷。"由此可見，鐵崖罷官還鄉之後，以讀書講學爲主。五雲書屋：鐵崖鄉人韓諤書房。韓諤：名禮翼，字致用，諤爲其小字。鐵崖鄉人。鐵崖與之交往頗多，歷時甚久。參見東維子文集卷九送韓諤還會稽序。

〔二〕鄭仁表：鄭蕭子。新唐書鄭蕭傳："仁表累擢起居郎。嘗以門閥文章自高，曰：'天瑞有五色雲，人瑞有鄭仁表。'"

〔三〕王子敬：即王羲之第七子獻之，子敬爲其字。謝敷：字慶緒，會稽人。東晉居士。生平事迹載晉書隱逸傳。按：會稽有五雲門，以王獻之有關傳説得名。宋張淏撰會稽續志卷一城郭："城之東曰五雲門。"注："即古雷門。晉王獻之所居，有五色祥雲見，故取以名門。"謝敷故宅在五雲門外一里，參見會稽志卷十三謝敷宅。又，韓諤書房五雲書屋亦在五雲門。

〔四〕易京：京房易。按："五色雲"云云，源於京房之説。史記高祖本紀："吕后曰：'（劉）季所居上常有雲氣，故從往常得季。'"正義："京房易飛候云：'何以知賢人隱？'顏師古曰：'四方常有大雲，五色具而不雨，其下有賢人隱矣。'故吕后望雲氣而得之。"又，本文所引二句，與他本所録有出入。明楊慎撰升庵集卷四十七青雲："京房易占：青雲所覆，其下有賢人隱。"

〔五〕魏王琦：指韓琦，安陽人，北宋神宗時官拜司空兼侍中，曾封魏國公。宋史有傳。

〔六〕"曰典午氏之隱德"二句：意爲晉朝隱士之道德引來吉祥天象，在於鄉賢王獻之、謝敷。典午氏：指司馬氏，即兩晉。

〔七〕"爾乃安陽北第"二句：謂韓諤先世安陽，後徙居諸暨。

〔八〕五雲之稿：玩齋集卷八跋韓致用五雲輯録卷後："會稽韓君致用，間持諸公所著五雲書屋詩文一卷來徵余言。按韓氏自魏國忠獻王在宋天聖中中進士第二，方唱名，太史奏'五色雲見'，其後竟以勳業致位將相。至四世孫秘閣公扈駕南來，居越之五雲門，故其輯録題曰五雲。其後子孫往往多以是稱號，蓋不忘所自也。今致用實魏國之十世孫，其築屋讀書亦名之曰五雲，而中書參議危君太樸、翰林學士張君仲舉各爲之記序，凡所以論次韓氏德澤及歷世藏書之盛,可謂詳且備矣。"

〔九〕金枝玉葉:喻指祥雲。史記五帝本紀:"(黃帝)邑于涿鹿之阿。遷徙往來
無常處,以師兵爲營衛。官名皆以雲命,爲雲師。"集解:"應劭曰:'黃帝受
命,有雲瑞,故以雲紀事也。春官爲青雲,夏官爲縉雲,秋官爲白雲,冬官
爲黑雲,中官爲黃雲。'張晏曰:'黃帝有景雲之應,因以名師與官。'"又,
宋胡宏皇王大紀卷二五帝紀:"軒轅遂踐天子位,在所則有景雲,若金枝玉
葉蔭其上。"

〔十〕層臺高觀:語出晉陸機浮雲賦。

〔十一〕五里之霧:後漢書張楷傳:"楷字公超。通嚴氏春秋、古文尚書,門徒常
百人。……隱居弘農山中,學者隨之,所居成市。……性好道術,能作
五里霧。"

〔十二〕半天之霞:南史劉訏傳:"訏善玄言,尤精意釋典,曾與(族兄)歊聽講鍾
山諸寺,因共卜築宋熙寺東澗,有終焉之志……族祖孝標與書稱之曰:
'訏超超越俗,如半天朱霞。歊矯矯出塵,如雲中白鶴。皆儉歲之梁稷,
寒年之纖纊。'"

〔十三〕禹會之地:史記夏本紀:"或言禹會諸侯江南,計功而崩,因葬焉,命曰
會稽。會稽者,會計也。"集解:"皇覽曰:'禹冢在山陰縣會稽山上。'"

〔十四〕秦望:會稽山之別稱。參見鐵崖先生古樂府卷九小臨海曲注。

〔十五〕霞城:即赤城山,位於浙江天台。

〔十六〕海門:太平寰宇記卷九十八台州:"海門山在(臨海)縣東一百二十六
里,在臨海北岸,東枕海。"

〔十七〕宛委、玉笥:或謂爲同一座山峰。據方輿勝覽卷六,宛委山在紹興府會
稽縣東南十五里。又,史記太史公自序正義:"括地志云:石笥山一名
玉笥山,又名宛委山,即會稽山一峰也。在會稽縣東南十八里。"

〔十八〕塗山:相傳夏禹於此娶塗山氏及與諸侯會合,故名。位於今浙江紹興。

〔十九〕玄洲:據海内十洲記(題漢東方朔撰),玄洲在北海。弱水:參見鐵崖先
生古樂府卷十小游仙二十首之十九注。

〔二十〕臥龍:山名,位於紹興府治。相傳越大夫種葬於此處,故又名種山。參
見方輿勝覽卷六。

〔二十一〕方蓬:海上仙山方丈、蓬萊。見史記秦始皇本紀。

〔二十二〕勾踐之高臺:在紹興種山。南朝梁任昉述異記卷上:"勾踐得范蠡之
謀,乃示民以耕桑,延四方之士,作臺於外而館賢士。今會稽山有越
王臺。"

〔二十三〕唐小蓬：蓋指唐元稹之小蓬萊。宋吴曾能改齋漫録卷九蓬萊何似水
　　晶宫：“元微之在越州賦詩云：‘我是玉皇香案吏，謫居猶得小蓬萊。’
　　其後州治有閣名蓬萊。”

〔二十四〕“韋編”句：孔子嗜讀易經，韋編三絶。參見史記孔子世家。

〔二十五〕嶽鹿：漢書朱雲傳：“少府五鹿充宗貴幸，爲梁丘易。自宣帝時善梁
　　丘氏説，元帝好之，欲考其異同，令充宗與諸易家論。充宗乘貴辯口，
　　諸儒莫能與抗，皆稱疾不敢會。有薦雲者，召入，攝齋登堂，抗首而
　　請，音動左右。既論難，連拄五鹿君，故諸儒爲之語曰：‘五鹿嶽嶽，朱
　　雲折其角。’”師古曰：“嶽嶽，長角之貌。”

〔二十六〕濂、洛：指周敦頤、程顥、程頤等北宋理學家。

〔二十七〕鄒、魯：指孟子、孔子。

〔二十八〕荆楚：指王安石。王安石曾封爲荆國公。

〔二十九〕鏡湖：又名鑑湖，位於今浙江紹興。參見鐵崖先生詩集乙集題鄭熙
　　之春雨釣艇圖注。

〔　三十　〕宋宗：宋處宗之略稱。幽明録：“晉兖州刺史沛國宋處宗，嘗買一長
　　鳴雞，愛養甚至，恒籠著窗間。雞遂作人語，與處宗談論，極有言致，
　　終日不輟。處宗因此言功大進。”

〔三十一〕董生之帷：董生，指董仲舒。漢書董仲舒傳：“少治春秋，孝景時爲博
　　士。下帷講誦，弟子傳以久次相授業，或莫見其面。蓋三年不窺園，
　　其精如此。”

〔三十二〕鹿唧花：大明一統志卷六十三長沙府：“白鹿山在益陽縣治西南，下
　　有龍湫，蒼崖古木，清絶可愛。唐裴休講道於此，有白鹿唧花出聽，
　　因名。”

〔三十三〕“鸛唧魚”二句：關西，漢楊震，人稱“關西夫子”。後漢書楊震傳載，
　　楊震明經博覽，屢召不應，有鸛雀唧三鱣魚飛集講堂前，人以爲三公
　　之兆，後果官太尉。

角端賦〔一〕

　　客有東印度生〔二〕，問於北京先生曰：“蓋聞我聖祖皇帝之駐師於
我竟也〔三〕，貔貅百萬，虎賁三千。神武不殺〔四〕，休徵開先。曰有奇獸，
扣關而前。聳一角之異狀，通四夷①之方言。以爲麟耶，未聞其善語

之琅然。以爲猩耶,未聞其一角之拳焉。以爲豸耶,又未聞其形廳而尾馬。以爲驎吾耶,又未聞其奉異書而達幽玄。故吾將以爲瑞耶,則曠萬世而未睹;以爲非瑞耶,則適符我聖祖皇帝應天運之年[五]。某也,東夷②陋生,耳所未聞,目所未睹,幸先生有以啟予之井智也。"

先生啞爾而笑曰:"子邊夷也,亦知天開帝王之瑞乎? 昔我太祖皇帝之有天下也,肇迹和寧[六],拓基祈連[七]。廣禹之甸,大堯之天。叱風雲於紫塞[八],揭日月於中原。蕭王師之赫赫,示王道之平平。於是東征而西怨,南征而北怨[九]。當鐵關之既闢[十],振神兵而欲班。奇獸來格,萬人擁觀。祚陳八百③之曆[十一],暴戒獨夫之殘。

其率獸也,若虎拜而稽首。其解語也,若鞮譯而進言。問之耶律之侍臣[十二],稽之騶虞之獸官。則知是獸也,在星爲旄首,而在物爲角端者也。觀其縞質緑章,珠姿玉趾。性閑而神静,體瓌而貌詭。映流彩於花驄,散飛光於緑耳[十三]。躐滄海而洪濤不驚,超天駟而紅雲四起。朝刷乎閶風之圃,夕洗乎天河之水。若乃光生華夏,魄奪戎羌。鹿閣薦彩,虎臺呈祥[十四]。目散電以彪駮,尾流星而蛟驤。或龍儀而若驁,或鸞盼而欲翔。日行三萬,不減於神禹之飛菟[十五];背長特角,豈讓於軒轅之飛黄[十六]。奉書而至,蓋將比負圖之獻瑞[十七]。鞮譯而語,又豈徒服皁之珍良[十八]。爾其塵清海寓,春滿天堧。與麒麟以坌入,偕鳳鳥以來儀。增瑞牒之德色,發史筆之光輝。皇猷以之歸美,帝德以之博施。彼林邑之象[十九],拜起周章,而隨乎人意者何足貴;九貞之驎[二十],鹿角駒形,而字於外圉者無足奇。又豈知天下平則一角之獸來,蓋聖人間五百年而生,則斯獸亦間五百年而出,所以符大一統之宏規。彼其九尾獸應而海宇未一[二十一],并角獸獲而海内已耗[二十二],又豈可與今日角端之應同日而論大一統之兆也!"

生乃再拜稽首,起忭而爲之歌曰:"德及蜚走兮澤洞幽明,鳳鳥在陬兮麒麟在坰。邁四靈兮應千齡,嗚呼瑞之至兮四夷④來庭。"

先生亦從而和之曰:"似豸非豸兮,其形至神。似猩非猩兮,其言至仁。天下將一兮有開必先,嗚呼,瑞之至兮國有聖人。"

【校】

① 夷:勞格校記作"裔"。蓋因避諱而改,下同。

② 夷：<u>勞格</u>校記作"方"。

③ 百：原本作"囗"，徑改。

④ 夷：<u>勞格</u>校記作"方"。

【箋注】

〔一〕賦當撰於<u>元 至正</u>十年（一三五〇）秋後，其時<u>鐵崖</u>游寓<u>松江</u>、<u>湖州</u>一帶，授學爲生。繫年依據：<u>至正</u>十年<u>江浙</u>行省鄉試古賦試題爲<u>角端</u>賦，<u>鐵崖</u>此賦蓋屬擬作。參見<u>羅鷺 青雲梯和新刊類編例舉三場文選</u>所録元代江浙鄉試賦題考（文載<u>南京大學</u> 古典文獻研究所編<u>古典文獻研究</u>二〇〇六年輯刊）。<u>元史 五行志</u>："元起朔漠，方<u>太祖</u>西征，角端見於<u>東印度</u>，爲人語云'汝主宜早還'，意者天告之以止殺也。"又據<u>元史 太祖本紀</u>，獲角端在<u>太祖</u>稱帝後第十九年甲申（一二二四年）。按：<u>元太祖</u>即<u>成吉思汗</u>。

〔二〕<u>東印度</u>：即<u>唐</u>人所謂<u>東天竺</u>。<u>舊唐書 西戎列傳</u>："<u>天竺</u>國，即<u>漢</u>之<u>身毒</u>國，或云<u>婆羅門</u>地也。在<u>葱嶺</u>西北，周三萬餘里。其中分爲五<u>天竺</u>：其一曰<u>中天竺</u>，二曰<u>東天竺</u>，三曰<u>南天竺</u>，四曰<u>西天竺</u>，五曰<u>北天竺</u>。地各數千里，城邑數百……<u>東天竺</u>東際大海，與<u>扶南</u>、<u>林邑</u>鄰接。"

〔三〕<u>聖祖皇帝</u>：即<u>元太祖</u>。<u>元太祖</u>謚號爲<u>聖武皇帝</u>，故稱。

〔四〕神武不殺：<u>易 繫辭上</u>："古之聰明叡知，神武而不殺者夫。"

〔五〕適符我<u>聖祖皇帝</u>應天運之年：意爲<u>元太祖</u>獲角端在"申"年，建國也在"申"年。按<u>元史 太祖本紀</u>，<u>成吉思汗</u>建國稱帝在丙寅（一二〇六）年，并非"申"年。然<u>楊維禎</u>有此誤説，實非偶然，蓋其時有此傳聞，故其<u>三史正統辨</u>亦曰："<u>宋祖</u>生於丁亥，而建國於庚申；我<u>太祖</u>之降年與建國之年亦同。"（載<u>佚文編</u>。）

〔六〕<u>和寧</u>：<u>元史 地理志一</u>："<u>和寧路</u>，始名<u>和林</u>，以西有<u>哈剌和林河</u>，因以名城。<u>太祖</u>十五年，定<u>河北</u>諸郡，建都於此。"

〔七〕<u>祈連</u>：<u>宋 葉庭珪</u>撰<u>海録碎事</u>卷三："<u>祈連山</u>，即<u>天山</u>也。<u>匈奴</u>呼天爲'祈連'。"

〔八〕紫塞：或指<u>長城</u>，謂"塞"者，壅塞夷狄也。<u>秦</u>築<u>長城</u>，土皆紫色，故稱。參見<u>風俗通</u>。或指<u>雁門關</u>，謂其地多寒，草皆紫色，故稱紫塞。參見<u>元 劉履 風雅翼</u>卷二。

〔九〕"東征"二句：<u>書 仲虺之誥</u>："惟王不邇聲色，不殖貨財，德懋懋官，功懋懋賞……東征西夷怨，南征北狄怨。"

〔十〕<u>鐵關</u>：即<u>鐵門關</u>。

〔十一〕八百：相傳周文王曾告誡武王，治國當施以仁愛。故四海歸心於周，祚延八百。

〔十二〕耶律：指耶律楚材。元史 耶律楚材傳：“甲申，帝至東印度，駐鐵門關。有一角獸，形如鹿而馬尾，其色綠，作人言，謂侍衛者曰：‘汝主宜早還。’帝以問楚材，對曰：‘此瑞獸也，其名角端，能言四方語，好生惡殺，此天降符以告陛下。陛下，天之元子，天下之人皆陛下之子，願承天心，以全民命。’帝即日班師。”

〔十三〕花驄：即玉花驄。玉花驄、綠耳，皆名揚天下之良馬。

〔十四〕虎臺：即龍虎臺，位於居庸關南口。元代皇帝往來于大都和上都，常駐蹕於此。

〔十五〕飛菟：神馬之名，相傳一日能行三萬里。禹治水救民，此馬應德而至。參見山堂肆考卷二百二十馬。

〔十六〕“背長”二句：軒轅，即黃帝。淮南子 覽冥訓：“昔者黃帝治天下。……風雨時節，五穀登熟，虎狼不妄噬，鷙鳥不妄搏，鳳凰翔於庭，麒麟游於郊，青龍進駕，飛黃伏皁。諸北 儋耳之國，莫不獻其貢職。”注：“飛黃，乘黃也。出西方，狀如狐，背上有角，壽千歲。”

〔十七〕“奉書而至”二句：將角端比作負洛書之神龜、獻河圖之龍馬。

〔十八〕服皁：文選 顏延之 赭白馬賦：“昔帝軒陟位，飛黃服皁。”李善注引淮南子：“黃帝治天下，於是飛黃服皁。”

〔十九〕林邑：即象林之邑。位於今越南境內。太平寰宇記卷一百七十一嶺南道：“漢武帝開百越，於交趾郡南三千里置日南郡，領縣四，治於朱吾。其林邑即日南郡之象林縣，在日南郡東界四百里。”

〔二十〕九貞之驉：爾雅曰驉形似馬而有一角。郭璞注：“元康八年，九真郡獵得一獸，大如馬，一角，角如鹿茸，此即驉也。”

〔二十一〕九尾：魏書 靈徵志：“（高祖 太和）十年三月，冀州獲九尾狐以獻。王者六合一統則見。周文王時，東夷歸之，曰：‘王者不傾於色則至德至，鳥獸亦至。’”

〔二十二〕并角獸：即獨角獸。漢武帝 元狩元年冬十月，幸雍，祠五畤。獲一角獸。

翠雪軒賦

客有丹丘煉師問於希聲道人曰[一]：“吾子方外之游，而亦嘗聞絳雪之名乎？"希聲道人曰："未也。願攄造化之精英，吐鴻論之峥嶸。"師曰："唯唯。崑侖之丘，崆峒之山。曰有瑞雪，濛濛漫漫。不雲而雨，不采而殷。色壓珊瑚之樹，光凝瑪瑙之盤。其積也，幻瓊林而草木絶；其融也，漲瑶池而水丹。偓佺服之而蟬蜕〔二〕，桂父餐之而羽翰〔三〕。吾將與子陪群仙之絳節，而服食於其間，可乎？"

希聲道人鄙之曰："子徒蠱志於虚無，馳情於怪詭，庸詎[①]知吾白雪之爲美也。縞兮若妍，琅然而圓。撩亂陽春之景，飄飖太素之天。脆桐聲於嶧陽〔四〕，耿玉彩於藍田〔五〕。意若浮雲柳絮之飛揚，勢若離鸞别鶴之聯翩。嗟伯牙之魂冷〔六〕，復誰觸其冰弦？所謂曲彌高而和彌寡者，不瘳於吾子之詑虚仙者乎！"

二客未決其辨囿，而同資於淇泳主人。主人盱衡而嗤之曰："絳既失之，白亦未爲得也。客亦知夫非絳非白而有翠雪之雪歟？梁城之陬，漂洲之曲，箖箊叢生，篔簹交屬。貓筈鐘籠，檀欒槭矗。碧凝而冬鮮，藍飛而晨肅。棐凡[②]嘘寒於雲夢，銀牀枕影於淇澳。琅玕凍而玉氣蕭森，螺翠輝而壺光燁[③]煜。舞青鸞之尾尾而離列霓裳，卧碧蛟之鱗鱗而倒涵冰玉。觀之者如持蘇子卿之節〔七〕，聽之者如奏虞簫韶之曲〔八〕。煩熱以之而蕩灑，清風以之而沐浴。若其天籟初息，林月將出。黑壂浄掃，冷翠欲滴。彩鳳棲而夢驚，蒼虬化而僵立。蔚乎若玉龍之田，夜耕瑶草之烟；炯乎若翠岫之叢，曉泣湘筠之濕。至若炎雲四赭，火烏上飛。展青薤之縷縷，點蒼屑之霏霏。始飀飀而夏爽，漸冥濛而晝迷。粉節貫碧雲之逕，藍光射紫苔之磯。儼乎如游蔚藍之天府，颯陰風之襲衣。嗟夫王猷清嘯〔九〕，阮籍幽尋〔十〕。或隱於溪，或集於林。嶰谷中伶倫之律〔十一〕，柯亭表中郎[④]之音〔十二〕。何千古之翠雪，獨閟古而彰今。彼蘗杵玄霜〔十三〕，吁其誕矣。桃溪紅雨，吁其俗矣。豈若兹雪之爲清，配君子於淇澳也〔十四〕。今夫長竿梢雲，勁節貫歲，非吾後彫之操、崇高之志乎！籜筍競爽，銀柯互倚，非吾子孫之蕃、兄弟之義乎！除風雨而爲瓦爲椽，和陰陽而爲筩爲笙，又非吾定律之器、取材之地乎！二子者，徒爲絳白之辨，而豈知吾蒼雪之得名而淇澳之濟美乎？"

二客者於是相顧失色，斂容屏息，目眣口咈，彷徨終夕。但聞翛翛有聲，清聽如笛。悵立雪而忘歸，漱主人之寒碧。

【校】

① 詎：原本作“距”，據勞格校記改。
② 凡：當爲“几”字之訛。
③ 燁：勞格校記作“郁”。
④ 郎：原本作“節”，據勞格校記改。

【箋注】

〔一〕按：丹丘煉師、希聲道人，以及下文所謂淇泳主人，蓋皆楊維楨杜撰人物。

〔二〕偓佺：列仙傳卷上偓佺：“偓佺者，槐山採藥父也。好食松實，形體生毛，長數寸。兩目更方，能飛行，逐走馬。以松子遺堯，堯不暇服也。松者，簡松也。時人受服者，皆至二三百歲焉。”

〔三〕桂父：列仙傳卷上桂父：“桂父者，象林人也。色黑，而時白時黄時赤，南海人見而尊事之。常服桂及葵，以龜腦和之，千丸十斤。”

〔四〕嶧陽：參見麗則遺音卷四琴賦注。

〔五〕藍田：今屬陝西，以盛産美玉聞名。

〔六〕伯牙之魂冷：蓋指伯牙琴曲清高絕倫。參見東維子文集卷十七溪居琴樂軒記。

〔七〕蘇子卿：西漢蘇武。

〔八〕簫韶：舜宗廟樂曲。

〔九〕王猷清嘯：世説新語簡傲：“王子猷嘗行過吳中，見一士大夫家極有好竹。主已知子猷當往，乃灑掃施設，在聽事坐相待。王肩輿徑造竹下，諷嘯良久。主已失望，猶冀還當通。遂直欲出門。主人大不堪，便令左右閉門，不聽出。王更以此賞主人，乃留坐，盡歡而去。”

〔十〕阮籍幽尋：晉書阮籍傳：“或閉户視書，累月不出；或登臨山水，經日忘歸。……時率意獨駕，不由徑路，車迹所窮，輒慟哭而反。”

〔十一〕“嶰谷”句：參見鐵崖先生古樂府卷十春俠雜詞之五注。

〔十二〕“柯亭”句：中郎，此指蔡邕。參見鐵崖先生古樂府卷二篳篥吟注。

〔十三〕藥杵玄霜：指唐長慶年間秀才裴航追求神女雲英，共同以玉杵臼搗藥，最終相伴成仙之奇遇。詳見小説裴航，載唐裴鉶撰傳奇。

〔十四〕淇澳：詩衞風淇奥：“瞻彼淇奥，綠竹猗猗。有匪君子，如切如磋，如琢如磨。”

進善旌賦[一]

　　仰聖皇之御極,闢賢路之榛荒。揭進善之干旌,用招徠於四方。表亭亭而獨立,爰孑孑於中央。卓崇竿之裊娜,紛翠羽之飛揚。爛然若雲氣之舒卷①,燦然若霞彩之紛披。晶熒熒兮眩曜,光總總兮陸離。風飄飄兮起舞,羽搖搖兮翬飛。上以補九重之采聽,下以詢芻蕘之諏諮②。敷和氣於兩間,播仁風於八區。闢四門而進賷,民獻忠而奔趨。非是旌之爲美,孰能布聖化之宏規!

　　想夫球琳琅玕[二],可以美土貢,而不足以達下民之情;關石和鈞[三],可以美王府,而不足以致好察之誠。是旌也,外以布聖德,下以宣皇風。訪衢室而下問,諮總章兮焉窮。夫以貴而下賤兮,雍然若春陽之載熙;徵庶民而無私兮,煥然若日月之行空。昭昭而進諫,猶江、漢之朝宗。沛然如虎嘯而風,洞然如雲興而龍。親下民以昭賢③,乃允執於厥中[四]。沛仁恩於萬里,達四聰於九重。於以進天下之善,於以表巍巍之功。豈屑屑之銅甌[五]、區區之謗木[六],所④能彷彿而比隆哉!

　　吁,世有遷變,道無古今。睹羽旄而懷舊迹,撫霓旌而騁雄心。浩浩萬古,往事如雲。豈知進善之爲器,不以聖遠而遂湮。歷天地之悠久,幸典籍之猶存。想前古之遺制,非後世之可承。嗟唐、虞之云遠,宵斯意之孰明。懿休明之文運,羌公道之肆行。駢公車之章奏,聆諫鼓之肆宏。彼閭閻之休戚,泊畎畝之同心。無幽隱而弗達,罄有懷而畢伸。將見同天下之善以爲善,又豈特孑孑乎一旌以盡其聲名也哉!

【校】

① 勞格校記曰:"舒卷,元倒,何乙。"

② 諮:原本作"語",據勞格校記改。

③ 賢:勞格校記作"質"。

④ 所:原本作"孰",據勞格校記改。

【箋注】

〔一〕進善旌：一種標志性旗幟，設之通衢，使人諫言進善。唐柳道倫進善旌賦：“將啓納善之懷於四方之士，乃立進善之旌於五達之衢。所以訪政化之本，招賢俊之徒……類諫鼓所陳，同謗木之設。”漢書文帝紀：“詔曰：‘古之治天下，朝有進善之旌、誹謗之木，所以通治道而來諫者也。’”顏師古注：“應劭曰：‘旌，幡也，堯設之五達之道，令民進善也。’如淳曰：‘欲有進者，立於旌下言之。’”

〔二〕球琳琅玕：尚書正義夏書禹貢：“黑水、西河惟雍州……厥貢惟球、琳、琅玕。”傳：“球、琳，皆玉名；琅玕，石而似珠。”

〔三〕關石和鈞：尚書甘誓：“明明我祖，萬邦之君。有典有則，貽厥子孫。關石和鈞，王府則有。荒墜厥緒，覆宗絕祀。”

〔四〕允執厥中：尚書大禹謨：“人心惟危，道心惟微，惟精惟一，允執厥中。”

〔五〕銅匭：武則天設，有進書者投之。見新唐書則天武皇后紀。

〔六〕謗木：傳堯舜時於交通要道豎木柱，讓人在上面寫諫言，稱謗木。見史記孝文本紀。

景鐘賦〔一〕

崆峒之西〔二〕，赤城之東〔三〕。紅光浮浪，紫氣騰空。煒然如燭龍之炯碧〔四〕，爗然①若霞彩之舒紅。非雲非霧，乍明乍蒙。粵有帝軒，破蚩尤〔五〕，偃武功；平涿鹿〔六〕，宣皇風；詔鬼氏〔七〕，驅祝融〔八〕；考制度，立景鍾。

於是啓坤珍之華瓌，萃太白之精雄。鼓天地之爐韛，命神工而陶鎔。飛廉驅風而下效〔九〕，豐隆鼓橐②而來從〔十〕。翳清塵之絢爛，淹日景之瞳曨。爾其赤文煒煒，神采煌煌，出乎其型，爛然而彰。縈金索之炳煥，懸寶界以軒張。洒光在側〔十一〕，熏③心在傍〔十二〕。左列大音〔十三〕，右聯隱常〔十四〕。奠五方之正位，協聲律之短長。卓立乎瓊瑤之臺，超越乎金玉之堂。森環乎四隅，鯨震乎中央。此其所以取象乎天地，而經緯乎陰陽。

天子於是乎秉蒼玉之圭，衣火龍之章。拜手稽首，獻於先王。金

奏在廷,大聲洋洋。紛五音之繁會,間竽瑟之浩湯。雍雍和鳴兮,匪
雷霆之震怒;肅肅戾止兮,播金石之遺音。故能消融乎查滓,流通乎
精神。昭風俗之盛美,開萬世之文明。微④帝軒之有作,孰能成寶器
於上古、啟神金於沈淪也哉! 觀其龍脊炳耀,虎形蹲跩,外圓法天,内
圓抱虛。冠百工而首出,播仁風於四時。此景鍾之得名者,所以爲律
呂之本,而爲韶、濩之基也[十五]。

　　今聖天子,嗣服無疆。仁同遐邇,功邁虞、唐。列笙鏞之在廷,鼓
金玉之鏘鏘。愚生幸逢昌盛之世,沐浴於膏澤之鄉。洗平生之俗耳,
聆清廟之樂章,則景鍾之至和,猶足以爲治世之宮商者乎!

【校】

① 燁然: 勞格校記作“煥乎”。

② 鼓橐: 原本作“擊柝”,據勞格校記改。

③ 熏: 蓋“重”之訛,參見本文注釋。

④ 微: 原本作“徽”,據勞格校記改。

【箋注】

〔一〕景鍾: 管子五行篇:“昔黃帝以其緩急作五聲,以政五鍾。令其五鍾:一曰
　　　清鍾,大音。二曰赤鍾,重心。三曰黃鍾,洒光。四曰景鍾,昧其明。五曰
　　　黑鍾,隱其常。五聲既調,然後作立五行以正天時,五官以正人位。”

〔二〕崆峒: 山名。位於今甘肅平涼。

〔三〕赤城: 傳説中仙境。庾信奉答賜酒:“仙童下赤城,仙酒餉王平。”

〔四〕燭龍: 參見本卷天衢賦。

〔五〕蚩尤: 相傳蚩尤兄弟八十一人,皆獸身人語,銅頭鐵額,威振天下,肆虐誅
　　　殺。黃帝攝政,降服之。參見史記五帝本紀應劭注。

〔六〕涿鹿: 位於今河北。相傳黃帝敗蚩尤於涿鹿。

〔七〕鳧氏: 其業爲鑄鍾。日知録集釋卷五八音:“先王之制樂也,具五行之氣。
　　　夫水火不可得而用也,故寓火於金,寓水於石。鳧氏爲鍾,火之至也;泗濱
　　　浮磬,水之精也。用天地之情以製器,是以五行備而八音諧矣。”

〔八〕祝融: 火神之名。

〔九〕飛廉: 楚辭章句卷一離騷:“前望舒使先驅兮,後飛廉使奔屬。”王逸注:
　　　“飛廉,風伯也。”

〔十〕豐隆：或謂雷師，或謂雲師。

〔十一〕洒光：指黄鐘。

〔十二〕熏心："熏"，當作"重"。重心，指赤鐘。

〔十三〕大音：指清鐘。

〔十四〕隱常：指黑鐘。

〔十五〕韶、濩：舜樂名和湯樂名，此處泛指雅正古樂。

會稽山賦〔一〕

揚州之城①〔二〕，斗、牛之墟〔三〕。有山峨峨，是爲會稽。上窮碧落，下鎮坤維。内鍾五嶽之秀，外宏英淑之姿。亂芙蓉之卓削，渺丹桂之參差。根盤盤其幾里，勢犖犖而多奇。千巖競秀，萬壑争趨。轟然瀉蒼玉之秋水，乍焉走石上之瓊珠。不雨而色自潤，不激而音自如。觀其峰巒峷崒，前後相失。鳴泉百雷，躍下雲窟。喬松萬株，舞破烟骨。晴暉扇和，嵐翠猶滴。起白烟之裊裊，依青冥之炭炭。宜其土老而石頑，雨淋而日炙。曦娥之所隱避〔四〕，偓佺之所游逸〔五〕。混元氣之淋漓，鎮三吴之故域。渺雲水之汪洋，澹烟林之明没。遂使水陸魚鳥，群崖草木。若飛走乎文王之沼圃〔六〕，似生育於陶唐之暘谷〔七〕。其或颯然而風生，潝然而雲集。靈怪恍惚，變化出入。老鶴戲風而鷺翔，玄猿抱子而人立。感巡狩之寥寥，紀泰功之寂寂。慨春秋之季世，何血刃之交逼！吴至此而寒心，越恃此而誇績。曾不遞乎幾世，遽烟消於一日。是知水不在深，國不在險，惟修德以永昌，顧山川其寥闐。

予於是覽今思古，艤棹中流。飄然而上，逸然而游。俯臨蒼玉之水，仰看萬仞之秋。宮闕翬飛於翠崦，蓬萊對立於迤陬。鑑湖之水未波〔八〕，若耶之雲不流〔九〕。壯東南之都會，絶溪山之一州。青連秦望之秀〔十〕，翠橫飛翼之樓。登高望遠，把酒消愁。誦靈運、蘇仙之句〔十一〕，憶謝安、杜衍之儔〔十二〕。至今騷人墨客來會於此者，其有念神禹之德、思神禹之憂者乎！

言未既，烟消萬里，天澄四壁。氣鬱鬱其嵯峨，勢巍巍其削立。四顧兹山之已遠，但見層崖之一色。

【校】

① 城：似當作"域"。

【箋注】

〔一〕會稽山：位於今浙江紹興東南，山麓有大禹陵。

〔二〕揚州：上古九州之一。

〔三〕斗、牛之墟：指斗宿、牛宿之分野。

〔四〕曦娥：蓋指羲和與月娥，借指日月。

〔五〕偓佺：仙人名。相傳偓佺爲槐里採藥父，食松，遍體生毛，長數寸，方眼，步
　　　　行能追奔馬。詳見史記司馬相如列傳"偓佺之倫暴於南榮"注文。

〔六〕周文王沼囿：詳見詩經大雅靈臺。

〔七〕暘谷：淮南子天文訓："日出于暘谷，浴於咸池，拂於扶桑，是謂晨明。"

〔八〕鑑湖：又作鏡湖。在浙江紹興。參見鐵崖先生詩集乙集題鄭熙之春雨釣
　　　　艇圖注。

〔九〕若耶：溪名，位於今浙江紹興。參見鐵崖先生古樂府卷十吳下竹枝詞之
　　　　一注。

〔十〕秦望：會稽山之別稱。參見鐵崖先生古樂府卷九小臨海曲注。

〔十一〕靈運：指謝靈運。蘇仙：指蘇軾。按：謝靈運有山居賦，蘇軾有七年九
　　　　月自廣陵召還復館於浴室東堂八年六月乞會稽將去汶公乞詩乃復用前
　　　　韻三首等詩，皆描摹或涉及會稽。

〔十二〕謝安：晉書有傳。杜衍字世昌，山陰（今浙江紹興）人，北宋仁宗時任宰
　　　　相。生平詳見宋史本傳。

渾天儀賦

　　客有談天者，過太史公曰〔一〕："厥初頮洞肧①渾，孰知其行焉？鴻
靈幽菜，孰有言焉？迨其玄黃判，清濁分。上天象，下地文。象推度
測，空軫紛紜。或謂崑崙倚蓋，天儀盂覆。中高四下，三光顯伏。或
謂蒼蒼在上，非其正色〔二〕。仰②而瞻之，高遠罔極。或謂南低於地，北
高於天。北昂南下，若車之軒。或謂確乎在上，形安不動；魄乎在下，

體静而重。黨門角啄,吾徒曷從? 先生世學,敢折其衷。"

太史公喟然而歎曰:"異乎,幻語之亂人也久矣。子有意於窺管,若請爲子雲之披^{〔三〕}。昔重華之作后,首七政之務齊^{〔四〕}。有玉其衡,有璿其璣。璣以爲圓窮之運,衡以爲執度之窺。玄渾健而旋左,二曜交而右馳。紛列宿之明概,錯蠙珠之陸離。九萬八千餘里,考目擊而非遠;三百六十五度,昭指掌而可推。創往古未聞之象器,開萬古無窮之渾儀。所謂天地不能蘊其靈,有生不能參其智者矣。爾其作前聖,述後賢。鮮于^{〔五〕}、下閎^{〔六〕},遺制是沿。壽昌^{〔七〕}、平子^{〔八〕},精幾是研。取類於鳥酈,擬象於彈丸。天乘動乎氣,地附静乎天。體南北之二極,運三辰之循環。屹嵩高峻嶒而中立,分黄道九行之次纏。匪蓋之倚,匪車之軒。匪無體之云遠,匪有窮之或安。法歷代之寶器,信自然之渾天^③也。故時不待蕡莢之推^{〔九〕},日不待於^④土圭之測^{〔十〕}。環運衡隨,輪飛水激。庶曜之隱顯,五行之順逆。辰十二之疾徐,氣三八之消息^{〔十一〕}。繽旁魄於穹窿,囿範圍於丈尺。驗密室之同符,不窺牖而可識。子何談天之正則,桍於諸子之説鈴之感耶^{〔十二〕}!"

客充然有得,攝衣辭退。太史公曰:"未也。抑吾聞形而上者謂之道,形而下者謂之器^{〔十三〕}。器所以觀天象之粗,道所以通天德之粹。偉天德之出寧,普雲行而雨施^{〔十四〕}。夫聖人固有一身之深儀,足以參天而兩地。相彼^⑤八尺之規,徑寸之明,特其土苴之細耳。方今一元廣運,七政順齊。清臺範圍之器,後天而罔墜;皇上經綸之道,先天而弗違。隆道器之兩備,方重華而并馳。此所以調玉燭而平泰階^{〔十五〕},還^⑥治古之雍熙也。"

客躍然而謝曰:"井智小夫,未聞博議。今發其蒙,問一得二。"

【校】

① 肸:原本作"豚",據勞格校記改。
② 仰:原本作"抑",據勞格校記改。
③ 天:原本作"然",據勞格校記改。
④ 勞格校記曰:"於,元有,何删。"
⑤ 彼:原本作"被",據勞格校記改。
⑥ 還:原本作"運",據勞格校記改。

【箋注】

〔一〕太史公：蓋鐵崖自稱。

〔二〕“蒼蒼”二句：莊子逍遥游：“天之蒼蒼，其正色耶？其遠而無所至極耶？”

〔三〕子雲：西漢揚雄之字。法言義疏十三重黎：“或問‘渾天’。曰：‘下閎營之，鮮于妄人度之，耿中丞象之，幾乎，幾乎！莫之能違也。’”注：“落下閎爲武帝經營之，鮮于妄人又爲武帝算度之。耿中丞名壽昌，爲宣帝考象之。”

〔四〕重華：即舜。尚書正義卷三舜典：“正月上日，（舜）受終于文祖。在璿璣玉衡，以齊七政。”傳：“上日，朔日也。終，謂堯終帝位之事。文祖者，堯文德之祖廟。在，察也。璿，美玉。璣、衡，王者正天文之器，可運轉者。七政，日月五星各異政。舜察天文，齊七政，以審己當天心與否。”

〔五〕鮮于：指鮮于妄人。西漢昭帝時主持曆法修訂。參見漢書律曆志。

〔六〕下閎：指落下閎，漢武帝時人。史記曆書：“至今上即位，招致方士唐都，分其天部；而巴落下閎運算轉曆，然後日辰之度與夏正同。”集解：“徐廣曰：‘陳術云徵士巴郡落下閎也。’”索隱：“姚氏案：益部耆舊傳云‘閎字長公，明曉天文，隱於落下，武帝徵待詔太史，於地中轉渾天，改顓頊曆作太初曆。拜侍中，不受也。’”

〔七〕壽昌：指耿壽昌，西漢宣帝時司農中丞，始鑄銅渾天儀。

〔八〕平子：東漢張衡字。後漢書張衡傳：“衡善機巧，尤致思於天文、陰陽、曆算。常耽好玄經……安帝雅聞衡善術學，公車特徵，拜郎中，再遷爲太史令。遂乃研覈陰陽，妙盡璇機之正，作渾天儀。著靈憲、算罔論，言甚詳明。”

〔九〕蓂莢：竹書紀年卷上：“有草夾階而生，月朔始生一莢，月半而生十五莢；十六日以後，日落一莢，及晦而盡。月小，則一莢焦而不落。名曰蓂莢，一曰曆莢。”

〔十〕土圭：周禮地官大司徒：“以土圭之法，測土深，正日景，以求地中。”

〔十一〕氣三八：指二十四節氣。

〔十二〕説鈴：揚雄法言吾子：“好書而不要諸仲尼，書肆也；好説而不見諸仲尼，説鈴也。”李軌注：“鈴，以喻小聲。猶小説不合大雅。”

〔十三〕“抑吾聞”二句：易繫辭上：“是故形而上者謂之道，形而下者謂之器。”

〔十四〕雲行雨施：莊子集釋天道：“天德而出寧，日月照而四時行，若晝夜之有經，雲行而雨施矣。”注：“與天合德，則雖出而静。”

〔十五〕調玉燭：參見鐵崖先生古樂府卷二紅牙板歌注。泰階：見鐵崖賦稿卷
　　上弘文館賦注。

殷輅賦〔一〕

伊古人之創物，起車制於轉蓬〔二〕。資引重以致遠，爰辨質而得
中。在陶唐氏，有“彤”之名〔三〕，黃屋儼駕，白馬是乘。繼有虞而夏后，
曰鸞、鈎而異稱〔四〕。造有殷之馭世，惟樸素之是旌。鄙金根之瑞
色〔五〕，破飛車於玉關〔六〕。羔匪文而匪陋，故愈渾而愈堅。

其制伊何？輿輪盤旋。兩轄如翼，式轂象圜。守中以軸，上輕下
軒。成禮以軾，引力以轅。材必求質，工不求全。故鋪越席以昭
儉〔七〕，護蒲輪以示安〔八〕。載十二斿而以郊以廟，建大麾則以封以畋。
兹殷制之適用，以製樸而器完。

蓋常論是輅之制也，有愛民之心，有務本之道。夫以萬乘之尊，
九土之浩，球琳琅玕，厥貢惟寶。珍材奇木，窮搜①極討。初何儉一人
之制作，而斥衆製之華好。蓋車之爲車也，身之所乘，足之所蹈。其
體至賤，其用至勞。非務彩以觀美，惟攻堅之有造。何後世之求備，
徒費饒而過巧。朱總組輓，不覺其華。黃金碧玉，不究其非。豹尾黃
麾之隊〔九〕，幰蓋翠羽之儀。皮軒闒戟之雜襲〔十〕，朱網畫②香之陸
離〔十一〕。或肆多欲於甘泉〔十二〕，或誇侈度於江都〔十三〕。殆不計巡游之
去住，而滿元后之規模。當春秋之季世，閔大聖之窮途。抱經綸之治
具，無明③主之下車。傷慶封之美習〔十四〕，甚周人之尚輿。此顔子淵請
問於爲邦，聖人備四代之制，而殷之輅與虞之韶、周之冕同有
取也〔十五〕。

方今聖天子觀乎會通，行夫典禮〔十六〕，損益得宜，文質兼美。雖萬
乘之嚴駕，汰鹵簿之繁儀。表皇儀於周制，被華衮於舜垂。又必得殷
人之大輅，乘六龍以繼時。此宣尼之夙抱〔十七〕，克今日之見施。辭曰：

殷輅周冕，聖之志兮。上服下乘，今之治兮。侍御僕從，罔不正
兮。嚴簿法駕，胡④足徵兮。出警入蹕，居鈎陳兮。吉行清道，吾將望
屬車之塵兮。

【校】

① 勞格校記曰：“搜，元空，何補。”
② 畫：原本作“書”，據新唐書楊復恭傳改，參見注釋。
③ 明：勞格校記作“聖”。
④ 胡：勞格校記作“奚”。

【箋注】

〔一〕賦當撰於元至順四年癸酉（一三三三），或稍後。繫年理由：據類編例舉三場文選，至順癸酉年中書堂會試古賦試題爲蒲輪車賦，本賦蓋屬擬作。

〔二〕“伊古人”二句：後漢書輿服志上：“上古聖人，見轉蓬始知爲輪。輪行可載，因物知生，復爲之輿。輿輪相乘，流運罔極，任重致遠，天下獲其利。”

〔三〕“在陶唐氏”二句：謂堯時有彤車。史記五帝本紀：“（帝堯）富而不驕，貴而不舒。黃收純衣，彤車乘白馬。能明馴德，以親九族。”

〔四〕鸞、鉤：禮記正義卷三十一：“鸞車，有虞氏之路也。鉤車，夏后氏之路也。大路，殷路也。乘路，周路也。”注：“鸞，有鸞和也。鉤，有曲輿者也。大路，木路也。乘路，玉路也。”

〔五〕“造有殷”三句：後漢書輿服志上：“秦并天下，閱三代之禮，或曰殷瑞山車，金根之色。”注：“殷人以爲大路，於是始皇作金根之車。殷曰桑根，秦改曰金根。乘輿馬賦注曰：金根，以金爲飾。”

〔六〕破飛車於玉關：參見本卷飛車賦。

〔七〕越席：春秋左傳正義卷五：“大路越席。”注：“大路：玉路，祀天車也。”疏：“越席：結蒲爲席，置於玉路之中以茵藉，示其儉也。”

〔八〕蒲輪：以蒲草裹車輪，有助於安穩行車。參見漢書武帝紀顏師古注語。

〔九〕豹尾：晉書輿服志：“法駕屬車三十六乘。最後車懸豹尾，豹尾以前比之省中。屬車皆皂蓋朱裏云。”

〔十〕皮軒闒戟：晉書輿服志：“獵車，駕四馬，天子校獵所乘也。重輞漫輪，繆龍繞之。一名闒戟車，一名蹋猪車。魏文帝改名蹋獸車……皮軒車，駕四，以獸皮爲軒。”

〔十一〕朱網畫香：舊唐書輿服志：“隋制，車有四等：有亘幰、通幰、軺車、輅車。初制，五品以上乘偏幰車，其後嫌其不美，停不行用，以亘車代之。三品以上通幰車，則青壁。一品軺車，油幰朱網。唯輅車一等，聽敕始得乘之。”又，新唐書楊復恭傳：“聞懿宗以來，每行幸無慮用錢十萬，金帛五車,十部樂工五百,犢車、紅綱朱網畫香車百乘,諸衛士三千。"

〔十二〕肆多欲於甘泉:指漢武帝耗民力營建甘泉宫。

〔十三〕江都:今江蘇揚州。隋煬帝多次下揚州,規模空前。

〔十四〕傷慶封之美習:左傳襄公二十七年:"齊慶封來聘,其車美。孟孫謂叔孫曰:'慶季之車,不亦美乎!'叔孫曰:'豹聞之:"服美不稱,必以惡終。"美車何爲?'"

〔十五〕"此顏子"四句:論語衛靈公:"顏淵問爲邦。子曰:'行夏之時,乘殷之輅,服周之冕,樂則韶舞。'"

〔十六〕"方今"二句:元史輿服志:"元初立國,庶事草創,冠服車輿,并從舊俗。世祖混一天下,近取金、宋,遠法漢、唐。至英宗親祀太廟,復置鹵簿……大抵參酌古今,隨時損益,兼存國制,用備儀文。"

〔十七〕宣尼:指孔子。西漢追謚孔子爲褒成宣尼公,遂有此稱。

記里車賦〔一〕

考車之制,自堯有彤,舜有鸞,夏后有鈎,商有輅,至周大備,而有五輅〔二〕,所謂篆縵墨棧〔三〕,則又有上下之等,而未有記里鼓車之名也。按漢、晉輿服志,西京大章即記里車之所起也〔四〕。駕四,形指南車,中署木人。行一里所,下層箱擊鼓,十里則上箱振鐲〔五〕。唐、宋時有若魏徵、蕭嵩、盧道隆①之流〔六〕,增廣其制,而記里車之盛,蔑以加矣。唐柳宗元既已賦里鼓〔七〕,而余復補賦記里車云。

惟聖人之大,巧心模範夫化工。故創物之成車,因有感於飛蓬。少昊氏之駕牛〔八〕,人皇氏之乘龍〔九〕。陶唐氏之馬白,有虞氏之鸞彤〔十〕。夏后制斿旐而尊卑分辨〔十一〕,殷湯施大輅而儉德昭融〔十二〕。至成周之大備,美車服之以庸。慨亡秦之不道,使古制之頓空。迨炎劉之六葉,值天漢之年豐。始興服之定制,祠甘泉之上宫〔十三〕。駕千乘與萬匹,車金根而烏相風。記里始見,鹵簿攸崇。奈新室之亂制,及東京而尚蒙。後周依周禮②之是尚,楊隋酌漢制之相同。歷李唐之好古,遇英辟於太宗。於是舊儀修改,新巧益攻。獨轅突兀,雙輪運通。兩箱層於上下,植木人於西東。出累聖之異器,收匠氏之奇功。當其殘星耿耿,餘月朧朧。鳴虎柝於賁士,扳③雞籌於元功。劍佩迎春花之落,旌旗拂柳露之濃。望翠華之旖旎,響金環之玲瓏。萬馬秩秩,和鸞雝雝。潔塵清於黃道,瞻淩虛之絳紅。將軍陪乘而闐集,太僕執轡以正供。有指南之前往,繼辟惡之後衝〔十四〕。皮軒闟戟之盛制,豹尾九斿之如葱。金戈玉戚之爍爍,黃麾華蓋之叢叢。此記里之車所次,在鹵爲九九之中。行斯行而佑警蹕,立斯立而贊盛容。動一里而木槌礧礧,轉十里而木鼓鼜鼜。震無雲之雷霆,響不雨之霹靂。人④櫟機而有發,木鐲擊以無窮。節其音可以表吉行五十之次〔十五〕,觀其象可以執威儀三千之恭。始創典於魏徵,復修制於蕭嵩。制莫盛於有唐,賦兼奇於柳公。湮五代之泯滅,至趙宋之興隆。五改元於天聖,來盧相之道弘⑤。宣制作之復舊,羌儀度之新重。名大章而兼用,此里鼓之始終也。

迨乎皇元肇興,明良相逢。既周冕之是服,復殷輅之比踪。跨乎漢、唐、宋之品式,會乎今日嚴簿之考工。聖天子方祀事⑥於南郊,備法駕之扈從。孰不欣欣而相告,願見車馬羽毛與鼓鐘也。賦已,遂作頌曰:

大章有車,肇西京兮。歷晉、唐、宋,里鼓名兮。皇元祖制,智巧并兮。眷茲木偶,聽希聲兮。道我大路,有期程兮。佐我大禮,時止行兮。愚臣作頌,展聲名兮。光三雅以獻賦〔十六〕,又豈柳河西之擅文鳴也〔十七〕!

【校】

① 魏徵之“徵”: 原本脱,據下文增補。盧道隆之“隆”: 原本作“降”,據宋史輿服志改,參見本文注釋。

② 禮: 原本作“孔”,據勞格校記改。

③ 扱: 疑有誤,或當作“報”。

④ 人: 原本作“木”,據勞格校記改。

⑤ 弘: 勞格校記作“宏”。避諱而改。

⑥ 勞格校記曰:“事,元脱,何補。”

【箋注】

〔一〕賦撰於元至順四年癸酉(一三三三)或稍後,繫年依據參見本卷殷輅賦。

〔二〕五輅："輅"或作"路"。晉書輿服志："玉、金、象、革、木等路,是爲五路。"詳見周禮注疏卷二十七。

〔三〕篆縵墨棧:周禮春官巾車："服車五乘,孤乘夏篆,卿乘夏縵,大夫乘墨車,士乘棧車,庶人乘役車。"

〔四〕大章:西漢稱記里鼓車爲大章車。晉崔豹撰古今注卷上輿服第一："大章車,所以識道里也。起於西京,亦曰記里車。"

〔五〕"駕四"六句:晉書輿服志："記里鼓車,駕四,形制如司南,其中有木人執槌向鼓,行一里則打一槌。"又曰:"司南車,一名指南車,駕四馬,其下制如樓,三級,四角金龍銜羽葆,刻木爲仙人,衣羽衣,立車上,車雖回運而手常南指。大駕出行,爲先啓之乘。"宋史輿服志一："記里鼓車,一名大章車。赤質,四面畫花鳥,重臺,勾闌,鏤拱。行一里則上層木人擊鼓,十里則次層木人擊鐲。一轅,鳳首,駕四馬。"參見文獻通考卷一百十七王禮考十二乘輿車旗鹵簿。

〔六〕魏徵:兩唐書皆有傳。蕭嵩:唐玄宗時曾任丞相。舊唐書有傳。盧道隆:宋史輿服志一："仁宗天聖五年,内侍盧道隆上記里鼓車之制……詔以其法下有司製之。"

〔七〕賦里鼓:柳宗元所撰記里鼓賦,載柳河東外集卷上。

〔八〕少昊:亦作少皞。相傳爲上古東夷首領。後漢書輿服志注："古史考曰:'黄帝作車,引重致遠,其後少昊時駕牛,禹時奚仲駕馬。'"

〔九〕人皇:與天皇、地皇合稱三皇。唐司馬貞補史記三皇本紀："人皇九頭,乘雲車,駕六羽,出谷口。兄弟九人,分長九州,各立城邑。"

〔十〕"陶唐氏"二句:參見上篇殷輅賦注。

〔十一〕斿旆:後漢書輿服志："至奚仲爲夏車正,建其斿旆,尊卑上下,各有等級。"

〔十二〕殷湯施大輅而儉德昭融:參見上篇殷輅賦注。

〔十三〕"迨炎劉之六葉"四句:謂漢武帝身逢盛世而大行祭祀。天漢元年正月,漢武帝行幸甘泉,郊泰畤。參見漢書武帝紀。

〔十四〕"有指南"二句:舊唐書輿服志："唐制,天子車輿有玉輅、金輅、象輅、革輅、木輅,是爲五輅,耕根車、安車、四望車,已上八等,并供服乘之用。其外有指南車、記里鼓車、白鷺車、鸞旗車、辟惡車、軒車、豹尾車、羊車、黄鉞車。"

〔十五〕吉行:漢書王吉傳："古者師日行三十里,吉行五十里。"

〔十六〕三雅:不詳所指。柳宗元有平淮夷雅二篇,若是,則此"三"當作"二",

　　下"柳河西"當作"柳河東"。

〔十七〕柳河西：當指柳宗元。按：柳宗元乃河東人，世稱柳河東。此處鐵崖擅
　　改，蓋有意爲之。

器車賦〔一〕

　　河馬呈圖，洛龜負書。天瑞繼作，山出器車。維武陽①之御極〔二〕，
爲綴旒乎九區。既大中之是建，亦寬仁之弘②敷。蘇雲霓之禡望，暨
魚鱉而咸孚。地不愛兮至寶，協羲、禹兮同符〔三〕。吾想夫靈根踞石，
異幹披雲。烟光陰翳，霽色氤氳。日月煦其霜骨，雨露澤其晴紋。初
婀娜以翁鬱，漸縈紆而盤囷。方結象輿，圓轉中輪。交蓋兮枝撑燦
爛，杠轂之陳。遠而睨之，則前軌後軫之滑澤；迫而察之，則平衡曲軛
之調均。山靈盡呵護之力，富媪躬拂拭之勤〔四〕。是以不揉而規，不斫
而矩。奚仲之所不能爲〔五〕，公輸之所不庸斧〔六〕。風至則和鸞之鏘鳴，
雲覆則龍旂之旁豎。靜若脂舝而待時，動若發軔乎熟路。散瑤光於
巘壑，揚頌聲於寰宇。慶者駢闐，觀者旁午。曲鈎縣線，驚奇肱之飛
來〔七〕；鳳蓋搖青，恍天仙之初下。寒藤絡漢室之蒲輪〔八〕，碧葉舞人皇
之六羽〔九〕。

　　則是車也，地植其産，天毓其祥。若將獻嚴乎鹵簿，表同軌乎太
常。雨師灑塵，豐隆扈行。載龍顔兮穆穆，響玉珂兮鏘鏘。故其參
也，盍假以渥洼之神駿〔十〕；其御也，若待夫範我之王良〔十一〕。是蓋國家
之大瑞，而巉巖寧得以閟藏也哉！於是銀甕韜光，嘉禾失色。流芳千
古，祥標商室。瑞車由此而得名，木輅因兹而得法。非特以昭一代之
盛治，實所以開後世金根之定式者也〔十二〕。

　　然而愚嘗稽戴禮之正義〔十三〕，參禮緯之遺編〔十四〕。玉湘至乎山
澤，車垂錡而曲圓。何武陽之武寥寥千載，廼復見於太始之年〔十五〕。
誇大乎象載之歌，侈列乎樂府之篇〔十六〕。嗟海內之虛耗，曷天瑞之昭
然。吾恐武皇好大喜功，爰黼黻乎至治。不然則窮兵黷武，較殷湯其
孰賢！況竹宮之光〔十七〕，或以諛見；汾陰之鼎〔十八〕，或以誣傳。又安知
象輿之祥，不成於儉佞之賀言！

　　嗚呼,西土鶡雀,託名鳳凰。姬公定制,亦來王莽[十九]。撫世事之悠悠,歎風流而雲往。懷隆替於昔時,感天應於俯仰。吾安得莘野之阿衡[二十],呼千秋之小車[二十一],而與之③質是車之真妄也哉!

【校】

① 武陽:疑有誤,"陽"當作"湯"。下同。參見注釋。
② 弘:勞格校記作"宏"。
③ 勞格校記曰:"之,原脱,何補。"

【箋注】

〔一〕賦撰於元至順四年癸酉(一三三三)或稍後,繫年依據參見本卷殷輅賦。禮記正義禮運:"故天不愛其道,地不愛其寶,人不愛其情。故天降膏露,地出醴泉,山出器車,河出馬圖。"疏:"山出器車,按禮緯斗威儀云:其政大平,山車垂鈎。"注云:"山車,自然之車。垂鈎,不揉治而自圓曲。"

〔二〕武陽:似當作武湯,指商湯。商湯自稱"吾甚武",故號曰"武王"。詳見史記殷本紀。

〔三〕羲、禹兮同符:相傳伏羲時龍馬銜河圖而來,大禹時玄龜負洛書而出。

〔四〕富媼:指土地神。宋吳仁傑兩漢刊誤補遺卷四富媼:"后土富媼。張晏曰:'坤爲母,故稱媼。'刊誤曰:'言后土富媼者,由漢以土德也。'"

〔五〕奚仲:相傳爲夏車正,掌管車服。參見本卷記里車賦注釋。

〔六〕公輸:指公輸般,俗稱魯班。

〔七〕奇肱:金樓子卷五志怪篇:"奇肱國民能爲飛車,從風遠行。"

〔八〕蒲輪:古時以蒲草裹車輪,恐傷草木。且蒲屬美草,故用作榮飾。參見史記平津侯主父列傳索隱。

〔九〕人皇:唐司馬貞撰補史記三皇本紀:"人皇九頭,乘雲車,駕六羽,出谷口。兄弟九人,分長九州,各立城邑。"

〔十〕渥洼之神駿:參見鐵崖先生詩集丙集題任月山所畫唐馬卷注。

〔十一〕王良:春秋時以善於馭馬著稱。詳見孟子滕文公下。

〔十二〕金根:以黃金爲飾的車。蔡邕獨斷卷下:"上所乘曰金根車,駕六馬。"後漢書輿服志上:"秦并天下,閱三代之禮,或曰殷瑞山車,金根之色。"劉昭注:"殷人以爲大路,於是始皇作金根之車。"

〔十三〕戴禮:此當指小戴禮記。按:大戴禮記截至唐代,已佚失四十六篇,今存大戴禮記之遺篇,未及器車。詳見清人王聘珍撰大戴禮記解詁。

〔十四〕禮緯之遺編：蓋指禮緯斗威儀一類書。參見注釋一。

〔十五〕復見於太始之年：蓋指漢武帝太始年間，渥洼水出天馬，東海獲赤雁等
　　　　瑞兆。詳見漢書武帝紀。

〔十六〕“誇大”二句：參見鐵崖賦稿卷上象載賦注。

〔十七〕竹宫：參見麗則遺音卷二泰時注。

〔十八〕汾陰之鼎：參見本卷泰元神策賦注。

〔十九〕“姬公定制”二句：王莽曾以周公自居，爲篡政尋找根據，且令太后下
　　　　詔，謂“周公踐天子位，六年，朝諸侯，制禮作樂而天下大服”。詳見漢書
　　　　王莽傳。姬公，即周公旦。

〔二十〕莘野之阿衡：指伊尹。相傳伊尹曾耕於莘野，後輔佐商湯王建立商朝。
　　　　詳見史記殷本紀。

〔二十一〕小車：漢書車千秋傳：“初，千秋年老，上優之，朝見得乘小車入宫殿
　　　　中，故因號曰車丞相。”

卷五十四　鐵崖賦稿卷下之下

三神山賦[一]

巍乎三峰，夫何隔<u>弱水</u>之幾萬重[二]，而岌嶪乎滄海之東。軋①洪濤而鼎峙，貫元氣之當中。道姿岋其磅礴，秀色翁其蔥蘢。恍若無而若有，非人寰之可通。豈真仙之絕境，所謂<u>方丈</u>與<u>瀛</u>、<u>蓬</u>者乎！

爾其峻嶒崒崔，崛岉巑嵸。飛岑百丈，疊巘千重。軼<u>昆侖</u>之華蓋，削青天之芙蓉。剪修娥而翠濕，沐晴螺而黛濃。扛九霄之寥廓，窮八柱之鴻濛[三]。潮湧而層巒舞浪，鰲冠而危顛峙空。遠而望之，若長雲峨峨駕秋影；近而察之，如浮壺隱隱泛流淙。固不能擬<u>岱宗</u>、<u>華嶽</u>之大，諒亦非<u>匡廬</u>、<u>天台</u>之可同也。

若乃紫霞之府，瑤華之宮。金臺銀闕，翠戶朱櫳。熒光翕艷，休氣瞳曨。欻陽而炳，忽陰而濛。冰雪夏寒，蟾精夜白，烟霞冬煗，扶桑曉紅。<u>木公金母</u>，<u>玉女青童</u>[四]。導瑤笙之雙鳳，馭紫氣之七龍。赤霞火玉之委蛇，鸞旗火蓋之玲瓏。往往烟飛霧滅，於此游燕而從容。鳴八琅之璬[五]，撞萬石之鐘。玉塵積雪，霞醴流虹。一日而數世，一飲而三冬。又安知蚊②蚋之甕盎，塵累之憧憧。復有茹芝之叟，採③藥之翁。朝殮琪花，夕攬蒼松。耕秋雲之千頃，種瑤島之芳叢。煮碧鸞之膠，養白鹿之茸。絳雪候千年之火，玄霜杵百鍊之舂[六]。回紅顏於皓首，炯綠焰於青瞳。而凡羽化而蟬析、委蛻而遺形者，皆可以彷彿其所、想像其容。

是以學仙之徒，慕虛無而鍊金骨，庶幾乎超游氛而駕冥鴻。奈何隔幾塵於凡濁，歎刀圭之未逢。眺仙山之何許，竟浩劫而長終。彼<u>秦皇</u>之伯，<u>漢武</u>之雄，莫不蠹荒唐於方伎，極勞心之忡忡。巡海濱而眺望，尚偓佺之可從。何風舟之莫至，反若淪於萬仞之瀜[七]。但見石梁赭兮崇墉，樓船去兮旋蓬，終莫能趨汗漫而上穹窿。噫，獨不觀騷人墨客，吟三泉之寒灰[八]，感④<u>茂陵</u>之秋風者乎[九]！

吾獨悲其疲精神於玄漠，卒何補於成功。徒流連而忘返，適以滋

感慨於無窮。乃作游仙謠以招之,辭曰:

　　神山鬱蕭森,積翠中天臺。丹梯萬丈不可上,美人兮歸來。瑤草天上碧,紅杏雲中開。白兔之藥不可得,美人兮歸來。歸來兮無止,白雲悠悠隔烟水。神仙渺茫如胡⑤如,胡不歸來返故居!

【校】

① 軋:原本作"乾",據勞格校記改。

② 蚊:原本作"蛇",據勞格校記改。

③ 採:原本作"揀",據勞格校記改。

④ 勞格校記曰:"感,元脱,何補。"

⑤ 胡:勞格校記作"何",下同。

【箋注】

〔一〕三神山:即文中所謂"方丈與瀛、蓬"。史記秦始皇本紀:"齊人徐市等上書,言海中有三神山,名曰蓬萊、方丈、瀛洲,僊人居之。正義:'漢書郊祀志云,此三神山者,其傳在渤海中,去人不遠。……未至,望之如雲;及至,三神山乃居水下。'"

〔二〕弱水:參見鐵崖先生古樂府卷十小游仙二十首之十九。

〔三〕八柱:明孫毅古微書卷三十二河圖緯:"崑崙山爲柱,氣上通天。崑崙者,地之中也。地下有八柱,柱廣十萬里,有三千六百軸,互相牽制。名山大川,孔穴相通。"

〔四〕"木公金母"二句:參見鐵崖先生古樂府卷二三青鳥注。金母,即西王母。

〔五〕八琅之璈:西王母侍女彈奏。參見鐵崖先生古樂府卷二周郎玉笙謠注。

〔六〕絳雪、玄霜:皆仙藥。漢武帝内傳:"其次藥有九丹金液,紫華紅英,太清九轉,五雲之漿,玄霜絳雪,騰躍三黃……子得服之,白日升天。此飛仙之所服,地仙之所見也。"

〔七〕"彼秦皇之伯"八句:謂秦始皇、漢武帝等迷惑於方術,望海求仙而終無所獲,舟船沉没於瀛海。偓佺,參見本卷翠雪軒賦。

〔八〕"吟三泉"句:李太白全集卷二古風五十九首之三:"秦王掃六合,虎視何雄哉! ……徐市載秦女,樓船幾時回? 但見三泉下,金棺葬寒灰。"

〔九〕"感茂陵"句:宋王十朋東坡詩集注卷二過萊州雪後望三山:"東海如碧環,西北卷登萊。雲光與天色,直到三山回……茂陵秋風客,勸爾麾一杯。帝鄉不可期,楚些招歸來。"注:"漢武帝葬茂陵。嘗作秋風詞。李賀金銅仙人辭漢歌：‘茂陵劉郎秋風客，夜聞馬嘶曉無迹。’”

舜琴賦①〔一〕

　　重華御天，巖廊宴安。溥無爲之盛治，樂清燕而澹然。導和氣於雅樂，揮南風之五弦。此舜琴之嘉名，所以得於禮經、家語②之所傳也。

　　原夫蒼靈耀德〔二〕，赤精御世〔三〕。削桐繩絲，爰肇厥制。上圓法天，下方法地。前廣後狹，尊卑之義。小大其弦，君臣之位。妙神聖之制作，實修身而致治。惟有虞之作樂，與古先而同意。爾其掄瑰材，詔工師。抽㠙桑之獨繭〔四〕，剪嶧陽之鳳枝〔五〕。載斲載髹，以縵以徽。拭玄霜之湛湛，耿玉繩之離離。翕張陰陽，蓄洩風雷。固不讓乎雲門空桑之樂〔六〕，又何取乎爨餘震焚之奇〔七〕。所以備九成於簫韶〔八〕，資搏拊於后夔也〔九〕。

　　若乃化景晝麗，九宇③穆清。袗衣景薄，玉殿風生，乃弛宮縣鳴琴。薦妙琴於瑶宇，散雅韻於彤庭。指徐徐而送響，趣悠悠而養情。蕩蕩乎高山大川之深峻，浩浩乎太和元氣之流行。和清彈以再歌，有三歎之遺音〔十〕。感長養之至化，宣萬古而憂深。

　　方其九土蘊隆，氣烈朱光。南風之薰，六合清涼。宜宮商之發閎，善吾民之樂康。若乃四海之廣，貨財所興。南風之時，萬室阜盈。冥節奏之揚厲，樂吾民之富殷。仰聖人之用樂，與天地而同仁。匪鏗鏘之是尚，實一念之在民。表泉流之盛德，偉玉潤而金聲。蕩要妙與淫哇，極廣大而高明。宜宣尼有勃然之歎美，而昌黎有得於壁水之儒生也〔十一〕。

　　嗟夫，聖世云遠，大音不完。詫躍魚而舞鶴〔十二〕，誇別鶴與離鸞〔十三〕。何世道之愈降，噫新聲其日繁。抱大雅其何之，慨知音之獨難。倘奮袂以自獻，其不爲鼓瑟齊門者幾希矣〔十四〕。

　　愚生何幸，獲際昌辰。上有帝舜之君，下有后夔之臣。闡禮樂之神化，陶八荒而一春。集大成於衆美，固無棄乎小鳴。願揚音於治世，希登進於虞庭。

【校】

① 勞格校記曰："賦,元空,何補。"
② 語：原本作"禮",據勞格校記改。
③ 勞格校記曰："宇,元誤'清',何改。"

【箋注】

〔一〕舜琴：禮記正義樂記："昔者舜作五弦之琴以歌南風。夔始制樂以賞諸侯。"注："夔欲舜與天下之君共此樂也。南風,長養之風也,以言父母之長養己。其辭未聞也。夔,舜時典樂者也。"孔子家語卷八辯樂解："子路鼓琴,孔子聞之,謂冉有曰：'……昔者舜彈五弦之琴,造南風之詩,其詩曰："南風之薰兮,可以解吾民之慍兮;南風之時兮,可以阜吾民之財兮。"唯修此化,故其興也勃焉,德如泉流,至于今王公大人述而弗忘。'"

〔二〕蒼靈：文選顏延之三月三日曲水詩序："春官聯事,蒼靈奉塗。"李善注："蒼靈,青帝也。"

〔三〕赤精：周禮春官大宗伯："以赤璋禮南方。"鄭玄注："禮南方以立夏,謂赤精之帝,而炎帝、祝融食焉。"

〔四〕相傳蠶食檿葉,絲黃而韌,可作琴弦。詳見宋毛晃撰禹貢指南卷一。

〔五〕嶧陽之鳳枝：指"嶧陽孤桐",參見麗則遺音卷四琴賦注。

〔六〕雲門：舊唐書音樂志一："按古六代舞,有雲門、大咸、大夏、大韶,是古之文舞;殷之大濩,周之大武,是古之武舞。"空桑：漢書禮樂志："空桑琴瑟結信成。師古曰：'空桑,地名也。出善木,可爲琴瑟也。'"又,周禮注疏卷二十二春官宗伯下大司樂："空桑之琴瑟,咸池之舞,夏日至,於澤中之方丘奏之。"

〔七〕爨餘：指焦尾琴。參見鐵崖先生古樂府卷四焦尾辭注。震焚：指霹靂琴。柳宗元集卷十九霹靂琴贊引："霹靂琴,零陵湘水西震餘枯桐之爲也。始枯桐生石上,說者言有蛟龍伏其竅,一夕暴震,爲火之焚,至旦乃已,其餘砼然倒卧道上。震旁之民,稍柴薪之,超道人聞,取以爲三琴。琴莫良於桐,桐之良莫良於生石上,石上之枯又加良焉,火之餘又加良焉,震之於火爲異。是琴也,既良且異,合而爲美,天下將不可載焉。"

〔八〕簫韶：舜宗廟樂曲。尚書益稷："簫韶九成,鳳皇來儀。"傳："備樂九奏而致鳳皇,則餘鳥獸不待九而率舞。"

〔九〕后夔：尚書益稷："夔曰：'於! 予擊石拊石,百獸率舞,庶尹允諧。'"

〔十〕三歎之遺音：禮記正義卷三十七樂記：“清廟之瑟，朱弦而疏越，壹倡而三歎，有遺音者矣。”

〔十一〕“而昌黎”句：韓愈上巳日燕太學聽彈琴詩序：“有儒一生，魁然其形，抱琴而來，歷階以昇，坐於罇俎之南，鼓有虞氏之南風，廣之以文王宣父之操……武公於是作歌詩以美之，命屬官咸作之，命四門博士昌黎韓愈序之。”

〔十二〕躍魚、舞鶴：宋陳暘樂書卷一百四十三琴聲上：“虞舜鼓之而五星見，伯牙鼓之而馴馬仰秣，瓠巴鼓之而魚躍潛藻，以至師曠之致鶴舞。”

〔十三〕別鶴與離鸞：即別鶴操、離鸞曲，皆古之琴曲。

〔十四〕鼓瑟齊門：韓昌黎文集校注卷三答陳商書：“齊王好竽，有求仕於齊者操瑟而往，立王之門三年不得入，叱曰：‘吾瑟鼓之能使鬼神上下，吾鼓瑟合軒轅氏之律呂。’客罵之曰：‘王好竽而子鼓瑟，雖工，如王不好何？’是所謂工於瑟而不工於求齊也。”

白虎觀賦〔一〕

咸關雲飛〔二〕，龍首天齊〔三〕。紫宮廓然，白虎巍巍。夫何崎中天之華觀，而岩嶢未央之西。實游觀之禁宇，而鴻儒碩士之所①能躋也。

方其芒、碭龍興〔四〕，房星耀精〔五〕。金戈西馳，電掃風行。納奉春之長策〔六〕，據秦、雍而作京。帝敕相國，胥宇宮庭。屹秘殿之旁翼，鎮坤維之金行。矗金門之岌嶪〔七〕，表層觀之崢嶸。擬神仙之長年，掠清涼與宣、溫。競秀於金華，儷美於麒麟〔八〕。是雖清閑之内署，而亦不出於二十八里之嚴城〔九〕。

爾乃掄瑰材，鳩良工，訪禮周公，相攸度庸。按太皥之右墟，挾閶闔於當中。尉为崔嵬，崛岉穹窿。矗乎亭亭，鬱乎葱葱。虹崎千尺，翬飛半空。接素娥於金樞，留羲鸞之晚紅〔十〕。室緯落闌干之外，游雲挂闕角之東。瑤宮博敞，綺户曈曨。清霄接銀潢之夜色，炎曙動宮樹之微風。竦九關之雙闕，映别殿於雲中。是觀也，所以表天子之制度，爲文章之閟宫者也。

於是孝成臨軒，發策髦英〔十一〕。亦由斯而進止，偉直言之杜欽〔十二〕。逮乎東都，亦有斯名。故孝章之崇文，爰講議乎五經〔十三〕。

稱制臨決，廼下綸音。郎官博士，洋洋簪纓。名儒碩學，于于縉紳。丁、樓、成、桓之徒[十四]，班固、賈逵之倫[十五]，暨廣平之王屬[十六]，皆論列而詳評。讎校同異，商榷古今。咸撰集而議奏，每於此乎時登。嗟哉子雲[十七]，名著才能。觀其奉天地六經之對，自宜爲王朝蹇蹇之臣。何深博而有謀，而止爲王氏入幕之賓[十八]。逮議經之諸子，皆表表於儒林。惟孝公之令問[十九]，以才高而見稱。不獨論難之明見，推遜於諸儒，而"殿中無雙"，亦流譽於時人。偉孟堅②之博士，比遷、董與卿、雲[二十]。惜殺身以失義，竟淪迷乎世紛。若桓仲之聖行篤實[二十一]，賈景伯之儒術通明[二十二]，亦皆克世其所學，而弗替其家聲。獨成封與樓望[二十三]，空無傳之可徵。是則白虎之觀，洵爲漢庭之弘麗，而白虎之諸儒，亦表經世之才名，而千載之下，尚公論之能伸也。

　　猗歟聖元，宅都於燕。皇居帝宇，峨峨九天。虎關魏闕，夐隔風烟。承明、金馬著作之富[二十四]，木天青瑣典籍之繁[二十五]。使六經之道，昭回於雲漢之表；而承制之士，彬彬乎賈、董之賢[二十六]。崇茅茨土階之儉質，而何炎劉宮闕之足論！

　　望玉堂兮天上，粲冠珮兮群仙。爛彩筆其如虹，燭文明於八埏。吾將瞻大明，謁崇天。扣龍墀而虎拜，呈披腹之琅玕。倘見收於虎榜，當不遜於漢庭之直言也。

【校】

① 所：勞格校記作"始"。

② 勞格校記曰："堅，元誤'監'，何改。"

【箋注】

〔一〕本文當撰於元泰定四年（一三二七）春鐵崖中進士之前。繫年理由：據文末"倘見收於虎榜，當不遜於漢庭之直言也"二句推知。白虎觀：漢代宮觀，位於長安未央宮中。其後東漢洛陽亦有白虎觀。清惠士奇撰禮説卷四地官："東漢有白虎觀，肅宗詔諸儒論定五經同異於此。白虎，門名，於門立觀，因以名之。"

〔二〕咸關：即咸陽關。

〔三〕龍首：山名。三輔黃圖卷二漢宮："營未央宮，因龍首山以制前殿。"

〔四〕芒、碭：漢高祖劉邦崛起之地。參見鐵崖賦稿卷上未央宮賦注。

〔五〕房星：指天駟。相傳龍爲天馬，故房星亦可指龍。參見宋李樗、黄櫄撰毛詩集解卷二十二引孫炎注。

〔六〕奉春：齊人婁敬説高帝都關中，高帝賜之姓劉，拜爲郎中，號爲奉春君。詳見史記劉敬傳。

〔七〕金門：即金馬門，漢代館閣之門。此指朝廷。

〔八〕“擬神仙之長年”四句：神仙、長年、宣室、温室、金華、麒麟，皆未央宫中宫殿名。參見三輔黄圖卷二漢宫、宋敏求撰長安志卷三宫室。

〔九〕二十八里之嚴城：漢未央宫周回二十八里。

〔十〕羲彎：傳説羲和駕馭日車。

〔十一〕孝成：指漢成帝。漢書成帝紀：“（陽朔二年九月）詔曰：‘古之立太學，將以傳先王之業，流化於天下也。儒林之官，四海淵原，宜皆明於古今，温故知新，通達國體，故謂之博士。否則學者無述焉，爲下所輕，非所以尊道德也。工欲善其事，必先利其器。丞相、御史其與中二千石、二千石，雜舉可充博士位者，使卓然可觀。’”

〔十二〕杜欽：字子夏，生平見漢書本傳。

〔十三〕“逮乎”四句：後漢書肅宗孝章帝紀：“（建初四年）十一月壬戌，詔曰：‘蓋三代導人，教學爲本……’於是下太常，將、大夫、博士、議郎、郎官及諸生、諸儒會白虎觀，講議五經同異，使五官中郎將魏應承制問，侍中淳于恭奏，帝親稱制臨決，如孝宣甘露石渠故事，作白虎議奏。”

〔十四〕丁、樓、成、桓：分別指丁鴻、樓望、成封、桓郁。

〔十五〕賈逵：東漢大儒。其事迹詳見後漢書補逸卷六東觀漢記。

〔十六〕廣平：後漢書丁鴻傳：“肅宗詔鴻與廣平王羨，及諸儒樓望、成封、桓郁、賈逵等，論定五經同異於北宫白虎觀。”注：“廣平王羨，明帝子也，東觀記曰‘與太常樓望、少府成封、屯騎校尉桓郁、衛士令賈逵等集議’也。”

〔十七〕子雲：揚雄字子雲，傳見漢書。

〔十八〕王氏：即王莽。

〔十九〕孝公：東漢丁鴻字。丁鴻才學博洽，在白虎觀與諸儒論定五經同異，論辯卓絶，肅宗嗟歎曰：“殿中無雙丁孝公！”詳見後漢書丁鴻傳。

〔二十〕“偉孟堅”二句：孟堅，班固字。後漢書班固傳：“（讚曰：）比良遷、董，兼麗卿、雲。”注：“謂司馬遷、董狐、司馬長卿、揚子雲。”

〔二十一〕桓仲：東漢桓郁，字仲恩。事迹見後漢書補逸卷六東觀漢記。

〔二十二〕賈景伯：景伯爲東漢賈逵字。

〔二十三〕成封、樓望：參見前引後漢書丁鴻傳。

〔二十四〕承明、金馬：皆館閣名，用於整理秘文、撰述篇章，類似後世史館。參
　　　　見班固兩都賦、宋程大昌撰雍録卷二説金馬門。

〔二十五〕木天：内閣之中，秘閣館舍最爲宏壯，穹窿高敞，故稱。

〔二十六〕賈、董：蓋指賈逵、董仲舒。

天衢賦

太虛穹窿，修衢行空。横灝氣之莽蒼，跨八表之空濛。可以觀天
象之所經，放休徵於時雍。實史志之所記，而易象之所庸也。觀夫碧
宇無際，炯炯房星〔一〕，煌煌明堂。闢①天關以洞開，貫黄道乎中央。陰
環經其北陸，陽烏出其南方。石五色以甃塗，柱六鼇以爲梁〔二〕。矗崢
嶸以垣夷②，豁曠朗而無旁。雲烟空寥，游氛斷影，鳥道滅没，急羽騫
翔。駕剛風於廣漠，截河漢之微茫。仿佛乎複道之垂虹，逶迤乎龍尾
之高驤③。仰天路之砥平，騁六達之康莊〔三〕。燭龍摽轡〔四〕，扶桑曙
光。金樞耀彩，桂海秋涼。五辰聯珠〔五〕，郁煜森張。咸同途而順軌，
符泰運之明昌。陰道應而水兵，陽道啟而旱喪。是則推七政之攸行，
察治道之災祥者也。

若乃帝青晝朗，暘芒晨熹。萬里一碧，雲豁通逵。鵠沖霄而遐
舉，鯤運海而横馳。奮水擊之三千，迅扶摇之一飛〔六〕。快縱翮之逍
遥，曾何足以少羈。是宜驂鸞驂鳳之真仙，飄飄乎御風騎氣而徘徊。
孔蓋兮蒐蒐，翠衿兮披披〔七〕。飆車旋回，上捎日規。羽輪無聲，翩如
翬飛。鏘珮環兮霄半，挾星斗而往來。曾何慮乎車塵馬迹之決驟，又
何有乎蜀道九折之嶮巇〔八〕。吾將凌汗漫，超赫戲，遵亨衢以上征〔九〕，
躡青雲以爲梯。左招兮昴精〔十〕，右接兮騎箕〔十一〕。手分天章〔十二〕，沐
穎銀漪。搴桂花於高寒〔十三〕，紛紅雲之滿衣。仰天門之蕩蕩，陟天府
之巍巍。隔氛埃於下土，又何啻於雲泥。侣群仙以遨游，而和明月之
歌辭。歌曰：

天之衢兮迢迢，浩空行兮清寥。騁余轡兮將遠邀，聆夕響兮
鳴皋。

又歌曰：

廣開兮天衢,乘風雲兮疾吾驅。焱上浮兮攀帝車,帝之所兮瓊居。

【校】

① 勞格校記曰:“闢,元空,何補。”

② 夷: 勞格校記作“直”。

③ 勞格校記曰:“高驤,元空一格,何補。”

【箋注】

〔一〕房星: 亦曰天駟。爲天馬,主車駕。

〔二〕“石五色”二句: 唐司馬貞補史記三皇本紀:“諸侯有共工氏,任智刑以强霸而不王,以水乘木,乃與祝融戰。不勝而怒,乃頭觸不周山,崩,天柱折,地維缺。女媧乃鍊五色石以補天,斷鼇足以立四極。”

〔三〕六達: 爾雅注疏釋宫:“一達謂之道路,二達謂之岐旁,三達謂之劇旁,四達謂之衢,五達謂之康,六達謂之莊。”注:“史記所謂康莊之衢。”

〔四〕燭龍: 淮南子墜形訓:“燭龍在雁門北,蔽於委羽之山,不見日。其神人面龍身而無足。”注:“委羽,北方山名也。龍銜燭以照太陰,蓋長千里,視爲晝,瞑爲夜,吹爲冬,呼爲夏。”

〔五〕五辰聯珠: 指水、金、火、木、土五星連綴出現,古人視爲吉兆。清王夫之尚書稗疏卷二夏書禹貢:“古者作曆,必立曆元,以爲五星聯珠日月合璧之辰,而因推其數以定將來。自宋以上皆然。”

〔六〕“奮水擊”二句: 莊子逍遥游:“鵬之徙於南冥也,水擊三千里,摶扶摇而上者九萬里。”

〔七〕“孔蓋”二句: 朱熹楚辭集注九歌少司命:“孔蓋兮翠旍。”注:“孔蓋,以孔雀尾爲車蓋。翠旍,以翡翠羽爲旌旗。”

〔八〕九折: 李白蜀道難:“噫吁嚱,危乎高哉! 蜀道之難,難於上青天……青泥何盤盤,百步九折縈巖巒。”

〔九〕亨衢: 周易正義大畜:“上九: 何天之衢,亨。”注:“處畜之極,畜極則通,大畜以至於大亨之時……乃天之衢亨也。”

〔十〕昴精: 晉書天文志上二十八舍:“昴七星,天之耳目也,主西方,主獄事。”

〔十一〕箕: 星宿名。參見鐵崖先生古樂府卷五箕斗歌。

〔十二〕手分天章: 蘇軾潮州韓文公廟碑:“公昔騎龍白雲鄉,手抉雲漢分天章,天孫爲織雲錦裳。”

〔十三〕桂花:指月桂,借指月亮。

龍首渠賦〔一〕

商顔蒼蒼〔二〕,洛水泱泱。夫何走深源之幾千里,馳汗漫之流長。散波濤於雲雨,若神物之所藏。豈非所謂龍首之渠,灌重泉之①東方者乎〔三〕!

想夫漢武臨②軒,皇風穆清。鑿渠灌溉,民利大興。偉嚴熊③之陳詞,曰臨晉之齊民,將引流而西注,當首超於洛濱。何數言亹亹,切中其喜功之心。於是萬卒東來,畚鍤如雲。趨事雜遝,囊鼓弗勝。乃自徵④而首功,越商嶺之遥岑。豁磅礴以頹洞,浚淵泉而盦淪。兩崖如壁,一帶河横。引清流之浩渺,湛灝影之泓澄。微風飆而成漪,甘雨挹而無聲。澶漫潺湲,衍遞紆縈。長川遠瀉,逝水如傾。何高岸之善崩,獨用力之難成。乃鑿井而下通,貫泉竇之泠泠。蘇甃連泓,千環抱月。龍蛇捲窟,萬穴生雲。注伏泉於地脈,分河潤于泉扃。溉原田之萬頃,易高畝而豐登。成生民之大利,流炎漢之至仁。

方其健夫奏功,異物效靈。神芒歘其陸離,厚土爛其稜層。得蜿蜒之蛻骨,崩頭角之崢嶸。土花蝕頷珠之碧,海月射斷甲之腥。厚土纏綿,尚有雲雷之氣;餘波噴薄,尤聞風雨之聲。舉手傳觀,萬目皆驚。睹兹靈異,互相揣稱。此龍首之渠,所以爲千載之利賴,而史册尤著其佳名也。

嗟夫,河渠之作,生民之利。勞費之惠,濫觴有自。鄭、白起涇水之歌〔四〕,當時陳渭渠之計〔五〕。汾陰、褒斜〔六〕,擾擾相繼。是皆西門、史起有以啟其源〔七〕,而滋茂陵多欲之弊也〔八〕。

吾於是有感矣:老龍泥蟠,閉骨泉底。適有遭於一時,尚流聲於千祀。矧我聖元,撫有疆⑤理,黃河湛而自清,海波帖而不起。黍稷雲興,倉庾山峙。三農樂耕鑿之天〔九〕,康衢歌太平之美〔十〕。文昌之祥,四靈萃祉。爲士者固將攀龍鱗之變化,乘風雲於萬里。横滄海而快飛騰,奚暇雕蟲於河渠一杯水哉!

【校】

① 之：勞格校記作"於"。
② 臨：原本作"陵"，據勞格校記改。
③ 罷：勞格校記作"氏"。
④ 徵：原本作"歡"，據勞格校記改。
⑤ 勞格校記曰："疆，元空，何補。"

【箋注】

〔一〕龍首渠：西漢武帝時爲治理洛水而修鑿，大約流經今陝西澄城至蒲城一帶。

〔二〕商顏：商山之崖。位於馮翊(今屬陝西)境内。

〔三〕"豈非"二句：漢書溝洫志："(漢武帝)拜(張)湯子卬爲漢中守，發數萬人作褒斜道五百餘里。道果便近，而水多湍石，不可漕。其後嚴熊言：'臨晉民願穿洛以溉重泉以東萬餘頃故惡地。誠即得水，可令畝十石。'於是爲發卒萬人穿渠，自徵引洛水至商顏下。岸善崩，乃鑿井，深者四十餘丈。往往爲井，井下相通行水。水隤以絶商顏，東至山領十餘里間。井渠之生自此始。穿得龍骨，故名曰龍首渠。"顏師古注："臨晉、重泉，皆馮翊之縣也。"按：下文所謂嚴罷，即莊熊罷。東漢因避明帝諱而改其姓爲"嚴"，又稱之爲嚴熊。

〔四〕鄭、白：指鄭國渠與白公渠。元李好文長安志圖卷三涇渠圖説渠堰因革："一曰鄭國渠。按漢志，韓苦秦，欲罷之，無令東伐，乃使水工鄭國説秦鑿涇水，自仲山西邸瓠口，并北山東注洛三百餘里……三曰白公渠。太始二年，趙中大夫白公復奏穿渠引涇水，首起谷口，尾入櫟陽注渭，袤二百里，溉田四千五百頃。民歌之曰：'田于何所？池陽谷口，鄭國在前，白渠起後。舉鍤爲雲，決渠爲雨。涇水一石，其泥數斗。且溉且糞，長我禾黍。衣食京師，億萬之口。'"

〔五〕當時：指鄭當時。鄭當時於漢武帝時曾任大司農，力主"引渭穿渠"，方便漕運。詳見史記河渠書。

〔六〕汾陰：位於汾水之南，故名。此指穿渠引汾，用以灌溉汾陰等地良田。褒、斜：即褒谷、斜谷。谷有水，又稱褒水、斜水。此指打通褒、斜水道以利漕運。兩項工程均漢武帝時所爲，皆以失敗告終。詳見漢書溝洫志。

〔七〕西門、史起：清胡渭禹貢錐指卷二："昔戰國時，魏西門豹、史起先後爲鄴令,皆引漳水溉田,以富河内,烏鹵化爲稻粱。”

〔八〕茂陵: 漢武帝陵。此指武帝。

〔九〕三農: 指上、中、下三等農夫。參見詩經常武鄭玄注。

〔十〕康衢: 列子仲尼篇:“堯治天下五十年,不知天下治歟? 不治歟? ……堯乃微服游於康衢,聞兒童謡曰:‘立我蒸民,莫匪爾極。不識不知,順帝之則。’堯喜,問曰:‘誰教爾爲此言?’兒童曰:‘我聞之大夫。’問大夫,大夫曰:‘古詩也。’堯還宫,召舜,因禪以天下。”

天籟賦〔一〕

若有人兮在南華〔二〕,唾明璣兮吐青霞。竦天機之峰峭,齊物論之紛譁。徵南郭與子游〔三〕,發天籟之雄誇。謂萬殊而一致,伊自然而非他。假有聲以設喻,索無言之謬訛。譬大鈞之噫氣,鼓群響而相和。雖吹萬之不同,俾自已其誰那〔四〕。倘反身而觸引,一視聽於無涯。此漆園之玄曠〔五〕,縱辯口之懸河①也。

方其六合陰霾,八極塵驅。怒襲土囊〔六〕,雲起炮車〔七〕。封夷②鼓橐〔八〕,屏翳橫途〔九〕。旋羊角而寥廓,翔颺母於歸墟〔十〕。矯六鷁之健羽〔十一〕,折大鵬之南圖。轟騰礧磕,若塵馬之決驟。震蕩潝洌,若海怪之歕噓。巨壑爲之怒號,萬竅爲之喑鳴。或耳鼻之嘘吸,或杵臼之洼汙。莫不遇形而成響,觸象而争呼。勢飆飈而噴薄,氣颰颱而吞屠。掠萬呀於一映,鼓元氣於大③虚。

若乃流雲半空,皓月千里。焱泠泠以徐來,激蓬蓬而颯起。衍漾於青蘋之末,回翔於松柏之底。度花梢而欲秋,至空山而如水。波濤半空,笙簧在耳。隨披拂以成音,實吹噓之所使。夫然後知理無大小,物有定形。方吁喎之迭唱〔十二〕,亦隨寓而爲聲。疑比竹之何似,若吁嗟之未平。度萬有之自取,孰能逃夫化鈞! 悟一理之弗貳,爰徵之乎在人。彼群喙之異響,徒騰説而紛争。泯是非於無言,斯蒙莊持論之權衡也〔十三〕。

嗟夫,物有不齊,維物之情。黔晳不容於一視,涇、渭不能以同清。雖造化之匪殊,實物論之搶攘。而何狙④公非馬之辨論〔十四〕,堅白異同之縱橫[十五],肆誇言之丕誕,馳虛無而竊名。殊不知大鈞塊圠,品物兹亨。風雲雨露之發育,山川草木之生成。高下異趣,洪纖異論。皆至理之顯著,曾何混乎重輕! 吾將窮玄玄,窺真經。佩無言之至教,希聖賢之善鳴。

【校】

① 河:原本作"訶",據勞格校記改。

② 封夷:勞格校記作"飛廉"。

③ 大:當作"太"。

④ 勞格校記曰:"狙,元誤'徂',何改。"

【箋注】

〔一〕天籟:語出莊子齊物論。

〔二〕南華:唐天寶元年二月,詔贈莊子爲南華真人,所著書爲南華真經。參見舊唐書玄宗本紀。

〔三〕南郭:指南郭子綦。子游:指顏成子游,皆莊子齊物論中人物。

〔四〕"雖吹萬"二句:莊子齊物論:"子游曰:'地籟則衆竅是已,人籟則比竹是已,敢問天籟?'子綦曰:'夫吹萬不同,而使其自已也,咸其自取,怒者其誰也?'"

〔五〕漆園:指莊子。莊子曾任漆園吏,故稱。

〔六〕土囊:文選宋玉風賦:"王曰:'夫風始安生哉?'宋玉對曰:'夫風生於地,起於青蘋之末,侵淫谿谷,盛怒於土囊之口。'"注:"土囊,大穴也。"

〔七〕雲起炮車:炮車雲爲暴風之預兆,或作"抛車雲"。參見唐國史補卷下。

〔八〕封夷:上古神話傳說之風神,又作封姨,或謂"封家十八姨"。參見宋曾慥類説卷二十四博異志 衆花之精。

〔九〕屏翳:宋洪興祖楚詞補注卷二雲中君題下注:"雲神,豐隆也。一曰屏翳。"同書卷一離騷注:"屏翳,或曰雲師,或曰雨師,或曰風師。"

〔十〕歸墟:列子集釋卷五湯問篇:"渤海之東不知幾億萬里,有大壑焉,實惟無底之谷,其下無底。名曰'歸墟'。"注:"莊子云'尾閭'。"

〔十一〕六鷁:左傳僖公十六年:"是月(正月),六鷁退飛,過宋都。"注:"鷁,水鳥,高飛遇風而退。宋人以爲災,告於諸侯,故書。"

〔十二〕呼喁:莊子齊物論:"前者唱于而隨者唱喁,泠風則小和,飄風則大和,厲風濟則衆竅爲虛。"

〔十三〕蒙莊：指莊子。相傳莊子爲蒙人。

〔十四〕狙公：莊子所擬寓言中人物。莊子齊物論：“勞神明爲一而不知其同
也，謂之‘朝三’。何謂‘朝三’？狙公賦芧，曰：‘朝三而暮四。’衆狙皆
怒。曰：‘然則朝四而暮三。’衆狙皆悦。名實未虧而喜怒爲用，亦因是
也。”非馬：指戰國名家公孫龍子“白馬非馬”之論，亦爲莊子齊物論所
論命題。

〔十五〕堅白、異同：分別指戰國名家公孫龍子“離間白”、惠施“合同異”之説。
參見荀子禮論篇。

簡儀賦〔一〕

穹窿赫戲，坱圠無涯。萬化幽紛，廓乎旁馳。猗聖神之制器，括
靈造乎玄機。却凡飾以居約，握乾象而獨窺，超妙識於千古，其我皇
元之簡儀乎！

思昔重華聖神，璣衡再陳。七政攸齊，爰考天文。俾周髀、宣夜
之絶學，獨渾天之有聞〔二〕。昉壽昌之銅儀〔三〕，放遺制於古人。比汴宋
之有作，世增飾以紛紜〔四〕。惟我世皇〔五〕，周諮文臣。乃詔百官，廷集
縉紳。峩峩郭公〔六〕，敷奏是伸。謂日①道之去極，何燕、汴之弗鈞。致
曆法之參差，將推步其曷遵。宜因其舊，用圖厥新。乃相爽塏，乃造
重棚〔七〕。良工獻技，神巧畢陳。倚蓋如傾，月規下停。員機運行，飆
輪無聲。易華而質，疏室而明。當二極於四游之軸，鏤百刻於南北之
傾。赤道橫施而上載，經星環繞而上征。準周天之度數，或盈虛之奇
贏。被五運之所履，斯乃加於地平。勒千隅而措置，挈四游於四衡。
觀游儀而知去極之遠近，究立地而考去地之途程②。或用一而測日，
或兼二以推星。實置之於臺端，映高表之亭亭。偉聖明③之制器，歷
考古而宜今。妙侔功於造化，肇錫之以嘉④名。

若乃崇臺夜朗，中天氣清。銀河露下，室緯珠明。金徒報花間之
箭〔八〕，漏鐘傳應刻之聲。則有太史效職，憑高仰觀。注青瞳於懸鏡，
候流晷之旋盤。神戒承於坤軸，天運準於乾端。規魄環馳而盈縮，萬
熒委照而流遷。休徵兮何象，應咎兮何纏。含陰德之密運，括大鈞之

陶甄。雖九萬一千餘里之遠,不能逃於是器之周旋[九]。甘、石未能探其妙[十],于、落莫能識其緣[十一]。此皇元之制作,所以超萬古而無前也。

方今聖神撫運,丕闡珍符。德合乾健[十二],道配坤輿。擬靈臺之姬文[十三],齊曆象之姚虞[十四]。三能煥爛而齊階[十五],五星藻曜而聯珠。雨暘時而清潤,品物遂而昭蘇。秉欽天之至敬,創授時之宏模[十六]。混六合而一春,播三正於九區[十七]。書生幽介,考古劬書。盛作賦之臨川[十八],徵銘辭於鉅儒。手攀軫參之魁,浮游析木之墟。拜天門而載歌,以頌泰元神策之皇圖[十九]。歌曰:

於昭靈臺,岌崇崇兮。儀象制器,聖之功兮。去繁而簡,要且中兮。崑崙磅礴,運太空兮。晷度周迴,斡天工兮。三辰齊光,名時雍兮。萬世作則,垂無窮兮。

【校】

① 曰:原本作“臣”,據勞格校記改。
② 勞格校記曰:“途程,元空一格,何補。”
③ 明:勞格校記作“皇”。
④ 勞格校記曰:“嘉,元誤‘加’,何改。”

【箋注】

〔一〕簡儀:元初郭守敬創製。簡化唐、宋渾天儀而成,故名。詳見元史天文志一簡儀。

〔二〕“思昔”六句,簡述觀測天象方法之演變。重華,即舜。元史天文志一:“堯命羲、和,曆象日月星辰,舜在璿璣、玉衡,以齊七政,天文於是有測驗之器焉。然古之爲其法者三家:曰周髀,曰宣夜,曰渾天。周髀、宣夜先絕,而渾天之學至秦亦無傳,漢洛下閎始得其術,作渾儀以測天,厥後歷世遞相沿襲。”

〔三〕壽昌:耿壽昌,西漢宣帝時任司農中丞。耿壽昌始鑄銅渾天儀,參見本卷渾天儀賦。

〔四〕“比汴宋之有作”二句:宋代研製渾天儀、銅候儀等,自太宗太平興國年間起,張思訓、韓顯符、沈括、蘇頌、袁正功、邵諤等,皆有創造,詳見宋史天文志一儀象。

〔五〕世皇：元世祖忽必烈。

〔六〕郭公：即郭守敬。元史天文志一："元興,定鼎於燕,其初襲用金舊,而規
　　　環不協,難復施用。於是太史郭守敬者,出其所創簡儀、仰儀及諸儀表,皆
　　　臻於精妙,卓見絶識,蓋有古人所未及者。"

〔七〕重棚：郭守敬以木爲重棚,創作簡儀高表,詳見元史郭守敬傳。又,草木
　　　子卷三下雜制篇："元朝立簡儀,爲圓室一間,平置地盤二十四位於其下,
　　　屋背中間開一圓竅,以漏日光。可以不出户而知天運矣。"

〔八〕金徒：文選陸倕新刻漏銘："銅史司刻,金徒抱箭。"注："張衡漏水轉渾天
　　　儀制曰:'蓋上又鑄金銅仙人,居左壺;爲胥徒,居右壺,皆以左手抱箭,右
　　　手指刻,以别天時早晚。'"

〔九〕"雖九萬"二句：楊炯渾天賦："其周天也,三百六十五度;其去地也,九萬
　　　一千餘里。日居月諸,天行地止。載之以氣,浮之以水……驗之以衡軸,
　　　考之以樞機。"

〔十〕甘、石：世傳甘石星經一卷,作者署名爲漢甘公石申,參見宋趙希弁撰郡
　　　齋讀書後志卷二天文卜算類。

〔十一〕于、落：蓋指鮮于妄人與落下閎。參見本卷渾天儀賦注。

〔十二〕乾健：易乾："象曰:天行健,君子以自强不息。"

〔十三〕靈臺：周文王所建,在長安西北四十里,用以觀祲象、察氛祥。詳見三輔
　　　黄圖卷五臺榭。

〔十四〕齊曆象：參見本卷渾天儀賦注。姚虞：舜生于姚墟,故謂之姚虞。

〔十五〕三能：史記天官書："斗魁戴匡六星曰文昌宮:一曰上將,二曰次將,三
　　　曰貴相,四曰司命,五曰司中,六曰司禄……魁下六星,兩兩相比者,名
　　　曰'三能'。三能色齊,君臣和;不齊,爲乖戾。"

〔十六〕授時：元史曆志一："(世祖至元)十三年平宋,遂詔前中書左丞許衡、太
　　　子贊善王恂、都水少監郭守敬改治新曆。衡等以爲金雖改曆,止以宋紀
　　　元曆微加增益,實未嘗測驗於天,乃與南北日官陳鼎臣、鄧元麟、毛鵬
　　　翼、劉巨淵、王素、岳鉉、高敬等參考累代曆法,復測候日月星辰消息運
　　　行之變,參别同異,酌取中數,以爲曆本。十七年冬至,曆成,詔賜名曰
　　　授時曆。十八年,頒行天下。"

〔十七〕三正：指建子、建丑、建寅。按:夏曆、殷曆、周曆所定歲首不同,分别爲
　　　建寅、建丑、建子之月,故"三正"多借指夏曆、殷曆和周曆。九區:
　　　九州。

〔十八〕臨川：指王安石。王安石撰有明州新刻漏銘。

〔十九〕泰元神策：參見本卷泰元神策賦。

浮磬賦[一]

若有物兮，厚土之精，清角之英。蕩泗波兮砥砣，倚湍磧兮雲橫。秋水之骨蒼然而突兀兮，射杲日之晶熒。若根著之弗麗土兮，泛泛乎長流之清泠。元氣磅礴變化不可測兮，何嶙岣砑硪之殊形。辟邪天祿踞以蹲兮[二]，琅玕冰玉周阿而羅生。龍堆岌岌隱鯨脊兮，蛟漦血碧沁鐵而凝。文章錯以畫麗兮，光景爛而宵明。蘸天影而泛①流兮，激清濤而弗沈。漾漾乎月林之仙境兮，隱隱乎長江之落星[三]。陽侯惕息以呵衛兮[四]，天吳②盱睢而夜驚[五]。拂而睨之溫然玉潤兮，叩而搏之鏗然而鳴。

粵有識乎浮磬兮，余獨懷乎神禹。汩③鴻貽以平成兮[六]，爰制貢乎九土。維徐州之所產兮，指泗濱焉而取。命良工使治之兮，瓊沙石錯刮磨乎光旴。股鼓博狹截然中度兮[七]，厥聲比乎律呂。嶧桐羽翟旅進岩廊兮，回重瞳④乎當宁。閶闔九重谺以洞達兮，盛簫韶其容與[八]。樹羽五采爛飛揚兮，翔然怒獸唅呀乎簨簴。儼笙頌之垂兮，振鏗鏘兮擊拊[九]。音穆穆以感物兮，獸蹌蹌其率舞。塞至樂之莫聞兮，慨寂寥乎千古。瀛石若羽固不足信兮[十]，夫何詫乎犍爲之水滸[十一]。陪尾之源浩以淪游兮[十二]，磬崸为乎參天。浮游廣覽悠悠而思兮，亦何爲乎深淵。淫哇靡曼之可聆兮，寧不爲爾而撫然。橫奇寶於道周兮，何弗採而捐之。嗟毋句之未⑤遠兮[十三]，孰摩挲而援之。探奇姿於深壤兮，濯碧蘇於秋泓。圭璧天成洞孚尹兮，亟徥襲夫璆琳。矢琢磨以成器兮，吾將上獻於虞庭。倘知音之賞識兮，庶不負於金石之音也。希登進於宮縣兮，於以和頌歌於太平也。辭曰：

磬兮磬兮，古音之希兮。桑濮娛人，瓦缶其雷兮[十四]。地不愛寶，嗟博雅其誰兮。叩之則鳴，將徯夫后夔兮[十五]。

【校】

① 勞格校記曰：“泛，元空，何補。”

② 吳：原本作“英”，據勞格校記改。
③ 汩：原本作“汩”，徑改。參見本文注釋。
④ 瞳：蓋“瞳”字之誤。
⑤ 毋：勞格校記作“無”。未：勞格校記作“已”。

【箋注】

〔一〕浮磬：尚書正義禹貢：“泗濱浮磬。”正義曰：“泗水旁山而過，石爲泗水之涯，石在水旁。水中見石，似若水中浮然，此石可以爲磬，故謂之浮磬也。”

〔二〕辟邪天禄：傳説中二獸名，後世多雕其形爲飾。見後漢書靈帝紀注。

〔三〕落星：山名，在南京市長江邊，傳爲大星落此，因名。

〔四〕陽侯：相傳爲大波之神。

〔五〕天吳：水神。

〔六〕汩鴻：楚辭集注天問：“不任汩鴻，師何以尚之？……伯禹腹鯀，夫何以變化？纂就前緒，遂成考功。”注：“汩，治也。鴻，大水也。師，衆也。尚，舉也。問鯀才不任治鴻水，衆人何以舉之？……禹能纂代鯀之遺業，而成父功。”平成：書大禹謨：“地平天成，六府三事允治，萬世永賴，時乃功。”

〔七〕股鼓博狹：指磬之規格制度，詳見周禮注疏冬官考工記下磬氏。

〔八〕簫韶：舜宗廟樂曲。

〔九〕擊拊：書益稷：“予擊石拊石，百獸率舞。”

〔十〕瀛石：此指浮磬。

〔十一〕犍爲：隸屬梁州，磬爲其州貢品之一。詳見清胡渭撰禹貢錐指卷九“華陽黑水惟梁州”一節。

〔十二〕陪尾：山名，漢書作横尾。詳見尚書正義禹貢。

〔十三〕毋句：世傳爲磬之創製者。或謂伶倫首創磬。參見宋衛湜撰禮記集説卷八十。

〔十四〕瓦缶其雷：文選屈原卜居：“黄鐘毀棄，瓦釜雷鳴。”李周翰注：“瓦釜，喻庸下之人；雷鳴者，驚衆也。”

〔十五〕后夔：相傳爲舜時樂官。文選張衡東京賦：“伯夷起而相儀，后夔坐而爲工。”薛綜注：“后夔，舜臣。掌樂之官。”

石經賦〔一〕

若有客兮，握秋兔，滴寒蟾。披奇問字，考古劬書。思木削而塵飛,披汗青而蠹餘。迅天風之送駕,曠玄覽於中區。摩斷刻於浯溪^[二],而歎蒼崖之老冰雪;探禹文於岣嶁^[三],而悲夫秋雨之泣藶蕪。慨雅道其曷徵,訪石經於東都。孤城黯其莽蒼,鴻儒①翳乎丘墟。熠秋蓬之野燐,啼斷甓之窮鼯。撫餘蹤而睥睨,亦有念中郎之所爲者乎。

於是臨風慨想,顧景遐思。惟炎劉之叔季,尚文風之熙熙。偉蔡氏之碩學,探先哲之玄微②。陋世教之訛謬,當建寧而闡微③。迨熹平之四禩,參颺言④於棠谿。正典籍之義理,摭群言⑤之紛披。挫華說於已著,收缺文於既隳。縶校讎之就緒,發先物之沈幾。匪堅砥之刻鏤,孰能壽斯文於無期。乃鍛乃厲⑥,載航載梯。剪翠壁之層雲,剖丹巘之嵐霏。爾乃摩挲蒼壁,振拂⑦青編。照金莖於瓊露^[四],磨汞鼎於朱鉛。模李、曹⑧之書法,迹篆隸而雕鐫^[五]。纖芒生風,山骨縷碧。細筋入髮,烟痕浸丹。躍蛟鼉於海鏡,舞鸞鳳於冰天。釵頭鼎足之屈曲,崩雲垂露之聯翩^[六]。穿鼉負祉,昂首而雄峙;蟠螭抱額,翔鬐而欲旋。泣中宵之鬼魅,動清漢之波瀾。惟四十有六石,揭辟舍之當軒。映朱門而落落,侈成功之不刊。書、易、公羊,據金行之正位^[七]。魯論篇帙,按青陽而左編^[八]。維禮經之信置,屹相尚乎南垣^[九]。廓至理之昭晰,絢妙墨而無前。倚層霄之炳爛,耀飛藻之連蜷。表巍巍而揭立,爲後學之蹄筌。至若素宁朝啟,鬻扉晝喧。觀者環堵,摹寫精研^[十]。翰墨灑秋屏之雨,車塵咽紫陌之烟。偉金聲而玉振^[十一],播文明於八埏,蓋將邁前修之洪業,與金石而同堅。昭一代之盛典,亘萬古而獨傳也。

抑孰知夫善人云逝,雅道隨傾。焦桐絶響^[十二],柯竹無聲^[十三]。想嶄嶄之數碣,已寂寞於風塵。蓋有登峴山而墮淚^[十四],吊九江而傷神者矣^[十五]。何魏人之遷鄴,竟半毀於淪淵。迨隋皇之博雅,爰再入於長安^[十六]。雖秘書内省之是儲,終列礎負柱之堪憐。宜鄭公之憫古,存十一於隳漫^[十七]。肆裒集於磚甓,卒莫克夫真完。況夫千古井井空城,衣冠宮闕之影滅,荒基敗迹之連營。慨風流而雲散,嗟大雅其曷徵!求向之嚴辭又正誼⑨,健畫奇文,磨穹而軋厚、耀日而垂星者,而今安在哉!但見秋草兮青青,土花兮鱗鱗。牧豎擊文階之火,寒流想襟珮之音。使騷人墨客往來而興懷者,徒吊古而沾襟。噫,此霸漢之餘迹,何必感此於登臨。

　　方今大道爲公,車書大同。焕離明兮洞開,貫奎芒兮當中[十八]。盛典册於秘府,流文教於辟雍。人皆明經之士,户皆禮樂之風。屹乎砥柱,以障川東。金石在人心,不必蒼崖之萬仞;政教在方册,不必篆刻而雕蟲。使六經之道,與太虛而比壽,亘天地以無窮。何暇誇春蛇秋蚓之姿媚[十九],借重於石刻之穿窿也哉! 於是憑高俛仰,喟然而歌曰:

　　斷石兮殘經,黯荒涼兮漢京,烟沙淅瀝兮秋風驚。

　　又拜手稽首而歌曰:

　　我元兮聖神,握符兮闡珍,文獻盛兮圖書陳。鞏金匱與石室兮,前無古而後無今。

【校】

① 勞格校記曰:"儒,元空,何補。"
② 玄微: 勞格校記作"元機"。
③ 勞格校記曰:"微,元空,何補。"
④ 勞格校記曰:"言,元空,何補。"
⑤ 言: 勞格校記作"説"。
⑥ 勞格校記曰:"乃厲,元空,何補。"
⑦ 拂: 原本作"揚",據勞格校記改。
⑧ 曹: 疑當作"程"。參見注釋。
⑨ 勞格校記曰:"又,元有,何删。誼,元脱,何增。"

【箋注】

〔一〕石經: 後漢書蔡邕列傳:"邕以經籍去聖久遠,文字多謬,俗儒穿鑿,疑誤後學,熹平四年,乃與五官中郎將堂谿典、光禄大夫楊賜、諫議大夫馬日磾、議郎張馴、韓説、太史令單颺等,奏求正定六經文字。靈帝許之,邕乃自書丹於碑,使工鎸刻立於太學門外。"注:"洛陽記曰:'太學在洛城南開陽門外,講堂長十丈,廣二丈。堂前石經四部。本碑凡四十六枚。'"清毛奇齡撰大學證文卷二大學石經本:"漢定諸經,用竹簡木册,編摘煩重,民間未易購觀。遠方學者大率口耳授受,以訛傳訛。惟恐日久舛錯,漸至移易,故東漢盧植特上書請刊定其文。會其時博士以甲乙科争第高下,又復

用私文暗易古字,因詔諸儒校經,命蔡邕正定其文,曰篆,曰隸,曰八分,以
　　熹平四年勒石,名熹平石經。”

〔二〕浯溪:衍極卷上:“浯溪碑雅厚雄深。”注:“浯溪碑在永州祁陽縣。唐安禄
　　山反,明皇幸蜀,肅宗中興,元結撰頌,顏真卿書磨崖石而刻之。”

〔三〕岣嶁:通常稱岣嶁碑,又稱嶁石。傳爲大禹所書,又稱夏禹衡岳碑。或有
　　疑,曰:“禹書在岣嶁峰者,不當稱碑。洪荒初闢,未嘗有碑製。”參見清林
　　侗撰來齋金石刻考略卷上衡山岣嶁峰石刻。

〔四〕金莖:參見麗則遺音卷三承露柈注。

〔五〕“模李、曹之書法”二句:李,指李斯,李斯創小篆。曹,疑當作程,世傳程
　　邈創隸書。

〔六〕“釵頭鼎足”二句:釵頭、鼎足、崩雲、垂露,皆書法體勢形容語。宋姜夔續
　　書譜用筆:“用筆如折釵股,如屋漏痕,如錐畫沙,如壁坼。”又,唐孫過庭
　　書譜:“觀夫懸針垂露之異,奔雷墜石之奇,鴻飛獸駭之資,鸞舞蛇驚之態,
　　絶岸頽峰之勢,臨危據槁之形。或重若崩雲,或輕如蟬翼。”

〔七〕金行:意爲排列於西邊。

〔八〕青陽:指正東。

〔九〕按:明張萱撰疑耀卷一石經:“漢建寧間,蔡邕以八分書書石經,而其文則
　　諫議大夫馬日磾,五官中郎將堂谿典,光禄大夫楊賜,議郎張馴、韓説,太
　　史令單颺等奏求校定者也。洛陽記曰:石經五部,碑凡四十六板,三行分
　　樹於太學之前。西行周易、尚書、公羊傳,共碑二十八板,時十六板存,十
　　二板毁。南行禮記,碑共十五板,悉毁,然尚有可讀者。東行論語三碑,而
　　二碑毁矣。是蔡邕所書四十六碑,此時毁者已十八板,而存者尚有二十八
　　板也,然亦止周易、尚書、論語、禮記、公羊傳五經而已。”

〔十〕“觀者”二句:後漢書蔡邕列傳:“及碑始立,其觀視及摹寫者,車乘日千餘
　　兩,填塞街陌。”

〔十一〕金聲玉振:孟子萬章下:“孔子之謂集大成,集大成也者,金聲而玉振
　　之也。”

〔十二〕焦桐絶響:蔡邕故事,參見鐵崖先生古樂府卷四焦尾辭注。

〔十三〕柯竹:參見鐵崖先生古樂府卷二篳篥吟注。

〔十四〕峴山:參見鐵崖先生詩集甲集一峰道人入吳注。

〔十五〕吊九江而傷神:參見唐歐陽詹撰吊九江驛碑材文,文載歐陽行周文集
　　卷七。

〔十六〕“何魏人”四句:隋書經籍志一:“後漢鐫刻七經,著於石碑,皆蔡邕所

書。魏正始中，又立三字石經，相承以爲七經正字。後魏之末，齊神武執政，自洛陽徙于鄴都。行至河陽，值岸崩，遂没于水。其得至鄴者，不盈太半。至隋開皇六年，又自鄴京載入長安，置於秘書内省。”

〔十七〕“宜鄭公”二句：謂唐代魏徵收集石經，多已不存。鄭公，指唐魏徵。魏徵封鄭國公。廣川書跋卷五蔡邕石經：“周大象中，詔徙鄴城石經于洛。時爲軍人破毁，至有竊載還鄴者。船壞，没溺不勝其衆也。其後得者，盡破爲橋基。隋開皇六年，自鄴京載入長安，置于秘書内省，議欲補緝，立于國學，會亂遂廢。營造之司用爲柱礎。貞觀初，魏徵始收聚之，十不一存。”

〔十八〕貫奎芒：意爲文運勃興。奎，俗稱文曲星，主文章。

〔十九〕春蛇秋蚓：晉書王羲之傳：“〔蕭子雲〕僅得成書，無丈夫之氣，行行若縈春蚓，字字如綰秋蛇。”

柏梁臺賦〔一〕

魏乎高哉！崇臺百尺，俯臨乎通衢。名既曜乎緗帙，狀復寫乎皇圖。何柏梁之鉅麗，實有冠於西都。帶隴首而特立，持土木之洪模。既定基於一簣，爰累土於連車。表以工倕〔二〕，贊以公輪〔三〕。相空山之文柏，挺勁①節之絶殊。撼雲霧而蓊鬱，吸雨露而紛敷。貫太陰之深黑，剪翠幹②之扶疏。堅凝勵刃之質，鱗皴溜雨之膚。乃斷乃琢，乃援乃揄。命巨靈以畢力，尚海石之可驅。爰假千歲之質，以壯九重之居。扶以杙楹③，支以欂櫨。引以雕題，連以綺疏。參錯乎碧瓦之相映④，詰曲乎藻井之相扶。走陽烏於高棟，踞陰蝀⑤於阿隅。中天之巍峨兮，連陰而接影；閣道之峭崚兮，積塊而累蘇。

於是即馳道，出周廬。金支眩日，翠旍拂虛。法駕鳳陳，雅雅魚魚。或奉⑥橐而承蓋，或秉筆而相輿。奕奕星陳，隨風左趨。拜手稽首，賡歌都俞。七言之歌以效技〔四〕，萬年之觴以舉娛。酒酣樂作，睟容愉愉。於是論思之臣，有若東方之徒〔五〕。上引邃古，下陳黄、虞〔六〕。述長年久視之道，叙蓬萊、方丈之符。指七圍之銅盤〔七〕，徵浮雲於天逵。彼外物之仙客，欲霜縷而雲裾。挹露華之涓滴⑦，若蛟螭之微濡。斟瑶漿以爲醴，淪瓊草以爲蔬。玉屑乍飛，輕塵不汙。一啜兮若幽憂之可却,再舉兮凜凡慮之能攄。若陟丹丘,若登方壺。駕玉蠑之蚴蚪,如卜鄰乎太虛。笑傲鴻蒙,俯視八區。天子萬年,樂胥有餘。

　　時有從臣,承制仗内,引書誦詩,談説道藝。徐徐主臣而前,追明先王之高誼。舉聖哲之弘謨,迴虛無之逸彎。曰靈臺之經始[八],望氛祲而察災異。四聰達而無隱,四目明而無蔽。若日月之行天,垂休光於億世。惟聖制之法古,有遺蹤之可企。明刑威,溥德惠,求賢良,輔不逮。彼神仙之微茫,實大人之當計也。於是從駕之臣,欣然滿意。稱聖明,呼萬歲。

【校】

① 勞格校記曰:"勁,元脱,何增。"
② 勞格校記曰:"幹,元空,何補。"
③ 勞格校記曰:"楹,元空,何補。"
④ 勞格校記曰:"映,元空,何補。"
⑤ 蜒:勞格校記作"蜓"。
⑥ 勞格校記曰:"奉,元空,何補。"
⑦ 勞格校記曰:"涓滴,元倒,何改。"

【箋注】

〔一〕柏梁臺:漢武帝建於元鼎二年(公元前一一五年)。漢書武帝紀:"(元鼎二年)春,起柏梁臺。"服虔曰:"用百頭梁作臺,因名焉。"師古曰:"三輔舊事云以香柏爲之。今書字皆作柏。服説非。"

〔二〕工倕:相傳爲堯時巧匠。參見莊子胠篋。

〔三〕公輸:即公輸般。

〔四〕七言之歌:此指柏梁體詩。宋計敏夫唐詩紀事卷六十四:"元封三年作柏梁臺,詔群臣二千石,有能爲七言詩者乃得上座。帝曰:'日月星辰和四時。'梁王曰:'驂駕駟馬從梁來。'由是聯句興焉。"又,明宋公傳元詩體要卷一柏梁體:"柏梁,臺名,漢武所築。臺成,詔羣臣能爲詩者得上座。及各賦詩,不以對偶而每句用韻。後人遂名爲'柏梁體'。"按:柏梁臺建於元鼎二年,登臺賦詩則爲元封三年。參見古文苑卷八柏梁詩附宋章樵注。

〔五〕東方之徒:指東方朔。古文苑卷八載柏梁詩,東方朔詩句曰:"迫窘詰屈幾窮哉!"宋章樵注曰:"朔善諧謔,此語蓋戲弄羣臣也。按此詩羣臣各以其職詠一句,無甚理致,其間亦有敢言,隱然寓規儆之意者,齊、梁間多效其體,而骨氣寖不及。”

〔六〕黃、虞: 黃帝、虞舜。

〔七〕七圍之銅盤: 指漢武帝所作承露盤。參見麗則遺音卷三承露柈注。

〔八〕靈臺: 文王所築。參見鐵崖賦稿卷上始蘇臺賦之一注。

海鹽賦〔一〕

鯨波際天,鮫門飛烟。截流雲於銀浦,峙群玉於瓊田。徵夏后制貢之書〔二〕,考管氏海王之篇〔三〕。知海鹽之爲利,實民用之所先。青、齊之境,吳、越之壖。斥鹵萬里,宵烹夜煎。因潤下之至味,取作鹹之自然〔四〕。

爾乃牢盆庀司,亭民輸力。鏟钁廣場,刮磨荒磧。畦塍棋布,墳壤山積。朝雨零而潤①滋,晴暾上而蒸濕。且銛且畚,載釃載冪。瀹龍堆而沃澍,溜甘雨而滴瀝。灑天地之清流,瀉土膏之湛液。溝泠漫淫,陂池漫②溢。於是函③以鼎釜,燎以薪蒸。萬竈烟青,晴熛若雲。響鯤濤於乍浦,漂蜃沫於餘腥。浩浩綿綿,泓泓淳淳。若瓊漿之生肥,異甘露之清泠。熾焰俄息,陰液漸凝。結霜④花而出素,耀皓質而流晶。水壺寒而露白,蛟淚泣而珠明。沙草春暉,雲痕無際。扶桑曙赫,飛霜再零。侔色酥肪,爭芒日星。精熒洞射,的皪稜層。揶之霏霏,扣之玎玎。富媼卑技而效珍〔五〕,水若怵目而夜驚〔六〕。此所以倚頓⑤不能比其富〔七〕,張融不能賦其文也〔八〕。至若聚囷成山,環堮爲陵。萬車汗牛,千艘貫繩。漕渠轉輸,以佐國經。往往清流大臣,來持節而督賦;而豪氓悍夫,或竊利以干刑。是東南煮鹽之爲大,又豈井池木石之產所能抗衡也哉!

嗟夫,利之所興,害之所隨。齊謹鹽筴而富隆,漢榷鹽課而無遺〔九〕。彼李唐之亭監,亦遺意之可推。何計利之爲害,乃寖漫⑥而至斯。赫聖神之當御,恤民力於凋疲。削重額以寬征,沛仁恩於無涯。海波清而不揚,摯貨阜於京坁。舉賢才之敖禺,妙調和於鼎鼐〔十〕。使海濱之下士,亦因物而取規,願有致於形鹽〔十一〕,希薦用於明⑦時。

【校】

① 勞格校記曰:"而潤,元空,何增補。"

② 漫:勞格校記作"衍"。

③ 函:原本作"函",據勞格校記改。

④ 勞格校記曰:"霜,元空,何補。"

⑤ 頓:原本作"賴",據勞格校記改。

⑥ 寰漫:原本作"鋄鋄",據勞格校記改。

⑦ 明:勞格校記作"盛"。

【箋注】

〔一〕文當撰於元順帝 元統二年(一三三四)至後至元五年七月之間,即鐵崖任職錢清鹽場司令之時。繫年依據:文中述及鹽税過重而傷民,且自稱"海濱之下士","希薦用於明時"。

〔二〕夏后制貢之書:即禹貢。書禹貢:"海、岱惟青州……厥土白墳,海濱廣斥。厥田惟上下,厥賦中上,厥貢鹽、絺,海物惟錯。"

〔三〕管氏:指管仲。相傳管子爲管仲所撰,管子中有海王篇,述及"鹽策"。

〔四〕"因潤下"二句:書洪範:"水曰潤下,火曰炎上……潤下作鹹,炎上作苦。"

〔五〕富媪:參見本卷器車賦注。

〔六〕水若:即海若,傳説爲海神,詳見莊子秋水。

〔七〕猗頓:史記貨殖列傳:"猗頓用盬鹽起。"集解:"孔叢子曰:'猗頓,魯之窮士也。耕則常飢,桑則常寒。聞朱公富,往而問術焉。朱公告之曰:"子欲速富,當畜五牸。"於是乃適西河,大畜牛羊于猗氏之南,十年之間其息不可計,貲擬王公,馳名天下。以興富於猗氏,故曰猗頓。'"

〔八〕"張融"句:南史張融傳:"融字思光,弱冠有名……又作海賦,文辭詭激,獨與衆異。後以示鎮軍將軍顧覬之,覬之曰:'卿此賦實超玄虚,但恨不道鹽耳。'融即求筆注曰:'漉沙構白,熬波出素。積雪中春,飛霜暑路。'此四句後所足也。"又,明楊慎丹鉛餘録卷十:"文選載木玄虚海賦,似非全文。南史稱張融海賦勝玄虚,惜今不傳。北堂書抄載其略,如'湍轉則日月似驚,浪動則星河如覆',信爲奇也。"

〔九〕"齊謹鹽筴"二句:參見東維子文集卷二十八白咸傳。

〔十〕"妙調和"句:宋林之奇尚書全解卷二十説命上:"若作和羹,爾惟鹽梅。……此又指物與喻,以見其所欲學之意。范内翰曰:'酒非麴蘗不成,羹非鹽梅不和,猶人君雖有美質,必得賢人輔導乃能成聖。'"

〔十一〕形鹽:周禮天官 籩人:"朝事之籩,其實糗、蕡、白、黑、形鹽。"鄭玄注:
"形鹽,鹽之似虎者。"

金人賦[一]

若有人兮在乎古先,孰範其形兮俾壽其傳。口三緘而致謹,體百
鍊而彌堅。茲非后稷廟之金人,所謂古之慎言者乎!

原夫深淺玄默[二],君子之德。慎言寡辭[三],聖謨作則。何哲人之
垂訓,乃鑄金以爲式! 於是輸良鏐,徵冶師,噓①鬱攸[四],走封夷②[五]。
鼓天轖於鴻爐,爛赤波之淋漓。快陶鎔於一瀉,宛肧腪之乍離。德容
儼其溫厲,神采郁其光輝。口緘默而至三,若靜專而自持。謹捫舌之
飭戒[六],慎追駟之悆儀[七]。豈若後世銷鐘③鏤而侈功[八],摩銅狄而誇
奇者哉!

乃銘其背,洋洋訓辭。諄諄乎多言多事之戒,昭昭乎神人禍福之
幾。謂細微之不可忽,謂强勝之不可爲。勿有上人之心,勿爲先人之
思。鑒天道之能下,體江、漢之能卑。惟温良而慎德,乃積累之所基。
粲名言之歷歷,誠達進退之樞機。非往昔之謨訓,曷儆戒之如斯。宜
周人之尊慕,置宗廟而事之。凜乎! 若聖賢在前而不敢忽,若神明在
上而不敢欺。逮宣尼之來觀,識龜鑒之昭垂。舉手摩挲,載讀載惟。
謂實中而情信,重贊美而嗟咨。此家語之所記,足以爲後學之箴
規也。

猗歟聖賢,所慎者言。不知其人之安在,與陵谷而俱遷。徒使人
悲荆棘之銅馳,吊露盤之銅仙也。登高想像,古訓不磨。用以自箴,
再思再歌。歌曰:

人之有言,德之仇兮。躁妄之發,實召訧兮。念彼哲人,慎厥修
兮。惟訒則仁,無易由兮。巋巋金人,告爾猷兮。胡④不鑒茲,以寡尤
兮。爾毋囂囂,默默以休兮。訥爾出話,庸行之求兮。有德有言,斯
若人之儔兮。

【校】

① 勞格校記曰："元有'嘘'字,何删。"
② 走封夷: 勞格校記作"嘘飛廉吹"。
③ 勞格校記曰："鐘,元空,何補。"
④ 胡: 勞格校記作"奚"。

【箋注】

〔一〕金人: 孔子家語卷三觀周："孔子觀周,遂入太祖后稷之廟。廟堂右階之前有金人焉,參緘其口而銘其背,曰:'古之慎言人也,戒之哉,無多言,多言多敗;無多事,多事多患。'"

〔二〕玄默: 不語。淮南子主術訓："天道玄默,無容無則。"

〔三〕慎言寡辭: 論語爲政："多聞闕疑,慎言其餘,則寡尤。"

〔四〕鬱攸: 本指火氣,後常用作火神名。參見春秋左傳正義卷五十七。

〔五〕封夷: 傳説爲風神。參見本卷天籟賦。

〔六〕捫舌: 詩大雅抑："無易由言,無曰苟矣,莫捫朕舌,言不可逝矣。"

〔七〕追駟: 論語顏淵："惜乎! 夫子之説君子也,駟不及舌。"注:"鄭曰:'惜乎! 夫子之説君子也,過言一出,駟馬追之不及。'"

〔八〕"豈若後世"句: 謂秦始皇鑄造鐘鐻金人,用以炫耀。史記秦始皇本紀:"收天下兵,聚之咸陽,銷以爲鍾鐻,金人十二,重各千石,置廷宫中。"

飛車賦〔一〕

　　玉關之西〔二〕,奇肱之陲〔三〕。斲木爲車〔四〕,從風而飛。夫何去中華之四萬,覽德耀而東來。若稽古昔,商邑巍巍。妙轉蓬之一悟〔五〕,藉雕楉於人爲。斤回斧運,日鼓月揮。泣鬼工於半夜,覺神造之莫窺。爾乃轉扶摇,輴崦嵫〔六〕,御屏翳①,戒封夷②〔七〕。飆驅月竄,霧驛坤堆。望荆河而稽顙,焱發軔而上馳。迅雷扶軘,喬雲承軨。不羽而翔,匪翼而翬。奔輪行空,削月兩規。輶軒凌虚,跨虹百圍。擊龍門之陰靮〔八〕,脱駟馬之塵羈。轢倒景而騫翥,排廣漢而硠磕。追阿香之驚霆〔九〕,軼羲馭之金雞〔十〕。曾何數乎九衢之決驟,又奚慮乎峻岅之嶮巇。鴻垂雲而何隘,鷗運海而獨遲〔十一〕。萬里一瞬,彼轂孰推? 碧落無聲,厥葷孰脂? 超絕蠛蠓,轇葛陰暉。指鶴駕而莫擬,認鸞輧而欲非③。不必範以驅馳之法,何暇④驂以六極之儀。隱兮鱗兮,恍若仙槎泛影渡銀漪⑤。飄兮忽兮,翩如羽輪⑥乘風淩丹梯。工倕不能喻其巧〔十二〕,造父不必測其機〔十三〕。於斯時也,泰運式齊。鏘天衢之和鸞,偃南巢之干旗〔十四〕。騫浮空而來下,穆皇覽而載嘻。觀茲奇器,先物沉機。謂彼窮髮,殫神竭思。虞流俗之弗敦,鑿智械而益漓。刣黄屋之非心,伊木輅之是宜。顧先路其曷騁,又焉用夫此爲? 泯大巧於無迹,剗轅輻而弗施。信化機之密勿,匪下民之所知。何逡巡於十襗,乘東風而導之。於以知遐荒格化於中國,又以見聖人耀神明於外夷⑦也。

皇元御極,八空薦禧。以德爲車,無遠不綏。木獸犬驛之域〔十五〕,貫胸乘布之涯〔十六〕。睬輿⑧服象,略犛馴犀。混萬方而同軌,效貢職而交歸。車服之盛,超前有輝。輿圖之廣,亙古所稀。將見飛車之應不獨專美於有商,而又出於文明鉅麗之時矣。

【校】

① 御屏翳: 何氏校本改作"屏翳御"。見勞格校記。
② 戒封夷: 勞格校記作"飛廉隨"。
③ 欲非: 勞格校記曰:"元空,何補。"
④ 何暇: 勞格校記曰:"元空,何補。"
⑤ 勞格校記曰:"鱗,元空'魚'旁;漪,元空'奇'旁,何校補。"
⑥ 勞格校記曰:"輪,元空'侖'旁。"
⑦ 外夷: 勞格校記作"靡遺"。
⑧ 勞格校記曰:"睬輿,元倒,何乙。"

【箋注】

〔一〕飛車: 皇甫謐帝王世紀:"奇肱氏能爲飛車,從風遠行。"
〔二〕玉關: 即玉門關。位於今甘肅敦煌西北。
〔三〕奇肱: 山海經校注第七海外西經:"奇肱之國在其北。其人一臂三目,有陰有陽,乘文馬。"
〔四〕斲木爲車: 山海經校注第十八海內經:"黄帝生駱明,駱明生白馬,白馬是爲鯀。帝俊生禺號,禺號生淫梁,淫梁生番禺,是始爲舟。番禺生奚仲,奚仲生吉光,吉光是始以木爲車。"

〔五〕"妙轉蓬"句:後漢書輿服志上:"上古聖人,見轉蓬始知爲輪。輪行可載,因物知生,復爲之輿。輿輪相乘,流運罔極,任重致遠,天下獲其利。"

〔六〕崦嵫:楚辭離騷:"吾令羲和弭節兮,望崦嵫而勿迫。"王逸注:"崦嵫,日所入山也。"

〔七〕屛翳:指雲神;封夷:爲風神。參見本卷天籟賦。

〔八〕龍門:位於今山西河津西北、陝西韓城東北。黄河經此,兩岸峭壁對峙如門,故名。此非實指。陰靷:語出詩經小戎。

〔九〕阿香:傳説駕雷車之女仙。搜神後記卷五臨賀太守:"永和中,義興人姓周,出都,乘馬,從兩人行。未至村,日暮。道邊有一新草小屋,一女子出門,年可十六七,姿容端正,衣服鮮潔。望見周過,謂曰:'日已向暮,前村尚遠。臨賀詎得至?'周便求寄宿。此女爲燃火作食。向一更中,聞外有小兒唤阿香聲,女應諾。尋云:'官唤汝推雷車。'女乃辭行,云:'今有事當去。'夜遂大雷雨。向曉,女還。周既上馬,看昨所宿處,止見一新冢……後五年,果作臨賀太守。"

〔十〕金雞:喻指太陽。相傳羲和馭日。參見楚辭離騷。

〔十一〕鷗:此指鯤鵬。鯤鵬借助海運,摶扶搖而上者九萬里。參見莊子逍遥游。

〔十二〕工倕:或稱巧倕。相傳爲堯時巧匠。

〔十三〕造父:史記趙世家:"造父幸於周繆王。造父取驥之乘匹,與桃林盜驪、驊騮、緑耳,獻之繆王。繆王使造父御,西巡狩,見西王母,樂之忘歸。而徐偃王反,繆王日馳千里馬,攻徐偃王,大破之。乃賜造父以趙城,由此爲趙氏。"按:周繆王,下文稱"穆皇"。

〔十四〕偃南巢之干旗:商湯戰勝夏桀,遂將桀放逐於南巢。詳見尚書正義湯誓、孟子梁惠王。

〔十五〕木獸:隋書東夷列傳流求:"流求國,居海島之中。……王乘木獸,令左右輿之而行,導從不過數十人。"犬驛:山海經校注第十二海内北經:"其東有犬封國。"注:"郭璞云:'昔盤瓠殺戎王,高辛以美女妻之,不可以訓,乃浮之會稽東海中,得三百里地封之,生男爲狗,女爲美人,是爲狗封之國也。'"

〔十六〕貫胸、乘布:傳説中遠方臣服之國。貫胸之"胸",或作"匈"。山海經校注第六海外南經:"貫匈國在其東,其爲人匈有竅。"乘布,即乘布車,寓"降服自比喪人之意"。

卷五十五　東維子文集卷一

卷五十五　東維子文集卷一

鄒氏遺訓序①〔一〕

　　吳常熟鄒君玉氏〔二〕，自旌德宦游歸〔三〕，理故園以老焉。其垂訓子孫，嚴其顒畫者凡若干件〔四〕，來謁余於姑胥邸次〔五〕，曰：“某髮已種種，懼一旦捐子孫去，故述誡②若干件。雖話言拙直，使奉成規行之，亦不致畔名教、隳門地。且將勒石，位置奉先之宮，幸得子言重引之，庶吾後之人知所警也已！”

　　吾聞傳曰：名門右族，成③立如升天，覆墜如燎毛〔六〕。何難易之相縣邈絶甚如此！蓋創者勞而守者安，創者儉而守者奢，創者畏而守者驕也。爲祖父者慮焉，故有身後之誡。雖古先哲王不能無之，書之竹帛，琢之盤盂，以遺乎後之人。蓋懼耳聽口受者易爲滅絶，而託諸竹帛盤盂者，可不刊而垂無盡也！

　　君玉氏之遺訓，著於金石，非竹帛盤盂之意乎！爲其子者，幸得諸耳提面誨，子子孫孫又幸得諸示無窮者，則鄒氏後人續初繼業，雖百世而可也。雖然，子弗祗服厥父事，此無先之訓也。恐無先之訓矣④，故吾重告之，使之恒有其先，庶畔名教、隳門第者免矣夫！

【校】

① 東維子文集三十卷附錄一卷，乃最早問世的鐵崖詩文合集。全書依體裁分類編次，凡錄各體文章四百四十一篇，詩詞六十首。卷三十一附錄鐵崖弟子及友人詩二十三首、跋文一篇。今以明萬曆十七年王俞刊本爲底本，校本爲四部叢刊重印清沈氏鳴野山房鈔本（按：此本附錄傅增湘校勘記，傅氏以此鈔本與明初黑口大字刊本、明鈔殘本等校核。）、文淵閣四庫全書本。參校明弘治刊鐵崖文集五卷本、明佚名抄鐵崖先生集四卷本、清鈔楊鐵崖先生文集全錄四卷本、清張月霄愛日精廬抄鐵崖漫稿五卷本等。

② 誡：原本作“誠”，據四部叢刊本改。

③ 成：四部叢刊本作“盛”。

④ 矣：文淵閣四庫全書本無。

【箋注】

〔一〕本文撰於元至正七、八年間。當時鐵崖失官，寓居姑蘇，授學爲生。繫年依據：文中曰“來謁余於姑胥邸次”云云。參見後注。

〔二〕常熟：唐以後爲縣，元元貞元年升州，隷屬於江浙行省平江路，今屬江蘇省。鄒君玉：其名不詳。曾於旌德爲官，最遲於至正初年致仕還鄉。家富收藏，曾藏有五牛圖，趙孟頫鑒定爲唐名家韓滉手筆。參見明李日華六研齋三筆。又，光緒重修常昭合志稿卷二十三人物志載鄒君玉小傳，實摘自本文。常昭合志稿於傳後附按語曰：“桑志（指弘治常熟縣志）有鄒士玉，洪武初以人材薦舉，任廣德府知府。未知即其人否。”今按本文可知，鄒君玉於元季已入暮年。明初以人才薦舉、任廣德知府之鄒士玉，與元季致仕還鄉之鄒君玉，決非同一人。

〔三〕旌德：縣名。元代隷屬於江浙行省寧國路，今屬安徽省。

〔四〕所謂“垂訓子孫，嚴其顙畫者凡若干件”，指鄒君玉家訓。同治蘇州府志卷一百三十八藝文志三常熟縣著録：“（元）鄒君玉家訓一篇，楊維禎序。”此家訓今未見，蓋已佚失。

〔五〕姑胥邸次：元至正七、八年間，鐵崖曾寓居姑蘇錦秀坊，參見東維子文集卷七趙氏詩録序，及句曲外史貞居先生詩集卷三客有具舟邀游靈岩上方一夕風雨明日以詩寄廉夫鰲頭爲更張其席。

〔六〕“名門右族”三句：按新唐書柳玭傳，柳玭常述家訓以戒子孫，曰：“夫名門右族，莫不由祖考忠孝勤儉以成立之，莫不由子孫頑率奢傲以覆墜之。成立之難如升天，覆墜之易如燎毛。”

李參政倡和詩卷^①序^{〔一〕}

　　淇上野逸李公^{②〔二〕}，以世澤起身，十年至參大政江浙行垣。未幾冠惠文，位南端^{③〔三〕}。其所建白有不合，即引去，退處白沙^{〔四〕}，日與布衣士談文字爲樂。

　　其來江浙時，孤舟匹馬，絶無左右之孚以奸政；其舟所載，又絶無他長物，不過隨身所讀書籍耳。其下交無雜賓，而天台蔣常翁^{〔五〕}，乃以詩人獲登其門,相與倡和,流布人口④。嘻! 公以八位之貴〔六〕,不以下交寒素爲厭;蔣常翁以一介之微,不以上交公相爲抗等,此季世僅見之事。而議者猶以公進布衣爲術者,吾不知其説已!

　　常翁裝潢其詩成卷,非以佽自遇,實以表著賢公卿下士之猶有古風也。故余爲叙其卷,使世之登樞要隔寒微者,見之宜於此爲耻矣。

【校】

① 卷:原本無,據鐵崖文集本增補。

② 公:原本無,據鐵崖文集本增補。

③ 冠惠文,位南端:原本作"惠冠文江南端",據鐵崖文集本改。

④ 人口:原本作"人間",據鐵崖文集本改。

【箋注】

〔一〕本文撰寫,不得早於元至正八年(一三四八)。繫年依據參見下述李好古生平參引資料。李參政:名浴雪(因初生時以雪水爲之洗浴,故以爲名),字好古,淇上野逸蓋其別號,河南衛縣一帶人。曾任江浙行省參政,元至正八年前後任江南諸道行御史臺御史,不久辭官,隱居白沙,詩文自娛。參見東維子文集卷十九竹近記、元許有壬至正集卷二十二題李好古浴雪齋、余闕青陽集卷一送李好古之南臺御史、明梁寅石門集卷四送李好古御史。

〔二〕淇上:淇水之上。淇水位於河南衛縣一帶。

〔三〕南端:指江南諸道行御史臺。按元史地理志,江南行御史臺自元世祖至元二十三年始遷至金陵。

〔四〕白沙:不詳。疑指白沙鄉。白沙鄉位於華亭東南。參見鐵崖先生集卷三白雲窩記。

〔五〕蔣常翁:常翁當爲其字或號,其名不詳,天台(今屬浙江)人。工詩,元季游寓江浙一帶。

〔六〕八位:指朝廷高官。"八位"常與"六卿"、"三臺"并舉,蓋屬泛指,元人常用,如"有六卿八位之望"(載胡祗遹撰紫山大全集卷九益都新修廟學記)。

漁樵譜序[一]

詩三百後,一變爲騷賦,再變爲曲引[二],爲歌謠,極變爲倚聲制辭,而長短句平異①調出焉[三],至於今樂府之靡[四],雜以街巷齒舌之狡,詩之變,蓋於是乎極矣!

嘉禾素庵老人過予雲間邸次[五],出古錦襆一帙,曰漁樵譜者,凡若干闋。雖出乎倚聲制辭,而異乎今樂府之靡者也!吾嘗求今辭於白石、夢窗之後[六],斤斤得寄閒父子焉[七],遺山天籟之風骨[八],花間鏡上之情致[九],殆兼而有之。蓋風骨過道②,則鄰於文人詩;情致過媟,則淪於諢官語也。其得體裁,亦不易易。嗣餘響於寄閒父子後者,今又得素庵云。

夫譜之云者,音調可録、節族可被於弦歌者也。詩三百篇③,無一不可被於弦歌,吾不知亦先有譜、後有聲邪?抑先有聲、後有辭邪?寄閒分譜於依聲依詠④之殊,其腔有可度不可度者,則何如?敢於素庵乎質焉。素庵齗然而笑⑤,曰:"嘻!吾忘⑥律吕於漁樵'欸乃'中[十],烏知所謂聲依永、律和聲許事哉!雖然,擊轅之歌,野人之雅也[十一],吾譜殆亦自當野⑦雅乎!"

素庵名抱素,字子雲,裔出吳越王[十二]。有起進士第,號竹鄉翁[十三],家置萬卷堂者,其曾王父云。

【校】

① 異:鐵崖文集本、文淵閣四庫全書本作"仄"。
② 道:原本作"酋",據四部叢刊本改。
③ 篇:原本作"曷",據傅增湘校勘記所録明初黑口大字本、鐵崖文集本改。
④ 依聲依詠:原本作"依永",據鐵崖文集本改。
⑤ 笑:鐵崖文集本作"嘆"。
⑥ 忘:四部叢刊本作"志"。
⑦ 野:原本作"楚",蓋爲"埜"之訛寫。據鐵崖文集本改正。

【箋注】

〔一〕文作於元至正九、十年間。當時鐵崖以授學爲生,受聘於松江大户吕輔之,教授其二子。繫年依據:文中謂素庵"過予雲間邸次,出古錦襆一帙"云云,可見其時鐵崖寓居松江,且文中所述爲太平年景。

〔二〕曲引:指歌曲。文選卷十八東漢馬融長笛賦:"故聆曲引者,觀法於節奏,察變於句投,以知禮制之不可逾越焉。"注:"廣雅曰:引,亦曲也。蔡邕琴操曰:思歸引者,衛女之所作也。琴引者,秦時倡屠門高之所作也。"

〔三〕長短句平異調:蓋指詞體。

〔四〕今樂府:即今人所謂元曲。

〔五〕嘉禾:今浙江嘉興。素庵:錢霖別號,字子雲。孫楷第元曲家考略丁稿錢子雲:"録鬼簿下錢子雲小傳頗略。元末人集如邵亨貞野處集、蟻術詩選、蟻術詞選,錢惟善江月松風集,楊維楨東維子集,往往涉及錢子雲事。今括諸家之説,敘其事如下:錢子雲名霖,世居松江南城。博學工文章,才可用而世不用,遂棄俗爲黃冠。更名抱素,號素庵。初營庵於松江東郭,有二齋,號封雲、可月,邵亨貞、錢惟善均有詩詠之。後遷湖州,故人又以爲吳興人。晚居嘉興,筑室於鴛湖之上,命名曰藏六窩。因又自號泰窩道人。楊維楨爲作藏六窩志。其入道蓋在天曆、至順間……子雲爲曲極工巧,其集名醉邊餘興,又嘗類諸公所作爲江湖清思集。今俱佚。"參見東維子文集卷二十二藏六窩志。又,邵亨貞有詩挽錢素庵鍊師,載蟻術詩選卷六。

〔六〕白石:南宋詞人姜夔,號白石道人。夢窗:吳文英號。

〔七〕寄閒父子:指張樞、張炎父子。南宋張樞,字斗南,號寄閒。西秦(今屬陝西)人,居臨安。循王之後。以善詞名世。子炎,字叔夏,能傳其家學。參見絶妙好詞箋卷五。

〔八〕遺山:金人元好問別號。生平見金史文藝傳。

〔九〕花間集十卷,後蜀趙崇祚編。唐末名家詞曲賴以僅存。宋人陳振孫直齋書録解題以花間集爲近世倚聲填詞之祖。

〔十〕欸乃:船夫勞動號子。苕溪漁隱叢話前集卷十九柳柳州:"元次山集欸乃曲注云:欸音襖,乃音靄,棹船之聲。"

〔十一〕"擊轅"二句:曹植與楊德祖書:"夫街談巷説,必有可采。擊轅之歌,有應風雅。"

〔十二〕吳越王:指錢鏐,其生平詳見舊五代史世襲列傳。按:或對鐵崖此説有異議,謂錢抱素非吳越王後裔。元曲家考略丁稿錢子雲:"邵亨貞至正十六年爲錢南金作一枝安記,稱'宋社遷百年于兹。雲間遺族有三錢:其一居市中,爲武肅王(吳越王鏐)諸孫,今其人猶存,而鐘鼎之習靡矣。

其一居市東者,爲參政象祖之裔(按象祖,吳越王裔),今不復見其人。又其一居城西(西,疑"南"字之誤),爲南渡宦家,支蔓最衍,風流文采間有存者,予及識其子孫。素庵子善詩詞清談,卒爲老子之徒。今之存者惟南金以明經教授,爲錢氏文脈所在'云云,不言子雲爲吳越王裔。疑維楨第取同姓中最有名者稱之耳,然此亦不足論也。"

〔十三〕竹鄉翁: 錢抱素曾祖父。名字生平不詳。按: 竹鄉翁後人多好文藝,抱素之弟錢應庚,字南金,工詞曲,善書,亦有名於時。參見全浙詩話卷二十五元。

牡丹瑞花詩卷序〔一〕

余讀後①山氏叢譚〔二〕,載廣陵芍藥,曰"金帶圍"者,無宿種而出,出則群吏有應其瑞居台揆者,如韓魏公琦、王岐公珪、荆公安石,皆應其瑞,爲不誣也。於乎! 山木②無知,何預人事哉? 蓋德動草木,草木充③焉,非偶然也。

江浙省檢校孛尤魯子升之庭〔三〕,有牡丹雪中作花,其大如斗,其色如"魏家紫"者〔四〕,人咸謂孛尤氏之瑞也。夫牡丹,芍藥類也。芍藥有當其瑞者,子升不當牡丹之瑞耶! 明年,子升繇檢校除淮幕憲府,其瑞亦不誣矣,庸詎知異日子升不躋人臣極品耶? 吾固有俟於子升矣!

抑吾於牡丹有感焉者:世有花工如宋單父者〔五〕,能變木芍藥爲千種姿,亦能使不④令而華,人⑤力奸化工乃爾。或謂子升之冬花,烏知不有人力奸造化者乎! 茅山外史張公雨〔六〕,神仙人也,能頃刻而開花者也,特爲子升賦花,屬之天瑞,爲異時衫色之讖⑥。吾讀其詩,信爲子升氏之讖也,人又何疑於是花云!

子升出其詩并圖卷一通,求余叙,於是乎書。花之開,至正元⑦年十二月某日也。

【校】

① 後:原本作"后",徑改。

② 木：四部叢刊本作“水”。

③ 充：文淵閣四庫全書本作“化”。

④ 不：四部叢刊本作“了”。

⑤ 四部叢刊本“人”與“力”之間空四格，示闕四字。

⑥ 識：四部叢刊本作“識”。下同。

⑦ 元：原本誤作“九”，徑爲改正。按：斷定“九”乃“元”之訛寫，理由有三：其一，文中曰字尤魯子升任職江浙行省檢校，與錢塘道士張雨交往，故知字尤魯子升在杭州爲官。鐵崖於至正元年冬攜家移居杭州，亦與張雨結交，通過張雨結識字尤魯子升，在情理之中。其二，張雨病逝於至正十年秋，而鐵崖自松江重返杭州爲官，則是至正十年歲末。假設原文所謂“至正九年”不誤，那麼鐵崖重返杭州之後撰寫此文，必將提及張雨歸道山一事，否則不合人之常情。其三，“九”與“元”二字形近，抄寫時容易混淆。

【箋注】

〔一〕文當作於元至正二年（一三四二）。此時鐵崖服喪期滿，於至正元年冬離開家鄉諸暨，攜妻兒至錢塘，試圖補官。同時廣交詩友，與黃溍、張雨、錢惟善、袁華、字尤魯子升等唱和，本序即爲字尤魯子升之牡丹瑞花詩卷所作。繫年依據：字尤魯子升庭中牡丹於至正元年十二月開花，（參見校勘記與後注。）次年“子升縣檢校除淮幕憲府”，本文當作於字尤魯子升離杭就職淮幕憲府以前。

〔二〕後山：北宋陳師道別號。陳師道後山叢譚卷一：“花之名天下者，洛陽牡丹、廣陵芍藥耳。紅葉而黃腰，號金帶圍，而無種。有時而出，則城中當有宰相。韓魏公爲守，一出四枝，公自當其一選，客具樂以當之。是時王岐公以高科爲倅，王荊公以名士爲屬，皆在選，而闕其一，莫有當者。數日不決，而花已盛。公命戒客，而私自念：今日有過客，不問如何，召使當之。及暮，高水門報陳太博來。亟使召之，乃秀公也。明日酒半，折花，歌以插之。其後四公皆爲首相。”韓魏公、王岐公、荊公，即魏國公韓琦、岐國公王珪、荊國公王安石，皆北宋名臣，宋史有傳。

〔三〕字尤魯子升：或稱之爲魯子昇。元至正初年以前，任江浙行省檢校。約於至正二年陞職，轉官淮揚憲幕。後又曾轉官湖南憲幕。嗜詩，至正元年前後在杭州爲官時，與張雨、袁華、錢惟善、楊維禎等詩人交好。參見袁華耕學齋詩集卷五再用韻懷錢塘舊游、卷八丙申歲有懷南北師友，張雨撰餞魯子升之維揚憲幕（載草堂雅集卷五）。又，元錢惟善江月松風集卷二送

魯子昇："作吏能忘勢,逢人每説詩。同庚慚我長,莫逆受君知。"可見錢惟
善亦與字尤魯子升交好,且二人同歲。

〔四〕魏家紫: 牡丹名品。宋李格非撰洛陽名園記天王院花園子:"姚黄魏紫,
一枝千錢。"

〔五〕宋單父: 唐玄宗时著名花匠。柳宗元宋單父種牡丹:"洛人宋單父,字仲
孺。善吟詩,亦能種藝術。凡牡丹變易千種,紅白鬥色,人亦不能知其術。
上皇召至驪山,植花萬本,色樣各不同。賜金千餘兩。内人皆呼爲花師。
亦幻世之絶藝也。"

〔六〕茅山外史張雨: 參見鐵崖先生古樂府卷二奔月厄歌注。

丞相梅詩序〔一〕

至正七①年春,江浙行省丞相朶兒只公以清静寧一之治報於上,
上召入宰天下〔二〕。公拜命且行,顧瞻後庭,有手植稗梅一本,俾移植
於明慶寺之殿陽〔三〕。邦民聚觀,載抃載舞②,咸手加額曰:"丞相棄我
去,是足以係吾人之思已。見梅如見丞相焉!"於是僧古源採民之言
以永歌之〔四〕,邦③之人士從而和之,凡若干什。

昔召伯相周,布政南國,舍於甘棠之下,後之人思其德,愛其樹而
不忍傷,此甘棠之詩所以作也〔五〕。召伯之教明於南國,而甘棠之詩
作;丞相之德布於江浙,而手植梅之詩作。若古源者,謂得古詩人之
性情非歟! 丞相去今幾十年,而是梅輪囷扶疏、碩大繁茂,有加於昔。
邦民於是有所瞻仰,公卿於是有所感慕,後之人於是有所興起而想見
其形容。一木之植,千載之情繫焉!

吁! 草木有託於人者,固不在地之有厚薄,而在德之有久近也信
矣,而況護持之力又出於金仙氏者乎〔六〕! 丞相氏之德以栽之,金仙氏
之力以培之,吾見斯梅與孔、老氏之植檜同無朽矣〔七〕。不然,南門之
柏有大四十圍者,一蕭欣能伐之〔八〕,可不懼哉!

古源以詩來屬余序,余爲之言如此。夫思其德而愛其樹者,人之
情也;愛其樹而永歌以頌美之者,詩人情性之正也;序詩人之意而不
忘乎戒懼者,亦文人忠厚之至也。是爲序。

【校】

① 七：原本誤作"二"，據元史朵兒只傳改。參見本文注釋。

② 載抃載舞：四部叢刊本作"載舞"。

③ 邦：文淵閣四庫全書本作"邑"。下同。

【箋注】

〔一〕文當作於元至正十五年（一三五五）前後，其時鐵崖在杭州任稅務官。繫年依據：本文曰"丞相去今幾十年"，可知鐵崖撰寫此文之時，朵兒只調離江浙行省已有八九年。而據元史朵兒只傳，江浙行省丞相朵兒只應召入京在至正七年。

〔二〕按：所謂"上召入宰天下"，與正史記載有出入，朝廷召朵兒只進京，實欲授以御史大夫之職。據元史朵兒只傳，朵兒只於"（至正）七年召拜御史大夫。會丞相虛位，秋，拜中書左丞相"。鐵崖此文爲日後追述，當以正史爲準。

〔三〕明慶寺：咸淳臨安志卷七十六寺觀二寺院在城："明慶寺，在木子巷北。唐大中二年僧景初建爲靈隱院。大中祥符五年改今額。中興駐蹕，視東京大相國寺。凡朝廷禱雨暘，宰執百僚建散，聖節道場咸在焉。"

〔四〕僧古源：於元至正十五年前後任杭州明慶寺住持。

〔五〕"昔召伯相周"六句：召公佐武王滅商，封於薊，爲燕國始祖。曾巡行四方，於棠樹下決政事。召公卒，百姓護此棠樹，吟詩讚美。詩召南甘棠序："甘棠，美召伯也。召伯之教，明於南國。"注："召伯，姬姓，名奭。食采於召，作上公，爲二伯，後封於燕。此美其爲伯之功，故言伯云。"

〔六〕金仙氏：指佛教僧侶。相傳東漢明帝夢見金仙，遂引進佛教。故有此稱。

〔七〕"吾見"二句：孔氏祖庭廣記卷九廟中古迹："手植檜三株：兩株在贊德殿前，高六丈餘，圍一丈四尺，其文左者左紐，右者右紐；一株在杏壇東南隅，高五丈餘，圍一丈三尺，其枝盤屈如龍形，世謂之再生檜。晉永嘉三年枯死，至隋義寧元年復生。唐乾封二年又枯死，至宋康定元年復生。"又，陳留（今屬河南開封市）老子祠有枯柏，世傳老子將度世，曰："待枯柏生東南枝迴指，當有聖人出，吾道復行。"南北朝時，枯柏果然復活。參見隋書王劭傳。

〔八〕蕭欣：梁武帝弟安成康王秀之孫，曾任南陽太守。生平附見周書蕭察傳。水經注卷二十："永和中，徙治南鄉故城。城南門外舊有郡社柏樹，大三十圍。蕭欣爲郡,伐之。言有大蛇從樹腹中墜下,大數圍,長三丈,群小蛇數十隨入南山,聲如風雨。伐樹之前,見夢于欣,欣不以厝意。及伐之,更少日果死。"按:南鄉故城南門,即南陽武當門。參見太平寰宇記卷一百四十三山南東道二均州。

送經理官成教授還京序[一]

前①濟寧郡教授成君彦明氏[二],以文墨長才爲今天子録用。洪武元年春,遣使行天下經理田土事[三],而成君在選中,分履淞之三十八都二百一十五圍②。閲歲終,魚鱗圖籍成[四]。父老咸喜其清明果決,竿尺有準,版帳不欺,積七不毛之土并附以見。裝潢手卷,來拜草玄閣次,求余言以爲贐:"千萬因成君致意,萬一大農下問[五],先生之言亦有取藉年云。"

予悼唐宇文融爲括田使[六],時開元之治已久[七],天下户口未嘗有所升降也,而融括籍外之田③,得客户八十餘萬,羨田稱之,往往出於州縣希旨,多張虛數,以正田爲羨,編户爲客,民抱冤者無於所訴。今天子招徠南北流移、天下土田於廢棄之餘,非襲融之敝迹也。而成君之所履,又皆得屯耕④有亡之實,可以助明天子均田之政,豈開元斂臣可同日語哉!於其行也,書此爲序。

【校】

① 前:四部叢刊本作"河"。
② 圖:原作"圍",據四部叢刊本改。
③ 原本"籍外"下空兩格,據文淵閣四庫全書本補"之田"二字。
④ 耕:四部叢刊本作"耗"。

【箋注】

〔一〕文撰於明洪武元年(一三六八)歲末,其時鐵崖寓居松江。成教授:即成彦明。生平僅見本文。

〔二〕濟寧郡:即濟寧路。按元史地理志,濟寧路隸屬中書省,治濟州(今山東濟寧)。

〔三〕經理田土：明太祖實録卷二十九："（洪武元年正月）甲申，詔遣周鑄等一百六十四人往浙西覈實田畝。謂中書省臣曰：'兵革之餘，郡縣版籍多亡，田賦之制不能無增損。征斂失中，則百姓咨怨。今欲經理以清其源，無使過制以病吾民。'"

〔四〕魚鱗圖：明史食貨志一："洪武二十年，命國子生武淳等分行州縣，隨糧定區。區設糧長四人，量度田畝方圓，次以字號，悉書主名及田之丈尺，編類爲册，狀如魚鱗，號曰魚鱗圖册。先是，詔天下編黃册，以户爲主，詳具舊管、新收、開除、實在之數，爲四柱式。而魚鱗圖册以土田爲主，諸原坂、墳衍、下隰、沃瘠、沙鹵之别畢具。魚鱗册爲經，土田之訟質焉。黃册爲緯，賦役之法定焉。"按："魚鱗圖"并非明人首創，參見宋史食貨志。又，浙西魚鱗圖籍之繪製編訂，始於洪武元年春，早於全國廣泛實施將近二十年。

〔五〕大農：又稱大司農，疑指杭琪。明初杭琪任司農丞，洪武元年十二月擢爲户部尚書。按：杭琪於吴元年（一三六七）十月出使松江經理田土，歲末還京師，鐵崖曾撰文送行。參見東維子文集卷二送司農丞杭公還京詩序。

〔六〕宇文融：新唐書宇文融傳："宇文融，京兆萬年人……時天下户版刓隱，人多去本籍，浮食閭里，詭脱縣賦。豪弱相并，州縣莫能制。融由監察御史陳便宜，請校天下籍，收匿户羨田佐用度。玄宗以融爲覆田勸農使，鈎檢帳符，得僞勳亡丁甚衆。擢兵部員外郎，兼侍御史。融乃奏慕容琦、韋洽、裴寬、班景倩、庫狄履温、賈晉等二十九人爲勸農判官，假御史分按州縣，括正丘畝，招徠户口而分業之。又兼租地安輯户口使。於是諸道收没户八十萬，田亦稱是。歲終，羨錢數百萬緡。帝悦，引拜御史中丞。"

〔七〕開元：唐玄宗年號，公元七一二至七四一年。

姑蘇知府何侯詩卷序[一]

清明之朝，吏仁厚不仁厚無以興其治；昏亂之世，吏沓虐不沓虐無以趣其亡，而守牧之係爲最焉。守牧號民父母，非上下疾痛相關如出肺腑，不可稱父母。元末，藩鎮赴仆，守牧寄於戎行，大偏小校，民望素不厭，惟與珥聿胥橐囊[二]，縱群不逞，啟告訐門，羅織善良，以朘削創罷。司察於民牧者，又以墨敗紀，吾民將孰從而號呼也哉！

蘇民罹①張氏之阨[三]，如芟草獮禽，殆絶生理。大明龍興，天子選守牧,勞來安集於板蕩之餘,而侯實應選[四]。民拜更生,如脱焦火。乃者京師起發遷徙,蘇爲甚[五]。雍容處决,民不知擾。金穀②事暇,即以庠序爲務。祀殿論堂,廢如逆旅舍,公一新之。弦誦鳴兩廡,如承平時。嘗以勞民事稽怠,奔命闕下。將以戎律加之,請忍死一言,曰:"殺一郡牧以活萬生靈,某含笑入地矣!"上仁其言,貰刑爲賞秩。吁!若公者,可以稱民之父母矣。

　　天子仁明,方選天下賢守牧入政堂,與大臣講治欵。公簡知既有素,吾將聽公之大用,而爲天下之民之慶,豈直一郡而已哉!吾徒朱③敏哀郡人士之詠歌[六],不遠數百里求余文引諸首,故書爲序。

【校】

① 罹:各本皆作"羅",據四部叢刊本所附傅增湘校勘記改。
② 穀:原本作"谷",徑改。
③ 朱:四部叢刊本作"宋"。

【箋注】

〔一〕文當作於明洪武元年(一三六八)歲末,其時鐵崖寓居松江。繫年依據:據文末"天子仁明,方選天下賢守牧入政堂"等語,本文實爲姑蘇知府何侯送行而作,而何侯於洪武元年歲末去職。

〔二〕珥聿胥:即漢代所謂簪筆吏,此指聽命於太守的下級官吏。橐囊:勾結,狼狽爲奸。

〔三〕張氏,即張士誠。

〔四〕侯實應選:據太祖洪武實録卷二十一:"(吳元年九月)乙酉,改平江路爲蘇州府,以何質知府事。"又,何質於張士誠政權覆滅之初,即吳元年(一三六七)九月,就任蘇州知府。到任之初,百廢待興,首以興修學校爲務,頗得百姓好評。然次年歲末竟坐事免官。參見姜漸吳縣修學記(載吳都文粹續集卷四學校)。按:據正德姑蘇志卷三古今守令表,知府何質於"吳元年到任,洪武元年坐事去",而下任知府王暄於洪武二年到任。可知何知府去職,必在洪武元年歲末。又,同治蘇州府志卷七十名宦傳載何質傳,所述事迹皆源自本文。

〔五〕"乃者京師"二句:指吳元年(即元至正二十七年)十月,"徙蘇州富民實濠州"。參見國権卷一。

〔六〕朱敏：姑蘇人。於元末明初師從鐵崖。生平不詳。

送祝正夫赴召如京序〔一〕

　　吴元丁未春〔二〕，番祝正夫知淞之上海縣。明年，以治狀稱最。海寇之變〔三〕，不四三日，轉蹀血爲衽席地〔四〕。民爲建生祠，君子有勝殘去殺之頌。又明年，司皋者毛責細故，停其治三月。士庶老稚日夜號泣，如繈脱慕父母。於是什什伍伍，不遠千里走闕下，慟哭爲侯請。天子驚曰：“祝挺者，出吾特選，俾卧治海邦，而司皋者敢忘之？”覆罪司皋，侯復峻用，天日朗明，群情闓悦。

　　於其行也，會稽楊某餞之以言曰：“昔聖人稱宓不齊，曰子賤君子也，霸王佐也，單父之宰，屈以小試也〔五〕。吾於祝正夫既脱州縣勞，亦以王佐之才屬之，惟正夫自任焉。”正夫書座右之言曰：“天下事，見得理便做，弗計死生禍福。”觀是言也，正夫知自任也，不待余言之囑矣。

【箋注】

〔一〕文撰於明洪武二年(一三六九)，其時鐵崖寓居松江。繫年依據：據文中所述，祝正夫應召赴京在吴元丁未(一三六七)之“又明年”。祝正夫：名挺，字正夫，先世歙人，南宋祝穆乃其先祖，後徙家鄱陽。祝挺爲祝穆七世孫，早年好讀書史，家有書齋南坡藏室。通春秋經傳學。元至正二十七年春，松江納入朱元璋統治版圖，出任上海知縣。當年錢鶴皋事變之後，能爲民請命，平息騷亂，頗得人心。明洪武二年應召進京。事迹載崇禎松江府志卷三十一國朝名臣宦績。參見鐵崖文集卷二上海知縣祝大夫碑、楊鐵崖先生文集全録卷一南坡讀書記。

〔二〕吴元丁未：朱元璋政權之吴元年，即元至正二十七年。

〔三〕海寇之變：指錢鶴皋聚衆起事。明太祖實録卷二十三：“吴元年夏四月丙午朔，上海民錢鶴皋作亂，據松江府。大將軍徐達遣驍騎衛指揮葛俊等率兵討平之。初，達攻蘇州，遣元帥楊福、參謀費敬直，諭松江府守臣王立中以城降。達令立中就攝府事，既而上命荀玉珍代之。未幾，達檄各府驗民田，徵磚甃城。鶴皋不奉令，欲倡亂，因號於衆曰：‘吾等力不能辦。城不完即不免死，曷若求生路以取富貴？’衆皆從之。遂結張士誠故元帥府副

使韓復春、施仁濟,聚衆至三萬餘人,攻府治,開庫庾,剽掠財物。通判趙
儆倉卒不能敵,驅妻子十八人赴水死。玉珍棄城走,盜追殺之。鶴皋自稱
行省左丞,署旗爲‘元’字,刻磚爲印,僞署官屬。以姚大章爲統兵元帥,張
思廉爲參謀,施仁濟、谷子盛爲樞密院判。令其子遵義率小舟數千走蘇
州,欲歸張士誠以求援。至是達遣俊討之。兵至連湖蕩,望見遵義所率衆
皆操農器,知其無能爲也。乃于蕩東西連發十餘炮,盜皆驚潰,溺死者不
可勝計。兵及松江城,鶴皋閉門拒守。俊攻下之,獲鶴皋,檻送大將軍
斬之。”

〔四〕轉蹀血爲衽席地:元至正二十七年四月五日,徐達遣指揮使葛俊率兵鎮
壓錢鶴皋等。葛俊怒松江百姓依附於錢氏,欲屠城。賴上海知縣祝挺、華
亭知縣馮榮力爭乃免。參見鐵崖文集卷四上海知縣祝大夫碑、國榷卷一、
國初群雄事略卷八。

〔五〕“昔聖人”五句:述孔子讚賞宓不齊語。宓不齊字子賤,以德治單父,令行
禁止。參見鐵崖先生古樂府卷八覽古之四注。

送陳錢趙三賢良赴京序〔一〕

皇明龍興之一年,天子思與天下之賢人共圖天下之治事,於是遣
南北訪賢使凡若干人,而浙士之拔等者曰陳睿、錢某、趙某,人以治才
與學術兼屬之。使者採諸輿論,内幣起之。三人者受不辭,會府令與
計偕,爲浙士舉首。其行也,來別東維先生,請一言爲警教。

先生酌之酒而告之曰:“代以試經義①舉於鄉者,至三四千人。會
於春官,第其可取者,然後上名於天子;天子賜出身,吏部授之官,不
能二百人。其爲選也艱矣!士有窮經老死而不得與於選者,吏部或
以旁恩及之〔二〕。其爲情也,亦苦矣。今三人名一聞於使者,不必試於
鄉,與乎四三千之數;察於春官,與乎二百之數。可謂步之驟而其選
不艱也,得之易而其情不苦也。雖然,三人者朝奏即暮召矣,天子游
心於經史,有顧問焉;屬精於政事,有試可焉。此非誠抱天人之學、民
社之具,鑿鑿乎天子任耳目股肱之寄,爲名九卿、才六部、良二千石,
躋民於泰和而措邦家於泰山之安,則其膺選而去也,己不誦慾,人不
議忝。不然,卻而慮也,心亦寒已哉!”

二三子避席謝曰："幸先生警教,德甚大。"重酌之酒曰:"士窮而約,易守;達而汰,易遷。易守則德人之忠言,易汰則陰黜之矣。二三子毋陽德吾言而陰黜吾忠,吾將慶二三子之有成也。往矣,勉之!"申年十一月十五日。

【校】

① 義:四部叢刊本作"藝"。

【箋注】

〔一〕文撰於明洪武元年戊申(一三六八)十一月十五日,其時鐵崖寓居松江。按:明初徵召"賢良",方式有所變化。起初由朝廷派遣訪賢使,參酌地方官意見,如本文所述陳、錢、趙三人應召,即屬此例。其後主要由地方政府推薦,參見鄧雅洪武壬戌夏六月詔徵天下賢良赴京擢用雅以非才例蒙郡舉適嬰疾病乃懇辭既歸辱親故枉問賦此爲謝并述鄙懷(載元詩選補遺)。陳:陳睿。書史會要卷七元:"陳睿字思可,會稽人。學藝妍贍,真楷宗智永。"按:陳睿元季於松江府學任教職,其時與鐵崖有交往。參見鐵崖先生集卷二淞泮燕集序。

〔二〕吏部或以旁恩及之:據元史選舉志,元順帝於至正元年恢復科舉之後,"其法始變,下第者悉授以路府學正及書院山長"。

送松江帥①黃公入吳序〔一〕

松帥黃公彥美以疾謝職於淮吳大府〔二〕,手不執兵,戰不衛户,金鼓不振,馬不駕,凡百日。大府以詐疑,力疾而往辭,始獲允。未幾,大府復以養疾吳門召,幸其疾瘳,大用之。寮將而下及淞郡官,市老野叟、方外之民,無不抃手交慶,以爲賢傑用大則惠益大矣,各執壺漿牲具,張於西門外,以伸頌禱。

老客卿會稽楊公就,舉爵以規不以頌,曰:"黃公之報所事於西夏侯〔三〕,義亦至矣。臺平(去聲。)不日〔四〕,幾死讒謠②。幸公論反平,丹書雪,志又伸矣。丈夫事畢矣,他復奚望哉!"公聞規,起,作長跪禮,復爵維禎曰:"先生言議入肺肝,凜若沃冰雪。所不解甲服經居廬西夏侯墓者,有如皎日!"予曰:"趣矣哉!"遂行。

【校】

① 帥:原本作"師",據鐵崖楊先生詩集二卷卷上和黄彦美元帥憂字韻詩賦思邈
　　明府改。下同。

② 譎:原本作"鐍",據四部叢刊本改。

【箋注】

〔一〕文約撰於元至正十九年(一三五九)歲末或稍後,鐵崖晚年退隱松江不久。
　　繫年依據有二:其一,文中曰"幸公論反平,丹書雪",指邁里古思。邁里
　　古思遭拜住哥暗殺,死於至正十八年十月二十三日。此後不久拜住哥即
　　被彈劾,邁里古思得以平反。黄彦美聲稱解甲歸田,爲西夏侯邁里古思守
　　墓,可見距離邁里古思事件發生不久。其二,文中鐵崖自稱"老客卿",且
　　當時與黄彦美以及松江地方官顧逖等多有唱和。鐵崖於至正十九年十月
　　攜家退隱松江,至正二十三年秋,顧逖調離松江。本文當撰於此數年間。
　　參見鐵崖楊先生詩集卷上和黄彦美元帥憂字韻詩賦思邈明府。黄彦美:
　　名中。黄中原爲邁里古思部將,邁里古思遭暗殺後,即率軍爲之報仇雪
　　恨。參見陳善學序刊楊鐵崖先生文集卷六盲老公、鐵崖楊先生詩集卷上
　　和黄彦美元帥憂字韻詩賦思邈明府。又,郯韶亦有詩贈黄彦美,題爲送黄
　　彦美還會稽彦美嘗從故侯買里古思以兵(守)越後爲血仇報恩一時稱頌,
　　蓋作於同時或稍後。(按:郯韶詩載宋金元詩永卷二十,然又見於劉彦昺
　　集卷七。作者究竟郯韶,抑或劉炳,尚難斷言。)

〔二〕淮吳大府:指張士誠王府。張士誠之淮南行省始建於至正十七年秋,其時
　　爲張士誠接受朝廷招安之初,省治在平江(今江蘇蘇州)。

〔三〕西夏侯:指邁里古思,或作買里古思。其生平參見東維子文集卷二十四故
　　忠勇西夏侯邁公墓銘。

〔四〕臺平:即臺評,此指監察御史真童就邁里古思遇害一事彈劾拜住哥。元史
　　邁里古思傳:"(黄中)獨留拜住哥不殺,以告于張士誠,士誠乃遣其將以兵
　　守紹興。拜住哥尋遷行宣政院使,監察御史真童糾言:'拜住哥陰害帥臣,
　　幾至激變,不法不忠,莫斯爲甚。宜稽諸彝典,實于嚴刑。'於是詔削拜住
　　哥官職,安置潮州,而邁里古思之冤始白。"

送三士會試京師序〔一〕

　　至正己亥夏四月,江浙省試吴越之士〔二〕,吾門弟子在其選者三人焉:南士曰忻忭〔三〕,色目曰寶寶〔四〕、曰何生〔五〕。三人者擇日赴春官,來別曰:"先生何以教我?"余既期其大對爲漢晁、董〔六〕,而又勉其大器以宋李迪也〔七〕。三人請迪故。迪蓋從於种放先生者〔八〕,業成,試京師。种先以書見柳先生開〔九〕,開留迪,客門下。出題,與門下共賦。迪賦出諸生右,開驚曰:"君必魁天下,且爲宰相。"異時果然。

　　余同年李中丞①稷〔十〕,今之柳先生也。三人者以余言見之,并以文爲贊,中丞當以迪故事待三②人,并以文之占三人,顧魁多士,爲太平宰相,三人者誰先? 惟三人焉勉之,勿多讓迪。

【校】

① 丞: 原本作"承",據文淵閣四庫全書本改。下同。

② 三: 原本作"二",據傅增湘校勘記所録明初黑口大字本、文淵閣四庫全書本改。

【箋注】

〔一〕文撰於元至正十九年己亥(一三五九)夏,江浙省試揭榜之後,其時鐵崖寓居杭州。繫年依據: 參見東維子文集卷八送何生序。按: 此年江浙省試,鐵崖任考官。

〔二〕"至正"二句: 元季戰亂,南北陸路交通經常中斷,士子進京參加會試受阻。至正十八年冬,爲方便南方文人利用夏季信風,由海道赴京參加會試,朝廷決定將秋試提前。故至正十九年江浙省試在四月舉行。參見東維子文集卷五鄉闈紀録序。

〔三〕忻忭(?——一三六〇):字悦道,杭州人。元至正十七年前從學於鐵崖。至正十九年江浙行省鄉貢進士,次年進京會試,病逝於京城。負才氣。工於繪事,好畫山川樹石。參見希澹園詩集卷三題忻悦道所畫雲山招隱圖、鐵崖先生集卷四舒志録。

〔四〕寶寶: 據本文,爲色目人,鐵崖弟子,至正年間師從鐵崖。

〔五〕何生: 指何伯翰,至正十九年江浙行省鄉貢進士。先世爲西夏人,其祖父始定居杭州。何伯翰十六歲始從楊維禎受學。曾致力於搜集鐵崖佚文佚詩，且輯録吳復所編鐵崖古樂府未收詩行世。參見東維子文集卷八送何生序。

〔六〕晁、董：指西漢晁錯、董仲舒。

〔七〕李迪：宋真宗景德二年狀元，官至太子太傅致仕。宋史有傳。

〔八〕种放：字名逸，河南洛陽人。隱居終南山數十年，以講習爲業，從學者甚衆。事迹見宋史隱逸傳。

〔九〕柳開：宋史有傳。

〔十〕李稷：字孟豳，滕州人。鐵崖同年友。至正十九年前後任榮禄大夫、御史中丞。元史有傳。

刑統賦釋義序〔一〕

古者帝王恃以治天下者，大經大法而已①，未有②所謂律也。世道既降，巧僞橫生，法家者流，始制律以鉗鈦天下之民。奸日滋，則律日煩，亦時使然也。蓋律令起於秦，定於漢，律法刑統遂大著於唐、宋。而傅霖氏爲之賦刑統，以便律學之誦習。夫繩墨陳而天下之曲直不能逃，規矩設而天下之方圓不能越，律固救弊之繩墨規矩乎！潁濱蘇子曰〔二〕：“讀書萬卷不讀律，致君堯、舜終③無術。”君子於其言可以占世變矣。

我朝混一海宇，承④平百年，方以儒道理天下，士往往繇科第入官，凡讞一獄、斷一刑，稽經援史，與時制相參，未有吏不通經、儒不識律者也。保定梁公彥睪〔三〕，蚤歲爲宗正府掾〔四〕，嘗從府使者及省部官讞獄河南江北，閱案愈多而審律愈精，人咸服其明允。後司泰州筦庫〔五〕，遂著刑統賦釋義一編，上探⑤經傳律疏史鑑有可證者，而又折之以己意，推諸苛密而歸諸仁厚，蓋傅霖氏之忠臣矣。今年維禎備員杭課提舉〔六〕，幸與公爲同寮。平市之暇，嘗論及古典及今之通制，且出此編以示。余始嘆公不惟精於法家之律，而又明於儒者之經史也，豈非時之通才也哉！嗚呼，鄭子産鑄刑書〔七〕，叔向氏譏之，懼民棄禮而質之於書也。故曰“先王議事以制，不爲刑⑥辟”。不知後世又有徵⑦於書而不竟者，律其可廢乎？賦刑統者，既舉律而約之；釋義者，又即賦而精之,俾後之蒞政者有所稽而準焉,足以權衡世變,扶植世道,而致其君於堯、舜之上。蘇子之所感論者,豈誣我⑧哉!

公自童年即以吏事起身,至老而求諸經史,以文其律家之學,蓋知所本哉! 余三復其編而深有所取,且僭爲之首序云。

【校】

① 而已:原本脱闕,據傅增湘校勘記所録明初黑口大字本、鐵崖文集本補。

② 有:原本無,據鐵崖文集本增補。

③ 終:蘇軾詩集通行本多作“知”。參見注釋。

④ 承:原本作“丞”,據鐵崖文集本改。

⑤ 探:鐵崖文集本作“採”。

⑥ “不爲刑”三字原本無,據鐵崖文集本增補。

⑦ 徵:原本作“微”,據鐵崖文集本改。

⑧ 我:鐵崖文集本作“也”。

【箋注】

〔一〕文當撰於元至正十一年(一三五一),鐵崖就任杭州四務提舉之初。繫年依據:文中“今年維楨備員杭課提舉”一句。刑統賦:四庫全書總目提要:“刑統賦二卷,宋傅霖撰。霖里貫未詳,官律學博士。法家書之存於今者,惟唐律最古。周顯德中,竇儀等因之作刑統,宋建隆四年頒行。霖以其不便記誦,乃韻而賦之,并自爲注。晁公武讀書志稱或人爲之注,蓋未審也。其後注者不一家,金泰和中李祐之有删要,元至治中程仁壽有直解、或問二書,至元中練進有四言纂注,尹忠有精要,至正中張汝楫有畧注,并見永樂大典中。”以上述及元代刑統賦注本多種,然未言及梁彦舉之刑統賦釋義,蓋早已亡佚。

〔二〕潁濱蘇子:指蘇軾弟蘇轍,蘇轍別號潁濱遺老。按:“讀書萬卷不讀律”兩句,實爲蘇軾語,見東坡全集卷三戲子由詩。

〔三〕保定:隸屬於中書省霸州。今屬河北。梁彦舉:彦舉當爲其字,其名不詳,保定人。年少爲吏,曾爲宗正府掾,後曾掌管泰州府庫事務,至正十年前後於杭州税務部門任職。

〔四〕宗正府:據元史百官志三,大宗正府掌管刑獄,皇慶以後,或“以漢人刑名歸刑部”,宗正府則專理蒙古、色目刑獄,或漢人與蒙古、色目“相犯”之事。

〔五〕泰州:隸屬於揚州路。今爲江蘇省泰州市。

〔六〕“今年”句：楊維禎於元至正十年十二月離開松江，出任杭州四務提舉。次年履任，即此所謂“杭課提舉”。

〔七〕鄭子産：即公孫僑，字子産。春秋後期鄭國人，曾任鄭國丞相。左傳昭公六年：“三月，鄭人鑄刑書。叔向使詒子産書，曰：‘始吾有虞於子，今則已矣。昔先王議事以制，不爲刑辟，懼民之有争心也……民知有辟，則不忌於上，并有争心，以徵於書，而徼幸以成之，弗可爲矣。’”晉國大夫羊舌肸，字叔向，孔子曾贊爲“古之遺直”。

監憲決獄詩序〔一〕

自軍興來，民不幸兵死者無所愬，其諸誤繫諸有司者，幸而有愬已，有司又付之不理，訖與叛人戮死。蓋殺民者，殆狗豕之不若，官以吝爲職，亦莫之卞已。嗚呼，民之塗炭也極矣！余讀杭拔①官朱蓮峰君志監憲公平反冤獄事〔二〕，爲之慨嘆不已。

其言有曰：“求獄不於其情，而欲以筆札求之乎！”是言也，平獄之本也。若監②公者，真神明人哉！真仁長者哉！使今握③兵在邊、執法在廷者，皆如監憲公之處心，葍其不有吊、冤其有不白而枉死者哉！於乎，孝婦銜冤，天爲亢旱〔三〕；鄒衍繫獄，六月降霜〔四〕，天之於冤人報應如此。今旱暵甚矣，監公之決獄，人人不自以爲冤，吾見隨車之霖至矣〔五〕。杭大夫士咸作歌詩以美之，而推予爲叙首，予樂爲之書。至正己亥秋八月既望序。

【校】

① 拔：疑爲“校”之訛寫。

② 監：下當脱一“憲”字。

③ 握：原本作“掘”，據四部叢刊本改。

【箋注】

〔一〕文撰於元至正十九年己亥（一三五九）八月既望，其時鐵崖寓居杭州，兩月後退隱松江。監憲：當爲杭州或江浙行省監察官，未詳。

〔二〕朱蓮峰：即杭庠典教朱庭規。參見東維子文集卷二十九朱氏凝香閣詩序。

〔三〕"孝婦銜冤"二句：漢代流傳故事。謂東海孝婦蒙冤而死，郡中因此枯旱
　　　三年。此即關漢卿雜劇竇娥冤故事之源頭。事見説苑貴德、漢書于定
　　　國傳。

〔四〕"鄒衍繫獄"二句：相傳戰國時陰陽家鄒衍之遭遇。易經蒙引卷一："鄒衍
　　　之被繫於獄而哭，天爲六月降霜。人之精神其盛者所感有如此。"

〔五〕隨車之霆：謝承後漢書第一百里嵩："百里嵩，字景山，山陽人。爲徐州刺
　　　史，境遭旱，嵩出巡處，甘雨輒澍。"（載清姚之駰後漢書補逸卷九。）

卷五十六　東維子文集卷二

送帖山提舉序〔一〕

天下之仕之難，莫①難於司杭征也。歲一辦額賦十鉅萬，雖葷轂地宣課者不贏是。無母錢以爲之本，無旁司以爲之倅②。歲無論風雪陰雨、水旱兵燹，戀遷無③通不通，臨制者月鈎季校。額稍褪，即戮辱其人，不啻罪姦僞，且不得以他故恕。其法外無漏，内始獲，於是密立關纂，使亡賴游徼絡繹而鈎攔之。其故脱而漏籍，爲游徼資者，殆且過半。蓋制無課吏禄食，俾就食其征，則不可責其人之不盜也。又其漏者多勢要者，不幸一敗，獲不一日二日，用上官令追呼脅持，不從，句挾衙校群小，竟排户撤其推去，如取寄物。賦之陷而不登類此。間有不畏强圉，誓以文法律人，人即中傷之。且入官五日，職輪課綱，一署其帳曆，勢不得登④醇白自引於亡過之地。故吏是者，潔入污出，號"投墨海"；完來殘去，號"入火獄"。故曰：天下之仕之難，莫難於司杭征也。

今幸肆大之恩，若洞見其難狀，舊之積陷既一日而蠲除，新之日賦又據實而取焉〔二〕，使墨海火獄而復有潔白清涼之日。於是舊官如帖山氏者，始尋與吾徒給解而去。吾既酌之酒，爲彼此賀〔三〕，而又過求余文，故道其不幸於難仕，而又幸其得殊恩，而墨海火獄有潔白清涼之慶也。於是乎書。

【校】

① 天下之仕之難莫：原本作"天下之仕之"，文淵閣四庫全書本作"天下之仕莫"，據後文補改。

② 倅：原本作"俠"，據文淵閣四庫全書本改。

③ 無：原本作"民"，據文淵閣四庫全書本改。

④ 登：原本作"登登"，據四部叢刊本、文淵閣四庫全書本刪。

【箋注】

〔一〕文當撰於元至正二年（一三四二）歲末，其時鐵崖服喪期滿不久，辭別兄弟，攜妻兒離鄉，寓居杭州，申請補官。繫年依據：本文乃爲帖山提舉送行，而帖山提舉免予責罰，得以體面離任，蓋因至正二年十月朝廷減免賦税之新政。參見後注。帖山提舉：生平不詳，據文中“天下之仕之難”以下四句，蓋於至正初年任杭州路宣課提舉司提舉。

〔二〕“今幸肆大之恩”四句：按元史食貨志五，元順帝至元六年，始選官整治江浙鹽政。至正二年十月，中書右丞相脱脱、平章鐵木兒塔識等謂兩浙食鹽害民爲甚，奏請自至正二年始，減兩浙額鹽量一十萬引。有旨從之。

〔三〕“吾既”二句：鐵崖服喪期滿之後，按理應當補官。然因當年任職錢清鹽場司令之時，爲爭取鹽賦減免而得罪上官，故“吏持文深者猶枝蔓其罪”，遲遲不予官職。今聞減免賦税，遂與帖山提舉“爲彼此賀”。參見東維子文集卷七投秦運使書。

送關寶臨安縣長序〔一〕

北庭關寶氏擢春官第〔二〕，天子賜進士出身，往監臨安縣。以嘗從余游，且余同年德流公之子也〔三〕，過錢塘乞一言爲別。

余告曰：方今盜起淮、潁間，挺禍於江浙〔四〕。民耗於兵興，罷於奔命者，四三年弗復休。民之良胥陷於盜，招之而未歸。嘻，豈吾民之樂爲盜哉！撫字乖而饑寒之偪也。水旱相仍而田不減賦，妻子相流而農不息徭，其被①害之原懸於州與縣，州縣不聞之府，府不聞之省臺，借或聞而不信，以至吾民財竭力窮。財已竭，力已窮，而賦徭愈急，徵求愈繁。民死道路者相藉，幸而生者，其不去盜也幾希。生時百里邑②爲〔五〕，試政之初，當推其情。曰上恤乎民，則民吾赤子；上不恤之，則民吾寇盜也。不可畏哉！

邇者皇帝下明詔，哀痛遺民〔六〕，誠以民爲邦本，而本不可使戕而耗也。蠲之以賦，寬之以征，裕之以力，凜乎若朽索之馭③六馬。且申誡守牧者，務在康濟生民④，上承明天子之德意，下軫吾赤子之困窮，招寇於民，慎勿驅民於盜。吾將見疲者甦、流者復，休養生息，以還中統、至元之治〔七〕,必自臨安始也。生以余言勉之。

【校】

① 被:原本作"秋",據文淵閣四庫全書本改。

② 邑:四部叢刊本作"已"。

③ 馭:原本作"遇",據文淵閣四庫全書本改。

④ 民:原本作"其",據文淵閣四庫全書本改。

【箋注】

〔一〕文當撰於元至正十四年(一三五四),其時鐵崖在杭州任税務官。繫年依
　　據有二:其一,文中謂紅巾亂起已"四三年",故撰此文必在至正十三、十
　　四年間。參見後注。其二,"關寶氏擢春官第"歸,指關寶於至正十四年中
　　進士後返回杭州。按元史順帝本紀,至正十四年三月己巳,廷試進士六十
　　二人。關寶:字國用,北庭人。鐵崖同年德流公之子。至正十四年進士,
　　授臨安縣令。關寶曾從學於鐵崖。參見本卷送魏生德剛序。臨安縣:隸
　　屬於江浙行省杭州路,屬中等縣。

〔二〕北庭:指北庭都護府。又名庭州。古屬雍州之域,西漢爲烏孫領地,東漢
　　以後爲突厥及部落居之。元代多指高昌回鶻王國故地。故關寶當爲色目
　　人。參見太平寰宇記卷一百五十六隴右道七庭州。

〔三〕德流公:鐵崖同年,元季任安慶同知。參見本卷送魏生德剛序。

〔四〕"方今"二句:元至正十一年五月,劉福通起事,以紅巾爲號,破潁州。八
　　月,蕭縣李二、老彭、趙君用等破徐州。十月,徐壽輝稱帝於蘄水。至正十
　　二年二月,定遠郭子興等起兵,破濠州。至正十三年五月,張士誠攻陷高
　　郵。起事者逐漸蔓延於江浙,屢破城池。

〔五〕百里邑爲:指任職縣令。

〔六〕"邇者"二句:按元史順帝本紀,至正十四年"詔諭民間,私租太重,以十分
　　爲率,普減二分。永爲定例"。

〔七〕中統、至元之治:意爲忽必烈統治之盛世。中統、至元皆元世祖忽必烈年
　　號,前者爲公元一二六〇至一二六四年,後者爲公元一二六四至一二九
　　四年。

送龍孔易①序〔一〕

　　士有行年六十而强力如三二十人,居貧困不支而恒如富盛人,曰番之龍孔易也。今年客錢塘,吾嘗與之往來,見其才氣學識,甄綜天人;議論古今要害,以節量天下之成敗治亂,如鏡照蓍卜,如孔鑰勘而左券合也〔二〕。蓋可附諸古豪傑者,而與今之豪傑盜虛聲以誤天下者,蓋異日道也。然而急材者弗之舉也,使之蓄其有而無所於施,則取文墨氏聿櫝以代司寇之斧鉞,誅伐古之憸人諛子,以警今之似者。吁,此孰使之然哉!

　　乃至正乙未秋八月,中書兵部黃公昭承天子明命〔三〕,出吊民江之左,采天下之言以選天下之才吏。其於豪傑之遺去者,意氣足以徠之,權力足以振之,吾將賀孔易氏之有賢知己也。無幾,孔易來別也:“余不時與子相嬉娛矣,余橐鉛槧,已偕黃公計吏②,卜明日行。子何以贈我?”吾偉黃公之能得孔易,而孔易之爲黃公得也,則爲之言曰:“天下無事,中材奉三尺而有餘〔四〕;天下多故,則雖豪傑應變而不足。安危優劣之相縣,而一時人才之所值者,真有幸不幸哉!今天下亦多故矣,人才非幸之時矣。行矣,孔易毋自幸也。重爲我告黃公,曰拔一者孔易,拔類者亦孔易,蘭悴而蕙傷,鵠舉而鴻悅,類不類,吾將問諸黃公,黃公問諸孔易。”

【校】

① 易:文淵閣四庫全書本作“陽”。下同。
② 吏:四部叢刊本作“史”。

【箋注】

〔一〕文撰於元至正十五年乙未(一三五五)八月或稍後,其時鐵崖在杭州任稅務官。龍孔易:孔易當爲其字(“易”或作“陽”),其名不詳,鄱陽(今屬江西)人。其年歲與鐵崖相仿,至正十五年寓居杭州,兩人交往頗多。此年秋,應兵部尚書黃昭之邀,爲其幕僚。
〔二〕“見其才氣學識”六句:褒賞龍孔易之才學,尤其史學。按:龍孔易擅長論史,以古鑒今,與鐵崖氣味相投。鐵崖曾模擬劉太公語氣撰文斥駡劉邦,實受其啓發。參見史義拾遺卷上駡劉邦文末章木識語。

〔三〕黄昭:元詩選癸集己之上黄縣尹昭:"昭字觀瀾,撫州人。至正中官廣州路新會縣尹。"又,釋來復澹游集卷上録有黄昭詩錢塘留別見心上人三首,題下注其生平較詳:"黄昭字率性,號觀瀾,臨川人。至順庚午王文燁榜登進士第,仕至兵部尚書。至正間奉旨招捕江西,拜湖廣行省參政。"又據元史吳當傳,至正十五年,兵部尚書黄昭、江西肅政廉訪使吳當、江西行省參政火你赤,受命"招捕江西諸郡,便宜行事"。次年,黄昭、吳當被誣私通盜寇,有旨解二人兵權。至正十八年,詔拜黄昭爲湖廣行省參知政事。

〔四〕三尺:史記酷吏列傳:"君爲天子決平,不循三尺法,專以人主意指爲獄,獄者固如是乎?"裴駰集解引漢書音義:"以三尺竹簡書法律也。"

送慶童①公翰林承旨序〔一〕

承旨非古官,始唐以文學士備顧問〔二〕,出入侍從,因時參謀議,納諫諍,署以翰林,遂號内相〔三〕。惟承旨尊爲東閣第一人〔四〕,誠以其人老孰故常,練達當世之務。凡天子機命,内外密奏,朝廷有大議,擬廢置,不時豫他人者,承旨得專受專對,而安危成敗之決在焉。吁,仕之重若是,而世以承旨爲安老置散,不誤設官意乎!

至正十五年冬,江浙省平章慶公拜翰林承旨〔五〕,東之人驚相謂曰:"朝廷以江浙爲東南大方面,寇盜日横,楮幣日塞,民日不聊生。天子授公密命,賜五絞龍衣、金虎雙珠之符,俾專理東方,以便宜行事。假以歲月,期其克有成功,遂陟相位已。日廼今②一旦挈而置之散地,於公優也,東人何恃耶?"

會稽楊維禎爲之解曰:朝廷以公世臣,且負重名天下,出釐東土,島夷革心,貓兵受令〔六〕,文恬武熙,折衝③千里於笑談尊俎之外。吳、越遺民不見兵革者幾三年〔七〕,可謂無負明天子東方之寄。今天子内治益切,歸公於東閣,蓋有寄之重於東方者已。庸詎知承旨非安老而置散!承旨非安老而置散,則有任天子之重者。公知之,天子知之,固非安老而置散也的矣。

公之行也,傳提舉王④本而下爲歌詩凡若干者〔八〕,推余爲叙。余不辭,亦欲使公知東南之士有知公之深者,固異於東南之人也。公燕見天子時,天子或問公,以承旨於東南士論爲何如,則吾文可以出矣。於是乎書。

【校】

① 童：文淵閣四庫全書本作“通”。
② 日迺今：疑有誤,或當乙作“今日迺”。
③ 衝：原本作“重”,據文淵閣四庫全書本改。
④ 王：四部叢刊本作“生”。

【箋注】

〔一〕文撰於元至正十五年(一三五五)冬,其時鐵崖在杭州任稅務官。慶童：當時任江浙行省平章,元史有傳。

〔二〕“承旨”二句：文獻通考卷五十四職官考八翰林學士承旨：“唐憲宗時始置。凡白麻制誥皆内庭代言,命輔臣、除節將、恤災患、討不廷則用之,宰臣於正衙受付通事舍人。若命相之書,則通事舍人、承旨皆宣讀訖,始下有司。後唐天成三年敕：‘今後翰林學士入院,并以先後爲定。惟承旨一員,出自朕意,不計官資先後,在學士之上。仍編入翰林志。’宋承旨不常置,以學士久次者爲之。”

〔三〕號内相：文獻通考卷五十四職官考八學士院：“按：唐之所謂翰林學士,只取文學之人,隨其官之崇卑,入院者皆爲學士,延覲之際,則各隨其元官立班,而所謂學士,未嘗有一定之品秩也。故其尊貴親遇者,號稱内相,可以朝夕召對,參議政事,或一遷而爲宰相。”

〔四〕東閣：指翰林學士院。

〔五〕按：此謂“至正十五年冬,江浙省平章慶公拜翰林承旨”,與正史記載稍有出入。元史順帝本紀曰：“(至正十五年十月)己卯,以翰林學士承旨慶童爲淮南行省平章政事。”同書卷一百四十二慶童傳則云：“至正十年,遷平章,行省江浙……慶童在江浙已七年,涉歷險艱,勞績甚優著,召拜翰林學士承旨,改淮南行省平章政事。未行,仍任江浙。”據此可知當時慶童并未赴京任職,仍留任於江浙。又,上引元史慶童傳謂慶童在江浙行省“七年”之後召拜翰林學士承旨,則誤。今合上引數文概述慶童當時蹤迹如下：至正十五年初冬,朝廷召拜慶童爲翰林承旨,同月改授淮南平章。然慶童皆未就職,仍在江浙行省任官。

〔六〕貓兵：對苗軍的蔑稱。其時苗軍聽令於江浙行省,奉命剿寇。詳見南村輟
　　耕録卷八志苗。按：其時慶童所轄苗軍禍害百姓,已引發騷亂,然慶童尚
　　有權威,或能約束。宋濂故江東僉憲鄭君墓志銘：“浙西時屯重兵,挾貓獠
　　軍勢,强仆人廬舍以爲薪,上下惴惴,莫敢何問。君反覆鞫訊,知隸平章政
　　事慶童公帳下,械送而請治之,軍因不敢譁。”

〔七〕吴、越遺民不見兵革者幾三年：至正十二年,蘄黄徐壽輝軍曾連續攻陷杭
　　州、湖州、江陰等地,然旋得旋失,逐漸退返。故杭州一帶於至正十二年之
　　後,三年無戰事。

〔八〕王本：時於江浙行省任提舉,生平不詳。

送高都事序〔一〕

　　傳稱子産爲政〔二〕,其所能者亡他(句),能材彼其人焉而已耳。材
彼其人(句),人各能其所能,而子産之能無不能矣。裨諶能謀,子太叔
文而能行,馮簡子能斷大事,公孫揮能知四國①之爲,且一辯其人之族
姓班位能否,又善於辭令。子産問四國之爲於子羽,使裨諶謀而簡子
斷,然後授太叔行之,是以鄭無敗事。子産善於材使之力也。

　　江浙平章左畣納失公〔三〕,徂征淮②夷,總制於金陵,急以材使人才
爲首務,曰善謀、曰善斷、曰善行而善辭令者,皆禮羅於幕府,使各竭
其所能。此子産氏之善於能人之能也。高子,今之秀而文者也,又善
知四國之爲與其人之族姓班位能否,而善於辭令者也。是高子一人
而兼古者二人之爲,此總之者之選於子,如子産之選於太叔、公孫揮
也,宜其有補於總制,而總制者無有敗事。都之以幕府元僚,不爲
過已。

　　抑余有詰於高子者,今日之兵,有曰“貓”〔四〕、曰“鶬”者〔五〕,罔測
甚於虜。人知以“貓”、“鶬”禦虜,不知以虜待“貓”、“鶬”,既有烈於
虜者。吁,知四國之爲而辨其人之族姓班位能否者,其有不察於此
乎! 不察不智,察不言不忠,言不力不勇。總制之稱善於材使者,疑
不若是,故於高子申以問之。

【校】

① 國：原本作“海”,據文淵閣四庫全書本改。下同。

② 淮：四部叢刊本作“淮”。

【箋注】

〔一〕文撰於元至正十六年(一三五六)春日,其時鐵崖在杭州任稅務官。繫年
　　依據：其一,文中謂江浙平章左答納失公“總制於金陵”。據滎陽外史集
　　卷四十二四明孫先生行狀,曰“總制三關平章左答納失禮公駐劄餘杭”。
　　又,大雅集卷六載吳哲詩,題曰“丙申三月,從平章左公總戎臨安,過南山
　　訪鐵崖。時溪漲,馬不克渡。延佇口號”。又,元史百官志八：“(至正十
　　六年五月)江浙行中書省平章左答納失里爲南臺中丞。”合而觀之,江浙平
　　章左答納失公總制金陵,當在至正十六年丙申四月以前。其二,文中謂貓
　　兵之禍甚烈,所謂貓兵,指苗軍。楊完者所率苗軍禍害於江浙,在至正十
　　六年年初。高都事：元至正十六年春,江浙行省平章左答納失里總制於
　　金陵,聘爲都事。名字生平不詳。

〔二〕子產：鄭執政。左傳襄公三十一年：“子產之從政也,擇能而使之。馮簡
　　子能斷大事。子大叔美秀而文。公孫揮能知四國之爲,而辨於其大夫之
　　族姓班位、貴賤能否,而又善爲辭令。裨諶能謀,謀於野則獲,謀於邑則
　　否。鄭國將有諸侯之事,子產乃問四國之爲於子羽,且使多爲辭令。與裨
　　諶乘以適野,使謀可否。而告馮簡子,使斷之。事成,乃授子大叔使行之,
　　以應對賓客。是以鮮有敗事。”子羽,公孫揮。

〔三〕左畬納失公：即左答納失里(?——一三五六),“里”或作“禮”,高昌(位
　　於今新疆吐魯番地區)人。至正初年曾任平江路達魯花赤,至正十年任溫
　　州太守,因抵禦方國珍有功,擢爲江浙行省左丞。歷任江南行臺侍御史、
　　江浙行省平章政事。至正十六年七月,張士誠軍攻陷杭州,戰死。其生平
　　仕履參見萬曆溫州府志卷九治行志、卷十八雜志,元史順帝本紀。

〔四〕貓：指苗兵。參見上篇注。

〔五〕鷂：蓋指金倉,即長槍軍。長槍軍時降時叛,兇殘無道,甚至吃人。參見東
　　維子文集卷十二睦州李侯祠堂記注。

送魏生德剛序[一]

庠序師有主教,其次有正,有録[二]。正、録而下有訓導,訓導出主教自辟,或提學官以物論推擇之,位若卑而其人之德行文學,則主教者之副相也。主教其人或下之非宜,副相實賓師已。故庠序不得賢主師,得一賢賓師亦足以重學校也。

吾同年同知安慶公之子關國用氏[三],以明經擢第,來監杭之臨安。以守令治本,莫先於學校,每朔望下學,憫其教非所教,養非所養,弟子員多闕乏①,人材無所成就,大懼無以酋聖天子崇傅責效之意,於是走吏不遠百里外,捧檄幣於同門魏德剛氏,禮爲庠序大學師。

德剛戒行,來別余,求一言。今盜起淮、泗,挺禍於天下郡縣[四]。爲郡縣者,方以募兵調賦、造弓矢器械爲急務,奚暇治學哉!而國用以書謂余曰:“天下不可一日而無教,靺衣赤幘[五],包城絡野,勦以斧鉞而不勝者,有司之教衰而禮義之維缺也,吾其可以廢學校一日之教哉!魯邑弦歌,不以劉、項攘搶而暫廢[六],今盜狗鼠爾,吾又可以魯邑弦歌之俗棄其民也哉!”

余既喜而復其書,於魏生之行也,必叙以送之,且期其納民於禮義,而還太平於今日,當自臨安始。

【校】

① 乏:四部叢刊本作“之”。

【箋注】

〔一〕文撰於元至正十四年(一三五四),是年關寶就任臨安縣令,到任之初即選聘儒師。鐵崖弟子魏德剛就聘,鐵崖撰文送行。參見本卷送關寶臨安縣長序。魏德剛:德剛當爲其字,鉅鹿(今屬河北邢臺)人。嘗受春秋經學於鐵崖門人應才,應才殁後,又從學鐵崖於錢唐。元至正十四年,同門友臨安縣尹關寶聘之爲臨安縣學教師。曾輯有春秋左氏傳類編。參見東維子文集卷六春秋左氏傳類編序。又,清厲鶚東城雜記卷下有魏德剛一則,謂德剛家住杭州東城,并録時人懷德剛詩一首,頗抒追慕感喟之思。按:

元至正十四、五年間，偕鐵崖游者有曰魏生，曾偕鐵崖游富春，見東維子文集卷七富春八景詩序；或曰魏鎮，曾録王廉文，見東維子文集卷六王希賜文集序。頗疑魏鎮即魏德剛，蓋諱鎮，字德剛，名字正合。

〔二〕“庠序師”二句：元史選舉志學校：“凡師儒之命於朝廷者，曰教授，路府上中州置之。命於禮部及行省及宣慰司者，曰學正、山長、學録、教諭，路州縣及書院置之。路設教授、學正、學録各一員，散府上中州設教授一員，下州設學正一員，縣設教諭一員，書院設山長一員。”

〔三〕同知安慶公：指關德流，德流當爲其字，其名不詳。關德流爲北庭人，泰定四年右榜進士。按：此處所謂“同知安慶公”，可有兩解：一是當時（即至正十四年）關德流在安慶同知任上，二是關德流官至安慶路同知。關國用：名寶，德流子，曾與魏德剛一同求學於鐵崖，故下文稱“同門魏德剛氏”。參見本卷送關寶臨安縣長序。

〔四〕“今盜起淮、泗”二句：元至正十一年以後兩三年間，潁州劉福通、定遠郭子興、泰州張士誠等相繼起兵，發展迅速。

〔五〕絁衣赤幘：指紅巾軍。元史順帝本紀：“（至正十一年五月）辛亥，潁州妖人劉福通爲亂，以紅巾爲號，陷潁州……（八月）丙戌，蕭縣李二及老彭、趙君用攻陷徐州……蘄州羅田縣人徐貞一名壽輝，與黃州麻城人鄒普勝等以妖術陰謀聚衆，遂舉兵爲亂，以紅巾爲號。”

〔六〕“魯邑弦歌”二句：史記儒林列傳：“及高皇帝誅項籍，舉兵圍魯，魯中諸儒尚講誦習禮樂，弦歌之音不絕，豈非聖人之遺化，好禮樂之國哉？”

送司農丞杭公還京詩序〔一〕

余友曹文炳過余次舍〔二〕，談大司農丞杭公之履歷行事：“公當儒塗世家，鍾峨眉之秀，負殊才。遇今主上開國金陵，以青年經術取法史，以法史取郡邑牧，以郡邑牧取相幕賓，逾月而御翰親除今職。不十年，自下史至九卿，進取捷①速，才之不負人也如是。出使吳松，經理僧道故官田土，曾無苛察徵僥以話言爲期會。訖不刑一箠，而事集於兩月之間。今還京報命，郡人士贈言未有當公意者，望吾子一言出庸衆人右，且不爲投之暗也。”

余復之曰：“農，國本也。少昊氏以扈設正〔三〕，倉姬氏以稷開國〔四〕。秦、漢以來,曰治粟,曰大農〔五〕,曰春卿〔六〕,曰司稼〔七〕,皆所以崇本也。今稽古建官,以大司農首列九卿〔八〕,可謂知天下之本矣。而杭公方以才諝當御選之筆,言聽計從,非農之福耶！其經理而歸也,輿人誦之,考功書之,吾又何敢以勞嬴而辭於一言。"遂爲序。而又係以古風人之辭曰:

　　十年農星晦無光〔九〕,太史昨夜占五潢〔十〕。國家大本重穀禄,曰奎曰胃明天倉〔十一〕。中書垣次大②司農署,秩列九卿尊大府。春耕籍畝冬藏冰,六十五官分九扈〔十二〕。杭公均輸少卿屬,賦足國家民亦足③。農田漕運一時了,文如錦繡人如玉。歸來奏議帝曰俞,詔書寬大賜民租。太平治象今日見,不用再講貞元宰相均田圖〔十三〕。

【校】

① 捷:原本作"捷",據文淵閣四庫全書本改。
② 大:疑屬衍字。
③ 足:四部叢刊本作"之"。

【箋注】

〔一〕本文撰於吳元年,即元至正二十七年(一三六七)歲末,時爲司農丞杭琪出使吳淞經理田土兩月之後。其時鐵崖寓居松江,松江歸屬朱元璋統治已近一年。參見本卷又代馮縣尹送序。司農丞杭公:杭琪字仲玉。吳元年七月,朱元璋授予司農少卿一職。同年十月,出使吳淞經理田土,歲末還京。洪武元年九月,轉任户部侍郎。十二月,擢爲户部尚書。洪武三年三月己酉日,"以事降爲陝州知州"。參見明太祖實録卷二十四、卷三十七、卷五十,及國榷卷二、國初群雄事略卷一宋小明王。又,弇山堂別集卷四十八户部尚書表則曰:"杭琪,元末歸附。洪武二年任,本年降陝西知州,卒。"

〔二〕曹文炳:天台(今屬浙江)人。民國台州府志卷七十六經籍考十三:"霞間集,元曹文炳撰。文炳,文晦兄也,事迹附文晦傳。是集見天台志本傳,今佚。曹氏傳芳録中載有詩五首。"又,元詩選二集卷十九曹文晦新山集:"文晦字輝伯,天台人。兄文炳,字君焕,號霞間老人。文晦少從之學,穎悟多識而雅尚蕭散,好吟咏,大有情致。鄞邑令許廣大聘爲儒學教諭,辭不赴,築室讀書,自號新山道人。元季台人能詩者,以輝伯爲首稱云。"按:

鐵崖曾任天台縣令,上文所謂"鄞邑令許廣大"爲其弟子。據此推之,鐵崖與曹文炳兄弟結交,亦當在天台縣令任上。

〔三〕少昊氏：相傳爲五帝之首。參見史記五帝本紀。左傳昭公十七年："九扈爲九農正。"注："扈有九種也……以九扈爲九農之號,各隨其宜以教民事。"

〔四〕稷：相傳后稷爲周之始祖。史記三代世表："堯知其(后稷)賢才,立以爲大農,姓之曰姬氏。"

〔五〕治粟、大農：漢書百官公卿表上："治粟内史,秦官,掌穀貨,有兩丞。景帝後元年更名大農令。武帝太初元年更名大司農。"

〔六〕春卿：隋書百官志上："諸卿,梁初猶依宋、齊,皆無卿名。天監七年,以太常爲太常卿,加置宗正卿,以大司農爲司農卿。三卿是爲春卿。"

〔七〕司稼：據舊唐書職官志,唐改稱司農爲司稼。

〔八〕"今稽古"二句：明太祖實録卷二十四："(吳元年七月)辛丑,置太常、司農、大理、將作四司,俱正三品。每司設卿,正三品;少卿,正四品;丞,正五品……劉誠、杭琪爲司農少卿。"

〔九〕農星：元王禎農書卷一農桑通訣一農事起本："農丈人一星在斗西南。老農主稼穡也,與箕宿邊杵星相近。蓋人事作乎下,天象應乎上。農星其殆始於此也。"

〔十〕五潢：史記天官書："西宮咸池,曰天五潢。五潢,五帝車舍。火入,旱;金,兵;水,水。中有三柱,柱不具,兵起。"

〔十一〕奎、胃：史記天官書："奎曰封豕,爲溝瀆。婁爲聚衆。胃爲天倉。"

〔十二〕六十五官：漢書百官公卿表上："景帝後元年更名大農令,武帝太初元年更名大司農。屬官有太倉、均輸、平準、都内、籍田五令丞,斡官、鐵市兩長丞。又郡國諸倉農監、都水六十五官長丞皆屬焉。"

〔十三〕均田圖：參見鐵崖賦稿卷上均田圖賦注。

又代馮縣尹送序〔一〕

　　司農在周官爲太府,掌九賦九貢。秦爲治粟内史,屬官兩史①,屬官兩丞〔二〕。漢有司農丞,謂之中丞。唐置丞六人〔三〕。今②主上開國金陵,他府寺有未遑立而農正司先之〔四〕,蓋以錢穀金帛委積所在,天子籍田耒耜,京師百官禄廩,朝會祭祀賞賚之取所③給,其務農重穀,實爲富國强兵之本,故職司者,非康成之文學[五]、牟融之達物[六],不以授之。

元年冬十月[七],大司農丞杭公仲玉奉命來淞經理田賦[八],功成册上,無漏無溢。其用法不礒,馭下不煩,不越三月而事集。郡縣稱美其人,曰無杜中立繩吏之急[九],而有鄭莊千里不齎糧之效[十]。嘻,其治行可知矣。

抑余有告於仲玉者:"主上新收浙地,官民田土夙有成籍,然佃人租額,歲爲地主有增無減,阡陌日荒,莊佃日貧。至於今,蓋窮極無所措手④足矣。農丞之秩,上亞大卿而司吾庶土之生者。歸覲主上,主上問吳民疾苦,倘有以言之,三吳之農幸矣!"是爲序。

【校】

① "屬官兩史"四字,疑爲衍文,當删。參見注釋。

② 今:四部叢刊本作"叙"。

③ 所:四部叢刊本作"取"。

④ 手:四部叢刊本作"乎"。

【箋注】

〔一〕文乃爲華亭知縣馮榮代筆,仍爲司農少卿杭琪送行而作,撰於吳元年(一三六七)歲末。參見本卷送司農丞杭公還京詩序。馮縣尹:即馮榮。馮榮,字仲榮,原名居義,烏江人。與兄居仁皆爲朱元璋屬官。馮榮由京都鎮撫調神武清軍衛知事,吳元年春,任華亭知縣。明洪武二年(一三六九)擢爲新昌州尹。參見東維子文集卷二十六故處士馮君墓志銘、卷二送馮侯之新昌州尹序二首、卷十三大樹軒記,以及正德松江府志卷二十四宦迹下馮榮傳。

〔二〕"司農"五句:宋書百官志上:"大司農,一人。丞一人。掌九穀六畜之供膳羞者。舜攝帝位,命棄爲后稷,即其任也。周則爲太府,秦治粟内史,漢景帝後元年,更名大農令,武帝太初元年,更名曰大司農。晉哀帝末,省并都水,孝武世復置。漢世丞二人,魏以來一人。"

〔三〕唐置丞六人:舊唐書職官志三:"司農寺,卿一員,少卿二員。……丞六人……丞掌判寺事。凡天下租及折造轉運于京都,皆閱而納之,以供國用,以禄百官。"

〔四〕農正司：指司農司，設置於吳元年七月。參見本卷送司農丞杭公還京
　　詩序。

〔五〕康成：鄭玄字，北海高密人。東漢著名經學家。講學爲生。朝廷徵爲大司
　　農。後漢書有傳。

〔六〕牟融：字子優，北海安丘人。少博學，精尚書學，教授門徒數百人，名稱州
　　里。善論議，朝廷皆服其能。官至司空。曾任大司農。後漢書有傳。

〔七〕元年：指吳元年。按國初群雄事略卷一宋小明王："至正二十七年丁未，
　　乃小明王龍鳳之十三年，改爲吳元年。"

〔八〕杭公仲玉：即杭琪，參見本卷送司農丞杭公還京詩序。按：明太祖實録謂
　　吳元年七月，授杭琪爲司農少卿，上文送司農丞杭公還京詩序"杭公均輸
　　少卿屬"一句，亦能與之吻合。然本文又謂吳元年冬十月杭琪爲"大司農
　　丞"、"農丞"。據明史職官志："吳元年，置司農司。卿正三品，少卿正四
　　品，丞正五品。"顯然"少卿"官品高於"丞"。鐵崖不稱杭琪"少卿"而謂
　　"丞"，未詳何故。

〔九〕杜中立：新唐書杜中立傳："中立，字無爲，以門蔭歷太子通事舍人……遷
　　光禄少卿、駙馬都尉，尚真源長公主……遷司農卿。繩吏急，反爲中傷，左
　　徙慶王傅。"

〔十〕鄭莊：西漢時人。史記鄭當時傳："鄭當時者，字莊，陳人也……莊爲太
　　史，誡門下：'客至，無貴賤無留門者。'執賓主之禮，以其貴下人。莊廉，又
　　不治其産業，仰奉賜以給諸公。……聞人之善言，進之上，唯恐後。山東
　　士諸公以此翕然稱鄭莊。鄭莊使視決河，自請治行五日。上曰：'吾聞"鄭
　　莊行，千里不齎糧"，請治行者何也？'"

送淞江同知李侯朝京序〔一〕

有明受天新命，開基金陵〔二〕，百辟效職，百將效忠，實君臣千載一
時之會。所以創①大業、臣妾天下，皆國家善於用人也。

實定李侯浩〔三〕，字師孟，材足以任重，智足以撥亂。淞歸附初，奉
命來爲二守〔四〕，蓋以股肱心腹之舊，授以勞來安集之寄。歷政甫期，
賦役高下以均，倉庾出内②以平，功過黜陟以明，利害興除以當，關梁
啟閉以嚴，獄訟審録以寬，淞士庶拜頌爲古循吏。今年春，中使銜命

下郡,取爲機近法從,侯不稅冕行,郡士民攀挽不可得,乃什什伍伍相與餞之西關之郊③。舉爵於余,乞一言爲贐。

余舉爵酌侯曰:"天子任股肱心腹之臣如侯者,不幾也。侯慎之。"再酌曰:"侯歷民間,往,當以生靈④之憂爲己憂,以答天子之大寵命。"三酌曰:"海寓⑤尚有未賓服者,願侯佐天子平定之,無久勞金革爲也。"侯反爵謝余曰:"某不武,敢忘先生之規!"已而上海 祝大夫持縹軸來〔五〕,求書爲餞,於是乎書。

余,抱遺老人 楊維禎也。歸見余老友太史劉公〔六〕、翰林陶公〔七〕、祭酒許公〔八〕、御史傅公,附致維禎意。(下闕⑥)

【校】

① 楊鐵崖先生文集全録卷四、鐵崖漫稿卷四載此文,據以校勘。創:原本作"劫",據四部叢刊本、楊鐵崖先生文集全録本、鐵崖漫稿本改。

② 内:楊鐵崖先生文集全録本作"納"。

③ 西關之郊:楊鐵崖先生文集全録本、鐵崖漫稿本作"西郊之關"。

④ 生靈:鐵崖漫稿本作"仕庶"。

⑤ 寓:鐵崖漫稿本作"隅"。

⑥ "余,抱遺老人 楊維禎也"以下凡三十七字,原本無,據楊鐵崖先生文集全録增補。楊維禎:鐵崖漫稿本作"楊□"。

【箋注】

〔一〕文當撰於明 洪武元年(一三六八)春,其時鐵崖寓居松江。繫年依據:文中謂李浩於"淞歸附初,奉命來爲二守","歷政甫期"即"取爲機近法從"。而松江"歸附"於朱元璋,在元 至正二十七年(一三六七)正月。李侯:正德松江府志卷二十四宦迹下:"李浩字師孟,保定人。歸附初,同知府事。均賦役,平出納,明黜陟,慎興革,嚴關津,清獄訟,時稱爲循吏。未幾,中使至,召置機近。"按:李浩於洪武元年進京述職之後,或即授予汴省郎中之職。參見楊鐵崖先生文集全録卷一永思堂記。又,明太祖實録卷九十五載明 洪武七年事,述及刑部侍郎李浩。蓋李浩於明初官至刑部侍郎。

〔二〕"有明"二句:謂明朝建立,建都於金陵。明太祖實録卷二十九:"(洪武元年春正月)丙子,詔告天下曰:'……於吳二年正月四日,告祭天地於鍾山之陽,即皇帝位於南郊,定有天下之號曰大明,以是年爲洪武元年。'"

〔三〕實定：或作保定。

〔四〕爲二守：指任職同知。

〔五〕祝大夫：指上海知縣祝挺。參見東維子文集卷一送祝正夫赴召如京序。

〔六〕太史劉公：疑指劉基。據明太祖實録卷十七、卷二十六相關記載，劉基於
　　元至正二十五年乙巳九月被朱元璋任命为太史令，吳元年十月改任御史
　　中丞。明史劉基傳則謂“拜御史中丞，兼太史令”。又，至正初年，劉基所
　　撰時文獲鐵崖好評，鐵崖摯友張雨墓志銘爲劉基所撰。又，劉基於至正九
　　年前後任江浙儒學副提舉，此後鐵崖曾代理江浙儒學提舉一職。據此推
　　之，鐵崖與劉基早年當有交往。參見東維子文集卷六留養愚文集序。

〔七〕翰林陶公：指翰林學士陶安。陶安（一三一〇——一三六八）字主敬，當
　　塗人，或曰姑孰人。博涉經史，尤長於易。元至正初年中江浙鄉試，授明
　　道書院山長，避亂家居。後追隨朱元璋，吳元年五月設置翰林院，首召陶
　　安爲學士。洪武元年四月，調任江西行省參政，同年九月病逝，享年五十
　　九。參見明史本傳及明太祖實録卷二十三、三十一、三十五有關記載。

〔八〕祭酒許公：指許存仁。許存仁名元，以字行，金華許謙子。朱元璋攻占金
　　華後訪得之，先後擢爲國子博士、國子學祭酒。明史有傳。又，明太祖實
　　録卷二十六：“（吳元年冬十月）定國子學官制，祭酒正四品……升博士許
　　存仁爲祭酒。”

送檢校王君盖昌①還京序〔一〕

　　士生亂世，不以寠而苟售，必遲遲堅忍，俟其人焉而後興。此非
志之遠、識之卓、毅然大丈夫不能，若今中書檢校王君盖昌者是已。
　　余歸老淞學〔二〕，君與富春吳毅〔三〕、桐廬章木〔四〕、會稽張憲〔五〕、山
東馬成〔六〕、吳門楊澂〔七〕，咸在高才生之列。時秦郵張氏據有六州〔八〕，
憸佞朋進，“櫂椎”、“盎脱”謡於市者〔九〕，弗可計。或有率君往者，君
曰：“咄哉！醜爾秦郵，豈王郎之主哉！吾非惡仕也，顧仕有時，吾方
慎俟其人也。”已而君辭余，客泗水〔十〕，轉徙下邳〔十一〕，艱苦窮阨，人有
所不堪，君方彈鋏自哦泰然〔十二〕，無幾微見顔面。皇明受天明命，君自
賀曰：“天下定矣，仕有吾主矣。”徐守臣薦其所有於相國〔十三〕，見主上
於謹身殿〔十四〕。敷奏頃，上偉其儀度，礪其論裁，大器之，特授中書檢

校^{〔十五〕}。嘻,非其慎仕待^②時,迄於真主之遇,其能庶契致是哉! 吾謂志^③之遠、識之卓者,非其人歟!

今以使事至淞,首謁大成宮,釋奠先聖。繼訪余草玄邸次^{〔十六〕},展師友拜,留若干日行。郡守盛昇宴之泮堂^{〔十七〕},諸客咸賦詩爲君侈,且爲淞學校侈,又必推余爲首叙。余重舉酒祖之曰:"宰相佐天子以治天下者也,檢校拾遺舉缺,又贊宰相以治天下者也。天子倚治於相,相資失於檢校。檢校,相之弼友也,任重矣哉! 任重矣哉!"

書以爲序,是年二月日叙^④。

【校】

① 楊鐵崖先生文集全録卷四、鐵崖漫稿卷四録此文,據以校勘。"盖昌"之"盖",楊鐵崖先生文集全録本、鐵崖漫稿本作"孟"。下同。

② 待: 四部叢刊本作"得"。

③ 志: 楊鐵崖先生文集全録本作"知"。

④ "書以爲序"二句: 原本作"以爲序",據楊鐵崖先生文集全録本、鐵崖漫稿本改補。

【箋注】

〔一〕文撰於明洪武元年或二年之二月,其時鐵崖寓居松江。繫年依據: 其一,文中稱"皇明",故必撰於洪武元年之後。其二,文中曰郡守盛昇在松江設宴款待王盖昌,而盛昇出任松江太守,在洪武元年、二年之間。王盖昌: 盖昌當爲其字,其名不詳。元至正末年爲松江府學生員,師從鐵崖。後投奔朱元璋,明初任中書檢校。

〔二〕歸老淞學: 元至正十九年十月,鐵崖自錢塘攜家徙居松江,於松江府學任教。

〔三〕吳毅: 元詩選癸集己下吳毅:"毅字近仁,富陽人。"按: 吳毅乃鐵崖門人吳復之子。參見東維子文集卷二十五吳君見心墓銘、大雅集卷七。

〔四〕章木: 桐廬人。嘗客居錢唐陋巷,鐵崖爲撰室記。至正初年即從學於鐵崖,元末又從游於淞學,頗得鐵崖賞識。鐵崖史義拾遺即章木輯注。參見東維子文集卷二十二薑甕志、史義拾遺。

〔五〕張憲: 參見東維子文集卷三送張憲之汴梁序。

〔六〕馬成: 山東人。元末在松江府學求學,爲鐵崖得意門生之一。生平不詳。

〔七〕楊澂：蘇州人。元末在松江府學求學,亦爲鐵崖得意門生。生平不詳。
　　　按：王盖昌、吳毅、章木、張憲、馬成、楊澂,或即鐵崖所謂“吾門八駿”中
　　　人。參見東維子文集卷十一漚集序。

〔八〕秦郵張氏：指張士誠兄弟。按方輿勝覽卷四十六高郵軍建置沿革注曰：
　　　“禹貢揚州之域,分野與揚州同。春秋時屬吳,戰國屬楚,秦因高郵置郵
　　　傳,爲高郵亭。”故或稱高郵爲秦郵。張士誠爲泰州(今屬江蘇)人,泰州
　　　於元代隸屬揚州路,故此稱秦郵。

〔九〕“欋椎”句：“欋椎”形容數量繁多,“盌脱”本指出自一個模子。二詞源於
　　　唐代民謠,譏刺濫選官員,官員不學無術。朝野僉載卷四：“則天革命,舉
　　　人不試皆與官,起家至御史、評事、拾遺、補闕者,不可勝數。張鷟爲謠曰：
　　　‘補闕連車載,拾遺平斗量。杷推侍御史,椀脱校書郎。’”按：宋沈樞撰通
　　　鑑總類卷二上則天試官之濫引録此謠,後二句作“欋椎侍御史,盌脱校
　　　書郎”。

〔十〕泗水：古郡名。今江蘇徐州一帶,秦設爲泗水郡。

〔十一〕下邳：縣名。按元史地理志,下邳縣隸屬於邳州。位於今江蘇北部。

〔十二〕彈鋏自哦：此寓戰國時孟嘗君門客馮諼故事,然反其意而用之。參見戰
　　　　國策齊策四。

〔十三〕相國：按：其時中書左丞相李善長,右丞相徐達。

〔十四〕謹身殿：明太祖實録卷二十五：“(吳元年九月)癸卯,新内成。正殿曰
　　　　奉天殿,前爲奉天門,殿之後曰華蓋殿,華蓋殿之後曰謹身殿。……謹
　　　　身殿之後爲宮：前曰乾清宮,後曰坤寧宮。”

〔十五〕“特授”句：謹身殿於吳元年九月落成,故朱元璋在謹身殿授予王盖昌
　　　　中書檢校一職,當爲吳元年冬至洪武元年之間。

〔十六〕草玄：鐵崖於元至正後期所居宅名爲草玄閣,蓋效仿西漢揚雄。太平
　　　　寰宇記卷七十二劍南西道一益州：“子雲宅,在少城西南角。一名草
　　　　玄堂。”

〔十七〕郡守盛昇：指當時松江知府盛昇。按：盛昇何時出任松江知府,何時離
　　　　任,史無記載。據崇禎松江府志卷二十六守令題名,曰“陳寧,洪武元年
　　　　任”,“林慶,洪武三年任”,盛昇則置於陳寧之後、林慶之前,未署任職
　　　　年份。而嘉慶松江府志卷三十六職官表中“知府”一欄,洪武元年空闕,
　　　　陳寧、盛昇皆著録於洪武二年,盛昇依然置於陳寧之後。上述著録皆明
　　　　顯有誤。首先,陳寧大約於洪武二年七、八月間出任松江知府,當年九
　　　　月調任山西參政。參見東維子文集卷三送山西省參知政事陳公序。其

次,設若**盛昇**爲**陳寧**後任,則與本文所述、與**陳寧**仕履皆不能吻合。又據**鐵崖先生集**卷四黃澤廷訴録所述,**洪武**二年己酉春,時任**松江**知府者爲"**盛某**"。據此推之,**盛昇**應爲**陳寧**前任,其任**松江**知府,當在**洪武**元年至二年之間,**洪武**二年八月以前離任。

送馮侯之新昌州尹序二首[一]

之一

余曩過田野,見父老四三人,聚首相與言縣令**馮侯**之賢者,或泣或歔。扣其故,則曰:"自侯下車將二期,民沐其福者不可枚計。其馭事也簡,其調役也均,其徵賦也仁,其理獄也雪而明。民聽其令,無有捍格,自公自平,若出鈞石之制者。二期所行,殆如一日。而執槖者以毛髮細故裁之,吾民疾苦顛連無告者三月,不啻失父母。"余聞其言而識之。

今①年春,天子遣使行各道,覈郡縣吏名實。審侯之行爲至忠,績爲上最。使復於上,上曰:"**馮某**②出吾御選,宜其政之不負吾法也。"於是嘉其功,陞**新昌州**③守。民又咸涕泣曰:"吾以侯爲吾大官,會府中今不可④得。天何敓吾父母恩,以恩彼人哉!"

吾嘗論吏之良否爲民之戚休,得一良則一郡喜,失之則一郡憂,故**漢**吏重良二千石。今侯自縣陞郡,推**華亭**之治⑤爲**新昌**之政,吾知其爲中朝良二千石矣。異日復來甦吾民⑥[二],余日夜⑦望之。

【校】

① **楊鐵崖先生文集全録**卷四、**鐵崖漫稿**卷四載此文,據以校勘。今:原本作"今夕",據**文淵閣四庫全書本**、**鐵崖漫稿本**刪。

② **馮某**:原本作"**馮公者**",據**楊鐵崖先生文集全録本**改。

③ **新昌州**:原本作"**新州**",據**鐵崖漫稿本**及本文題目改。

④ 可:四部叢刊本無。

⑤ 治:**鐵崖漫稿本**作"德"。

⑥ 民:**楊鐵崖先生文集全録本**作"氓"。

⑦ 日夜:原本作"日生",據**楊鐵崖先生文集全録本**、**鐵崖漫稿本**改。

【箋注】

〔一〕文撰於明洪武二年（一三六九）春，其時鐵崖寓居松江。繫年依據：馮榮始任華亭知縣，在松江府納入朱元璋統治版圖之初，即吳元年丁未（元至正二十七年）春。而本文有"自侯下車將二期"、"今年春"等語。馮侯：即馮榮。馮榮字仲榮，烏江（今安徽和縣東北）人。元末追隨朱元璋征戰南北。吳元年（一三六七）春，出任華亭知縣。同年四月錢鶴皋事件後，盡力安撫，保全百姓，頗得民心。洪武二年春，調任新昌州尹，未及赴任，擢至中書幕府。參見本卷又代馮縣尹送序、送馮侯之新昌州尹序二首之二，同書卷十三大樹軒記。按：大樹軒記謂馮榮"今去州縣勞，陟中書幕府"，參以本卷有關數文推之，馮榮并未真正到新昌州上任，蓋調任新昌守令之命下達不久，又改命馮榮赴中書幕府。

〔二〕來甦：書仲虺之誥："攸徂之民，室家相慶曰：'徯予后，后來其蘇！'"孔傳："湯所往之民皆喜曰：'待我君來，其可蘇息。'"

之二〔一〕

華亭爲松江望邑〔二〕，貢税財賦當浙之什伍，編户至百萬。迄乎兵燹〔三〕，向之繁富者百不一二，爲邑者亦難乎其治矣。

丁未春〔四〕，烏江馮侯來①尹是邦，以勞徠安集爲己任，流離者返之，瘡痍者起之，閱兩期而邑始成署所。民欣然②如痿者之起行，執熱者之濯清風，弱喪③者之歸故鄉見父母也。是年夏四月，海寇作〔五〕，詿誤逮華亭者幾百數④。侯誓死力辯於統兵〔六〕，曰："華亭素善地，古二陸文物之邦〔七〕，民非畔法軌而從人於逆者。"統兵允其請，而郡之生靈更生於聖代者，皆馮父之力也。民爲建生祠，頌其德不忘。其愍民之窮，凡可爲民所□者，無不爲。上聞其人，識其姓氏，以爲可吾之良二千石者，遂陟守新州〔八〕。民父老幼稚奔餞於西關之外，遮馬首而泣曰："吾田之賦，侯均之；吾丁之役，侯節之；吾訟之鬱而不平者，侯伸以理之。今去也，均吾節吾而伸以理吾者，將誰望歟？"其遑遑之情，不啻子之失慈父而立於四顧⑤無人之境。

余爲解之⑥曰："杜甫氏有言元使君：'得結輩如十⑦公，落落參錯天下爲邦伯，萬物吐氣〔九〕。'今使馮使君輩參錯天下列郡，豈有萬物不吐氣者哉！新昌之生息，皆鋒鏑之餘，吾想民流未復、地荒未闢者，望

吾侯父母之至,如望歲然。將見頌聲作其田里,而無嘆息愁恨之聲
者,真我朝良二千石之慶也。他日秩滿,歸讚中書政堂,其澤天下者,
可勝計哉? 吾民其俟⑧之,又復何憾!"

【校】

① 楊鐵崖先生文集全録卷四、鐵崖漫稿卷四載此文,據以校勘。來: 原本無,據
　楊鐵崖先生文集全録本補。

② 欣然: 楊鐵崖先生文集全録本無。

③ 弱喪: 原本作"弱裘",文淵閣四庫全書本作"行役",據楊鐵崖先生文集全録
　本、鐵崖漫稿本改。

④ 百數: 鐵崖漫稿本作"數百"。

⑤ 四顧: 原本作"顧",據楊鐵崖先生文集全録本、鐵崖漫稿本補。

⑥ 解之: 楊鐵崖先生文集全録本、鐵崖漫稿本作"之解"。

⑦ 如十: 楊鐵崖先生文集全録本、鐵崖漫稿本皆作"數十"。當作"十數",見
　注釋。

⑧ 俟: 原本作"侯",據楊鐵崖先生文集全録本、鐵崖漫稿本、文淵閣四庫全書
　本改。

【箋注】

〔一〕本文仍爲華亭知縣馮榮送行而作,撰期同上文。

〔二〕華亭: 按元史及明史地理志,其時松江府所轄,爲華亭、上海兩縣。

〔三〕兵燹: 當指元至正十六年春,張士誠軍南下之際,苗軍肆虐於松江,以及
　　吳元年四月,鎮壓錢鶴皋殃及無辜。

〔四〕丁未: 指元至正二十七年(一三六七)丁未,即吳元年。

〔五〕海寇作: 指松江大户錢鶴皋於吳元年春夏之交聚衆造反。參見本書卷一
　　送祝正夫赴召如京序注。又,清毛祥麟對山餘墨載錢鶴皋事件以及相關
　　傳説甚詳,可參看。

〔六〕統兵: 此指徐達屬將葛俊。參見東維子文集卷一送祝正夫赴召如京注。

〔七〕二陸: 指陸機、陸雲。西晉華亭陸機、陸雲兄弟齊名,故有此稱。

〔八〕新州: 指新昌州。

〔九〕元使君: 唐人元結。杜甫同元使君舂陵行:"覽道州元使君結舂陵行兼賊
　　退後示官吏作二首,志之曰: 當天子分憂之地,效漢官良吏之目。今盜賊
　　未息,知民疾苦,得結輩十數公,落落然參錯天下爲邦伯,萬物吐氣,天下

小安可待矣。"

送楊明歸越覲親序　二月八日〔一〕

"仕與親孰重?"曰:"親。""仕有時乎? 爲親則仕,非重乎?"曰:"禄足以逮親,則仕;禄不足以逮親,則仕無愈乎啜菽飲水之爲親樂也〔二〕,仕又何重乎?"

宗侄子明辭烏府檄而歸里〔三〕,爲堂有垂白之母也。身雖居闕下,心耿耿乎定省之前,東眺①斗山之北,白雲之思常在心目〔四〕。今年春,自白下理舟楫過淞〔五〕,謁余草玄閣次,急以別告。問何之,曰:"白雲之思,日夕在倚門之廬矣〔六〕。今乃行,請翁一言以爲教。"余以明在閭里時,十歲以孝悌稱,洎長,豪爽不羈。侍親强健,又孝婦善事姑,遂起宦情,欲伸所抱。兵變,備涉險患,志不直遂,而親且老矣。庭前風木〔七〕,寧不有感乎? 宜且歸之晚也。於其歸也,序以送之,又係之詩曰:

天西白雲天東飛,烏臺春去②烏依依。高堂游子歸未歸,堂前春草生春暉〔八〕。行行舟發彭郎磯〔九〕,勿遺霜霜露露③沾人衣〔十〕。

【校】

① 楊鐵崖先生文集全録卷四、鐵崖漫稿卷四載此文,據以校勘。眺:原本誤作"睡",據楊鐵崖先生文集全録本、鐵崖漫稿本改。

② 去:原本作"之",據楊鐵崖先生文集全録本改。

③ 遺:四部叢刊本作"遺"。霜霜露露:楊鐵崖先生文集全録本作"霜露"。

【箋注】

〔一〕文當撰於明洪武元年(一三六八)或二年之二月八日。繫年依據:其一,文中言及"兵變",且稱金陵爲"闕下",故撰文必在明初。其二,鐵崖洪武三年正月抵京,數月後因肺病發作返鄉,旋即謝世。可見楊明拜見鐵崖於松江草玄閣,必非洪武三年二月。楊明:鐵崖本宗侄子,諸暨人。據本文"宗侄子明辭烏府檄而歸里"等語可以推知,楊明於元末曾有仕宦之心,浪游南北。明初辭卻金陵御史臺之徵聘,還鄉侍母。

〔二〕啜菽飲水：禮記檀弓下："子路曰：'傷哉貧也，生無以爲養，死無以爲禮
也。'孔子曰：'啜菽飲水，盡其歡，斯之爲孝。'"

〔三〕辭烏府檄：蓋於吳元年冬季以後。按：本文所謂"烏府"、"烏臺"，當指朱
元璋政權之御史臺。元代江南諸道行御史臺早在至正十六年就已遷出金
陵，移至紹興，而朱元璋於吳元年十月始設御史臺於金陵。參見明太祖實
錄卷二十六。

〔四〕白雲之思：參見清印溪草堂鈔本東維子集王子困孤雲注。

〔五〕白下：指金陵（今江蘇南京）。按：唐武德九年改金陵縣爲白下縣，貞觀
元年改白下爲江寧。故後人常以白下指代金陵。參見太平寰宇記卷九十
昇州。

〔六〕倚門之廬：戰國策齊策六："王孫賈年十五，事閔王。王出走，失王之處。
其母曰：'女朝出而晚來，則吾倚門而望；女暮出而不還，則吾倚閭而望。'"

〔七〕庭前風木：指孝子見風吹樹木而思親。參見鐵崖先生古樂府卷六萱壽堂
詞注。

〔八〕春草生春暉：用孟郊游子吟語。參見鐵崖先生古樂府卷六春草軒辭注。

〔九〕彭郎磯：參見鐵崖先生古樂府卷三彭郎詞注。

〔十〕"勿遺"句：化用杜甫詩。杜甫陪王侍御同登東山最高頂宴姚通泉晚攜酒
泛江："人生歡會豈有極，無使霜露霑人衣。"

送斷事官李侯序〔一〕

大梁李侯文彬氏，以世居執法，有決讞才，簡知於今天子。天子
親賞拔爲中書斷事，轉都督斷事〔二〕。克於其職，凡邊民有詿誤、郡牧
有不白案，出使推覆，咸以平允取信朝廷。今年奉①旨以田菑覆實事
至淞，旬浹閒得成帳，報於上。淞官吏父老喜侯勾檢得失，不苟擾而
一辨，群來乞言於會稽楊維禎。

維禎聞侯任天子耳目寄者已期年，大明之古遺直也。則爲之言
曰："斷事在古爲士官②，周爲寇〔三〕，晉③爲理〔四〕，秦、漢爲廷尉〔五〕，今
爲大理斷事〔六〕。天下事有不平者，平於君，君以平於斷事，斷事之寄
不輕也較然矣。獄必以果而斷，斷必以明而審，明果俱至，又必不爲
上所敓、旁所撓，則其法始伸，職斯究矣。有其明，有其果，而又無其

旁撓上敓者,其稱譽比古漢于、張〔七〕。用是占侯之峻躋華要,内中書郎④,外⑤部使者、郡二千石,不俟龜蔡證矣。吾與天下之民共望之。"

洪武二年九月十日序。

【校】

① 奉:四部叢刊本作"春"。

② 官:四部叢刊本作"客",誤。

③ 晉:疑誤,或當作"又"。參見注釋。

④ "郎"字原闕,據文淵閣四庫全書本補。

⑤ "外"字原闕,據文淵閣四庫全書本補。

【箋注】

〔一〕本文撰於明洪武二年(一三六九)九月十日,其時鐵崖寓居松江。李侯:李質(一三一六——一三八〇),字文彬,先世居開封祥符,故鐵崖稱之爲"大梁"人。宋季,其先人李春山仕於德慶(今屬廣東肇慶),徙家於南康辣莊定龍岡,遂爲德慶人。元季,文彬與弟文昭放情山水,隱居不仕,建樓取名翠微清曉。後四方戰亂,遂募義兵捍衛鄉里。洪武元年四月,歸附大明,擢爲中書斷事,次年改任都督府斷事。歷任刑部侍郎、尚書、浙江行省參知政事等職。洪武八年十月,起爲靖江府右相,直言無隱。數年後,靖江王朱守謙以罪廢,李質竟坐死。李質生於延祐丙辰年二月十一日,卒於洪武十三年庚申五月某日,享年六十五歲。工詩,有樵雲集若干卷。生平參見陳璉故資政大夫靖江王府右相李公墓志銘(載皇明文衡卷八十九)、鐵崖先生集卷三翠微清曉樓記、明史李質傳。又,李文彬與其弟文昭、其子伯震皆善詩,時稱"三李"。參見明詩紀事甲籤卷二十七李伯震。

〔二〕中書:指中書省。都督:指都督府。按:其時朱元璋政權中書省與都督府之斷事官,俱爲從五品。參見明太祖實錄卷二十五"吳元年九月癸巳"一則。

〔三〕寇:指司寇。通典卷二十三職官五刑部尚書:"唐、虞之時,士官以正五刑。周禮秋官,大司寇掌邦之三典,以佐王刑邦國,蓋其任也。"

〔四〕理:漢書刑法志:"咎繇作士。"顏師古注:"士師,理官,謂司寇之職也。"又,舊唐書職官志三大理寺注:"古謂掌刑爲士,又曰理。漢景帝加'大'字,取天官貴人之牢曰大理之義。"

〔五〕廷尉:漢書百官公卿表上:"廷尉,秦官,掌刑辟,有正、左右監,秩皆千石。

景帝中六年更名大理,武帝 建元四年復爲廷尉。"

〔六〕大理斷事:當爲大理寺屬官。然明史 職官志二所列大理寺屬官,有卿、左右少卿、左右寺丞等等,并無"斷事"一職。又按明史 職官志二:"初,吳元年置大理司卿,秩正三品。洪武元年革。"疑此所謂"大理斷事",實指都督府斷事,陳璉撰故資政大夫靖江王府右相李公墓志銘曰:"己酉,轉都督府斷事,階奉訓大夫。"

〔七〕于、張:指西漢名臣于定國、張釋之。二人以執法明允著稱,漢書均有傳。

卷五十七　東維子文集卷三

曹氏世譜後序[一]

廣陵曹時復以祖父世譜來告曰[二]："復以兵變去其鄉已十有七年,幸祖宗墳域先人某水某丘尚在,兵息,將挈家還鄉。得先生一言敍其譜,庶吾某與後之人不忘其先之所出、卒葬之歲月也。"

按譜:曹氏,譙國人[三],自幾世祖某徙居於汴[四],曾祖成之又自汴遷廣陵之蜀岡[五]。大父某,浙行省僝使,妣周,繼王。宣使君卒[六],王以盛年守節。考某,翊正司照磨[七],贈爵奉議、汴梁路治中[八];妣霍氏,太康縣君[九]。太康君善理家,考游宦於外,子六人皆太康君力教而有立。長子時升[十],廣帥①府奏差,蚤世。次時泰[十一],爵奉議、留守司經歷。至正癸巳,某相奉詔招討江淮海道[十二],相擇從者,以時泰行。泰奮然無讓,歷險涉海,鯨浪猝作,舟覆而没。相憫其死忠,贈某官;妻鄭氏,子一。次時益[十三],翰林院典書,蚤有文②名。三淮兵梗[十四],奉母及挈脱難出虎口,辟地於杭,以疾卒;妻李氏,子三。次時晉[十五],海道府掾,起漕抵京師,上多其功,賞官嘉禾照磨[十六],道海還吳,值風,舟没萊州洋[十七]。妻舅氏霍仲皋女[十八],通書史,喜讀古孝義傳。時貴人有聞其才,欲敚其志。誓曰:"曹氏世稱忠孝門,妾敢如庸婦人畔名教(句)③、夫兩姓以辱其門乎?"卒謝絕之。姒氏鄭與李,聞其志節,相率守嫠④而忘他志。李氏一子,力紡績,資之出就外傅,使勵學,罔隊前聞人世胄。諸子亦相率有成。

三節氏胥有請於復曰:"願歸故鄉,守吾舅姑墳墓,且使諸子有耕稼地。吾屬死首丘,無纖毫憾。"復之歸計遂決。

行舟泊吾門,霍氏持茗,且⑤爲吾老妻壽,後再有啓曰:"某不幸,三伯氏殀命,而丘⑥嫂三氏同一守節。先生秉鐵史筆,傳信過⑦國史,倘昇餘論獎重之,非直三節有恩,曹氏一門其有光矣。"

鐵史論曰[十九]:"歐太史著五代[二十],死節臣不多見,得王凝氏斷臂妻一人,特表以愧男子之不如者[二十一]。今曹氏一門,男有没王事、婦有守貞節非一人,得於喪亂流離中,皆不愧凝妻。代有歐太史,其不在列傳乎? 萬一遺史氏,則吾録之以繫諸曹氏譜,亦使亡國臣有不如三節氏者愧云。"

【校】

① 帥: 原本作"師",據文淵閣四庫全書本改。

② 文: 原本作"父",據四部叢刊本改。

③ 名: 原本無,據文淵閣四庫全書本補。按: 四部叢刊本將"教"字下小字注"句"字混入正文,且誤作"苟"。

④ 蓥: 原本作"蓥",據文淵閣四庫全書本改。

⑤ 且: 四部叢刊本作"丘"。

⑥ 丘: 文淵閣四庫全書本作"某"。

⑦ 過: 原本漫漶。四部叢刊本作"避"。此據文淵閣四庫全書本補。

【箋注】

〔一〕本文當撰於明洪武二年(一三六九),其時鐵崖寓居松江。繫年依據: 文中述曹時復語,稱因兵變離家十七年。曹時復家在揚州,而張士誠於元至正十三年(一三五三)五月攻陷高郵(隸屬於揚州路),至正十三年至洪武二年,爲十七年。

〔二〕廣陵: 位於今江蘇淮陰、揚州一帶。太平寰宇記卷一百二十三揚州:"天寶元年改爲廣陵郡。"曹時復: 廣陵人。兄弟六人,其排行或爲第五。大約於至正十三年因避兵亂,闔家由廣陵徙居松江,明洪武二年返鄉。

〔三〕譙國: 今安徽亳州。亳州本春秋譙邑。秦屬碭郡,漢爲譙縣,屬沛郡。三國魏文帝立爲譙國。參見元和郡縣志卷八亳州。按: 意爲曹時復乃曹操後裔。

〔四〕汴: 指汴京(今河南開封)。

〔五〕蜀岡: 位於今江蘇揚州境内。大明一統志卷十二揚州府:"蜀岡在府城西,綿亘四十餘里,接儀真界。舊傳地脉通蜀。"

〔六〕宣使君: 即前述"浙行省傔使",指曹時復祖父。蓋曹時復祖父曾於江浙行省任宣使。按: 宣使與令史、通事等皆屬吏員。參見元史百官志七。

〔七〕翊正司: 隸屬於中政院,設照磨一員,從八品。參見元史百官志四。

〔八〕汴梁路: 隸屬於河南江北等處行中書省。

〔九〕太康縣君: 霍氏所得封號。太康縣隸屬汴梁路,今屬河南周口市。

〔十〕時升：時復長兄。曾任廣陵帥府奏差。當在至正初年以前病逝。

〔十一〕時泰：時復二哥。其涉海遇難，當在至正十三年或稍後。

〔十二〕至正癸巳：元至正十三年（一三五三）。按國榷卷一，元至正十一年，徐、潁、蘄、黃兵起，方國珍攻黃巖。十三年五月，張士誠攻陷高郵，朱元璋與徐達、湯和等二十四人出濠州，南略定遠。江淮漕運海運因此嚴重受阻，故朝廷派兵鎮壓。

〔十三〕曹時益：時復三哥。其病死杭州，當在元至正後期。

〔十四〕三淮兵梗：指至正十一年劉福通等紅巾軍起事之後，淮河一帶交通阻絕。三淮，語出詩經鼓鍾“淮有三洲”一句，此指淮河流域。

〔十五〕曹時晉：時復四哥。海漕府吏員。

〔十六〕嘉禾：今浙江嘉興。

〔十七〕萊州：位于今山東境内。

〔十八〕霍仲皋：曹時復母曹霍氏兄弟。按：元人成廷珪與霍仲皋有交往，其送霍仲皋還京詩曰：“驛程萬里入皇都，還過梁城取別途。天下軍需何日了，淮南民瘼幾時蘇？……”（載居竹軒詩集卷三。）據此，霍仲皋或亦爲從事漕運之官員，且通詩文。

〔十九〕鐵史：鐵崖晚年自號。

〔二十〕歐太史：指北宋歐陽修。新五代史爲歐陽修編撰。

〔二十一〕“得王凝氏斷臂妻一人”二句：事見新五代史卷五十四雜傳。引録如下：“予嘗得五代時小説一篇，載王凝妻李氏事，以一婦人猶能如此，則知世固嘗有其人而不得見也。凝家青、齊之間，爲虢州司户參軍，以疾卒于官。凝家素貧，一子尚幼。李氏携其子，負其遺骸以歸。東過開封，止旅舍。旅舍主人見其婦人獨携一子而疑之，不許其宿。李氏顧天已暮，不肯去。主人牽其臂而出之，李氏仰天長慟曰：‘我爲婦人，不能守節，而此手爲人執邪，不可以一手并污吾身。’即引斧自斷其臂……嗚呼，士不自愛其身而忍耻以偷生者，聞李氏之風宜少知愧哉！”

送經理官黃侯還京序〔一〕

今天子龍飛金陵〔二〕，奄有四海，版圖歸職方者，過唐越漢。兵興①以來，土田阡陌無定籍可稽，由是立大司農〔三〕，掌②庶土九賦九貢，又遣使行天下,以經界爲重務也〔四〕。而北庭黃侯萬里氏在選中〔五〕,分按華亭履田③事。事畢還京,邑士朱輝爲繪田間竿尺圖〔六〕,以見侯之④勤於王事而敏有成功也。持其卷來謁東維先生於草玄閣,求一言以重其行。先生器其人品才氣爲相門之後,辭不獲,爲敍其事於圖尾。又採民謠爲詩一章,章八句。

　　侯,前朝中書右相國孫〔七〕,大參也速公之嗣也〔八〕。讓門蔭於⑤弟,自起身儌直。歷太和縣監〔九〕、濟寧行垣管勾〔十〕,皆有休譽。今以才幹履畝於松,其報最於上所,優賞爵秩,苟⑥又分符三吳之地,吳民之所望也。侯尚以予言勉之。詩曰:

　　天子龍飛定兩都〔十一〕,山川草木盡昭蘇。三吳履畝難爲籍〔十二〕,四海均田喜有圖。海市魚鹽開斥鹵,泖鄉穮稦熟膏腴。賞功行見承殊渥,此地重分漢竹⑦符〔十三〕。

【校】

① 本文又載楊鐵崖先生文集全録卷四、鐵崖漫稿卷四,據以校勘。興:原本作"與",據楊鐵崖先生文集全録本、鐵崖漫稿本、文淵閣四庫全書本改。

② 掌:原本作"堂",據楊鐵崖先生文集全録本、鐵崖漫稿本改。

③ 田:原本誤作"出",楊鐵崖先生文集全録本、鐵崖漫稿本作"步",據文淵閣四庫全書本改。

④ 之:原本無,據楊鐵崖先生文集全録本補。

⑤ 於:原本誤作"子",據楊鐵崖先生文集全録本、鐵崖漫稿本、文淵閣四庫全書本改。

⑥ 苟:楊鐵崖先生文集全録本作"當"。

⑦ 竹:原本誤作"以",據楊鐵崖先生文集全録本、鐵崖漫稿本、文淵閣四庫全書本改。

【箋注】

〔一〕文當撰於明洪武元年(一三六八)八月之後不久,其時鐵崖寓居松江。繫年依據:文末詩曰"天子龍飛定兩都",指明洪武元年八月確立南北兩京。經理官黃侯:指黃萬里。參見後注。

〔二〕龍飛金陵:洪武元年正月,朱元璋在金陵南郊祀天地,即皇帝位,國號大明,建元洪武。參見明太祖實録卷二十九。

〔三〕立大司農：朱元璋於吳元年七月設立司農司。參見東維子文集卷二送司
　　農丞杭公還京詩序。

〔四〕“又遣使”二句：明太祖實録卷二十九：“（洪武元年春正月）甲申，詔遣周
　　鑄等一百六十四人往浙西核實田畝，謂中書省臣曰：‘……今遣周鑄等往
　　諸府縣，核實田畝，定某賦稅。此外無令有所妄擾。’復諭鑄等曰：‘爾經理
　　第以實聞，無踵襲前弊，妄有增損，曲狥私情以病吾民。否則國有常憲。’
　　各賜衣帽遣之。”

〔五〕北庭：北庭都護府。又名庭州。古屬雍州之域，西漢爲烏孫領地，東漢以
　　後爲突厥及部落居之。元代多指高昌回鶻王國故地。參見太平寰宇記卷
　　一百五十六隴右道七庭州。黄萬里：萬里當爲其字，其名不詳。北庭人。
　　祖、父皆爲元代官宦。萬里辭蔭爲吏，歷任太和縣監、濟寧行垣管勾等。
　　明初於司農司任職。

〔六〕朱輝：元末明初松江人，生平不詳。

〔七〕前朝中書右相國孫：意爲黄萬里祖父爲元代中書省右丞相。按：元史有
　　也速傳，謂也速爲蒙古人，元至正中曾任淮南行院副使、淮南行省平章等
　　職，至正二十七年進右丞相。未知是否即黄萬里祖父。

〔八〕大參也速公之嗣：意爲黄萬里父也速在元代任職參知政事。不詳。

〔九〕太和縣：隸屬於河南江北等處行中書省汝寧府潁州，今屬安徽省。

〔十〕濟寧：濟寧路隸屬於中書省，今爲山東省濟寧市。

〔十一〕天子龍飛定兩都：按明史太祖本紀，洪武元年八月，以應天爲南京，開
　　　封爲北京。

〔十二〕三吳：或指吳郡、丹陽、吳興，或指義興、吳興、吳郡，等等。大多泛指以
　　　蘇州爲中心之吳地。參見宋范成大撰吳郡志卷四十八考證。

〔十三〕竹符：兩漢博聞卷二銅竹符：“初，與郡守爲銅虎符、竹使符。張晏曰：
　　　‘符以代古之圭璋，從簡易也。’師古曰：‘與郡守爲符者，謂各分其半，
　　　右留京師，左以與之。’”按：鐵崖詩末句意爲但願授予黄萬里郡守之
　　　職，使之重回松江，造福當地百姓。

送山西省參知政事陳公序[一]

　　參政起北魏，而歷代因之。我朝經綸①草昧之初，設天下省署凡
若干所，各以參相主之[二]，名次丞相而實則行丞相事也②。嘻，方面之

寄重矣！茶陵陳公由兵部尚書輟①爲松江郡守〔三〕，未期月，政成，天子又選陞山西參知政事。瀕行，索別於會稽楊某。

　　某餞之言曰："唐蕭瑀參相事，太宗稱曰：'瑀言事，不以利怵死懼，真社稷臣〔四〕。'魏徵參相事，天下米斗三錢。太宗謂羣臣曰：'此徵勸我行仁義之效也〔五〕。'今公在吳元初，以鯁正諍朝廷大事，不以死懼〔六〕；參議朝章詔令律書，糾正切劘，垂一代之大典。以平日聖賢之學，談仁履義，匡弼帝躬，務致堯、舜，此瑀、徵之才之志也。天子簡知，天下想望風采也久矣。山西創立方面〔七〕，統州六十有三，爲南、北京腹地〔八〕，天子時巡之所，首選重臣行丞相事，公當其選，吾見其益屬忠藎以答重寄。勞徠流移，薦進遺逸，弓刀遺俗，咸襲衣冠。入朝宿衛，羣元仰給。至外戶不閉，旅不齎糧，使洪武之治出唐貞觀之上，公稱社稷臣，不在瑀、徵之下，非某一人之望，天下人之望也②。"洪武二年九月二十六日叙。

　　是日淞江通判方從善、推官孔道原、經歷石宗亨祖帳西門外〔九〕，舉酒爲公別，而令門生朱芾錄予文爲贐〔十〕。

【校】

① 輟：原本作"論"，據文淵閣四庫全書本改。
② 也：原本作"地"，據文淵閣四庫全書本改。

【箋注】

〔一〕文撰於明洪武二年（一三六九）九月二十六日，爲松江知府陳亮送行而作，其時鐵崖寓居松江。陳公：名亮，後改名寧。明太祖實錄卷二十九："（洪武二年九月辛丑）以侍御史王居仁爲兵部尚書，松江府知府陳亮爲山西行省參政。"按："九月辛丑"爲九月十日。陳亮即陳寧，明史奸臣列傳："陳寧，茶陵人。元末爲鎮江小吏，從軍至集慶，館於軍帥家，代軍帥上書言事，太祖覽之稱善……洪武元年召拜司農卿，遷兵部尚書。明年出爲松江知府。用嚴爲治，積蠹弊，多所釐革。尋改山西行省參政。召拜參知政事，知吏、戶、禮三部事。寧，初名亮，至是賜名寧。"又，正德松江府志卷二十四宦迹下載陳亮小傳，或源自本文，與明史本傳頗有不同，曰："高廟爲吳王時，在左右。性鯁正，廷諍大事，不以死懼。朝章律令皆預參議，糾正切劘，重一代之制。平居談仁履義，務以聖賢之學致主堯舜，時稱爲社稷臣。<u>洪武</u>元年出知<u>松江府</u>。"按：據<u>明太祖實録</u>卷三十四，<u>洪武</u>元年八月，任命"<u>陳亮</u>爲兵部尚書"，與<u>明史</u>本傳合。又，<u>洪武</u>二年春，<u>松江</u>知府尚爲<u>盛昇</u>，蓋即<u>陳亮</u>前任。<u>陳亮</u>任職<u>松江</u>知府時間極短，本文曰"未期月，政成"，可見其到任當在<u>洪武</u>二年八月，九月即離任。

〔二〕參相：指參知政事，簡稱參政。<u>明史 職官志</u>四："初，<u>太祖</u>下<u>集慶</u>，自領<u>江南行中書省</u>。戊戌，置中書分省於<u>婺州</u>。後每略定地方，即置行省，其官自平章政事以下，大略與中書省同。設行省平章政事，從一品；左、右丞，正二品；參知政事，從二品；左、右司郎中，從五品。"

〔三〕茶陵：州名，隸屬於<u>湖廣</u>行省，今爲<u>茶陵縣</u>，隸屬於<u>湖南 株洲市</u>。

〔四〕"<u>唐 蕭瑀</u>參相事"五句：詳見<u>舊唐書 蕭瑀傳</u>。

〔五〕"<u>魏徵</u>參相事"四句：詳見<u>新唐書 魏徵傳</u>。

〔六〕"今公在吴元初"三句：與<u>明史</u>本傳所述有異。<u>明史 陳寧傳</u>曰："辛丑，除樞密院都事。癸卯（<u>至正</u>二十三年，公元一三六三年），遷提刑按察司僉事。明年改<u>浙東</u>按察使。有小隸訟其隱過，<u>寧</u>已擢中書參議，<u>太祖</u>親鞫之，<u>寧</u>首服，繫<u>應天</u>獄一歲。<u>吴</u>元年（一三六七），冬盡將決，<u>太祖</u>惜其才，命諸將數其罪而宥之，用爲<u>太倉</u>市舶提舉。"

〔七〕<u>山西</u>創立方面：按<u>明太祖實録</u>卷四十一，<u>洪武</u>二年四月，"置<u>陝西</u>、<u>山西</u>二行省"。

〔八〕南、北京：指<u>金陵</u>（即<u>應天</u>）、<u>開封</u>。<u>洪武</u>元年（一三六八）八月，以<u>應天</u>爲南京，<u>開封</u>爲北京。

〔九〕<u>淞江</u>通判<u>方從善</u>、推官<u>孔道原</u>、經歷<u>石宗亨</u>：據<u>正德 松江府志</u>卷二十二守令題名，<u>方從善</u>於<u>洪武</u>元年任通判，<u>孔道原 洪武</u>元年任推官。<u>石宗亨</u>爲<u>松江府</u>經歷，無任職歲月記録，疑與<u>方從善</u>、<u>孔道原</u>同時受職。

〔十〕<u>朱芾</u>，字<u>孟辯</u>，以字行，<u>雲間</u>人。<u>鐵崖</u>門人。善屬文，才思飄逸，千言立就。工於草、篆、隸書。嗜藏古文奇字、名公金石碑刻，尤善字學。元季以授徒爲業。<u>明 洪武</u>初，徵官編修，改中書舍人。參見<u>列朝詩集小傳甲前集</u>、<u>東維子文集</u>卷九<u>送朱生芾蒲溪授徒序</u>、<u>鐵崖先生集</u>卷四<u>金石窩志</u>。

送都督府指揮龔使君序^{〔一〕}

予友<u>濠梁 龔君 希魯</u>，以文武才屢奉天子命，出使<u>思</u>、<u>播</u>峒蠻等絶域^{〔二〕}，得其要領。還報天子，天子多其功，授中順大夫、京畿漕使。秩未滿,轉指揮大都督府使。

都督昉於唐,行軍征討在其本道者,曰大都督。大①都督帶使持節者,謂之節度使〔三〕,外任之重無比焉。今制,革樞②使、節度使,在朝立大都督府〔四〕,指揮正副凡三十③有六員,鏌鋣彫戈,山玄朱組〔五〕,視古班儀爲有加,非智足以參廟算④、勇足以總師干⑤〔六〕,勳勞夙著者,不得居是選也。天子耳目官有不言者,指揮出使得言之,指揮之鯁正強直,且爲天子信近臣,非特掌嚴環衛而已也。

希魯以布衣不⑥十年處宥密地,位益崇,心愈下,兢兢焉無一毫倨氣矜色,君子占其人,爲右資之厚⑦德重器,而況足迹所歷,博覽天下之民風吏弊,他日衎衎論奏⑧,徐吐吾民不平事,知無不言,言無不當,稱天子信近臣,是⑨在希魯矣。

希魯行,索言以贈,於是乎書。

【校】

① 楊鐵崖先生文集全録卷四、鐵崖漫稿卷四載此文,據以校勘。大:楊鐵崖先生文集全録本無。
② 樞:原本作“拒”,據楊鐵崖先生文集全録本、鐵崖漫稿本改。
③ 十:楊鐵崖先生文集全録本作“百”。
④ 廟算:原本作“朝美”,文淵閣四庫全書本作“朝義”,據楊鐵崖先生文集全録本、鐵崖漫稿本改。
⑤ 干:原本作“千”,據四部叢刊本、文淵閣四庫全書本、鐵崖漫稿本改。
⑥ 不:楊鐵崖先生文集全録本無。
⑦ 厚:原本作“原”,據楊鐵崖先生文集全録本改。
⑧ 奏:原本作“秦”,據楊鐵崖先生文集全録本、鐵崖漫稿本、文淵閣四庫全書本改。
⑨ 是:原本作“旻”,據四部叢刊本改。

【箋注】

〔一〕文當撰於明初洪武元年(一三六八)、二年之間,其時鐵崖寓居松江。繫年依據:文中稱朱元璋爲“天子”,而龔使君乃朱元璋屬將。龔使君:即龔希魯,希魯當爲其字,其名不詳,濠梁(今安徽鳳陽)人。曾受朱元璋委派,赴濠州游説張士誠守將蕭把都,促使蕭把都出降。明初任大都督府指揮使。

參見國初群雄事略卷七周張士誠。

〔二〕思、播：指思州宣撫司、播州宣撫司，二司在元代隷屬湖廣行省，位於今貴州北部。

〔三〕節度使：舊唐書職官志三：“天寶中，緣邊禦戎之地置八節度使。受命之日，賜之旌節，謂之節度使。得以專制軍事。”

〔四〕立大都督府：明太祖實録卷九：“（元至正二十一年辛丑三月）丁丑，改樞密院爲大都督，命樞密院同僉朱文正爲大都督，節制中外諸軍事……時樞密院雖改爲大都督府，而先任官在外者尚仍其舊。”又，明太祖實録卷十四：“（元至正二十四年甲辰三月戊辰）定大都督府等衙門官制。”

〔五〕“鐵鉞琱”二句：山堂肆考卷六十七鐵鉞琱戈：“唐節度使李國貞碑：鐵鉞琱戈，乃主夏盟；山玄朱組，以靖蜀京。”

〔六〕師干：指軍隊。詩小雅采芑：“其車三千，師干之試。”

兩浙運判王侯分漕序〔一〕

聖天子以南服之土地人民未復版圖〔二〕，不忍加兵，選通經練時事者喻威德，使歸諸正。於是王侯某以大司農司都事在選中〔三〕，馳傳至吳。浙省大臣謂蕞爾之寇首鼠之日久①，懼辱天子信使，留弗遣。又明年，省大臣承制授侯判兩浙鹽運事，分司海上〔四〕。竈萌滷插聞侯名，皆手額慶，攜提老稚，讙呼羅拜，願受其條教。退則更相告戒，惟令之共修牢盆〔五〕，積薪草，准②法程石，益拓③池蕩，相時率化。無愆陰奔湍〔六〕，少一戾期，則各知赴功以登歲課。鞭笞愁苦之聲不聞，猜禍吏窟倉場者，奸無所宿。好譖者或設誣辭污巇侯，侯行愈厲，焚香矢於神曰：“某行負朝廷、欺民庶，神不吾祐，否則有以直吾枉。”粤晉而譖者死，民益駭。嘻，凡爲天子命吏，惟誠可以格天，微而至於昆蟲草木，其感應捷若影響，況於逆虜乎！況於齷丁乎！

侯以中原世禄家爲朝廷風紀臣，不幸不揚聲虜廷，喻禍殉國難。及司海王之賦〔七〕，究治本而立行之，又不幸爲猜禍者所害，遂矢於神，神報之若響。嘻，民可欺也，天其可誣哉！

吾悼世之横吏受方伯連率之寄者〔八〕，欺公岡上，鍛煉民以遂其奸④，天若岡聞者，未定故也，定則寧有遺譙乎！吾嘉王侯之能以誠任諸己,又能格諸神,録其治行爲他史勸云。

【校】

① "之日久"三字原本漫漶,四部叢刊本闕"日"字,文淵閣四庫全書本"久"作
　"又",此據四部叢刊本、文淵閣四庫全書本補改。

② 准:原本殘缺,四部叢刊本作"維",據文淵閣四庫全書本補。

③ 拓:四部叢刊本誤作"招"。

④ 奼:四部叢刊本誤作"妍"。

【箋注】

〔一〕文撰於元至正十年(一三五〇),其時鐵崖寓居松江,授學爲生。繫年依
　　據:其一,文中所謂"南服之土地人民未復版圖",蓋指至正八年福建、湖
　　南、廣西等地民變(參見後注),而王侯受職兩浙運判,則在"又明年"。其
　　二,王侯"分司海上",而鐵崖當時寓居松江,故熟知其事。兩浙運判:指
　　江浙行省鹽運司判官,其職位在運副之下、經歷之上。王侯:名字籍貫皆
　　不詳。至正初年任大司農司都事,約於至正八年奉命出使南蠻之地,中途
　　滯留兩浙,至正十年江浙行省授予兩浙鹽運司判官一職,主管上海一帶
　　鹽賦。

〔二〕"聖天子"句:按元史順帝本紀四,至正八年三月,"福建盜起,地遠,難於
　　討捕,詔江、漳二州分立元帥府轄之"。"是月,傜賊吳天保復寇沅州"。
　　四月,"湖廣章伯顏引兵捕土寇莫萬五、蠻雷等。已而廣西峒賊乘隙入寇,
　　伯顏退走"。此蓋即本文所謂"南服之土地人民未復版圖"。

〔三〕大司農司都事:據元史百官志三,元大司農司始設於元世祖至元七年,有
　　領大司農事、大司農卿、少卿、丞、經歷、都事等官職。都事二員,從七品。

〔四〕海上:上海別稱。

〔五〕牢盆:山堂肆考卷七十九修牢盆:"唐劉禹錫作崔公倕碑:崔公斡池鹽於
　　蒲,修牢盆,謹衡石,煎和既精,飴散乃盈。商通而薦至,吏懼而循法。民
　　不絓網而國用益饒……按蘇林曰:'牢,價直也。今世人言顧手牢。'"

〔六〕愆陰奔湍:指氣候異常、水患等災害。漢書五行志:"凡雹,皆冬之愆陽,
　　夏之伏陰也。"顏師古注:"愆,過也。過陽,冬溫也。伏陰,夏寒也。"

〔七〕海王之賦:指鹽賦。參見管子海王篇。

〔八〕方伯連率:泛指地方長官。參見毛詩正義卷三邶風旄丘。

送華亭縣丞盛侯秩滿序^{〔一〕}

　　昔西門豹爲鄴令^{〔二〕},魏文侯誨以就功成名之術^{〔三〕},無他,使其取諸人以爲善而已耳。鄉邑先受坐之士,必敬而禮事之,又使求其掩美揚醜者參驗之。蓋以幽莠似禾,驪牛似虎,白骼似象,碔砆^①似玉,此物以似而亂真者。取人亦然,其得不審歟!

　　廣陵盛侯彦忠^②二尹於華亭,下車之初,首詢邑士之先受坐者,以師禮事之;其次可友者,以友義待之。又必於掩美揚醜者,覆而信其人;其人之翻覆傾危者,遠而去之,如避仇敵。故其取諸人以爲善者,不可數計,旁及乎方外之士,亦所不遺。故其爲治最,績徹上府,民之頌聲不歸令長而歸之二尹,一考之内,三^③易令長,如閲過客,而侯安於佐位,覆如令長,民恃之如慈親,戀戀焉惟恐其秩滿而去也。嘻,二尹之賢於令長也可知矣。探其治本,則聰明不作,智數不自用,而爲吾聰明智數者取諸人,如西門豹而已耳! 彼三易如過客者,其道相反,故其優劣之判如此。上府才其能,賢其德,陞以佐大郡、賓省幕,又何過耶!

　　其去也,方外士自延慶而次凡十人^{〔四〕},徵吾文以餞別。故吾樂書其治,爲侯之贐,且爲他吏之勸云。

【校】

① 碔砆:原本作“武夫”,據文淵閣四庫全書本改。

② 忠:四部叢刊本作“思”。

③ 三:四部叢刊本作“二”。

【箋注】

〔一〕文撰於元至正二十五、二十六年之間。繫年依據:盛彦忠乃張士誠屬官,任職華亭期間,曾參與至正二十四年冬疏浚常熟白茆港之事。而華亭於至正二十七年正月納入朱元璋統治版圖,故盛彦忠於華亭秩滿離任,不得遲於至正二十六年(一三六六)。盛彦忠:嘉慶松江府志卷四十名宦傳:“盛彦忠,廣陵(今江蘇揚州)人。元季爲華亭丞。嘗開白茅河水道,通利嘉興,貝瓊作白茅歌贈之。楊維禎比之古鄴令西門豹云。"按:元至正二十四年(一三六四)冬,張士誠起兵民六十萬,浚常熟白茆港,"長亘九十里,廣三十六丈,委左丞呂珍督之"。其時民怨沸騰,唯有華亭丞盛彦忠"撫民獨至"。參見元季伏莽志卷六盜臣傳張士誠、乾隆華亭縣志卷九名宦傳。

〔二〕西門豹:戰國魏人。生平詳見史記滑稽列傳。鄴:位於今河北臨漳、河南安陽一帶。

〔三〕魏文侯:戰國初期魏國君王。生平詳見史記魏世家。其誨西門豹事,見戰國策卷二十二魏一:"西門豹爲鄴令,而辭乎魏文侯。文侯曰:'子往矣,必就子之功,而成子之名。'西門豹曰:'敢問就功成名亦有術乎?'文侯曰:'有之。夫鄉邑老者而先受坐之士,子入而問其賢良之士而師事之。求其好掩人之美而揚人之醜者而參驗之。夫物多相類而非也,幽莠之幼也似禾,驪牛之黃也似虎,白骨疑象,武夫類玉,此皆似之而非者也。'"

〔四〕延慶:當爲元末華亭僧人名。或以寺廟名借指其住持,亦有可能。松江有延慶講寺,始建於宋,位於"禦千户所東"。元末延慶講寺住持雲谷,與鐵崖交好。參見崇禎松江府志卷五十寺院、鐵崖先生詩集辛集古觀潮圖注。

送團結官劉理問序〔一〕

至正廿六年秋七月,東藩吳主行郡縣團結之政〔二〕,選使之郡。大參周公躬至嘉禾諸郡〔三〕,而理問劉侯至淞江。侯集民高年,用酒食禮推擇爲衆所綱者萬夫長若干人,下至隊長若干甲,大①小相維。

叟贈以言,歸爲國主告:古者團結之政,蓋已見於管仲之理丘兵②矣〔四〕。仲之軍令始於五家之軌,卒伍定于里③,軍政成乎郊,禍福相共,緩急相死〔五〕,此霸國團結民兵之法也。然王家之兵,莫壯於臨淄。蘇秦曰:"臨淄之户七萬計,下户亦三男丁,三七可二十一萬,蓋臨淄之民④素富而實,其俗鬥雞走犬,六博蹹鞠,車轂⑤擊而人肩摩也。故齊之國以臨淄而強,天下莫能當〔六〕。"世降五季,則團結禦寇者適以長寇,民有所謂"白甲軍"者〔七〕,又皆不受令於公家者也。梁貞⑥明五年,吳團結民兵徒保衛鄉里〔八〕。今侯以文武才略輔國主之政,爲國理兵,管氏之令其有不可舉⑦行者乎?吾將叩侯:以吳藩屬郡之民如齊臨淄者有幾⑧哉? 不則吾懼所結者,大抵五季之"白甲"而已耳!

於乎,後世霸國,不患世無仲,而患無臨淄之民也! 吁,安得民如臨淄者,與侯論伯國團結之政也哉!

【校】

① 大: 四部叢刊本作"夫"。
② 管仲: 原本作"管仞",據文淵閣四庫全書本改。下同。丘兵: 原本作"丘丘",據文淵閣四庫全書本改。
③ 于里: 四部叢刊本作"十室"。
④ 萬蓋臨淄之民: 原本漫漶,據文淵閣四庫全書本補。
⑤ 走犬六博蹋鞠車轂: 原本漫漶,四部叢刊本作"走六六轉喻鞠車聲",據文淵閣四庫全書本補。
⑥ 貞: 原本作"真",據文淵閣四庫全書本改。
⑦ 舉: 四部叢刊本作"奉"。
⑧ 幾: 原本作"畿",據四部叢刊本、文淵閣四庫全書本改。

【箋注】

〔一〕文撰於元至正二十六年(一三六六)七月,當時鐵崖寓居松江。僅僅數月之後,松江守臣主動投降於朱元璋。按元史百官志七,理問所設於行省,各所設"理問二員,正四品"。劉理問: 當爲張士誠淮南行省屬官,其名字生平不詳。

〔二〕東藩吳主: 指張士誠。元至正二十三年九月,張士誠在平江(今江蘇蘇州)自立爲吳王。

〔三〕大參周公: 指江浙行省參政周伯琦。周伯琦(一二九八——一三六九)字伯溫,鄱陽(今屬江西)人。歷官浙西肅政廉訪使,拜江浙行省參知政事,招諭張士誠,進左丞,分治於蘇。至正二十四年,除江南諸道行御史臺侍御史。明初引歸鄱陽。洪武二年卒於家,享年七十有二。其生平事迹參見宋濂元故資政大夫江南諸道行御史臺侍御史周府君墓銘、列朝詩集甲前集周侍御史伯琦。按: 鐵崖撰此文時,周伯琦實際官職爲江南諸道行御史臺侍御史,仍稱之爲"大參",蓋因習慣所致。嘉禾: 即嘉興(今屬浙江)。按: 周伯琦晚年事迹,史料記載不一,故此稍作辨析。錢謙益列朝詩集:"伯溫爲士誠所羈,留平江十餘年,堅臥不出。"此説與事實不符。據宋濂撰墓志銘,至正十四年,伯琦以丁母憂寓居蘇州。次年,授江東肅政廉訪使之職,後改爲浙西肅政廉訪使。十七年,以參知政事身份招諭張士誠之後,朝廷授予實職。十九年,主持江浙行省鄉試,并以江浙行省左丞身份"分治"於蘇州,主持海運事宜。二十三年,正式擢爲江浙行省左丞,次年又擢爲江南諸道行御史臺侍御史。儘管蘇州、杭州一帶當時爲張士誠割據,但張士誠優待文人學士,表面上歸順朝廷,周伯琦還是有職有權。至正二十三年九月,張士誠自立爲吳王。次年正月,朱元璋亦登吳王之位。江南行御史臺御史大夫、江浙丞相先後自盡。周伯琦知大勢已去,憂憤絶食以求一死。但其求死,并非針對張士誠,而是失望於元朝政權。又,作爲元官,周伯琦於明初免遭流放或監禁,與宋濂有關。張士誠滅亡後,周伯琦卧病蘇州旅舍,欲歸鄉而不能,實遭軟禁。洪武元年夏,宋濂"以總裁元史被召",由家鄉返回金陵,道過蘇州,得遇伯琦,遂向守軍"道聖天子優禮舊臣之意",方才獲釋。次年六月,周伯琦卒於家。

〔四〕管仲:春秋時齊國丞相。國語卷六齊語:"管子於是制國:五家爲軌,軌爲之長;十軌爲里,里有司;四里爲連,連爲之長;十連爲鄉,鄉有良人焉。以爲軍令。"又,木鍾集卷七周禮:"軍賦之法,四井爲邑,四邑爲丘,四丘爲甸……大約七家合出一兵,所謂民皆可爲兵而不盡爲兵也。內政自五家之軌而至於十連之鄉,大約周比閭之法,自五人之伍而至於二千五百人之師,大約寓兵於農之意。但家出一兵,與丘甸之法異,此強國之丘也。"

〔五〕"仲之軍令"五句:漢書刑法志:"至齊桓公任用管仲,而國富民安。公問行伯用師之道,管仲曰:'公欲定卒伍,修甲兵,大國亦將修之,而小國設備,則難以速得志矣。'於是乃作內政而寓軍令焉。故卒伍定虖里,而軍政成虖郊。連其什伍,居處同樂,死生同憂,禍福共之。故夜戰則其聲相聞,晝戰則其目相見,緩急足以相死。"

〔六〕"蘇秦曰"十句:參見史記蘇秦列傳。臨淄,春秋時齊國都城,位於今山東淄博。

〔七〕白甲軍:通鑑紀事本末卷四十二世宗征淮南:"初,唐人以茶鹽强民而徵其粟帛,謂之'博徵',又興營田於淮南,民甚苦之。及周師至,爭奉牛酒迎勞。而將帥不之恤,專事俘掠,視民如土芥。民皆失望,相聚山澤,立堡壁自固,操農器爲兵,積紙爲甲,時人謂之'白甲軍'。周兵討之,屢爲所敗,先所得唐諸州,多復爲唐有。"

〔八〕貞明五年:公元九一九年。貞明爲五代時後梁末帝年號。資治通鑑卷二百七十一後梁紀六均王下:"(貞明五年)吳禁民私畜兵器,盜賊益繁。御史臺主簿京兆盧樞上言:'今四方分争,宜教民戰。且善人畏法禁而奸民弄干戈,是欲偃武而反招盜也。宜團結民兵,使之習戰,自衛鄉里。'從之。"

俞①公參政序〔一〕

參政不見官於周,起於後魏,隋、唐因之,亦以職相者或有不及,故使參焉。職雖下相一等,而抗其職者在焉,則貳台衡、爕元化②,蓋亦行相事矣。參之位也,不亦重已哉!非老成有謨議、堅凝而勁正者,弗足以居之。

淮行省在吳門〔二〕,太尉張公實領之。參預其政者,或出自辟,而自辟者非一已好惡之利,亦公論之出也。泰③陵俞公希賢,嘗以正諫居參咨幕府,諫有不從,輒求去。凡上公府有大刑政、大典禮,必先預其議,反覆裁訂,至當其可而後止,府中稱骨鯁臣。予聞昔忠肅魯公參大政〔三〕,權貴人憚其骨鯁,目爲"魚頭參政"。公以參咨府骨鯁參政相垣,其不爲"魚頭魯公"乎?然昔之"魚頭"内忠於天子昇平之朝,今公匡救於藩國反④正之日〔四〕,其糾撥亂邪,風力凜凜焉者,不又難於昔之"魚頭"乎?於戲,一邪正之進退,一國之安危繫焉。惟公之系安危者,至以身之去就爭之,吾見上公府之有人,而淮之民蒙利,利及於江浙之民者,於公是已。

予辱與公友,樂公有操,而期公之有爲,故叙以言之,公必有以證吾言之不人妄也。

【校】

① 俞:原本作"余",文内則作"俞",據文内改。
② 元化:原本漫漶,據文淵閣四庫全書本補。元:四部叢刊本作"武"。
③ 泰:原本作"秦",逕改。
④ 反:四部叢刊本作"及"。

【箋注】

〔一〕文當撰於元至正二十三年(一三六三)九月之後不久,其時鐵崖寓居松江。
　　繫年依據:本文稱俞希賢爲"參政",而俞希賢被授予淮南行省參知政事

一職,在至正二十三年九月張士誠自立爲吴王之際。當時俞希賢犯顔極
諫,本文所謂"今公匡救於藩國反正之日"云云,蓋即指此。參見鐵崖撰骨
鯁臣傳(載本書佚文編)。俞希賢:其姓或作余;其名記載不一,或作齊
賢,或作思齊;其字中夫,或作中孚、忠夫,別字斗南。參見元季伏莽志卷
六高蹈傳、梧溪集卷四哀故淮省郎中海陵俞忠夫。泰陵,指泰州(今屬江
蘇)。按:或謂俞希賢爲泰陵人,或謂海陵人,實即揚州路泰州海陵縣人。
元史地理志二:"泰州:唐更海陵縣曰吴陵,置吴州,尋廢。南唐升泰州。
元至元十四年立泰州路總管府,二十一年改爲州,隸揚州路,領二縣:海
陵,如皋。"

〔二〕淮行省:即淮南行省,至正十七年秋創設於蘇州。元史順帝本紀:"(至正
十七年八月)平江路張士誠俾前江南行臺御史中丞蠻子海牙爲書請降,江
浙左丞相達識帖睦邇承制令參知政事周伯琦等至平江撫諭之。詔以士誠
爲太尉,士德爲淮南行省平章政事。"

〔三〕忠肅魯公:指北宋魯宗道。宗道於仁宗時任户部郎中、龍圖閣直學士。
嫉惡如仇,自貴戚用事者皆憚之,目爲"魚頭參政",因其姓且言骨鯁如魚
頭也。卒,"太常議謚曰剛簡,復改爲肅簡。議者以爲'肅'不若'剛'爲得
其實"。參見宋史魯宗道傳。

〔四〕匡救於藩國反正之日:當指俞希賢力促張士誠接受朝廷招安,并主張漕
貢。國初群雄事略卷七周張士誠:"淮省郎中俞齊賢,字中夫,海陵人,本
陰陽家者流。張太尉開藩,俞與有功,達識丞相奏除前職。及太尉稱吴
王,累犯顔諫止,不聽,且板授淮省參政,遂杜門謝病以卒。(王逢詩序)俞
思齊,泰州人。士誠稱王,聽諛臣之言,不漕貢。思齊獨言,曰:'向爲賊,
不貢猶可;今爲臣,可乎?'士誠怒,抵案仆地而入。思齊知不可事,即棄官
稱疾而隱。楊維禎作骨鯁臣傳。(平吴録)"

送提控案牘李君秩滿序〔一〕

府控牘官視大郡照磨官〔二〕,不出吏部選,而二千石以賓禮禮其人
者,爲其贊治於二千石也①。

華亭以户口之庶升松江會府〔三〕,賦税輸四十萬。自淮兵渡江〔四〕,
駐吴爲方面。松以近輔雄緊爲吴犬②牙地,初以將官帶二千石事〔五〕,
馬步帶法曹〔六〕。邇者兵革稍戢,郡府還牧守,而別駕、判、推尚多缺

焉。幕有^③提控案牘,二其分寄者,豈惟文案哉!官民僧道及海塗土田^④之賦,加舊十六;户口徭役、獄訟聽斷、營造供億,亦倍蓰於曩時。雖府長得人,而幕佐乏材,長亦不能主辦^⑤。故其選也,必擇才具絶人者居之,其責比古長史司馬而功居半刺〔七〕,其罷軟不勝任者,不敢覬而處焉。

邗城李君實氏,輟淮東憲史〔八〕,居控牘於松。户口徭役、獄訟聽斷、營造供億,加以一時濬河築城漕餉之劇,皆能相其府長,了於從容談笑之頃。上不失責而下不寡恩,野無怨聲,府有坐嘯,宜爲長所賓禮,異於罷軟不勝任者。今秩滿去,長如失其友,寮如失其師,民父老如失其蓍蔡衡^⑥石。其行也,張於西關之外,父老談道其能且賢者,謁文於會稽楊某以祖之。予客松,耳目其贊治者,與父老之言合,於是乎書。九月初四日其交承維揚秦文繹彦思求書上軸〔九〕。

【校】

① 千石也:原本爲墨丁,據文淵閣四庫全書本補。

② 犬:原本作"大",據文淵閣四庫全書本改。

③ 有:四部叢刊本作"言"。

④ 田:四部叢刊本作"舊"。

⑤ 辦:原本作"辨",據文淵閣四庫全書本改。

⑥ 衡:四部叢刊本作"衛"。

【箋注】

〔一〕文撰書於明洪武二年(一三六九)九月四日,其時鐵崖寓居松江。繫年依據:提控案牘李君乃朱元璋部下,其任職於華亭,當始於吳元年(一三六七)正月,即明軍佔領松江之初。本文既曰"邇者兵革稍戢",又曰"今秩滿去",可見其任職松江已近三年。李君:字君實,邗城人。元末曾任淮東憲史,約於吳元年至洪武二年間任松江府提控案牘。邗城:古城名,位於廣陵城東南。參見水經注淮水。此指今揚州。按:光緒增修甘泉縣志卷十二人物傳載李君實小傳,實源自本文。

〔二〕照磨:元史百官志一:"(中書省掾屬)照磨一員,正八品。掌磨勘左右司錢穀出納、營繕料例,凡數計、文牘、簿籍之事。"按:當時中央及地方行政機構多設照磨、提控案牘之職,因處理事務類似,或以提控案牘兼任照磨。

〔三〕"華亭"句：元史世祖本紀："（至元十五年二月），改華亭縣爲松江府。"又，元史地理志："元至元十四年，升爲華亭府。十五年，改松江府，仍置華亭縣以隸之。"

〔四〕淮兵：指朱元璋軍隊。

〔五〕二千石：指郡守。

〔六〕法曹：司法部門及其官員。

〔七〕功居半刺：意爲提控案牘之擔當及其功效，堪比半個郡守，與別駕、通判等大致相同。宋吳曾能改齋漫錄卷六事實別駕別乘："別駕始後漢，州置別駕治中。然則別駕者，官之名也。……晉庾亮與郭游書云：'別駕舊與別乘同，流王化於萬里，任居刺史之半。'"

〔八〕淮東憲：蓋指元代江北淮東道肅政廉訪司，此司設於揚州（今屬江蘇）。參見元史地理志二。

〔九〕秦文繹：字彦思，維揚（今江蘇揚州）人。明初任侍儀使，洪武三年三月任户部郎中，同年九月爲禮部侍郎，次年擢爲户部尚書。參見明太祖實錄卷五十、卷五十六、卷六十四有關記載。

送張先生赴河南幕府序〔一〕

昔孔門諸子言志，有勇士、有辯士、有聖士之分，而聖士始可爲王佐才也。子路願得白羽如月、赤羽如火，鐘鼓者震天，刀槊者連地①，將而攻之，前無敵國，夫子許以勇士者，其人也。子貢欲素衣縞冠，使於兩國之間，不持尺寸之兵、升斗之糧，使兩國相親如弟兄，夫子許以辯士者，其人也。惟顏淵異二子之撰，願相明王，使城郭不治，溝池不鑿，陰②陽和調，人物繁阜，鑄庫之兵化爲農器，夫子許其聖士者，此也〔二〕。

余爲之嘅然曰："聖門諸子不幸生於亂世，而有可以强兵、可以排難、可以宰天下而安百姓者，其才無不備。由、賜之强兵排難者〔三〕，隨才以見矣；大不幸，顏淵之相業不見於時也。吾歎今世果無其人乎？抑有而無國君以主之乎？吾不得而知也。"

廼者河南省察罕公以天下大將軍佐天子中興〔四〕，不遠數千里起張先生某於天台、雁宕之間〔五〕。先生隱居避世，學顏淵之學者也。學顔淵之學,則志顔淵之志。今赴河南,縣之見明天子,將以顔淵子之望,望其王佐之治已。吾聞河南公幕府有君子營者五千人,奮長戟蕩三軍,如由之能者有其人矣;謄辯舌伐甲兵,如賜之能者亦有其人矣。顧未知銷兵爲農器、撥亂還王道者,有其人乎無也。果無也,吾於先生屬之。先生能展顔子之所能,使由、賜其人無以施其能,則河南之業成矣,先生之志行矣。慎勿曰"蘭茝不與鮑魚同肆[六]、皋、夔不與逢、比同時[七]"。

【校】

① 刀:原本作"力",據文淵閣四庫全書本改。地:四部叢刊本作"理"。
② 陰:原本無,據文淵閣四庫全書本補。

【箋注】

〔一〕文撰於元至正十九年(一三五九)秋冬之間,其時鐵崖尚未徙家松江,寓居杭州,廣交各地士子。繫年依據:文中曰"河南省察罕公以天下大將軍佐天子中興",指察罕於至正十九年八月平定河南之後,欲有所作爲而網羅人才,張先生即應召而去。張先生:名字生平不詳。家居天台、雁蕩(今屬浙江省)一帶。元季曾隱居避世,應察罕之徵而遠赴河南,爲其幕僚。

〔二〕"昔孔門諸子言志"以下至"此也":孔子與弟子子路、子貢、顔淵等游於戎山之上,有此對話。參見韓詩外傳卷九。

〔三〕由:指子路,其姓名爲仲由。賜:指子貢,其姓名爲端木賜。

〔四〕河南省察罕公:指河南行省平章政事兼知河南行樞密院事察罕帖木兒。元史察罕帖木兒傳:"察罕帖木兒字廷瑞,系出北庭……(至正)十二年,察罕帖木兒乃奮起義兵,沈丘之子弟從者數百人……(至正十九年八月)河南悉定。獻捷京師,歡聲動中外。以功拜河南行省平章政事,兼知河南行樞密院事,陝西行臺御史中丞,仍便宜行事,詔告天下……(察罕)謀大舉以復山東。"

〔五〕雁宕:即雁蕩。天台、雁蕩皆爲山名,位於今浙江省東南。

〔六〕蘭茝不與鮑魚同肆:孔子家語卷四六本:"與善人居,如入芝蘭之室,久而不聞其香,即與之化矣。與不善人居,如入鮑魚之肆,久而不聞其臭,亦與之化矣。"

〔七〕皋、夔:指皋陶、夔,相傳爲堯、舜時人,後世賢臣之楷模。逢、比:指龍逢、

<u>比干</u>,<u>夏桀</u> <u>商紂</u>時之忠臣,因直言抗諫而招致殺身之禍。

送張憲之汴梁序^{〔一〕}

<u>會稽</u> <u>張憲</u>與<u>奉元</u> <u>趙信</u>俱游吾門^{〔二〕},二人者各負忠義之氣、經濟之才,而未遇大知己以施諸行事也。<u>至正甲午</u>^{〔三〕},<u>憲</u>嘗以布衣上書辯章<u>三旦公</u>^{〔四〕},公奇之,列置三軍之上,出奇料敵,言一一中。表爲某官,非其志,弗就。乙未春^{〔五〕},寇復陷<u>常</u>、<u>湖</u>,又以策干<u>苗</u>部之總兵者^{〔六〕},不能聽,輒去。嗚嗚^①泣下,釃酒祝期偉人佐世。太尉<u>張公</u>聞<u>憲</u>名^{〔七〕},辟以行人,俾游説<u>江東</u>,且輸平于^②<u>淮安</u>^{〔八〕}。來别曰:“<u>憲</u>行,必見<u>察大將</u>也^{〔九〕},得吾師一言之教,<u>憲</u>有以藉於<u>察公</u>矣。”

予聞<u>唐</u>相臣<u>裴度</u>之佐主中興也,延攬遺傑,恢復失土。入懸瓠者,以<u>愬</u>之勇^{〔十〕};獻<u>德</u>、<u>棣</u>者,以<u>眘</u>之辯^{〔十一〕}。一武一文,各適其用,此所以成功之易也。今大將^③,人期爲<u>唐</u>之<u>度</u>也,豪傑歸之惟恐後,顧得一二^④<u>眘</u>、<u>愬</u>已乎? 倘得,昇寇不足平矣^{〔十二〕}。<u>信</u>既行^{〔十三〕},予以<u>愬</u>期之;子復踵往,<u>眘</u>之所長當屬子矣。子勉之。使大將之門三千客中、十九人内^{〔十四〕},稱有<u>趙</u>、<u>張</u>兩奇士,豈惟光吾門也哉!

【校】

① 嗚嗚:原本誤作“鳴鳴”,據四部叢刊本、<u>文淵閣</u> 四庫全書本改。

② 平:<u>文淵閣</u> 四庫全書本作“米”。

③ 將:<u>文淵閣</u> 四庫全書本誤作“尉”。按:其時<u>張憲</u>前往<u>汴梁</u>,<u>鐵崖</u>希望<u>察罕帖木兒</u>有助<u>元朝</u>中興,擬以爲<u>裴度</u>,并非指太尉<u>張士誠</u>。參見本卷<u>送張先生赴河南幕府序</u>。

④ 得一二:原本作“一得一”,據<u>文淵閣</u> 四庫全書本改。

【箋注】

〔一〕文撰於元<u>至正</u>十九年(一三五九)八月或稍後,其時<u>鐵崖</u>暫寓<u>杭州</u>。繫年依據:文中以<u>察罕帖木兒</u>比附<u>唐朝</u>相臣<u>裴度</u>,期待<u>察罕</u>“佐主中興”。按<u>元史</u> <u>察罕帖木兒傳</u>,<u>察罕</u>於<u>至正</u>十九年八月攻下<u>汴梁</u>,平定<u>河南</u>。<u>張憲</u>奉命北上<u>汴梁</u>見<u>察罕</u>,當在此後不久。<u>張憲</u>:<u>列朝詩集</u>甲集前編第十玉笥生張憲:"憲字思廉,山陰人。負才不羈,薄游四方,誓不娶不歸鄉里。嘗走京師,創言天下事,衆駭其狂。還,入富春山中,混緇黃以自放……淮張據吳,禮致爲樞密院都事。吳亡,變姓名,走杭州,寄食報國寺。旦暮手一編,人不得窺。死後視之,其平生所作詩也。楊廉夫云:'吾用三體詠史,古樂府不易到,吾門惟張憲能之。'又曰:'吾鐵門稱能詩者,南北凡百餘人。求其似憲及吳下袁華輩者,不能十人。'"按:張憲有玉笥集傳世。

〔二〕趙信:奉元(位於今陝西西安)人。身長九尺,有文武略,亦善舞劍。著有陣圖新語。參見東維子文集卷三十陣圖新語叙、鐵崖先生古樂府補卷六趙公子舞劍歌。

〔三〕至正甲午:至正十四年(一三五四)。

〔四〕三旦公:即三旦八,元至正間任江浙行省平章政事。參見鐵崖文集卷二江浙平章三旦八公勛德碑。

〔五〕乙未:指元至正十五年(一三五五)。

〔六〕按:文中謂至正十五年乙未春,常、湖一度失陷,張憲"以策干苗部之總兵者"云云,疑所述并非"乙未年",而是次年至正十六年事。元史順帝本紀七:"(至正十六年二月)高郵張士誠陷平江路,據之。改平江路爲隆平府。遂陷湖州、松江、常州。"其時元廷無力抵禦張士誠,遂借用楊完者爲首之苗軍。參見續資治通鑒卷二百十三元紀三十一相關記載。

〔七〕太尉張公:即張士誠。至正十七年八月,詔以張士誠爲太尉。參見元史順帝本紀。

〔八〕淮安:路名,下轄四縣三州,大致位於今江蘇北部、安徽東北一帶。按:至正二十年前後,張士誠所據郡縣曾南至紹興,與方國珍接境;北有通、泰、高郵、淮安、徐、宿、濠、泗,又北至於濟寧,與山東相距。參見明太祖實錄卷十八。

〔九〕察大將:即察罕帖木兒。參見本卷送張先生赴河南幕府序。

〔十〕"入懸瓠者"二句:指唐代大將李愬襲破懸瓠城,擒吳元濟,事見舊唐書裴度傳。

〔十一〕耆:指柏耆。資治通鑑卷二百四十唐紀五十六:"裴度之在淮西也,布衣柏耆以策干韓愈曰:'吳元濟既就擒,王承宗破膽矣,願得奉丞相書往説之,可不煩兵而服。'愈白度,爲書遣之。承宗懼,求哀於田弘正,請以二子爲質,及獻德、棣二州,輸租税,請官吏。"

〔十二〕昇寇:昇州之寇,指朱元璋所率起義軍。按:昇州爲金陵別稱,朱元璋於至正十六年三月攻佔金陵。

〔十三〕信：即趙信。按：據本文，趙信先於張憲北上。然趙信最終似未受命於
　　　張士誠。據東維子文集卷三十陣圖新語叙，“江浙樞府曾官授其人”，
　　　“耶律氏有禮羅其人”，趙信皆未任其職。張憲投奔張士誠之後，趙信仍
　　　隱居鄉野。

〔十四〕三千客中、十九人內：指戰國時，孟嘗君田文門下食客三千，平原君趙
　　　勝門客中有所謂勇力文武具備者十九人。詳見史記孟嘗君列傳、平原
　　　君列傳。

送倪進士中會試京師序〔一〕

　　華亭倪中，字德中。予在璜溪時〔二〕，嘗從予游，於學有異能解，行
修志立，一時行輩推服之。至正壬寅〔三〕，浙省貢士三十有二人，中名
上游。明年會試，以病不行。今年丙午〔四〕，會試於京，優其蹈海而來
者〔五〕；即奉大對，倫魁又不限南士。天子親以制科策子①大夫，詢以時
政之急，中以極言骨鯁應之，其爲漢、南第一人必矣〔六〕。

　　自兵興來，士氣不振將二十年。朝廷貢舉，未有卓然輩出，追隆
延祐、泰定之盛〔七〕。授牒以出者，類亡治狀。至是尫牒換縞，更夤取
逢，呼吸折節以賣其所自出。若是者，豈徒辱科，其辱國甚矣。自漢
舉賢良，榮以仲舒〔八〕，而辱以公孫弘〔九〕。唐舉進士，榮以陸贄、韓
愈〔十〕，而辱於皇甫鎛、王涯之流〔十一〕。宋舉進士，榮以韓琦、歐陽
修〔十二〕，而辱於丁謂、王介甫之輩〔十三〕。於乎，士之出於一日場屋，言
辭俯仰之頃，遂爲天下後世成敗毀譽之繫如此，此今天子之屬精發情
而親策子大夫，務得真材之用也。

　　甲上第（句），科以之榮、國以之華者，吾有屬於中矣。中尚以予言
勉之，期無負于②師，無負予明天子也。

【校】

① “子大夫”之“子”，文淵閣四庫全書本作“于”。下同。

② 于：原本作“予”，據四部叢刊本改。

【箋注】

〔一〕文撰於元至正二十六年丙午(一三六六)初春,其時鐵崖寓居松江。繫年依據:本文乃送行之作,當作於倪中動身赴京趕考之前。據元史順帝本紀,至正二十六年丙午三月乙未,廷試進士七十二人。本文既曰"今年丙午,會試於京",倪中趕此三月考場,最遲於初春必須動身。倪中:字德中,華亭(今屬上海市)人。至正九年始從鐵崖受學。曾於至正二十二年、二十五年連續考中江浙行省鄉貢進士。又據乾隆金山縣志卷十八吕恒傳,倪中與松江璜溪吕恒、馮瀅、富春吴毅、會稽韓奕、檇李貝瓊及殷奎等爲友,時稱"璜溪七子"。按:本文稱倪中爲"進士",實指江浙行省之"鄉貢進士"。至於至正丙午年倪中是否抵達京城,參與考試;是否金榜題名,在此七十二人之中,皆不得而知。今人沈仁國撰錢大昕元進士考中至正末四科進士續考一文,根據本文將倪中納入至正二十六年進士名單之中,誤。(沈文載元史及民族史研究集刊第十六輯。)

〔二〕予在璜溪時:指元至正九、十年間,鐵崖在松江璜溪吕輔之義塾授春秋學。

〔三〕至正壬寅:至正二十二年(一三六二)。

〔四〕丙午:指至正二十六年(一三六六)。

〔五〕優其蹈海而來者:意爲優待南方舉子。按:其時中原戰亂,南北交通阻絕,南方士子或乘海船北上京師趕考。

〔六〕漢、南第一人:即左榜狀元。按:元朝科舉,分進士爲兩榜,蒙古、色目人爲右榜,漢人、南人爲左榜。

〔七〕延祐:元仁宗年號,公元一三一四年至一三二〇年。元代科舉始於延祐二年。泰定:元泰定帝年號,公元一三二四年至一三二八年。鐵崖爲泰定四年進士。

〔八〕仲舒:指西漢董仲舒。漢書董仲舒傳:"武帝即位,舉賢良文學之士前後百數,而仲舒以賢良對策焉……對既畢,天子以仲舒爲江都相,事易王……贊曰:劉向稱'董仲舒有王佐之材,雖伊、吕亡以加,管、晏之屬,伯者之佐,殆不及也'。"

〔九〕公孫弘:漢書公孫弘傳:"武帝初即位,招賢良文學士。是時弘年六十,以賢良徵爲博士。使匈奴,還報,不合意,上怒,以爲不能。弘乃移病免歸。"又,宋李光撰讀易詳説卷十:"人固有徼名取譽,刻僞矯揉,爲難能之行若公孫弘之流。然非其性之所安,則近于詐妄,此聖賢之所深嫉也。"

〔十〕陸贄、韓愈：宋呂夏卿撰唐書直筆卷三特傳：“備賢愚，紀成敗，功高行稱特傳。若魏文公、裴度、陸贄、韓愈，皆特立一傳。”陸贄、韓愈，兩唐書皆有傳。

〔十一〕皇甫鎛、王涯：舊唐書皇甫鎛傳：“史臣曰：奸邪害正，自古有之，而矯誕無忌，妬賢傷善，未有如延齡、皇甫之甚也。”舊唐書王涯傳：“涯博學好古，能爲文，以辭藝登科，踐揚清峻。而貪權固寵，不遠邪佞之流，以至赤族。”

〔十二〕韓琦、歐陽修：建炎以來繫年要録卷一百五十六：“仁宗皇帝時，高若訥等在朝，久相攪擾。至嘉祐間，韓琦、歐陽修協恭贊助，方成太平之治。”韓琦、歐陽修，宋史皆有傳。

〔十三〕丁謂：北宋真宗年間宰相。介甫：王安石字。按：丁謂、王安石，宋史皆有傳。

送華亭主簿張侯明善序〔一〕

天下錢糧計所百萬，而吳爲最。吳州辟計所百所，而松爲甲。淞兩邑：華亭、上海，歲亦一百五十餘萬。自張氏來〔二〕，兵賦繁興，民力單①矣。重罹錢氏之禍〔三〕，群萌凋喪，流走者十六七。今逢聖明，統有南北，首立司農，經理土②畝〔四〕；慎選守令，申以農事，所重在乎國賦也。守令於松者，往往如履陷穽，則以民貧③賦劇，律之簿責者甚嚴，而恐恐乎咎之及也。

郡守林公下車〔五〕，未遑他事，首以國賦爲第一義。攸屬之官，與以期會，申以賞罰，而華亭主簿張侯明善所分堡社，督力有方④，獨奏先集之功。堡父老無怨言，且群謁鐵史先生，乞文以送之。予喜侯爲曹、濮公卿之胄〔六〕，青年敏學，有治才，盍侈之言，而況重以群公之命。遂爲叙其事而以詩四章：

淞租一百五十萬，比似他邦十倍過。不是乘除贏⑤縮妙，催科下下穽人多。

白粲⑥紅鮮百萬艘，張侯三法獨稱優。黃堂賞罰明懲勸，綵帳旌功第一籌。

道不拾遺戶不關，田萊盡闢驛橋完。金陵天使如相問，此是莘鄉好宰官。

　　風雲有路開騏驥，枳棘無巢宿鳳凰。東閣相君爲座主，便從玉筍立朝班⑦。

【校】

① 單：文淵閣四庫全書本作“癉”。

② 土：原本作“上”，據文淵閣四庫全書本改。

③ 貧：原本爲墨丁，據文淵閣四庫全書本補。

④ 方：四部叢刊本作“旨”。

⑤ 嬴：原本作“嬴”，據文淵閣四庫全書本改。

⑥ 粲：原本爲墨丁，據文淵閣四庫全書本補。

⑦ 立朝班：文淵閣四庫全書本作“贊當陽”。

【箋注】

〔一〕文撰於明洪武二年(一三七〇)冬，其時鐵崖寓居松江。繫年依據：文中謂“郡守林公下車”云云，林公到松江上任，當在洪武二年九月，即前松江知府陳寧離任之際。而此年歲末，鐵崖應徵赴金陵修禮樂書，故知本文必撰於洪武二年九月之後，同年十二月以前。張明善：明善當爲其字。明初任華亭縣主簿，有治才。按：明初松江知府任職時間，史料記載多誤，故稍作辨析。據正德松江府志卷二十二守令題名：“陳寧，洪武元年任。林慶，三年任。”(林慶，應作林公慶。參見後注。)然而鐵崖於洪武二年歲末應召赴京，次年四月因肺病返回松江，不久病逝。林公慶到松江上任，顯然應當在洪武二年鐵崖動身前往京師以前。事實上，正德松江府志不僅著録林公慶到任時間有誤，所謂“陳寧，洪武元年任”，亦不正確。洪武元年出任松江知府者，當爲盛昇。陳寧於洪武二年秋繼任，當年九月即調離。而於陳寧調離之際接任松江知府者，當即林公慶。此外，本文所謂“首以國賦爲第一義”，所謂“白粲紅鮮百萬艘”等等，似亦可以作爲佐證，證明林公慶接任松江知府，正值洪武二年秋冬時節。因爲徵收國賦秋糧，乃秋收季節地方官之第一要務。參見東維子文集卷二送檢校王君蓋昌還京序、卷三送山西省參知政事陳公序。

〔二〕張氏：指張士誠。

〔三〕錢氏之禍：指吳元年(即元至正二十七年)四月，松江大户錢鶴皋聚衆抗命，聯絡張士誠起事，因此遭致明軍鎮壓。參見東維子集卷一送祝正夫赴召如京序注。

〔四〕“首立司農”二句：參見本卷送經理官黃侯還京序。

〔五〕郡守林公：指松江知府林公慶。明詩綜卷五林公慶：“公慶（小字注曰：
　　“松江新舊府志失書‘公’字。”），字孟善，處州人。明初官翰林，出爲松江
　　知府。詩話：孟善守松江，葬三高士於干山東麓。”按：林公慶善詩，與鐵
　　崖友人唐肅、袁凱等均有唱和。唐肅丹崖集卷三聯句序云：“丁未九月二
　　十有二日……寓南京，會飲林公慶孟善所……同會者：陳世昌彦博、徐一
　　夔大章、張翥翔南、牛諒士良、朱升允升。”又，袁凱海叟集卷三追次林太
　　守孟善韻林乃某之舉主詩曰：“當代何人似班馬，欲書循吏與流傳。”

〔六〕曹：春秋國名，位於今山東西部。濮：濮陽，位於今河南東北。

送譚知事赴河南省掾序〔一〕

　　濟南譚君清叔，由奎章閣屬史①授儒教〔二〕，再轉而爲平江路知
事〔三〕。於幕員在經歷左，然吏抱牘進，不涉其筆，長不敢先事，故府中
事無鉅細，得持可否。君參幕員以來，議可贊不，咸一一當理。府疑
比未決，輒就咨訪。吏伏民隱未露雪，又能發白之。同列風裁以君
振，長官賓對以君肅，然猶以不得行平生志爲慊慊。年考未滿，而河
南行省辟爲屬掾。濱行，吳人士爲祖帳西風②門，而乞余言以爲君贈。

　　予惟今之負才而仕者，往往限資格以爲進退，而吏部於③恒格外，
崇選用之科，或一再歲④輒遷，甚近者，或七八⑤月、四三月，未嘗有及
考者。吁，用賢法當爾也。今譚君暴起身閣史，不二十年，躋七品秩，
贊留守，佐行垣，非其才名操行足以遭⑥於時，而行丞相府又推中朝選
用之科爲急賢⑦之務〔四〕，曷致是乎⑧？

　　夫河南爲省，控要會於四方〔五〕，禮樂文物，海内之所瞻而尚焉⑨者
也。君出贊，重裨政令，以成行丞相方面之功，亦可以少伸所用矣。
用彌大，聲彌振，中朝急賢者又以選用法拔而進之，由是以佐相府者
上佐□當宁⑩，以大流惠於天下，豈不在譚君乎哉！

　　惟君益勉，所至以答所選而已耳。至正七年十月廿有二日序。

【校】

① 史：文淵閣四庫全書本作“吏”。

② 風:疑爲"閶"之誤寫。蘇州有古城門曰閶門,位於城西,故又稱西閶門。參見同治蘇州府志卷四城池。

③ 於:四部叢刊本作"以"。

④ 再歲:原本漫漶,據文淵閣四庫全書本補。

⑤ 或七八:原本漫漶,據文淵閣四庫全書本補。

⑥ 留守佐行垣非其才名操行足以遭:原本漫漶,據文淵閣四庫全書本補。

⑦ 用之科爲急賢:原本漫漶,據文淵閣四庫全書本補。科:四部叢刊本作"利"。

⑧ 致是乎:原本漫漶,據文淵閣四庫全書本補。

⑨ 瞻:四部叢刊本作"瞻"。焉:四部叢刊本作"爲"。

⑩ □:文淵閣四庫全書本無此闕字。宁:四部叢刊本作"守"。

【箋注】

〔一〕文撰於元至正七年(一三四七)十月二十二日,其時鐵崖攜妻兒寓居蘇州,授學爲生。譚知事:即譚清叔,其名不詳,濟南(今屬山東)人。元季在世,歷任奎章閣屬吏、教職,元至正六年前後任平江路知事,至正七年十月轉任河南省掾。在平江路任職時,與鐵崖、朱德潤等文人皆有交往。朱德潤亦曾於至正七年十月既望日撰文,送譚清叔赴河南。參見存復齋文集卷四送譚清叔知事赴河南省掾序。

〔二〕奎章閣:元史百官志:"奎章閣學士院,秩正二品,天曆二年立於興聖殿西。……奏差、典吏各二人,給使八人。"

〔三〕平江路:隸屬於江浙行省,今江蘇省蘇州市。知事:職位低於經歷,故下文曰"於幕員在經歷左"。

〔四〕行丞相府:此指河南行省。

〔五〕"夫河南爲省"二句:河南省全稱爲河南江北等處行中書省,下轄十二路、七府、三十五州、一百八十二縣。參見元史地理志。

送陳汝嘉漕掾秩滿序〔一〕

國朝入仕之門,莫尚進士科,然士之懷抱才藝者,不能人由科而進也。轉科之業,入司櫝吏爲起身者,制書亦許之。故儒①者以司櫝吏積勞而階於宰輔者,亦往往有焉,不必其劣於②進士科也。

華亭陳汝嘉世業儒,始以文學自奮,躓於場屋。於是用毗陵郡侯薛公之辭[二],爲司檜吏。及考,漕府復以汝嘉之才,復辟爲案檜之司[三]。今復書考,又將轉之於帥閫。過此則陞省垣、入流品、官州縣,而有民社之寄矣。

吾聞汝嘉之吏於郡也,廉而克勤,佐其守以行者,歷歷可稱道;居漕府也,屢駕風舶涉洋海[四],周之以智慮,濟之以忠誠,故調粟至京,如履砥道而往,功捷而數亡折閱③[五],上所眷其勞而資之者甚厚。嗚呼,以汝嘉既往之行觀之,則將來之績蓋有可言者已。汝嘉年方强而志甚遠,循格而進,都穹秩、食厚禄可指日俟。況其材實益茂、聲猷益大,執政者一汲引之,逾資級而上,則世之以司檜吏起身、階至宰輔者,吾不敢以之期汝嘉乎? 惟汝嘉之毋曰"吾不得上賜進士出身,爲儒者詬病"。吁,彼進士出身,庸詎知其踏而不得峻躋其格極者,又豈少也哉!

其行也,吳之大夫士咸賦詩以餞之,而取余言爲叙首云。至正七年秋八月廿有一日。

【校】

① 故儒: 原本漫漶,據文淵閣四庫全書本補。

② 劣於: 原本漫漶,據文淵閣四庫全書本補。

③ 閱: 原本漫漶,四部叢刊本作"明"。據文淵閣四庫全書本補。

【箋注】

〔一〕文撰於元至正七年(一三四七)八月二十一日,其時鐵崖寓居蘇州。陳汝嘉: 名亨道,字汝嘉,華亭(今上海松江)人。曾先後於常州路、平江海道都漕運萬户府任司檜吏。元季棄仕歸隱。家有皆夢軒,孫作、貢師泰皆曾爲之撰文。玩齋集卷七皆夢軒記:"三江之口、九峰之下有奇士曰陳汝嘉,履儒者行,衣道士服。蓽門蓬户,與世泊然。"參見正德松江府志卷十六第宅皆夢軒、滄螺集卷六皆夢軒説。又,本文曰"汝嘉年方强",則陳亨道生年當在公元一三〇六年左右。

〔二〕毗陵郡侯薛公: 蓋曾任常州路太守,其名字生平不詳。毗陵: 當指常州,今江蘇常州一帶。

〔三〕案檜之司: 元史選舉志四考課:"凡吏員考滿除錢穀官、案牘、都吏目：……（至元二十九年）省准：‘京畿都漕運司令史，比依諸路寶鈔提舉司司吏出身例，三十月吏目，四十五月之上、六十月之下都目，六十月之上提控案牘。’”又，元史百官志一：“京畿都漕運使司，秩正三品……知事一員，從八品。提控案牘兼照磨二員。掌凡漕運之事……（至元）二十四年，内外分立兩運司。”

〔四〕駕風舶涉洋海：指海運。元史食貨志五海運：“元自世祖用伯顔之言，歲漕東南粟，由海道以給京師。始自至元二十年。”

〔五〕折閲：闕損。荀子修身篇：“故良農不爲水旱不耕，良賈不爲折閲不市。”注：“折，損也。閲，賣也。謂損所閲賣之物價也。盧文弨曰：……此當謂計數歲月之所得有折損耳。”

送陳仲剛龍頭司丞序〔一〕

番易陳君仲剛繇貴溪主簿遷浙之龍頭鹽司丞〔二〕，見余錢唐。以余①嘗令於亭，請曰：“君獨無言教我乎？”

余曰：“治莫難於亭也久矣！治農者，農出租税，視旱澇有所蠲置；治亭者異是。歲集盈數，約以三伏。伏計以旬，旬虧則簿責，歲虧則禄奪爵貶。其著爲令甲，雖饑饉之年、雨澇之月，不得以妨工控愬。此職於亭者之難爲也。漕府飛符蚤夜下，督責吏火急如律零②，吏鷹擊毛摯，徵其私者甚於公，而亭益憊矣。亭官出語爲亭地，即以格令甲坐之。即坐，又不得損職去，被繫徽纆③，如胥靡之徒。故職於亭者，往往不得不蛟蝱其性，牛羊其民人，苛誅趣辦以爲奇功，且可擅名聲，資進取，豈弟仁厚，務爲善政，覆不足爲賢，而重得咎戾，然則醎無善政，勢端使然也。君豈弟仁厚人也，善政施於貴溪之民，而移之於亭，得無法乖其政、勢格其志耶？然而君子爲政，與其不得譽於上，或者苛誅趣辦爲奇功，不知其下之病而上之累益甚矣〔三〕。故醎病至今日而極，非疏理其本，雖管、桑不能善其後也〔四〕。大司農方思治病之本，減估④直以通民食，蠲羡額以紓亭力〔五〕，截日更新，吏專選廉良，勿俾苛刻者重病之。君新吏也，奉法順率⑤，與亭更始，善政之行，適會其時矣。司之令豫章胡君〔六〕，余所善，更以余言講求其本末，異日課浙醎最者，不與龍頭第一，將誰與！”

【校】

① 余：原本作“令”，據四部叢刊本改。

② 零：疑當作“令”。

③ 緷：當作“緷”。

④ 佑：原本作“佑”，據文淵閣四庫全書本改。

⑤ 率：原本漫漶，文淵閣四庫全書本作“流”。據四部叢刊本補。

【箋注】

〔一〕文當撰於元至正二、三年間，其時鐵崖服喪期滿，攜妻兒寓居杭州，等待補
　　官。繫年理由：其一，陳仲剛拜見鐵崖於錢唐，且稱鐵崖“嘗令於亭”，故
　　必在後至元五年鐵崖丁憂而卸去錢清鹽場司令一職之後。其二，文中曰
　　大司農“蠲羨額以舒亭力”，此乃至正二年冬事。陳仲剛：仲剛當爲其字，
　　其名不詳，番昜（今江西 鄱陽）人。元季歷任貴溪主簿、龍頭鹽場司丞。
　　按：元代 鄱陽又有一陳仲剛，早年在京城爲案牘吏，後遭讒去職，補爲湖
　　廣教授。與柳貫、袁桷、李存等皆有交往。與本文所述陳仲剛當非一人。
　　參見柳待制文集卷五送陳仲剛歸鄱陽卻赴武昌謁選、清容居士集卷二十
　　四送陳仲剛序、俟庵集卷九哭陳仲剛。

〔二〕龍頭：鹽場名。據元史百官志，龍頭鹽場隸屬於兩浙都轉運鹽使司。

〔三〕“然而君子爲政”四句：鐵崖任鹽官時，其父曾以此訓戒鐵崖。參見鐵崖
　　文集卷二先考山陰公實錄。

〔四〕管、桑：指先秦齊國管仲、西漢桑弘羊。管、桑二人以善於經營管理鹽鐵
　　著稱。

〔五〕“大司農”三句：據元史食貨志，元順帝 至元六年始選官整治江浙鹽法。
　　至正二年十月，中書右丞相脱脱、平章鐵木兒塔識等奏請減兩浙額鹽量十
　　萬引，有旨從之。

〔六〕豫章：今江西 南昌。胡君：其名字生平不詳，蓋於至正初年任龍頭鹽場司
　　令。元史百官志七：“鹽場三十四所，每所司令一員，從七品。”

卷五十八　東維子文集卷四

送張從德之湘鄉州判序[一]

　　保定張君從德[二]，自其先僑居吳中有年矣。君以門蔭初倅溧陽[三]，再轉諸暨[四]，皆以憂不赴。制閱，倅湘鄉。其行也，吳士大夫悉知其世德與其爲人，先大夫省齋公博極經史[五]，勵志立①行，官登三品秩，名實布於中外，君蚤學不倦，晚志操愈高，爲克紹所基者，故皆樂爲歌詩以餞之，而屬余有以序諸顛。

　　予聞而喜之，曰：“自昔寓公子弟之居吳者，類以馳馬走狗、擊踘博戲爲事，否則甘色嗜聲，淫寄猭而亡其歸[六]，先人之業蕩然矣，豈復有以學爲事、志操爲先者？及其蔭仕也，鮮克其任，而斬其世澤者有矣。吾嘗親視張君，在貧賤而有休色，於富貴則不無慨然者，非有學者能爾乎！夫行潔則可以聞道，志一則可以立功。道聞而功立，豈直倅一州而可哉！湘鄉，古熊湘之屬邑也[七]，地有三江五湖之壯且險，其民往往湍悍難治，而其士也，則清而文，爲可善也。國初，以其戶齒之繁而陞州，君倅於彼，以吾所謂聞道立功者理之，吾未見湍悍之難治，而且見清文之易爲化也。況省齋公平日治道之講者，君聞之稔矣，豈得悖吾言哉！”

　　於君之行，遂書爲叙，而吳人士之詩係於後云。至正七年秋八月十有八日。

【校】

① 立：文淵閣四庫全書本作“力”。

【箋注】

〔一〕文撰於元至正七年（一三四七）八月十八日，其時鐵崖寓居姑蘇，授學爲
　　　生。按：當時朱德潤亦爲張從德撰序送行，文載涵芬樓秘笈本存復齋續
　　　集，可參看。張從德：從德當爲其字，其名不詳，原籍保定（今屬河北），蓋

其父省齋始徙居吳中,遂爲姑蘇人。至正初年從德居家時,與朱德潤、楊維禎等交游。至正七年秋以門蔭得官,任湘鄉州理官。參見朱德潤撰送張從德之湘鄉州判任。湘鄉州:唐、宋皆爲縣,元元貞元年陞爲州,隸屬於湖廣行省天臨路。今爲湘鄉市,隸屬於湖南省湘潭市。

〔三〕溧陽:唐以前爲縣,元陞爲州。隸屬江浙行省集慶路。今屬江蘇省。

〔四〕諸暨:宋爲縣,元陞州。隸屬江浙行省紹興路。今屬浙江省。

〔五〕省齋公:張從德父。官至三品。省齋當爲其齋名與別號,名字生平不詳。按:本文稱張從德父爲“先大夫”,可見省齋卒年不得遲於至正七年。

〔六〕淫寄豭:男子入別人家行淫亂事。史記秦始皇本紀:“夫爲寄豭,殺之無罪,男秉義程。”索隱:“豭,牡豬也。言夫淫他室,若寄豭之豬也。”

〔七〕熊湘:湖廣通志卷四長沙府:“今長沙之地號曰熊湘。史記五帝紀:南至於江,登熊、湘。二山名也。俗乃謂楚鬻熊始封於此。”

送錢伯舉衢州録判序〔一〕

國家懲前朝守令顓城之弊,止設監長〔二〕,次及副貳。并出制命,又非異時私辟,使有主客勢。嘻,顓弊去矣,不知窮州下邑,民日貧,户日耗,聚群行吏持之,又弗免十羊九牧之撓〔三〕。唯郊關之内,廛處之民,領之者曰録司〔四〕,司設官僅三①爾。官弗冗,事亦鼜。録判者雖秩卑,員末職下,旁於游徽,而一司之政,得彼此持②可不,議短長,録監守行弗率,判所守貞,所出直而達,遂爲民儀嚮,類覆上監守。嘻,官豈可以崇卑正副計哉!

吳中錢君伯舉,以故家台州通守之津〔五〕,屢試仕筦庫。民休戚情悉矣,吏成敗事諗矣。今登秩爲衢州録③判官。伯舉年益增④,學益優,又以其熟民情吏事者佐理於録,吾見衢之民慶其來之莫矣〔六〕。況衢之君子,類好文墨而敏於義事,市人出郭而娭,登前山,臨背水,飄飄然有神仙之思,其習嚚奸者寡矣。第未知監與守與伯舉同志乎不也。果同焉,吾將慶伯舉之佐理益易易也,豈曰録判顓職游徽而止哉!伯舉勉之,以徵吾言可也。至正七年秋九月初吉。

【校】

① 僅三:原本作“堇二”,據文淵閣四庫全書本改。按:錢伯舉爲“録判”,可見

其所在録事司設有有三級官職。參見注釋。

② 持：四部叢刊本作“待”。

③ 州録：四部叢刊本無此二字。

④ 四部叢刊本以下有“學益增”三字，蓋屬衍文。

【箋注】

〔一〕文撰於元至正七年(一三四七)九月一日，其時鐵崖攜妻兒寓居姑蘇，授學爲生。錢伯舉：伯舉當爲其字，其名不詳。吳中(今江蘇蘇州)人。其先人曾任台州(今屬浙江)通守，故伯舉得以“屢試仕筦庫”。至正七年擢爲衢州路録事司判官。又，陳基夷白齋稿外集卷上送錢伯舉出判衢州詩曰：“客舍依慈母，多君若弟兄。庭闈交定省，閭巷遞逢迎。”可見錢伯舉居吳中時，頗與當地文士交往。衢州録判：指衢州路録事司判官。衢州：路名。按元史地理志，衢州路隸屬於江浙行省，下轄五縣。今屬浙江。

〔二〕監長：指達魯花赤。

〔三〕十羊九牧：隋書楊尚希傳：“竊見當今郡縣，倍多於古。或地無百里，數縣并置；或户不滿千，二郡分領……所謂民少官多，十羊九牧。”

〔四〕録司：録事司之簡稱。元史百官志七：“録事司，秩正八品。凡路府所治，置一司，以掌城中户民之事。中統二年，詔驗民户，定爲員數。二千户以上，設録事、司候、判官各一員；二千户以下，省判官不置。至元二十年，置達魯花赤一員，省司候，以判官兼捕盗之事。典史一員。若城市民少，則不置司，歸之倚郭縣。”

〔五〕台州：路名，隸屬於江浙行省，下轄一縣四州。今屬浙江。參見元史地理志。津：津途，此指門蔭。

〔六〕其來之莫：後漢書廉范傳：“百姓爲便，乃歌之曰：‘廉叔度，來何暮？不禁火，民安作。平生無襦今五袴。’”

送王茂實慈利州同知序〔一〕

譚州縣職者，以同知比縣之丞，上監守長焉〔二〕，下通倅李①焉。同知者，得便文自營其中〔三〕，故勢權劣，訾訴輕，點胥奸民率制之者寡矣。其人之偃②厓檢者〔四〕，往往樂居之。嘻，此豈國家肇建守佐之意哉！守令之選，其淆也久矣。同知其事者，苟能以吾民爲念，一貞其身,而左右後前③靡不正。未有不行乎,顧行而推利下人者也。發政施令,覆出監守上,固不得以地爲限矣。

　　昆陽王公茂實,簽省齋公之孫也〔五〕。初承世澤爲下砂令④〔六〕,考滿,轉同知慈利州〔七〕。所與游者,咸爲之慶,以其驟加秩三等爲優〔八〕,又不居守將責望之地,而在其貳焉,可以便文自營矣,豈不優甚哉!

　　余嘗交茂實吳中,知其志甚遠,每每悼民窮,疾官敗,則知茂實之材將有爲於時而冘其官,不以同知爲誼責地喜也。吾所論同知發政施令覆出監守上者,將於茂實焉徵之。抑吾聞慈利乃赤松隱遁之鄉〔九〕,其山多隱君子;以詞章出仕者,有騷人之遺風焉。故爲慈利者甚易易。吾見茂實之得治民蕃,而其退之暇,又得水山之樂於騷人羽客之儔也,是則茂實之優者已。

　　於其行也,予既與客崇酒以別之,酒⑤餘,賦詩者若干首,而遂以余言爲叙引云。至正七年秋九月序。

【校】

① 李:原本作"季",據四部叢刊本改。

② 侻:四部叢刊本誤作"悦"。

③ 後前:文淵閣四庫全書本作"前後"。

④ 令:原本作"今",據四部叢刊本改。

⑤ 酒:四部叢刊本作"潤",誤。

【箋注】

〔一〕文撰於元至正七年(一三四七)九月,其時鐵崖寓居姑蘇,授學爲生。王茂實:昆陽(位於南陽府葉縣南,今屬河南)人。其祖父爲簽省齋公,茂實約於至正四年承世蔭爲下砂鹽場司令,至正七年秋任滿,轉官慈利州同知。

〔二〕守長:指守令、達魯花赤。

〔三〕得便文自營其中:即"便文自營",顏師古釋之曰:"苟取文墨之便而自營衛便。"參見漢書趙充國傳。

〔四〕侻匡檢:意爲擺脱言行之約束。

〔五〕簽省齋公:王茂實祖父。生平不詳。

〔六〕下砂:鹽場名,松江府華亭縣(今上海市)。

〔七〕慈利州:隸屬於湖廣行省澧州路。元史地理志:"唐、宋皆爲縣,元元貞元年陞州。"今爲慈利縣,隸屬於湖南張家界市。

〔八〕加秩三等:鹽場司令爲從七品,慈利州同知當是正六品官。

〔九〕赤松:即赤松子。相傳赤松子爲神農時雨師,煉神服氣,入水不濡,入火不焚,至昆侖山,隨西王母。常居南嶽。事迹載列仙傳。又,方輿勝覽卷三十澧州:"赤松山,在慈利縣,天門山相對。耆老相傳,以爲赤松子隱遁之鄉。舊有赤松庵。而上下數十里,號赤城村。"

送蘆瀝巡檢范生序〔一〕

友生白子昭爲余言欒城范生廉卿之爲人〔二〕。欒風堅忍隱厚,其人廉節而好禮,貞信而少文。廉卿本其風之微,而習經術於南中儒先生。術成,無所於試,迤偨就門廡,官巡檢蘆瀝。廉卿,雅士;巡檢,引弓民長也。以雅士長引弓職,大騖若才〔三〕。今佩武器,雍①邏士,領職其所,與游者則既爲慷慨歌詩,相與張飲西津,重徵一言以序其去。

余既聞廉卿雅士而樂之,及聞職蘆瀝,則不寧騖才之懼。蘆瀝,鹽榷之司在焉。鹽萌依私榷爲命,雖流死比②交迹不以屬心。在令巡榷官一失其覺,分其罪罪官。不幸再三失,小輟禄,大貶爵。而其失或遠出所邏外,波聯蔓牽,莫之雪白。漕府猜禍吏聚檟如牛腰,明漕長不曲直;即有曲直,吏輒以律雌黄其明。嗟乎,榷之逮不辜,法端使然哉。故余於廉卿之巡檢蘆瀝,不寧騖才之懼也。

雖然,國家於醨病之劇,方議更而新之,求天下之善言鹽筴者,是諏是採。廉卿試以其得於所學者,爲採風者言之,使法不逮不辜,余之懼也庶幾其或免矣夫。

【校】

① 雍:文淵閣四庫全書本作"擁"。
② 比:四部叢刊本作"此"。

【箋注】

〔一〕文當撰於元至正十七年丁酉(一三五七),其時鐵崖任建德路總管府理官。

繫年依據參見後注。蘆瀝：鹽場名，位於海鹽（今屬浙江）。元史百官志七："巡檢司：從九品，巡檢一員。"范生：即范廉卿，廉卿當爲其字，其名不詳。至正十七年丁酉，以門蔭授予海鹽州蘆瀝巡檢一職。按：天啟海鹽圖經卷九官師篇曰："范廉卿，欒城人。至正十八年以蔭補海鹽州蘆瀝巡檢。"此説有誤，"至正十八年"之"八"，當作"七"。參見下引樂郊私語。

〔二〕白子昭：子昭當爲其字，其名不詳，蓋於至正十七年前後師從鐵崖。欒城，縣名。隸屬於中書省真定路。今屬河北。

〔三〕"廉卿"六句：意爲范廉卿乃文人雅士，今授以武職，所用非其所長。按：鐵崖抱怨擔心，事實證明純屬多餘。范廉卿出任蘆瀝巡檢之後，以精於騎射著稱，盜寇爲之束手。元姚桐壽樂郊私語："（海鹽）州瀕海，鹽爲國利。然亡命得以私販擅之，每操兵飛棹，往來賈販，雖吏兵莫之敢攖。至正丁酉，欒城范廉卿以蔭補蘆瀝巡檢。其爲人恂恂儒者，顧長騎射，無論鳥獸不及飛竄，雖海塗上跳魚子蟹之細捷，射之百不失一。夜每懸火竿上，去竿三百步，從暗中射火，無不滅也。于是亡命心懼，毋敢于州北私販，境內爲之肅然。"

送郭公知事還湖州序〔一〕

杭，江以南望郡也，在宋爲行都，今爲行垣所郡治〔二〕，領州一、縣八、録事司四〔三〕。其俗具五氏而不一〔四〕，其民習躁争巧諭而不和厚，故奸伏易乘，獄市滋起。吏重應上取下，什百於它郡，非長以能材，佐以良幹之屬，捷應辨、工發摘者，不能得治名。廼者總筭某去，經歷某又去，兩知事坐不任廢，府事麻沸狼籍〔五〕，無與理者。惟今湖州知事河中郭公仲敏，以佐治令聞徹省府，相君簡識其人，而傷杭治之難，無與承乏者，乃特移職於兹。

知事位在經歷下，其識贊三尺平，以左右二千石者也。公至，則既輇轄屬曹，而裁決予奪，實又兼二千石之職。時未期月，而府事債者起，滯者疏，破者補，乂①牙齟齬者無不妥帖順易。相府而下，察憲漕所疾呼急諾，又罔不周旋如意。於是攝職稱治，民驩然誦之爲良幹官。今復政而去也，杭官吏相與張飲西亭以餞，而乞餞言於維楨。

維楨念民無賴於吏久矣，以吏苟於公而急於私而已矣。有能移其私於友與親者尠矣,矧能移其私於官乎? 能物其官於本位者尠矣,矧又能物其官於他之位乎? 故維楨聞^②杭吏無治狀,至於廢而去,未嘗不悲其才之窮。及聞杭人譚郭公之政,又未嘗不嘆其才微而無私之治,足以及人之廣如此也。

【校】

① 乂: 原本作“又”,據文淵閣四庫全書本改。
② 聞: 原本作“開”,據四部叢刊本改。

【箋注】

〔一〕文約撰於元至正十一年(一三五一)至十六年七月之間,其時鐵崖在杭州任稅務官。繫年理由: 據本文所述,鐵崖熟知郭公在杭州任職期間之業績,且文中有“杭官吏相與張飲西亭以餞,而乞餞言於維楨”等句,可知其時鐵崖在杭州任官,當爲任職杭州四務提舉或杭州稅課提舉司副提舉時期。郭公: 指湖州知事郭仲敏,仲敏當爲其字,其名不詳,河中人。元至正年間任湖州知事,以幹練著稱,故曾借調至杭州處理事務。按: 河中爲府名。唐稱蒲州。元代隸屬於中書省。位於今山西永濟一帶。
〔二〕行垣所郡治: 指(江浙)行省省會所在、(杭州路)路府所在。
〔三〕領州一、縣八、録事司四: 此説與元史地理志記載有所不同,元史曰杭州路“領司二、縣八、州一”。
〔四〕五氏: 指五民,即士、農、商、工、賈。見史記貨殖列傳。
〔五〕麻沸: 麻煩混亂。漢書王莽傳下:“江湖海澤麻沸,盜賊未盡破殄。”顏師古注:“麻沸,言如亂麻而沸涌。”

李經歷治績序^{①〔一〕}

經歷,古郡功曹之官。功曹,太守所自辟也。經歷今出吏部選,用七品印章,奏三尺平,鞿吏牘進退,上以齊二千石長吏之異同,而下以内群書佐於成軌,此其體益隆而責亦重矣。朝廷慎其選,與守令同,以廉明者有操尚者居之。故郡不得良二千石,幸而得一良經歷,郡可治。

徽州路經歷<u>李君</u>〔二〕，其代滿歸<u>廬陵</u>〔三〕，其從子出其郡人士所書治迹，求余文叙以送之。予惟<u>李君</u>之政，班班可書，<u>徽</u>人士侈紀載者皆能之，抑今之稱良經歷者，蓋未有君之職其職也。君之簡訟詞，革濫卒吏，未足稱良於經歷也。平質劑於市，明爰書於獄，畫②委輸之法，而州縣之官便安之，未足稱良於經歷也。惟其政有弗正於上，必務引其人去弗正以就正，如曲木之就繩，悍馬之就馭。吁，此真良經歷矣！

余聞<u>徽</u>之羘金也〔四〕，歲監官取其羨爲己有，君還羨於民，以準他歲羘之數。<u>徽</u>之禄廪也，田③不足而取諸山，山不毛則白取諸佃，君收④實入而蠲白取，爲久久定則。鄉之宿豪餌官府爲奸也，抑之不得行。土胥相爲根柢，持短長於官也，格之無所置手足。所謂上之異同有所齊，而下之成軌有所内。經歷至此，信可以稱良也。

余閲郡經歷凡若干人，往往陷於隨而不立，未見職職如<u>李君</u>者，其能已於言乎？故爲約其政件言之，且視人以吏師，非徒紀載也。

【校】

① 原本題目無"治績序"三字，據<u>四部叢刊</u>本增補。
② 畫：<u>四部叢刊</u>本作"盡"。
③ 田：<u>四部叢刊</u>本作"留"。
④ 收：<u>四部叢刊</u>本作"故"。

【箋注】

〔一〕<u>李經歷</u>：其名字不詳，<u>廬陵</u>（今<u>江西</u><u>吉安</u>）人。曾任<u>徽州路</u>經歷，爲七品官。按：文中所述乃太平年景，<u>李</u>氏任職<u>徽州</u>，當在<u>元</u><u>至正</u>中葉以前。
〔二〕<u>徽州路</u>：隸屬於<u>江浙</u>行省，今屬<u>安徽省</u><u>黃山市</u>。參見<u>元史</u><u>地理</u>志。
〔三〕<u>廬陵</u>：縣名，<u>元代</u>隸屬於<u>江西</u>行省<u>吉安路</u>，今爲<u>江西</u><u>吉安</u>。
〔四〕羘金：蓋指上貢黃金。

送海鹽知州賈公秩滿序〔一〕

天下公論不在公府，而恒在閭巷之民，若甚愚，而是非之心則甚白也。邦大夫之政，其失者議於市，謗於道，而其善者亦嘖嘖不容口。

故欲稽守令善惡,不察守令而察閭巷之言,得之矣。

余過海鹽田間〔二〕,往往逢伯格長頌其州太守之治〔三〕,問守爲誰,則宛丘賈公①禧也,余已心賢之。未幾,州人士張玉集其餞行歌詩凡若干首〔四〕,來請曰:"自海鹽升州置守〔五〕,其得民譽,未②有若今賈公之最者也。曩時廉吏郡形迹,仇視吾大姓家,訟多不獲其平③。公廉無嫌是避,即理直④,大姓必舉;即不直,雖貧弱誅不少借。故獄者積歲不決者,部使者多以屬公,而得其平。亭吏罷頓者撓寮⑤佐,庸闒⑥者蔽吏胥,雖令出無私,有不能以直遂者。公一施令,群佐虔若卑第生之聽嚴傅;老胥順流其風旨,又肅然若家老之奉其尊。行之以正,限之以信,故令有司可於上,而惠無不達於下也。先是,吏卒巡田里,如蟻不絕。公至,立削迹。上府聞之,因檢戒左右無奸州,以其非令者。又州民與亭族交,其習黠馬焉,易生事。公申以條教,悉改心歸化,無異時剽輕之風。此其得譽於民而布之州府士之詠謌實有徵焉,幸子一言叙詩首。"

余以其言與其伯格長之頌合,又以今之爲守令者,往往課米鹽,奉期會,不復知有伸民情,消民隱,懇懇然以厚民成俗爲事者,遂樂爲之叙,以風告他吏云。

【校】

① 公:四部叢刊本作"八",誤。參見本文注釋。

② 未:四部叢刊本作"來"。

③ 平:原本作"乎",據文淵閣四庫全書本改。

④ 直:原本作"真",據文淵閣四庫全書本改。

⑤ 寮:四部叢刊本作"察"。

⑥ 闒:原本作圖,據文淵閣四庫全書本改。

【箋注】

〔一〕文當撰於元順帝至正元年(一三四一),其時鐵崖游寓海鹽(據文中"余過海鹽田間"等語)。繫年依據:陳旅於後至元六年(一三四〇)孟春撰有海鹽州儒學新修廟學記,文中謂"至元再元之三年"(即元順帝至元三年)時,海鹽知州爲趙孟貫,而賈禧即其繼任者。文中雖未明言賈禧到任時間,然謂海鹽廟學重修,有賴於新任知州賈禧,而海鹽州廟學重修工程,始

於元順帝至元四年春。至元四年春,蓋即賈禧上任之時。據此推之,賈禧
"考滿",當在至正元年。賈公:即賈禧。字吉甫,宛丘(今河南淮陽)人。
元順帝至元三年至六年任海鹽知州,此後於至正年間任常州路總管。賈
禧在海鹽、常州任官時,皆曾興修學校,"由是廟學冠於浙右"。參見陳旅
撰海鹽州儒學新修廟學記、姚桐壽撰樂郊私語、萬曆重修常州府志卷十職
官三名宦、光緒海鹽縣志卷十四名宦錄等。

〔二〕海鹽:州名。元代隸屬於江浙行省嘉興路,今屬浙江省。

〔三〕伯格長:指民間地方基層頭領,如村長等。史記酷吏列傳:"置伯格長以
牧司奸盜賊。"集解:"徐廣曰:一作'落'。古'村落'字亦作'格'。街陌
屯落皆設督長也。"

〔四〕張玉:海鹽人。元季在世。賈禧修海鹽州廟學時,張玉與戴從晦負責"治
文書"。參見陳旅撰海鹽州新修廟學記。

〔五〕海鹽升州:海鹽在唐爲縣,宋因之。元元貞元年(一二九五)升州。參見
元史地理志。

送監郡觀閭公秩滿序〔一〕

劉子曰:忠孝不修,他善無取〔二〕。吁,臣子之職無他,忠與孝而
已耳。韓非子曰:"親之孝子,君之背臣〔三〕。"吁,忠孝固不能兩美也。
今有人焉,於子不爲悖,而於臣不爲背也,豈非臣子之全美乎! 吾於
錢唐守將見之者,閭公是已。

公下車以來,先問民利害休戚,而務去其害與戚者。郡有猜禍
吏,與夫強宗世家不仁於人,必痛鉏治之。猶之牧羊,去其害群而群
始蕃;猶之理疾,剗殺其病本而病始平。民之怙法者必刑,詿誤者必
思出之,即不出,如梗在咽,必吐乃已。此公理法也。

紅巾賊陷杭〔四〕,凡扞①城守土之臣,不微遁即賣降爾,公獨佐監憲
某官、監兵某官,與賊持者十有三日,阽危於矢石數四。城池破毀而
復完者,公之雄謀大節作於人者矣。時則高堂太夫人屏居密所〔五〕,公
猶衷戎衣,朝夕覲如平時,不貽其親有一日憂。故出不稱背臣,入不
稱悖子。吁,若公之忠之孝,吾所謂臣子之美非歟!

今代而去,郡之民如去其父,僚吏如去其師。去之日,民父老若

干人走予次舍,謁文志去思。又持其謠送之卷請序,以爲郭西門供帳。予親見公之忠孝治狀有爲世道勸者,於是乎書。至正十四年六月三日。

【校】

① 扞: 原本誤作"杆",據四部叢刊本改。

【箋注】

〔一〕文撰於元至正十四年(一三五四)六月三日,其時鐵崖任杭州宣課副提舉,并代理江浙等處儒學提舉一職。觀閭(?——一三六七): 或作觀驢,全名爲觀閭元賓,曾任惠州路同知。至正十一年至十四年,任杭州路達魯花赤。危素曾讚其"讀書好古,廉而有爲"。王逢述其晚年事迹頗詳:"元賓,乃丑閭御史之母弟也。始御史直御英皇時,以父宣慰公蔭讓,累官監杭郡,三年報政而中外亂。雖累遷,仕意泊矣。至正丁未秋九月,吳藩爲明兵所破,故官例徵庸。元賓至則歎曰:'國危身虜,尚有頭戴南冠耶?'遂經死。平生善書詩,治迹多可稱焉。"(梧溪集卷五夢觀閭元賓詩序)按: 所謂"監杭郡",指任杭州路達魯花赤之職。參見蕭啓慶元代的族群文化與科舉第四章元季色目士人的社會網絡以偰百遼遜青年時代爲中心四姻戚。

〔二〕"忠孝"二句: 劉子卷十言苑章五十四:"忠孝者,百行之寶歟?忠孝不修,雖有他善,則猶玉屑盈匣,不可琢爲珪璋;刲絲滿篋,不可織爲綺綬。雖多,亦奚以爲也。"

〔三〕"親之孝子"二句: 見韓非子五蠹篇。"親"或作"父"。

〔四〕紅巾賊陷杭: 指至正十二年七月,徐壽輝部攻占杭州十餘日。元陶宗儀南村輟耕録卷二十八刑賞失宜:"至正十二年歲壬辰秋,蘄黃徐壽輝賊黨攻破昱嶺關,徑抵餘杭縣。七月初十日,入杭州城。"

〔五〕高堂太夫人: 指觀閭母廉氏。廉姓如廉希閔、廉希憲、廉希賢等,乃畏兀爾人中"漢化先鋒",其姻戚往往受薰染而浸潤於漢學。參見蕭啓慶撰元代的族群文化與科舉第四章元季色目士人的社會網絡。

送旌德縣監亦憐真公秩滿序①〔一〕

國朝監官郡邑,咸設達魯赤〔二〕,於官屬爲最長。其次有令有丞,有簿尉，又有案牘官，以首領夫六曹之吏。凡事會之來，吏與令丞得相可否議論，然後白之達魯赤。其署事也亦然。其職秩爲甚尊，而職任爲甚優。朝家近令以六②事責守令〔三〕，達魯赤任與令等，昔之尊而優者，今③轉煩劇矣。

　　宣之旌德縣亦憐真公〔四〕，始由省署而典符印，累監望縣，三調至於今職，且四載。宣上德以及民，而使民無愁嘆之聲，山林草澤，咸知向化。大府藉之以集事，同寅恃之以取則，民有所賴而不恐，吏有所憚而不肆。六事之備固無可議，而於學校尤加之意焉。延師儒，廣生徒，月書季考，凡邑之人士④咸囿於教養樂育中，弦誦之聲相聞，是又知所本矣。往年淮寇渡江〔五〕，列城殘毀，延及旌德。而公首奮忠勇，克復之。百里之命於茲有寄，是以兼資文武，而才足以有爲者也。

　　今年夏，政成上考。余學徒馬某職教於縣〔六〕，承公勉勵作興之力，於其行也，求余文以贈。馬生之言有信，於是乎書，使他日之史館傳循吏者有所采云。至正十三年九月廿有四日。

【校】

① 原本題目無"序"字，據四部叢刊本補。
② 六：四部叢刊本作"大"，誤。
③ 今：原本作"令"，據文淵閣四庫全書本改。
④ 士：原本作"六"，據文淵閣四庫全書本改。

【箋注】

〔一〕文撰於元至正十三年（一三五三）九月二十四日，其時鐵崖任杭州稅課提舉司副提舉。旌德縣監：即旌德縣達魯花赤。萬曆寧國府志卷十四良吏列傳："亦憐真，字顯卿。至正九年爲旌德達魯花赤兼勸農事。廉明有幹略，崇學惠民，卓然著績。"按：據本文所謂"累監望縣，三調至於今職"等語，亦憐真在江浙行省任縣級達魯花赤，當始於至正初年。

〔二〕達魯赤：官名，多作"達魯花赤"。達魯花赤爲元代各地各部門首席長官，一般由蒙古人擔任。元史選舉志二銓法上："（至元）二十八年，詔：'路府州縣，除達魯花赤外，長官并宜選用漢人素有聲望，及勳臣故家，并儒吏出身，資品相應者，佐貳官遴選色目、漢人參用。'"

〔三〕朝家近令以六事責守令：指至正四年元廷新定考核守令之法。元史順帝

本紀四:"(至正四年春正月)辛巳,詔定守令黜陟之法:六事備者,陞一
等。四事備者,減一資。三事備者,平遷。六事俱不備者,降一等。"六事:
此乃沿襲金人所定考核制度。"一曰田野闢,二曰戶口增,三曰賦役平,四
曰盜賊息,五曰軍民和,六曰詞訟簡"。參見金史百官志一、元史世祖本紀
八。又按元史選舉志二銓法上,原定守令考核標準爲"五事",元世祖至
元八年(一二七一)詔令執行,指戶口增、田野闢、詞訟簡、盜賊息、賦役均。

〔四〕宣:宣城。今屬安徽。旌德縣:隸屬於江浙行省寧國路。寧國路於唐爲
宣州,又爲宣城郡。參見元史地理志。按:亦憐真任旌德縣監,即達魯花
赤。後人或誤以爲"縣監"即縣令,如萬曆旌德縣志官次志,著録亦憐真
爲"元至元令",包括其任職時間亦誤。

〔五〕淮寇:當指以淮西張明鑑爲首之"長槍軍",又稱"青軍"。參見明史太祖
本紀、繆大亨傳。

〔六〕馬某:指馬彦遠。馬彦遠曾從學於鐵崖,其時爲旌德縣學教諭。參見本卷
送馬彦遠旌德教諭序。

王學録秩滿序〔一〕

至正八年夏四月,平江學録王君達卿書滿去〔二〕,自教授而下洎郡
之大夫士與君經游者,咸詩賦歌以餞,而屬予爲首叙。予方游於蘇,
視蘇學之廢也甚矣。提學者非不簿①責教也,而教無以教;鈎稽養也,
而養非所養。郡膠庠之大(句),覆不如一齊民之家塾有程有則也。幸
而官於是,事有憂焉,憂而有爲焉,學之録王君是也〔三〕。

蓋王君有孝有行人也。曩之養非材者,王君有以去之;材失養
者,王君有以引之;養之非其敎,敎之非其術者,王君又有以糾而正
之。它人日從其失,王君日②修其勤,故蘇學之廢而稍正,伊王君是
賴。於是士之議者曰:"學校不得良校官,得一録足以興教。猶之郡
不得良二千石,得一録亦足以興治也。"以王君之克官於録若是,則積
階爲郡幕官,不能佐治於二千石者,吾弗信已。

雖然,以王君之學愈修,行愈力,志愈遠大也,又豈藉一文學之
掾,積爲資級而起哉? 君應進士舉,余嘗視君大易之義矣,深微而潔
浄;又嘗視其賦也,麗而則;其代言也,温潤而簡古。連不幸,未售主

司,則主司之未明也。一遇明主司,君之未售者售矣。售則道山壁水
其選也,尚暇爲人司二千石吏牘之勞哉! 嘻,抑③之久者伸必遠,懷之
大者發必洪,吾言有俟於君矣。

【校】

① 簿:原本作"薄",徑改。
② 日:原本作"曰",據四部叢刊本改。
③ 抑:原本作"哲",據文淵閣四庫全書本改。

【箋注】

〔一〕文撰於元至正八年(一三四八)四月,其時鐵崖游寓蘇州,授學爲生。王學
　　　録:即平江路學録王達卿。王達卿:其名或爲璋,字達卿,籍貫不詳。主
　　　修周易,才學兼備,文賦尤佳。曾應鄉試,然接連受挫。約於元至正六年
　　　至八年間任平江路學録。按:同治蘇州府志卷五十四職官表三著録有蘇
　　　州府學元代學録姓名,然多無具體任職歲月記載。其中王姓僅一人,名
　　　璋。故疑王璋即王達卿,達卿字,璋名,名與字能够吻合。
〔二〕平江:參見東維子文集卷三送譚知事赴河南省掾序注。
〔三〕學之録:指學録。按元史百官志七:"儒學教授一員,秩九品,諸路各設一
　　　員。及學正一員,學録一員。其散府、上中州,亦設教授一員,下州設學正
　　　一員。"

送徐州路總管雷侯序[一]

　　至正八年夏,天子以徐州之域風氣悍勁,因以饑饉,多寇盜,民困
於昏墊,八年六月①,遂統有四州七縣之境爲會府[二]。一時僚吏艱厥
選,守長爲尤艱,於是海道都漕府萬户雷公某以首選爲總管[三]。陛見
其人,申之以丁寧訓戒而後往。嗚呼,以徐州爲中原創府,雷公爲其
開府守將,非其人之才賢,負宿望一時,且簡在上心者,曷當此哉?
　　余聞雷公之爲棣②州也[四],棣,寇盜之衝,歷能守若干人,無以爲
禦。公不特善禦,且有以化遣之,至今棣人稱雷防禦嘖不去口。其帥
於海漕也,前漕而去者,多直魚龍之淵、剽盜之巢藪,人銷舶解。公起

漕凡一百八十萬,不十日舟湊直沽[五],道鯨濤如坦途,粟無升合遺。若公者,可稱朝廷幹臣,無負上選任者矣。吁,以棣州之化,道海之庸,推而大之於徐州也,其有不稱重選僉上訓旨者乎。

雖然,吾方有感於地氣之王衰者。吳、楚爲古要荒,蔡放之所逮[六],今爲衣冠玉帛之鄉;徐、豫爲中土,而鞠爲山莽者十六七,一邑生齒,有弗敵江以南一旅之聚,民望南而流,如水之欲東,司牧者弗能禁也。今二千石以地闢戶羨爲著令[七],公之爲徐州也,治最對著,今吾見中土之富庶,與今吳、楚地同,又豈憂赤子弄兵者本未止哉?公尚以余言勉之,徐州之人日夜望之。

是年九月之三日,吳人士咸賦歌詩以餞,而會稽楊某爲之序。

【校】

① 六月:四部叢刊本無,原本作"春",今據元史順帝本紀徑改。按:"春"與上文"夏",明顯不能吻合,當屬"六月"之誤寫。參見注釋。

② 棣:原本作"隸",據文淵閣四庫全書本改。

【箋注】

〔一〕文撰於元至正八年(一三四八)九月三日。其時鐵崖游寓蘇州,授學爲生。雷侯:名字籍貫不詳。至正初年先後任棣州防禦使、海道都漕府萬户,至正八年秋,擢爲徐州路總管。

〔二〕"至正八年"七句:徐州,今位於江蘇北部。按元史順帝本紀四,至正七年二月,"河南、山東盜蔓延濟寧、滕、邳、徐州等處"。十二月,"中書省臣建議,以河南盜賊出入無常,宜分撥達達軍與揚州舊軍於河南水陸關隘戍守,東至徐、邳,北至夾馬營,遇賊掩捕。從之"。"(至正八年)六月丙寅朔,陞徐州爲總管府,以邳、宿、滕、嶧四州隸之"。又按元史地理志,徐州、邳州、宿州隸屬於河南江北等處行中書省歸德府,滕州、嶧州原屬中書省益都路;而徐州下轄蕭縣,邳州下轄下邳、宿遷、睢寧三縣,宿州下轄靈壁縣,滕州領有滕縣、鄒縣,故此稱"四州七縣"。

〔三〕海道都漕府:即海道都漕運萬户府,元代蘇州設有此機構。明王鏊撰姑蘇志卷二十二宜署中:"海道都漕運萬户府在閶德坊,內有鎮撫所及各千户所。"參見東維子文集卷二十三重建海道都漕運萬户府碑。

〔四〕棣州:隸屬於中書省濟南路。位于今山東惠民縣。參見元史地理志。據下文"至今棣人稱雷防禦噴不去口"一句,雷公蓋任棣州防禦使。

〔五〕直沽:即海河,位於今天津市。

〔六〕蔡放:指流放。宋蘇軾撰書傳卷五夏書:"三百里夷:雜夷俗也。二百里
　　　蔡:放有罪曰蔡。春秋傳曰'殺管叔而蔡蔡叔'。"

〔七〕以地闢户羨爲著令:指"田野闢"、"户口增",乃守令考核"六事"中重要
　　　標準。參見本卷送旌德縣監亦憐真公秩滿序注。

送平江路推官馮君序〔一〕

　　平江路推官許下馮君秩滿,蘇父老留不可,則相與述爲歌謡以送
之,求予言登載其所善,以爲之序。予客蘇未久〔二〕,不識其所善,詢之
父老,則曰:"由東嘉經歷治最任高等〔三〕,升任刑官於蘇。蘇,煩劇郡
也,獄訟繁興,奸僞百方出。上游之署,有行丞相府、監漕官、都水使
司、海道都司。或所爲政不直,則賣直者乃聲于上,受謗責在須臾間,
而況貳推者闕,君獨任大府獄事。其視犴獄,常欲爲陷死者求生路,
惟恐失附于律。成案具吏多受獄貨,欺情僞於君者,在署審成案未
察,退參所疑於父老賓客,故月朔作鄉約於父老賓客,使之過有以告。
君之於刑官,敬事類此。"

　　予曰:獄者,天下之大命也;推官,又命死生決也,何可以不之敬
乎!孔子於言偃之宰,首以得人爲問〔四〕。欲其資於人者施于首政也,
矧獄之不自用而審取諸人以爲明者乎。明智如臯陶,淑問如臯陶〔五〕,
其獄之疑,猶有資於神羊之所決者〔六〕。馮君任推訊,而能取諸人以裕
諸己,忠信清明,見諸歌謡,不必資於神物以爲聰,則馮君不賢於臯陶
已乎!夫臯陶舉而不仁者遠,馮君舉而在高位,吾見其民之有賴其仁
者矣,故書。至正八年冬十月。

【箋注】

〔一〕文撰於元至正八年(一三四八)十月,其時鐵崖游寓蘇州。馮君:其名字
　　　不詳,許下(今河南許昌)人。元至正初年任永嘉經歷,約於至正五年擢
　　　爲平江路推官。

〔二〕客蘇未久:鐵崖於至正六年歲末徙居姑蘇,至此未滿兩年。

〔三〕東嘉：即浙江永嘉。參見方輿勝覽卷九瑞安府。

〔四〕"孔子"二句：言偃，字子游。孔子弟子。論語雍也："子游爲武城宰。子曰：'女得人焉爾乎？'曰：'有澹臺滅明者，行不由徑，非公事，未嘗至於偃之室也。'"

〔五〕淑問：指善於審案。毛詩正義魯頌泮水："淑問如皋陶，在泮獻囚。"疏："善問獄如皋陶者，使之在泮宮之內獻其所執之囚。"

〔六〕神羊：論衡是應篇："皋陶治獄，其罪疑者令羊觸之。有罪則觸，無罪則不觸。斯蓋天生一角聖獸，助獄爲驗。故皋陶敬羊，起坐事之。"

送理問所知事馬公序〔一〕

　　行中書省，古之藩國，方伯連率之寄也。地大任重，故其法揆嚴，體統峻，宣布政條于百司庶府，惟大綱是張是主。凡細之務，不至于執政之堂，乃署理問所于垣內〔二〕，若法曹議府焉，所以發奸伏，伸抑枉，平允治法也。官其所者，非才且賢，莫勝其任，而幕府之員，又議法之所起也。

　　東平馬公某〔三〕，爲江浙行省理問所幕府官，剛毅有爲，善持法才。每詳刑決政，上其議於相府，六曹莫不躧之，而百司庶府仰之以爲準。由是知所官之才且賢，又莫急於幕府員之才且賢也。

　　予喈代之居高位享厚禄者，率多世勛中貴之曹，奴隸其部屬，牛羊其人民，以好惡決是非，以喜怒行賞罰，頤指奔走，孰敢少拂其情？爲其部屬，而又執筆居幕府員，獨能持議不屈，與巍巍赫赫者相抗而求歸於口是，若馬公者，予所謂才且賢者非歟！公之所以持平曹取重政府者，決非聲音笑貌之所得也。蓋公自公卿子弟練習朝章，起身憲府史，爲大郡從事，遂以廉能擢相府掾，由掾爲今職，其能明庶事決大議者可知已。秩滿，上名春官，明天子方急法則之臣，以理天下之幽枉，必有以處之矣。于其行也，叙以爲别。

【箋注】

〔一〕本文當撰於元至正中葉以前，其時鐵崖寓居杭州。繫年依據：馬某乃江浙行省理問所知事，其任滿述職，鐵崖爲之送行，皆當在杭州。文中并未言及<u>至正</u>十二年七月<u>杭州</u>戰亂，且曰"明天子方急法則之臣，以理天下之幽枉"，故當爲<u>至正</u>初年<u>鐵崖</u>寓居<u>錢塘</u>等待補官時期，或<u>鐵崖</u>任<u>杭州</u>四務提舉之後不久，即不遲於<u>元</u><u>至正</u>十一年（一三五一）。<u>馬知事</u>：名字不詳，<u>東平</u>（今屬<u>山東</u>）人。先世爲官宦。歷任憲府吏、郡從事、相府掾、<u>江浙</u>行省理問所知事等職。

〔二〕垣内：指<u>行中書省</u>政府内。按<u>元史</u><u>百官志</u>，理問所設於行省，各所設"理問二員，正四品；副理問二員，從五品；知事一員，提控案牘一員"。

〔三〕<u>東平</u>：路名，隸屬於<u>中書省</u>，下轄<u>須城</u>、<u>東阿</u>、<u>壽張</u>等六縣。位於今<u>山東</u><u>泰安</u>、<u>聊城</u>一帶。參見<u>元史</u><u>地理志</u>。

送馬彦遠旌德教諭序〔一〕

百里之治有長，長選於吏部，而承命於天子。百里之教有師，師選於學，而承檄於丞相垣〔二〕。師若輕於長，然長不教，民無以爲治。教民必使專出於師，則師之道實甚重於長也。故師道尊者，百里之長禮之爲賓，不敢以勢上之。吁，主百里之教者，其可自待之微乎！

<u>錢唐</u><u>馬生</u><u>彦遠</u>，由明經舉爲師①儒之官。初，去爲<u>晉陵</u>縣教師〔三〕。人以<u>彦遠</u>才德，受貢於鄉大夫，宜達於天子，以爲通都大邑之吏，而低徊偃蹇爲教師於十室之邑，疑其自視有懣懣然者，又豈知縣教師之係，有重於縣長者乎！

吾聞<u>旌德</u>山水邑也，地不肥沃，而多出秀民，昔之擢高科爲大儒者，往往有焉。今歷歲大比者凡十數〔四〕，而士未有占貢籍者，豈人才之異於昔哉？亦職教者亡狀之過也！<u>彦遠</u>居家孝於親，與朋友交信義自立，而講藝於<u>晉陵</u>者，皆聖賢之遺旨、當世之要務也。今去爲<u>旌德</u>師，以其修於家者，興其人之孝悌忠信；以其講於道者，作其人之經濟才略。吾見<u>旌德</u>之士以行藝歌鹿鳴而來者〔五〕，皆推言其自於教師，則<u>彦遠</u>之道行，有以佐一邑之治矣，有何計百里之吏窮卑彼此哉？況<u>彦遠</u>道益大，聞益彰，其蹺峻資，取高位，與通都大邑之吏相頡頏，特跬步地耳，十室之邑，果足以久稽<u>彦遠</u>乎！長<u>旌德</u>者<u>亦憐公</u>〔六〕、<u>榻寶</u>②<u>公</u>〔七〕，皆右文以爲治也，必以予言爲然。

【校】

① 師：四部叢刊本無。

② 榻賓：原本誤作"楊賓"，據地方志逕改。參見本文注釋。

【箋注】

〔一〕文當撰於元至正十二年(一三五二)前後，其時鐵崖任杭州四務提舉不久。
繫年依據：文中謂撰序之時，"長旌德者亦憐公"，亦憐公即旌德縣達魯花
赤亦憐真。亦憐真到旌德縣上任，在至正九年己丑，至正十三年九月考滿
離任。參見本卷送旌德縣監亦憐真公秩滿序。按：陳高亦有詩送馬彥遠
赴任旌德，見不繫舟漁集卷六送旌德教諭馬彥遠。旌德，縣名，今屬安徽
宣城市。馬彥遠：彥遠當爲其字，其名不詳，杭州人。曾師從鐵崖。元至
正前期，先後任晉陵縣學、旌德縣學教諭。按：本文謂馬彥遠"初去爲晉
陵縣教師"，又謂"今去爲旌德師"，故知馬氏在晉陵縣亦任教諭之職。

〔二〕丞相垣：此指行中書省政府。元史選舉志："各省所屬州縣學正、山長、學
録、教諭，并受行省及宣慰司劄付。"

〔三〕晉陵：按元史地理志，晉陵縣隸屬於江浙行省常州路。今爲江蘇武進。

〔四〕今歷歲大比者凡十數：自延祐二年(一三一五)首次科舉，至至正十一年
(一三五一)，元廷舉行會試共計十一次。

〔五〕以行藝歌鹿鳴而來：指被推薦參與科舉考試，或考中科舉。姚燧牧庵集
卷四送姚嗣輝序："取士以文，始于隋而盛于唐。其法：有司擇學修其家、
名聞其鄉者，歌鹿鳴而進之朝，謂之貢；至則試之以聲律之文，中程度者謂
之選。"歌鹿鳴，亦常指中試以後慶賀。鹿鳴爲詩經小雅中詩。

〔六〕亦憐：即亦憐真，時任旌德縣達魯花赤。參見本卷送旌德縣監亦憐真公秩
滿序。

〔七〕榻賓：或作褐寶寶，當時任旌德縣尹。萬曆寧國府志卷九學校志曰："旌
德縣儒學在縣治東……至正己丑，達魯花赤亦憐真公暨縣尹褐寶寶修飭，
并增復學地，教諭許道傳記。"按：上引文中"亦憐真公"之"公"，原本誤作
"文"，據許道傳所撰記文改。又，"褐寶寶"，嘉慶旌德縣志卷六職官表作
"榻賓"。

送孔漢臣之邵武經歷序[一]

　　國法慎守令之職,號曰選用。幕而元僚,亦不委之銓曹常格,以其司守令出內之喉舌也。今天子既申明守令之制,而尤重幕元僚之選,選必以廉靖有風才者居之,雖閩、蜀、二廣,去天萬里遠,三歲必遣使者抵其方面,用天子命以署置其官,慎選守令與其幕元僚,同一中書吏部之嚴也。奔競者往往爭入其選,以利轉階之速,而不知司選者其如此,才而賢者陞,而不才不賢者,其黜多矣。

　　襄國公孔君漢臣,始緣胄監伴讀[二],出從事徽①州。丞相府聞其賢也[三],辟爲屬掾。年勞滿,而司閩選者有署爲經歷邵武[四]。蓋孔君之廉足以寡欲,知足以察微②,剛而易以鬭,故以武名。然小人勇於惡,君子亦勇於爲善也。君,先聖之五十四代孫也,胄監之秀也,丞相府之素推擇也。推其善以及君子,而化罩於小人,吾見邵武咸以道義相高,而人人有鄒、魯之風[五],不必擊斷鷙猛以成二千石之理者,非君而孰與於此乎! 君往哉,毋徒③謂入官遠徼,利而轉階之速云爾。

　　其行也,取道吳,淞之士咸爲歌詩以餞。而余適會於其鄉人張彥明所[六],且介彥明徵余序,故序之卷首云。至正九年四月四日。

【校】

① 徽: 原本作"微",據四部叢刊本改。
② 按:"知足以察微"指孔漢臣之才幹,以下"剛而易以鬭"一句,形容邵武民風,十分突兀。疑"微"字以下、"剛"字以上脫文。
③ 徒: 原本作"從",據文淵閣四庫全書本改。

【箋注】

〔一〕文撰於元至正九年(一三四九)四月四日,其時鐵崖受聘於松江大户吕良佐,到吕氏私塾授學不久。是日鐵崖應邀爲張德昭座上客。孔漢臣: 疑其名褒,孔子五十四代孫,封襄國公。歷任國子監伴讀、徽州從事、江浙行省掾,元至正九年擢爲邵武經歷。按: 嘉靖邵武府志卷四秩官著錄"幕職"人名,至正九年爲孔褒,并有小字注曰:"疑即經歷孔漢臣。"
〔二〕胄監: 即國子監。參見元史裕宗傳。

〔三〕丞相府：指江浙行中書省丞相府。

〔四〕邵武：按元史地理志，邵武路邵武縣隸屬於江浙行省。今屬福建。

〔五〕鄒、魯：指孟子和孔子故里。

〔六〕張德昭：字彦明，邢臺（今屬河北）人。至正九年前後任華亭縣尹。鐵崖
　　　與其父子二人皆有交往。參見楊鐵崖先生文集全録卷二華亭縣尹（張）侯
　　　遺愛頌碑、東維子文集卷十九素行齋記。

送江浙都府吏倪光大如京師序〔一〕

　　自成周選士之法廢〔二〕，士有逸而他出焉者。吏道滯於儒者，目吏
爲俗；流於吏者，目儒爲迂，二者始相兵而不相謀矣。漢、唐士有起自
書佐卒吏，至名宰相如曹、蕭輩者〔三〕，固不可望十一于千百。且以今
吏言之，例限七品秩，復開以四品，而不次登顯融^{①}者，往往列八位而
不勪也。若者起恪守陳編，刻畫章句，執一自用，不達時宜，其於修身
齊家治國平天下之道，非講之不詳，一旦在官，顛倒悖亂，全與道戾。
故由科第取官者，其政績不能不愈於史^{②}檮起身者，則亦有愧於古之
士矣。然吾亦有感^{③}於今之吏者，揣摩徂伺，深詆巧文，力制長牧，氣
壓豪氓，稱爲能吏；苟喻刻薄，恃以爲治具，而欲望其國理民安，是亦
却行而求前矣。

　　虎林倪君光大〔四〕，蚤年讀經史，欲由儒進，志伸弗遂。試吏於江
浙都府，周行推之爲儒吏〔五〕。柳子厚曰：“士之習吏，恒病于少文，故
給而少文不肆；飾於華者，又病於無斷，故放而不制〔六〕。”倪君以術飾
吏治，吾知其給而能肆、放而能制者也。況其事七十之親，以孝聞；友
朋友，以信自任。夫孝與信，忠君愛民之所出也，君推之於吏治，以日
涉穹位，食厚禄，上列八位，以任國家之大事，非君誰望哉！又豈得與
州邑俗吏循資格爲進級者同日語哉！

　　今赴京師上計錢糧事，來別予吳門，而吳之士君子又爲詩以壯其
行，且推予爲序，遂引於卷首若此，時見予望光大者遠云。至正八年
十月甲子序。

【校】

① 融：文淵閣四庫全書本作"榮"。

② 史：文淵閣四庫全書本作"吏"。

③ 感：四部叢刊本作"惑"。

【箋注】

〔一〕文撰於元至正八年(一三四八)十月一日，其時鐵崖游寓蘇州。江浙都府：
蓋即江浙行中書省省府，位於杭州。倪光大：光大當爲其字，其名不詳，杭
州人。蚤年讀經史，科場失意，遂爲吏。元至正初年於江浙行省省府任
吏員。

〔二〕成周選士之法：指西周選賢任能制度。舊唐書白居易傳："史臣曰：舉才
選士之法，尚矣。自漢策賢良，隋加詩賦，罷中正之法，委銓舉之司，由是
争務雕蟲，罕趨函丈，矯首皆希於屈、宋，駕肩并擬於風、騷。"

〔三〕曹、蕭：指西漢相國曹參、蕭何。按：曹、蕭皆曾任吏。

〔四〕虎林：武林別稱，指杭州。參見明田汝成撰西湖游覽志卷二十北山分脈
城内勝迹。

〔五〕周行：指朝廷官員。毛詩正義卷一周南卷耳："嗟我懷人，實彼周行。"注：
"思君子官賢人，置周之列位。"箋云："周之列位，謂朝廷臣也。"

〔六〕柳子厚：唐代柳宗元，字子厚，河東人。"士之習吏"以下六句，與今日通
行本稍有不同，柳河東集卷二十二送李判官往桂州序："士之習爲吏者，恒
病於少文，故給而不肆；飾於華者，恒病於無斷，故放而不制。"

卷五十九　東維子文集卷五

送劉主事如京師序[一]

聖朝設官,莫嚴於守令,莫要於風紀。風紀上明天憲,守令下逮民情。然居風紀,往往由守令之得其職者以喻下情,而後可以申上憲也。審官於守令風紀者,不已重乎!

大梁劉公文大,初用茂才掾廣憲[二],以識大體稱。同知於姚州,事[三],大得民譽。力行覈田①事,富者惟見[四],貧者力紓,建窮摘伏,政號神明。轉上海尹②,剔弊蠹③,振廢墜。察譖民之撓于政者,積訟盡疏,獄市遂理。杜浦民有殺越人于④貨[五],公至,亟改過自新。胥吏濫而詐者,遣歸讀書。公暇,建社學,行鄉約禮,凡民間簿書期會,揭信于墙屋,聽民自詣胥隸意。公三年不出郊關,民扶老將幼,聽教誨,行禮讓,刑錯不用,由是大化。秩未滿,司舉者以公廉能,遷主事戶部,民泣而留不得。行未幾,丁内艱,執喪如禮,躬廬幹山之墓[六],民趨役者如子然。

始公尹邑之日,咸謂公登風紀,臺省薦剡且交上矣,而遷主户部事,與典邑論民情者不殊科,皆御史之階也。制閾,覲京師,吾知其不留部矣。職風憲者,方與循守令交調,公其不副邑民之望乎!果爾,公去州郡承宣之勞,而將受明天子耳目之寄,以東南民間利病不能徹當宁者,公悉究知其情矣。某事利,某事弊;某法因,某法革,使民無所疾苦,而明天子無赤子之憂,非吾之人所期望、公之所不自讓者乎!

邑人士歌詩以送者,皆德於公而不能自已者。辱與公交最善,知最悉焉,故叙其所歌詩,而又著民之期望於公者如是。至正九年秋八月七日。

【校】

① 田:原本作“由”,據四部叢刊本改。
② 尹:四部叢刊本誤作“君”,參見注釋。

③ 蠹：四部叢刊本作“黨”。

④ 于：原本作“子”，據文淵閣四庫全書本改。

【箋注】

〔一〕文作於元至正九年(一三四九)秋八月七日，時鐵崖在呂良佐義塾授學，攜家寓居松江。劉主事：劉輝，字文大，大梁(今河南開封)人。曾爲兩廣憲司吏員，至正初年任餘姚州丞，至正五年十月，擢爲上海縣尹。任期未滿，遷户部主事。赴京不久，母逝，返歸松江干山守墓。至正九年秋，服喪期滿，遷嘉興路同知。按：鐵崖於文中自稱“辱與公交最善，知最悉焉”，可見楊、劉二人交情甚篤。參見屠性至正七年六月所撰文昌祠記(載正德松江府志卷十三學校下上海縣學)、宇文公諒撰去思碑略(載弘治上海志卷七官守志)、嘉慶松江府志卷四十名宦傳。

〔二〕廣憲：兩廣憲司。

〔三〕同知於姚州：指劉輝於至正初年任餘姚州丞。按元史地理志，餘姚縣(今屬浙江)於元元貞元年升爲州。

〔四〕惟見：蓋指據實徵税。元史食貨志一經理：“夫民之强者田多而税少，弱者産去而税存……其間欺隱尚多，未能盡實。以熟田爲荒地者有之，懼差而析户者有之，富民買貧民田而仍其舊名輸税者亦有之。由是歲入不增，小民告病。”

〔五〕杜浦：即周浦鎮。今屬上海浦東新區。光緒南匯縣志卷一疆域志邑鎮：“周浦鎮，邑西北四十八里，一名杜浦。元置下沙、杜浦巡司，後他徙。”

〔六〕幹山：即松江干山。崇禎松江府志卷四山：“干山在機山東，有水紆迴，從橫雲山來，經山際北流。諸山之最高者。其曰天馬，以形似名。或傳干將鑄劍於此……山有雙松臺、餐霞館。有浮屠七級，登覽者極江海之觀，故稱干將爲九峰之甲云。”按：鐵崖病逝後，亦葬干山。

送省理問所提控范致道序[一]

論吏者曰：吏廉無才，不若亡廉而才。嘻，才吏之推重於世者如是，矧又才而廉者乎！論者之推從可知也。

山東范君致道，由簿出佐，至提控理問所案牘[二]，蓋今之所謂廉而才者乎。君在幕所在者，府訊鞫事下，持三尺論裁，諸曹林立，咸心儀。君聽關決,然後抱成案上署所,所官意三二,君攘決辨是否,歸諸一,至其確於辨也。上政事堂,與宰相而下爭枉直。故難決事必經君,即不經君,必後有失。君既以廉律身,廉則公,公則明,而又有才以制之。其應事也,如鏡見微惡;議法也,如度度短長,權定輕重,毫杪不少忒。嘻,制謂理所、爲行中書法部,得廉而才如范君者爲賓佐,非理所官之幸、廟堂法部之幸也。參府莊嘉王公嘗奇其才[三],彼命南征,特辟君幕府,君即勇往參贊,戎機雄略,君交盡①其才,而廉者之所推,無逆②而不理。

年勞滿,理所官咸嘆息不忍其去。吾謂理所官爲一所惜,以君之廉,爲天下信;以君之才,爲天下服,范君當爲天下用。在古王制,辨論官才而告於上者,司馬職也,今之居是職者,方復王制,范君之名在辨論列,則范君自此將爲天下大吏矣。拯吾民於塗炭,還太平於聖王,非范君吾誰望? 范君尚以吾言力論。

【校】

① 盡: 原本作"盖",據文淵閣四庫全書本改。
② 逆: 文淵閣四庫全書本作"往"。

【箋注】

〔一〕文撰於元至正十五年(一三五五)前後,其時鐵崖任杭州宣課副提舉。繫年理由: 其一,文末曰"拯吾民於塗炭,還太平於聖王",可見當時天下已大亂,必在至正十一年以後。其二,本文提及"參府莊嘉王公"奉命南征時,曾聘范致道爲幕僚。據元史百官志八,至正十六年五月置福建等處行中書省于福州,以"福建閩海道廉訪使莊嘉爲右丞"。據此推之,莊嘉原爲江浙行省參知政事,其赴福建任閩海道廉訪使,必在至正十六年以前,而本文所謂"南征",蓋即指其出使福建。范致道: 致道當爲其字,其名不詳,山東人。至正中任江浙行省理問所提控案牘。大約於至正十五年以前,江浙行省參政耶律莊嘉奉命南征時,曾聘爲幕僚。

〔二〕理問所: 據元史百官志七,各行省皆設有理問所,其中"理問二員,正四品。副理問二員,從五品。知事一員,提控案牘一員"。

〔三〕莊嘉: 即耶律莊嘉。耶律楚材玄孫,耶律鑄孫,耶律希亮之子。元至正年間歷任江浙行省參政、福建閩海道廉訪使、福建行省右丞等職,至正十八

年至十九年,任中書省平章政事。參見危素 故翰林學士承旨資善大夫知
制誥兼修國史贈推忠輔義守正功臣集賢學士上護軍追封淶水郡公謚忠嘉
耶律公神道碑(載危太僕續集卷二)、元史 宰相年表。

送杭州路推官陳侯執中序〔一〕

　　余嘗讀史,竊嘆于定國之治獄無冤〔二〕,則福流子孫;而燕士呼天,
六月飛霜〔三〕;東海殺孝婦,三年大旱〔四〕,其變係於國者如是。代人法
吏興一獄,至蔓延數百人,積歲不能決,卒陷之死地,其傷天地之和者
有矣。我朝奄四海爲家,深慮一夫有不平者,内有刑部,外有刑所,郡
又置推官,專刑獄之事。蓋以變之所係者大①,故慎之也。

　　余來錢唐,見杭之推官陳侯 執中者,有定國之風焉。杭之爲郡,
地大民多,最號繁劇。刑之頗辟②,獄之放紛〔五〕,有不可勝言者。侯居
杭三年,人仰之若父母,畏之若神明,咸頌之曰:“陳侯未來,政苛獄
繁;陳侯既來,反薄而敦。民蹶于阱,陳侯生之;羊狼貪狠③,陳侯懲
之。于嗟陳侯,執法不煩④,風霆霜露,生意流行。”余聞而嘉陳侯以士
君子待杭之人,遂有士君子行,且不忘⑤陳侯之德而歌舞之。

　　乃至正十一年九月,侯去杭覲京師。士大夫謁余西湖之西,出所
集詩若干篇,推余序之,故得論其事略。抑余聞陳氏之先有曰寔
者〔六〕,嘗爲大丘長〔七〕,以德重於世而澤流子孫。陳侯豈其後邪! 今陳
侯治獄無冤又若此,則省府上之,臺憲察之,必將大顯于天朝,而福之
流於子孫者,固未可一二數也,惟陳侯其勉之。

【校】

① 變之所係者大:原本作“變之係者文”,據文淵閣四庫全書本改。

② 辟:似當作“類”。參見本文注釋。

③ 狠:原本無,據文淵閣四庫全書本補。

④ 煩:原本作“頌”,據文淵閣四庫全書本改。

⑤ 忘:原本作“忌”,據四部叢刊本改。

【箋注】

〔一〕文撰於元至正十一年（一三五一）九月，其時鐵崖任杭州四務提舉不久。陳執中：執中當爲其字，其名及籍貫皆不詳。約於至正八年至十一年，任杭州路推官，治獄平允，頗得好評。按：文中謂陳執中或陳寔後裔，蓋執中爲河南人。

〔二〕于定國：西漢名臣，以執法明允著稱。其事迹詳見漢書于定國傳。治獄無冤乃其父于公事。

〔三〕燕士：指戰國時燕人鄒衍。蒙求集注卷上："燕鄒衍事燕惠王，左右譖之，被繫于獄。仰天而哭，盛夏天爲之降霜。"又，元關漢卿竇娥冤雜劇："豈不聞飛霜六月因鄒衍？"

〔四〕"東海殺孝婦"二句：漢代流傳故事。謂東海孝婦年輕守寡，後被冤殺，郡中因此枯旱三年。此即關漢卿雜劇竇娥冤故事之源頭。參見漢書于定國傳、説苑貴德、搜神記卷十一。

〔五〕"刑之頗辟"二句：源於左傳，然"辟"字似誤。春秋左傳注昭公十六年："子產怒曰：'發命之不衷，出令之不信，刑之頗類，獄之放紛。'孔疏云：'服虔讀類爲纇。解云：頗，偏也。纇，不平也。'"

〔六〕陳氏之先有曰寔者：指東漢時人陳寔。後漢書陳寔傳："陳寔字仲弓，潁川許人也……寔在鄉閭，平心率物。其有争訟，輒求判正，曉譬曲直，退無怨者。至乃歎曰：'寧爲刑罰所加，不爲陳君所短。'……中平四年，年八十四，卒於家。何進遣使吊祭，海內赴者三萬餘人，制衰麻者以百數。共刊石立碑，謚爲文範先生。"

〔七〕大丘：即太丘，縣名。今爲河南永城市太丘鎮。陳寔曾任太丘縣令，故或稱之爲陳太丘。

送李景昭掾史考滿詩序〔一〕

濟寧李君景昭，爲江浙行中書省掾也，以才器受知于丞相府凡若干，名稱赫甚。考滿還里，大夫士咸作歌詩，以道其意戀慕之私，詩成一卷，俾予序首。

予爲之言曰：夫世之所謂善於世其家者，豈徒傳珪襲組之謂哉？其家法之所以貽於後者，必將繼志承訓，圖以趾前人之美，而不隕其家聲焉爾。惟君之先大夫文昌公〔二〕，以文學政事爲時名卿，其家則官規，夫人之所取法，而況於其子孫乎！蓋吾於是而知君之善於繼承也。始君游成均，即有雋名，繼用公蔭授濮①州鄄城縣丞〔三〕。既爲推擇爲掾，君廉以律己，公以莅事。特文墨議論，參贊碩畫，奉上接下，罔有弗周，非所謂能趾前人之美而不隕其家聲者乎！

　　昔者季孫行父之言〔四〕，以謂"先大夫臧文仲敎行父事君之禮，行父奉以周旋，弗敢失墜〔五〕"，其後行父九十爲魯名卿。由是言之，世之所謂善於其家者，必若行父而後可。若②君者，豈非行父其人歟！夫善於世其家者，忠孝之道也；道人之善而不能無言者，詩人情性之厚也；序詩人之意而必本其父兄者，厚之至也。時之知君者，尚以予言爲不佞哉！

【校】

① 濮：原本誤作"鄲"，徑改。
② 若：原本作"名"，據文淵閣四庫全書本改。

【箋注】

〔一〕文作於元至正十一年(一三五一)、十二年之間。繫年依據：其一，李景昭乃江浙行省掾吏，鐵崖與之結識，并撰文送行，當爲任官杭州時期，即至正十一年至十六年之間。其二，李景昭"考滿還里"，可見其任江浙行省掾吏至少三年，本文贊其出身、人品、能力，卻未言及紅巾起義與至正十二年七月徐壽輝軍侵擾杭州之事，故疑撰文時間爲至正十一年至十二年七月之間。李景昭：景昭當爲其字，其名不詳，濟寧人。以父蔭授濮州鄄城縣丞，轉任江浙行中書省掾。濟寧：路名，隸屬於中書省。今爲山東濟寧市。參見元史地理志。

〔二〕文昌公：名字生平皆不詳，當爲元臣。

〔三〕鄄城縣：隸屬於濮州，濮州直屬中書省。參見元史地理志。

〔四〕季孫行父：姬姓，春秋時魯國正卿，謚"文"，史稱季文子。

〔五〕"先大夫臧文仲"三句：左傳文公十八年："季文子使大史克對曰：'先大夫臧文仲敎行父事君之禮，行父奉以周旋，弗敢失隊，曰：見有禮於其君者，事之，如孝子之養父母也；見無禮於其君者，誅之，如鷹鸇之逐鳥雀也。'"

送沙可學序〔一〕

我國家混一天下,地大民衆,既内立中書,以總其綱;外復設行省十〔二〕,以分其治。而方面之重,土貢之多,江浙實居最省。故釐其地者,其人爲尤難。

某年某官來總行省事,求從事掾之賢能者,首得一人焉,曰沙可學氏。又得一人焉,曰高則誠氏〔三〕。又得一人焉,曰葛元哲氏〔四〕。三人者用,而浙稱治。蓋三人者,天府登其鄉書,大廷崇其高等,而拜進士出身,賜任州理佐理之職者也,宜其於簿書之繁劇、筆櫝之纖細,有不屑焉,而三人者屑焉,何也? 或曰:"掾年勞視州若縣加半,三人者,蓋利也。"夫天子之所委重者,惟一二大臣簡在上心者,爲股肱於内外。内相爲天子得人,爲朝廷;外相爲天子得人,爲四方。欲内外無治,不可也。矧江浙之方面重而上貢多,從事之掾,不擇其人之賢能有治才、足以贊畫諾、辨是非可否、明治理得失成敗而推習文法利刀筆者是取,則何與爲治哉? 治不治,較諸一州一邑,其大小輕重何如耶?

今某官之求賢能掾於三人者,始能羅而致之以禮;三人者,又能終不負其所求,而相與以有成也。則三人者,豈果利於年勞而私便其身圖者邪? 可學秩且滿,大臣留之,不將薦之中朝。其於行,書吾言以爲贈。蓋士以外相得人,爲天子賀,而不已有用之學,爲進士出身者勉。

【箋注】

〔一〕文當撰於元至正十一年(一三五一),其時鐵崖任杭州四務提舉不久。繫年依據: 其一,至正十年歲末,鐵崖自松江赴杭州,任杭州四務提舉,與沙可學等江浙行省官吏交游,當在此後。其二,文中提及葛元哲、高則誠乃沙可學同僚,其時皆在江浙屬掾任上。據滋溪文稿卷首新安趙汸至正十一年十一月辛未日所撰序文,稱滋溪文稿三十卷乃"前進士永嘉高明、臨川葛元哲爲屬掾時所類次",可見高明、葛元哲調離江浙屬掾之職,不得遲於至正十一年十一月。又,玉山紀游載釋良琦游西湖分韻詩序,謂至正十一年五月二十八日,葛元哲與楊維禎、顧瑛等在杭州張雨墓前祭奠,且共同泛湖吟詩。據此推之,葛元哲調離杭州,在至正十一年六月至十月之間,而本文撰寫,當在葛元哲離開杭州之前。沙可學:即沙哈珊,字可學,號小山,色目人,回族。原籍燕山,至遲其父輩已遷居溫州(今屬浙江),故或稱之爲永嘉人。至正二年壬午(一三四二)拜住榜進士,歷任江浙行省掾,樞密院都事,奉議大夫、中書省左右司員外郎等。至正二十七年(一三六七)六月尚存於世。善詩工書,精鑒賞。詩集早已失傳。其生平參見元詩選癸集沙省掾可學,以及今人馬明達、陳彩雲元代回回人沙可學考(載回族研究二〇〇八年第四期)。

〔二〕行省十:按元史地理志:"立中書省一,行中書省十有一:曰遼陽,曰嶺北,曰河南,曰陝西,曰四川,曰甘肅,曰雲南,曰江浙,曰江西,曰湖廣,曰征東,分鎮藩服。"本文所謂"外復設行省十",蓋未計入征東行省。

〔三〕高則誠:名明,南戲琵琶記作者。宋元學案卷七十滄洲諸儒學案下文貞門人都事高則誠先生明:"高明,字則誠,永嘉人。自少以博學稱。一日歎曰:'人不專一經取第,雖博奚爲?'乃自奮讀春秋,識聖人大義,屬文操筆立就。登至正乙酉第,授處州録事。數忤權貴,謝病去。除福建行省都事,道經慶元,方氏竊據,强留幕下,力辭不從,卧病卒。所著有柔克齋集二十卷。"又,釋來復撰澹游集卷上載高明小傳,謂其自號菜根居士,"仕至翰林國史院典籍官,福建行省都事"。

〔四〕葛元哲:其名或作元喆。元詩選補遺葛縣尹元喆:"元喆字元喆,撫州金溪(今屬江西)人。博學工文,有英氣,弱冠名譽翕然。登至正八年戊戌進士第,辟江浙行省掾。先後見知於參政蘇天爵、樊執敬,薦入館閣,不報。至正十四年,以大臣薦爲本縣尹。未幾,兵亂路梗,入福建。省憲交辟。浮海北上,比至大都而卒。門人蘇伯衡等舉河汾故事,私定其諡曰文貞先生。學者陳介搜其遺稿,得詩文,彙爲十卷。"又,千頃堂書目卷二十九別集類著録葛元哲遺稿十卷,有注曰葛元哲曾官福建行省經歷,明崔亮、蘇伯衡咸師之。按:或謂其字廷哲。參見馬明達、陳彩雲撰元代回回人沙可學考。

送嘉興學吏徐德明考滿序〔一〕

聖朝三歲一大比,興其賢者能者,布列中外,蓋欲收儒效於天下,而致隆平之治也。猶慮所選者有遺才，州郡庠序司之史，復用文學生，使以儒釋吏事，其望儒之效切矣。吏出於儒者，學升於州，升於郡，等而上之，或憲漕史，或理曹、帥閫史。又等而上之，則入流銓于吏部簿，部縣寮，知幕府，坐禄位而治人①矣，殆非刀筆吏胥起巡尉所者可同日較崇庳②也。

朱方徐德明氏〔二〕，世業儒。其祖、父皆以孝弟忠信爲家風，朝廷以孝義旌其門。德明之才器，涵育薰陶有自來矣。至正八年，侍父游嘉禾〔三〕，肄業郡庠，學正應公舉③焉〔四〕，爲學司吏。德明之司檟於學也，凡春秋二丁、朔望祭奠師儒之文〔五〕；吾生徒之膳養，金粟之勾計，營繕之書庸，殫④智竭慮，一以奉公爲心。曩太守凌公留意學校〔六〕，政季試以作人才，習大樂以奉祀事⑤。德明奉承厥役，靡惓于勤，有成績⑥。至正十二⑦年，教授康公來領學事〔七〕，藉其協贊者居多。越明年，府檄本學官吏自徵租⑧入，德明奉行惟謹，推之以誠，約之以信，佃夫輸通，莫不悅服。其有積日門丁佃甲，相根株爲乾没者〔八〕，德明又能廉得之，不煩垂楚而徵復元額。觀德明之才敏學優，有功於學校者如此，推此以往，何試而不可乎！

年而既滿，浩然有去志。士友挽留不可，相與崇酒于觴，載肉于俎，餞之東關之外。德明又枉舟過余次舍，求一言爲行賮。夫千尋之木⑨，必自豪末而生；萬里之途，必由跬步而始繼。自今將見德明仕進之階，日⑩高而日遠，曰漕曰憲，曰理曰節〔九〕，入流銓⑪於省部，吾所謂坐禄位而治人者，可指日俟，德明以予⑫言勉之。至正十⑬三年秋七月日序。

【校】

① 人：原本作“入”，據文淵閣四庫全書本改。

② 吏：原本作“有”；庳：原本作“庫”，據文淵閣四庫全書本改。

③ 舉：原本作“學”，蓋形近而訛，徑改。

④ 殫：原本作“禪”，據文淵閣四庫全書本改。

⑤ 祀事：文淵閣四庫全書本作“祭祀”。

⑥ 績：原本作“續”，據四部叢刊本、文淵閣四庫全書本改。

⑦ 十二：原本誤作“三”，徑改。依據有二：其一，本文撰於至正十三年秋，乃教

授康公主持嘉興學事之"明年"。其二，"教授康公來領學事"，乃承繼嘉興路儒學正應才之職，當在至正十二年應才病歿之後不久。

⑧ 租：原本作"祖"，據文淵閣四庫全書本改。

⑨ 木：原本作"本"，據文淵閣四庫全書本改。

⑩ 日：原本作"曰"，據文淵閣四庫全書本改。

⑪ 鈴：原本誤作"鈴"，四部叢刊本作"銓"。據文淵閣四庫全書本改。

⑫ 予：原本作"子"，據文淵閣四庫全書本改。

⑬ 十：原本作"之"，據文淵閣四庫全書本改。

【箋注】

〔一〕文撰於元至正十三年（一三五三）七月，其時鐵崖任杭州稅課提舉司副提舉，以公務暫住嘉興。參見東維子文集卷二十惠安禪寺重興記。嘉興：路名，隸屬於江浙行省。今爲浙江嘉興市。徐德明：德明當爲其字，其名不詳，鎮江（今屬江蘇）人。至正八年隨父游學嘉興，得嘉興路學正應才厚愛，薦爲嘉興路學司吏。

〔二〕朱方：今江蘇鎮江之古名。禹貢長箋卷五淮海惟揚州："鎮江，春秋吳朱方邑。戰國屬楚，秦屬會稽……唐曰潤州，置鎮海軍節度。元屬江浙行省。"

〔三〕嘉禾：嘉興古名。

〔四〕應公：應才（？——一三五二），字之邵（邵，或作"紹"），錢唐人。應本之子，建德路總管楊瑀長婿。嘗先後從學於黄溍、楊維禎。天曆二年、至正四年皆曾考中江浙鄉試，兩場科考古賦，均被收入元人所編類編歷舉三場文選。至正四年鄉貢下第後，任嘉興路儒學正。十二年，避兵寓奉賢鄉（今屬上海），病歿。參見東維子文集卷六春秋左氏傳類編序、卷二十四元故中奉大夫浙東尉楊公神道碑，南村輟耕録卷十二夢，新刊類編歷舉三場文選。

〔五〕春秋二丁：指每年仲春、仲秋上旬丁日，舉行祭孔大典。元史祭祀志六郡縣宣聖："中統二年夏六月，詔宣聖廟及所在書院有司，歲時致祭，月朔釋奠……成宗即位，詔曲阜林廟，上都、大都諸路府州縣邑廟學、書院，贍學土地及貢士莊田，以供春秋二丁、朔望祭祀，修完廟宇。自是天下郡邑廟學，無不完葺，釋奠悉如舊儀。"

〔六〕凌公：名字籍貫不詳。大約於元至正十年前後任嘉興太守。參見東維子文集卷六聚桂文會序。

〔七〕<u>康公</u>：名字籍貫不詳。<u>嘉興路</u>學教授，<u>至正</u>十二年學正<u>應才</u>病殁之後，代理<u>嘉興路</u>學正之職。

〔八〕"其有積日門丁佃甲"二句：指隱瞞人口田産而避税。參見本卷<u>送劉主事如京師序</u>注。

〔九〕"曰漕曰憲"二句：意爲受聘各級官署爲吏。漕，指漕運府。憲，指肅政廉訪司或御史臺。理，指理問所。節，蓋指<u>唐</u>、<u>宋</u>人所謂節度府或節度使府。

送理問所掾史王安正考滿序〔一〕

<u>至正</u>十①三年，<u>江浙</u>行省理問所掾史<u>東平</u> <u>王安正</u>考滿，<u>杭</u>士友咸餞以詩。詩成卷，屬于<u>會稽</u> <u>楊維禎</u>爲之序。

予惟仕之由吏進者，積年勞於簿書、循資格於流品者，常才之所能，而能人之不能者，必英才俊特者也。吾見其人者，<u>安正</u> <u>王君</u>者也。<u>淮</u>賊猖獗一時〔二〕，繫仕版者，非質懦而懼，識鄙而逃，則詭軍功以資捷進者爾，孰②有憂國如家，委身殉職，不以利鈍得失爲却顧者哉！邇者平章<u>教化</u> <u>榮禄公</u>統兵西討③〔三〕，屬掾在選中者，<u>安正</u>爲首列。<u>安正</u>起身理所，議事用法，人稱允。及在軍中，獻納謀畫，卒能參贊成功。凱還計賞，當擢高要，而<u>安正</u>退就前考，不敢自有其功以取一階半級之榮，亦可以知<u>安正</u>之克守其正，與一時繫仕版、詭軍平功以資捷進者不侔矣！

方今國家急才於有爲有守之人，<u>安正</u>雖不以軍勞資進取，而爲國求才者，吾知其不<u>安正</u>捨④矣，惟<u>安正</u>戒嚴以俟。<u>至正</u>十三年秋九月十日序。

【校】

① 十：原本誤作"之"，據文末改。

② 孰：原本作"執"，據<u>文淵閣</u> <u>四庫全書</u>本改。

③ 章：原本作"童"，據<u>四部叢刊</u>本改。討：原本作"計"，據<u>文淵閣</u> <u>四庫全書</u>本改。

④ 捨：原本作"拾"，據<u>四部叢刊</u>本、<u>文淵閣</u> <u>四庫全書</u>本改。

【箋注】

〔一〕文撰於元至正十三年(一三五三)九月十日,其時鐵崖任杭州税課提舉司
副提舉。王安正:安正當爲其字,其名不詳,東平(位於今山東泰安、聊城
一帶)人。至正十年至十三年間,任江浙行省理問所掾吏。至正十二年江
浙平章教化率軍征討淮西,曾選調隨同。

〔二〕淮賊:指江淮一帶紅巾軍。

〔三〕"邇者"句:指至正十二年,教化曾率元軍攻打安豐、濠州,後因杭州失陷
而退軍。元王禮麟原前集卷四雪洞圖詩序:"十二年,淮孽蔓延江右,平章
教化公奉旨南征。"又,張憲玉笥集卷四北庭宣元杰西番刀歌詩題下小字
注曰:"此刀乃江浙平章教化公征淮西所佩者。"詳見元史紀事本末卷二十
六東南喪亂。教化:至正十二年前後任江浙行省平章,授榮禄大夫。又,
教化於江浙平章中位列第四,故被稱爲"四平章"。時人曾指斥其野蠻肆
虐。元陶宗儀南村輟耕録卷二十八刑賞失宜:"至正十二年歲壬辰秋,蘄
黄徐壽輝賊黨攻破昱嶺關,徑抵餘杭縣。七月初十日,入杭州城……四平
章教化自湖州統軍歸,舉火焚城,殘蕩殆盡。"

送浙江西①憲書吏李公錫序[一]

朝廷設官,分職百司庶府,要而重者,無越於風紀,天子之耳目寄
焉,生民之血脉貫與。臺内外以總其綱[二],廉訪二②十二道以張其
目[三]。官於是者,必思慎簡迺僚,而書佐之吏,例以通大法敦風操者
在選列也。而士之欲出身自見於世者,不幸不爲卿大夫所薦,則亦於
是願觀③其所爲主焉。

燕城李公錫之爲浙右憲書吏也[四],繇憲府某官知其操行文藝之
美④而推擇之。公錫於某官觀其所爲主,乃褒然而來,如魚水之相得,
宫徵之相宜。其爲人廉介耿峭,才高而識遠。司憲之長洎幕府之寮,
無不以其言議爲可否,而公錫之執簡獻替者,未嘗不出於三尺之公。
嘗侍某官調兵某所,而贊畫之長,弭戢之功,彰彰顯著。

今年秋,年勞已滿,瀕行,吾⑤屬餞言以爲别。先是公錫繇成均造
士,筮仕善祐庫使,遂歷刑部吏、都水庸田照磨。今以職官爲憲府史,

是⑥其老成才識,諳時宜,達政體,有以贊畫評佐中書之政者,可日月冀也。嘻,此海内之人所周望,豈直吾屬之望而已哉。於其行也,序以爲引。至正十三年冬十月吉序。

【校】

① 浙江西:似當作"浙西",參見文中"李公錫之爲浙右憲書吏"一句。

② 二:原本脱,據元史百官志徑補。參見注釋。

③ 觀:四部叢刊本作"覩"。

④ 美:原本作"吳",文淵閣四庫全書本作"異",據四部叢刊本改。

⑤ 吾:原本作"五",據文淵閣四庫全書本改。

⑥ 是:原本作"昱",據文淵閣四庫全書本改。

【箋注】

〔一〕文撰於元至正十三年(一三五三)十月一日,其時鐵崖任杭州税課提舉司副提舉。李公錫:公錫爲其字,名嘏,燕城(今北京地區)人。歷任善祐庫使、刑部吏。至正八年前後任平江都水庸田司照磨。至正十年至十三年間,任江南浙西道肅政廉訪司書吏。參見東維子文集卷十二新建都水庸田使司記。

〔二〕臺内外:指中央與地方之御史臺。按元史百官志二,元世祖至元五年始立御史臺,其後又設江南行御史臺、陝西諸道行御史臺等。御史臺俗稱内臺,行御史臺則稱外臺。

〔三〕廉訪:指肅政廉訪司。按元史百官志二,元大德以後,肅政廉訪司定爲二十二道:内道八,隸御史臺;江南十道,隸江南行御史臺;陝西四道,隸陝西行御史臺。原本作"十二道",蓋因脱字而誤。

〔四〕浙右:即浙西。按元史百官志二,江南浙西道肅政廉訪司設於杭州。

送李仲常之江陰知事序〔一〕

江陰,古延陵邑也〔二〕。在唐爲州,宋爲縣,復爲軍。今地利日廣,民齒日繁,處以散州〔三〕,直隸省部,與他列州屬會府者實殊,故居幕府者,皆受天子命,與會府之賓僚等也。其地左姑蘇,右京口〔四〕,前控大江,後帶滄海。鵝鼻爲神禹之軀①〔五〕,席帽爲郭璞之宅〔六〕。翠君中立〔七〕,石鳳旁飛〔八〕,此又其流峙之勝也。故鄉有魚稻之富,市有珠犀之珍。人秀而文,有淮楚之風。其官府事簡,自宋以來,稱道院間兩浙〔九〕。宦游於其地,不亦優且樂哉! 然近者盜作魚龍之藪,撓及漕賦〔十〕,文股椎結,且以江國之衣冠者相貨。居官是邑者,不無優②焉。

　　東陽李君仲常,去爲其州知事。仲常博識而敏於才,好謀善斷,掾③内府十餘年,以通了稱。其應外務,固恢乎其有餘裕矣。仲常往哉,佐其長以善道,率其下以先勞,吾見江陰之治,有江山風月之勝、魚稻珠犀之富,而無魚龍之藪之警以病吾政也,不在仲常乎! 贊畫之暇,形爲咏歌,幸有以寄我。

【校】

① 軀:文淵閣四庫全書本作"區"。

② 優:當作"憂"。

③ 掾:原本作"椽",據四部叢刊本、文淵閣四庫全書本改。

【箋注】

〔一〕文當撰於元至正八年(一三四八)秋冬之間,其時鐵崖攜家寓居姑蘇,授學爲生。繫年理由:鐵崖李庸宫詞序亦贈予李仲常,作於至正八年八月,文中謂李庸"客於館閣諸老者且十有七年矣",本文則言仲常"掾内府十餘年"。合而觀之,二文撰期相距不久。本文既爲贈行之作,則當稍遲於至正八年八月。參見東維子文集卷十二李庸宫詞序。李仲常:名庸。元詩選癸集李知事庸:"庸字仲常,婺之東陽(今屬浙江)人。宋寶謨閣學士、工部尚書大同之六世孫。自幼好學,善屬文,尤長於詩詞。早歲游京師,館閣諸老爭辟爲屬吏,令爲江陰州知事。自號用中道人。有文集曰用中道人集。"江陰:州名。今屬江蘇。

〔二〕延陵邑:指春秋時吴國季札封地。元和郡縣志卷二十六江南道:"常州,禹貢揚州之地。春秋時屬吴延陵季子之采邑,漢改曰毗陵……管縣五:晉陵、武進、江陰、無錫、義興。"

〔三〕散州:直屬於路,并非由府統領,亦非直接隸屬中書省的州。元史地理志五:"江陰州,唐初爲暨州,後爲江陰縣,隸常州。宋爲軍。元至元十二年,依舊置軍,行安撫司事。十四年,升爲江陰路總管府,今降爲江陰州。"

〔四〕左姑蘇,右京口：江陰位於姑蘇之西、鎮江之東。

〔五〕鵝鼻：光緒江陰縣志卷三山川："鵝鼻山在縣北四里,山勢高斜如鵝鼻。俗呼鵝嵋嘴。"

〔六〕席帽：江陰黄山中峰之名。光緒江陰縣志卷三山川："黄山在縣東北六里,西自鵝鼻連岡而東爲琵琶峽。過峽四五里,望若卧龍曰黄山,相傳以春申君姓得名。上有數峰,中峰名席帽,亂石散佈。"又,太平寰宇記卷九十二江南東道四常州："郭璞宅在(江陰)黄山北。"郭璞,著名學者,兩晉之交在世。晉書有傳。

〔七〕君：君山。萬曆重修常州府志卷三江陰縣境圖説："君山,在縣治北二里,爲江陰之鎮山,佇江之流。"

〔八〕鳳：萬曆重修常州府志卷三江陰縣境圖説："鳳凰山,在縣東二十里。太平總類云：晉太康元年,人有掘山者得石鳳凰,因以爲名。"

〔九〕稱道院間兩浙：意爲江陰乃兩浙清静之地中尤爲突出者。胡助自靈巖登天平山次柳道傳韻："吳門治清静,西浙稱道院。"(載元詩選三集。)

〔十〕"近者盗作"二句：指至正七年冬,長江下游盗匪作亂,妨礙漕運。元史順帝本紀："(至正七年十一月)甲辰,沿江盗起,剽掠無忌,有司莫能禁。兩淮運使宋文瓚上言：'江陰、通、泰,江海之門户,而鎮江、真州次之,國初設萬户府以鎮其地。今戍將非人,致使賊艦往來無常。'"

送彭彦温直學滿代序〔一〕

學者司計〔二〕,主金穀"出内之吝"〔三〕,猶有司之有庾氏也。庾得其司,則民無箕斂、官無悖出之患;計得其司,則農無失徵,士無失養。然則校有官主教,而計主養也。養足而後教可以行,則計之有功於學校,又豈可以有司"出内之吝"賤其人乎？故著令必慎選其人,年勞滿者,爲諭、録起階〔四〕。近更令,雖以府邑主檔吏易諭、録,而負才諝者,得以一介之士上佐二千石出政令〔五〕,其功德之及民者,順且易也,視諭、録五年十年不得升次以行其志,即得佐府邑,去老死不遠者,孰優孰劣乎？

會稽彭彦温氏,家世儒者也。鄉大夫嘗以經行舉之有司,弗售。猶不遠數百里從師于吳下,由是吳學辟爲學之司計〔六〕。其職乎計也,能稽籍以爲入,量入以爲出,撙節其橫費,而金穀之用恒有餘,是其力于計而有功於學校者也。年勞已滿,教之官及學士大夫咸惜其去,而恐繼者之未得如彥溫氏也。然彥溫階此以司政櫝於府邑,以佐二千石之行事,將見及人之力有大於學校者,學士大夫又何惜乎!

其去也,咸送以詩,而屬予爲序。彥溫爲予鄉閈生,其仲彥明又從予游[七],故序。

【箋注】

〔一〕文撰於元至正七、八年間,其時鐵崖游寓姑蘇、授學爲生。彭彥溫;諸暨(今屬浙江)人。約於至正七年前後任平江路學直學。

〔二〕學者司計:下文作"學之司計",意爲學官直學之職,在於掌管錢糧。元史選舉志一學校:"凡路府州書院,設直學以掌錢穀,從郡守及憲府官試補。"

〔三〕出内之吝:語出論語堯曰。又,宋易祓周官總義卷二:"其足用長財、善物者賞之。"注:"足用謂事不乏用,用不廢事;長財謂出内之吝,常有餘用;善物謂守視之謹,無所虧損。"

〔四〕"年勞滿者"二句:意爲直學任滿可晉升爲教諭、學録。元史選舉志一學校:"直學考滿,又試所業十篇,陞爲學録、教諭。"

〔五〕"近更令"四句:指元代後期,學録、教諭由"府邑主櫝吏"選調,學正、山長"例以下第舉人"擔任,而"直學考滿爲州吏",不再於學校内部升職。故下文鐵崖又謂"彥溫階此以司政櫝於府邑,以佐二千石之行事"。參見元史選舉志一學校。

〔六〕吳學;當指平江路學。按:平江路府治在蘇州,故有此稱。

〔七〕"彥溫"二句:由此可知彭彥溫、彥明兄弟與鐵崖同鄉,爲浙江諸暨人。且彥明爲鐵崖弟子。

補過齋序[一]

松江守陳府公初涖①政[二],屬吏皆②移病于外,首鼠進退。公曰:"吳兒欲以習詐爲俗耶?"下令召見諸曹史書佐,視其可用者,於若干人中得蕭蘭,獨稱悃愊史[三],呐呐似不能言者③,而中則慧了,識事體。府公前每白事,必兼數曹,無一誤失者。諸曹疏誕者學之,而弗能萬一,府公益獨奇之。蘭愈恪謹,退公④輒閉置斗室,翻閱往史及今令甲書。又自命其齋曰補過,取諸聖經之訓"進盡忠,退補過"也〔四〕,介其外舅闓翁〔五〕,求一言於子楊子。楊子喜淞之民上有良二千石,下有悃愊吏,一郡之慶也,爲之叙曰:

　　昔李孝伯不就郡功曹〔六〕,曰:"委質事人,亦何容易〔七〕!"懼以職小咎大,爲身辱耳。子今以悃愊之質,加以周密之理,以行乎賢府公之成規,過且無⑤有,又何有於補云? 然古之大吏亦有閉閣思過者⑥〔八〕,矧郡功曹在擬議三尺書之末者乎! 於是乎叙,而繫之銘辭⑦:

　　過而不聞,實懼尼父〔九〕。過而能補,人爲舜、禹⑧。惟蕭史氏,匪利筆刀。補過盡忠,允中功曹。

【校】

① 本文又載楊鐵崖先生文集全録卷四、鐵崖漫稿卷四,據以校勘。松江守陳府公:鐵崖漫稿本作"淞江府守陳公"。涊:楊鐵崖先生文集全録本作"涾"。
② 皆:楊鐵崖先生文集全録本、鐵崖漫稿本作"智"。
③ 者:楊鐵崖先生文集全録本無。
④ 公:楊鐵崖先生文集全録本無。
⑤ "以悃愊之質,加以周密之理,以行乎賢府公之成規,過且無"凡二十三字,原本置於篇末"允中功曹"一句之後,據楊鐵崖先生文集全録本、鐵崖漫稿本乙改。
⑥ 原本"者"字下有"知"字,據楊鐵崖先生文集全録本、鐵崖漫稿本删。
⑦ 繫之銘辭:楊鐵崖先生文集全録本作"繫之以銘辭曰"。
⑧ 禹:楊鐵崖先生文集全録本作"乎"。

【箋注】

〔一〕文撰於明洪武二年(一三六九)八、九月間,其時鐵崖寓居松江。繫年理由:據文中所述,其時松江知府爲陳亮,故本文必撰於陳亮到松江就任之後,離任之前。而陳亮於洪武二年秋就任松江知府,僅一月,九月即改任山西行省參政。參見東維子文集卷三送山西省參知政事陳公序。補過齋:明初松江府吏蕭蘭齋室。蕭蘭:明初松江府屬吏。其字號籍貫皆不詳。今知其岳父闓翁爲嘉定人,蕭蘭或亦本地人士。參見東維子文集卷九贈櫛工王輔序。

〔二〕陳府公：即陳亮。其生平參見東維子文集卷三送山西省參知政事陳公序。

〔三〕惴惴：至誠貌。後漢書章帝紀：“夫俗吏矯飾外貌，似是而非。撲之人事則悦耳，論之陰陽則傷化，朕甚饜之，甚苦之。安静之吏，惴惴無華，日計不足，月計有餘。”

〔四〕聖經之訓：孝經事君章：“子曰：‘君子之事上也，進思盡忠，退思補過。’”

〔五〕閭翁：姓名不詳，嘉定（今屬上海）人。蓋爲當地鄉紳。按：閭翁爲蕭蘭“外舅”，即其岳父。又，閭翁與鐵崖素有交往，元末嘉定櫛工王輔拜見鐵崖，亦由閭翁紹介。參見東維子文集卷九贈櫛工王輔序。

〔六〕李孝伯：未詳何人，疑此有誤。按：南北朝時，北周大臣宇文孝伯曾曰“委質事人，本狗名義，諫而不入，將焉逃死”云云，然并無“不就郡功曹”之舉。詳見周書宇文孝伯傳。郡功曹：指郡府各部門掾吏。參見後漢書法雄傳注文。

〔七〕“委質事人”二句：實曾出自晉人羊祜之口。晉書羊祜傳：“羊祜字叔子，泰山南城人也……舉上計吏，州四辟從事、秀才，五府交命，皆不就。太原郭奕見之曰：‘此今日之顏子也。’與王沈俱被曹爽辟。沈勸就徵，祜曰：‘委質事人，復何容易。’”

〔八〕古之大吏亦有閉閤思過者：指西漢韓延壽。漢書韓延壽傳：“入守左馮翊……行縣至高陵，民有昆弟相與訟田自言，延壽大傷之，曰：‘幸得備位，爲郡表率，不能宣明教化，至令民有骨肉争訟，既傷風化，重使賢長吏、嗇夫、三老、孝弟受其耻，咎在馮翊，當先退。’是日移病不聽事，因入卧傳舍，閉閤思過。一縣莫知所爲，令丞、嗇夫、三老亦皆自繫待罪。於是訟者宗族傳相責讓，此兩昆弟深自悔，皆自髡肉袒謝，願以田相移，終死不敢復争。”

〔九〕尼父：孔子尊稱。論語衛靈公：“子曰：‘過而不改，是謂過矣。’”

鄉闈紀録序〔一〕

軍興，貢舉事中廢，士皆以弧矢易鉛槧之習。至正十八年冬，中書下議，驛梗，外省士人會試，必道海，道海必候風信於夏，許先期春貢。於是江浙行省以至正十九年夏四月，群試吳、越之士，斤斤百餘人〔二〕。議者謂戎馬生郊，何暇閉門角文墨伎！時左轄崔公專提調〔三〕，僉憲鄭公又監督之〔四〕，而大相開府達公力主於上〔五〕，平章光禄張公特助金穀之資〔六〕,假群①堂爲貢院所。不一月竣事,選中左右兩榜凡三十有六人,備榜十有五人。郡守謝節既以鹿鳴典故宴士〔七〕,又梓行選中程文,及簾内外官唱和詩亦聯附于篇首。編成,徵余叙。余既預考文事,不得辭。

夫文事得於盛明之時,常不足紀;記得於喪亂多故之秋,得非常也。合叙以視後,遂書。是歲五月朔日。

【校】

① 群:蓋爲“郡”之訛寫。

【箋注】

〔一〕本文乃元至正十九年(一三五九)江浙行省鄉試中選程文集之序文,撰且書於當年五月一日,其時鐵崖自富春避兵移居杭州,已二月有餘。按:元至正十九年,江浙行省改變往年秋試習慣,將鄉試提前至四月舉行,當時鐵崖任考官,事後奉命撰此序文。

〔二〕“斤斤”句:江浙行省鄉試,通常應試者數千。例如至正七年,僅考詩經者,就有七百人(參見東維子文集卷八送鄒生奕會試京師序)。時當戰亂,故應試者寥寥。相比太平年間盛況,鐵崖遂有“斤斤百餘人”之感慨。

〔三〕左轄崔公:時任江浙行省左丞相。不詳。

〔四〕僉憲鄭公:鄭深。鄭深,浦江(今屬浙江)人。宋濂同門友。至正十六年秋,被授予江南浙西道肅政廉訪司僉事一職,自京南歸。至正二十一年五月十六日卒于杭州寓舍。按:鄭深病逝,江浙行省丞相達識帖睦邇親自命人經營其喪事,可見鄭深生前在杭州有職有權。參見宋濂撰故江東僉憲鄭君墓志銘(載文憲集卷二十一)、東維子文集卷二十四故翰林侍講學士金華先生墓志銘。

〔五〕大相開府達公:指江浙行省左丞相達識帖木兒,元史有傳。

〔六〕平章光禄張公:指張士信。按東維子文集卷十二重修西湖書院記,謂西湖書院爲平章光禄重修。又考陳基西湖書院書目叙(夷白齋稿卷二十一),謂至正十九年九月張士信重修西湖書院。據此可知“平章光禄張公”,即江浙行省平章政事張士信。士信乃張士誠弟,其時統兵鎮守杭州。按續資治通鑑卷二百十五,至正十九年七月“以張士信爲江浙行省平章政事”。然本文既已稱“平章光禄張公”,則元廷任命張士信爲江浙行省平章政事,當在至正十九年四月之前。續資治通鑑所述有誤。

〔七〕謝節：時任杭州知府，鐵崖詩友。參見東維子文集卷十三雪坡記。以鹿鳴
　　　典故宴士：指放榜之後，宴請鄉貢進士與考官，歌詩經鹿鳴篇，稱鹿鳴宴。

送甘肅省參政王公序〔一〕

　　自昔内外臣，重輕逸勞之體各有差，故調有左右之辨。國家幅員
之廣，漢、唐、宋所未有也。篤近舉遠〔二〕，衆建行省，省各置首貳，平
章、丞、參是也。雖遠方面如雲南、甘肅，而内中書臣交相出入，不以
輕重勞逸爲辨與，況天下在太平全盛之日，則凡内臣之出參遠方面
者，豈果爲左乎？

　　大梁王公可舉，以文墨舊臣出參甘肅省政事，吾黨之士謂：“公宜
居中論事，陳王道上前，致其主於三代之隆也；而出治於邊，遠在萬里
外，豈不誠可惜①哉！”是未識國家衆建省理，及吾聖人“篤近舉遠”之
意也。甘肅，古西戎地，自受國家節制，爲冠帶之區，數十年來，興材
取士，其風一變，與諸夏等。然則寄一邊之重，而廣之以聲教之盛，非
老成文臣不能，宜公受命跋涉萬里外，雖不在天子之側，不吝也。是
行也，公其可自左哉！

　　公之行也，自吴之海漕。吴人有賦詩以餞者，使余爲之叙，故爲
公道其職之重，而且解左調之疑公者也。至正七年冬十月初吉序。

【校】

① 可惜：原本作“主”，據文淵閣四庫全書本改。

【箋注】

〔一〕文撰於元至正七年（一三四七）十月一日，其時鐵崖游寓蘇州，授徒爲業。
　　　王公，字可舉，其名不詳，大梁（今河南開封）人。至正年間居姑蘇時，與鐵
　　　崖及其友人釋良琦等交往。曾授予雲南行省參政之職，未果行。至正七
　　　年就任甘肅行省參政。參見釋良琦撰送王可舉之雲南省參政（載草堂雅
　　　集卷十四）。按：本文曰“遠方面如雲南、甘肅”，釋良琦又有詩送王可舉
　　　赴雲南，故疑授職雲南在先，而不久又改授甘肅行省參知政事一職。
〔二〕篤近舉遠：語出韓愈。原人：“聖人一視而同仁，篤近而舉遠。”

卷六十　東維子文集卷六

鹿皮子文集序[一]

　　言有高而弗當，義有奧而弗通，若是者，後世有傳焉？無有也。又況言厖而弗律，義淫而無軌①者乎！自孔氏後[二]，立②言傳世者不知幾人焉，其滅没不傳，卒與齊民③共腐者，亦不知幾人焉。姑④以唐人言之，盧殷之文凡千餘篇[三]，李礎之詩凡八百篇[四]，樊紹述著樊子書六十卷，雜詩文凡九百餘篇，今皆安在哉[五]？非其文不傳也，言厖義淫，非傳世之器也。自今觀之，孔、孟而下人樂傳其文者，屈原、荀況、董仲舒、司馬遷[六]；又⑤其次，王通、韓愈、歐陽脩、周敦頤、蘇洵父子[七]。逮乎我朝，姚公燧、虞公集、吳公澄、李公孝光[八]。凡此十數君子，其言皆高而當，其義皆奧而通也。

　　虞、李之次，復有鹿皮子者焉，著書凡二百餘卷。予始⑥讀其詩，曰李長吉之流也[九]。又讀其賦，曰劉禹錫之流也[十]。至讀其所著書，而後知其可継李、虞，以達乎歐、韓、王、董，以羽儀乎孔、孟子⑦。蓋公生于盛時，不習訓詁文，而抱道大山長谷之間。其精神堅完，足以立事。其志慮純一，足以窮物。其考覽博大，足以通乎典故。而其超然所得者，又足以達乎鬼神天地之化⑧。宜其文之所就，可必行於人，爲傳世之器無疑也。予怪言厖而義淫者，往往家自摹刻，以傳布于世。富者怙資以爲，而貴者又怙勢以爲，意將與十一經[十一]、歷代諸子史并行而無敝。不知屈氏而次，彼雖欲不傳不得也；必藉貴富以傳，則貴富滅而文亦滅矣。嗚呼，貴富者不足怙以傳，而後知文⑨之果足以傳世也。文如鹿皮子而不傳，吾不信也。

　　予以⑩鹿皮子同鄉浙之東，而未獲識其人。其子年⑪持文集來[十二]，且將其命曰：“序吾文者，必會稽楊維禎也！”於是乎序。

　　鹿皮子陳氏，名樵，字君采，金華人。居圖谷磵，常衣鹿皮，自號鹿皮子云。

【校】

① 無軌：鐵崖文集本作“無謂”。

② 立：鐵崖文集本作“而”。

③ 與：原本作“於”，據鐵崖文集本改。民：原本作“氏”，據四部叢刊本、鐵崖文
　集本改。

④ 姑：鐵崖文集本作“始”。

⑤ 又：鐵崖文集本作“及”。

⑥ 始：原本作“殆”，據鐵崖文集本改。

⑦ 子：鐵崖文集本作“也”。

⑧ 化：原本無，據鐵崖文集本增補。

⑨ 原本“文”下有一“予”字，據鐵崖文集本删。

⑩ 以：鐵崖文集本作“與”。

⑪ 年：原本作“季”，據鐵崖文集本改。疑當作“大年”，參見本文注釋。

【箋注】

〔一〕文撰於元至正九年（一三四九）以前。繫年依據：鐵崖於文中曰“未獲識”
　　陳樵，其子持文集來求序，始盡讀其詩文。然其兩浙作者集序則稱，自泰
　　定四年京城考進士南歸之後，窮訪兩浙詩人，十餘年間僅得七人。而此七
　　人之中就有鹿皮子陳樵。兩浙作者集序大約撰於至正九年，本文則當撰
　　於至正九年以前。參見兩浙作者集序（載東維子文集卷七）。鹿皮子：陳
　　樵別號。陳樵（一二七八——一三六五）：早有文名，且與同郡黄溍諸人
　　交好。元元統年間，宋濂曾從之受學。至正二十五年謝世，卒年八十八。
　　其生平事迹詳見宋學士文集卷四鹿皮子墓志銘。

〔二〕孔氏：指孔子。

〔三〕按：“盧殷之文”之“文”，似當作“詩”。韓昌黎文集校注卷六登封縣尉盧
　　殷墓志：“元和五年十月五日，范陽盧殷以故登封縣尉卒登封，年六十五。
　　君能爲詩，自少至老詩可録傳者，在紙凡千餘篇。”

〔四〕李礎：容齋續筆卷一唐人詩不傳：“韓文公送李礎序云：‘李生温然爲君
　　子，有詩八百篇，傳詠於時。’又盧尉墓志云：‘君能爲詩，自少至老，詩可録
　　傳者在紙凡千餘篇。’……今考之唐史藝文志，凡别集數百家，無其書；其
　　姓名亦不見於他人文集，諸類詩文中亦無一篇。”

〔五〕樊紹述：名宗師。新唐書有傳。四庫全書總目樊紹述集注二卷：“樊宗師

之文見稱於韓愈,愈所爲墓志,稱其書號魁紀公者三十卷,曰樊子者又三十卷,春秋集傳十五卷,表箋以下雜文凡二百九十一篇,又雜銘二百二十、賦十、詩七百一十九。唐書藝文志云樊宗師集二百九十一卷,而今傳於世者止此二卷。”

〔六〕屈原、荀况:傳見史記。董仲舒、司馬遷:傳見漢書。

〔七〕王通:隋朝學者,然隋書無傳,生平參見宋周必大撰東宮故事五(載文忠集卷一百六十一)。韓愈:兩唐書皆有傳。蘇洵父子:指蘇洵及其二子蘇軾、蘇轍。歐陽修、周敦頤以及三蘇,宋史皆有傳。

〔八〕姚燧、虞集、吳澄、李孝光:元史皆有傳。李孝光生平可參見鐵崖先生古樂府卷六芝秀軒詞。

〔九〕李長吉:唐代詩人李賀,其字長吉,人稱“詩鬼”。傳見兩唐書。按:鐵崖與陳樵頗爲投緣,與二人皆學李賀詩有關。鐵崖先生古樂府卷二大數謠:“襲賀者貴襲勢,不襲其詞也……今詩人襲賀者多矣,類襲詞耳,惟金華鹿皮子之襲也,與余論合。故予有似賀者凡若干首,輒書以寄之。”

〔十〕“又讀”二句:所謂“劉禹錫之流也”,蓋指陳樵“以文章自適”。新唐書劉禹錫傳:“禹錫恃才而廢,褊心不能無怨望,年益晏,偃蹇寡所合,乃以文章自適。”

〔十一〕十一經:所指不一。元何異孫撰十一經問對,以論語、孝經、孟子、大學、中庸、尚書、詩經、周禮、儀禮、春秋三傳、禮記爲十一經。

〔十二〕年:當指陳樵次子大年。陳大年於至正十年庚寅(一三五〇)中鄉試副榜,任歙縣教諭。宋濂撰鹿皮子墓志銘:“(陳樵原配朱氏)生延年、大年、耆年、喬年、昌年。大年至正庚寅中鄉闈乙榜第一,署徽州路歙縣教諭。側室某氏生逢年。君子歿時,諸子唯喬年在,餘皆先卒。”按:所謂“乙榜”,即“副榜”,又稱“備榜”,至正初年恢復科舉之後增設。鄉試考中備榜,“亦授以郡學録及縣教諭”。參見元史選舉志。

留養愚文集序[一]

括之士以時文名①於今日者[二],有林君則氏[三]、葉見山氏[四]、徐景熹氏[五]、劉伯温氏[六]、項子華氏[七]。以古學名者,則有鄭②息堂公[八]、洪樂閑公[九]、葉壺谷公[十]、留萬石公[十一]。時文古學使通能之,則有不工者矣。

留君睿養愚,乃③萬石公之從孫也。過余姑蘇所次,出鉅册一編視曰:"此睿之雜著也。先生號知文,幸爲睿評而賜之序首焉!"予始讀其傳志各一首,客來輟之。夜張燈繼讀之,箴銘詩賦樂詞些語凡若干首[十二],皆聲毗法合④,各適其職。明日又讀其時文,所攻尚書義若干通,又辭敷義鬯,不謬夫古史氏傳心之旨。爲之大異,曰:"古學與時文不通能,而何留君之通能乎!"

予聞括爲山水⑤州,而留君所居,山水爲尤勝。山有曰龍、曰鶴、曰文、曰錦、曰九樓,溪⑥有曰好溪,石有曰⑦響石,潭有曰神潭。山川潤氣,出爲雨雲。清明之英,爲日月之華,小秀于草木,而大秀于人,留君其大秀者歟!不然,括士之不兼長者,留君不克兼也。

雖然,學古而後文古也。文之諧於古者,必不諧於今。韓子論時之文曰:"予大慚者,人以爲大好[十三]。"留君有志於今文,爲進取計,則不可以不慚者爲之矣;以慚者爲之,則於古者不能不悖矣。留君將何以處此?留君曰:"睿寧以古不慚者病於今,毋寧以不大慚於今者病於古也。"遂書爲序。

【校】

① 名:鐵崖文集本作"明"。
② 鄭:鐵崖文集本作"節"。
③ 乃:原本作"仍",據鐵崖文集本改。
④ 合:四部叢刊本作"治"。
⑤ 水:原本無,據鐵崖文集本增補。
⑥ 溪:鐵崖文集本作"流"。
⑦ 有曰:原本無,據鐵崖文集本增補。

【箋注】

〔一〕文撰於元至正七、八年間,其時鐵崖攜家寓居姑蘇,授學爲生。繫年理由:其一,據本文所述,留睿請序之時,鐵崖寓居蘇州。其二,留睿有志於時文,"爲進取計"。可見其時科舉尚行,且爲太平年景,當在至正前期。留養愚:留睿,字養愚,又字若愚,括蒼(今浙江麗水一帶)人。專習尚書。曾著書自號留子,凡九篇。參見西湖竹枝集詩人小傳、同治麗水縣志卷十三藝文。

〔二〕括: 指括州,元爲處州路。據元史 地理志五,括州始設於唐初,改緝雲郡,
　　　又改爲處州。宋因之。元 至元十三年(一二七六)立處州路總管府,隸屬
　　　於江浙行省,所轄七縣: 麗水、龍泉、松陽、遂昌、青田、緝陽、慶元。

〔三〕林君則: 林定老字君則,麗水(今屬浙江)人。元 延祐五年(一三一八)登
　　　進士第。歷任奉化同知、興化路通判,陞新州知州,皆有政績。林定老曾
　　　中延祐元年甲寅江浙鄉試第七名,其鄉試程文載類編例舉三場文選甲集。
　　　參見同治麗水縣志卷十人物、陳高華兩種三場文選中所見元代科舉人物
　　　名録(文載陳高華文集,上海辭書出版社二〇〇五年出版)。

〔四〕葉見山: 即葉峴(一二七一——?)。元詩選癸集葉縣尹峴:"峴字見山,青
　　　田人。事親孝。登元統元年癸酉(一三三三)進士,時年六十三。治五經,
　　　尤長於書。歷官至南安尹。累考試浙闈。所著有見山集。"

〔五〕徐景熹: 即元統元年進士徐祖德(一三〇八——?)。據元統元年進士題
　　　名録:"徐祖德,貫處州路青田儒户,字景熙。行六,年廿六,五月十二日寅
　　　時。曾祖洪,宋迪功郎。祖夢奇,大中大夫、宣慰副使。父泉孫,延平教
　　　授。母方氏……鄉試江浙第四名,會試第廿二名。授江浙行省管勾。"按:
　　　雍正浙江通志卷一百二十九選舉則著録爲"至順二年辛未余闕榜"進士,
　　　"中書省管局"。

〔六〕劉伯温: 劉基(一三一一——一三七五),字伯温,處州青田(今屬浙江)
　　　人。元統元年進士。明洪武三年封誠意伯。明史有傳,生平事迹詳見誠
　　　意伯文集卷首故誠意伯劉公行狀。

〔七〕項子華: 即項棟孫。同治麗水縣志卷十人物元:"項棟孫,字子華,麗水
　　　人。以薦爲青田教諭。至順元年(一三三〇)登進士,授同知奉化州事,調
　　　福州路總管府推官,改興化路莆田縣尹,轉知福清州事。丁内艱,不赴。
　　　尋提舉泉州市舶司事。秩滿,歸攝本州貳守。累階奉直大夫、同知延平路
　　　總管府事。會朝廷遣重臣李國鳳經略江南,承制陞棟孫本路總管兼防禦
　　　事。歲餘致仕,隱居青田萬藏山……至正二十六年卒。"生平詳見宋文憲
　　　公全集卷十四元故延平路總管項君墓志銘。

〔八〕鄭息堂: 鄭滁孫字景歐,號息堂,青田人。宋景定年間登進士第,知温州
　　　樂清縣。元世祖於至元末年召見,授集賢直學士,又陞學士。參見元史本
　　　傳、劉應奎撰蒙川遺稿序(載光緒樂清縣志卷十一經籍)。

〔九〕洪樂閑: 即洪師中,樂閑蓋其別號。雍正處州府志卷十一人物志理學:
　　　"洪師中,青田人。少好讀書,以承家學。師事余學古。樂恬淡,足迹不至
　　　縣門。著樂閑集。"

〔十〕葉壺谷：葉霆。光緒縉雲縣志卷十一藝文載元人葉霆義陽詩派序，撰於
　　　皇慶二年（一三一三）癸丑七月，署尾曰：“前進士壺谷葉霆敬書。”按：頗
　　　疑葉霆指松陽（今屬浙江）人葉霆發，葉霆發爲南宋咸淳七年（一二七一）
　　　辛未科進士。參見光緒處州府志卷十六選舉志。

〔十一〕留萬石：萬石當爲其字號，其名不詳，青田人，乃留睿從祖父。據光緒
　　　青田縣志卷十二藝文，謂明人留萬石撰有江山漫興集，已佚。蓋留萬石
　　　明初仍存於世。

〔十二〕些語：指楚辭體。

〔十三〕“予大慚者”二句，出自韓愈與馮宿論文書：“僕爲文久，每自則意中以
　　　爲好，則人必以爲惡矣。小稱意人亦小怪之，大稱意即人必大怪之也。
　　　時時應事作俗下文字，下筆令人慚。及示人，則人以爲好矣。小慚者亦
　　　蒙謂之小好，大慚者即必以爲大好矣。不知古文直何用於今世也。”

聚桂文會①序〔一〕

　　秦、漢之士無時文，以其所陳説於上者，皆近乎古，而未有立體製
定格律以爲去取，如唐、宋以來號爲舉業者也。韓愈氏病之，以爲大
慚者大好〔二〕，則時文不可以傳世也諗矣。我朝設科取士，雖沿唐、宋，
而其制則成周〔三〕，文則追古于唐、宋之上，故科文往往有可傳者。然
有司大比之所選者，又不若師儒義試之所爲取爲優也。何者？大比
之所選，僅一日之長；而義試之所取，則寬以歲月之所得也。大比開
而作者或有遺珠之憾，則主司之負諸生也；義試開之作者或無擅場之
手，則諸生之負主司也。

　　嘉禾濮君樂閑〔四〕，爲聚桂文會於家塾，東南之士以文卷赴其會
者，凡五百餘人，所取三十人，自魁名吳毅而下〔五〕，其文皆足以壽諸梓
而傳於世也。予與豫章李君一初實主評裁〔六〕，而葛君藏之〔七〕、鮑君
仲孚又相討議於其後〔八〕，故登諸選列者，物論公之，士譽榮之。即其
今日之所選，可以占其後日之所到已。今士以藝選②者，莫盛於江浙，
而江浙之盛，饒、信爲稱首者〔九〕，鄉評里校之會，歲不乏絶也。今饒、
信之盛移於嘉禾，嘉禾之賢守長，實爲集賢凌公〔十〕，顓務古文③而崇化
文物，故家聞風而起，繼濮君之爲會者，方來而未已④。文會之士⑤有

名世者作,不惟斯文增重,而嘉禾之文風義俗從而振焉,則文⑥會之
作,固有補於司政者不少也。

　　斯文鋟梓,濮君又求一言以叙首,於是乎書。

【校】

① 會:文淵閣四庫全書本作"集"。

② "可以占其後日之所到已今士以藝選"凡十五字,原本無,據鐵崖文集本
增補。

③ 顓務古文:鐵崖文集本作"顓書右文"。

④ "文物故家聞風而起繼濮君之爲會者方來而未已"凡二十字,原本無,據鐵崖
文集本增補。

⑤ 文會之士:原本作"文士",據鐵崖文集本增補。

⑥ 文:鐵崖文集本作"大"。

【箋注】

〔一〕文當撰於元至正十年(一三五〇),不遲於六月。其時鐵崖於松江吕氏塾
授學,臨時應邀至嘉興主持聚桂文會。繫年理由:其一,與鐵崖共同主持
聚桂文會者李祁,至正七年任江浙儒學副提舉,三年後以母憂解職,曾暫
居姑蘇,於至正十一年返回湖南家鄉(參見雲陽李先生文集卷九書郝氏紫
芝亭卷後)。本文未言李祁官職,故當作於其服喪解職之後,暫居吳地之
時,即至正十年。其二,文中曰當時嘉興太守爲"凌公"。雖遍查各種嘉興
地方志,不見凌公名諱及其事迹,然據東維子文集卷五送嘉興學吏徐德明
考滿序一文可以推知,凌公任嘉興太守,在至正十年前後,自嘉興離任,在
至正十三年之前。其三,本文曰"文物故家聞風而起,繼濮君之爲會者,方
來而未已",可見聚桂文會實開風氣之先。而至正十年七月,松江吕良佐
創應奎文會,嘉慶松江府志卷三十學校志載其自序,曰"東南之士以文投
者七百餘卷……故視他會爲獨盛",顯然有所指。據此推之,聚桂文會當
辦於至正十年六月以前。聚桂:嘉興街坊名。參見東維子文集卷十七聚
桂軒記。

〔二〕"韓愈氏病之"二句:參見本卷留養愚文集序。

〔三〕成周:指周朝。元史選舉志一科目:"(至元)四年九月,翰林學士承旨王
鶚等,請行選舉法,遠述周制,次及漢、隋、唐取士科目,近舉遼、金選舉用
人,與本朝太宗得人之效……奏上,帝曰:'此良法也,其行之。'"

〔四〕嘉禾：即嘉興（今屬浙江）。濮樂閑：名允中，又名也先不花。檇李詩繫卷
五濮隱士允中：“允中，字樂閑，崇德梧桐鄉人。濮氏自著作郎雲翔從宋南
渡，佔籍於此，遂名濮院……允中豐於資，嘗以中統鈔一千錠買歌兒汪佛
奴……事見輟耕録。元末浙西歲有詩社，允中集一時名士吳毅輩爲聚桂
文會，以文卷赴者五百餘人”。又，清胡琢濮鎮紀聞卷二人物隱居：“濮允
中，仕元，名也先不花，號樂閑。至順元年庚午（一三三〇）徵爲兩淮鹽場
轉運司令。至元乙亥（一三三五）建三清閣於元明觀後。又建化壇、大殿。
晚築知止堂以老焉。”又，光緒嘉興府志卷六十石門隱逸：“濮允中，元至
順元年徵爲兩淮鹽漕轉運司令。後謝歸，築知止堂以自樂，因號樂閑子。”

〔五〕吳毅：疑即鐵崖門生吳復之子吳毅。吳毅字近仁，富陽（今屬浙江杭州）
人。亦從學於鐵崖。參見元詩選癸集吳毅小傳、東維子文集卷二送檢校
王君蓋昌還京序。

〔六〕李君一初：即李祁，乃明少師李東陽五世祖，曾任江浙儒學副提舉。列朝詩
集、元詩選、全元文皆載其小傳，互有出入。元詩選初集李提學祁：“……除
婺源州同知，遷江浙儒學副提舉。以母憂解職，退隱永新山中。明初，兵
至永新，一初被傷，儒衣冠僵仆道左。俞千户子茂遣人舁歸，辟正舍禮之。
力辭徵辟，年七十餘卒。子茂爲刻其遺稿曰雲陽先生集十卷。”錢謙益列
朝詩集謂李祁“母憂，解職歸，隱居永新山中。入國朝，力辭征辟”。全元
文第四十五册載李祁小傳，曰李祁生於公元一二九九年，“元亡後爲表明
不仕明朝之心，自稱不二心老人。……元將亡，隱居永新山中。明初徵聘
不起”。按：所謂“入國朝，力辭征辟”云云，實源自李東陽撰族高祖希蘧
先生墓表（載雲陽李先生文集附録），後人遂謂李祁爲元朝遺老。然以上
諸傳文所述李祁晚年事迹并不屬實，今據相關史料再加考辨：

　　據王行半軒集卷六送金汝霖還西江序、雲陽李先生文集附録將仕郎
江西等處提刑按察司劉知事景周寄挽詩并序，李祁於至正十一年（一三五
一）奉母喪歸茶陵，元末退隱永新山中。明軍攻打永新時受傷，獲朱元璋
屬將永新總制俞將軍救治，遂館於俞家。“更三年而雲陽歿”。按明太祖
實録卷十八，朱元璋屬將湯和率軍攻克永新，在至正二十五年（一三六五）
十月。既曰“更三年”而謝世，李祁卒年當在明洪武元年（一三六八）。又
據郭永錫撰書雲陽李先生文集後（載雲陽李先生文集附録），洪武三年庚
戌（一三七〇）三月，郭氏到永新，其時李祁謝世“已近兩周”。據此可知，
李祁卒於洪武元年夏日，以上引文所謂“明初徵聘不起”等等，純屬妄言。
又，既知李祁卒歲，又知“年七十餘卒”，則其生年當在公元一二九九年，或

稍前。故此據相關資料,重新梳理其生平如下:

李祁(一二九九?——一三六八)字一初,別號希蘧,晚年號希蘧翁、危行翁、望八老人、不貳心老人等,茶陵州(今屬湖南)人。元統元年(一三三三)登李齊榜進士第二,其右榜第二人即余闕。入翰林應奉文字,預典制誥,修國史。次年父亡,還鄉服喪。服闋,以母老乞外任,遂任婺源州同知,時爲元順帝至元五年(一三三九)。至正四年(一三四四)夏,任杭州路儒學提舉。至正七年,擢爲江浙儒學副提舉。三年後母亡,曾留居姑蘇服喪。寓居蘇州文正書院,吳郡從事丁誠之延聘賓席。文士慕名造訪者甚多,與人談詩論文,頗得美譽。曾受邀與楊維禎共同主持嘉興聚桂文會。至正十一年辛卯,奉母喪歸茶陵。元末隱居永新山中。至正二十五年,明軍攻打永新時受傷,獲朱元璋屬將永新總制俞茂救治,遂館於俞家。俞總制喜談詩文,又好朱熹理學,二人頗投緣。明洪武元年夏,李祁病歿,享年七十有餘。俞總制派遣幕僚金汝霖到江浙搜訪李祁散佚詩文,整理刊行。弘治年間,其五世孫李東陽爲刻石表墓,傳其文集。李祁詩文皆佳,尤以工書著稱。有雲陽集十卷傳世。參見雲陽李先生文集卷一閩山樵隱詩跋,附錄故李公提舉哀辭并序、將仕郎江西等處提刑按察司劉知事景周寄挽詩并序、歐陽玄送李一初應奉南歸序,以及金華黃先生文集卷十杭州路儒學興造記,王行半軒集卷六送金汝霖還西江序等。

〔七〕葛藏之:藏之當爲其字,其名不詳,嘉興人。鐵崖門生貝瓊岳丈。參見鐵崖先生詩集甲集和貝仲琚詩韻原注。

〔八〕鮑仲孚:即鮑恂。萬曆嘉興府志卷十八鄉賢嘉興縣:"鮑恂,字仲孚,本崇德人,後徙嘉興西溪。父德,歸安丞。恂主領元江浙省試,學士張翥、御史劉彥博薦爲翰林,不就。洪武初,禮部舉吉安余詮、高郵張長年及恂輩明經老儒,達于治體,可備顧問。遣使召至京師。恂年八十餘,詮、長年七十餘,上見之甚喜,賜坐顧問。一日,上召恂等,命爲文華殿大學士,輔導東宮。恂等固辭……翼日放歸。恂受易臨川吳澄,得其旨,著易傳大義及西溪漫稿行世。學者尊之爲西溪先生。葬千金鄉。"又,鮑恂晚年又號環中老人,參見石渠宝笈續編乾清宮藏六高克恭漁村烟浦圖。又,鮑恂曾以易經考中元順帝元統三年乙亥(一三三五)江浙行省鄉試第一名,其鄉試程文載類編例舉三場文選乙集卷八、庚集卷八。參見陳高華撰兩種三場文選中所見元代科舉人物名錄(文載陳高華文集,上海辭書出版社二〇〇五年出版)。

〔九〕饒、信:指饒州路、信州路。據元史地理志,饒州路、信州路均隸屬江浙行省。今爲江西上饒一帶。

〔十〕集賢凌公：其名字籍貫皆不詳。當爲集賢學士，<u>至正</u>十年前後任<u>嘉興</u>
　　太守。

曹士弘文集後序^①〔一〕

　　余生晚，不及識<u>廬陵</u> <u>曹先生</u>〔二〕。及來<u>錢唐</u>，獲睹與<u>劉志善書</u>〔三〕，
書言<u>劉光伯</u>、<u>杜子美</u>諸人之學不聞道〔四〕，<u>王氏</u>、<u>陸氏</u>之學爲無用之空
談〔五〕，獨有志於述禮樂、徵文獻。余已異其爲人，恨不得與之共世同
里閈，接其言議也。
　　未幾，其子<u>希顏</u>以<u>南陵</u>遺藁來〔六〕，則知先生抱有用之才，不見於
世，而見者惟此耳。吁，編簡零脱，曾無幾矣。詩凡若干篇^②，文^③僅二
十有九首，皆津津焉善言世故，綜之以往史而宿之以聖賢之理，非代
之學者謬悠無邊畔、蕪澀險怪以爲辭者之所可及也。觀其翁彦揚之
讓議〔七〕，則<u>范史</u>不無佚鴻予敞之悖^④〔八〕；<u>李庚伯</u>之孝紀〔九〕，則<u>鄠</u>人對
亦不無忍薄之愧〔十〕。議之近於情而依理，雖古之人懼焉，況今之繆悠
爲學而蕪怪爲文者邪！先生之學之才如此，而世不材其人利其道，豈
不媿當代君子乎！
　　予求先^⑤生其人於今之所接者不能，其^⑥爲愧蓋益甚矣。<u>孟子</u>以
"誦其詩讀其書"爲尚友〔十一〕，先生往矣，猶幸其詩文有存者^⑦，謹爲之
編次，及正其脱訛，而且志其尾，以寄余尚友之心云。

【校】

① <u>鐵崖文集</u>本題作<u>唐士弘文集序</u>，然文中亦作"<u>曹士弘</u>"，"唐"字誤。參見
　　注釋。
② 詩：<u>鐵崖文集</u>本作"計"。篇：<u>鐵崖文集</u>本作"什"。
③ 文：<u>鐵崖文集</u>本作"之"。
④ 悖：<u>鐵崖文集</u>本作"勃"。
⑤ 先：原本無，據<u>鐵崖文集</u>本增補。
⑥ 其：原本無，據<u>鐵崖文集</u>本增補。
⑦ 孟子以誦其詩讀其書爲尚友先生往矣猶幸其詩文有存者：原本作"<u>孟子</u>以
　　誦其詩讀其書不知其人可乎是尚論其世也"，據<u>鐵崖文集</u>本改。

【箋注】

〔一〕文撰於元至正元年(一三四一)至四年之間,即鐵崖丁憂服闋之後,攜家寓居杭州等待補官時期。繫年依據:其一,文中自稱"及來錢唐",可見其時鐵崖移居杭州不久。其二,請序之人爲曹士弘子希顔,希顔當即曹友仁。曹友仁於至正七年前後任婺源州判,本文則未提及,故知其時爲至正七年以前。參見後注。曹士弘:即曹毅。曹毅(一二五九——一三一〇)字士弘,廬陵人。官至廣德陳陽村巡檢。元至大三年謝世,卒年五十二。生平詳見清容居士集卷二十八曹士弘墓志銘。曹士弘文集:又名南陵遺藁。

〔二〕廬陵:古郡名,又爲縣名。元改稱廬陵郡爲吉安路,廬陵爲倚郭縣。吉安位於今江西省中部。

〔三〕劉志善:曹毅友人。當爲元初人士,生平不詳。

〔四〕劉光伯:名炫,字光伯,隋朝著名學者,著述宏富。生平詳見北史儒林傳。杜子美:即唐詩人杜甫。北史卷八十一儒林傳序:"煬帝即位,復開庠序,國子、郡縣之學,盛於開皇之初。徵辟儒生,遠近畢至,使相與講論得失於東都之下,納言定其差次,一以聞奏焉。于時,舊儒多已凋亡,惟信都劉士元、河間劉光伯拔萃出類,學通南北,博極今古,後生鑽仰。所製諸經義疏,搢紳咸師宗之。"

〔五〕王氏、陸氏:蓋指南宋王厚之、陸九淵。王厚之字順伯,生平見宋張淏撰會稽續志卷五人物傳。陸九淵字子静,宋史有傳。王厚之與陸九淵曾就儒釋等問題論辯。參見朱子語類卷六十二中庸。

〔六〕希顔:曹毅子。希顔當爲其字,其名或爲友仁。元至正七年前後任婺源州判官。按玩齋集卷八題曹士弘先生哀辭後:"右中朝諸老爲廬陵曹士弘先生所作傳志詩文一卷,凡若干篇,而范學士哀辭實當卷首。間從其子友仁得而觀之。"又,萬曆四十年修鈔本遂安縣志卷四藝文志載曹友仁於至正七年所撰重修儒學記,著録其官職爲"婺源州判官"。據此推之,希顔與友仁爲同一人。名友仁,字希顔,名與字亦能吻合。

〔七〕翁彦揚:當爲曹士弘所撰文章篇名,載南陵遺藁。

〔八〕范史:指范曄後漢書。

〔九〕李庚伯:亦當爲南陵遺藁中文章篇名。按:疑上述翁彦揚、李庚伯,皆爲人名。

〔十〕鄠人對:唐韓愈作。黄氏日抄卷五十九韓文鄠人對:"剔股以瘳母疾,雖非聖賢之中道,實孝子一念之誠切也。爲對鄠人之説者,何忍且薄耶?"

〔十一〕誦其詩讀其書：語出孟子萬章下。

王希晹^①文集序^{〔一〕}

　　干將之器^{〔二〕}，利可剚鍾，然其利之司於人者，有當不當焉。君子以禦寇，利也；盜持以殺人，亦利也。文章，大利器也，而妄庸者輕用之世，無時分寸，利而危至於殺人，吁，可不慎諸！故司文者，不以輕屬妄庸，戛戛乎難其人者，誠以利器之雄偉不常，而有摧^②陷廓清之功者也。自今求其人於六籍而下^{〔三〕}，斤斤鄒一人^{〔四〕}，楚一人^{〔五〕}，燕一人^{〔六〕}，西漢三人^{〔七〕}，唐二人（通、愈）^{〔八〕}，宋三人（周、程在焉）^{〔九〕}。今姚（牧庵）、虞（邵庵）而次^{〔十〕}，未以數斷（句）。之數人之文，實代之利器，而利之當於人者也，皆雄偉不常而有摧陷廓清之功者也。今之妄庸者，蔓衍草積，動自哆大，曰：“吾文鄒、楚而降之文也，當有傳也，布於今與後。”不必越五年十年，其蔓衍草積者已與糞土同腐，傳何有乎？

　　括蒼王廉氏^{〔十一〕}，爲文凡若干篇，遭兵火而失者過半。今拾遺橐及續爲文又若干卷。王子讀書二十年而始敢爲文，蓋有利器之本。其爲人礧砢有奇節，又有利器之操者也。知其利器不無用於世，不無用於世，則其傳於人，與妄庸者異也必矣。書以序之。

【校】

① 希晹：原本作“希賜”，據宋學士文集卷六南征録序等徑改。按：王廉之字，傳寫各異。或作“熙易”（東維子文集卷九送王熙易客南湖序），或作“熙陽”（宋學士文集卷六南征録序），或作“希陽”（見雍正處州府志卷十一人物志）。希賜之“賜”、熙易之“易”，蓋分别爲“晹”、“昜”之訛寫。
② 摧：原本作“推”，據下文改。

【箋注】

〔一〕文撰於元至正十二、三年間，其時鐵崖在杭州任稅務官。繫年理由：其一，文中言及“兵火”，故知其時爲至正十一年紅巾軍起事之後。其二，下一篇再序言及“魏生鎮”，且曰使之“録其追於古者，而告諸學古之友”。

魏鎮乃鐵崖弟子,從學於杭州,至正十四年任臨安縣學官。本文當撰於魏鎮赴臨安縣任學官之前。參見東維子文集卷二送魏生德剛序、卷九送王熙易客南湖序。王希暘:即王廉,別號汙抔子。雍正處州府志卷十一人物志理學:"王廉字希陽,麗水(今屬浙江)人。爲人修整,博通五經,尤精於易。雖子史百家天文律曆兵刑等書,靡不淹貫。洪武初,薦入翰林修史。書成,授太子説書,官至陝西左布政使。所著有交山集、迂論、史纂、南征録、四書詳説。又善琴,製風木吟。字宗韓擇木,兼精篆隸。"

〔二〕干將:寶劍名。參見鐵崖先生古樂府卷四赤堇篇。

〔三〕六籍:指先秦儒家經典,詩、書、易、禮、樂、春秋等六經。

〔四〕鄒一人:指孟子。

〔五〕楚一人:指屈原。

〔六〕燕一人:未詳。疑指荀子。然荀子爲趙國人,雖曾北游燕國,并非燕人。參見本卷鹿皮子文集序。

〔七〕西漢三人:指董仲舒、司馬遷、賈誼。參見本卷鹿皮子文集序。

〔八〕通、愈:指王通、韓愈。

〔九〕宋三人:指周敦頤、程顥以及歐陽修。參見本卷鹿皮子文集序。

〔十〕牧庵:姚燧別號。邵庵:虞集齋名。二人元史皆有傳。

〔十一〕括蒼:今浙江麗水一帶。

王希暘文集①再序〔一〕

我朝文章,肇變爲劉、楊〔二〕,再變爲姚、元〔三〕,三變爲虞、歐、揭、宋〔四〕,而後文爲全盛。以氣運言,則全盛之時也,盛極則亦衰之始,自天曆來,文章漸趨委靡,不失於蒐獵破碎,則淪於剽盜滅裂,能卓然自信,不流於俗者,幾希矣!

吾嘗以近代律今之文,僅得與曾鞏、蘇轍、王安石、李清臣、陳無己之流相追逐〔五〕,相已②而中衰也,已不得步武於陸游、劉克莊、三洪〔六〕,矧葉適、陳傅良、戴溪乎〔七〕!不得步武於葉適、戴溪、陳傅良,矧晁、張、秦、黃乎〔八〕!不得步武於晁、張、秦、黃,矧二蘇、歐陽乎〔九〕!時則舉子之伎興矣,不惟代無作者,而鑑識衡定爲之先者,無其人也亦久矣。吁,吾於此求夫篤於自信,不爲流俗所移者,東浙之士斤③四三人,曰王廉氏其一也。其爲文不諧於人,人則以鑑識衡定者屬於吾,吾每爲之起畏。諗其追古作者,則西京而上,秦與燕也,楚之騷也,春秋之國語也。班固、崔駰而下[十],弗論也。若是者,其時於一己之獨,不以一代之氣運盛衰爲高下者也,豈不偉歟!

吾使魏生鎮録其追於古者[十一],而告諸學古之友云。

【校】

① 王希暘文集:原本無,徑爲增補。
② 已:文淵閣四庫全書本作“亡”。此處疑有訛脱。
③ 斤:文淵閣四庫全書本作“僅”。或當作“斤斤”,鐵崖行文好用此詞。參見東維子文集卷一漁樵譜序、卷五鄉闈紀録序。

【箋注】

〔一〕本文撰寫時間稍遲於上篇,亦當爲元至正十二、十三年間作。
〔二〕劉、楊:劉秉忠、楊奐。二人元史皆有傳。
〔三〕姚、元:姚燧、元明善。二人元史皆有傳。
〔四〕虞、歐、揭、宋:虞集、歐陽玄、揭傒斯、宋本。四人元史皆有傳。
〔五〕曾鞏、蘇轍、王安石、李清臣、陳師道(字無己):宋史皆有傳。
〔六〕三洪:指洪适、洪遵、洪邁三兄弟。三洪與陸游、劉克莊,宋史皆有傳。
〔七〕葉適、陳傳良、戴溪:生平皆見宋史儒林傳。
〔八〕晁、張、秦、黃:蘇門四學士晁補之、張耒、秦觀、黃庭堅。其生平見宋史文苑傳。
〔九〕二蘇:指蘇洵、蘇軾父子。歐陽:指歐陽修。宋史皆有傳。參見本卷鹿皮子文集序。
〔十〕班固、崔駰:東漢人,後漢書皆有傳。按:班固乃漢書作者。崔駰少游太學,與班固齊名。
〔十一〕魏生鎮:即魏德剛。參見東維子文集卷二送魏生德剛序、卷六春秋左氏傳類編序。

楊文舉文集序[一]

文章非一人①技也,大而緣乎世運之隆污,次而關乎家德之醇疵。

當世運之隆,文從而隆;家德之醇,文從而醇。士以文墨爲能事,幸而生乎昭運之代,又幸而出乎明德之家,若吾宗文舉者,非其人也乎!

　　文舉,通徵②先生之嗣也〔二〕。先生領臺檄主文浙闈時,予實列同考③〔三〕。聽先生言議,凛然爲起立,知先生之學出導④江張氏〔四〕,張氏之學出紫陽朱子〔五〕,故其爲議論文章,不一於正不出也。二十年來,先生之宰樹拱⑤矣〔六〕。幸先生有後如文舉,獲見予吳門次舍,示所著碑銘叙志箴頌論贊,凡若干卷。累日讀之,喜其識職而各毗于律,理察而其言沛如也。予自居吳門〔七〕,閱⑥今之名能文者無慮數十家,類未有及文舉者,則知文舉之得其本於家,而又丁乎氣運之盛於國家者,非庸衆人之所同也昭昭矣。

　　抑吾臨文有感也:先生入翰苑,不兩月輒謝病歸〔八〕,高文大册不一二見諸史院;而文舉之文亦多遐方下邑之所撰録,未及鋪張乎帝畿⑦也。嘻,文舉之文,豈遽盡於是編也哉!夫蘭臺芸館,文章之居;編摩述作,文章之職也。居其居而失其⑧職者或有矣,顧有得其職而不居其居者,吾不信也,文舉尚以吾言俟之。皇元一經業且作矣,文舉尚以吾言勉之。至正戊子十二月甲申會稽楊維禎⑨序。

【校】

① 臺灣圖書館藏清鈔本佩玉齋類稿,卷首載此楊文舉文集序,據以校勘。人:佩玉齋類稿本作"夫"。

② 通徵之"徵",佩玉齋類稿本作"微"。

③ 考:原本作"孝",據佩玉齋類稿本、文淵閣四庫全書本改。

④ 導:原本作"道",據佩玉齋類稿本改。

⑤ 宰:文淵閣四庫全書本作"墓"。拱:原本作"共",據佩玉齋類稿本、文淵閣四庫全書本改。

⑥ 閱:文淵閣四庫全書本作"聞"。

⑦ 畿:原本作"幾",據文淵閣四庫全書本改。

⑧ 失其:原本作"書夫言",據佩玉齋類稿本改。

⑨ "甲申會稽楊維禎"七字,原本無,據佩玉齋類稿本增補。

【箋注】

〔一〕文撰於元至正八年(一三四八)十二月二十二日,其時鐵崖游寓蘇州,授徒爲業。楊文舉：楊翩，元詩選二集楊博士翩："翩字文舉，上元(位於今江蘇南京)人……翩初爲江浙行省掾，至正六年，官休寧主簿，歷江浙儒學提舉，遷太常博士卒。按文舉所著有佩玉齋類稿，刻於至正間。陳衆仲、虞伯生、楊廉夫皆爲之序。而劉仔肩別採其詩入皇明雅頌正音。又楊基眉庵集悼楊文舉博士詩有云：'白髮蒼髯老奉常，亂離終喜得還鄉。'知其卒於洪武初也。"又，善本書室藏書志卷三十四佩玉齋類稿十卷補遺一卷："元太常博士上元楊翩文舉……承父訓，元末官休寧主簿，歷提舉江浙學校、太常博士。元政亂，還金陵。明祖徵纂修元史。後以謫死。"又據周清澍撰日本所藏元人詩文集珍本一文(載元蒙史札，内蒙古大學出版社二〇〇一年版)，日本静嘉堂藏有十萬卷樓舊藏元刊不分卷本佩玉齋類稿一部。

〔二〕通徽先生：指翩父楊剛中。至大("大"當作"正")金陵新志卷十三人物志耆舊："楊剛中字志行，其先處之松陽人。曾大父遂仕宋，知黃陂縣，徙家建康。父公溥，鄉貢進士。公幼穎敏力學……省辟主江寧縣學，升郡學録、正，得徽州路儒學教授。丁外艱。服闋，除平江路教授，未赴，擢福建閩海道肅政廉訪司管勾，承發架閣庫兼照磨。至則獨處公署，行李蕭然，扁所居齋曰霜月……會行科舉，江西行省聘公與故翰林學士草廬吳公澂偕主文衡，所取拔皆知名奇士……遷江東廉訪司照磨。復校文江浙行省，得士尤多。秩滿，風憲舉守令，授衛輝路録事，不赴，改文林郎、江浙等處儒學提舉，修舉學政，省憲欽異，丞相托歡公薦於朝，召爲翰林待制、承務郎兼編修官。赴官月餘，謝病去。晚自宣城挈家還居建康，鄉人子弟詣門質疑，誨誘不倦。著易通微、説詩講義若干卷。卒年七十四。其甥進士李桓述行狀，御史中丞張公夢臣撰碑。(門人雷秉義刊霜月齋集。)"又，善本書室藏書志卷三十四佩玉齋類稿十卷補遺一卷："元太常博士上元楊翩文舉。翩父剛中……與兄敏中友愛，家貧力學。丞相脱歡薦爲翰林待制，兼國史院編修，學者稱通徽先生。"按：元詩選二集楊博士翩曰楊剛中於"大德間仕至翰林待制卒"，大誤。楊剛中不可能在大德年間"仕至翰林待制"，亦不可能卒於大德年間。據類編歷舉三場文選詩義第二卷所載考官批語，延祐四年丁巳(一三一七)，楊剛中任江浙鄉試考官，其官職爲"照磨"。按元史百官志，照磨乃八品官。又據前引至正金陵新志，延祐四年楊剛中所任，當爲江東廉訪司照磨。

〔三〕"先生"二句：蓋指天曆二年江浙行省秋試，楊剛中爲主考，鐵崖任考官。按：後文曰"二十年來，先生之宰樹拱矣"，由至正八年戊子上溯至天曆二年,確爲二十年。又按類編歷舉三場文選詩義第六卷所録江浙鄉試考官批語,曰"初考楊縣尹維禎"。證明鐵崖任天台縣令時,確曾擔任江浙鄉試考官,因爲第六卷所録,皆天曆二年試卷及批語。結合前引至正金陵新志推之,天曆二年鄉試之時,楊剛中當已擢爲江浙等處儒學提舉。

〔四〕導江張氏:指張頯。元史儒學傳:"張頯字達善,其先蜀之導江人。蜀亡,僑寓江左。金華王柏,得朱熹三傳之學,嘗講道於台之上蔡書院,頯從而受業焉……至元中,行臺中丞吳曼慶聞其名,延至江寧學官,俾子弟受業,中州士大夫欲淑子弟以朱子四書者,皆遣從頯游,或開私塾迎之。其在維揚,來學者尤衆,遠近翕然尊爲碩師,不敢字呼而稱曰導江先生。"

〔五〕紫陽朱子:指朱熹。

〔六〕宰樹拱:公羊傳僖公三十三年:"秦伯怒曰:'若爾之年者,宰上之木拱矣。'"何休注:"宰,冢也。"

〔七〕予自居吳門:鐵崖於至正六年歲末徙居蘇州,至撰此文時,已滿兩年。

〔八〕"先生"二句:指楊剛中任翰林待制時間極短。參見前注。

春秋左氏傳類編序[一]

三傳有功於聖經者[二],首推左氏,以其所載先經而始事,後經以終義。聖人之經[三],斷也;左氏之傳,案也。欲觀經之所斷,必求傳之所紀事之本末,而後是非見[①]、褒貶白也。然考經者,欲於寸晷之際會其事之本末,不無繙閱之厭,於是類編者欲出焉。

鉅鹿魏生德剛[四],初授春秋經學於應君之邵[五],應君殁[②],又執經於吾。吾於三傳有所考索,必生焉是資。其暇日以左氏所記本末不相穿貫者,每一事各爲始終而[③]類編之,名曰春秋左氏傳類編。昔鐸椒、虞卿輩各作左氏鈔撮[六],其書蓋約言之編耳,未知求經統要也。生之是編,豈鈔撮可以較小大哉!予念其用工之勤,俾繕寫成帙,傳於同門之士。生且求言以爲序。予於春秋諸家有定是之録[七],凡十有二卷,未敢傳於世也。蓋經有不待傳而明者,因傳而蔽者,學者通其明,祛其蔽,而後聖人之經如日月之杲杲焉。故協於經者,雖科舉小生之義在所不遺,其不[④]協者,雖三家大儒言之亦黜也。生尚以予言有以定是於傳家,則經之如日月者,不患不明矣。生勉之哉,生勉之哉⑤！是爲序。至正十四年秋七月朔序。

【校】

① 見：原本無，據鐵崖文集本增補。

② 殁：原本作“殆”，據鐵崖文集本改。

③ 而：原本作“其”，據鐵崖文集本改。

④“協於經者”凡十七字，原本無，據鐵崖文集本增補。

⑤“生勉之哉，生勉之哉”二句：原本僅一句，據鐵崖文集本增補。

【箋注】

〔一〕文撰於元至正十四年（一三五四）七月一日，其時鐵崖任杭州宣課副提舉。

〔二〕三傳：指春秋三傳，即左傳、公羊傳和穀梁傳。

〔三〕聖人之經：指春秋。相傳春秋爲孔子編訂而成，故稱。

〔四〕鉅鹿：今屬河北邢臺。魏德剛：即魏鎮。參見本卷王希晹文集再序注。

〔五〕應之邵：即應才，字之邵。於至正十二年（一三五二）病逝。參見東維子文集卷五送嘉興學吏徐德明考滿序注。

〔六〕鐸椒：戰國時楚人。虞卿：戰國趙孝王時丞相。春秋三傳注解傳述人：“左丘明作傳，以授曾申。申傳衛人吳起（魏文侯相）。起傳其子期。期傳楚人鐸椒。椒傳趙人虞卿。”又，春秋考卷三統論：“鐸椒爲楚威王傅，爲王不能盡觀春秋，采取成敗卒四十章，爲鐸氏發微。趙孝王時，其相虞卿上采春秋，下觀近世，亦著八篇，爲虞氏春秋。”又，春秋左傳要義卷首左傳傳授源流：“鐸椒作抄撮八卷，授虞卿。虞卿作抄撮九卷，授荀卿。”

〔七〕予於春秋諸家有定是之録：指鐵崖所撰春秋定是録，此書已佚。參見本卷春秋定是録序。

曹元博左氏本末序〔一〕

左丘明受經於仲尼〔二〕，故作春秋傳，以爲聖經之案。後之傳左氏者，有鐸椒，嘗作鈔撮八卷；虞卿，作鈔撮九卷〔三〕，是又有功於左氏者也，惜其文無傳矣。至漢，張蒼、賈誼復傳左氏〔四〕，河間王進於武帝〔五〕。至成帝時，劉歆校秘書而好之①，始立左氏春秋〔六〕。和帝時〔七〕,遂立其學,而左傳大著。又其後,晉杜預復表章之〔八〕,而傳有注釋。夫左氏爲聖門弟子,又身爲國史,纂記本末,考索惟精。其文或先經以始事,或後經以終義,大抵有以原始而要終也。後之言經者,舍左氏無以爲之統緒。故止齋陳氏謂著其所不書以見經之所書者,皆左氏之功〔九〕,此章指之所由作②也。

　雲間曹元博氏,復按經以證傳,索傳以合經,爲左氏叙事本末若干卷。類之精,訂之審,以博③學者之觀覽,其用心亦勤矣。論者以左氏作傳,爲仲尼忠④臣;杜征南作注,爲左氏順臣,非忠臣。今元博序其本末,抑爲左氏順臣乎? 忠臣⑤乎? 蓋左氏之失,工於言而拙於理,好以成敗論人、妖祥計事,往往傳過於注⑥。元博既序其本傳,復能權衡其是非,合乎筆削之大義,是又愛而知其惡,謂爲丘明之忠臣也,豈不偉哉! 元博尚以吾言勉諸。

【校】

① 而好之:鐵崖文集本作“見而存之”。
② 作:原本無,據鐵崖文集本增補。
③ 博:原本作“傳”,鐵崖文集本作“惠”。據文淵閣四庫全書本改。
④ 忠:鐵崖文集本作“素”。
⑤ 臣:原本無,據鐵崖文集本增補。
⑥ 傳過於注:原本“傳”作“博”,鐵崖文集本作“駁過於誣”,據文淵閣四庫全書本改。

【箋注】

〔一〕文撰於元至正九、十年間,即鐵崖授學松江吕氏塾期間。繫年依據參見本卷春秋百問序。曹元博:名宗儒。正德松江府志卷三十人物傳:“(曹慶孫)子宗儒,字元博,洪武初爲華亭縣學教諭。嘗因使至京,奏止教官別項差委。所著有春秋左傳叙事三十卷。”春秋左傳叙事即本文所謂左氏叙事本末。按:元博爲曹慶孫長子,其字或作元朴,參見本卷春秋百問序。又,新元史有曹元博傳,所述生平事迹皆摘自本文,然曰“曹元博,以字行,上海人”。
〔二〕左丘明:四庫全書總目春秋左傳正義六十卷:“周左丘明傳,晉杜預注,唐孔穎達疏。自劉向、劉歆、桓譚、班固,皆以春秋傳出左丘明,左丘明受經

於孔子。魏晉以來，儒者更無異議。至唐趙匡始謂左氏非丘明，蓋欲攻傳
之不合經，必先攻作傳之人非受經於孔子。”

〔三〕鐸椒、虞卿：參見本卷春秋左氏傳類編序注。

〔四〕張蒼、賈誼：漢書儒林傳：“漢興，北平侯張蒼及梁太傅賈誼、京兆尹張敞、
大中大夫劉公子皆修春秋左氏傳。”

〔五〕河間王：指河間獻王劉德。漢書景十三王傳：“河間獻王德以孝景前二年
立，修學好古……獻王所得書皆古文先秦舊書，周官、尚書、禮、禮記、孟
子、老子之屬，皆經傳説記，七十子之徒所論。其學舉六藝，立毛氏詩、左
氏春秋博士……武帝時，獻王來朝，獻雅樂，對三雍宮及詔策所問三十
餘事。”

〔六〕“至成帝時”三句：劉歆與五經博士講論，力争建立左氏春秋於學官一事，
詳見漢書劉歆傳。

〔七〕和帝：東漢劉肇，公元八九年至一〇五年在位。

〔八〕杜預：晉書杜預傳：“既立功之後，從容無事，乃耽思經籍，爲春秋左氏經
傳集解。又參考衆家譜第，謂之釋例。”預官征南將軍。

〔九〕止齊陳氏：四庫全書總目春秋後傳十二卷：“宋陳傅良撰。傅良字君舉，
號止齋，溫州瑞安人。乾道八年進士，官至中書舍人、寶謨閣待制，謚文
節。事迹具宋史本傳。是編有其門人周勉跋……趙汸春秋集傳自序，於
宋人説春秋者最推傅良，稱其以公、穀之説參之左氏，以其所不書實其所
書，以其所書推其所不書，得學春秋之要，在三傳後卓然名家。”

春秋百問序〔一〕

六經皆有疑，而莫疑於春秋。疑而不決，而欲得筆削之微者〔二〕，
蓋寡矣。此春秋之經有百問也。予家藏是書，凡六卷，嘗授之無錫孟
生季成〔三〕，季成①又傳之於華亭曹君繼善之子元樸〔四〕，樸以其傳之不
廣也，特鐫諸梓，而徵予爲序。

是書也，失其首辭久矣②，不知爲何人所著。或以爲萬③孝先〔五〕，
孝先④又不知爲何時人。觀其設爲問答者，往往與予補正之意合〔六〕，
寔有以釋是經筆削之疑。予令孟生勿秘所授，而未及板行於世。今
曹君父子能推所秘於人，不遂吾之初心而賢於漢儒之私論衡於一己

者乎[七]！

雖然，道學是講者，謂説書不古⑤，慮學者不求諸心，而惟口耳之是資。夫百問之書，探聖意之微，而欲決之諸儒未決之論，非見之卓、思之精者，能之乎？謂資口耳之辯不可也。學者於春秋，苟讀而未有疑，疑而未求釋于心，而遽觀是書，又安知百問之不爲學者病，而著是書者之所慮乎？然則是書⑥之廣傳也，爲益⑦爲病，則固存乎其人焉。

【校】

① 孟生季成季成：原本作“孟生季季成成”，據鐵崖文集本改。

② 矣：原本無，據鐵崖文集本增補。

③ 萬：鐵崖文集本誤作“方”。

④ 孝先：原本作“先”，四部叢刊本作“生”。據鐵崖文集本補。

⑤ 古：四部叢刊本作“故”。

⑥ “又安知百問”凡二十四字，原本無，據鐵崖文集本增補。其中“不爲”之“不”，鐵崖文集本作“下”，據朱彝尊撰經義考卷一百九十五萬氏思恭春秋百問所引鐵崖此文改正。

⑦ 爲益：原本無，據鐵崖文集本增補。

【箋注】

〔一〕文撰於元至正九、十年間，即鐵崖授學松江呂氏塾期間。繫年依據：其一，文中鐵崖自稱曾以春秋百問“授之無錫孟生季成，季成又傳之於華亭曹君繼善之子元樸”。而鐵崖與孟季成游處，在至正七年前後。其二，曹元樸即曹元博，松江人。鐵崖初次寓居松江期間，與其父子皆有交往。參見後注及本卷曹元博左氏本末序。

〔二〕筆削：史記孔子世家：“至於爲春秋，筆則筆，削則削，子夏之徒不能贊一辭。”微：指微言大義。

〔三〕孟季成：其名不詳，無錫（今屬江蘇）人。元至正七、八年間，鐵崖游寓姑蘇時，與之有交往。又，元詩選初集卷四十八載張端白苧詞送孟季成崇明同知，故疑孟季成於元末追隨張士誠，任崇明州（今屬上海）同知。參見鐵崖游橫澤記（載佚文編）。

〔四〕曹繼善：曹慶孫（一二八六——一三六一），一名槩，字繼善，號安雅。本爲邵桂子與曹氏夫婦之子，過繼舅氏，遂爲曹榮老之子。曹氏先世爲溫州人，八世祖始徙居華亭。慶孫生於至元二十三年丙戌七月二十四日。初仕平江路吴縣儒學教諭,再調建德路淳安縣儒學教諭。年甫四十,息意進取,杜門讀書摘文以自樂。隱居松江蒸溪。"中年奉叔雲西、居竹二翁,又能委曲承順"。卒於至正二十一年二月二十六日。爲人敦尚信義,家頗富有,樂於助人。嘗因浙西水,著水利論説數卷,有司著爲法。喜收藏,精鑑賞,善畫小幅山水。著有歙硯説,以及副墨集、東山高蹈集、瀼東漫稿等若干卷。説郛中録有其酒令、觥律、硯譜等。子二:宗儒、宗臣。孫一,名子鎮。參見野處集卷三元故建德路淳安縣儒學教諭曹公行狀、邵桂子等撰邵氏世譜家譜、正德松江府志卷三十文學傳、東維子文集卷十九安雅堂記、學餘堂外集卷一硯林拾遺。元樸:曹慶孫長子曹宗儒字,其字又作元博。參見本卷曹元博左氏本末序。

〔五〕萬孝先:其名或作孝恭,鄱陽(今屬江西)人。相傳爲春秋百問作者。參見元人汪克寬春秋胡傳附録纂疏引用姓氏。按:或謂萬孝恭之"孝",當作"思"。朱彝尊經義考卷一百九十五春秋二十八著録鐵崖此文,曰:"萬氏思恭春秋百問六卷,佚。"又有按語曰:"春秋百問作於萬思恭,汪氏纂疏嘗采其説。"

〔六〕補正:蓋指鐵崖所撰春秋定是録十二卷,參見本卷春秋定是録序。

〔七〕漢儒之私論衡於一己:指東漢蔡邕。後漢書王充傳注:"袁山松書曰:'充所作論衡,中土未有傳者。蔡邕入吴,始得之,恒秘玩以爲談助。其後王朗爲會稽太守,又得其書,及還許下,時人稱其才進。或曰:不見異人,當得異書。問之,果以論衡之益,由是遂見傳焉。'抱朴子曰:'時人嫌蔡邕得異書,或搜求其帳中隱處,果得論衡,抱數卷持去。'"

春秋定是録序〔一〕

柳子曰:春秋如日月,不可贊也〔二〕。然則高自立論者,皆誕也。歐陽子曰:春秋如日月,然不爲盲者明;而有物蔽之者,亦不得見〔三〕。然則將以制盲而祛蔽,則亦不能不假①於詞也。"經不待傳而明者十七八,因傳而蔽者十五六",明目者祛其蔽而通其明,則其如日月者杲杲矣。

余怪三家既有蔽焉〔四〕,而諸子又於其蔽者析宗而植黨,争角是非,不異訟牒。使求經者必由傳,而求傳者又必縣諸子,是非紛紛,莫適所從,經之杲杲者晦矣。世之君子既晦於求經,復於諸子求異其說,是添訟於紛争之中,惡物蔽目而又自投以翳②者也。

　　維楨自幼習春秋〔五〕,不敢建一新論以立名氏,謹會諸儒之説而輒自去取之,爲定是録〔六〕。説協於經,雖科舉小生之義,在所不遺;其不協者,雖三家大儒之言,亦黜也,吁,予又何人,敢以一人之見與奪千載之是非? 何僭自甚? 亦從其杲杲者決之焉耳。後之君子倘以録猶未是,敢③改而正諸,豈敢諱乎!

【校】

① 假:原本作"暇",據鐵崖文集本改。
② 翳:原本作"医",據鐵崖文集本改。
③ 敢:原本無,據鐵崖文集本增補。

【箋注】

〔一〕春秋定是録十二卷乃鐵崖自撰,本序文當作於元至正十四年(一三五四)七月之後不久,其時鐵崖任杭州宣課副提舉。繫年依據:春秋定是録撰成,應在至正初年以前,然直至至正十四年七月,鐵崖仍曰:"予於春秋諸家有定是之録,凡十有二卷,未敢傳於世也。"可見鐵崖撰此序文,并將此書公諸於世,必在至正十四年七月之後。蓋因學子友人有關春秋著述相繼面世,有所觸動而決意刊行。參見本卷春秋左氏傳類編序、曹元博左氏本末序、春秋百問序等。

〔二〕柳子:指唐人柳宗元。柳宗元答元饒州論春秋書:"春秋之道如日月,不可贊也。若贊焉,必同於孔、跖優劣之説。"

〔三〕歐陽子:指宋人歐陽修。歐陽修春秋或問:"經不待傳而通者十七八,因傳而惑者十五六。日月萬物皆仰,然不爲盲者明,而有物蔽之者,亦不得見也。聖人之意皎然乎經,惟明者見之,不爲他説蔽者見之也。"

〔四〕三家:指春秋左氏傳、公羊傳、穀梁傳。

〔五〕"維楨"句:鐵崖自幼學習春秋,乃其父擇定。鐵崖聰敏過人,博采諸家,其父寄予厚望。參見鐵崖文集卷二先考山陰公實録。

〔六〕定是録:此書後世失傳。朱彝尊經義考卷一百九十七春秋三十:"楊氏(維楨)春秋定是録(或作春秋大意),未見。"

褚氏家譜序〔一〕

褚氏之系，出自微子〔二〕，宋共公子段食采於褚，號曰"褚師"，因氏焉〔三〕。其在衛，有褚師子申、定子者〔四〕，蓋其族之仕於衛者也〔五〕。漢元、成間，有褚先生大①以行顯〔六〕，嘗補司馬遷史記。六朝以來，褚陶、褚褒皆以文學名〔七〕。至唐，褚亮博學才敏，預瀛洲學士之選；其子遂良〔八〕，爲顧②命大臣。遂良由河南徙③錢唐，其子孫所居，號褚家塘。後有徙居苕城者〔九〕，亦以褚姓其巷。今聚族烏程之朱塢〔十〕，即自苕城來也。

其祖爲世超④〔十一〕，墓在朱塢後浜，冢舍曰光遠庵云。世超生世隆⑤〔十二〕，生大理評事琳〔十三〕，琳生省幹溶〔十四〕，溶生宋□□郎、提幹大同〔十五〕，大同生宋迪功郎、淮安縣丞士登〔十六〕。士登之子：長宣教郎友龍〔十七〕，次仲龍〔十八〕。友龍無子，以仲龍之子將仕郎、國史實録院檢閲文字天祐爲嗣焉〔十九〕。天祐三子：長錫珪〔二十〕，善州教授；次錫琦〔二十一〕；次錫瑜〔二十二〕，蒙古學正。善州四子：嗣良、嗣英、嗣俊、嗣賢〔二十三〕。錫琦無子，以嗣英爲其後。自士登以前凡十世，皆以詩書起家，由科舉入仕者代不乏人。

宋革，故居遭兵燹，子孫亡其實録，嘉言善行不復可考矣。嗣英於族叔祖桂岩公所訪得家譜〔二十四〕，令其子桂繕寫爲册〔二十五〕。册成，乞予序。予謂君子之澤五世⑥〔二十六〕，褚氏之澤已逾十世，而其來者尚未艾也。桂之爲伯仲者凡六人，皆從碩師習舉子業，里以衣冠之族稱焉。歲大比，鄉大夫録以充賦者，褚氏子孫居多。吾卜褚氏祖之積者厚，而嗣英之培其積者益至，吾見褚氏之來者益衍而大，以五世之澤論君子者，又豈可以律於褚氏之澤哉！褚氏子孫，尚以予言勉之。

【校】

① 大：當作小字，爲注文。且有脱字，當注作"大弟之孫"。參見本文注釋。
② 顧：原本作"碩"，據文淵閣四庫全書本改。
③ 徙：原本作"從"，據四部叢刊本、文淵閣四庫全書本改。
④ 超：原本作"迢"，據下文及文淵閣四庫全書本改。

⑤ 世超生世隆：父子重名，疑有誤。

⑥ 五世：原本無，據文淵閣四庫全書本補。

【箋注】

〔一〕文撰於元至正五、六年間，其時鐵崖寓居湖州長興，授學爲生。繫年依據：
　　其一，鐵崖與褚嗣英兄弟交往，始於至正初年，而褚嗣英當死於至正十四
　　年（一三五四）兵亂，故本文應撰於至正初年至十四年之間。參見東維子
　　文集卷十四松月軒記、卷二十五元故樂閒先生墓志銘。其二，本文謂褚氏
　　子孫“皆從碩師習舉子業”，且爲之預言科舉成功。所謂“碩師”，當包括
　　鐵崖本人。據此推之，其時鐵崖在當地授學。

〔二〕微子：商、周之際宋國始祖。參見史記宋微子世家。

〔三〕共公子段：新唐書卷七十二下宰相世系表：“褚氏出自子姓，宋共公子段，
　　字子石，食采於褚。其德可師，號曰‘褚師’。生公孫肥，子孫因爲褚氏。”

〔四〕子申、定子：急就篇：“褚回池：褚師，官名也。衛有褚師定子、聲子，及褚
　　師圃，其後因姓褚焉。”又，宋鄧名世古今姓氏書辯證卷二十三褚師：“其
　　族仕衛者曰褚師定子，生聲子。褚師比及褚師圃、褚師子申，皆衛大夫。”

〔五〕仕於衛：明凌迪知氏族博考卷六氏按褚氏：“按褚氏即褚師氏，後世略去
　　‘師’，遂爲褚氏。然衛亦有褚師氏，不獨宋也。”

〔六〕褚先生：後世多指西漢褚少孫。史記孝武本紀注：“張晏曰：‘武紀，褚先
　　生補作也。褚先生名少孫，漢博士也。’……又張晏云‘褚先生，潁川人，仕
　　元、成間’。韋稜云‘褚顗家傳：褚少孫，梁相褚大弟之孫。宣帝代爲博
　　士，寓居于沛，事大儒王式，故號“先生”，續太史公書’。阮孝緒亦以爲
　　然也。”

〔七〕褚陶：晉書有傳。褚裒：晉明帝時任太傅，生平見晉孫綽撰太傅褚裒碑
　　（載藝文類聚卷四十六）。

〔八〕褚亮、褚遂良：舊唐書皆有傳。

〔九〕苕城：湖州（今屬浙江）之別稱。

〔十〕烏程：據元史地理志，烏程縣隸屬於江浙行省湖州路。朱塢：莊名，位于
　　南潯（今屬浙江湖州）之西。參見東維子文集卷二十五元故樂閒先生
　　墓志銘。

〔十一〕世超：褚嗣英十世祖，蓋即烏程朱塢褚氏之始祖。

〔十二〕世隆：褚嗣英九世祖。

〔十三〕褚琳：褚嗣英八世祖，曾任大理評事。

〔十四〕褚溶：褚嗣英七世祖,曾任省幹。按：省幹乃宋代官名,蓋爲總領錢糧官屬下倉儲官之別稱。參見宋史楊巨源傳。

〔十五〕褚大同：褚嗣英六世祖,曾任提幹。按：提幹爲宋代多種官職之略稱或別稱,大同仕宦履歷不詳。

〔十六〕褚土登(?——一二四七)：褚嗣英高祖,淮安縣丞。卒於南宋淳祐七年丁未。參見吳興金石記卷十五褚公祠碣。

〔十七〕褚友龍(?——一二六一)：褚嗣英曾祖仲龍兄,嗣英祖父天祐養父,爲宣教郎。卒於南宋景定二年辛酉洪水氾濫之後。參見吳興金石記卷十五褚公祠碣。

〔十八〕褚仲龍(?——一二四六)：嗣英曾祖父。卒於南宋淳祐六年丙午。參見吳興金石記卷十五褚公祠碣。

〔十九〕褚天祐(一二四三——一三一九)：字善甫,號友竹。仲龍仲子,友龍收養。曾任國史實録院檢閲文字、教諭。延祐六年己未去世,享年七十七。其生平詳見吳興金石記卷十五褚公祠碣。

〔二十〕褚錫珪(一二七五——一三四〇)：天祐長子,曾任善州教授,晚年號樂閒居士。參見東維子文集卷二十五元故樂閒先生墓志銘。

〔二十一〕錫琦：褚天祐仲子,嗣英養父。

〔二十二〕錫瑜：褚天祐幼子,嗣英叔父。曾任蒙古學正。按：前述褚公祠碣於元統元年癸酉(一三三三)十月十五日由褚錫瑜撰寫。參見吳興金石記卷十五褚公祠碣。

〔二十三〕嗣良、嗣英、嗣俊、嗣賢：分別爲褚錫珪長子、二子、三子、四子。其中嗣良、嗣英或死於至正十四年甲午(一三五四)兵亂之際。參見東維子文集卷十四松月軒記。

〔二十四〕桂岩公：褚嗣英族叔祖。桂岩蓋爲其別號,名字生平不詳。

〔二十五〕褚桂：褚嗣英子。兄弟六人,其排行不詳。

〔二十六〕君子之澤五世：孟子離婁下："君子之澤,五世而斬。"

送朱女士桂英演史序〔一〕

錢唐爲宋行都,男女痛峭,尚嫵媚,號籠袖驕民〔二〕。當思陵上太皇號①〔三〕,孝宗奉太皇壽〔四〕,一時御前應制多女流也,若碁待詔②爲沈姑姑〔五〕,演史爲張氏、宋氏、陳氏,説經爲陸妙慧、妙静,小説爲史惠英,隊戲爲李瑞娘,影戲爲王潤卿,皆中一時慧黠③之選也。兩宮游幸聚景、玉津内園〔六〕,各以藝呈,天顔喜動,則賞賚無算。此太平朝野極盛之際。今當此刀④鳴鏑語時〔七〕,故家遺老或與退瑽畸孀談先朝故事,未嘗不興感隕淚也。

　　至正丙午春二月,予蕩舟娵春,過濯渡。一姝淡粧素服,貌嫻雅,呼長年艤榷,歙袿而前,稱朱氏,名桂英,家在錢唐,世爲衣冠舊族,善記稗官小説,演史於三國、五季。因延致舟中,爲予説道君艮嶽及秦太師事〔八〕。座客傾耳聽⑤。知其腹笥有文史,無烟花脂粉。予奇之,曰:使英遇思陵太平之朝,如張、宋、陳、陸、史輩,談通典故⑥,入登禁壼〔九〕,豈久居瓦市間耶〔十〕?曰忠曰孝,貫穿經史於稠人廣衆⑦中,亦可以敦勵薄俗,則吾徒號儒丈夫者爲不如已。古稱盧文進女爲女學士〔十一〕,予於桂英亦⑧云。

【校】

① 太:原本作"大",據文淵閣四庫全書本改。
② 詔:原本作"召",據文淵閣四庫全書本改。
③ 黠:原本作"點",據四部叢刊本、文淵閣四庫全書本改。
④ 此刀:原本作"壯力",據文淵閣四庫全書本改。
⑤ 聽:原本作"聳",據文淵閣四庫全書本改。
⑥ 輩談通典故:此五字文淵閣四庫全書本闕。
⑦ 衆:原本無,據文淵閣四庫全書本補。
⑧ 亦:原本作"爾",據四部叢刊本、文淵閣四庫全書本改。

【箋注】

〔一〕文撰於元至正二十六年丙午(一三六六)二月,其時鐵崖寓居松江。朱桂英:錢塘(今浙江杭州)人。擅長講史。元季游走於江浙一帶,以説書謀生。

〔二〕籠袖驕民:意爲養尊處優之人。籠袖,雙手置於袖中。

〔三〕思陵上太皇號:指南宋高宗晚年傳位予養子趙昚,自稱"太上皇帝"。思陵,宋高宗陵墓名,代指高宗。

〔四〕孝宗:即南宋第二任皇帝趙昚。

〔五〕按:下列女藝人名,大略見武林舊事卷十著録,某待詔有沈姑姑,演史有張小娘子、宋小娘子、陳小娘子,説經有陸妙慧、陸妙静,小説有史惠英,影戲有王潤卿、李二娘。

〔六〕聚景、玉津:皆爲南宋都城杭州宫苑名。咸淳臨安志卷十三苑囿:"聚景園在清波門外,孝宗皇帝致養北宫,拓圃西湖之東,又斥浮屠之廬九以附益之。亭宇皆孝宗皇帝御扁。嘗恭請兩宫臨幸。光宗皇帝奉三宫,寧宗皇帝奉成肅皇太后,亦皆同幸。"同卷:"玉津園在嘉會門外,紹興十七年建。"

〔七〕此刀鳴鏑語時:意爲正處兵荒馬亂之際。按:十個月後,松江歸附朱元璋政權。

〔八〕道君:指北宋徽宗。艮嶽:皇家園林名,徽宗建於汴京(今河南開封)。宋史徽宗本紀:"(政和七年)夏四月庚申,帝諷道籙院上章,册己爲教主道君皇帝。"宋史地理志一注:"政和七年,始於上清寶籙宫之東作萬歲山。山周十餘里,其最高一峰九十步。……宣和四年,徽宗自爲艮嶽記,以爲山在國之艮,故名艮嶽。"秦太師:指南宋高宗時權臣秦檜。

〔九〕禁壼:指朝廷宫禁之地。

〔十〕瓦市:又稱瓦舍,指城市中演出場所。

〔十一〕盧文進:五代南唐時人,其女爲高越妻。十國春秋卷二十八南唐十四高越傳:"高越字沖遠,少舉進士,精詞賦,有名燕、趙間。盧文進鎮上黨,具禮幣致之。初以客從,及文進鎮安州,越又從之,遂爲其掌書記。文進仲女有才色,能屬文,號'女學士',因以妻越。"

卷六十一　東維子文集卷七

卷六十一　東維子文集卷七

吴復詩録序[一]

　　古風人之詩，類出於閭夫鄙隸，非盡公卿大夫士之作也，而傳之後世，有非今公卿大夫士之所可及，則何也？古者人人有士君子之行，其學之成也尚已。故其出言，如山出雲，水出文，草木之出華實也。後之人執筆呻吟，模朱擬白以爲詩，尚爲有詩也哉！故摹儗愈偪，而去古愈遠，吾觀後之橅①儗爲詩，而爲世道感也遠矣。間嘗求詩於摹儗之外，而未見其何人。

　　富易吴復見心持詩來，讀其古什凡若干首，決非摹儗而成者，知學有古風人之旨矣。吁，使復達而有位，爲朝廷道盛德，製雅頌，復之作不爲古公卿大夫士之作乎！吁，又使人人如復，不以摹儗爲詩，古詩不復作者，吾其無望於後乎！復益勉之，以徵吾言焉可也。

【校】

① 橅：原本作“撫”，據文淵閣四庫全書本改。

【箋注】

〔一〕文約撰於元至正六年（一三四六）春，其時鐵崖攜家寓居湖州長興，授學於蔣氏東湖書院。繫年依據：其一，吴復從學鐵崖，不得遲於至正五年。從學之初，其詩不佳，四月之後，始獲鐵崖嘉賞。本文讚賞吴復“學有古風人之旨”，必在持續從學於鐵崖之後。其二，吴復師從鐵崖時間不長，至正八年即歸道山。至正六年前後，吴復曾致力於搜輯評點鐵崖詩歌，其鐵崖先生古樂府序即撰於至正六年三月，當時與鐵崖交往頗多。故請鐵崖撰序，應在此時。參見鐵崖先生古樂府卷首吴復序文。吴復：字見心。生平參見東維子文集卷二十五吴君見心墓銘。

趙氏詩録序[一]

　　評詩之品，無異人品也。人有面目骨骼，有情性神氣，詩之醜好高下亦然。風、雅而降^①爲騷^[二],騷^②而降爲十九首^[三],十九首而降爲陶、杜^[四],爲二李^[五]。其情性不埶,神氣不群,故其骨骼不庫,面目不鄙。嘻,此詩之品,在後無尚也。下是爲齊、梁,爲晚唐季宋,其面目日鄙,骨骼日庫,其情性神氣可知已。嘻,學詩於晚唐季宋之後,而欲上下陶、杜、二李,以薄乎騷、雅,亦落落乎其難哉!

然詩之情性神氣,古今無間也。得古之情性神氣,則古之詩在也。然而面目未識,而謂^③得其骨骼,妄矣!骨骼未得,而謂得其情性,妄矣!情性未得,而謂得其神氣,益妄矣!

吾友宋生無逸^[六],送其鄉人趙璋之詩來,曰:"璋詩有志於古,非錮於代之積習而弗變者也。是敢晉於先生,求一言自信。"余既訝宋言,而覆其詩,如桃源、月蝕,頗能力拔於晚唐季宋者。它日進不止,其於二李、杜、陶,庶亦識其面目。識其面目之久,庶乎情性神氣者并得之。璋父勉乎哉,毋曰"吾詩止於是而已也"。至正丁亥九月望在姑蘇錦秀坊寫^[七]。

【校】

① 降:原本作"隆",據文淵閣四庫全書本改。

② 騷:原本無,據文淵閣四庫全書本補。

③ 謂:原本無,據文淵閣四庫全書本補。

【箋注】

〔一〕文撰於元至正七年丁亥(一三四七)九月十五日,其時鐵崖攜家寓居蘇州,授學爲生。趙氏:趙璋,餘姚人。元季在世。與鐵崖弟子宋禧交好。工詩,有詩集。

〔二〕風、雅:指詩經。騷:指楚辭。

〔三〕十九首:即古詩十九首。

〔四〕陶、杜:指陶淵明和杜甫。

〔五〕二李:指唐代詩人李白、李賀。

〔六〕宋無逸:名禧,字無逸,餘姚(今屬浙江)人。鐵崖弟子。參見東維子文集卷二十七代宋無逸上省都事書注。

〔七〕錦秀坊:"秀"或作"繡",街巷名,位於姑蘇東北隅。參見明王鏊撰姑蘇志卷十七坊巷。按:鐵崖其時或居錦繡坊盧山甫之聽雨樓。句曲外史貞居先生詩集卷三客有具舟邀游靈岩上方一夕風雨明日以詩奉廉夫繁頭爲更張其席，有句曰："不如繡錦坊中聽雨樓，取醉都忘山水好。"又，珊瑚木難卷二載張雨至正八年二月十一日聽雨樓詩，曰"爲盧山甫作"。同卷又載至正二十五年鮑恂題詩并跋，中云："吳郡盧君山甫舊有聽雨樓，山甫殆歿二十年而斯樓尚存。"據此可知，盧山甫謝世略晚於至正八年，生前與鐵崖、張雨皆有往來。

李仲虞詩序〔一〕

删後求詩者〔二〕，尚家數。家數之大，無上①乎杜〔三〕。宗杜者，要隨其人之資所得爾。資之拙者，又隨其師之所傳得之爾。詩得於師，固不若得於資之爲優也。詩者，人之情性也。人各有情性，則人有各②詩也。得於師者，其得爲吾自家之詩哉！

天台李仲虞執詩爲贄，見予於姑蘇城南，且云學詩於鄉先生丁仲容氏〔四〕。明旦，則復謁，出詩一編，求予言以序。予夜讀其詩，知其法得於少陵矣，如五言有云"湛露仙盤白，朝陽虎殿紅。詔起西河上，旄隨斗柄東。西北干戈定，東南杼軸空"，置諸少陵集中，猝③未能辨也。蓋仲虞純明篤茂④，博極文史⑤，而多識當朝典故。雖在布衣，憂君愛國之識⑥時見於詠歌之次。其資甚似杜者，故其爲詩不似之者或寡矣。吾求丁公之詩似杜者，或未之過，則知仲虞之詩列乎家數者，不得於其師，而得於其資也諗矣。

雖然，觀杜者不唯見其律，而有見其騷者焉；不唯見其騷，而有見其雅者焉；不唯見其騷與雅也，而有見其史者焉，此杜詩之全也。仲虞資近杜矣，尚於其全者求其備云。至正戊子九月丙辰會稽楊維禎⑦序。

【校】

① 上：原本作"止"，據鐵崖文集本改。

② 有各：鐵崖文集本作"各有"。

③ 猝：鐵崖文集本作"卒"。

④ 茂：鐵崖文集本作“實”。

⑤ 史：原本無，據鐵崖文集本補。

⑥ 識：鐵崖文集本作“誠”。

⑦ 會稽楊維禎：原本無，據鐵崖文集本增補。

【箋注】

〔一〕文撰於元至正八年戊子（一三四八）九月二十二日丙辰，其時鐵崖寓居蘇州，授學爲生。李仲虞：名廷臣。元詩選癸集李廷臣：“廷臣字仲虞，台之寧海人。幼學詩於鄉先生丁復仲容，有聲江湖閒。博極文史，而多識當朝典故，雖在布衣，憂君愛國之誠，時見於詠歌之次。”按：李仲虞參與至正初年西湖竹枝詞唱和，西湖竹枝集録其竹枝一首。

〔二〕删：指詩經之編纂。

〔三〕杜：杜甫。

〔四〕丁仲容：名復。元詩選二集丁處士復：“復字仲容，天台人。負詩名。延祐初，游京師，公卿奇其才，與浦城楊載、清江范椁同薦入館閣，復度當國者不能用，不俟報可，翩然去之。乃絶黄河，憩梁、楚，過雲夢，窺沅、湘，陟廬阜，浮大江而下，遂家金陵，買宅於城北。南户故有兩檜樹，醉則倚樹而呻唔，因自名其什曰雙檜亭詩。殁後，其婿饒介之、門人李謹之先後編輯，共得若干首。”又，文憲集卷六孫伯融詩集序：“當元之季，有丁仲容先生者，自天台來客建業，以能詩鳴。方其岸幘談笑，有持卷來求者，輒索酒，飲數觥，操觚如飛風雨疾。”

張北山和陶集序〔一〕

詩得於言，言得於志。人各有志有言，以爲詩，非迹人以得之者也。東坡和淵明詩〔二〕，非故假詩於淵明也，其解有合於淵明者，故和其詩，不知詩之爲淵明、爲東坡也。涪翁曰：“淵明千載人，東坡百世士。出處固不同，氣味乃相似〔三〕。”蓋知東坡之詩可比淵明矣。

天台張北山著和陶集若干卷，藏於家。其孫師聖出其親手澤〔四〕，求余一①言以傳世。蓋北山，宋人也。宋革，當天朝收用南士，趨者瀾倒，徵書至北山，北山獨閟關弗起，自稱“東海大布衣”，終其身。嘻，正士之節,其有似義熙處士者歟[五]！故其見諸和陶,蓋必有合者。觀其胸中,不合乎淵明者寡矣。步韵倚聲,謂之迹人以得詩,吾不信也。

雖然,世之和陶者不止北山也,又豈人人北山哉！吾嘗評陶、謝[六],愛山之樂同也,而有不同者,何也？康樂伐山開道[七],入數百人,自始寧至臨海,敝敝焉不得一日以休,得一於山者,恗矣;五柳先生斷轅不出[八],一朝於籬落間見之,而悠然若莫逆也[九],其得於山者,神矣。故五柳之詠南山,可學也,而於南山之得之神,不可學也。不可學,則其得於山者,亦康樂之役於山者而已耳。吾於和②陶而不陶者亦云。至正八年夏五月六日。

【校】

① 一:四部叢刊本闕。
② 和:四部叢刊本誤作“知”。

【箋注】

〔一〕文撰於元至正八年(一三四八)五月六日,其時鐵崖游寓蘇州。張北山:北山當爲其別號,名字不詳,天台(今屬浙江)人,生平僅見本文。

〔二〕東坡和淵明詩:指蘇軾和陶詩七十八首,載東坡全集卷三十一。

〔三〕涪翁:北宋黃庭堅晚年別號。按:“淵明千載人”四句,援引黃庭堅詩,然與今傳本略有不同。山谷集卷七跋子瞻和陶詩:“子瞻謫嶺南,時宰欲殺之。飽喫惠州飯,細和淵明詩。彭澤千載人,東坡百世士。出處雖不同,風味乃相似。”

〔四〕師聖:張北山孫。按草堂雅集卷十四釋良琦詩夏日招張師聖文學二首,知師聖工詩,元季寓吴中,與鐵崖、顧瑛等游處。

〔五〕義熙處士:指陶淵明。義熙,東晉安帝年號,公元四〇五至四一八年。陶淵明晉亡不仕,詩以甲子紀年。

〔六〕陶、謝:指陶淵明、謝靈運。

〔七〕康樂:指謝靈運。謝靈運襲封康樂公,故稱。宋書謝靈運傳:“靈運父祖并葬始寧縣,并有故宅及墅,遂移籍會稽,修營別業。傍山帶江,盡幽居之美……嘗自始寧南山伐木開逕,直至臨海,從者數百人。”始寧,古縣名,今浙江上虞一帶。臨海,今屬浙江。

〔八〕五柳先生斷轅不出:指陶淵明隱居故里。

〔九〕"一朝"二句：源自陶淵明"採菊東籬下，悠然見南山"（飲酒）之詩意。下
　　文"五柳之詠南山"，亦指此詩。

郯^①韶詩序〔一〕

　　或問："詩可學乎？"曰：詩不可以學爲也。詩本情性，有性此有
情，有情此有詩也。上而言之，雅詩情純，風詩情雜；下而言之，屈詩
情騷，陶詩情靖，李詩情逸，杜詩情厚〔二〕。詩之狀，未有不依情而出
也。雖然，詩^②不可學，詩之所出者，不可以無學也。聲和平中正，必
由於情。情和平中正，或失於性，則學問之功得矣。

　　或曰："三百篇有出於匹夫匹婦之口，而豈爲盡知學乎？"曰：匹
夫^③匹婦無學也，而游於先王^④之澤者，學之至也。發於言辭，止於禮
義，與一時公卿大夫君子之言同録於聖人也，非無本也。

　　我元之詩，虞爲宗〔三〕，趙、范、楊、馬、陳、揭副之〔四〕。繼者疊出而
未止，吾求之東南，永嘉李孝光〔五〕，錢唐張天雨〔六〕，天台丁復〔七〕、項
烱〔八〕，毗陵吳恭^⑤〔九〕、倪瓚〔十〕，蓋亦有本者也。近復得永嘉張天
英〔十一〕、鄭東〔十二〕，姑蘇陳謙〔十三〕、郭翼〔十四〕，而吳興得郯韶也。

　　韶詩清麗而温重，無窮愁險苦之態，蓋其強力於學，聖人諸子氏
之書無不必究者，亦且二十餘年矣。韶年尚盛，而學^⑥未止，探^⑦其本
之所出，極其作之所詣。蓋得騷之情則騷之^⑧聲，得^⑨雅之情則雅之聲
矣，又豈直在元詩一人之數，追逐李、張、丁、項輩而止乎？韶勉之而
已。其詩^⑩成帙者若干卷。

【校】

① 郯：原本作"剡"，據鐵崖文集本改。

② 詩：原本無，據鐵崖文集本增補。

③ 匹夫：原本無，據鐵崖文集本增補。

④ 先王：原本作"先生"，據鐵崖文集本改。

⑤ 吳恭：當作"吳克恭"。

⑥ "聖人諸子"凡二十五字，原本無，據鐵崖文集本增補。

⑦ 探：原本作“深”，據文淵閣四庫全書本改。

⑧ 情則騷之：原本無，據鐵崖文集本增補。

⑨ 得：原本無，據鐵崖文集本增補。

⑩ 詩：原本無，據鐵崖文集本增補。

【箋注】

〔一〕文撰於元至正八年（一三四八）前後，其時鐵崖游寓姑蘇、崑山等地，授學爲生。繫年理由：其一，據本文所述，當時結識陳謙、郭翼、郯韶等人不久，上述諸人皆曾參與西湖竹枝詞酬唱，而西湖竹枝詞於至正八年結集。其二，至正八年二月玉山草堂雅集，郯韶偕鐵崖同舟赴會。參見鐵崖逸編注卷七同郯九成過玉山舟中聯句。郯韶：十六卷本玉山草堂雅集卷十二：“郯韶，字九成，吳興人。好讀書，慷慨有氣節。辟試漕府掾，不事奔競，淡然以詩酒自樂。作賦不習近世，必慾追踪唐人之盛，楊鐵崖先生以爲與北州李才相上下。駿馬新鑿蹄，駸駸未可知也。”按：據本文所謂郯韶讀書求學“且二十餘年”、“年尚盛”等語推之，其時郯韶四十來歲。又，郯韶晚年事迹不詳。至正十三年正月，鐵崖撰文提及苕溪漁者郯韶，曰：“苕溪在海漕萬里外。”據此可知，郯韶“辟試漕府掾”不遲於至正十二年，且任職海漕，遠赴海外之後，杳無音信。參見南屏雅集詩卷序（載佚文編）。又，同治湖州府志卷七十五文學人物傳述郯韶事迹稍詳，乃刪并西湖竹枝集、玉山璞稿、夷白齋稿等相關記載而成。

〔二〕“屈詩情騷”四句：分別概括屈原、陶淵明、李白、杜甫詩歌特質。

〔三〕虞：指虞集。元史有傳。

〔四〕趙、范、楊、馬、陳、揭：分別指趙孟頫、范梈、楊載、馬祖常、陳旅、揭傒斯，元史皆有傳。

〔五〕李孝光：參見鐵崖先生古樂府卷六芝秀軒詞注。

〔六〕張天雨：參見鐵崖先生古樂府卷二奔月厄歌注。

〔七〕丁復：參見本卷李仲虞詩序注文。

〔八〕項炯：十六卷本玉山草堂雅集卷五：“項炯，字可立，天台臨海人。端行積學，爲時名儒。嘗居吳中甫里書院，獲相與從游。惜其詩不多得云。”又，清人洪頤煊台州札記卷十二項炯傳曰：“金華黃溍、晉寧張翥皆重之。居吳中甫里書院，與顧仲瑛玉山倡和。黃文獻集中有鄉貢進士項良才墓志銘，即其祖也。又爲炯撰愃愃齋記。”

〔九〕吳恭：吳克恭之略稱。十六卷本玉山草堂雅集卷五：“吳克恭（？——一三五二），字寅夫，毗陵人。好讀書，以舉子業無益於學，遂力意古文。其爲詩，體格古淡，爲時所稱。翰林老成皆與之交，多游雲林及余草堂。"按：吳克恭曾客居廣陵，與柯九思、薩都剌等詩酒往還（參見乾坤清氣所載吳克恭詩）。至正九年前後，常游顧瑛玉山草堂。與李孝光、張雨、丁復、項炯、倪瓚齊名，與倪瓚唱和尤多。又按南村輟耕録卷七忠倡，至正十二年秋，吳克恭投奔起義軍。不久以從逆罪處死。

〔十〕倪瓚：字元鎮，號雲林，無錫人。以詩文書畫著稱。明洪武七年謝世。有清閟閣集傳世。生平見雲林詩集附録周南老故元處士雲林先生墓志銘、王賓故元處士倪雲林先生旅葬志銘。按：倪瓚生卒年歲，歷來以周南老故元處士雲林先生墓志銘爲依據，謂生於元大德五年（一三〇一），卒於明洪武七年甲寅（一三七四），享年七十有四。然倪瓚自述与周氏所撰墓志有所不合。雲林詩集卷四有詩題曰"乙未歲，余年適五十。幼志於學，皓首無成……"，此"乙未歲"指元至正十五年乙未（一三五五），上推五十年，則其生年應爲元大德十年丙午，西元一三〇六年。又據同書附録題畫一文，曰："至正辛丑十二月廿四日，德常明公自吳城將還嘉定，道出甫里，榱桷相就語。……年逾五十，日覺死生忙，能不爲之撫舊事而縱遠情乎？""至正辛丑"乃公元一三六一年。若據周氏所撰墓志推算，辛丑年倪雲林已是六十一歲；而按生年西元一三〇六年推之，此年五十六歲，正合"年逾五十"之説。參見孫小力撰倪瓚生卒年歲考一文（載中華文史論叢一九八六年第四輯）。

〔十一〕張天英：十六卷本玉山草堂雅集卷五："張天英，字楠渠，温州人。酷志讀書二十年，通貫經史。徵爲國子助教，性剛方，不事趨謁。再調，皆不就。游西浙，多居吳下。放肆爲詩章，尤善古樂府，皆馳驟二李間，時人多愛誦之。與予最爲友善，凡有所作，必馳寄草堂。自號石渠居士云。"按：張天英字義上，楠渠（又作南渠）爲其別號。元詩選輯録其詩六十餘首。參見全元文張天英小傳。

〔十二〕鄭東：十六卷本玉山草堂雅集卷十："鄭東，字季明，温州平陽人。幼酷嗜書，明春秋。後生學徒爲舉子業者，一經指授，皆就繩墨。作文爲詩，旨趣高遠。別有文集行於時。"又，弘治常熟縣志卷四文學傳："（鄭東）號杲齋。弟采，字季亮，號曲全。平陽人。元季避兵，家常熟。學富才宏，兄弟齊名。所著有聯璧集。"按：宋濂有鄭氏聯璧集序。又，杲齋之"杲"，或作"果"。參見鐵崖先生詩集辛集題牧牛圖。

〔十三〕陳謙（一二九四——一三五六）：元詩選三集陳隱君謙："謙字子平，吳郡人……盡棄擧子業,折節讀書。虞集、黄溍、張翥諸公交口論薦,欲任著作郎,皆力謝之。至正間……(與兄訓遭兵劫)并遇害。門人范文炯求尸,得之水中,猶兄弟相倚立也。子平爲文章,馳騁上下,尤善古賦及古今體詩……嘗悼時流文氣不古,手編西漢文類若干卷。生平著述甚富,兵火後,僅存周易解詁二卷,別爲河圖説一卷、占法一卷、古今雜體詩二十四首,得之灰燼中。"盧熊洪武蘇州府志卷三十七有陳謙傳,述陳謙孝友事迹頗詳,并及其兄陳訓。傳末曰:"丙申歲,訓爲江浙省照磨,謁告還吴。時張士誠兵適至,訓謂謙曰:'汝無官守,宜自爲計。'謙曰:'兄在,吾何所之?'俄而兵突入其室,脅訓使拜,不屈,遂刃其胸。謙以身翼敵之,兵怒,遂并遇害。年六十三矣。"參見西湖竹枝集陳謙傳。

〔十四〕郭翼,參見本卷郭羲仲詩集序注。

兩浙作者集①序〔一〕

曩余在京師時〔二〕,與同年黄子肅〔三〕、俞原明〔四〕、張志道論閩、浙新詩〔五〕,子肅數閩詩人凡若干輩,而深詆余兩浙無詩〔六〕。余憤曰:"言何誕也? 詩出情性,豈閩有情性,浙皆木石肺肝乎?"余後歸浙,思雪子肅之言之冤,聞一名能詩者,未嘗不窮②候其門,採其精工,往往未能③深起人意。閲十有餘年,董董得七家④:其一永嘉李孝光季和〔七〕,其一天台項炯可立〔八〕,其一東陽陳樵君采〔九〕,其一元鎮⑤〔十〕,其二老釋氏,曰句曲張伯雨〔十一〕、雲門恩⑥斷江也〔十二〕。昔王、劉二子能重河朔〔十三〕,矧七家者不足以重兩浙乎? 惜不令子肅見之。

嘗論詩與文一技,而詩之工爲尤難,不專其業,不造其家,冀傳於世,妄也! 蓋仲容、季和放乎六朝而歸準老杜,可立有李騎鯨之氣〔十四〕,而君采得元和鬼仙之變〔十五〕,元鎮軒輊二陳而造乎晉漢⑦〔十六〕,斷江⑧衣鉢乎老谷〔十七〕,句曲風格夙宗大曆而痛鏨去纖艷不逞之習〔十八〕。七人之⑨作備見諸體,凡若干什,目曰兩浙作者集。非徒務厭子肅之言,實以見大雅在浙,方作而未已也。若其⑩作者繼起而未已也,又豈限以⑪七人而止哉! 會稽楊維禎序⑫。

【校】

① 集:原本脱,據本文補。

② 窮：鐵崖文集本作“躬”。

③ 未能：鐵崖文集本作“未嘗”。

④ 以下蓋脱“其一天台丁復仲容”一句，參見下文。

⑤ 其一元鎮：鐵崖文集本無此句。此句似當作“其一毗陵倪瓚元鎮”。

⑥ 恩：原本作“思”，據鐵崖文集本改。

⑦ 造乎晉漢：原本作“造乎晉淡”，鐵崖文集本作“造淡乎晉”，據文淵閣四庫全書本改。

⑧ 斷江：鐵崖文集本作“老江”。

⑨ 之：原本無，據鐵崖文集本補。

⑩ 其：鐵崖文集本作“變”。

⑪ 限以：原本殘闕，四部叢刊本作“足”。據鐵崖文集本補。

⑫ 會稽楊維禎序：原本無，據鐵崖文集本增補。

【箋注】

〔一〕文當撰於元至正九年（一三四九）或稍後，其時鐵崖在松江璜溪吕氏塾授學。繫年依據：其一，文中所述兩浙作者七人，皆鐵崖至正初年所交。鐵崖又於文中感歎“惜不令子肅見”，想必此時黄子肅已經離世，而黄子肅卒於至正八年。其二，鐵崖撰此文時，所謂“足以重兩浙”之七人皆存活於世，然其中張雨於至正十年秋歸道山，可見本文必撰於至正八年以後、十年秋季以前。

〔二〕余在京師時：指元泰定四年（一三二七）。此年鐵崖考進士，在京師參加會試。

〔三〕黄清老（一二九〇——一三四八）：字子肅，號樵水。其先光之固始人，徙居邵武。泰定三年江浙鄉試第一，次年中進士，歷官翰林典籍、簡閲、應奉翰林文字、國史院編修等，至正初年官至湖廣行省儒學提舉。至正八年謝世，卒年五十九。詩文皆工，著述頗多。曾爲鐵崖賦集麗則遺音撰評。有詩集樵水集傳世。生平參見嘉靖邵武府志卷十三鄉賢、元詩選所附小傳。

〔四〕俞原明：即俞焯。原明爲俞焯字，其字又作元明、玄明。其先福州長樂人，父君登，晚年隱居於婁，遂爲崑山人。俞焯爲泰定四年進士，授將仕郎、台州仙居縣丞。至正年間任德興縣尹。有詩詞餘話一卷。參見嘉靖崑山縣志卷六進士、同書卷十二人物傳、婁水文徵姓氏考略，以及沈仁國元泰定丁卯進士考（文載元史及民族史研究集刊第十五輯）。

〔五〕張以寧（一三〇一——一三七〇）：字志道，福州古田人。泰定四年進士，授黃巖州判官,官至翰林侍講學士。明初授以原職,洪武二年奉使安南。及還,道卒,時爲洪武三年五月四日,享年七十。著有翠屏集、春王正月考等。生平見文敏集卷十九故翰林侍讀學士朝列大夫張公墓碑、明史文苑傳。

〔六〕按:"子肅數閩詩人凡若干輩,而深詆余兩浙無詩"兩句,凸顯元代行政區劃變更所導致的地域紛爭。福建行省於元世祖至元後期撤銷,并入江浙行省,黃子肅作爲閩人,難免心理落差,故以閩地詩歌詩人之影響與兩浙較量。後來鐵崖立派,此爲重要因素之一。

〔七〕李孝光:參見鐵崖先生古樂府卷六芝秀軒詞。

〔八〕項炯:參見本卷郯韶詩序。

〔九〕陳樵:參見東維子文集卷六鹿皮子文集序。

〔十〕元鎮:倪瓚,參見本卷郯韶詩序。

〔十一〕張伯雨:參見鐵崖先生古樂府卷二奔月卮歌。

〔十二〕斷江:元詩選癸集斷江禪師覺恩:"覺恩字以仁,號斷江,四明人。卓錫雲門,復住天平白雲寺。爲詩衣缽乎山谷。嘗經賈似道墓作詩,有'權擬三朝位三事,祇應知己是僧彬'之句,最得詩人優游不迫之意,極爲柳道傳所稱。"按:東維子文集卷十送照上人東歸序:"余交浮屠南北之秀凡數十人,而明亦寥寥無聞耶。晚始得斷江恩師。"可見鐵崖、斷江二人結識較晚。

〔十三〕王、劉二子:指王粲、劉楨。唐駱賓王撰、明顏文選注駱丞集卷三和學士閨情詩啟:"河朔詞人,王、劉爲稱首。"注:"河朔,河北之地,今北直隸等州。王粲,魏侍中。劉楨,魏文學。"

〔十四〕李騎鯨:指唐代李白,相傳李白騎鯨仙去。

〔十五〕元和鬼仙:指唐代李賀。元和:唐憲宗年號,公元八〇六至八二〇年。

〔十六〕二陳:指宋代陳傳道、師道兄弟。蘇軾和趙德麟送陳傳道:"二陳既妙士,兩歐惟德人。"

〔十七〕老谷:指北宋黃庭堅。黃庭堅自號山谷道人,故有此稱。

〔十八〕大曆:此指唐代宗大曆年間著名詩人錢起、盧綸等所謂"十才子"。參見東維子文集卷十一李庸宮詞序。

衛子剛詩録序[一]

余入淞,見世家子弟凡十數人。能去裘馬之習,以文墨爲事者,蓋寡矣。城西衛子剛,蓋山齋別駕公之孫也〔二〕,首贄詩見余,既而復出敬聚齋詩稿一編。讀其古詩如秋夜曲、白苧詞,其排律如九山讌集,五言律如"江水深深碧,梨花淡淡明","九農勞畚插,三泖足風波",七言律如"亞夫舊是將軍子〔三〕,賈誼初傳太傅官〔四〕","玉人嬌列錦步障〔五〕,銀箏醉調金縷衣","醉吹銀笛五老洞〔六〕,閒①拾瑤艸三神山〔七〕",其絶句如消寒圖一首,音節興象皆造盛唐有餘地,非詩門之顓主者不能至也。

昔人論詩,謂②窮苦之詞易工,驩愉之詞難好〔八〕。子剛之工③,不得於窮苦,而得於驩愉,可以知其才之高出等輩,不得以休戚之情限也。子剛之年未逾壯,而其詞之工已如此,使復益之以春秋,才愈老茂而詞愈高古,又豈止今日④所覩而已哉!至正九年夏四月廿有九日序。

【校】

① 閒:原本作"聞",據文淵閣四庫全書本改。
② 謂:原本作"詩",據文淵閣四庫全書本改。
③ 工:原本作"二",據文淵閣四庫全書本改。
④ 今日:原本作"令月",據四部叢刊本、文淵閣四庫全書本改。

【箋注】

〔一〕文撰於元至正九年(一三四九)四月二十九日,其時鐵崖應吕良佐之邀,來到松江授學不久。衛子剛:名仁近,一作近仁,又名毅,字叔剛,一字子剛,雲間(今上海松江)人。山齋衛謙孫,尚綱翁衛德嘉子,衛德辰姪。元至正初年學舉子業,從楊鐵崖游。有書齋取名敬聚,經史百氏無不窮究,鐵崖常以才子稱之。張士誠入吴,設延賓館,遣使聘之,仁近謝免,遁隱鄉間,自號山中餓夫。楷書學黄庭經,自有一種風流蘊藉、俠才子氣。亦工詩,有詩集敬聚齋詩稿。其卒年當在至正二十年前後,享年四十有七。參見草堂雅集卷十二、書史會要卷七衛仁近小傳,以及梧溪集卷五哭雲間衛叔剛、鐵崖先生集卷四山中餓夫傳、東維子文集卷十九敬聚齋記。按:衛仁近生卒年歲未見記載,今稍作考證。王逢有哭雲間衛叔剛一文,謂衛仁近卒年四十七。又,至正十九年(一三五九)冬鐵崖退隱松江之後,與衛仁近仍有交往,且爲撰山中餓夫傳。然鐵崖晚年在松江一帶游歷,諸多友生偕游，不見衛仁近參與，故此頗疑衛仁近卒於鐵崖退隱松江之後不久。假設衛仁近卒於鐵崖退隱松江之次年，則其生年當爲公元一三一四年。又，衛子剛詩録序撰於至正九年，文中曰“子剛之年未逾壯”，即三十多歲。以上述生年推算，至正九年衛仁近三十五歲，兩者亦能吻合。故此可大致確定衛仁近生卒年歲：生於延祐元年（一三一四）前後，卒於至正二十年（一三六〇）左右，享年四十有七。

〔二〕山齋：衛仁近祖父衛謙別號。嘉慶松江府志卷五十古今人傳二：“衛謙字有山，一字山甫，號山齋……謙風神都雅，進止可觀。初登進士第，調丞永嘉，未行。元師及境，樞密董公與語，奇之，版授漳州龍溪尹，辭不就……翰林鄧義之、趙松雪，郡守張西巖皆與爲文字交，名人韻士游其門者無虛日，遠近識不識皆稱爲衛山齋。所著有讀易管見三十卷。”又，王逢哭雲間衛叔剛：“祖謙，□初以宋資政殿大學士宗武後授温州路治中，不就。”參見東維子文集卷二十六尚絅先生墓銘、卷十九敬聚齋記。

〔三〕亞夫：西漢名將周亞夫。

〔四〕賈誼：漢書有傳。

〔五〕錦步陣：指晉豪富石崇所設錦步障。參見陳善學序刊楊鐵崖先生文集卷二金谷步障歌注。

〔六〕五老洞：位於終南山。

〔七〕三神山：指蓬萊、方丈、瀛洲。

〔八〕“謂窮苦”二句：韓愈荆潭唱和詩序：“謹愉之辭難工，而窮苦之言易好也。”又，歐陽修梅聖俞詩集序：“予聞世謂詩人少達而多窮，夫豈然哉！蓋世所傳詩者，多出於古窮人之辭也……蓋愈窮則愈工。然則非詩之能窮人，殆窮者而後工也。”

玉山草堂雅集序〔一〕

崑山顧仲瑛〔二〕，裒其所嘗與游者往還唱和及雜賦之詩，悉錄諸梓。編帙既成，求余一言以引諸首。余來吳，見吳之大姓家友①於人者，往往市道耳，勢要耳，聲色貨利耳。不好聲利而好雜流者寡矣，矧好儒流乎！不好儒流而好書數者寡矣，矧好文墨章句爲不朽之事乎！

仲瑛耆好既異於彼，故其取友亦異。其首内交於余也，築亭，曰其②亭以尊余之所學也；設榻，曰其榻以殊余之所止也。余何修而得此哉！蓋仲瑛之慕義好賢，將以示始於余；示始于余，而海内之士有賢於余者至矣。故其取友日益衆，計文墨所聚日益多，此草堂雅集之出於家而布於外也。

　　集自余而次，凡五十餘家〔三〕，詩凡七百餘首。其工拙淺深，自有定品，觀者有不待余之評裁也。其或護短憑愚〔四〕，持以多上人者，仲瑛自家權度，又輒能是非而去取之。此集之所③次，其有④可觀者焉。攬之者無論其人之貴賤稺宿，及老、釋之異門，總其條貫，若金石之相宣也，鹽梅之相濟也，蓋必有得於雅集者矣。得於雅集，則亦有得其爲人者焉。

　　仲瑛讀書之室曰玉山草堂〔五〕，故集以之名。其自著有玉山璞⑤藁〔六〕、玉山樂府行於時云〔七〕。至正九年夏五月十有二日。

【校】

① 友：鐵崖文集本作“交”。

② 其：鐵崖文集本作“某”。下同。

③ 集之所：原本無，據鐵崖文集本增補。

④ 其有：鐵崖文集本作“具其”。

⑤ 璞：原本作“瑛”，據鐵崖文集本改。

【箋注】

〔一〕文作於元至正九年（一三四九）五月十二日，其時鐵崖在松江呂氏義塾授學。玉山草堂雅集：又名草堂雅集，顧瑛選編其詩友詩歌之總集。今有傳本數種，然多無此鐵崖序文。今傳本所收作家作品數量，及其編排順序，與本文所述亦異。本序文蓋爲最初結集時所撰。

〔二〕顧瑛（一三一〇——一三六九），一名阿瑛，別名德輝，字仲瑛，崑山人。輕財結客。年三十始折節讀書，師友名碩，購古書名畫、三代以來彝器秘玩，集録鑑賞。舉茂才，署會稽教諭，力辭不就。年近四十，以家產付其子元臣，卜築玉山草堂，餼館聲妓之盛，甲於天下。淮張據吴，母死於兵亂。遂斷髮廬墓，繙閲釋典，自稱金粟道人。洪武元年，以元臣爲元故官，例徙臨濠。二年三月卒，年六十。所著有玉山璞稿。薈萃一時高人勝流分題宴集之作，爲玉山名勝集。又第其篋笥所藏，都爲一集，曰草堂雅集。參見僑吴集卷十白雲海記、玉山草堂集卷下緑波亭記、金粟道人顧君墓志銘、殷奎顧仲瑛墓志銘,元詩選初集卷六十四玉山主人顧瑛。列朝詩集甲前集顧錢塘德輝述張士誠軍隊入吴前後顧瑛事迹,曰:"年四十,以家産付其子元臣,卜築玉山草堂,園池亭榭,餼館聲妓之盛,甲於天下……淮張據吴,避隱嘉興之合溪。母喪,歸綽溪。張氏再辟之,斷髮廬墓,誦大乘經以報母,自稱金粟道人。"按:明史本傳與之類似,皆有疏誤。其一,顧瑛雖無意政事,然一度參與軍事,至正十四年,顧瑛被徵至水軍,以布衣佐治軍務。(參見玉山草堂集卷下金粟道人顧君墓志銘。)列朝詩集與明史本傳皆未涉及。其二,所謂"淮張據吴……斷髮廬墓"云云,叙述顛倒錯亂。綽溪,當指"綽墩"。至正十六年春,張士誠軍隊攻佔吴中,楊完者為首之苗軍借剿匪之名燒殺擄掠,顧瑛奉母避至吴興商溪,其母不堪勞頓,病死他鄉。戰亂平息之後,顧瑛"奉函骨歸,祔葬於綽墩之先隴"。(綽墩又名綽山,與崑山相連。顧氏祖墳在此。後來顧瑛客死安徽鳳陽,亦歸葬於此。)此年秋天,張士誠屬下風聞顧瑛才名,欲授予官職,顧瑛"嶄然衰経固辭,弗獲,乃祝髮家居,日誦毘耶經以游心於清净"。兩年後,即至正十八年,顧瑛四十九歲,自營壽藏於綽墩,題名"金粟冢",并自撰墓志銘,以身後之事告誡子孫。此後顧瑛常居綽墩讀佛經,逢節慶日,還曾邀集親朋好友,至金粟冢聚飲。後又"營別業於嘉興之合溪,漁釣五湖三泖間,自稱金粟道人,蓋已與世相忘矣"。至於顧瑛遷移嘉興合溪別業,則在喪母數年之後,不得早於至正二十年。總之,顧瑛"母喪,歸綽溪"在前,"避隱嘉興之合溪"在後,二者相隔數年;"斷髮"與"廬墓"亦非同時之事,列朝詩集與明史本傳皆誤。

〔三〕凡五十餘家:此為草堂雅集最初結集時所收詩人總數。今傳清初十六卷抄本玉山草堂雅集,著録詩家實為七十六人。又,民國陶湘校刊十八卷本草堂雅集著録詩家八十人,詩歌三三六九首。參見楊鐮顧瑛與玉山雅集一文(載中華書局二○○八年版玉山璞稿卷首)。

〔四〕護短憑愚:韓愈記夢:"乃知仙人未賢聖,護短憑愚邀我敬。"

〔五〕玉山草堂:既是顧瑛書齋名,又是顧瑛宅園名。顧瑛宅園創建於元至正八年,初名小桃源,又名玉山佳處。位于顧瑛家鄉崑山(今屬江蘇)。參見東維子文集卷十八玉山佳處記、書畫舫記、小桃源記,卷十七碧梧翠竹堂記。

〔六〕玉山璞藁:顧瑛詩集,按年編排。原本二十卷,今存兩卷。

〔七〕玉山樂府:當為顧瑛所撰詞曲集,未見傳本。

郭義仲詩集序[一]

詩與聲文始,而邪正本諸情。皇世之辭無所述[二],間①見於帝世[三],而備於三百篇,變於楚離騷、漢樂歌,再②變於琴操、五七言,大變於聲律。馴至末唐季宋,而其弊極矣。君子於詩可以③觀世變者類此。

古之詩人類有道,故發諸詠歌,其聲和以平,其思深以長。不幸爲放臣逐子、出婦寡妻之辭,哀怨感傷,而變風變雅作矣。後之詩人一有嬰拂,或飢寒之迫,疾病之楚,一切無聊之窘,則必大號疾呼,肆其情而後止。間有不然,則其人必有大過人者,而世變莫之能移者也。

予在錢唐,閱詩人之作無慮數百④家,有曰古騷辭者,曰古樂府者,曰古琴操者。談何易易,習其句⑤讀,獨⑥其果得爲古風人之詩乎不也? 客有詰⑦予詩之學,則曰:"有三百篇、楚離騷,漢樂歌之情,則必有三百篇、楚離騷⑧、漢樂歌之辭。"生年過五十,不敢出一語作末唐季宋語,懼其非詩也。以此自勖⑨,而又以之訓人。人且覆誹⑩我,則又⑪未嘗不悲今世之無詩也。幸而合吾之論者,斤斤四三人焉:曰蜀郡虞公集、永嘉李公光⑫、東陽陳公樵其人也[四];竊繼其緒餘者,亦斤斤得四三人焉:曰天台項炯、姑胥陳謙、永嘉鄭東[五]、崑山郭翼也。

翼蚤歲失怙,中年失子,家貧而⑬屢病,宜其言之大號疾呼,有不能自遏者。而予每見其所作,則皆悠然有思,澹然有旨,興寄高遠而意趣深長,讀之使人翛然自得,且爽然自失。而於君親臣子之大義,或時有發焉。未嘗不嘆其天資有大過人者,而不爲世⑭變之所移也。予在婁江時[六],翼持所作詩來謁序。今年學子殷奎⑮又挾其編來杭申前請[七]。於是乎書。

翼字義仲,東郭生,其自號也。至正十一年十二月廿有二日。

【校】

① 間:原本作"閒",據鐵崖文集本改。
② 再:鐵崖文集本作"三"。

③ 以：原本無,據鐵崖文集本增補。

④ 百：原本作“日”,據鐵崖文集本改。

⑤ 句：原本無,據文淵閣四庫全書本補。

⑥ 獨：鐵崖文集本無。

⑦ 詰：原本作“語”,據鐵崖文集本改。

⑧ “漢樂歌之情,則必有三百篇、楚離騷”凡十四字,原本脱,據鐵崖文集本補。
　　“漢”,原作“從”,據下文改。

⑨ 効：鐵崖文集本作“效”。

⑩ 誹：鐵崖文集本作“訓”。

⑪ 又：原本作“有”,據鐵崖文集本改。

⑫ 李公光：當作“李公孝光”。

⑬ 而：原本作“其”,文淵閣四庫全書本作“甚”,據鐵崖文集本改。

⑭ 世：鐵崖文集本作“人”。

⑮ 殷奎：原本作“殷今”,據鐵崖文集本改。

【箋注】

〔一〕文撰於元至正十一年十二月二十二日,其時鐵崖在杭州任四務提舉已有
　　一年。郭義仲：名翼。郭翼(一三〇五——一三六四),字義仲,自號東郭
　　生,又自稱野翁,崑山人。年少力學,精通周易。家貧,不肯干謁,命其所
　　居曰雪履齋。年四十,開門授徒,曾自署授業之室曰遷善,人稱遷善先生。
　　元季任崑山州學訓導。“與俗寡合,有力者多不肯薦引,竟以訓導老於學
　　官”,至正二十四年七月二十三日病逝,卒年六十。葬馬鞍山下,知州高昌
　　偰侯率州人爲治葬事。擅長七言律詩,有“郭五十六”之美稱。有詩文集
　　林外野言傳世。生平見林外野言附録元故遷善先生郭君墓志銘、婁水文
　　征姓氏考略、明張昶吴中人物志卷九元。按：郭翼於元末任學官,其謝世
　　亦在明朝建立之前。錢謙益列朝詩集之郭翼傳謂“洪武初,徵授學官,度
　　不能有所自見,怏怏而卒”,大誤。

〔二〕皇世：指上古三皇之世。

〔三〕帝世：五帝之世。

〔四〕虞集：元史有傳。李公光：即李孝光。參見鐵崖先生古樂府卷六芝秀軒
　　詞。陳樵：參見東維子文集卷六鹿皮子文集序。

〔五〕項炯、陳謙、鄭東：參見本卷郯韶詩序。

〔六〕予在婁江時：指元至正七、八年間,鐵崖寓居蘇州,常應邀至崑山、太倉一

帶游歷小住。按：此所謂婁江，指崑山、太倉一帶。明王鏊撰姑蘇志卷十
水：“吳淞江即古之婁江也，亦名下江，俗呼劉家港。”又，弘治太倉州志卷
一山川：“劉家港即婁江尾也，在州東一百里。南連因丹涇，西接半涇，東
流出大海。又按朱氏崑山續志云，自婁門歷崑山以東直達於海者，皆爲婁
江。俗呼爲劉家港云。”

〔七〕殷奎（一三三一——一三七六）：字孝章，一字孝伯，崑山人。元至正八
年，楊鐵崖自姑蘇抵崑山游，一見奇之，遂爲鐵崖弟子。明洪武四年，舉崑
山教諭。因忤上官意，調西安咸陽。洪武九年病逝，卒年四十六。其生平
詳見婁水文徵卷六盧熊故文懿先生殷公行狀、強齋集卷五祭先師鐵崖楊
先生文。

雲間紀游詩序〔一〕

“詩有爲紀行而作者乎？”曰：“有。‘北風其凉，雨雪其雱①。惠
而好我，攜手②同行〔二〕。’此民之行役，遭罹亂世，相攜而去之作也。黍
離曰〔三〕：‘彼黍離離，彼稷之苗。行邁靡靡，中心搖搖。’此大夫行役，
過故都宮室，彷徨而不忍去之作也。後世大夫士行③紀之什，則亦昉
乎是。幸而出乎太平無事之時，則爲登山臨水尋奇拾勝之詩；不幸而
出于四方多事豺虎縱橫之時，則爲傷今思古險阻艱難之作。北風、黍
離，代不乏已。”

錢唐莫君景行〔四〕，自壯年棄仕，泊然爲林下人，然好游而工詩不
已。雲間有游，所歷名山巨川、前賢之宮、隱士之廬、名勝軒亭之所，
一一紀之以詩。蓋非北風、黍離之時，則非北風、黍離之詩，固依約④
時之治亂以爲情之慘舒者也。莫君此集，好事者且傳爲尋奇拾勝之
作，鋟梓以行，莫君何幸也！集凡若干首，來謁予序。予方被命爲錢
唐關令〔五〕，日有官勞，無隙暇及文墨。自況⑤海隅失太平者三四
年〔六〕，方將有大夫行役之艱，而不能如景行之從容笑⑥歌於山水之樂
也。因觀是集，感慨係之。至正十四年秋八月十有四日書爲序。

【校】

① 雱：原本作“旁”，據文淵閣四庫全書本改。

② 手：原本作“乎”，據文淵閣四庫全書本改。

③ 行：原本無，據文淵閣四庫全書本補。

④ 約：原本作“灼”，據文淵閣四庫全書本改。

⑤ 自況：疑當作“況自”。

⑥ 笑：四部叢刊本作“嘯”。

【箋注】

〔一〕文作於元至正十四年（一三五四）八月十四日，其時鐵崖任杭州税課提舉
司副提舉。

〔二〕“北風”四句：出自詩邶風北風。

〔三〕黍離：詩王風篇名。

〔四〕莫君：莫昌（一三〇二——一三七〇後），初名維賢，字景行，號南屏隱者、
廣莫子，武林（今浙江杭州）人。元季隱居杭州南山，筑別業於靈隱、天竺
間，繞屋栽杏，名爲杏園，與友朋吟詠其中，時人比之輞川。明初洪武三年
聘爲杭州府學訓導，不久以疾辭。曾從仇遠學詩。工書，隸書尤佳。與張
雨、張翥、凌雲翰等交好。撰有廣莫子稿、吴興莫氏家乘、苕溪紀行、雲間
紀游、和陶詩集纂、名物抄等。生平詳見明凌雲翰莫隱君墓志銘（載柘軒
集卷四）、元詩選癸集南屏隱者莫昌、書史會要補遺、萬曆杭州府志卷七十
五莫維賢傳。

〔五〕“方被命”句：當指被任命爲杭州宣課副提舉。按：至正十三年正月鐵崖
撰文，自署官職爲杭州税課提舉司副提舉。至正十四年夏五月朔日撰文，
則署爲杭州宣課副提舉。蓋杭州税課提舉司副提舉，即杭州宣課副提舉，
亦即本文所謂“錢唐關令”。據此推之：鐵崖於至正十年歲末受職爲杭州
四務提舉，至遲於至正十三年正月轉官杭州宣課副提舉。參見東維子文
集卷二十三兩浙鹽使司同知木八剌沙侯善政碑、卷十三平江路常熟州知
州王公善政記。

〔六〕海隅失太平者三四年：至正八年十一月，台州方國珍聚衆海上起事，至正
十年歲末，攻打温州；次年五月，劉福通以紅巾軍起事，天下遂大亂。

金信詩集序〔一〕

言工而弗當於理，義窒而弗達於辭，若是者，後世有傳焉？無也。

又況言龐而弗律、義淫而弗軌者乎！自<u>三百篇</u>後,人傳之者凡幾何人？<u>屈</u>、<u>賈</u>、<u>蘇</u>、<u>李</u>、<u>司馬</u>〔二〕、<u>揚雄</u>尚矣,其次爲<u>曹</u>、<u>劉</u>、<u>阮</u>、<u>謝</u>、<u>陶</u>、<u>韋</u>、<u>李</u>、<u>杜</u>之选自名家〔三〕,大抵言出而精,無龐而弗律也;義據而定,無淫而弗軌也。下此爲<u>唐</u>人之律,<u>宋</u>人樂章,禪林提唱,無鄉牛社下①俚之謠,詩之敝極矣。

　　<u>金華</u> <u>金信</u>氏從余游於<u>松陵澤</u>中〔四〕,談經斷史,於古歌詩尤工。首誦余古樂府二②百,輒能游泳吾辭,以深求③古風人之六義。又自賀曰:“吾入門峻矣大矣,吾詩降而下,吾不信也。”一日使爲吾詩評,曰:“或議鐵雅句律本<u>屈</u>、<u>柳</u> <u>天問</u>〔五〕,某曰非也。屬比之法,實協乎<u>春秋</u>。先生之詩,<u>春秋</u>之詩歟？詩之<u>春秋</u>歟？”余爲之喜而曰:“<u>信</u>可與言詩已。”於是絕筆於近體,所爲詩有<u>春草軒</u>所編,如<u>古琴操</u>、<u>趙壁詞</u>、<u>荆卿篇</u>、<u>博浪椎</u>、<u>月支王頭飲器歌</u>,其氣充,其情激,其詞鬱以諧。吁,<u>信</u>之詩有法矣,此豈一朝一夕之致耶！其素所畜積,蓋至今二十有餘年矣。今天子制禮作樂,使行天下采風謠入④國史,<u>東州</u>未有應之者,吾將以<u>信</u>似之。

【校】

① 下:原本作“丁”,據<u>文淵閣</u> <u>四庫全書</u>本改。

② 二:<u>四部叢刊</u>本、<u>文淵閣</u> <u>四庫全書</u>本作“三”。

③ 求:原本闕,據<u>文淵閣</u> <u>四庫全書</u>本補。

④ 入:原本作“人”,據<u>文淵閣</u> <u>四庫全書</u>本改。

【箋注】

〔一〕文當撰於<u>明</u> <u>洪武</u>元年(一三六八)或稍後,其時<u>鐵崖</u>寓居<u>松江</u>,<u>金信</u>蓋因公務重返故地。繫年依據:其一,本文曰:“今天子制禮作樂,使行天下采風謠入國史。”可見其時<u>朱元璋</u>已經登基稱帝,必在<u>洪武</u>元年之後。其二,<u>金信</u>乃<u>朱元璋</u>屬官,曾受<u>浙江</u>行省<u>胡</u>左丞帳下幕僚<u>劉尚賢</u>之托,邀請<u>鐵崖</u>撰文,二文當爲一時之作。參見<u>東維子文集</u>卷十三<u>聽雪舟記</u>。金信:<u>元詩選</u>癸集<u>漫吟先生</u> <u>金信</u>:“<u>信</u>字<u>中孚</u>,<u>金華</u>人。穎悟工詩,從<u>鐵崖</u> <u>楊維楨</u>游,往來<u>吳</u> <u>越</u>間。部使者以茂才舉,不應。歸游<u>金華</u>之<u>優游洞</u>,以詩自娱,學者稱爲<u>漫吟先生</u>。有<u>春草軒集</u>傳於世……<u>朱檢討</u> <u>竹垞</u>謂,<u>阮元聲</u> <u>金華詩粹</u>稱<u>仲孚</u>以<u>明</u>初召入中書省,進講經史。以實録考之,蓋<u>至正</u>戊戌年事也。”

又按明太祖實録卷六："（元至正十八年十二月）召儒士許元、葉瓚玉、胡翰、吳沉、汪仲山、李公常、金信、徐犖、童冀、戴良、吳履、張起敬、孫履，皆會食省中。日令二人進講經史，敷陳治道。"據此，金信至遲於至正十八年徵至金陵。故知金信從學鐵崖於松江，必在鐵崖初赴松江，授學吕良佐瑛溪私塾之時，故本文曰"蓋至今二十有餘年矣"。又，明人過庭訓本朝分省人物考卷五十二有金信傳，謂金信爲蘭溪縣人，"子聲，字伯鏞，亦能詩，與袁仲仁、陳大有輩，皆以風流儒雅能詩聞於時，號'十才子'云"。按：蘭溪本屬金華，唐析置爲縣，元升爲州，與金華縣同屬婺州路。參見元史地理志。

〔二〕屈、賈、蘇、李、司馬：分別指屈原，賈誼、蘇武、李陵、司馬相如。

〔三〕曹、劉、阮、謝、陶、韋、李、杜：分別指曹植、劉楨、阮籍、謝靈運、陶淵明、韋應物、李白、杜甫。

〔四〕松陵：松江別名松陵江。

〔五〕屈、柳天問：屈原作天問，唐柳宗元作天對。天對注曰："天對非徒作也。屈原有天問，公以對也。"

蕉囱律選序〔一〕

詩至律，詩家之一厄也。東坡嘗舉杜少陵句曰："'五更鼓角聲悲壯，三峽星河動影摇〔二〕'、'五夜漏聲催曉箭，九重春色醉仙桃〔三〕'，是後寂寥無聞。吾亦有云'露布朝馳玉關塞①，捷書夜報甘泉宫〔四〕'、'令嚴鐘鼓三更月，野宿犰狳萬竈烟〔五〕'，爲近之耳。"余嘗奇其識而韙其論，然猶以爲未也。

余在淞，凡詩家來請詩法無休日，騷、選外〔六〕，談律者十九。余每就律舉崔顥黄鶴、少陵夜歸等篇〔七〕，先作其氣而後論其格也。崔、杜之作，雖律而有不爲律縛者，惜不與老坡參講之。上海蕉夢生釋安者〔八〕，集有元名能詩家，自虞、馬而下〔九〕，律之唐者，凡三百餘首。帙成，命曰蕉囱律選，攜以索余引，梓行海内②，以警詔骫骳怠滯之音。選中多有雄渾合坡舉似者，第軼出崔、杜上頭者未見一二。編末過取余放律矼硬排奡者凡十餘，蓋安學詩於吾門亦有日矣，是宜所取雅合余所講者。

是集行,則皇朝風雅之選于賦者,君子有所不遺。

【校】

① 寨:依蘇詩當作"塞"。

② 内:原本作"均",據文淵閣四庫全書本改。

【箋注】

〔一〕文當作於元至正九、十年間,即鐵崖授業松江瑁溪之時。繫年依據:文中曰"余在淞,凡詩家來請詩法無休日",可見其時鐵崖寓居松江,且爲太平年景,當爲鐵崖初次寓居松江期間。按:"囪"乃"窗"之本字。

〔二〕"五更"二句:出杜甫閣夜詩,然與通行本稍有出入。

〔三〕"五夜"二句:出杜甫奉和賈至舍人早朝大明宫詩。

〔四〕"露布"二句:出蘇軾聞洮西捷報詩,然與通行本稍有出入。

〔五〕"令嚴"二句:出蘇軾次韻穆父尚書侍祠郊丘瞻望天光退而相慶引滿醉吟詩。按上引語節引自東坡志林,文略有不同。

〔六〕騷、選:指楚辭、蕭統所編文選。

〔七〕崔顥:唐開元十一年進士,其詩載全唐詩卷一百三十。黄鶴:即黄鶴樓:"昔人已乘白雲去,此地空餘黄鶴樓。黄鶴一去不復返,白雲千載空悠悠。晴川歷歷漢陽樹,春草萋萋鸚鵡洲。日暮鄉關何處是,烟波江上使人愁。"夜歸:載九家集注杜詩卷十二,詩曰:"夜來歸來衝虎過,山黑家中已眠臥。傍見北斗向江低,仰看明星當空大。庭前把燭嗔兩炬,峽口驚猿聞一箇。白頭老罷舞復歌,杖藜不睡誰能那。"

〔八〕釋安:號蕉夢生,鐵崖弟子,其時當爲上海寺廟中僧侣。東維子文集卷七附録釋安鐵雅先生拗律序,曰:"先生嘗謂:'律詩不古,不作可也。'其在錢唐時爲諸生請律體,始作二十首,多奇對……且令某評之如何。太極生頓首曰:'真色脱涂抹,天巧謝雕鎪。'太初生曰:'健有排山力,工無剪水痕。'安曰:'先生拗律自是水犀硬弩,朱屠鐵槌。人見之,昂然有不可犯之色,然其中翕張妙法。此先生拗律體也。'先生擊几賞之,以爲二三子知言。"釋安、太極生、太初生,皆至正九、十年間鐵崖授學松江時從學者。又據東維子文集卷十冷齋詩集序:"曩余在錢唐湖上……雷隱震上人、復原報上人傳余雅爲方外別派。"知僧人中有鐵雅詩派,始於至正初年鐵崖客居錢塘之時。又據本文推之,太極生、太初生或皆僧人,松江禪林中亦有鐵雅詩派。

〔九〕虞、馬：指虞集、馬祖常。參見西湖竹枝集詩人小傳。

梧溪詩集序〔一〕

世稱老杜爲"詩史"，以其所著備見時事。予謂老杜非直紀事史也，有春秋之法也①。其旨直而婉，其辭隱而見，如東靈湫，陳陶，花門，杜鵑，東②狩，石壕，花卿，前、後出塞等作是也〔二〕。故知杜詩者，春秋之詩也，豈徒史也哉！雖然，老杜豈有志於春秋者？詩亡，然後春秋作，聖人值其時，有不容已者，杜亦然。

梧溪集者，江陰王逢氏遭喪亂之所作也。予讀其詩，悼家難，憫國難，採摭貞操，訪求死節，網羅俗謠與民謳，如帖木侯〔三〕、張武略〔四〕、張孝子〔五〕、費夫人〔六〕、趙氏女〔七〕、丙申紀事〔八〕、月之初生〔九〕、天門行〔十〕、竹笠黃〔十一〕、官柳場〔十二〕、無家燕諸篇〔十三〕，皆爲他日國史起本，亦杜史之流歟！

逢本山澤之士，其澹泊閒靖③是其本狀，而有春秋屬比之教，故予亦云春秋之詩也。採詩之官苟未廢也，則梧溪之春秋得以私自託也。不然，何其屬比于册者，班班乎其無諱若是也？訂其格裁，則有風流俊采，豪邁跌宕，不讓貴介威武之夫者；兼人之長，亦頗似杜。吁，代之勳故殘餘欲傳於世，稱爲作人，而逢詩不傳，吾不信也。至正十九年冬十一月初吉序④。

【校】

① 臺灣圖書館藏清鈔本梧溪集卷首載此序，據以校勘。也：清鈔梧溪集本作"焉"。
② 東：當作"冬"，參見注釋。
③ 靖：四部叢刊本、清鈔梧溪集本作"静"。
④ 序：清鈔梧溪集本作"會稽楊維禎書"。

【箋注】

〔一〕文撰於元至正十九年（一三五九）十一月一日，其時鐵崖自杭州歸隱松江不久。梧溪集：王逢撰。今有傳本七卷，或七卷附補遺一卷。王逢（一三一九——一三八八），字原吉，江陰（今屬江蘇）人。元季避亂，隱居松江，拒絶張士誠徵聘。自號席帽山人，又號梧溪子、最閑園丁。生於元延祐六年三月十二日，明洪武二十一年謝世，卒年七十。生平見列朝詩集甲前集席帽山人王逢、元詩選初集最閒園丁王逢、梧溪集卷四三月十二屬予初度時客舍承朱簽樞攜僚佐見過。

〔二〕東靈湫：即奉同郭給事湯東靈湫作。陳陶：即悲陳陶。花門：即留花門。東狩：當指冬狩行。石壕：即石壕吏。花卿：當指戲作花卿歌。前、後出塞：指前出塞九首、後出塞五首。皆杜甫詩名。

〔三〕帖木侯：指帖侯歌。此詩頌揚昌國州達魯花赤帖木兒戰死，載梧溪集卷二。

〔四〕張武略：記述武略將軍張珍於至正十三年戰死江陰一事。詩載梧溪集卷三。

〔五〕張孝子：記録平江之嘉定（今屬上海）人張天麟孝行。詩載梧溪集卷四。

〔六〕費夫人：當指朱夫人詩，朱夫人即江陰知府朱道存之妻費元琇。至正十六年春，苗兵在松江肆虐之時，費元琇不甘受辱而遇害。詩載梧溪集卷三。

〔七〕趙氏女：蓋指趙氏雙珠辭。此詩頌揚至正十二年、十五年守節自盡之趙氏姐妹。詩載梧溪集卷三。

〔八〕丙申紀事：蓋指丙申八月紀事時自鄉里人吳還華館遂卜隱鴻山，詩載梧溪集卷四。

〔九〕月之初生：當指味易杯詩，此詩中有“憶昔月初生”句。詩載梧溪集卷四。

〔十〕天門行：又作天門引，詩載梧溪集卷一。

〔十一〕竹笠黄：即憂傷四首（上樊時中參政、蘇伯修運使）之二，述“有盗戴竹笠拒官軍”事。詩載梧溪集卷二。

〔十二〕官柳場：即憂傷四首（上樊時中參政、蘇伯修運使）之三。

〔十三〕無家燕：詩載梧溪集卷二。

齊稿序〔一〕

詩之厚者，不忘本也。先民情性之正，異乎今之詩人。曰某體六朝，體杜夔州、孟襄陽、李西崖也〔二〕，安識所謂推本其自者哉？

高唐盧昇氏〔三〕，三盧相家莊惠公之孫也〔四〕。十三善爲詩，嘗從河東張先生游^{〔五〕}。南來,又相從余於分唐杖屨間^{〔六〕}。集其所自爲詩一編,曰齊稿。齊,蓋其所出,故以名,示不忘其本。睠焉故鄉,邈若隔世,昇尚能對余畫地爲山川,及條其舊俗,纖悉可終,宜其詩之特也乎^①原。今觀其詩,多協古詩人比興,風容色澤,類揖遜乎先生之世卿大夫周行也,此豈今人妄一男子談漢、魏、六朝、夔州、襄陽、西崑者耶? 吾是以器而重之。

今聞虛瑩之寙退^{〔七〕},吾將約昇循海而南^②,迹師尚父所封之履^{〔八〕},登泰山日觀^{〔九〕},歷數山河之舊。河西善謳者吾無間^{〔十〕},將以尋小白君臣之霸烈^{〔十一〕},而泱泱之貴^③風尚在,述爲制作,當唱予而和汝。

【校】

① 乎:文淵閣四庫全書本闕。此處疑有訛脱。

② 南:有誤,似當作"北"。

③ 泱泱:原本作"滅滅",據文淵閣四庫全書本改。貴:文淵閣四庫全書本作"大"。

【箋注】

〔一〕文撰於元至正十三年(一三五三)前後,其時鐵崖任杭州税課提舉司副提舉。繫年依據:文中曰盧昇"相從余於分唐杖屨間",分唐爲杭州地名,至正十三年前後鐵崖寓居於此。參見後注及本卷詩史宗要序。

〔二〕杜夔州、孟襄陽、李西崑:分別指唐詩人杜甫、孟浩然、李商隱。

〔三〕高唐:據元史地理志,高唐州隸屬於中書省濟寧路。今屬山東。盧昇:大雅集卷二:"盧昇字廷舉,高唐人。"按:元季盧昇寓居杭州,參見下引玩齋集卷六盧氏紀言序。

〔四〕莊惠公:指盧昇祖父盧顯。玩齋集卷六盧氏紀言序:"予以户部尚書使過錢唐,客有高唐盧昇執書一編,題曰盧氏紀言,再拜請序其首簡……我朝有三盧氏,其在高唐而顯者,則諱顯,字仲傑,由臺省掾敭歷中外,累官榷茶都轉運使,贈嘉議大夫、保定路總管、范陽郡侯,謚莊惠,即昇之大父也。莊惠當至元、元貞之間,治行風操,卓冠時輩。"

〔五〕河東張先生:指張翥。張翥(一二八七——一三六八),字仲舉,號蜕庵,晉寧(今山西臨汾)人,寓居杭州。至正中官至翰林侍讀兼祭酒,以翰林承旨致仕,封潞國公。著有蜕庵集。元史有傳。又按元史地理志,河東縣隸屬於晉寧路。

〔六〕分唐：在杭州。“唐”或作“塘”。按本卷詩史宗要序,曰“龍江殷生謁余錢
　　唐次舍”,署尾又曰“至正十三年九月十日會稽楊維禎在分塘之五柳園亭
　　寫”,可知分塘在錢塘無疑。

〔七〕虛瑩之窦：當指海上盜寇。按：窦,音“寇”。又按元史順帝本紀,至正十
　　三年正月丙子,方國珍復降。故此曰“虛瑩之窦退”。

〔八〕師尚父：即姜太公呂望。史記齊太公世家：“武王已平商而王天下,封師
　　尚父於齊營丘。”

〔九〕日觀：山峰名,位於泰山東隅。

〔十〕河西善謳者：孟子注疏告子章句上：“昔者王豹處於淇,而河西善謳。綿
　　駒處於高唐,而齊右善歌。”注：“王豹,衛之善謳者。淇,水名。……衛地
　　濱於淇水,在北流河之西,故曰處淇水而河西善謳。所謂鄭、衛之聲也。
　　綿駒,善歌者也。高唐,齊西邑,綿駒處之,故曰齊右善歌。”

〔十一〕小白君臣：指春秋時齊桓公小白與宰相管仲。

孫氏瑞蓮詩卷序〔一〕

　　淞之東曰黃浦,浦之東曰橫溪,溪之上孫善之家焉。家有園池之
勝,至正七年五月朔日,池上出瑞蓮,一茄而雙花,遠近聞者爭覷,曰
蓮之層曰瑞,菡萏雙而茄獨者亦曰瑞。既而善之會賓友燕池上,皆舉
酒爲善之賀。觴餘各賦詩,凡若干首,袠而成卷,因予友許君如心來
乞序〔二〕。

　　余謂凡天地間物產之異,若人不以爲怪,必以爲瑞。然怪非自
怪,因人而怪;瑞非自瑞,亦因人而瑞。人有怪之微,物雖瑞而瑞猶
怪;人有瑞之微,物雖怪而怪猶瑞。芝中產于商顏之隱〔三〕,瑞也;見于
元封虛耗之君〔四〕,覆怪矣。嘉禾產于共和之時〔五〕,瑞也;見于赤烏搶
攘之年〔六〕,覆怪矣。吾聞善之累世家風孝友,善之又倜儻有奇節,慕
義而強仁。瑞蓮之產,非其邁種德之驗乎?德有瑞驗,花有瑞符①,謂
蓮非孫氏之瑞乎,吾不信也。善之益芸而學,益種而德,天之生祥下
瑞爲孫氏顯章,殆未艾也。嘻,蓮無一茄而雙花,間有則人稱以爲瑞
物;人無累葉而不分〔七〕,間②有則人不以爲瑞人乎!唐史曰:“天瑞五

色雲,人瑞鄭仁③表〔八〕。"此瑞人説也。善之勉焉,而有以膺此稱也夫。

【校】

① 符:原本作"苻",據文淵閣四庫全書本改。

② 間:原本作"聞",據文淵閣四庫全書本改。

③ 鄭仁:原本作"郟人",據新唐書鄭肅傳改。

【箋注】

〔一〕元至正七年(一三四七)五月一日,松江孫善之家池上有瑞蓮"一茄雙花",其賓友賦詩慶賀。鐵崖應邀爲此詩卷撰序,當在花開之後不久。其時鐵崖游寓蘇州,授徒爲業。孫氏:孫善之,善之當爲其字,其名不詳。

〔二〕許如心:疑指松江許恕。鐵崖文集卷五吳達父養心齋説提及松江有"治易師許恕",其字蓋爲"如心"。又,江陰許如心亦爲鐵崖詩友,按北郭集補遺有次楊鐵崖題朱氏玉井香亭韵。元詩選癸集許山長恕:"恕(一三二三——一三七四)字如心,江陰人。性沉静,博學能文。至正中部使者薦授澄江書院山長,不樂,即棄去。會天下多故,因之海上。慕韓伯休之爲人,旁通其術,善自匿。與山僧野子相往還,人莫識也。洪武甲寅卒,年五十二。家北郭,故號北郭生。所著有北郭集十卷。詩得古體,思深旨遠,論事多激昂。篇中每多感時傷亂之作,亦王原吉之流亞也。"然此江陰許恕因避亂而至松江,當在至正十二年之後。元詩選所述許恕生平是否屬實,江陰許恕是否本文所謂"許君如心",與"治易師許恕"是否爲同一人等等,待考。

〔三〕商顔之隱:指商山四皓。宋羅願爾雅翼卷三釋草:"芝乃多種,故方術家有六芝。其五芝備五色五味,分生五嶽,惟紫芝最多。昔四老人避秦,入商洛山采芝食之。"又,漢書溝洫志:"爲發卒萬人穿渠,自徵引洛水至商顔下。"顔師古注:"商顔,商山之顔也。謂之顔者,譬人之顔額也。"

〔四〕元封虛耗之君:指漢武帝。元封,西漢武帝年號。漢書武帝紀:"(元封二年)六月,詔曰:'甘泉宮内中産芝,九莖連葉……'作芝房之歌。"

〔五〕共和之時:多指西周周公與召公共同輔政時期。史記魯周公世家:"諸侯咸服宗周。天降祉福,唐叔得禾,異母同穎,獻之成王,成王命唐叔以餽周公於東土,作餽禾。周公既受命禾,嘉天子命,作嘉禾。"

〔六〕赤烏:三國吳帝孫權年號。三國志吳書吳主傳第二:"(赤烏七年)秋,宛陵言嘉禾生。"

〔七〕累葉而不分：意爲綿延數代，聚族合居而不析産分家。

〔八〕“天瑞”二句：新唐書鄭肅傳：“（肅子）仁表累擢起居郎。嘗以門閥文章自高，曰：‘天瑞有五色雲，人瑞有鄭仁表。’”

詩史宗要序〔一〕

詩之教尚矣，虞廷載賡①，君臣之道合〔二〕；五子有作〔三〕，兄弟之義章。關雎首夫婦之匹〔四〕，小弁②全父子之恩〔五〕。詩之教也，遂散於鄉人，采於國史，而被諸歌樂，所以養人心，厚天倫，移風易俗之具，寔在於是。後世風變而騷，騷變而選〔六〕，流雖云遠，而原尚根於是也。魏、晉而下，其教遂③熄矣。求詩者，類求端序於聲病之末，而本諸三綱、達之五常者，遂棄弗尋，國史所資，又何采焉？及李唐之盛，士以詩命世者，殆百④數家，尚有襲⑤六代之敝者。唯老杜氏慨然起，攬千載既墜之緒，陳古諷今，言詩者宗爲一代詩史。下洗哇媱，上薄風、雅，使海内靡然没知有三⑥百篇之旨。議論杜氏之功者，謂不在騷人之下。噫，比世末學咸知誦少陵之詩矣，而弗求其旨義之所從出，則又徇末失本，與六代之弊同，余爲太息者有年。

龍江殷生謁余錢唐次舍〔七〕，袖出手編，目曰詩史宗要。觀其編什，首君臣，終朋友，一根極於倫理。表端分節，顯要正訛，咸⑦有宗趣。炳然而日星列，沛然而江漢注；挈焉而領張，洞焉而鑰啓。千百五篇之大旨〔八〕，博而約之于一帙之中，其忠君孝友之至情，鶺鴒、鸜鴒之餘韻〔九〕，使習其讀者，油然而有感。衰年⑧得此，弗覺病懷灑然，若能言吾之所欲言者。後學小子操是嘉量以廣品諸作，又何騷、雅之弗近，而聲詩之教不還於古哉！生重以序請，遂書其卷首如此。

生名惟肖，字起巖，汝南人。嘗從游於余，與海内名士李公孝光⑨、張公天雨、段公天祐爲忘年詩友云〔十〕。至正十三年九月十日會稽楊維禎在分塘⑩之五柳園亭寫。

【校】

① 賡：鐵崖文集本作“歌”。

② 弁：鐵崖文集本作“旻”。

③ 遂：鐵崖文集本作“幾”。

④ 百：鐵崖文集本作“有”。

⑤ 襲：原本作“龔”，據鐵崖文集本改。

⑥ 没：鐵崖文集本作“汶”，似皆有誤，疑當作“復”。三：原本無，據鐵崖文集本
　增補。

⑦ 咸：原本作“或”，據鐵崖文集本改。

⑧ 年：原本無，據鐵崖文集本增補。

⑨ 李公孝光：原本作“李光”，據鐵崖文集本改補。

⑩ 會稽楊維禎：原本無，據鐵崖文集本增補。分塘：鐵崖文集本作“錢塘”。

【箋注】

〔一〕序撰於元至正十三年（一三五三）九月十日，其時鐵崖任杭州税課提舉司
　副提舉。

〔二〕虞廷載賡：書益稷：“帝庸作歌曰：‘敕天之命，惟時惟幾。’……乃賡載歌
　曰：‘元首明哉！股肱良哉！庶事康哉！’”又，元人周德清樂府韻序：“聲
　音具而歌詠興，虞廷載賡，三百篇之權輿也。”（載雲陽集卷四。）

〔三〕五子：指五子之歌。書五子之歌：“太康失邦，昆弟五人須于洛汭，作五子
　之歌。”

〔四〕關雎首夫婦之匹：意爲關雎乃詩經首篇，首倡夫婦和諧。詳見毛詩正義卷
　一關雎。

〔五〕小弁：毛詩正義卷十二小弁：“小弁，刺幽王也。大子之傅作焉。”正義曰：
　“太子，謂宜咎也。幽王信褒姒之讒，放逐宜咎。其傅親訓太子，知其無
　罪，閔其見逐，故作此詩以刺王……以此述太子之言，太子不可作詩以刺
　父，自傅意述而刺之，故變文以云義也。”

〔六〕騷：指楚辭。選：蕭統所編文選。

〔七〕殷生：殷惟肖，生平僅見本文。

〔八〕千百五篇：指杜甫詩。宋王洙杜工部集序：“搜裒中外書，凡九十九卷。
　除其重復，定取千四百有五篇。”

〔九〕鴡鳩：關雎首句“關關雎鳩”之略稱，此指關雎篇。鶺鴒：指詩經小雅之常
　棣篇。陸氏詩疏廣要卷下之上脊令在原：“鶺鴒在原，兄弟急難。鶺鴒，共
　母者，飛鳴不相離，詩人取以喻兄弟相友之道也。”

〔十〕李孝光：參見本卷郊韶詩序。張天雨：即張雨。參見鐵崖先生古樂府卷

二奔月卮歌。段天祐：元詩選補遺段提舉天祐：“天祐字吉甫，汴梁蘭陵人。登泰定甲子張益榜進士，授應奉翰林文字、儒林郎、同知制誥兼國史院編修官。至正間出爲常熟州判官，歷江浙儒學提學，卒……吉甫富文學，尤工於詩。柳道傳送吉甫州判序云：‘始余讀吉甫詩，氣浩而志充，聲長而光潔，今益恬夷容曳，可悅心目。其甥趙君嘗病瘧，吉甫作詩示之而瘳。王子充謂至情迫切，溢乎言辭。詩之感人，其效乃若是也。’”

曹氏雪齋弦歌集序〔一〕

女子誦書屬文者，史稱東漢曹大家氏〔二〕。近代易安〔三〕、淑真之流〔四〕，宣徽詞翰，一詩一簡，類有動於人，然出於小聰狹慧，拘於氣習之陋，而未適①乎情性之正，比大家氏之才之行，足以師表六宮一時文學而光父兄者，不得并議矣。

予居錢唐，聞女士有曹雪齋氏，以才諝稱於人。嘗持所著詩文若干篇，介爲其師者丘公某求②見。自陳：“幼獲晉於酸齋貫公〔五〕、漑之李公③〔六〕、恕齋班公〔七〕，而猶未及見先生也，幸先生賜一言以自勵。”今年，予在吴興〔八〕，復偕乳母氏訪予洞庭、太湖之上，爲予歌詩鼓琴，以寫山川荒落之悲，引關雎、朝雉琴操〔九〕，以和白雪之章〔十〕。予然後④諗雪齋氏之善人倫風操，述作又其餘爾。吁，大家氏之後，不爲猶有人乎！

予聞詩三百篇，或出於婦人女子之作，其詞皆可被於弦歌，聖筆錄而爲經，律諸後世，老於文學者有所不及，其得以硜硜⑤女人棄之乎！若雪齋氏之述作也，本之以天質者而達之以學，發之於咏而協之以聲律，使生於三百篇之時，有不爲賢⑥筆之所錄者乎？故上下⑦删取其所作能追古詩人之風，與其琴調善發貞人莊⑧士之趣者，爲曹氏弦歌集。他日太史氏或有採焉，截其過而適之中，約其偏而合之正，則王道之事畢矣，豈直大家氏之後猶爲有人之慶哉！至正五年十一月序。

【校】

① 適：鐵崖文集本作“通”。

② 某求：原本作"其"，據鐵崖文集本改。

③ 溉之李公：原本無，據鐵崖文集本增補。

④ 後：原本無，據鐵崖文集本增補。

⑤ 硜硜：鐵崖文集本作"硜硜"。

⑥ 賢：鐵崖文集本作"聖"。

⑦ 上下：鐵崖文集本作"予爲"。

⑧ 風與：鐵崖文集本作"夙興"。莊：原本作"壯"，據鐵崖文集本改。

【箋注】

〔一〕序撰於元至正五年（一三四五）十一月，其時鐵崖在湖州蔣氏東湖書院授學。雪齋：曹妙清別號。弦歌集：曹妙清詩文集名。西湖游覽志餘卷十一："元時錢唐士女曹妙清，字比玉，號雪齋……工詩章。曹又善鼓琴，行、草皆有法度。"參見西湖竹枝集詩人小傳。

〔二〕曹大家：姓班名昭，東漢扶風曹世叔之妻。班彪之女，班固之妹，博學高才。班固著漢書，未竟而卒，班昭續成之。帝數召入宮，令皇后諸貴人師事之，號爲"大家"。生平事迹見後漢書列女傳。

〔三〕易安：指宋代女詞人李清照。李清照號易安居士。

〔四〕淑真：姓朱，南宋女詩人。西湖游覽志餘卷十六："朱淑真者，錢唐人。幼警慧，善讀書。工詩，風流蘊藉。早年父母無識，嫁市井民家……淑真抑鬱不得志，作詩多憂愁怨恨之思，時牽情於才子。竟無知音，悒悒抱恚而死……宛陵魏端禮爲之輯其詩詞，名曰斷腸集。"

〔五〕酸齋貫公：即小雲石海涯，以貫爲氏，世稱貫雲石。自號酸齋。曾任翰林侍讀學士、知制誥同修國史。後棄官，游學江南。詩、詞、曲、書法，皆有名於時。元史有傳。

〔六〕溉之李公：指李泂，元史有傳。元詩選二集李學士泂："泂字溉之，滕州人。生有異質，作爲文辭，如宿習者。姚燧深嘆異之，力薦于朝……天曆間，超遷翰林直學士，俄授奎章閣承旨學士，預修經世大典。書成進奏，旋引疾歸。復以翰林直學士召，竟不起。卒年五十九。有文集四十卷……意之所至，臻極神妙，每以李太白自擬，當世亦以是許之。僑居濟南，有湖山花竹之勝。"

〔七〕恕齋班公：指江浙儒學提舉班惟志。元詩選癸集班提舉惟志："惟志字彥功，號恕齋，大梁人，或云松江人。少穎異，工文詞，善篆字。用鄧文原薦，補浮梁州學教授。判晉州，暇則延名士游，廣詠無虛日。歷官集賢待制。

致和間,爲紹興推官。後至元間知常熟州,陞浙江儒學提舉。"按:"浙江"
當作"江浙"。

〔八〕吴興:湖州(今屬浙江)古稱。按:至正四年末,鐵崖受聘於湖州長興縣
蔣氏,在其東湖書院授學。此後兩三年間,多寓居湖州。

〔九〕關雎:詩經篇名。朝雉:當指琴操曲雉朝飛。參見鐵崖先生古樂府卷一
雉朝飛注。

〔十〕白雪:古琴曲名,亦爲歌曲名,即陽春白雪,所謂"其曲彌高,其和彌寡"。
參見樂府詩集卷五十陽春曲題解。

富春八景詩序〔一〕

　　富春自嚴子陵耕釣後〔二〕,至今一草一木與客里俱高。予觀烏
龍〔三〕、金華諸山,如奔猊渴驥,夾江而下,與越之千巖萬壑〔四〕、吴之龍
飛鳳舞者會〔五〕,而同盡於海。其中朝潮夕汐①,一往一來,耀人耳目
者,又天下之奇觀。山川鍾秀,間世而起者,孫仲②謀之稱孤江左〔六〕,
葉中書入相本朝〔七〕,他如名臣韻士,仙蹤梵迹,不可一二殫紀。昔柳
之愚溪,僻在荒服,而見采柳子〔八〕;黄之赤壁,鞠爲戰暘,而見賦坡
公〔九〕,遂皆有以表見於世。富春品題,獨未表見於昔人,豈造物者之
有待于後人乎?

　　至正乙未,余游富春,與其邑人馮正卿〔十〕,及予韓、魏二三子〔十一〕,
相與品題時八景。先是吾里人張世昌有其六詠〔十二〕,其詞未傳。要之
比興體製,非徒求工於景物,兼欲道其人物名節之盛,必有待乎能言
之士。使後日如李翰林之嘆崔顥③於黄鶴樓〔十三〕,閻都督之奇王勃於
洪都府〔十四〕,則富春山水當與愚溪、赤壁,感柳、蘇之遇者,同一德色,
品題之寄,其可苟也哉?余唱詩八首,二三子者和之,而予序之如此。

【校】

① 朝潮夕汐:原本作"朝淖夕",據文淵閣四庫全書本改。
② 仲:原本作"中",據文淵閣四庫全書本改。
③ 崔:原本作"出",據文淵閣四庫全書本改。

【箋注】

〔一〕文作於元至正十五年乙未(一三五五)。其時鐵崖在杭州任稅課提舉司副
　　　提舉,暇日游富春,與馮士頤等題詠唱和,并爲唱和詩集撰此序文。

〔二〕嚴子陵:參見鐵崖先生古樂府卷八覽古之十五注。

〔三〕烏龍:民國 建德縣志卷二地理志:"烏龍山在城北,距城約三里,一縣之鎮
　　　山也。高約三百餘丈。"

〔四〕千巖萬壑:晉 顧長康讚會稽山水有"千巖競秀,萬壑争流"句,見世説新語
　　　言語。

〔五〕龍飛鳳舞:指天目山。參見鐵崖先生詩集甲集鐵塘懷古率堵無傲同賦注。

〔六〕孫仲謀之稱孤江左:指三國時孫權在東吳稱帝。孫權字仲謀。

〔七〕葉中書:即元平章政事葉李。元史 葉李傳:"葉李字太白,一字舜玉,杭州
　　　人……(至元)二十四年,特拜御史中丞,兼商議中書省事。李固辭……會
　　　尚書省立,授李資善大夫、尚書左丞,李復固辭……陞尚書右丞,轉資德大
　　　夫……二十五年,陞平章政事。李固辭,許之。"

〔八〕"昔柳之愚溪"三句:謂唐柳宗元貶官柳州(今屬廣西),於此荒僻之地發
　　　現愚溪,撰有愚溪詩序(載柳河東集卷二十四)。

〔九〕"黄之赤壁"三句:蘇東坡有前、後赤壁賦,作於黄州。載東坡全集卷三
　　　十三。

〔十〕馮正卿:名士頤。元詩選癸集馮士頤:"士頤字正卿,富春人。贈集賢修
　　　撰驪之子,宋死節臣古先生之侄也。少倜儻有大度,稍長,折節讀書。博
　　　雅能文章,作詩風骨清俊,與其鄉大癡道人黄公望、雲槎子吳復齊名。"參
　　　見西湖竹枝集馮士頤傳。

〔十一〕予韓、魏二三子:蓋皆當時在杭州從學於鐵崖者,故偕游富春。韓:不
　　　詳。魏:當指魏德剛。參見東維子文集卷二送魏生德剛序。

〔十二〕張世昌:字叔京,諸暨人。按:張世昌與鐵崖亦有交往,至正初年參與
　　　西湖竹枝唱和,西湖竹枝集録其詩一首。參見西湖竹枝集詩人小傳。

〔十三〕李翰林:指李白。崔顥黄鶴樓詩:參見本卷蕉囱律選序。後村先生大
　　　全集卷一百七十詩話:"古人服善。太白過黄鶴樓,有'眼前有景道不
　　　得,崔顥題詩在上頭'之句。至金陵,遂爲鳳皇臺詩以擬之。"

〔十四〕"閻都督"句:閻都督,唐初洪州(今江西 南昌)都督閻伯嶼。王勃,初唐
　　　四傑之一。摭言:"時都督閻公有婿吳子章與筵,公令宿搆序文,欲以誇
　　　客。及宴,先授簡四座,四座咸辭。次第至(王)勃,受命不讓。時勃年

十四……閻公意不平,乃命吏候於勃傍,俟下筆即報。勃説起云'南昌故郡,洪都新府',公笑曰:'老生常談耳。'次云'星分翼軫,地接衡廬',公曰:'故事也。'……至'落霞與孤鶩齊飛,秋水共長天一色',不覺矍然曰:'真天才也。'"

卷六十二　東維子文集卷八

卷六十二　東維子文集卷八

送鄒生奕會試京師序[一]

漢儒明經,貴不倍其師説。能不倍其師説者,上召用之,高下其材,爲博士、郎、大夫、部刺史,馴至九卿、丞相、御史者,不少也。吾是以知漢士之近古也。其爲術也,有師宗;其爲行也,有操尚,未始以經術自進爲售利禄之具也。去古日遠,則下之干進者以經術,而上亦以是設科而取之。然今日得之,明日棄之矣,視前日之所業者,不啻象龍芻狗物也[二],尚欲責其不倍師説於終身而不棄者,可得乎?

吳郡鄒奕弘道,其大父爲士表[三],吾之友也。士表樂善好客,教子孫尤切切,不重千金費,遠延碩師居其家[四],此奕所以經之明而材之達也。今年秋,江浙鄉試,以詩經充赴有司者凡七百人,中式者僅十人而已,而奕又爲其魁。蓋其得於祖父師之講明有素者,可知已。將如京師,以余爲大父執行也,拜而乞言,故余爲陳漢士之近古者望之。況今天子既復科以取士[五],又且掄選經術之老者侍講筵,進士之有經術者,固將以次召用,如漢之九卿丞相御史者,不難也。奕之得於祖父師之講明,其可一日而忘去乎! 奕勉之,大父不及見矣,異時果於無負所學也,豈惟慰望於其師,實慰汝祖於地下也。至正丁亥冬十一月初吉序。

【箋注】

〔一〕文撰於元至正七年丁亥(一三四七)十一月一日,其時鐵崖攜妻兒寓居蘇州,授徒爲業。參見鐵崖先生詩集庚集送鄒弘道會試。鄒奕:明王鏊姑蘇志卷五十四人物十三:“鄒奕,字弘道,吳江人。秀目美髯,貌若玉雪。論議英發,文詞高古。至正中登進士,調饒州録事。洪武初,職風紀,出知贛州府。坐事謫甘肅二十餘年。永樂初,以蹇忠定公義薦召還。有吳樵藁。”又,水東日記卷十三鄒奕等詩文:“鄒奕字弘道,蘇州人,有文行。元季嘗守贛,國初謫關西。與一時知名士若江右夾谷希顏、三衢徐蘭與善、錢唐童權可與、天台姚文昌、錢唐楊志善、山東趙敬主一、秦州劉純宗厚、同郡沈繹誠莊、陸禧彥傑、婁江丁晉仲敏爲倡和友,詩文甚多……獨弘道尤有文名,關中以弘道文章、誠莊唐律、夾谷希顏篆書爲一時兼美云。"又據本文,鄒奕主學詩經。又,青雲梯卷中録有鄒奕所作文賦帝車賦、天府賦,羅鷺撰青雲梯和新刊類編歷舉三場文選所録元代江浙鄉試賦題考一文推測:前者爲至正八年會試時所作,後者作於至正七年鄉試。

〔二〕象龍芻狗:或作"土龍芻狗",祭祀所用,事後則棄之。太平御覽卷七十七皇王部二:"譬若土龍芻狗之始成,文以青黃,飾以綺繡,纏以朱絲。及其已用,則壤土草芥而已,誰貴之哉!"

〔三〕土表:鄒奕祖父,元季蘇州富豪。重金聘請飽學之士爲子弟師,成效顯著,其後吳人紛紛效仿。參見鐵崖先生詩集庚集送鄒弘道會試。按:鐵崖於至正六年冬抵達蘇州,次年秋,鄒奕中鄉試,然其祖父已"不及見矣"。故鄒土表或卒於至正七年。

〔四〕碩師:蓋亦包括鐵崖本人,故鐵崖稱之爲"鄒生"。按:至正初年鐵崖授學,春秋之外,亦授詩經學。參見本卷送韓奕游吳興序。又,鐵崖詩送鄒弘道會試:"爾祖傳經如傳寶,冢孫十歲早能詩……閶閶城裏痴兒女,始識千金重聘師。"

〔五〕復科以取士:按元史順帝本記,後至元元年(一三三五),伯顏獨任中書右丞相,詔罷科舉。至元六年(一三四〇)十二月,恢復科舉取士制。

送强彥栗游京師序〔一〕

孔子曰:"士而懷居,不足以爲士〔二〕。"知古人君子未嘗不游也。而世之游者漫矣,志無以自信,貿貿焉行四方以萬一乎詭其所遇取盈,而復以①畜其身以累其人,往往是也。若乃君子之游,延陵君子之不幸生於東徼也〔三〕,志不有其國〔四〕,而獨志於上國之游,以歷見夫華産之人物、先帝王②之遺風善政,以廣其耳目之陋、意氣之隘,約而反之於中,有合不合,斯游之不可已也。

嘉定强彥栗,生於延陵君子之鄉〔五〕。曩嘗勇不自禁,出吳關,歷毗陵、句曲〔六〕,折③而上金陵,遂絶大江而北涉洙、泗〔七〕,以翺翔乎闕里〔八〕。過涿野〔九〕,以蹈厲燕、趙之俗,而遂達乎京師,以觀天子之光。

京師窮貴人有奇其才,挽置於宿衛,而彥栗徑決去,不暨留。是其志不在區區利達,而所存者大矣。

今有不憚數千里行役如曩時,過吳門別余,曰:"余行李如京,不能與子久處已。"余壯其游不難,而其志又不苟也,知其游似昔君子上國之游,而非代之漫焉而詭其所遇者類也。他日歸,復見予吳門,聽子之言議,覘子之心胸,有以驚異予者,而後知子之游不可以已者如是。顧吾在吳,栖其困滯如退羽之鴻,不能以丈尺奮飛。於子之行也,其不投袂而起乎!

【校】

① 復以:原本作"以復",據文淵閣四庫全書本改。

② 王:原本蓋承上而誤作"華",據文淵閣四庫全書本改。

③ 折:原本誤作"拆",據四部叢刊本改。

【箋注】

〔一〕文當撰於元至正七、八年間,其時鐵崖游寓姑蘇一帶,授學爲生。繫年依據:文中曰强彥栗"過吳門別余",且其時鐵崖頗不得志,自稱"困滯如退羽之鴻"。據此推之,當爲鐵崖寓居蘇州授學糊口時期。强彥栗:名珇。列朝詩集甲前集强珇:"珇字彥栗,嘉定人。輕財重義,工爲詩章。早游京國,值兵變歸。至正間,辟常熟州判官,不就。"按:萬曆嘉定縣志卷十二强彥栗傳與此大致相同,皆謂至正年間强彥栗辭卻常熟州判官之聘,乃屬誤説。夷白齋稿卷十五送强彥栗北上詩序:"至正十三年春,主上用宰相之請,命省臣兼大農太府出泉幣,開墾西山、保定、河間、檀順之田。遣使諭江淮,有能募農入耕者,以多寡授官有差。吳人强君彥栗以故衣冠家耕學練川……聞使者至,則欣然曰:'此盛舉也。吾欲游京師久矣,今此其時乎。'乃白父母,募良農,具名上使者,即日取常熟州判官告身以歸。遂戒行李,率農人偕使者北上。"據此可知,强彥栗曾買官而得常熟州判官之職,并非"不就"。又,强珇先世爲汴人,其九世祖始遷至吳地,遂爲嘉定(今屬上海)人。參見鐵崖撰文會軒記(載佚文編)、東維子文集卷十八嘉樹堂記、西湖竹枝集詩人小傳。

〔二〕"士而懷居"二句:出自論語憲問。

〔三〕延陵君子:指春秋時人吳國季札。元梁益詩傳旁通卷十四季子:"札,吳

王壽夢之第四子,故云季子……吳封季札州來,而居延陵……古之延陵,
在今常州晉陵縣北七十里、江陰之西三十五里,地曰申蒲,札退耕在是,有
札之墓。孔聖書其碣,云'嗚呼,有吳延陵季子之墓'凡十字。"

〔四〕志不有其國:指吳王壽夢曾欲傳予季札王位,季札堅辭不就。詳見史記
吳太伯世家。

〔五〕延陵君子之鄉:指嘉定(今屬上海),蓋因嘉定曾屬季札封地。鐵崖撰練
川志序:"嘉定岸海爲州,與崑山鄰,即古之嘐城也,有太伯、季子之高風。"
(載佚文編。)

〔六〕毗陵:郡名,晉始設置。位於今江蘇常州一帶。句曲:山名,又稱茅山。
在今江蘇常州境內。

〔七〕洙、泗:指孔子教學之地。泗:河流名,流經山東曲阜。洙水爲泗水支流。

〔八〕闕里:在山東曲阜城中。漢書梅福傳:"今仲尼之廟不出闕里。"師古曰:
"闕里,孔子舊里也。言除此之外更無祭祀孔子者。"

〔九〕涿野:涿鹿之野。位于今河北涿鹿縣。相傳黃帝與蚩尤戰於此地。

謝生君舉北上序[一]

上饒謝生鈞,從余游者十年,通春秋五傳學[二],其才日茂不已。
自幼博行孝睦,人無間言。往嘗以行藝書于黨正[三],連試有司,弗售,
不一咎有司,而咎其學未至也,益進修弗倦。今年秋,來別余,曰:"鈞
辱先生教,而未有仕路以行先生學也。辱在泥塗,鈞恥之,先生恥之。
幸吾鄉應奉張公有以挾鈞京國之行[四],謹造請先生,幸先生賜一言以
警鈞。"余爲之喟然,曰:"才弊於無先,行衰於寡黨,此古今之士之通
患也[五]。士負才行,有不幸老死于三家之村、牛室之邑者,不勝矣。
往往思借交青雲之士,幸①而奮焉,尺長斗滿,皆得以神②所有,而況於
才之茂、行之卓者乎?生往哉!吾聞張公,大相府之賓卿也,相府以
好賢聞天下,張公以薦言③相府,生患才之不懋、行之不卓耳,不患無
其先與其黨者矣。吾見張公之不以嫌而避賢也,吾見生之賢不以次
而進也。"

傳曰:"大夫將昌,以其得士。"張公以之。又曰:"庶人將昌,以其
得子[六]。"謝氏父以之。又曰:"線因針入,不因針急。女因媒成,不因

媒貞〔七〕。"生以之。

【校】

① 幸:原本爲古文字形,文淵閣四庫全書本作"卒"。
② 神:文淵閣四庫全書本作"伸"。
③ 薦言:文淵閣四庫全書本作"賢薦"。

【箋注】

〔一〕文撰於元至正十五年(一三五五)前後,其時鐵崖任杭州税課提舉司副提舉。繫年依據:文中曰謝鈞"從余游者十年",而謝鈞兄弟師從鐵崖,不得遲於至正七年鐵崖寓居姑蘇之時。謝生:謝鈞,字君舉,上饒(今屬江西)人。至正七年鐵崖游寓姑蘇時,謝鈞偕其兄君用從游。參見本書佚文編游横澤記。

〔二〕春秋五傳:左傳、公羊、穀梁等春秋三傳之外,鄒氏、夾氏之書早佚,後世所謂春秋五傳,其説不一。經義考卷一百九十五曾震春秋五傳李祁序:"始左氏,次公,次穀,次胡氏,而取止齋陳氏之説附於後。"又,四庫全書總目春秋五傳平文:"明張岐然編。岐然字秀初,錢塘人。其書采左傳、公羊傳、穀梁傳、胡安國傳,而益以國語。國語亦稱春秋外傳,故謂之五傳。"

〔三〕以行藝書于黨正:意爲德行道藝出衆而聞名鄉里。楓山章先生語録卷一學術類:"先王賓興選士之制:敬敏任恤者,書於閭胥;孝弟睦婣有學者,書於族師;而德行道藝,又書於黨正。書者何?録其人也。録其人何?章之以示勸也。"又,元陳師凱書蔡氏傳旁通卷一下:"五家爲比,五比爲閭,四閭爲族,五族爲黨,五黨爲州,五州爲鄉。黨正、族師、閭胥,皆鄉大夫所屬。"

〔四〕應奉張公:上饒人。名字生平不詳,其時蓋任應奉翰林文字之職。

〔五〕"才弊於無先"三句:文選王子淵四子講德論:"才蔽於無人,行衰於寡黨,此古今之患。"

〔六〕"大夫將昌"五句:説苑卷十六:"邦君將昌,天遺其道;大夫將昌,天遺之士;庶人將昌,必有良子。賢師良友在其側,詩書禮樂陳於前,棄而爲不善者,鮮矣。"

〔七〕"線因針入"四句:説苑卷十一:"孟嘗君曰:'寡人聞之,縷因針而入,不因針而急。嫁女因媒而成,不因媒而親。夫子之材必薄矣,尚何怨乎寡人哉?'"

送吴子照游閩序[一]

雲間吴生照將游閩，以四明臧彦誠之書來[二]，乞序其行，具言："生年少，負邁往之氣，加以博學好古，慕先生之奇文章，如慕太史公[三]。蓋將歷覽形勝，結交豪傑，于以開豁其心胸，發舒其意氣，或者有所資以成其才也。乞先生一言申其志。"

余謂古百越地[四]，在禹貢揚州之域，物之貢聞天下[五]，而人才之出未多見，豈山川磅礴之氣未發泄歟？抑王者德化之所未覃也？漢以來，封疆之郡縣之覃以詩書禮樂之澤，然後人才輩出，與中州文章道義之士等。至我朝，涵養外徼如圻内①，士之擢高科躋膴仕者磊磊相望。官於其地者，弗以冒嶮巇、犯瘴癘爲難，其山川足以豁心目，人才足以取師友②。生③之往也，登覽或遇隱君奇士，有相識者，或未識而已相知者，詢及於余，即啓行橐，出余④鐵笛傳及史鉞、絶辨凡若干言[六]，必有以奇我者奇生矣。他日歸吴，尚有以徵吾言。

【校】

① 外徼如圻内：原本作"外徼如拆内"，文淵閣四庫全書本作"樂育之既久"，據四部叢刊本附録傅增湘校勘記改。

② 原本"取"字下闕一字，爲墨丁，據文淵閣四庫全書本補"師友"二字。

③ 生：原本作"生有師"，據文淵閣四庫全書本删。

④ 余：原本作"於"，據文淵閣四庫全書本改。

【箋注】

〔一〕文當撰於元至正九、十年間。其時鐵崖寓居松江，授學於璜溪私塾。繫年依據：其一，本文贈予雲間弟子吴照，其時鐵崖當居松江。其二，文末言及鐵笛傳及史鉞、絶辨等等，均應屬於"近作"，其中鐵笛傳即鐵笛道人自傳（載鐵崖文集卷三），撰於授學璜溪時期。吴照：松江人。生平僅見本文。

〔二〕四明：今浙江寧波。臧彦誠：鐵崖友。彦誠當爲其字，其名不詳。明鄭本忠安分先生集卷八挽臧彦誠先生："少微星殞失斯文，屈指耆英有幾存。擢桂禮闈名獨步，採芹鄉校道尤尊。卻憐琴劍閒風月，謾有詩書遺子孫。微婭不堪歌楚些，西風吹淚灑松根。"按：鄭本忠乃明初秦王府教授，此詩所挽臧彦誠,與本文所謂“四明臧彦誠”,蓋爲同一人。據首聯“少微星”、“耆英”等語,臧彦誠去世前隱居,堪稱耆老。又據“擢桂禮闈名獨步,採芹鄉校道尤尊”兩句推知,臧彦誠曾中科考,當爲鄉貢進士,故授予地方學校教職。

〔三〕太史公:指司馬遷。

〔四〕百越:泛指古代南方越人及其地域,閩地亦在其中。或作百粵。

〔五〕“在禹貢”二句:書禹貢:“淮、海惟揚州,彭蠡既豬,陽鳥攸居。三江既入,震澤底定……厥貢惟金三品,瑶、琨、篠、簜、齒、革、羽、毛、惟木,島夷卉服。厥篚織貝,厥包橘柚,錫貢。沿于江、海,達于淮、泗。”

〔六〕鐵笛傳及史鉞、絶辨:鐵崖有鐵笛道人自傳,撰於元至正九、十年間,文中自稱:“有三史統論五千言、太平綱目二十策、歷代史鉞二百卷……藏於鐵崖山。”(載鐵崖文集卷三。)按:三史統論即絶辨,又稱三史正統辨。

張先生南歸序①〔一〕

浙士多無恒,經治亦往往不顙,有一年輒更,或半年纔更而竊中科,以故士之經愈不顙,且又視經師之利不利爲嚮坫意。學經將已明道也,豈計利不利哉! 以科利而學經,則科一利而經復棄矣,終亦必亡而已矣。

嘉禾張生汝霖,獨於經治有專習。曩余在錢唐時,首以父命來②受春秋五傳學〔二〕,更鄉舉者三,而藝未競〔三〕。生不以咎有司,而咎經術之未至,益恒若力所習經,有加無已,坐誦行思。恒苦③無誨者,故又負笈不遠水陸,尋余九山之澤〔四〕,以終其業焉。非其學經志④於明道,而不計科之利不利者歟! 吾義其不畔吾門,又奇其性之有恒,而志之必有成也,嘉禾之野,其得遺其人也哉!

吁,春秋主斷之書,志成者及之也。明其道不計其功者,又春秋之教也。若生之志,蓋已得春秋之斷,而其道已得春秋之教矣。他日推之任也,天下之治孰禦焉! 彼習經以利科,科一利而經復棄,終亦必亡而已者,又何議爲!

【校】

① 張先生:按張汝霖爲鐵崖弟子,似當作“張生”。

② 來：原本誤作“朱”，據四部叢刊本、文淵閣四庫全書本改。

③ 苦：原本訛作“若”，徑改。

④ 志：原本誤作“忘”，據文淵閣四庫全書本改。

【箋注】

〔一〕文當撰於元至正九、十年間，其時鐵崖受聘於松江呂良佐，授徒爲業。繫年依據：鐵崖寓居錢塘時，張汝霖始從學，“更鄉舉者三”，又從學於“九山之澤”，據此可知，張汝霖從學於鐵崖，始於至正初年鐵崖寓居錢塘之時，歷經三次鄉試之後，再次追隨於松江，必爲至正九、十年間。張先生：即張汝霖，嘉禾（今浙江嘉興）人。元至正初年鐵崖寓居杭州等待補官時期，拜師受業，主修春秋經。連續三次鄉試失利，大約於至正九年又追隨鐵崖於松江，先後跟從鐵崖學習將近十年。

〔二〕春秋五傳：參見本卷謝生君舉北上序。

〔三〕“更鄉舉者三”二句：指連續三次（至正元年、四年、七年）參加江浙鄉試，均告失利。

〔四〕九山：松江九峰，此借指松江。

送韓奕游吳興序〔一〕

同里生韓奕，從余受詩、春秋學，行日修，才日茂。其爲文，如雲興鳥仚，未見其止也。今年從予①呂氏塾〔二〕，輒思汗漫爲神京游，余止之。復有請②曰：“奕從先生學，幸知經史行墨。然聞先生奇氣，多發於東西洞庭、大小二雷、七十二弇之峰〔三〕。今將訪先生舊游，魚龍虎豹、風烟林壑之奇③遇，以擴所見而終所業焉。幸先生賜一言以警教奕也。”

余嘉其志，曰：“人之學，猶海也。水沿河溯，以弗至于海不止。海集衆流，而後爲百谷王也。學其可以小自滿哉！洞庭之西〔四〕，有蔣氏義門〔五〕、劉、范世家在焉〔六〕，巽、毅、鳳、麟〔七〕，皆從余游者也，皆好學不倦而知學之不可以小滿也，又嘗④不遠數百里，尋余涇之鄉而卒業焉〔八〕。奕往哉，與之洞庭上讀書，然後繇洞庭而浮大江，度洪河〔九〕，上北嶽〔十〕，以盡天下之大觀。吐而爲書，以獻萬言干⑤明天子也，蓋發軔乎此行已。<u>奕</u>勉哉!"<u>至正</u>十年三月三日序。

【校】

① 予: 原本誤作"矛",據<u>四部叢刊</u>本改。
② 請: 原本誤作"清",據<u>四部叢刊</u>本改。
③ 奇: 原本作"音",據<u>四部叢刊</u>本改。
④ 嘗: 原本誤作"當",據<u>四部叢刊</u>本改。
⑤ 干: <u>四部叢刊</u>本作"于"。

【箋注】

〔一〕文撰於<u>元 至正</u>十年(一三五〇)三月三日,其時<u>鐵崖</u>在<u>松江 吕氏</u>私塾授學。
<u>韓奕</u>: <u>諸暨</u>人。按: <u>韓奕</u>爲<u>鐵崖</u>友人<u>韓惟新</u>之孫,其從<u>鐵崖</u>受學,當始於
<u>至正</u>以前。<u>至正</u>年間,<u>韓奕</u>專程赴<u>松江</u>追隨<u>鐵崖</u>,與<u>松江 吕恒</u>、<u>馮濬</u>、<u>倪</u>
<u>中</u>,<u>富春 吴毅</u>,<u>橋李 貝瓊</u>、<u>崑山 殷奎</u>等,皆爲<u>鐵崖</u>高足,時稱"<u>璜溪</u>七子"。
參見<u>東維子文集</u>卷二十一<u>江聲月色樓記</u>、<u>乾隆 金山縣志</u>卷十八<u>吕恒傳</u>。

〔二〕從予<u>吕氏</u>塾: 指<u>至正</u>九年秋,<u>韓奕</u>赴<u>松江</u>,求學於<u>鐵崖</u>。參見<u>東維子文集</u>
卷二十一<u>江聲月色樓記</u>。<u>吕氏</u>塾,指<u>松江 吕良佐</u>所創義塾。<u>正德 松江府</u>
<u>志</u>卷十三<u>學校志</u>:"<u>璜溪</u>義塾,在<u>吕巷溪</u>。即<u>瀝瀆塘</u>,後人以<u>吕望</u>釣璜易今
稱。<u>至元</u>九年,里士<u>吕良佐</u>建,翰林侍講學士<u>黄溍</u>記。"按: 上引文中所謂
"<u>至元</u>九年",年號有誤。<u>元代 至元</u>年號有二: <u>元世祖 至元</u>九年,<u>吕良佐</u>尚
未出世;<u>元順帝</u>後<u>至元</u>,僅六年。故知"<u>至元</u>"當作"<u>至正</u>"。<u>鐵崖</u>於<u>至正</u>
九年受聘於<u>吕氏</u>而抵<u>松江</u>,其時蓋<u>吕良佐 璜溪</u>義塾初創之際。

〔三〕"然聞"二句: 意爲具有<u>鐵崖</u>奇崛風格之詩文,多撰於<u>至正</u>五、六年間,即
先生寓居<u>湖州</u>期間。<u>浙江通志</u>卷一圖説:"<u>太湖</u>一名<u>震澤</u>,一名<u>具區</u>,一名
<u>笠澤</u>,一名<u>五湖</u>,古<u>揚州</u>巨浸也……中有七十二峰,其大者曰<u>東</u>、<u>西洞庭</u>。
<u>西洞庭 金房</u>、<u>玉柱</u>,神仙往來之所也。界<u>烏程</u>、<u>長興</u>者,曰<u>大雷山</u>、<u>小雷</u>
<u>山</u>。"參見<u>鐵崖先生古樂府</u>卷三<u>望洞庭</u>。

〔四〕<u>洞庭</u>之西: <u>太湖</u>西岸,實指<u>長興</u>一帶。

〔五〕<u>蔣氏義門</u>: 指<u>蔣必勝</u>、<u>蔣克明</u>叔侄家族。<u>吴興備志</u>卷十二<u>人物徵</u>:"<u>蔣必</u>
<u>勝</u>,字<u>質甫</u>,別號<u>容齋</u>,<u>長興</u>人。教授<u>高郵</u>、<u>池州</u>,歷<u>慶元</u>主簿。<u>至元</u>丁亥,
創<u>東湖書院</u>,捐田隸之。<u>至治</u>辛酉,<u>必勝</u>弟<u>居仁</u>白有司,轉聞于中書,得書
院額,益以田二百四畝,祀事無闕。<u>至元</u>乙卯,<u>蔣克明</u>復輟田百畝歸之,由
是稱<u>義門 蔣氏</u>云。"

〔六〕劉、范世家：皆當時湖州大姓人家。

〔七〕巽、毅、鳳、麟：分別指劉巽、蔣毅、蔣儀鳳、范麟。劉巽，明洪武初年曾率先
　　參與修復學校，并撰長興志。參見東維子文集卷十二長興州重修學宮記、
　　長興縣志卷四學校載明蕭洵重修縣學記、千頃堂書目、浙江通志卷二百五
　　十三經籍志十三兩浙志乘。蔣毅，必勝子。參見東維子文集卷十四約禮
　　齋記。蔣儀鳳，參見鐵崖游張公洞詩序。范麟，據上文所謂"劉、范世家在
　　焉"一句推之，當爲范氏世家子弟。

〔八〕泖之鄉：三泖之鄉，指松江。參見鐵崖詩集甲集送敏無機歸吳淞注。

〔九〕洪河：黃河。班固西都賦："右界褒、斜、隴首之險，帶以洪河、涇、渭
　　之川。"

〔十〕北嶽：指恒山。

送齊易岩序〔一〕

　　太極，理也，一陰一陽生焉，教之所出也。尸物如天地，而不能逃
乎十二萬九千六百之紀〔二〕，而況於萬物乎！周與秦合，不能逃乎五百
一十六之數，伯而王又不逃乎十七之記〔三〕，而況於一身乎？

　　聖人作易前，數之用於蓍龜，神矣，然未聞一語一畫爲之兆也。
兆於一語一畫之微，而捷乎蓍龜之著，數之用益神矣。此先天之學，
在魯爲梓慎，鄭爲裨竈，齊爲國①甘公〔四〕，漢爲眭、京〔五〕，晉爲管、
郭〔六〕，唐爲袁、桑〔七〕，宋爲邵子〔八〕，元爲傅氏②初庵〔九〕，庵之宗爲齊氏
易岩也。

　　易岩之言曰：初庵之傳，得之建昌廖學海〔十〕，學海得之於蜀杜可
大〔十一〕，可大得之於王天悦〔十二〕，天悦實受之邵子也。天悦之學幾絶，
葬其書玉枕中。蜀寇發冢，出秘書。可大賄盜之人，不能傳，而學海
以直言得罪，配軍籍漢陽〔十三〕，道遇可大。可大已知其姓名，曰："吾數
當傳子。"爲偕③見郡將，出軍籍，館諸道宮，爲弟子。國初，有聞④於世
皇〔十四〕，世皇將召之，學海業已語其女曰："我若干日死，死若干日，朝
廷命來，我已死，且索我書。我書當傳者，傅氏立名人也。其人在某
所，某日來，異日官極品，汝賴之，官且賜田若干頃矣。"已而果然。

　　初庵之没三年，而易岩始生。初庵垂死，謂其徒曰："汝曹口耳之

學,徒得吾膚。淑吾書而得吾髓者,其齊氏某乎!"易岩生四歲,知讀易,長於河洛七緯〔十五〕、太乙九宫之數,及星算鳥⑤占、嘯風鞭霆之術,罔不洞究,故於初庵之學,峻躋峰極,非一時儔輩可幾也。予嘗異天人之學父子不相授也,其授於人者,亦有數焉,則其觀於物者可知已。易岩之觀天者,吾不識之;其觀物者,吾見其於一語一畫得知者衆矣。

雖然,予於易岩有問矣:"道之難傳,甚於數也。堯以是傳之舜者,舜以是傳之禹,禹以是傳之湯,湯以是傳之文、武、周公,而及於孔子、孟軻。孟軻死,不得其傳焉。嘻,道之傳者,其亦有數乎? 無數乎? 軻之後,其可無傳已乎?"易岩曰:"道之傳,天也,亦人也,是陰陽太極之説也。"

易岩去余而之京師也,請書以爲序。

【校】

① 齊爲國:似當作"齊國爲"。

② 傳:原本誤作"傅",徑改。

③ 偕:原本作"借",據文淵閣四庫全書本改。

④ 聞:原本作"問",據文淵閣四庫全書本改。

⑤ 鳥:四部叢刊作"高"。

【箋注】

〔一〕文當撰於元至正八年(一三四八)以前。繫年依據:王禕撰齊琦傳(載王忠文公文集卷二十一),謂齊琦"至正己丑自京師歸,屏居番陽山中,邈焉若與世絶"。據此可知,至正九年己丑齊琦自京師南歸,其北赴京師必在此前,不得遲於至正八年。齊易岩:名琦。齊琦字仲圭,饒之德興人。別號易巖,"時人咸稱之曰易巖先生,因不復以字行"。曾任初庵書院山長。於元至正初年北游京師,至正九年南歸還鄉,至正二十年攜妻兒移居金陵,明初猶在世。精通邵氏易,能預卜先知,享有盛譽。王忠文公文集卷二十一齊琦傳述其生平軼事頗詳。又,或稱易巖爲"徽高士",謂其術數精於朱升。寄園寄所寄卷十一故老雜紀:"齊易巖者,徽高士。術數尤精於楓林。明太祖初起兵,聞而往問之。答曰:'不嗜殺人。'上曰:'經生談。'遂去。及即位,或有薦巖之才者,詔徵詣京師,巖乃逃避大姓汪氏。汪不敢容,巖曰:'毋害也。歲久當泰。'乃爲汪教其少子爲文。常與其子游於山,指一處曰:‘此汝發身處也.’但不知誰爲地主,問之,其姻家也。子年十三四,亦不以其語爲意。及易巖死,其子卜地葬其父,竟得此山。偶檢其少日所讀,中有記云:‘汪生某葬父某郡某都某圖某山,子孫綿遠且貴.’其子嘆服。今汪氏果盛。巖卒年七十餘,無子,故其事失傳。(稗史)”

〔二〕“太極”六句:宋黎靖德編朱子語類卷六十五易一河圖洛書:“先天圖今所寫者,是以一歲之運言之,若大而古今十二萬九千六百年,亦只是這圈子。小而一日一時,亦只是這圈子,都從復上推起去。”

〔三〕“周與秦合”三句:元董鼎書傳輯録纂注卷六:“周大史詹見秦穆公曰:始周與秦合而別,別五百歲復合,合十七歲而伯王者出焉。蓋秦之先君始爲周西垂大夫,所謂合也;襄公七年列爲諸侯,所謂別也。自襄公七年至昭王五十一年滅周,凡五百一十六年,所謂復合也。自昭王五十一年至始皇九年誅嫪毐,始親國政,十七年也。周之後爲秦,史詹固已知之。”

〔四〕“在魯”三句:後漢書天文志上:“唐、虞之時羲仲、和仲,夏有昆吾,湯則巫咸,周之史佚、萇弘,宋之子韋,楚之唐蔑,魯之梓慎,鄭之裨竈,魏石申夫,齊國甘公,皆掌天文之官。”

〔五〕眭、京:指西漢眭弘、京房。眭弘字孟,魯國蕃人。少時好俠,鬥雞走馬。長乃變節,從嬴公受春秋。京房字君明,東郡頓丘人。治易。眭、京二人漢書皆有傳。

〔六〕管、郭:指管輅、郭璞。管輅字公明,平原人。精通筮卦。傳見三國志魏志。郭璞字景純,河東聞喜人。受業於河東郭公,精於卜筮。晉書有傳。

〔七〕袁、桑:指袁天綱、桑道茂。袁天綱,益州成都人。隋、唐之際在世,尤工相術。桑道茂,唐大曆中游京師。善太一遁甲五行災異之説,言事無不中。袁、桑二人舊唐書皆有傳。

〔八〕邵子:北宋邵雍。宋史道學傳一:“邵雍,字堯夫……當時學者因雍超詣之識,務高雍所爲,至謂雍有玩世之意。又因雍之前知,謂雍於凡物聲氣之所感觸,輒以其動而推其變焉。於是摭世事之已然者,皆以雍言先之。雍蓋未必然也。”據王禕齊琦傳,易巖從祖齊夢龍、齊貴澄,同鄉傅立,建昌人廖應淮,以及同時同里人士祝泌,皆精通邵氏易學,齊易巖自幼承其家學,又兼得衆人之長,故於易學尤精。

〔九〕傅氏初庵:名立,字權甫,號初庵,德興(今屬江西上饒市)人。刻意經學。入元,累官至集賢院大學士。諡文懿,學者稱爲初庵先生。生平事迹見宋元學案卷七十八祝氏續傳文懿傅初庵先生立。南村輟耕録卷二占驗:“傅初庵先生立,以占筮起東南。時杭州初内附,世皇以故都之地,生聚浩繁,貲力殷盛,得無有再興者,命占其將來如何。卦既成,對曰:'其地六、七十年後,會見城市生荆棘,不如今多也。'今杭連厄於火,自至正壬辰以來,又數毁于兵。昔時歌舞之地,悉爲草莽之墟,軍旅填門,畜豕載道。乃知立之占亦神矣。立乃番陽祝泌甥,泌精皇極數。"

〔十〕廖學海:宋元學案卷七十八杜氏門人廖淇泩先生應淮:"廖應淮,字學海,南城人也。自號淇泩生。抱負奇偉,年三十,游杭,上疏言丁大全亂政狀,配漢陽軍,先生荷校行歌出都,見者壯之。蜀人杜可大者,客漢陽,言之營將,脱戎籍,授以邵子先天易數。其算由先天起數,先生神警,一授即了。自是能洞知未知,乃坐臨安市樓賣大衍卜……賈似道延之,先生直言宋鼎將移,語畢徑出……以所傳授進士彭復之。再傳爲鄱陽傅立。所著有歷髓、星野指南、象滋説會補、畫前妙旨諸書。"又,王禕齊琦傳:"廖應淮者,建昌人。精通邵氏學,在宋季言國家運祚禍福如指掌。"

〔十一〕杜可大:宋元學案卷七十八邵學別派杜道士可大:"杜可大,蜀道士也。廖應淮配漢陽軍,抵漢江濱,遇之。可大揖曰:'子非廖應淮邪?'應淮愕然曰:'道士何自知之?'可大曰:'宇宙太虚一塵爾,人生其間,爲塵幾何? 是茫茫者,尚了然心目間,矧吾子邪? 然自邵堯夫以先天學授王豫天悦,天悦死,無所授,同葬玉枕中。未百年而吳曦叛,盗發其冢,得皇極經世體要一篇,内外觀象數十篇,余賄盗得之。今餘五十年,數當授子,吾俟子亦久矣。'乃言于上官,脱其籍,盡教以冢中書。其算由聲音起,應淮神鑒穎利,可大指畫未到者,應淮已先意逆悟,可大自以爲不及云。"

〔十二〕王天悦:宋元學案卷三十三王天悦先生豫:"王豫,字悦之,又字天悦,大名人,瑰偉博達之士也,精于易。聞康節之篤志,愛而欲教之,與語三日,得所未聞,始大驚服,卒舍其學而學焉。宗羲案:康節之學,子文之外,所傳止天悦,此外無聞焉。蓋康節深自秘惜,非人勿傳……天悦無所授,以先生之書殉葬枕中。未百年而吳曦叛,盗發其冢,有皇極經世體要一篇,内外觀物數十篇。道士杜可大賄得之,以傳廖應淮,應淮傳彭復,彭復傳傅立,皆能前知云。"

〔十三〕漢陽:今屬湖北武漢。

〔十四〕世皇:指元世祖忽必烈。

〔十五〕河洛:指河圖、洛書。七緯:指有關詩、書、禮、易、樂、春秋、孝經之緯書。

送何生序〔一〕

何生伯翰氏，其先西夏人也。祖息簡禮〔二〕，嘗録僧事於杭，因家焉。父益憐質班，早喪。翰生五歲，依舅氏，舅氏因以母姓姓之。母素賢，通文史。既寡，以節自誓。教翰有法，日出就外傅，夜歸課其業。年十六歲，受經於予，通春秋五傳、毛氏詩，尤長於易。遭時喪亂，士以弓刀之習易鉛槧，翰獨負郭闢圃，奉菽水于母。暇則退處小室，理故書。收緝予平生遺落文草，遂補往①吴復所編予古樂府集行于時〔三〕。人稱其學該識廣，復不能過之。

今年夏，文闈復開，翰就試。先三月，靈鵲巢其書舍木，見其扶梁啟離户，占者知其爲中雋之兆，而不知其學有素也。將會試春官，同門友爲賦詩，供張西門之外，求予爲叙，遂爲書其世出行藝之概于卷首云。

【校】

① 往：文淵閣四庫全書本作“注”。

【箋注】

〔一〕本文爲弟子何伯翰北赴京師參與會試送行，當撰於元至正十九年（一三五九）夏，其時鐵崖寓居杭州。繫年依據：其一，自元至正十九年始，江浙行省鄉試於四月舉行。本文所謂“遭時喪亂”、“今年夏，文闈復開”等等，即指此鄉試時間變更。其二，東維子文集卷一送三士會試京師序，作於至正十九年，“三士”中就有“西夏何生”。又據鐵崖撰於至正十九年之鄉闈紀録序（載東維子文集卷五），其時戰亂“驛梗，外省士人會試，必道海，道海必候風信於夏”。故知何伯翰北上，必走海道，而鐵崖撰文送行，當在夏日。何伯翰：西夏人。五歲喪父，依舅氏，遂改從母姓姓何。十六歲從鐵崖受學，博通春秋、詩經，尤精周易。至正十九年爲江浙行省鄉貢進士。參見東維子文集卷一送三士會試京師序。

〔二〕息簡禮：何伯翰祖父。依本文，曾於杭州僧録司任職，遂徙家杭州。

〔三〕吴復：鐵崖弟子，元至正六年前後輯評鐵崖先生古樂府十卷。參見東維子文集卷二十五吴君見心墓銘。按吴復輯刊鐵崖先生古樂府，書後有佚名跋文,曰:"吳見心集鐵崖古樂府凡十卷,蓋先生中年之作也。見心卒于至正八年戊子,集詩止于其時也。見心卒後,先生晚年之所著,則有補遺、遺稿、後集焉。"所謂"補遺",蓋即何伯翰所輯。然此何氏輯本當年"行于時",後世失傳。

送李志學還吳序[一]

太尉府僚友官以百數[二],惟右轄李公椎①魯少文可以屬大事[三];參左右轄官者亦以百數,惟軍諮李君雍容諷議可以贊大功。故占東諸侯之後事者,亦不於其兵强弱、馬壯敝,而以其參諮幕府者得人與不得人也。今之所謂閭里豪,乘時而奮,類鳩於安,鄙於肉食。嗚呼,菜傭而欲倚之以集事,亦誤乎。必其雄才卓識,負王伯略,可以登公輔之器者,然後可與成大事,立大功,若今李君者,殆其人矣乎!

吾聞河間多禮法士[四],而李君者,殆其人矣乎。吾聞河間多禮法士,而李君者,夙抱其節,承教詔於賢母,如嚴師傅。當戎馬猾夏時節[五],即慨然有平河洛志,而況太尉府得知己乎!雖然,鹵②虞之拔冗以進,將以伺吾釁③也,未足爲吾憂;忽又無故而退,無以乘吾間④也,未足爲吾喜。君歸太尉府,太尉問君鹵虛實狀,吾攻守利害何如,君必有以對,對必有御戎要略爲太尉規者,慎勿爲閭里豪鳩而鄙者談也。至正己⑤亥夏六月壬申序。

【校】

① 椎:原本作"推",據文淵閣四庫全書本改。
② 鹵:文淵閣四庫全書本作"西"。
③ 釁:文淵閣四庫全書本作"釁"。
④ 間:原本誤作"問",據文淵閣四庫全書本改。
⑤ 己:原本誤作"乙",徑爲改正。按:元至正年間無"乙亥"年,當爲至正十九年己亥。參見注釋。

【箋注】

〔一〕文撰於元至正十九年己亥(一三五九)六月十一日(壬申),其時鐵崖寓居

杭州。李志學：志學當爲其字，河間（今屬河北）人。元末爲張士誠右丞
李伯昇帳下幕僚，即所謂"軍諮"。

〔二〕太尉：指張士誠。

〔三〕惟右轄李公椎魯少文可以屬大事：意爲李伯昇猶如西漢周勃，能支撐穩
固張士誠政權。李伯昇（？——一三八〇），泰州（今屬江蘇）人。其父李
行素，陰陽術士，隨張士誠起事，爲謀臣。張士誠佔據蘇州，任丞相。伯昇
偕父追隨張士誠，歷任左、右丞等。元季守湖州，湖州失陷，降於明。洪武
元年拜平章政事，三年食禄，不署事。洪武五年（一三七二），命爲征南右
副將軍。十三年，因胡惟庸案處死。參見本朝分省人物考卷三十李伯昇、
資治通鑑後編元紀、弇山堂別集卷四十六、吳王張士誠載記卷三李行素父
子傳等。按：右轄即右丞。據元史百官志，中書省設"右丞一員，正二品；
左丞一員，正二品。副宰相裁成庶務，號左右轄"。本文所謂右轄，則當爲
張士誠所設淮南行省右丞。又，蓮峰集卷七安劉氏者必勃論："周勃椎魯
少文，而高祖必其能安劉氏。"

〔四〕河間：按元史地理志，河間路隸屬於中書省。位于今河北河間、滄州
一帶。

〔五〕猾夏：侵擾中原。語出尚書舜典。

送劉生入閩序〔一〕

古公卿等絶卑賤，其與圖事，必有取於卑賤之士，士之奇特鯁正，
亦願盒之以所有，上下至於交相得，而後事可圖已。漢叔孫通有兩
生①不能取〔二〕，項籍有韓生〔三〕，齊王信有蒯生〔四〕不能用。鮑生爲蕭何
取〔五〕，陸賈爲陳平取〔六〕，王生爲釋之取〔七〕，吳公之取賈生〔八〕，田延年
之取尹翁歸〔九〕，暴勝之之取雋不疑〔十〕，之六君子，負守將之尊，執臣之
貴，而未嘗挾以自尊貴，必有取於大人者，以其奇特鯁正可與圖事
者也。

今公卿不取士久矣，吾始於貢公見之〔十一〕。公以户部尚書入閩，
天子益以理財贍兵者責焉，四方士待公行者幾何人，而錢唐劉生獨以
過人之才，及其骨鯁風裁爲公所知。公取生惟恐失之，生亦願答以其
所有，惟恐不逮。吾見貢公之出，遄方王事，確乎其有成算，恢乎其有

成功也已。夫召^②、陸諸生不失其所失,而六君子之道益光。生思龠
於貢公而益光於貢公者,其不得自行召、陸諸生子哉！生嘗以茂才被
肅政使丑的公之薦授校官〔十二〕,不就。今樂知於貢公而起也,其以龠
知已,較然不自欺也諗矣。杭人能詩者歌之,君信其人序之。

　　生名中,字庸道,世山東人。

【校】

① 生:原本誤作"往",據文淵閣四庫全書本改。
② 召:當作"鮑"。下同。按:文中有曰"鮑生爲蕭何取"。

【箋注】

〔一〕文蓋撰於元至正十九年(一三五九)春,其時鐵崖寓居杭州。繫年理由:
其一,文中曰貢公以户部尚書入閩時徵召劉生。貢公即貢師泰,據玩齋集
卷首錢用壬至正十九年八月所撰序文,貢師泰於是年春天從海昌出發前
往閩、廣。雖後因海道受阻而未能成行,然劉生應徵必在此際。其二:文
末曰"杭人能詩者歌之",可見當時鐵崖寓居杭州,劉生則當於杭州應徵隨
行。劉生:名中,字庸道,先世山東人,徙居杭州。享年不永,或卒於元代
末年。按:劉中與其父劉子明皆與貢師泰交好。霏雪録卷上:"尚書貢公
玩齋先生,至正壬戌督漕於閩之三山,逾年召還。時風颿未順,暫居城西
香嚴寺……時劉君子明遣其子中從公游,公又有秘書之命,北還。劉君搆
生祠六楹于臺東,仍搏土肖公像事之,題曰思玩齋,蓋以公素號玩齋故
也……劉君父子拳拳不忘於公者,何其勤且至哉！劉君余獲交焉,惜其子
已蚤世,予不得見。今余家藏公文稿若干卷,則中手録也,尚未完。中字
庸道。"
〔二〕兩生:參見清鈔鐵崖楊先生詩集卷下讀漢紀注。
〔三〕韓生:史記項羽本紀:"人或説項王曰:'關中阻山河四塞,地肥饒,可都以
霸。'項王見秦宫室皆以燒殘破,又心懷思欲東歸,曰:'富貴不歸故鄉,如
衣繡夜行,誰知之者?'説者曰:'人言楚人沐猴而冠耳,果然。'項王聞之,
烹説者。"集解:"楚漢春秋、揚子法言云説者是蔡生,漢書云是韓生。"
〔四〕齊王信:即韓信。蒯生:即蒯通。史記淮陰侯列傳:"韓信猶豫不忍倍漢,
又自以爲功多,漢終不奪我齊,遂謝蒯通。蒯通説不聽,已詳狂爲巫。"
〔五〕鮑生:史記蕭相國世家:"漢三年,漢王與項羽相距京、索之間,上數使使
勞苦丞相。鮑生謂丞相曰:'王暴衣露蓋,數使使勞苦君者,有疑君心也。

爲君計，莫若遣君子孫昆弟能勝兵者悉詣軍所，上必益信君。'於是何從其
計，漢王大説。"

〔六〕陸賈：史記陸賈傳："吕太后時，王諸吕。諸吕擅權，欲劫少主，危劉氏。
右丞相陳平患之，力不能爭，恐禍及己，常燕居深念。陸生往請……及誅
諸吕，立孝文帝，陸生頗有力焉。"

〔七〕"王生"句：參見鐵崖先生古樂府卷一結襪子注。

〔八〕賈生：即賈誼。漢書賈誼傳："賈誼，雒陽人也……河南守吳公聞其秀材，
召置門下，甚幸愛。文帝初立，聞河南守吳公治平爲天下第一，故與李斯
同邑，而嘗學事焉，徵以爲廷尉。廷尉乃言誼年少，頗通諸家之書。文帝
召以爲博士。是時誼年二十餘，最爲少。"

〔九〕田延年：漢書田延年傳："延年以材略給事大將軍莫府，霍光重之，遷爲長
史。出爲河東太守。選拔尹翁歸等以爲爪牙，誅鉏豪彊，奸邪不敢發。"

〔十〕儁不疑：漢書儁不疑傳："武帝末，郡國盜賊羣起，暴勝之爲直指使者，衣
繡衣，持斧，逐捕盜賊……勝之素聞不疑賢，至勃海，遣吏請與相見。不疑
冠進賢冠，帶櫑具劍，佩環玦，褒衣博帶，盛服至門上謁。門下欲使解劍，
不疑曰：'劍者，君子武備，所以衛身，不可解。請退。'吏白勝之。勝之開
閣延請。"

〔十一〕貢公：指貢師泰。玩齋集卷首錢用壬至正十九年八月撰玩齋詩集序：
"今年春，先生將漕閩、廣粟，道出海昌。值海上有警，而遂留居焉。"又，
同書附録揭汯有元户部尚書秘書卿貢公神道碑銘："（至正）二十年春，
公始得抵閩。"

〔十二〕丑的公：曾任浙西道肅政廉訪使。玩齋集卷七重修西湖書院記："江南
浙西道肅政廉訪使丑的公……由近侍拜三臺御史，歷四道廉訪使。以
宣慰都元帥督兵饒、信，克復三路二州五縣，全活數萬人。其詳具載武
功録。及監憲浙西，又能以經濟之略叶和遠邇，寬裕之德撫綏軍民。雖
當崎嶇戎馬之間，不忘詩書禮樂之事。"

送王公入吳序〔一〕

王者人才得於鄉，三物之所取是也〔二〕。戰國人才得於客，四豪之
所養是也〔三〕。兩漢人才得於薦，公卿之相推轂是也。唐人才得於科，
懷牒以自試是也。士之興，至於唐、宋之科，其去王道也遠矣。今取

士不免於科,軍興來,科亦廢,不幸又不得於薦,則得於客耳。

　　三吳之會,爲今淮吳府也〔四〕。客之所聚者,幾七千人。吾求客於戰國,得孔伋焉,孟軻焉〔五〕,荀況〔六〕、魯連焉〔七〕,毛遂〔八〕、馮驩焉〔九〕,牛畜、荀忻、徐越焉〔十〕,而秦、儀輩〔十一〕,妾婦爾,不足以客進也。淮也①吳之客七千,異於妾婦者幾人? 有所謂越乎、忻乎、畜乎、驩乎、遂乎、連、況乎? 連、況不可,況軻乎、伋乎哉? 或曰淮吳有王明氏者〔十二〕,澄不清,撓不濁②;有俞賢氏者〔十三〕,言中③倫,行中構;有周④仁氏者〔十四〕,廉範乎靡俗,治幾乎循吏;有陳敬氏者〔十五〕,納言骨鯁,風裁古也;有姜儀氏者〔十六〕,人倫臧否,冰鑒美也。淮吳之客,何劣於戰國哉!

　　縉雲王生,時以儒科廢,於古文學有年,將挾之以入吳,別予於杭湖上,求一言以行。予方疑論淮吳之客,而生又將客焉。往哉,吾將卜淮吳之客於生也! 謐有五人者,五人引其類以進,生不爲今遂、驩,其爲畜、忻、越矣! 苟妾婦也,其歸矣哉!

【校】

① 也:蓋爲衍字,當删。
② 濁:原本作壔,據文淵閣四庫全書本改。
③ 中:原本無,據文淵閣四庫全書本補。
④ 周:原本作“用”,據文淵閣四庫全書本改。

【箋注】

〔一〕文撰於元至正十九年(一三五九),且不遲於是年九月,其時鐵崖寓居杭州。繫年依據:其一,文中所謂“淮吳府”,指張士誠政權之蘇州大本營。文中稱讚張士誠之謀臣,必在至正十八年以後,鐵崖與張士信及其屬官交往時期。其二,鐵崖當時寓居“杭湖上”,故必在至正十九年。而此年十月初,鐵崖徙居松江,撰文必在秋季以前。王公:縉雲(今屬浙江)人,生平不詳。

〔二〕三物:周禮地官大司徒:“以鄉三物教萬民而賓興之,一曰六德:知、仁、聖、義、忠、和。二曰六行:孝、友、睦、婣、任、恤。三曰六藝:禮、樂、射、御、書、數。”

〔三〕四豪:指戰國四公子,即魏信陵君、齊孟嘗君、趙平原君、楚春申君。

〔四〕淮吴府：指張士誠太尉府，設於蘇州。

〔五〕“得孔伋”二句：孟軻受業於子思（孔伋）之門人，子思爲曾參門人。參見史記孟子列傳、大學翼真卷三。

〔六〕荀况：荀况曾投奔楚國春申君，任蘭陵令。參見史記荀卿列傳。

〔七〕魯連：指魯仲連。參見史記魯仲連列傳。

〔八〕毛遂：平原君門客。參見史記平原君列傳。

〔九〕馮驩：齊人，孟嘗君門客。驩或作諼。參見戰國策齊策。

〔十〕牛畜、荀攸、徐越：戰國時人，番吾君薦予趙烈侯。參見史記趙世家。

〔十一〕蘇秦、張儀：戰國著名説客，分別主張合縱、連横。參見史記本傳。

〔十二〕王明：疑指張士誠參軍王敬夫。國初群雄事略周張士誠引國初事迹：“士信到江浙省，徙達識帖睦邇於嘉興，自爲丞相。不久，令潘平章守杭州，士信回蘇，用王敬夫、葉德新、蔡彦文三人謀國。”又，明太祖實録卷二十五：“初，士誠用事者：黄參軍、蔡參軍、葉參軍輩，迂闊書生，不知大計。”按：吴語“王”“黄”讀音相同，蓋王敬夫即明太祖實録所謂“黄參軍”，“黄參軍”蓋即王明，其字敬夫。

〔十三〕俞賢：即俞齊賢。梧溪集卷四哀故淮省郎中海陵俞忠夫引：“忠夫，諱齊賢，本陰陽家者流。張太尉開藩，忠夫與有功，達實丞相奏除前職。及太尉稱吴王，累犯顔諫止。不聽，且攀援淮省參政，遂杜門謝病以卒。”

〔十四〕周仁：元陶宗儀南村輟耕録卷二十九紀隆平：“隆平太守周仁，家本鍛工，稍習吏事，性資深刻。”按：鐵崖於周仁之褒貶前後不同，起初頗加褒獎，張士誠覆滅之後，又撰詩文斥責周仁殘暴。參見東維子文集卷十五尚朴齋記、鐵崖逸編注卷二周鐵星、鐵崖文集卷三酷吏傳論。

〔十五〕陳敬：指陳敬初，即陳基。明王鏊姑蘇志卷五十七人物二十游寓：“陳基字敬初，臨海人。從黄溍學，授經筵檢討……引避南歸，至吴，以教授自業。屬南北用兵，開行樞密府，基爲都事，轉江浙行中書省郎中。時張士誠爲太尉，基參謀軍府事。及士誠自王，基獨諫止。已而超授内史，遷學士院學士，階通奉大夫。一時書檄碑銘傳記，多出基手。及士誠就俘，基從入京，獨得宥全。預修元史，書成而還。基先居郡城天心里，洪武二年卒于常熟寓舍。基爲文清雅，所著有夷白齋稿。”又據康熙常熟縣志卷二十二流寓陳基傳，曰：“（元史）書成，賜歸。卒於常熟之鳳凰山河陽里。所著有彝白集。”按：所謂“彝白集”，當指夷白齋稿，避諱而改。又，明史陳基傳謂陳基“洪武三年冬卒”。

〔十六〕姜儀：指姜羽儀。姑蘇志卷五十七人物二十游寓：“姜漸字羽儀，諸暨
　　　人。至正間僑居吳中。張氏時起家爲淮南行中書左右司都事，未幾罷
　　　歸。日著書，無復仕進意。洪武初，徵拜太常博士，卒。漸學識超詣，所
　　　爲文温雅平實。”又，東維子文集卷二十九與姜羽儀詩曰：“太尉府中招
　　　處士，湖州幕裏著賓師。”蓋姜漸應張士誠徵聘，初爲湖州府幕僚。

吳氏歸本序〔一〕

　　錢唐吳觀善，字思賢。自杭之淞，謁東維先生，曰：“善之外高祖
徐防禦氏〔二〕，在宋爲小兒醫。贅婿曰范防禦氏。范無子，又贅宋四門
教授吳氏子從明，字公亮，承其家而嗣其業。南渡後，自汴徙家杭之
東青門。從明生德誠，提領平江醫學。德誠生仁榮，杭州路醫學録。
仁榮生四子，長即觀善也。善通經史學，不顓工岐黃氏之書。嘗讀文
正范公傳〔三〕，公幼隨母適朱，而未嘗一日敢忘其本生，卒復范姓，君子
反本之道也。善隨外甥氏宗于范，今將反本於吳，禮也。已作堂先廬
之東，名以歸本，丐先生大手筆一志，庶吳氏子姓有以知水木本源之
義也。”
　　吾悼秦法，子壯則出贅〔四〕，世襲以爲風。父道不正，遂不子其子
而子其婿，致宗祀不明，氏族亡辨。有司詔民者，又不以釐而正之，
致①使一門沓著户籍，（浙民多雙姓者以此②。）其壞倫紀也甚矣。善能反
本於徐、范二宗之外，而乸歸正於吳，非讀書達禮③篤正之君子，能至
是虖哉④！（此鐵史筆之深許吳孝廉⑤。）故吾樂與之文，使代之不肖子姓⑥
蹈秦風之痼弊者，有所儆也夫！

【校】

① 致：原本作“至”，據明鈔楊維禎詩集本改。
② 此小字注原本無，據明鈔楊維禎詩集本增補。
③ 禮：明鈔楊維禎詩集本作“理”。
④ 哉：原本作“三”，據文淵閣四庫全書本改。此句文淵閣四庫全書本作“其能
　　若是乎哉”。
⑤ 此鐵史筆之深許吳孝廉：原本作“此鐵史筆之”，且爲大字正文，據明鈔楊維

禎詩集本改正。

⑥ 子姓：明鈔楊維禎詩集本作“子孫”。

【箋注】

〔一〕文撰於元至正二十年（一三六〇）以後，即鐵崖晚年歸隱松江時期。繫年
依據：文中曰吳觀善“自杭之淞，謁東維先生”，而東維子乃鐵崖晚年別
號。吳氏：吳觀善，即范觀善，字思賢，號巢雲子，原籍大梁（今河南 開
封），南宋時徙居錢塘，遂爲杭州人。觀善爲吳仁榮長子，元季以醫術聞
名，尤擅兒科。家有軒名清逸，隱逸避世，人稱“東皐隱者”。按：鐵崖早
在杭州爲官時即與吳觀善交往，并爲撰文數篇，參見鐵崖文集卷三東皐隱
者設客對、楊鐵崖先生文集全錄卷三巢雲子傳，以及南屏雅集詩卷序（載
佚文編）。

〔二〕徐防禦：吳觀善外高祖，宋人，爲防禦使，以擅長醫小兒著稱。參見徐一夔
始豐稿卷一東皐隱者序贊。

〔三〕文正范公：即北宋范仲淹。

〔四〕“吾悼”二句：新書校注卷三時變：“秦人有子，家富子壯則出分，家貧子壯
則出贅。”注：“王先謙引錢大昭曰：漢書 嚴助傳注：‘賣子與人作奴，名曰
贅子，三年不能贖，遂爲奴婢。’子壯出贅，謂其父子不相顧，唯利是嗜。其
贅而不贖，主家以女匹之，則謂之贅婿，故當時賤之。”

送于師尹游京師序〔一〕

士有學周、孔之藝者〔二〕，不幸不薦于有司，而其志不甘與齊民共
耕稼，則思自致于京師。不幸其藝又不偶，始不免資小道，干王侯，以
冀萬一之遇者，十恒八九。若星風之占①，支干之步，色鑑骨摩，以及
瞽巫妖祝、驅丁役甲、丹沙黃白水火之術，凡可以射人隱，簧人惑，一
詭所遇者，無不屑爲焉。而其近儒道，爲貴官徹②卿心敬而身禮者，則
無出於岐 黃氏之伎也〔三〕。蓋岐 黃氏之伎，司人死生命，而百家衆伎之
莫能尚也。高自獎其③道者，且曰“上醫醫國”〔四〕。

吾嘗在京師，視岐 黃氏之流封閟笈中藏，雍④侍女，從百金馬王侯
庭中，或出入禁掖，無所顧忌。小則要金千賚，大則要暴位顯要，不以

一旦⑤疏賤爲嫌也。嘻,若是者,豈吾道之左使然耶? 抑公卿不樂於正薦士之所致耶?(先生曰:"讀至此,不一唱三嘆,非知言已。")

　　天台于師尹與其兄舜道,嘗從余游〔五〕。舜道以經學中進士第〔六〕,而師尹連不得志于有司,今⑥不遠萬里游京師,來丐予言以別。予曰:"師尹懷才藝,不耦于時,何分於中外彼此哉?"師尹曰:"儒伎不利,吾旁挾⑦者,岐黃氏之伎也。不耦於此,將有耦於彼乎!"予悲其藝成而未利,而壯其志之必有成也,於是乎序。

【校】

① 占:原本作"古",據文淵閣四庫全書本改。

② 徹:四部叢刊本作"徵"。

③ 其:原本作"妄",據文淵閣四庫全書本改。

④ 雍:文淵閣四庫全書本作"擁"。

⑤ 旦:原本作"且",據四部叢刊本、文淵閣四庫全書本改。

⑥ 今:原本作"令",據文淵閣四庫全書本改。

⑦ 挾:四部叢刊本作"狹"。

【箋注】

〔一〕文當撰於元至正十年(一三五〇)以前。繫年依據:于舜道、于師尹兄弟二人皆曾爲鐵崖弟子,據本文"舜道以經學中進士第,而師尹連不得志于有司,今不遠萬里游京師"等語推之,其時舜道必健在。而于舜道大約在至正十年辭世,參見後注。于師尹:師尹當爲其字,其名不詳,臨海(今屬浙江台州市)人。與兄于凱皆曾師從鐵崖。科舉連年不利,遂行醫謀生。

〔二〕周、孔:指周公、孔子。

〔三〕岐黃氏:岐伯與黃帝,相傳爲中醫學始祖。

〔四〕上醫醫國:唐孫思邈孫真人備急千金要方論診候第四:"古之善爲醫者,上醫醫國,中醫醫人,下醫醫病。"

〔五〕"天台"二句:于凱爲天曆三年進士。其兄弟二人師從鐵崖學春秋,當在鐵崖任天台縣令之時,即天曆年間。

〔六〕舜道:名凱。錢大昕元進士考著録天曆二年己巳江浙行省鄉試中舉者曰:"于凱,台州人,第二名。春秋。"又,康熙二十二年序刊臨海縣志卷五選舉志:"至順三年壬申王文華榜:于凱,字舜道。任嵊縣丞。"按:臨海縣志記載于凱中進士時間以及榜首名字皆有誤,據元史選舉志:"天曆三年春三月,廷試進士篤列圖、王文燁等九十有七人。"又,元劉仁本羽庭集卷六約庵記:"昔吾友臨海于舜道氏講春秋三傳于吾邑,邑子王起潛實從之學,得其要領。既而舜道膺浙省魁,薦登春官上第,出宦途……舜道即去世,余亦奔走塵軟,不及見者十餘年。至正癸卯之歲留四明,起潛遠介其子汝言及秦貴初來請。"綜上所述,于凱字舜道,臨海人。早年於天台縣授學,講春秋三傳。天曆二年江浙行省鄉試,以春秋經中第二名。次年爲進士,授職嵊縣丞。又據"舜道即去世"等語推之,于凱於至正二十三年癸卯前"十餘年"謝世,當卒於元至正十年前後。

送沈均父序[一]

予友漕使拙齊①公[二],爲予談太末有奇士[三],曰沈平氏,字均父,自號自量,宋少師某之七葉孫也。其爲人斬斬有風操,人有過,面折之,疾浮屠氏如糞蛆。明經,試有司弗售,即焚棄舉子伎,以岐黄術自隱。至正中,境有桀民弄兵者,守將莫孰何。君起,率鄰邦大俠,合券甲,用浙垣摠戎令,禽之若狐兔,盡夷其穴巢,一邑賴以安。又龍邑令翟某者[四],貪沓,與豪斷民相根株,齟齬其民無屬饜。君件其狀,走部刺史白之,翟與根株連坐,徙實邊,人稱快。佗墨吏見君,曰"此白衣言事生也"。

吾聞而異其人。無幾何,君游淞,相見。視其貌若荏而中精悍無敵。質所行爲,不誣。宿留九山[五],月餘別去。淞人士能詩者歌以餞之,而以首屬余。余以士有匹夫而任人倫世教之重,一言一動,切於救時,如負祿位者,謂非毅然豪杰之士不可,如魯仲連[六]、郭林宗[七]、石徂徠其人是已[八]。世降以還,士氣不作,代果無若人乎?吾於均父見士氣之猶古也。嘻,世有任人之言責,往往爲瘖蟬伏馬;而吐不平者,乃在巾澤之士。世道不幸,亦世道之幸歟!後之求均父者,於吾文有徵,其得以詭托者信爲扁、倉流乎[九]!是爲叙。

【校】

① 齊:或當作"齋"。

【箋注】

〔一〕文撰於元至正二十年(一三六〇)以後,即鐵崖晚年歸隱松江時期。繫年
　　依據:其一,文中曰"至正中,境有桀民弄兵者",又曰"世降以還,士氣不
　　作",當爲至正後期。其二,文中曰"君游淞,相見",可見當時鐵崖寓居松
　　江,蓋自杭州退隱之後。沈均父:生平僅見此文。

〔二〕拙齊公:拙齊當爲其別號,名字生平不詳。所謂"漕使",或即海漕府官
　　員。參見東維子文集卷十二海漕府經歷司記。

〔三〕太末:古縣名。據後漢書郡國志,太末縣屬會稽郡。又按元史地理志:
　　"衢州路本太末地,唐析婺州之西境,置衢州路。改信安郡,又改爲衢州。
　　元至元十三年改衢州路總管府。"

〔四〕龍邑:龍游縣。龍游於元代隸屬衢州路,今屬浙江衢州市。

〔五〕九山:指松江九峰。

〔六〕魯仲連:戰國齊人。事迹詳見史記魯仲連列傳。

〔七〕郭林宗:東漢郭太。後漢書郭太傳:"郭太,字林宗,太原界休人也……或
　　問汝南范滂曰:'郭林宗何如人?'滂曰:'隱不違親,貞不絕俗,天子不得
　　臣,諸侯不得友,吾不知其它。'"

〔八〕石徂徠:北宋石介。宋史儒林傳:"石介,字守道,兗州奉符人。進士及
　　第,歷鄆州、南京推官。篤學有志尚,樂善疾惡,喜聲名。遇事奮然敢
　　爲……有徂徠集行於世。"

〔九〕扁、倉:指上古名醫扁鵲、西漢良醫倉公。其事迹詳見史記扁鵲倉公
　　列傳。

卷六十三　東維子文集卷九

卷六十三　東維子文集卷九

送周處士還山序〔一〕

余讀魯莊公之春秋〔二〕,未嘗不義曹劌之爲人也〔三〕。劌非魯之在位大夫也,又非魯之疇人鉅室也,公將與齊戰,在位者亡言,而劌出見公,開説戰論。劌豈懷利以要君,盜名以奸世乎? 魯爲齊弱,誠不忍其君將或北,而其宗社之或偾也。噫,使魯在位君子皆如劌之憂,爲其君深謀而遠計,魯有不霸乎? 長勺勝齊之後,劌遂爲大夫矣。君子賀魯之有劌,又賀劌之言效於魯,非要君以奸世者也。

南州處士周靖氏,當紅賊陷吴興〔四〕,上戰守之策於統兵主將。將韙①其言而未用。參相楊公舉其人〔五〕,以爲可以置之樞機之地。薦章數上,處士又拂衣而去。夫處士豈有要於君、奸於時者耶? 參相之力舉處士也,亦豈有私於處士耶? 將用劌於長勺之後也。處士不受薦辟,至拂衣去,則有信其非盜名懷利也諗也。處士道過杭北門,出所陳策見予,予喜其言已達於時之君子也,言之利不利不在己,而卒返諸故山,處士將不得班於曹子乎! 一命之榮,不足爲處士賀,予將賀其言有效於時之君,如②曹子之效於魯也。於是乎書。

【校】

① 韙:原本作"韙",據文淵閣四庫全書本改。
② 如:原本作"子",據文淵閣四庫全書本改。

【箋注】

〔一〕文當撰於元至正十六年(一三五六)三月之後、同年六月之前,其時鐵崖在杭州任税務官。繫年依據:其一,文中述及"參相楊公",即苗帥楊完者。楊完者至正十六年三月陞任江浙行省參政,故本文必撰於此後。其二,當時鐵崖寓居"杭北門",而鐵崖於至正十六年秋調任建德理官,知此文撰於赴任建德之前。周處士:周靖,生平僅見本文。

〔二〕魯莊公之春秋：指春秋所述魯莊公時事迹。

〔三〕曹劌：或作曹沫。春秋時魯國人。左傳莊公十年：“春，齊師伐我。公將戰，曹劌請見。……公與之乘，戰于長勺，公將鼓之，劌曰：‘未可。’齊人三鼓，劌曰：‘可矣。’齊師敗績。”長勺，位於今山東萊蕪。

〔四〕“南州”二句：“南州”，泛指“南人”所居地，即原南宋所轄州郡。紅賊陷吳興，元至正十二年七月，紅巾徐壽輝部攻陷杭州；九月，攻陷吳興。參見續資治通鑑卷二百十一元紀二十九。

〔五〕參相楊公：蓋指苗將楊完者。按歷代通鑑輯覽卷九十九：“初，江南始亂，達識鐵木邇等屢敗。議者以爲苗軍可用，遂自寶慶招土官楊完者至淮南殺賊。以功累官江浙行省參政。”注：“（楊完者）字彥英，武岡綏寧人。”又，至正十六年三月，張士德攻陷平江路，江浙丞相達識鐵木邇請楊完者來守嘉興，楊完者擁兵邀官，達識鐵木邇被迫予以江浙行省參政一職。參見續資治通鑑卷二百十三元紀三十一。

送鄭處士序〔一〕

朝廷選用文武吏，於大小在①位無以稱選，則下詔丘園，慮有憤世而去者，求之如弗及。獅山處士鄭子美氏，隱居山中四十年，言者聞②□□朝廷用③起之。中使詣門勸駕者至再，而處士起就道。所與游者自吳詢而下若干人〔二〕，咸爲歌詩以送之，又屬會稽楊某爲之叙。

某辭不獲，則將有詰於鄭子者：“嘻，今之舉逸人，非太平文典已。國家失太平五六年，吏日不遑支④，民日不聊生也，始急俊傑於在位之外，鄭子挾何術往？嘻，淮之右〔三〕，江之左〔四〕，寇之挺禍者不狹矣，子能帶劍挺鈹，出入戎馬，轉鬭數千里，使兵不知疲而敵不知禦乎？”曰：“未能也。”“寇無臣主，阻山負海，各據要害，以稱孤長。子能單騎至⑤其所，談笑而道之，使即投戈倒幟，復爲良黔首乎〔五〕？”曰：“未能也。”“哀哀生齒，路⑥死鋒鏑，復死征歛，子能弔死存疾，徠流亡，安反側，使復有更生之地乎〔六〕？”曰：“未能也。”“未能，子與今在位吏畢爲廢物，縣官責名，將不利處士！”鄭子栗然起，曰：“贈吾言者盡頌〔七〕，未有如先生稱詞之危也。幸先生有以教我。”於是舉酒，申之以祝詞。詞曰：

安危成敗料如著，功過賞罰信若時，主弗貳臣臣弗欺。離以獨照,驥不匹馳,小人退兮君子以大來。(叶。)填九鼎,豎四維,狂流橫潰兮仍束之。持國是兮臣所職,(叶"知"。)臣不職兮神聽之。

　　詞畢,鄭子再拜,酌酒酹軾而行,曰:"所不知規者,有如軾!"

【校】

① 在:原本作"無"。然下文曰"民日不聊生也,始急俊傑於在位之外",明顯承上而言,故徑爲改正。

② 聞:原本作"問",據文淵閣四庫全書本改。

③ 用用:此處有誤。文淵閣四庫全書本無上一"用"字,注曰"闕"。

④ 攴:文淵閣四庫全書本作"支"。

⑤ 至:原本無,據文淵閣四庫全書本補。

⑥ 路:原本作"潞",據文淵閣四庫全書本改。

【箋注】

〔一〕文當撰於元至正十四年甲午(一三五四)鄭玉受聘之初,其時鐵崖在杭州任稅課提舉司副提舉。繫年依據:鄭處士即鄭玉,朝廷徵聘鄭玉,在至正十四年甲午。鄭玉(一二九八──一三五八),字子美,徽州歙縣人。隱居講學,建師山書院,人稱師山先生。至正十四年,朝廷徵召隱士,以翰林待制徵之,以疾中道而返。十七年,明軍至徽州,被拘,夫婦同縊死。著述頗多,有春秋闕疑、周易大傳附注、程朱易契、餘力稿等。參見師山集附錄師山先生鄭公行狀、元史忠義傳、弘治徽州府志卷九人物忠節傳。按:元史所述鄭玉晚年蹤迹,有錯訛或自相矛盾之處。元史忠義傳曰至正十四年徵隱士鄭玉;同書順帝本紀則曰至正十五年六月"徵之,不至"。鄭玉中道折返,未抵京師是實,所謂"至正十五年六月徵之"則誤。弘治徽州府志卷十一詞翰載元人汪仲魯七哀辭序,曰:"至正甲午,朝廷用大臣薦,遣使以翰林待制召(鄭玉)先生。起而拜命,束書就道。道中疾作,遂還山。"可見鄭玉確曾赴京就職,只因身體欠佳,中道而返。雖未就任,但實際已受官職,故此後其友多以官名呼之,如宋濂即稱之"鄭內翰"。參見宋學士文集卷九鮑氏慈孝堂銘。

〔二〕吳詢:未詳。按:疑吳詢之"詢"爲"訥"字之誤。吳訥亦徽州人,與鄭玉相識且交好,新安文獻志卷九十七朱同吳萬户訥傳:"至正末,蘄黄盜破徽州,待制鄭玉、前進士楊維禎薦其才於浙省。"

〔三〕淮之右:指淮西郭子興、朱元璋等起義軍。

〔四〕江之左：指江南張士誠、方國珍等起義軍。

〔五〕“單騎至其所”四句：蓋指唐朝大將郭子儀，參見陳善學序刊楊鐵崖先生
　　文集卷三免胄行注。

〔六〕“哀哀”七句：吳越春秋卷四勾踐入臣外傳：“大夫皋如曰：‘修德行惠，撫
　　慰百姓；身臨憂勞，動輒躬親；吊死存疾，救活民命；蓄陳儲新，食不二味；
　　國富民實，爲君養器：臣之事也。’”

〔七〕贈吾言者：指鄭玉友人趙汸、徐大年等。參見師山集附錄趙汸賀鄭子美
　　先生受詔命書、徐大年賀鄭子美先生被徵命啟。

送王熙易①客南湖序〔一〕

　　軍興，仕者弗由中出，多由外便宜版授。版授者，不時禄食，則陽
陽而去矣。其人也，進無禄仕，退又或失其生產生事，盹盹焉不獲置
其身於有所，雖賤夫賈販富人相幹屑爲。又甚牙校權貴之貴，依憑根
穴，以持郡縣短長，武斷脅制，而後可以裕一身及一家之養。吁，此士
下下之爲也，去盜寧幾哉！高等者，無禄則歸歟爾，晦無以歸，卧山蹈
海，爲魯連子〔二〕，爲夷、齊子爾〔三〕。有甚不獲已，挾技爲門下客，而技
亦傳者之技也，不然，去賈幹而下又幾哉！

　　東州王子熙易〔四〕，有仕才而無所於仕，爲貧而起。則將有版授
之者，又以虛役無廩食之及，則去而挾其技爲宛陵南湖之客，南湖，蓋
今禮部貢公之所家也。南湖給告歸休，業又上觀。王子之行，出其招
而往也，顧未知王子執所技往何出？王子曰：“噫，吾技，父師教吾以
聖賢之技也，將使貢公相天子，不欲食於農，不資兵於盜，不以物估②
壓楮價，於③天下之民而已矣。舍此求吾，去賈幹而下者無幾，吾爲魯
連子而已耳，夷、齊子而已耳！”余偉其言與其執技，遂叙以別，且爲告
南湖曰：“南湖不舉客則已，舉客當自王子始！”

【校】

① 易：原本作“易”，徑改。下同。詳見東維子文集卷六王希暘文集序。
② 估：四部叢刊本作“佔”。
③ 疑“於”字上脱字。

【箋注】

〔一〕文當撰於元至正十五年（一三五五）或稍後。王熙易：即王廉。參見東維
子文集卷六王希暘文集序。南湖：位于宣城（今屬安徽），此代指貢師泰。
貢師泰爲宣城人，元史有傳。按玩齋集附録貢師泰年譜，至正十五年（一
三五五）十月，貢師泰任禮部尚書。十七年十月，江浙丞相達識鐵木邇以
便宜授予兩浙轉運使，貢師泰則隱居杭州西山。十九年正月，授予户部尚
書之職。本文稱貢師泰爲"今禮部貢公"，又曰"給告歸休，業又上觀"，當
爲至正十五、六年間事。

〔二〕魯連子：指魯仲連。史記魯仲連列傳："魯連逃隱於海上，曰：'吾與富貴
而詘於人，寧貧賤而輕世肆志焉。'"

〔三〕夷、齊子：指周初隱士伯夷、叔齊。史記伯夷列傳："武王已平殷亂，天下
宗周，而伯夷、叔齊耻之，義不食周粟。隱於首陽山，采薇而食之。"

〔四〕東州：蓋泛指浙東。王熙易爲浙東麗水人，參見東維子文集卷六王希暘
文集序。

太史印譜序〔一〕

　　予嘗悼字有六書故（戴侗①）〔二〕，而四目之文始鑿矣〔三〕。幸不鑿
者，存頡之十五篇〔四〕，字凡百四十，爲篆籀本。又不幸爲分韻所鑿〔五〕，
字有創入者矣，如鎊鏟犂鋸竃，入鍾鼎；泂舫㵼魦，又續入圖經隱訣諸
書〔六〕，四目氏之法，至此誠一厄矣。

　　齊郡太史子玄氏，博古如子産〔七〕，識字如子雲〔八〕，嘗續注爰
歷〔九〕、埤雅〔十〕，是編則漢、魏、晉、唐官私印文也。摹印在八體之
一〔十一〕，則是編去古爲近。然吾觀漢文多簡古，雖篆亦與隸等，無枝脚
之蔓。及觀唐文宋文，皆有衍出於繆者，豈漢文②去古尚近，而唐、宋
去之日遠日③繆耶？抑漢士識字者多，而唐、宋識字者少耶？吾於子
玄問之，子玄曰："馬援，武材也，上書言伏波印文之説，下大司空正郡
國印章〔十二〕，則先生云漢傳識字者多，信矣！"

　　雖然，有吳延陵君子之墓，孔子之書僅六而已，而四文創入，蓋又
漢人益以方篆之體，假聖文以欺後人耳〔十三〕。予於漢人不能無憾，而

於唐、宋又何責④焉？遂録以爲太史印譜序。

【校】

① 戴侗：原本爲正文大字，誤，徑改爲小字注文。文淵閣四庫全書本作“戴侗六書故”。
② 漢文：原文作“漢漢文”，據文淵閣四庫全書本删。
③ 日：原本作“曰”，據文淵閣四庫全書本改。
④ 責：原本作“貴”，據文淵閣四庫全書本改。

【箋注】

〔一〕文蓋撰於元至正十二年（一三五二）前後，其時鐵崖在杭州任税務官。繫年依據：其一，太史子玄曾師從且伴隨貢師泰，鐵崖與之交往，或與貢師泰有關。而鐵崖與貢師泰交往，在至正十二年、十九年爲官或寓居杭州期間，撰序當在上述二年前後。其二，太史印譜乃漢、魏、晉、唐官私印文之彙編，太史子玄有閒心編纂，鐵崖有心情撰序，蓋其時天下尚未大亂，故當爲至正十二年。太史：太史子玄，山東人。元季曾師從貢師泰，明洪武十七年前後任始興縣（今屬廣東）丞。與吳訥、張昱、藍仁等皆有往來。參見張昱贈太史子玄還閩中子玄侍其師貢秘卿由海道遂赴京師至浙西秘卿死（載可閒老人集卷三）、藍仁送太史子玄之忻城縣丞（載藍山集卷四）、朱善送廣州太守張藁序（載朱一齋先生文集廣游文集卷一）。

〔二〕六書故：四庫全書總目卷四一六書故三十三卷：“宋戴侗撰。……凡分九部：一曰數，二曰天文，三曰地理，四曰人，五曰動物，六曰植物，七曰工事，八曰雜，九曰疑。盡變説文之部分，實自侗始……説亦頗辯，惟其文皆從鐘鼎，其注既用隸書，又皆改從篆體。非今非古，頗礙施行。”

〔三〕四目之文：指倉頡所創文字。四目，喻指倉頡。相傳倉頡有四眼，其造文字之時，天雨粟，鬼夜哭。

〔四〕頡之十五篇：疑此將上古倉頡篇，與周宣王時太史所作史籀十五篇合而爲一。上古倉頡篇早已佚失，後世所見蒼頡篇七章，乃秦相李斯撰。參見漢書藝文志。

〔五〕分韻：即漢隸分韻。四庫全書總目卷四一漢隸分韻七卷：“不著撰人名氏，亦無時代。考其分韻，以一東二冬三江等標目，是元韻，非宋韻矣。其書取洪适等所集漢隸，依次編纂；又以各碑字迹異同，縷列辨析。”

〔六〕隱訣：道藏内記載諸多隱訣，其中陶弘景所撰登真隱訣三卷較著名，多爲本草圖經等書籍引録。

〔七〕子産：春秋時鄭國卿相。左傳昭公元年：“晉侯聞子産之言，曰：‘博物君子也。’重賄之。”

〔八〕子雲：即西漢揚雄。説文解字敍：“黃門侍郎揚雄采以作訓纂篇，凡蒼頡以下十四篇，凡五千三百四十字。群書所載略存之矣。”

〔九〕爰歷：説文解字敍：“（李）斯作蒼頡篇，中車府令趙高作爰歷篇，大史令胡毋敬作博學篇，皆取史籀大篆，或頗省改，所謂小篆者也。”

〔十〕埤雅：四庫全書總目卷四十埤雅二十卷：“宋陸佃撰……初名物性門類。後注爾雅畢，更修此書，易名埤雅，言爲爾雅之輔也。其説諸物，大抵略於形狀而詳於名義，尋究偏旁，比附形聲，務求其得名之所以然。又推而通貫諸經，曲證旁稽，假物理以明其義。中多引王安石字説。”

〔十一〕八體：説文解字敍：“自爾秦書有八體：一曰大篆，二曰小篆，三曰刻符，四曰蟲書，五曰摹印，六曰署書，七曰殳書，八曰隸書。”

〔十二〕馬援：東漢開國將領之一。東觀漢記卷十二馬援列傳：“上以援爲伏波將軍。援上言：臣所假伏波將軍印，書‘伏’字‘犬’外嚮；成皋令印，‘皋’字爲‘白’下‘羊’，丞印‘四’下‘羊’，尉印‘白’下‘人’、‘人’下‘羊’。一縣長吏，印文不同，恐天下不正者多。符印所以爲信也，所宜齊同。薦曉古文字者事，下大司空正郡國印章。奏可。”

〔十三〕“有吳”五句：謂季札墓碑爲孔子所題，然僅存六字，有漢人所書四字竄入。延陵君子，指季札。元吾丘衍學古編卷下延陵季子十字碑：“人謂孔子書，文曰‘嗚呼有吳延陵君子之墓’。按古法帖，上止云‘嗚呼有吳君子’而已，篆法敦古，似乎可信。今此碑妄增入‘延陵’、‘之墓’四字，除‘之’字外三字，是漢人方篆，不與前六字合。借夫子以欺後人，罪莫大於此。”

西山序〔一〕

東陽有蔣君子者〔二〕，家在東畫①水〔三〕、西峴山之間〔四〕。家之西，又闢地，理泉石華竹，曰沱曰谷，曰屏曰洞，曰亭、壇、臺、圃，其凡十有四所，總而命之曰西山別墅。君時時與太夫人者燕游其中，或與東閭西里仕而歸者飲酒賦詩，以樂其樂也。其攬物爲詩，凡若干首；自金華先生而次〔五〕，和其詩者又凡若干首。好事者遂圖其墅，裒其詩，而求一言於會稽楊子。

楊子曰，嘻，嘗品人地於西山，吾有其論。西山有薇，食周餓夫[六]。而餓夫之特立獨行，師表百代者，實無負於西山。周以降，山出爽氣以納乎韻人之抱，世以王馬曹拄頰當之[七]。然馬曹者不得爲餓夫之清，而徒清於譚焉尔②。事不料理，高視西山，曾無裨於典午氏宗社之廢[八]。西山負馬曹，馬曹負西山耶？

蔣君子者，有仕才而不仕，蓋幸生承平之世，與餓隱時異，不敢詭高於食薇，顧行其素於西山。耕穀蠶絲，足以養吾之身；華草月露，足以養吾之心。職於孝者以事親，職於義者以奉賓，視西山之爲晴爲雨，爲霏爲爽，皆吾之四時朝暮。被吾聲歌者，一草一木咸有德色，是又君子之素，不必强同於拄頰者之云。嘻，持吾論以品人地於西山，若蔣君子者，西山何負於君子，君子何負於西山乎？

予未識君子，縣金華先生識之。未游其墅，縣先生之詩若游之。於是乎叙。

【校】

① 畫：原本及校本皆作“畫”，據東陽縣志徑改。
② 焉：文淵閣四庫全書本作“馬”。尔：四部叢刊本作“亦”。

【箋注】

〔一〕文撰於元至正初年。繫年依據：文中曰“縣金華先生識”東陽蔣君子，故其時必爲黃溍生前。又謂蔣君子“幸生承平之世”，知其時紅巾尚未起事，故當在至正十年（一三五〇）以前。
〔二〕東陽：按元史地理志，東陽縣隸屬於江浙行省婺州路。今屬浙江金華市。蔣君子：蔣子晦。子晦當爲其字。其家有遠懷亭，黃溍曾爲撰記。參見金華黃先生文集卷十五遠懷亭記、道光東陽縣志卷二十三勝迹。
〔三〕畫水：即畫溪。道光東陽縣志卷三溪：“畫溪，在縣西南四十五里。”
〔四〕西峴山：道光東陽縣志卷三山：“西峴峰，高三百丈，周十里。左爲摘星巖。”又，韻語陽秋卷五：“東陽峴山去東陽縣亦三里，舊名三丘山。宋商仲文素有時望，自謂必登臺輔，忽除東陽太守，意甚不樂。嘗登此山，悵然流涕。郡人愛之，如襄陽之於叔子，因名峴山。二峰相峙，有東峴、西峴。”
〔五〕金華先生：指黃溍。元史有傳。

〔六〕“西山有薇”二句：指伯夷、叔齊不食周粟，隱於首陽山，采薇而食。參見
　　史記伯夷列傳。

〔七〕王馬曹：指王徽之。晉書王徽之傳：“徽之字子猷。性卓犖不羈，爲大司
　　馬桓溫參軍，蓬首散帶，不綜府事。又爲車騎桓沖騎兵參軍，沖問：‘卿署
　　何曹？’對曰：‘似是馬曹。’”西山事，參見鐵崖先生詩集甲集追和鮮于公
　　寄山齋先生釣石詩注。

〔八〕典午氏：即司馬氏，借指晉朝。

送如一翁歸曲江草堂序〔一〕

　　曲江錢如一翁，自冠年工五字詩及七言大章，嘗以詩經義領鄉
薦，而不償于禄仕〔二〕。人咸稱其詩，詩似杜，其平生艱竄阨，亦近似
之草堂。錢塘，即曲江也。如一應辟藩闑者二十餘年，仰給升斗孔子
廟〔三〕，草堂亦荒矣。少陵避亂于鄜〔四〕，轉秦州〔五〕，流落劍南〔六〕。蜀
亂，逃梓州〔七〕，再歸成都，而草堂在浣花里者屢破矣。其破也，有王錄
事、王司馬輩爲之修起〔八〕。至宋吕相鎮成都〔九〕，又爲作草堂故址，繪
先生象於中。翁數嘗寇亂，今亂定，獲歸錢唐，第未知草堂不爲風雨
所破，則爲戎馬所蹂躪，果無恙不①？

　　吾聞今浙垣大一辨章朱公方偃武事〔十〕，延致舊德碩儒，俎豆於雅
歌壺矢間，太平有象，於此乎見。車騎虛左，或過翁草堂，問風雨無
恙；即有恙，不有修起於録事、司馬者，其不爲翁重構如成都吕相乎？
果爾，相國之尊賢爲不誣矣。吾於如一之行卜之。

【校】

① 不：文淵閣四庫全書本作“否”。

【箋注】

〔一〕文撰於元至正末年，其時鐵崖寓居松江。繫年依據：其一，文中曰“如一
　　應辟藩闑者二十餘年”，而錢如一出仕不早於至正初年。其二，至正十九
　　年十二月，朱元璋屬將常遇春攻打杭州，衆多杭民餓死。本文既曰“今亂
　　定”，故必在至正二十年以後。其三，文中曰“今浙垣大一辨章朱公方偃武

事",所謂"朱公",指朱暹。朱暹何時駐守杭州,不得而知,然明軍攻打湖州之際,朱暹奉命馳援而戰歿(或云投降),時爲至正二十六年冬。由此推之,本文所撰,當在至正二十年(一三六○)至二十六年之間。如一翁:錢惟善。明史文苑傳:"錢惟善,字思復,錢塘人。至正元年省試羅刹江賦……辨錢塘江爲曲江,由是得名,號曲江居士。官副提舉。張士誠據吳,遂不仕。"又,新元史錢惟善傳曰:"又自稱心白道人。著有江月松風集十二卷。官至副提舉。張士誠據吳,退隱吳江之筒川,未幾卒。"又,元末松江靜安寺住持釋壽寧輯録靜安八詠詩集,録有錢惟善詩作,著録曰:"錢惟善字思復,號如一道人,曲江人。"又,嘉慶松江府志卷六十二寓賢傳:"張士誠據吳,(錢惟善)遂不仕。寓居華亭,與楊維禎、陸居仁結詩文社。其稿華亭夏溥序行之。"同書卷七十九名迹志冢墓:"三高士墓,在干山東麓。三高士者:楊維禎、錢惟善、陸居仁也。明正統五年,巡撫侍郎周忱刻碑,樹之府學講堂西夾室,而自爲之跋。"按:錢惟善出任江浙儒學副提舉,實在"張士誠據吳"之後。然後隱居并終老於松江,明初尚存於世,卒年在洪武十二年(一三七九)以後。被譽爲"松江三高士"之一。參見西湖竹枝集詩人小傳、鐵崖先生詩集甲集送錢思復之永嘉山長,以及黄仁生撰錢惟善生平事迹中若干問題獻疑(文載上海市松江區地方志辦公室編三高士與松江一書)。曲江草堂:民國杭州府志卷三十古迹二錢塘縣:"曲江草堂在五雲山下。"

〔二〕"嘗以詩經"二句:指錢惟善至正元年以詩經應試而高中,蓋因進士考失利而未得官。南濠詩話:"元錢思復惟善嘗赴江浙省鄉試,時出浙江潮賦,三千人中皆不知錢塘江爲曲江,思復獨用之。蓋出枚乘七發。考官得其卷,大喜,置於前列。思復歸,乃構曲江草堂,暮年自稱曰曲江老人。"按:或謂"領鄉薦"指鄉試第一,然今存皇元大科三場文選著録至正元年江浙鄉試第一名爲林温,并非錢惟善。且其年江浙鄉試所考賦題,不是羅刹江賦,亦非浙江潮賦,而是浙江賦。參見羅鷺撰青雲梯和新刊類編歷舉三場文選所録元代江浙鄉試賦題考。

〔三〕仰給升斗孔子廟:指錢惟善所任,皆學官或教職。據黄仁生考察,錢惟善先後擔任過常熟州書吏、永嘉書院山長、嘉興傳貽書院山長,以及江浙儒學副提舉等職。

〔四〕鄜州:今陝西鄜縣。據朱鶴齡撰杜工部年譜,至德元年(七五六),杜甫避亂鄜州。

〔五〕秦州:今甘肅天水縣。據杜工部年譜,乾元二年(七五九),杜甫赴秦州。

〔六〕劍南: 唐貞觀初年設劍南道,在劍閣之南,故名。治成都。據杜工部年譜,
　　　上元元年(七六○)杜甫卜居成都浣花溪,營建草堂。

〔七〕梓州: 今四川三台縣。據杜工部年譜,寶應元年,杜甫抵梓州。

〔八〕"其破也"二句: 王錄事、王司馬爲杜甫修草堂,參見杜甫王錄事許修草堂
　　　資不到聊小詰、王十五司馬弟出郭相訪遺營草堂資二詩。

〔九〕吕相: 指吕大防。吕大防字微仲,北宋元祐元年(一○八六)拜尚書右丞,
　　　進中書侍郎,封汲郡公。宋史有傳。宋祝穆方輿勝覽卷五十一成都府路:
　　　"梵安寺,在成都縣南,與杜甫草堂相接。每歲四月中澣前一日,太守宴集
　　　於此。吕大防建草堂,繪少陵像;張燾盡取少陵詩,勒石刻置焉。"

〔十〕大一辨章朱公: 指張士誠屬下平章朱暹。朱暹與文人高啟、楊基、王逢等
　　　皆有交往。元季伏莽志卷六盜臣傳:"朱暹,字秦仲,士誠命與王晟同援湖
　　　州者,以善戰聞。明將薛顯以舟師攻其援兵,敗,遂同五太子降於明。又
　　　云歿于軍。(高啟聞朱秦仲戰歿詩云……楊基亦有詩云……)暹鎮淮安
　　　時,嘗宴神保大王於邸第,命伶人彈白翎雀,音調悽婉。時酒闌灯炧,雪霰
　　　交下,席帽山人王逢亦在座,衆屬逢作詩歌。逢抒詞慷慨,援筆立就,一座
　　　盡傾。暹武人,而與文士相交,其人有足取者焉。"又,明太祖實錄卷二十
　　　一:"(丙午八月)己巳,常遇春擊敗張士誠兵於湖州港口……士誠又遣平
　　　章朱暹、王晟,同僉戴茂、吕珍,院判李茂及其第五子號五太子者,率兵六
　　　萬來援,號三十萬。"

風月福人序〔一〕

　　白樂天晚年歸休洛中〔二〕,娛老者琴歌酒賦,有鄧同、韋楚〔三〕、元、
劉爲唱和友〔四〕,蠻、素、容滿爲樂酒具〔五〕,又有晉公爲雅道主〔六〕。優
游蔗①境十有餘年,身不陷甘露禍轍〔七〕,自謂"福人"。然其詩有"病
與樂天相伴在,春隨樊子一時歸〔八〕",則其懷抱猶有惡者。

　　吾未七十休官〔九〕,在九峰三泖間殆且二十年〔十〕。優游光景,過於
樂天。有李(五峰)〔十一〕、張(句曲)〔十二〕、周(易癡)〔十三〕、錢(思復②)爲唱和
友〔十四〕,桃葉、柳枝、瓊花、翠羽爲歌飲伎〔十五〕,第池臺花月主者乏晉公
耳。然東諸侯如李越州〔十六〕、張吳興〔十七〕、韓松江〔十八〕、鍾海鹽聲伎高
讌〔十九〕,余未嘗不居其右席,則池臺主者未嘗乏也。風日好時,駕春水

宅(先生舫名。)赴吳越間〔二十〕,好事者招致,效昔人水仙舫故事〔二十一〕,蕩漾湖光島翠間③,望之者嚅銕龍仙伯,顧未知香山老人有此無④也〔二十二〕。客有小海生〔二十三〕,賀余爲"江山風月福人",且貌余老像,以八字字之。又賦詩其上,曰"二十四考中書令〔二十四〕,二百六字太師銜〔二十五〕。(伯顏太師。此二句本先生句也。)不如八字神仙福,風月湖山一擔擔。天年直至九十九,(先生四世祖楊佛子〔二十六〕,享年九十九。)好景長⑤如三月三。(先生嘗自言⑥:"遇憂不憂,遇病不病,遇喪亂不喪亂,胸中四時長是春也。"故自⑦號嬉春道人。名其所居窩曰春不老。有嬉春小樂章一百篇。)小素小蠻休比似,桃根桃葉尚宜男〔二十七〕。"(先生八十,精力不衰。璃、翠尚有弄瓦弄璋之喜⑧。)余和之云:"紅兜羅巾白氎衫,金鑾致仕得頭銜。家無撲⑨滿誰從破〔二十八〕,世有鐵枷人自擔。黃白未嘗傳八八,(陶八八⑩傳丹與顏真卿〔二十九〕。)龍蛇奚用辨三三〔三十〕。人間黃閣在平地,付與西京妄一男〔三十一〕。"(全不爲險韻所縛。先生嘗曰:"有才力者,韻愈險,句愈奇也。")

【校】

① 楊鐵崖先生文集全録卷四、鐵崖漫稿卷四載此文,據以校勘。蔗:原本作"庶",據文淵閣四庫全書本、鐵崖漫稿本改。

② 思復:楊鐵崖先生文集全録本作"曲江"。

③ 間:原本無,據楊鐵崖先生文集全録本、鐵崖漫稿本增補。

④ 無:楊鐵崖先生文集全録本作"否"。

⑤ 長:楊鐵崖先生文集全録本作"常"。

⑥ 先生嘗自言:楊鐵崖先生文集全録本作"九十九,蓋先生四世祖佛子,嘗曰"。

⑦ 自:楊鐵崖先生文集全録本作"其享年如此"。

⑧ 喜:原本作"嬉",據楊鐵崖先生文集全録本改。

⑨ 撲:原本作"樸",據文淵閣四庫全書本、鐵崖漫稿本改。

⑩ 陶八八:原本作"陶八",據楊鐵崖先生文集全録本、鐵崖漫稿本補。

【箋注】

〔一〕 本文乃鐵崖自述其晚年情狀,當撰於元至正二十六年(一三六六),其時鐵崖寓居松江。繫年依據:其一,文中原注曰"先生八十","八十"顯然并非鐵崖當時實際年歲,然必年逾七十。至正二十六年,鐵崖七十一歲。其二,文中所述"東諸侯",皆爲張士誠屬官,顯然當時松江尚屬張士誠轄區,而松江守臣歸附朱元璋政權,在至正二十七年正月。

〔二〕白樂天:即白居易。洛中:即洛陽。據朱金城白居易年譜,唐大和三年,白居易五十八歲,罷刑部侍郎,以太子賓客分司東都,居洛陽履道里,始優游晚年。

〔三〕鄧同、韋楚:皆布衣文人。李商隱文編年校注刑部尚書致仕贈尚書右僕射太原白公墓碑銘:"攜鄧同、韋楚白服游人間。"馮注:"公薦韋楚狀:'伊闕山平泉處士韋楚,隱居樂道二十餘年。大和六年,河南尹臣白居易狀奏。'又,詩題稱'韋徵君拾遺'。又,醉吟先生傳:'平泉客韋楚爲山水友。'"

〔四〕元、劉:指元稹、劉禹錫,兩唐書皆有傳。白氏長慶集卷七十醉吟先生傳:"與嵩山僧如滿爲空門友,平泉客韋楚爲山水友,彭城劉夢得爲詩友,安定皇甫朗之爲酒友,每一相見,欣然忘歸。"

〔五〕蠻、素、容滿:皆爲白居易姬妾。宋尤袤撰全唐詩話卷二白居易:"樊素善歌,小蠻善舞,樂天賦詩有曰:'櫻桃樊素口,楊柳小蠻腰。'"白氏長慶集卷二十四夜游西武丘寺八韻:"搖曳雙紅旆,婷婷十翠娥。(自注:)'容滿、蟬態等十妓從游也。'"又,白氏長慶集卷七十醉吟先生傳:"若興發,命家僮調法部,絲竹合奏霓裳羽衣一曲。若歡甚,又命小妓歌楊柳枝新詞十數章,放情自娱,酩酊而後已。"

〔六〕晉公:晉國公裴度。舊唐書裴度傳:"度視事之隙,與詩人白居易、劉禹錫酣宴終日,高歌放言,以詩酒琴書自樂。當時名士皆從之游。"

〔七〕甘露禍:唐文宗時,以觀察甘露爲名謀誅宦官,計劃失敗而導致一場災難。史稱"甘露之變"。

〔八〕"病與樂天"二句:出自白氏長慶集卷三十五春盡日宴罷感事獨吟,文字與通行本稍有出入。

〔九〕未七十休官:元至正十八年,鐵崖擢爲江西等處儒學提舉,未赴任。於至正十九年冬闔家退隱松江,時年六十四。

〔十〕按:至正九年,鐵崖至松江璜溪授學,直至再返松江,首尾共計十八年。然其間至正十一年至十九年,實在杭州、建德等地任官。所謂在松江九峰三泖"殆且二十年",爲虛數。

〔十一〕李五峰:李孝光。參見鐵崖先生古樂府卷六芝秀軒詞注。

〔十二〕張句曲:張雨。參見鐵崖先生古樂府卷二奔月卮歌注。

〔十三〕周易癡:周之翰。列朝詩集甲前集周處士之翰:"之翰,字申甫,華亭人。博極群書,尤精易學,自號易癡道人。兵興,隱居神山。頎然長身,松形鶴背。終日談經論史,典故亹亹不竭。晚年游涉老、莊、竺乾等書。卒年七十有六。"又,正德華亭縣志卷十五文學謂周之翰"尤通象數之學,講授於鄉。嘗撰四圖并贊,以發明象數之奧"。

〔十四〕錢思復:即錢惟善。參見本卷送如一翁歸曲江草堂序注。

〔十五〕桃葉、柳枝、瓊花、翠羽:當爲鐵崖侍妾。歸田詩話卷下香奩八題:"楊廉夫晚年居松江,有四妾:竹枝、柳枝、桃花、杏花,皆能聲樂。乘大畫舫,恣意所之,豪門巨室,爭相迎致。時人有詩云:'竹枝柳枝桃杏花,吹彈歌舞撥琵琶。可憐一解楊夫子,變作江南散樂家。'"

〔十六〕李越州:指元末任官紹興之李氏。越州:今浙江紹興。按:元季鐵崖曾舟游東南各地,參見致松月軒主者手札(載佚文編)。

〔十七〕張吳興:指元末任官湖州之張氏。疑指張經。張經爲鐵崖好友,曾任嘉定同知、松江判官,參見鐵崖先生集卷二歷代史要序。

〔十八〕韓松江:鐵崖至正二十六年三月所作朱明優戲序(載東維子文集卷十一),提及與"松帥韓侯"有交往,疑即本文所謂"韓松江"。又,至正二十七年四月松江錢鶴皋起事,所結張士誠元帥府副使韓復春,或即"松帥韓侯"。參見國初群雄事略卷八周張士誠。

〔十九〕鍾海鹽:疑指鍾聲遠元帥。玉山遺什載顧瑛廿三日過海夜宿鍾聲遠元帥宅并紀時事五十韻寄謝雪坡太守,聲遠當爲其字,蓋元末任官海鹽,故稱。

〔二十〕"風日"二句:鐵崖其時舟游暢意之狀,弟子貝瓊有詩描摹。清江貝先生詩集卷三次韻鐵崖先生醉歌:"先生愛酒稱酒仙,清者爲聖濁爲賢。清江三月百花合,江頭日坐流萍船。左攜張好右李娟,紫檀雙鳳鷗雞弦。"

〔二十一〕水仙舫故事:指崑山陶峴浪游湖山。參見鐵崖撰游汾湖記(載佚文編)。

〔二十二〕香山老人:指白居易。白居易自號香山居士,故稱。

〔二十三〕小海生:指會稽夏頤貞。參見楊鐵崖先生文集全錄卷四信鷗亭記、東維子文集卷十三知止堂記。

〔二十四〕二十四考中書令:指郭子儀。新唐書郭子儀傳:"以身爲天下安危者二十年,校中書令考二十四。八子七婿,皆貴顯朝廷。諸孫數十,不能盡識,至問安,但頷之而已。富貴壽考,哀榮終始,人臣之道無缺焉。"

〔二十五〕二百六字太師銜：指元順帝登基初年之權臣伯顔。元陶宗儀南村輟
耕録卷二權臣擅政："中書右丞相伯顔，所署官銜計二百四十六字。"

〔二十六〕楊佛子：鐵崖曾祖文修。其生平事迹參見鐵崖文集卷三楊佛子傳。

〔二十七〕桃根、桃葉：晉王獻之妾，借指鐵崖侍妾瓊花、翠羽。參見鐵崖先生
古樂府卷三羅浮美人注。

〔二十八〕"家無"句：唐齊已撲滿子："祇愛滿我腹，争知滿害身。到頭須撲破，
却散與他人。"

〔二十九〕陶八八：續博物志卷三："顔真卿遇道人陶八八，授以碧霞丹餌之，
曰：'七十上有厄，如有即吉。'後爲盧杞所陷，縊死。希烈敗，返葬，狀
貌如生，遍身金色。"

〔 三十 〕龍蛇奚用辨三三：文殊傳道故事。五燈會元卷九無著文喜禪師："師
直往五臺山華嚴寺，至金剛窟禮謁，遇一老翁牽牛而行，邀師入
寺……翁曰：'近自何來？'師曰：'南方。'翁曰：'南方佛法如何住
持？'師曰：'末法比丘，少奉戒律。'翁曰：'多少衆？'師曰：'或三百，
或五百。'師却問：'此間佛法如何住持？'翁曰：'龍蛇混雜，凡聖同
居。'師曰：'多少衆？'翁曰：'前三三，後三三。'……師辭退。翁令童
子相送，師問童子：'前三三，後三三，是多少？'童召：'大德！'師應
諾。童曰：'是多少？'師復問曰：'此爲何處？'童曰：'此金剛窟般若
寺也。'師悽然，悟彼翁者即文殊也。"

〔三十一〕西京妄一男：指西漢車千秋。漢書車千秋傳："千秋無他材能術學，
又無伐閲功勞，特以一言寤意，旬月取宰相封侯，世未嘗有也。後漢
使者至匈奴，單于問曰：'聞漢新拜丞相，何用得之？'使者曰：'以上
書言事故。'單于曰：'苟如是，漢置丞相，非用賢也，妄一男子上書即
得之矣。'"按：此處以"妄一男"借指張士誠等，參見鐵崖撰方寸
鐵志。

送朱生芾蒲溪授徒序①〔一〕

余讀漆園叟②論士〔二〕，有六好〔三〕。六好繫於已，亦係於時。余丁
時變，且老矣③，無④能爲矣。不能擬於朝廷士尊主而⑤强國者，則亦願
修仁義，爲平世教誨者之歸。若刻意尚行，高論怨誹爲亢，如鮑焦、介
推、申徒⑥狄之徒〔四〕，決弗⑦爲已。

吾門朱生茆,與余同罹喪亂而不得⑧安於所好者,負書劍來別,曰:"某得七寶瞿⑨氏爲西席主,庶幾以學於先生者施於人,敢求一言以爲別。"吁,茆以仁義爲修,處亂世而得爲平世之士,遂其願於吾願之未能者,非吾道之幸歟!茆⑩往哉,蓋慎厥修,毋效高論怨誹而爲亢者云⑪。

【校】

① 本文又載楊鐵崖先生文集全録卷四、鐵崖漫稿卷四,據以校勘。楊鐵崖先生文集全録本、鐵崖漫稿本皆題作送朱茆授徒序。

② 漆園叟:楊鐵崖先生文集全録本、鐵崖漫稿本作"莊生"。

③ "六好繫於己"四句:楊鐵崖先生文集全録本、鐵崖漫稿本作"所好各不同,自喟予老矣"兩句。

④ 無:楊鐵崖先生文集全録本作"亡"。

⑤ 不能:楊鐵崖先生文集全録本作"不得"。而:原本無,據楊鐵崖先生文集全録本補。

⑥ 徒:原本作"屠",據楊鐵崖先生文集全録本、莊子盜跖篇改。

⑦ 弗:楊鐵崖先生文集全録本作"不"。

⑧ 得:楊鐵崖先生文集全録本無。

⑨ 瞿:四部叢刊本作"翟"。

⑩ 茆:楊鐵崖先生文集全録本作"某"。

⑪ "蓋慎厥修"二句:原本作"益慎厥修,無效尚論陷厥亢",據楊鐵崖先生文集全録本、鐵崖漫稿本改。

【箋注】

〔一〕文當撰於元至正二十年(一三六〇)至二十六年之間,即鐵崖退隱松江之後,松江歸屬朱元璋政權以前。繫年依據:文中曰"罹喪亂"、朱茆"負書劍來別"云云,知其時鐵崖寓居松江,且爲戰亂時代。朱茆:字孟辯,以字行,號滄洲生,松江人。南宋名人朱敦儒後裔。鐵崖門人。元季以授徒爲業。明洪武初,徵官編修,改中書舍人。善屬文,才思飄逸,千言立就。家有軒,取名借月。尤善字學,工於草、篆、隸書。嗜藏古文奇字、名公金石碑刻,藏室取名金石窩。又擅長人物畫。參見列朝詩集甲前集朱茆傳、鐵崖先生集卷四金石窩志、鐵崖文集卷二田横論、楊鐵崖先生文集全録卷一借月軒記。蒲溪:指蒲匯塘。蒲匯塘爲七寶鎮(今屬上海)主要河流。參見七寶鎮小志。

〔二〕漆園叟：指莊子。莊子曾爲漆園吏，故稱。

〔三〕六好：莊子刻意：“刻意尚行，離世異俗，高論怨誹，爲亢而已矣；此山谷之士，非世之人，枯槁赴淵者之所好也。語仁義忠信，恭儉推讓，爲修而已矣；此平世之士，教誨之人，游居學者之所好也。語大功，立大名，禮君臣，正上下，爲治而已矣；此朝廷之士，尊主强國之人，致功并兼者之所好也。就藪澤，處閒曠，釣魚閒處，無爲而已矣；此江海之士，避世之人，閒暇者之所好也。”

〔四〕“如鮑焦”句：莊子盜跖：“世之所謂賢士，伯夷、叔齊……鮑焦飾行非世，抱木而死；申徒狄諫而不聽，負石自投於河，爲魚鼈所食；介子推至忠也，自割其股以食文公，文公後背之，子推怒而去，抱木而燔死。”

送韓諤還會稽序〔一〕

安陽韓氏①〔二〕，自宋魏公至今凡十世〔三〕，散處北南者，代有賢子孫，如諤者，其一也。諤不特以世家稱於人，尤以好古博雅稱，以清修敏學稱。其燕處之室，曰讀易齋云②。入其室者，不問可知其爲文獻故家子姓也。廼隱居西湖之上，與伯雨張公爲師友〔四〕，學益進，行益修，重爲之喜而畏焉。顧③視鄉之出而仕者，離親戚，棄墳墓，將以榮身及家也，不知世④變日可畏，名一挂牒書者，如挂枲籍，錮而禁可也，放而竄可也，斧鑕而孥⑤而族可也。思一返其故鄉，非其君哀其老而憊，憊而瀕於死，乞與休告，則法亡得而去也。

今君道尊於身，心泰於世，進退自如。駕一葉舟，絶江如東也，歸拜其鄉之父兄師友，塗迎門⑥候，獲見風采者，如見神仙。吁，其得錮而束之乎？放而逐之乎？斧鑕而孥而族而僇之乎？於其歸也，其不憊而慕之乎？抑吾聞鄉之黎老人民非者已過半，而城郭亦非其舊矣〔五〕。君於風露之夕，馭鶴於小蓬閣上，賦海嶠之詩〔六〕，得無有同聲而應，過城頭話甲子，詔時人以學仙而去者，爲我志之，漆⑦書者爲何人〔七〕，夢道士而飛鳴者又爲何人〔八〕。老鄉客楊某在由拳之寄寄巢⑧書〔九〕。

【校】

① 楊鐵崖先生文集全録卷四、鐵崖漫稿卷四載此文,據以校勘。韓氏:楊鐵崖先生文集全録本作"韓氏曰"。

② 云:楊鐵崖先生文集全録本作"云云"。

③ 顧:四部叢刊本誤作"雖"。

④ 世:原本作"他",據楊鐵崖先生文集全録本、鐵崖漫稿本改。

⑤ 鑽:原本作"質",據文淵閣四庫全書本改。挈:楊鐵崖先生文集全録本作"拏"。下同。

⑥ 門:原本作"問",據楊鐵崖先生文集全録本、文淵閣四庫全書本改。

⑦ 漆:原本無,據楊鐵崖先生文集全録本補。

⑧ 楊某在由拳之寄寄巢:楊鐵崖先生文集全録本作"楊維禎"。

【箋注】

〔一〕文當撰於元至正十三年(一三五三)七月,其時鐵崖任杭州税課提舉司副提舉,因公出差,暫居嘉興。繫年依據:鐵崖又有送鄉人韓道師歸會稽序(載東維子文集卷十),與本文相近,署尾曰"至正十三年青龍集癸巳七月七日,老鄉客楊維禎在由拳之寄寄巢寫",本文蓋同時之作。韓諤:即韓禮翼。韓禮翼(一三二二——一三八〇):又名翼,字致用,小字諤,自號夢鶴道人。先世安陽人,後徙家諸暨(今屬浙江)。世家子,北宋韓琦後裔,南宋直秘閣韓膺冑六世孫。不用於世,乃爲道士於錢唐。與張伯雨、薛朝陽游,亦交楊維禎、黃溍、張渥諸人。卜築鑒湖上,自號五雲生。嘗官建寧路録事兼防禦事。明洪武十三年十月卒,年五十九。參見始豐稿卷九元故將仕郎建寧路録事兼防禦事韓君墓志銘、鐵崖文集卷二夢鶴道人傳、楊鐵崖先生文集全録卷四稽山草堂記。

〔二〕安陽:今屬河南。

〔三〕宋魏公:指北宋韓琦。韓琦爲安陽人,封魏國公。宋史有傳。

〔四〕伯雨張公:指張雨。參見鐵崖先生古樂府卷二奔月后歌。

〔五〕"抑吾聞"二句:用丁令威化鶴歸,言"去家千年今始歸,城郭如故人民非,何不學仙冢纍纍"事。下"過城頭話甲子"二句,亦用此典。參見鐵崖先生古樂府卷十小游仙之十六注。

〔六〕海嶠之詩:指謝靈運登臨海嶠初發彊中作。宋施宿等撰會稽志卷十四人物志謝惠連:"與東海何長瑜、潁川荀雍、太山羊璿之以文學賞會,共爲山澤之游。靈運登臨海嶠,初發彊中,以詩與惠連,曰:‘可見羊、何,共和之也。’”

〔七〕漆書:蘇仙公故事。參見清鈔鐵崖楊先生詩集卷上次周季大席上韻注。

〔八〕夢道士而飛鳴者:指蘇軾。參見鐵崖先生詩集甲集和吕希顔來詩二首注。

〔九〕由拳:嘉興(今屬浙江)古名。參見後漢書郡國志。

贈櫛工王輔序①〔一〕

嘉定王輔〔二〕,世業七子技〔三〕。輔自幼機警,聰記强識,能誦余古歌行百十首。介其鄉閭翁先生拜余草玄閣下〔四〕,自陳曰:“輔自②承周左轄公贈以‘櫛耕’二大字〔五〕,人遂以櫛耕道人呼輔。敢乞大人先生一言以發之。”

先生笑曰:“子以鑷代③耒,豈果知耕者乎? 雖然,世以不耕爲耕者多矣。漁以釣耕,賈以籌耕,工以斧耕,醫以針砭耕,卜以蓍蔡耕,兵者以弓刀耕,胥者以聿④櫝耕,伶者以絲筦⑤耕,游説者以煩舌耕,浮屠氏以梵唄耕,老子氏以步虛耕,神仙方士以丹田⑥耕。高至於公卿大吏,以禮樂文法耕。耕雖不一,其爲不耕之耕則一也,豈止輔之櫛也哉? 然余有⑦詰於輔曰:爾櫛之耕,耕於田叟野嫗⑧而已耳,亦嘗耕於薦紳第一流人乎?”輔曰:“輔蟣蝨漢耳! 烏知第一流人乎萬一,大人⑨指教之。”余曰:“代有中秉鈞軸,外攬英俊,納天下於太平之域者,髮嘗一沐而三握之〔六〕。子以吾言往拜其履,進爾櫛,以握其所三握者,爲余祝曰:中國有聖相,越裳氏之雉其來矣〔七〕。”輔再拜,領言去。

【校】

① 本文又載楊鐵崖先生文集全録卷四,據以校勘。楊鐵崖先生文集全録本題作曾櫛耕草敍,疑“曾”爲“贈”字之訛。

② 自:原本無,據楊鐵崖先生文集全録本增補。

③ 代:原本作“伐”,據四部叢刊本、楊鐵崖先生文集全録本、文淵閣四庫全書本改。

④ 聿:楊鐵崖先生文集全録本作“筆”。

⑤ 筦:原本作“莞”,文淵閣四庫全書本本作“管”,據楊鐵崖先生文集全録

本改。

⑥ 丹田：楊鐵崖先生文集全録本作“丹石”。

⑦ 有：楊鐵崖先生文集全録本作“又”。

⑧ 楊鐵崖先生文集全録本於“野嫗”之下又有“之□”。

⑨ 大人：楊鐵崖先生文集全録本作“先生”。

【箋注】

〔一〕文當撰於元至正二十年（一三六〇）至二十四年之間，其時鐵崖已從杭州退隱松江。繫年依據：其一，其時鐵崖寓居草玄閣，而其自署寓所爲草玄閣，不早於至正二十年。其二，文中稱周伯琦爲周左轄公，所謂“左轄”，指“左丞”，而至正二十四年九月，周伯琦由江浙行省左丞擢爲江南諸道行御史臺侍御史，故知本文撰於至正二十四年季秋之前。王輔：嘉定（今屬上海市）人。元末在世。其家世代以理髮爲業，然王輔亦通詩文，號櫛耕道人。

〔二〕嘉定：按元史地理志，“嘉定州本崑山縣地，宋置縣，元元貞元年升州”，隸屬于江浙行省平江路。

〔三〕七子：指陳七子，民間理髮業供奉之祖師神。相傳陳七子與其妻日坐茶肆，以理髮爲業，一道人攜白金一錠，求剃鬚髮，纔剃即生，無窮無盡。此道人即吕洞賓，後陳七子偕行得道。參見吕帝聖迹紀要度陳七子（載重刊道藏輯要壁集）。

〔四〕閭翁先生：當是嘉定鄉紳。明初松江府吏蕭蘭岳父。參見東維子文集卷五補過齋序。

〔五〕周左轄公：即周伯琦，時任江浙行省左丞。參見東維子文集卷三送團結官劉理問序。

〔六〕髮嘗一沐而三握：史記魯周公世家：“周公戒伯禽曰：‘我文王之子、武王之弟、成王之叔父，我於天下亦不賤矣。然我一沐三捉髮，一飯三吐哺，起以待士，猶恐失天下之賢人。’”按：此以周公借指周伯琦。

〔七〕越裳氏之雉：參見鐵崖先生古樂府卷五唐刺史注。

陶氏菊逸序〔一〕

毗陵陶氏〔二〕，前朝文獻家也。在宣和間〔三〕，有爲翰林檢閲者某，扈駕南渡,其五世孫爲墻圍君某,仕常郡教授,因家毗陵。國初,以宋遺老徵,不起。家延顧①師竹山蔣公教子弟[四],時石田馬中丞公實從學其家[五],與其孫靖爲同窗友。馬在南端[六],薦授之,靖無仕宦志,乃法陶朱[七],治生産,饒於資。禮賢養客,無所愛吝。親故有急者賙之,死者棺槨之,鄉稱義士。至是四世同居,一家千有餘指,孝友雍睦,人無間言。

兵興,毗陵陷[八],其子澤與兄和者,奉母孝,徙居吳下。和隱迹於燒墨,澤亦托菊自號,曰逸民。司徒隴西公聞澤才行[九],固起爲參佐,不獲已應命,未幾,辭以歸。更折節下帷,讀祖、父書。家無甔儲,晏如也。今東游海上,尋菊泉於谷洲,訪余老圃更生及傳延年者,酌酒賦詩爲樂。別去,索語以贈。爲叙名節,而又爲賦詩菊逸之歌。歌曰:

菊之澹兮北門之秋[十],菊之靖兮栗里之丘[十一],菊之逸兮審夫去留。老余圃兮海之陬,飲菊泉兮谷之洲,微斯人兮吾誰與儔?

【校】

① 顧: 似爲"碩"字之訛。

【箋注】

〔一〕文當撰於元至正二十年(一三六〇)至二十六年間,即鐵崖退隱松江之後,松江歸屬朱元璋政權之前。繫年依據: 其一,其時鐵崖寓居"海上",當爲鐵崖自杭州退隱松江之後。其二,文中言及"司徒隴西公",隴西公乃張士誠屬官,由此可見當時張士誠政權尚未覆滅,必在二十七年以前。陶氏: 陶澤,生平僅見本文。

〔二〕毗陵: 今江蘇常州一帶。後漢書彭脩傳注:"毗陵,今常州晉陵縣也。吳地記曰:"本名延陵,吳王諸樊封季札。漢改曰毗陵。"

〔三〕宣和: 北宋徽宗年號,公元一一一九至一一二五年。

〔四〕竹山蔣公: 即蔣捷。元詩選癸集竹山先生蔣捷:"捷字勝欲,陽羨人,後居武進。宋德祐進士,丙子後,遁迹不仕。大德間,憲使臧夢解、陸垕交章薦其才,卒不就。所著有小學詳斷。學者以其家竹山,咸稱爲竹山先生。"又,珊瑚木難卷一聽雨樓諸賢記:"蔣竹山者,則義興蔣氏也。以宋詞名世,其清新雅麗,雖宋人周美成、張玉田不能過焉。"

〔五〕馬中丞：馬祖常（一二七九——一三三八），字伯庸，號石田。有石田文集
十五卷傳世。生平參見元史本傳、全元文第三十二册馬祖常傳。按：鐵崖
西湖竹枝集收録有馬祖常詩，并撰小傳，可參看。

〔六〕馬在南端：指天曆年間馬祖常任江南行御史臺中丞。參見元史馬祖
常傳。

〔七〕法陶朱：效法陶朱公經商。陶朱，指范蠡。詳見史記越王勾踐世家。

〔八〕毗陵陷：指至正十二年九月，紅巾徐壽輝部攻陷湖州、常州等地。

〔九〕司徒隴西公：姓名不詳，元末曾鎮守山陰（今屬浙江）一帶，當爲張士誠部
將。兩浙金石志卷十八著録元稽山門甕城開路碑，後附跋文曰：“右碑文
正書十二行，在山陰縣稽山門外。前後漫漶不辨，有‘兵甲薦興’及‘司徒
隴西公領兵按治’云云。按是時承方國珍之擾，明太祖已有數郡，司徒隴
西公能克勤完緝，是可記也。惜剥落不知其名。”

〔十〕菊之澹兮北門之秋：隱指北宋韓琦。宋龔昱樂庵語録卷三：“韓魏公嘗
言：‘保初節易，保晚節難。’在北門九日燕諸曹詩有曰：‘莫羞老圃秋容淡，
要看寒花晚節香。’”

〔十一〕菊之靖兮栗里之丘：隱指陶淵明。栗里，在今江西九江，位於陶淵明柴
桑里故居至廬山之間。參見宋書陶潛傳。

淮海處士壽冢募資序〔一〕

吾聞古不預撫墓，後世有預撫者，稱爲達生。若夫作長室以燕客
其中者，范子敬也〔二〕；作壽藏以圖前哲與之相主賓者，趙臺卿也〔三〕。
是則預撫墓爲幽宅計者，非達生之士能爾乎？然有達生而欲效范、趙
之爲者，力無及焉，吾恐未免相率爲囊引錉埋之流也〔四〕。

淮海處士錢子材先生，以光陰爲百代之過客，齒且老矣，而不以
死爲諱，欲買不食之地豫營壽藏，非取資人不可也。昔趙秋資人之不
能葬者，獲他日餅金①貴富之報〔五〕。處士受施於抔②土之恩，他日豈無
結草之報乎〔六〕！吾貧，無以贈，故贈此以爲仁人義士之告，庶相與資
之以成其達云。

【校】

① 餅金：鐵崖文集本作“金餅”。

② 抔：原本作"坏"，據鐵崖文集本改。

【箋注】

〔一〕淮海處士：姓錢，字子材，當爲揚州人。生平不詳。

〔二〕范子敬：即范孝敬，指三國東吳人士范慎。明何良俊語林卷十四雅量："范孝敬在武昌自造冢，名長室。時與賓客作鼓吹，入中晏飲。"注："吳録曰：范慎字孝敬，廣陵人。"

〔三〕趙臺卿：指東漢趙岐。後漢書趙岐傳："趙岐，字邠卿，京兆長陵人也。初名嘉，生於御史臺，因字臺卿……先自爲壽藏，圖季札、子産、晏嬰、叔向四像，居賓位；又自畫其像，居主位，皆爲讚頌。"

〔四〕囊引鍤埋：蓋指劉伶達生之舉。晉書劉伶傳："（伶）常乘鹿車，攜一壺酒，使人荷鍤而隨之，謂曰：'死便埋我。'"

〔五〕"昔趙秋"二句：題魏崔鴻撰十六國春秋卷五十二後燕録十趙秋："趙秋字子武，汲郡朝歌人也。少而輕財好施，隣人李玄度母死，家貧無以葬……即以一牛與之，玄度得以葬母。他年秋夜行，見一老母，遺秋金一餅，曰：'子能葬我，是以相報。'"

〔六〕結草之報：春秋時，魏武子欲以愛妾殉葬，其子魏顆未從。其後魏顆於激戰之時，妾父顯靈結草環絆倒敵方戰將，以此報其救女之恩。詳見左傳宣公十五年。

葉山人省親序〔一〕

　　客有談金華葉山人之爲差（音"沱"）者，曰山人方士也，善公孫娘舞器〔二〕。又曰山人方士也，工鴻寶枕中〔三〕。又曰山人從衡士也，少年嘗①挾策北走燕，南走粤，東西吳、蜀也。又曰山人義俠士也，張吳氏以偽爵屢②要之〔四〕，屢不應，惠粟帛及門，轉以散民之操乞瓢者。有弟爲兵所殺，又掠其子，山人仗劍要於途而還之。此客之議其差，不得名其爲人也。

　　一日，服道來謁東維先生於草玄閣次，自陳曰③："某幼從許先生門人游〔五〕，長又獲登侍讀黄先生門〔六〕。遭時喪亂，家寠，慈母逝，嚴親且老。出山謀禄養，而禄不可苟奸。今五十其齒矣，將歸故山，無以見其親,奈何奈何？幸先生賜一言爲某終身教。"予怪其人生許、黄之鄉,承師友講習之素,不爲無學者。顧乃泛焉無歸,如弱喪者。吁,亡羊者多岐,亡術者多學[七],宜乎之書劍弗成,吏隱兩廢,而徒取差者之議也。吁,壯士者傷秋,孝子者愛日[八]。傷秋已往,愛日方來。子其亟歸,庭前風木當有曾子之所侍者[九],堂上菽水獨無子路之爲懂者乎[十]？子其亟歸,勿復孟浪,蹈差人之議也。予居與金華爲隣邑,異日聞烏傷山中有葉孝廉名[十一],應天庭之聘,移孝作④忠,爲大明名臣,吾有望於山人,山人以吾言勉之。

【校】

① 少年嘗: 原本作"小年當",據四部叢刊本改。

② 屢: 原本作"婁",據四部叢刊本、文淵閣四庫全書本改。下同。

③ 曰: 原本無,據文淵閣四庫全書本增補。

④ 作: 原本作"化",據文淵閣四庫全書本改。

【箋注】

〔一〕文撰於明初洪武元年(一三六八)或二年,其時鐵崖寓居松江。繫年依據: 文中曰"大明",且鐵崖當時居松江草玄閣。葉山人: 名字不詳,金華(今屬浙江)人。其生年當在公元一三一八年前後。早年先後師從許謙門人、黄溍,博學多能。無心仕宦,浪游南北,明初返鄉。

〔二〕公孫娘: 即公孫大娘,唐開元年間在世。宋陳暘樂書卷一百八十四劍器: "劍器之舞,衣五色繡羅襦,折上巾,交脚絳繡靴,仗劍執械。唐開元中有公孫大娘善舞劍器。"

〔三〕鴻寶枕中: 道家煉丹秘方。抱朴子内篇論仙: "夫作金皆在神仙集中。淮南王抄出,以作鴻寶枕中書。雖有其文,然皆秘其要文,必須口訣,臨文指解,然後可爲耳。"

〔四〕張吳氏: 指張士誠。至正二十三年九月,張士誠自立爲吳王,故稱。

〔五〕許先生: 指許謙。許謙字益之,自號白雲山人,金華人。開門講學,以理學著稱。元史有傳。

〔六〕侍讀黄先生: 指黄溍。元史有傳。

〔七〕"亡羊者多岐"二句: 意爲學雜則難以學成。莊子駢拇: "臧與穀二人相與牧羊而俱亡其羊,問臧奚事,則挾筴讀書;問穀奚事,則博塞以游。"

〔八〕孝子愛日：揚子法言孝至篇：“事父母自知不足者，其舜乎？不可得而久者，事親之謂也。孝子愛日。”

〔九〕庭前風木：參見東維子文集卷二送楊明歸越覲親序注。

〔十〕菽水：參見東維子文集卷二送楊明歸越覲親序注。

〔十一〕烏傷：指金華。金華義烏、東陽等地，漢代皆屬烏傷縣，故後世或稱金華爲烏傷。參見太平寰宇記卷九十七婺州。

送琴生李希敏序〔一〕

先王作樂，必有以動物，而後有以協治也。其本在合天下之情，情合①而陰陽之和應，陰陽之和應，天下其有不治乎！有虞氏之鼓琴也，南風爲之解慍而阜財〔二〕。師曠氏之作清角也，玄鶴爲之長鳴而迅舞〔三〕。聲之動物捷矣。至下鴻漸杜氏之奏羯鼓也〔四〕，猿鳥犬羊亦爲之躑躅，如其疾徐之節。則具聰靈以爲人，而有聞樂不動者乎？不然，則其聲之感人者未至也。

余來吳中〔五〕，始獲聽泗水楊氏伯振之琴於無言僧舍〔六〕，余爲之三嘆不足，至於手舞足蹈。歸而求之，尚覺余人之流通也。吁，亦至矣哉！以予之有感於一日之琴者如此，則知先王協治之音，動於物之捷也不誣矣。後之以琴過我者，無慮百數，而未見有楊氏之至也。晚得李氏希敏氏，庶幾其近之。生自喜其工之至有獲予賞識也，持卷來求言，遂爲書先王協治之盛者語之。

抑聞先王之教琴，必配瑟以和陰陽也。禮稱“君子無故不徹琴瑟”〔七〕，詩曰“如鼓瑟琴”〔八〕，又曰“琴瑟在御”〔九〕，知古之琴未嘗獨御也。蓋琴統陽，瑟統陰，伯牙氏鼓琴而馬仰秣②，瓠③巴山鼓瑟而魚出聽〔十〕。魚，陰物；馬，陽物也。陰陽各從其類應，琴瑟毗而後陰陽和，陽不可獨而無佐也。今之士以琴自命者多，而未有以瑟鳴者，吾將與子求海上師以學焉〔十一〕，庶不畔詩、禮教，而先王協治之音，其或可以見也歟。

【校】

① 合：原本作“合合”，據文淵閣四庫全書本刪。

② 馬仰秣：原本“馬仰”兩字殘缺，“秣”字作“株”，據文淵閣四庫全書本補改。

③ 瓠：原本作“弧”，據文淵閣四庫全書本改。

【箋注】

〔一〕文當撰於元至正九、十年間，其時鐵崖受聘於松江呂氏，爲呂氏塾師。繫年依據：文中既曰“來吳中”，又曰“求海上師”，且未言及戰亂，故知爲鐵崖初次寓居松江期間。李希敏：生平僅見本文。

〔二〕有虞氏：指舜。舜歌南風：參見鐵崖賦稿卷下舜琴賦注。

〔三〕“師曠”二句：史記樂書：“師曠不得已，援琴而鼓之。一奏之，有玄鶴二八集乎廊門；再奏之，延頸而鳴，舒翼而舞。”

〔四〕杜鴻漸：字子巽，濮州濮陽人。舊唐書有傳。宋羅泌路史卷三十六韶説：“杜鴻漸罷蜀副帥，月夜率燕錦谷郵亭，奏羯鼓數曲，四山猨鳥皆翔飛忻鳴。又于別野登閣奏之，群羊與犬忽皆踯躅變旋，如其疾徐高下之節。”

〔五〕余來吳中：指至正七、八年間，鐵崖於姑蘇一帶授學謀生。

〔六〕楊伯振：伯振當爲其字，其名不詳。泗水（位於今山東濟寧一帶）人。據東維子文集卷二十二静學齋記，至正七年十月以前，鐵崖與楊伯振在蘇州交往頗多。無言：僧人，元季居吳之婁江，自號海萍。參見半軒集卷十二海萍説。

〔七〕君子無故不徹琴瑟：語出禮記曲禮下。

〔八〕如鼓瑟琴：語出詩小雅常棣。

〔九〕琴瑟在御：語出詩鄭風女曰雞鳴。

〔十〕瓠巴：韓詩外傳卷六：“昔者瓠巴鼓瑟，而潛魚出聽；伯牙鼓琴，而六馬仰秣。”

〔十一〕海上師：傳伯牙學琴於成連，三年未能精通。成連因攜伯牙往海中蓬萊山，使聞海水激蕩、林鳥悲鳴之聲，伯牙歎曰：“先生將移我情。”自此技藝大進。見唐吳兢樂府古題要解水仙操。

送墨生沈裕序〔一〕

墨玄造之以色也，藏於晦而暴於久者，莫尚於玄，而墨，玄之用也。然藝于是者，有工拙焉。工者，玄之用也，愈久而愈通，拙者反是。此墨之藝有絕稱於世也，其犀利可削木①，其清勁可入水火而不化,天下傳爲寶,而賞鑒者隔物手之,而可以知其爲天下之精絶也。吁,藝乎墨者,其可以妄庸之工得之乎!

三衢沈生裕,自其大父東皋子代爲墨,以絶藝繼古聞人之稱,故裕所傳,若有心法之秘者,非人之所能識也。李氏父子墨近來爲貴[二],至久而後,黄金可得,李氏父子墨不可得。東皋之墨已不可得,而欲所傳,欲以目前賤之也,豈爲知墨者哉!裕以所製蒼璧贈我,且乞一言以發之,故爲道其傳之遠、工之絶者,使人知裕,不可以目前賤之。其游京師也,且俾持余説見於同鄉黄集賢[三]、同年趙禮部[四],則沈氏之墨不俟久而貴也必矣。至正八年春二月序。

【校】

① 木:原本作"本",據文淵閣四庫全書本改。

【箋注】

〔一〕本文送墨工沈裕北游京師而作,撰於元至正八年(一三四八)二月。其時鐵崖游寓蘇州,授徒爲業。沈裕:三衢(今浙江衢州)人。製墨工匠。自其祖父起,三代以製墨爲生。所製精絶,元季享有盛名。

〔二〕李氏父子:指五代李廷珪與其父李超。宋朱長文撰墨池編卷六墨:"江南黟、歙之地,李廷珪墨尤佳。廷珪本易水人。其父超,唐末流離渡江,覩歙中可居造墨,故有名焉。今有人得而藏於家,亦不下五六十年,蓋膠敗而墨調也。其堅如玉,其文如犀。寫逾數十幅,不耗一二分也。"宋王闢之澠水燕談録卷八事志:"莆陽蔡君謨嘗評李廷珪墨能削木,墜溝中,經月不壞。"明沈繼孫墨法集要序:"李廷珪之墨,至宣和間,黄金可得,而李墨不可得矣。"

〔三〕黄集賢:指翰林直學士黄溍。元史有傳。直學士隸屬於集賢院,故稱。

〔四〕同年趙禮部:指趙期頤。按錢大昕元進士考(載嘉定錢大昕全集第五册),泰定四年進士中有"趙頤,字子期,陳州人,官河南行省參知政事"。按:趙頤即趙期頤,曾任禮部尚書,故鐵崖稱之爲"同年趙禮部"。今人桂棲鵬著元代進士研究一書,謂趙期頤"至正九年官參議中書省事,次年任禮部尚書",或有誤。本文撰於至正八年仲春,在此之前趙期頤已在禮部任職。參見鐵崖撰寄康趙二同年(詩載明佚名鈔本楊維禎詩集)。

贈筆史陸穎貴序[一]

韓子爲筆作穎傳[二]，穎莫貴中山之毫。漢制，天子筆皆用兔。蒙恬以鹿毛爲柱[三]，羊毛爲被。歐陽通以狸毛爲主[四]，覆以兔毫。則知穎不獨貴於兔也。宣州諸葛氏傳筆有二等[五]，高貴者，柳公權求而與之，又語其子曰："學士能書，當留此筆。不爾，請①退還。"未幾，果退還，即以常筆與之。蓋高貴者非右軍不能用也。

石晉時，有奇士夜傳佳筆[六]。曉出闔戶，以竹筒銜壁外。人置錢其中，佳筆躍出，筆其筆床曰穎②，擅名于館閣諸公者久矣，至其孫，遂以穎貴名焉。常以豐狐之毫或麝毛須製以遺我，且曰："屯鐵③史，鐵心穎也。"予用之，勁而有力，圓而善任。使舍其製而用它工，則不可書矣。故鍊心之穎，人罕得之，而人亦不能用也。其以穎自貴，何以異於唐諸葛首奇士哉！

予舍其穎之可貴，而又能自貴，不以輕信於人也，故爲序以贈，使世之大手筆知其自負所貴，非吾溢美之也。至正甲辰夏五月朔序。

【校】

① 請：原本作"清"，據文淵閣四庫全書本改。

② 筆其筆床曰穎：此處與蘇易簡所述故事不能吻合，疑有訛脱。

③ 屯鐵：文淵閣四庫全書本作"史錢"。

【箋注】

〔一〕文撰於元至正二十四年甲辰（一三六四）五月一日，其時鐵崖寓居松江。陸穎貴：湖州（今屬浙江）人。元末明初在世，製筆爲業。所製佳筆取名"畫沙錐"，頗得鐵崖稱許。參見鐵崖撰畫沙錐贈陸穎貴筆師序（載佚文編）。

〔二〕韓子：指韓愈。韓愈毛穎傳："毛穎者，中山人也……世傳當殷時居中山，得神仙之術。"

〔三〕蒙恬：崔豹古今注卷下問答釋義："生亨問曰：'自古有書契已來，便應有筆。世稱蒙恬造筆，何也？'答曰：'蒙恬始造，即秦筆耳。以枯木爲管，鹿毛爲柱，羊毛爲被。所謂蒼毫，非兔毫竹管也。'"

〔四〕歐陽通：唐代楷書大家歐陽詢子。宋朱長文墨池編卷六筆："歐陽通，詢
　　之子，善書，瘦怯於父。常自矜能書，必以象角牙犀角爲管，貍尾爲心，覆
　　以秋毫。松烟爲墨以麝香，紙必須堅白緊滑者乃書之，蓋自重也。"

〔五〕宣州諸葛氏：蔡絛鐵圍山叢談卷五："宣州諸葛氏，素工管城子，自右軍以
　　來世其業，其筆制散卓也……當元符、崇寧時，與米元章輩士大夫之好事
　　者爭寶愛。"下引事或謂宣城陳氏。墨池編卷六筆："陳氏世能作筆，家傳
　　右軍與其祖求筆帖，後子孫尤能作筆。至唐柳公權求筆於宣城陳氏。先
　　與二管其子，曰：'柳學士如能書，當留此筆。不爾，如退還，即可以常筆與
　　之。'未幾，柳公爲不入用復求，遂與常筆。陳云：'先與者二筆，非右軍不
　　能用，柳公信與之遠。'"右軍：即王羲之。

〔六〕石晉：指五代後晉。後晉開國皇帝爲石敬瑭，故稱。宋蘇易簡撰文房四
　　譜卷一筆譜："石晉之末，汝州有一高士，不顯姓名。每夜作筆十管，付其
　　室家。至曉，闔户而出。面背街，鑿壁貫以竹筒，如引水者。或人置三十
　　金，則一管躍出。十筆告盡，雖勢要官府督之，亦無報也……時人謂之
　　筆仙。"

卷六十四 東維子文集卷十

卷六十四　東維子文集卷十

高僧詩集序〔一〕

三山雷隱禪師〔二〕，予以師友之者幾二十年。其謝事歸隱於蓮峰也〔三〕，嘗以本朝詩僧之作委其選輯，自端而下凡若干人〔四〕，時詩凡若干首，持來徵序。

孔子論詩：“可以興，可以觀，可以群，可以怨。邇之事父，遠之事君，多識於鳥獸草木之名〔五〕。”夫以浮屠之教，棄倫理而宗空無，其爲書，又務爲宏闊勝大之言，無有興觀群怨之事、鳥獸草木之情，而何有於詩？然自吴興沙門晝以來〔六〕，不以空無爲師，而以詩文命世者，代不乏絶，錯以成章，非徒侈乎風雲月露，而尤致君親之慕。其與吾魁人碩士往來倡和，因時以悲喜，隨事以比興者，風雅亦①焉。是其人雖墨也，文則吾儒，非墨而空無。世之大夫士招而歸諸同文之代，不爲異也。

昔歐陽子序秘演之詩〔七〕，以爲秘隱於浮屠，與吾石曼卿隱於酒〔八〕，皆世之奇男子也。第未知雷所選之士，孰爲今之奇男子？吾老矣，於吾曼卿之輩未能見，隱於浮屠者或見之，吾將與雷從之游。

【校】

① 亦：文淵閣四庫全書本作“宗”。

【箋注】

〔一〕文撰於鐵崖退隱松江之後不久，約爲元至正二十二年（一三六二）前後。繫年依據：文中曰“吾老矣”，又曰與雷隱禪師交往“幾二十年”，又據本卷冷齋詩集序以及西湖竹枝集，雷隱曾在杭州參與西湖竹枝酬唱，且曾努力將鐵雅派拓展至詩僧之中。由此可知，鐵崖、雷隱二人結交，始於至正初年鐵崖寓居杭州等待補官時期。高僧詩集：元僧詩總集。釋良震遵鐵崖囑託選輯，以釋行端爲首。成書在元至正年間。已佚。

〔二〕三山雷隱禪師：指釋良震。釋良震字雷隱，三山（今福建福州市）人。元季有詩名，至正初年曾參與鐵崖西湖竹枝唱和。參見西湖竹枝集詩人小傳。又，清鄭傑輯閩詩録戊集卷五釋子收録有釋良震詩，謂良震“住上虞之等慈寺，嗣法徑山元叟端禪師。”

〔三〕蓮峰：蓋指南嶽衡山之蓮峰，又稱蓮華峰。參見清王夫之撰蓮峰志。

〔四〕端：指釋行端。釋行端（一二五四——一三四一）字元叟，臨海人。俗姓何。歷主湖州資福，杭州中天竺、靈隱等寺。泰定元年始任徑山住持。至正元年八月四日卒，享年八十八。釋行端先世爲儒，自幼飽讀詩書，出家後不廢歌詩。其詩文以精絶古雅著稱，曾擬寒山子詩百餘篇，爲四方衲子傳誦。詳見金華黄先生文集卷四十一徑山元叟禪師塔銘。

〔五〕“可以興”七句：語出論語陽貨。

〔六〕吳興沙門晝：指唐詩僧湖州皎然。新唐書藝文志：“皎然詩集十卷。注：字清晝，姓謝，湖州人。靈運十世孫。居杼山。”

〔七〕歐陽子：指宋歐陽修。按：歐陽修所撰釋秘演詩集序，載文忠集卷四十一。

〔八〕石曼卿：指北宋石延年。石延年字曼卿，官至秘閣校理。以嗜酒著稱。生平見宋史文苑傳。

冷齋詩集序〔一〕

曩余在錢唐湖上，與句曲外史、五峰老人輩談①詩〔二〕，推余詩爲“鐵雅”②。時③雷隱震上人〔三〕、復原報上人傳余雅爲方外別派〔四〕。繼又得祁川行己方上人，齒雖少，氣則盛，才則宿也。持所製見余，曰：“鐵龍、玉鸞二謠〔五〕，鏗④然有金石聲。”余已奇之。今年至祁上〔六〕，上人出冷齋全集求余評，内有和余古樂府題，其辭多警策⑤，余益奇之。嘻，可與震、報同列吾派矣。

余觀上人之才，蓄天地藏，而又採諸⑥歷代之載籍者，日積而不已，而終惜上人之才不用於邦國，而用於山林，與二休輩争篇什之工也〔七〕。雖然，余聞太保劉公〔八〕，沙門出也；大中忻公又以文字禪動黼座〔九〕，一言一行，皆有神於世主，吾儒流偉之。上人才緡⑦日懋，聲華日⑧大，將簡知上所，不得與二休輩較篇什工拙，而與二賢者相頡頏於九天之上也,余有待焉。上人勉之,以徵余言之不人妄也。洪武己酉立秋日,會稽楊維禎在雲間拄頰樓書^{⑨〔十〕}。

【校】

① 本文又載楊鐵崖先生文集全録卷四、鐵崖漫稿卷四,據以校勘。談:原本無,據楊鐵崖先生文集全録本、鐵崖漫稿本增補。

② 鐵雅:楊鐵崖先生文集全録本作"鐵崖"。

③ 時:原本作"詩",據楊鐵崖先生文集全録本、鐵崖漫稿本改。

④ 鏗:原本誤作"鑑",據楊鐵崖先生文集全録本、鐵崖漫稿本、文淵閣四庫全書本改。

⑤ 策:原本作"榮",據楊鐵崖先生文集全録本、文淵閣四庫全書本改。

⑥ 諸:原本作"緒",據四部叢刊本、楊鐵崖先生文集全録本、文淵閣四庫全書本改。

⑦ 上人:原本作"上",據楊鐵崖先生文集全録本、鐵崖漫稿本增補。縉:楊鐵崖先生文集全録本、鐵崖漫稿本作"誚",文淵閣四庫全書本作"績"。

⑧ 日:原本作"曰",據楊鐵崖先生文集全録本、鐵崖漫稿本、文淵閣四庫全書本改。

⑨ "洪武己酉立秋日會稽楊維禎在雲間拄頰樓書"凡十九字:原本無,據楊鐵崖先生文集全録本、鐵崖漫稿本增補。其中"楊維禎"三字,鐵崖漫稿本作"楊某"。

【箋注】

〔一〕文撰於明洪武二年己酉(一三六九)立秋日,即六月二十六日。其時鐵崖寓居松江,不時應邀赴常熟、嘉定等地。冷齋詩集:釋行方撰。其中有和鐵崖古樂府題,可見鐵崖詩派於明初仍有影響。元詩選癸集行方:"行方字行紀,嘉定人。詩見賴良大雅集,爲玉山席上之作。而玉山名勝集失載其名。"按:祁川,指今上海市嘉定練祁。姑蘇志卷十:"練祁塘,又名練川,界縣市中。注引陳觀達詩,曰'滿目客愁吟不得,片帆今夜宿祁川'。"

〔二〕"曩余"二句:指至正初年,鐵崖丁憂後補官不果,浪迹杭州等地倡和西湖竹枝詞時期。句曲外史,指張雨。五峰老人,指李孝光。

〔三〕雷隱震上人:指釋良震。參見本卷高僧詩集序。

〔四〕復原報上人:補續高僧傳卷十四復原報公傳:"福報,字復原,台之臨海人。姓方氏。稟父母命,往杭之梁渚崇福院出家。時石湖美公主净慈,一見器之,爲祝髮。<u>徑山</u> <u>元叟</u> <u>端禪師</u>……命居侍司,升掌藏鑰。久之。出世<u>慈溪</u>之<u>廬山</u>、<u>越州</u>之<u>東山</u>、<u>四明</u>之<u>智門</u>。<u>洪武</u>初,被有道徵……留三年,賜還<u>智門</u>。庵於寺東,扁曰<u>海印</u>,爲終焉之計。俄<u>徑山</u>虛席,强師補其處……及化之日,拍手曰:'阿呵呵,大衆是甚麼看取。'竟寂。年八十四。"

〔五〕<u>鐵龍</u>、<u>玉鸞</u>二謠:指<u>鐵崖</u>所撰<u>鐵龍引</u>與<u>顧瑛</u>撰<u>玉鸞謠</u>。<u>玉山璞稿</u> <u>玉鸞謠</u>:"<u>楊廉夫</u>昔有二鐵笛,字之曰<u>鐵龍</u>。今亡其一,偶得蒼玉簫一枚,字爲<u>玉鸞</u>,以配<u>鐵龍</u>。<u>廉夫</u>喜甚,復以書來索賦<u>玉鸞謠</u>,志來自云:<u>至正</u>甲午三月既望,<u>界溪</u> <u>顧瑛</u>書于柳塘春。"參見<u>東維子文集卷十一</u> <u>沈氏今樂府序</u>。

〔六〕<u>祁上</u>:<u>祁川</u>(又稱<u>練祁塘</u>)之上。借指<u>嘉定</u>(今屬<u>上海市</u>)。

〔七〕二休:指<u>南朝</u>詩僧<u>惠休</u>、<u>五代</u>詩僧<u>貫休</u>。

〔八〕太保<u>劉公</u>:指<u>劉秉忠</u>。<u>元史</u> <u>劉秉忠傳</u>:"<u>劉秉忠</u>,字<u>仲晦</u>。初名侃,因從釋氏,又名<u>子聰</u>,拜官後始更今名。"又,<u>元史</u> <u>三公表</u>:"自<u>木華黎國王</u>始爲太師,後凡爲三公者,皆國之元勳,而<u>漢</u>人則惟<u>劉秉忠</u>嘗爲太保,其後鮮有聞矣。"

〔九〕<u>大中訢公</u>:<u>釋大訢</u>(一二八四——一三四四)。<u>四庫全書總目</u> <u>蒲室集十五卷</u>:"<u>元</u> <u>釋大訢</u>撰。<u>大訢</u>,字<u>笑隱</u>,<u>南昌</u> <u>陳氏</u>子。居<u>杭</u>之<u>鳳山</u>,遷<u>中天竺</u>,又主<u>建康</u> <u>集慶寺</u>。是集詩六卷,文九卷。前有<u>虞集</u>序……<u>文宗</u>入繼大統,改<u>建康</u>潛邸爲<u>集慶寺</u>,特起<u>大訢</u>居之,授大中大夫。故雖隸緇流,頗諳朝廷掌故。"按:<u>全元文</u>第三十五冊載<u>釋大訢</u>傳述其生平較詳。

〔十〕挂瓢樓:<u>鐵崖</u>晚年所居,且卒於此樓。參見<u>宋濂</u>撰<u>鐵崖墓志</u>。按:挂瓢,源於<u>晉</u>人<u>王徽之</u>故事。參見<u>東維子文集卷九</u> <u>西山序</u>。

雪廬集序^{〔一〕}

<u>宋</u>南渡後,大夫無文章,乃得於<u>高安</u>上人<u>圓至</u>者^{〔二〕},方<u>嚴陵</u>有是言也^{〔三〕}。始予怪其言之自薄,及取<u>至</u>文覽之,則於<u>江</u>①子^{〔四〕}、參寥輩誠有過之者^{〔五〕},其修辭有古作者法。吾中國聖人與西方聖人有合不合者,二之則不是,一之亦不然,則必推極初之母者言也。善夫,<u>至</u>之能文也。<u>至</u>後,未有接之踵者。閱七、八十年,而得<u>江左</u>②外史 <u>新</u>上人。

余老友<u>劉海</u>持<u>雪廬</u>③一編過我^{〔六〕},徵序言。觀其修辭幾近<u>至</u>,而

論道亦似之。其曰"佛以神道設教,以輔國君治本,使民從化,不俟刑驅",且贊"今天子以西天佛子爲帝者師,所以崇其治本者耳"。善乎新之言佛道,道之返其初於母也。其勉人,必以問學思辯以行其道而振其教,則其文非穿空鑿幻、務資口吻於人我者也。於是命筆胥録其編,凡若干首,使與至文同梓於肆云。至正丙午夏五月朔日,抱遺道人書于雲鐵史藏室④。

【校】

① 江:疑爲"豇"之訛寫。參見注釋。

② 左:原本誤作"在",徑改。釋克新自號江左外史。

③ 雪廬之"雪",四部叢刊本作"聖",誤。釋克新號雪廬。

④ 雲鐵史藏室:疑有脱誤。似當作"雲間鐵史藏室"。

【箋注】

〔一〕文撰於元至正二十六年丙午(一三六六)五月一日,其時鐵崖隱居松江。雪廬集:釋克新撰。今有傳本名雪廬稿,一卷。列朝詩集閏集雪廬新公:"克新,字仲銘,番陽人。宋左丞余襄公之九世孫。始業科舉,朝廷罷進士,乃更爲佛學。既治其學,益博通外典,務爲古文。出游廬山,下大江,覽金陵六朝遺迹。掌書記於文皇潛邸之寺七年。兵起,留滯蘇、杭,主常熟州之慧日,遷平江之資慶。洪武庚戌,奉詔往西域招諭吐蕃……其爲文自稱江左外史。"按:釋克新又字古銘,自號瓢飲。元季曾任嘉興水西寺住持,留居濮院鎮化壇,"講經三載"。參見鐵崖先生集卷四瓢隱録、濮鎮紀聞卷二人物方外。又,周清澍撰日本所藏元人詩文集珍本一文著録釋克新傳世書籍兩種,曰:"雪廬稿一卷,釋克新撰……元末住嘉興水西寺,明初召至京師,曾奉詔往招諭吐蕃。此書只見於金門詔補元史藝文志和錢大昕元史藝文志著録,不見傳本。内閣文庫有南北朝刊本和寬文六年(一六六六)刊本各一部,可見此集至遲在他死後不久已傳至日本并且翻刻,反而在故土失傳。金玉編二卷,釋克新等撰,釋克新編。此集乃克新住金陵(文宗改名集慶)大龍翔集慶寺時,與當時名士張翥、周伯琦、危素及覺隱誠公等詩僧唱和之作,編爲一集,卷首有至正二十二年(一三六二)翰林承旨張翥和釋至仁所作序。書陵部藏有一部,有'二條通二王門町長尾平兵衛開刊'字樣。"(元蒙史札,内蒙古大學出版社二〇〇一年版。)

〔二〕圓至：元詩選初集笻溪老衲圓至：“圓至字天隱，別號牧潛，高安姚氏子。少習舉子業，去爲浮屠，得法於仰山欽禪師，駐錫建昌之能仁。所著有笻溪牧潛集，方虛谷爲之序，天目洪喬祖題其後，曰天隱遠權要，避名譽，遍歷荆、襄、吴、越，積覽觀之富，益静定之光，二三千言，經目輒記，故其爲文贍以奥。其詩雖所存不多，而風骨自見。”又，四庫全書總目牧潛集謂釋圓至“字牧潛，號天隱……禪理外頗能讀書。又刻意爲古文，筆力斬然，多可觀者”。

〔三〕“宋南渡後”三句：語出方回撰天隱禪師文集序。按元大德刊本笻溪牧潛集卷首所載此文，曰：“天隱文集若干卷，非特南渡後僧無之，南渡後士大夫亦未辦至此也。”方嚴陵，指方回。續文獻通考卷一百七十六經籍考：“方回，字萬里，號虛谷。宋末知嚴州，入元爲建德路總管。”又，四庫全書總目牧潛集七卷：“前有崇禎已卯僧明河書，姚廣孝序。後一篇稱初得抄本於武林，前有方回序，後有洪喬祖跋。”

〔四〕江子：蓋爲“舡子”之誤。按宋胡仔漁隱叢話、宋魏慶之撰詩人玉屑，皆將船子和尚與參寥連綴排列。橋李詩繫卷三十唐船子和尚德誠：“德誠，蜀東武信人。初參澧州藥山儼禪師，儼云：‘子後上無片瓦，下無錐地，大闡吾宗。’後乘小舟，住秀州洙涇（後析松江），以綸釣舞櫂，隨緣而度。號船子和尚。傳法夾山，遂覆舟而逝。咸通十年，僧藏暉即其處建寺焉。”

〔五〕參寥：指北宋僧人道潛。清厲鶚宋詩紀事卷九十一道潛：“道潛，字參寥，於潛何氏子。與秦觀、蘇軾游。軾守杭，卜智果精舍居之。軾南遷，坐詩語刺譏得罪，返初服。建中靖國初，詔復祝髮。崇寧末，歸老江湖。嘗賜號妙總大師。有集。”按：四庫全書載 參寥子集十二卷。

〔六〕劉海：鐵崖老友，元季寓居松江一帶。字號籍貫生平皆不詳。

竺隱集序〔一〕

季代儒者談浮屠氏學十八九，而未見浮屠談吾儒者。自晉慧琳推吾“白學”〔二〕，貶裁其本教，逮唐有衣冠外臣曰一行〔三〕，宋有上天子書曰契嵩〔四〕，我朝有笻溪牧潛之集曰至〔五〕，秣陵蒲室之集曰忻〔六〕。歷千餘年，董董①四五人耳！

江左道上人有編曰竺隱，余喜其吐辭②運旨，未嘗有本教闊大不經之言。其雅頗近韓，暢近歐，而簡白近太史公〔七〕。求之浮屠文中，駸駸乎爭駕牧潛,而於蒲室也殆將過之,此余較其格裁而言,究其論道,則其不合吾道者亦蓋寡矣。道嘗以書來,曰:"吾子執文柄,呼鐵史,寸善必賞,不在人求;不善而受議,亦心服無憾。故道以不腆之文,不自知其合道與否,印子一言。"余自離亂棄官,十餘年以觚簡著作爲事,絕交於勢要,而一時方外有文句近古,亦收而録之,而況有文不畔吾道、追古作者如竺隱編者乎! 樂爲援筆而引諸③首不辭。

【校】

① 菫菫:文淵閣四庫全書本作"僅僅"。
② 辭:原本作"露",據文淵閣四庫全書本改。
③ 諸:原本作"計",據文淵閣四庫全書本改。

【箋注】

〔一〕文當撰於元至正二十六年(一三六六)前後,其時鐵崖隱居松江。繫年依據:文中曰"我朝有筠溪牧潛之集"等等,可見尚在元代;又曰"余自離亂棄官,十餘年以觚簡著作爲事",故必爲元末。按:鐵崖"棄官"返歸松江,直至元亡,僅七八年,此云"十餘年",蓋將至正十九年之前避亂逃難時間一并計入。竺隱:即江左道上人,釋弘道。橋李詩繫卷三十一明左善世弘道:"弘道字存翁,號竺隱,崇德梧桐鄉人(今析桐鄉)。元末出家密印寺,住持杭之上天竺。洪武三年,被召赴京。十六年,授僧録司左善世。二十四年,歸老。嘗奉旨同全室、具庵箋注楞嚴等經。永樂間示寂,姚少師撰塔銘。"按:弘道於元季曾任吳江車溪廣福寺住持,參見鐵崖撰大悲菩薩像志(載本書佚文編)。

〔二〕慧琳:宋書夷蠻傳:"慧琳者,秦郡秦縣人,姓劉氏。少出家,住冶城寺。有才章,兼外内之學,爲廬陵王義真所知。嘗著均善論,其詞曰:'有白學先生,以爲中國聖人,經緯百世,其德弘矣;智周萬變,天人之理盡矣。道無隱旨,教罔遺筌,聽叡廸哲,何負於殊論哉。有黑學道士陋之,謂不照幽冥之途,弗及來生之化,雖尚虛心,未能虛事,不逮西域之深也。於是白學訪其所以不逮云爾。'"

〔三〕一行:即僧一行,姓張氏。先名遂,魏州昌樂人。少聰敏,博覽經史,尤精曆象陰陽五行之學。舊唐書有傳。

〔四〕契嵩:郡齋讀書後志卷二輔教編五卷:"右皇朝僧契嵩撰。藤州人,皇祐間以世儒多詆釋氏之道,因著此書。廣引經籍,以證三家一致輔相其教云。”按：契嵩上天子書一事，載羅湖野録卷一。

〔五〕至：釋圓至。圓至有筠溪牧潛集。參見本卷雪廬集序注。

〔六〕忻：即大中忻公。忻公曾主持建康集慶寺，有蒲室集，故此稱“秣陵蒲室”。參見本卷冷齋詩集序注。

〔七〕韓、歐、太史公：分別指韓愈、歐陽修、司馬遷。

一漚集序

雲間釋訓師〔一〕，受業郡之普照寺丞〔二〕，事天竺如庵真公〔三〕、玉岡潤公〔四〕。入徑山〔五〕，得直指於元叟端公〔六〕。洊謁大士鷹窠〔七〕、僧迦淮泗〔八〕，尋一有於毗陵、姑胥，末參獅林天如子〔九〕。今歸老故山之化城〔十〕，築別室爲燕休所，自命曰漚隱。録其平日詩偈，題曰一漚草者，凡十卷。求余一言傳諸其人，且曰：“爲人膾炙者，元叟派外，有吾鐵雅派焉。”晚年詩律益嚴礉，唱余和汝者，與吾門八駿爭後先〔十一〕。

吾聞東山空法師有詩〔十二〕，入①陳黄派〔十三〕，後自以爲齊己、貫休不得祖師圖者〔十四〕，詩累之也，從而自諱焉。余亦曰：“師有伽陀妙天下，又何必詩，詩又何派？”自其集而觀之，感化齊物，傷今吊古，背②漚之醍醐甘露。探其學，則讀吾輩書多於貝葉鈔。故其托物比興者，吾風人之情；而觸物悟身者，其内典之教也。姑③舍勿論，吾與師論漚旨：“漚之生何生？滅何滅？余嘗讀師海月祖象，謂月之景光在月乎？在海乎？海月不在海，而海且何在乎？知海月之無在不在，則知漚之在矣。”師起，謝曰：“吾之漚，可一而萬，萬而一矣。”遂書爲序，使人知師之上祖師圖者，固自有在。

【校】

① 入：原本作“人”，據文淵閣四庫全書本改。

② 背：疑“皆”之訛寫。

③ 疑“姑”字上闕文，或承上而脱“其内典之教也”六字一句。

【箋注】

〔一〕文撰於鐵崖晚年退隱松江時期，即元至正二十年（一三六〇）之後。繫年依據：文中謂釋訓詩"與吾門八駿争後先"，所謂"八駿"，指鐵崖晚年得意弟子，皆從學於松江。釋訓：字道林，華亭（今上海松江）人。曾浪游南北，遍訪名僧。晚歸松江，主持化城永壽寺。自稱鐵雅詩派中人，有詩集一漚草十卷。鐵崖與之唱和詩今尚有存。參見天如禪師惟則撰道林訓上人游方序（載天如惟則禪師語録卷六）、明佚名鈔楊維楨詩集詠饒字韻寄化成訓講主。

〔二〕普照寺丞：未詳何人。普照寺即普照講寺。正德松江府志卷十八寺觀上："普照講寺在華亭縣治之西。唐乾元中僧慧旻建。初名大明。宋大中祥符元年改今額。寺有陸將軍祠。世傳地本陸氏園亭，因以祠之……寺觀舊規弘偉，元季毁於兵，僧道敏重建佛殿。"

〔三〕天竺如庵真公：指杭州上天竺寺釋真净（一二六二——一三三三）。大明高僧傳卷一杭州上天竺寺沙門釋真净傳："釋真净，字如庵，雲間華亭姚氏子也……九歲依化城寺明静志法師，授法華經，歷耳成誦……元大德間，出住海鹽德藏……至治遷松江超果。泰定乙丑，元相脱驩舉住下竺……至順辛未，上竺湛堂澄公以老告休。舉净自代……由是殫心弘法，學者常數千指。元主慕其道，賜佛心弘辯之號及金紋紫伽黎衣。净素簡重，有古人風。舉止不妄言笑。夙興默課法華經，寒暑不輟。癸酉冬，預告終期……未幾示疾，書偈而逝。閱世七十有二。"

〔四〕玉岡潤公：指釋蒙潤。大明高僧傳卷一杭州下竺寺沙門釋蒙潤傳："釋蒙潤，字玉岡，嘉禾之海鹽人，姓顧……年十四，依古源於郡之白蓮……既獲靈應疾愈，而心倍明利，遂得分座於南竺演福……無何，出世主海鹽之當湖德藏……宣政院以下竺法席强起之。"

〔五〕徑山：禪寺名。位於杭州。

〔六〕元叟端公：指釋行端。釋行端任徑山住持。參見本卷高僧詩集序。

〔七〕鷹窠：宋釋心月寶公和尚贊："鷹窠大士，示現無方。生於宋代，老於齊梁。"（載全宋詩卷三一四四釋心月三。）鷹窠，山名。位於海鹽縣（今屬浙江）南三十里，前臨澉浦，後枕大海。參見清江詩集卷二九日游鷹窠山附考。

〔八〕僧迦：蓋指泗州大聖僧伽。續道藏搜神記："泗州僧伽大師者，唐高宗時至長安、洛陽行化，歷吳、楚間，手執楊枝，混於緇流，或問師何姓。答曰：'我姓何。'又問師是何國人，曰：'我何國人。'尋於泗上欲搆伽藍，因宿州民賀跋氏捨所居。師曰：'此本爲佛宇。'令掘地，果得古牌……觀音化身耳。"

〔九〕獅林：獅子林，位於蘇州。天如子：即天如禪師。釋鑑稽古略續集元：“天
　　如禪師，諱惟則，號天如。得法於中峰國師。住姑蘇師子林。有楞嚴會
　　解、禪宗語録、净土或問、十法界圖説等書行世。”

〔十〕化城：指化城永壽寺。嘉慶松江府志卷七十五名迹志寺觀：“化城永壽
　　寺，在府南二十七里。其址古胥顧泖也。泖有六和神，甚靈。宋端平間，
　　僧妙智架一室奉神，神顯靈于人。凡祈禱者，以所驗重輕發土實泖，未幾，
　　泖隆然。遂構精舍，曰化成庵。元泰定間賜今額。”

〔十一〕吾門八駿：蓋爲鐵崖晚年弟子中擅長賦詩者八人，疑指張憲、吴毅等。
　　參見東維子文集卷二送檢校王君蓋昌還京序。

〔十二〕東山空法師：宋僧慧空。釋慧空（一〇九六——一一五八），號東山，俗
　　姓陳。福州（今屬福建）人。年十四出家，初學於圓悟、六祖，後至疏山，
　　爲南嶽下十四世泐潭清禪師法嗣。南宋高宗紹興二十三年爲福州雪峰
　　禪院住持，次年退歸東庵。二十八年卒，年六十三。有東山慧空禪師語
　　録、雪峰空和尚外集傳世。生平參見五燈會元卷十八雪峰慧空禪師。

〔十三〕陳、黃：指宋代陳師道、黃庭堅。按：所謂“陳、黃派”，即江西詩派。

〔十四〕齊己：長沙人，五代詩僧。有詩八百首，名白蓮集。傳見五代史補卷三。
　　貫休：婺州蘭溪人。工詩，有禪月集。生平事迹參見宋陶岳撰五代史
　　補卷一僧貫休入蜀。

三境圖論序〔一〕

　　余讀經、子、九流之書，恨有未盡，而身毒國之書〔二〕，輒譯于不可
詁者，固有未暇。杭之净性寺主僧無爲師，觸余東塔院，談出世法。
　　初聞其説娑婆①，內蘇迷盧，外爲七金水，爲四州。東爲弗菩提，
南爲閻浮提，西爲瞿耶尼，北爲鬱單越〔三〕。地各衺數十萬由旬〔四〕。又
曰持地山外爲香山雪山寶山〔五〕，山上有池，名阿耨達。東北山水至積
石山，潛流地下，爲黃河之源〔六〕。以吾聖元幅員之廣，西極河源，東盡
震旦，窮步章、亥②〔七〕，不能萬由旬。而此日月世界，不知在鬱單越耶？
閻浮提耶？
　　又曰：日琉璃寶③，廣二千四百有餘里，天子天民居之。月宮水晶
寶城，其廣如日，天后天女居之。不知二千四百有餘里宮城之內，誠

有陰陽晝夜乎？有則又孰爲之日月乎？

又曰：念根者，性之原，即命也。人天性，地獄性，一念別爾。彈指頃見三十二億百千念，念念成形，形有識。以吾天命之性，未嘗有地獄，不知一念爲人天，爲地獄，可爲性原乎？又曰：牆壁瓦礫具有佛性，瓦礫又有念念不乎？又曰：千物出，後世却乃壞，天地生滅，在菩薩一吹唾中。未知菩薩之力有吹而成，孰與不唾不滅，使之爲無生滅耶？而又使之不能不滅於十二萬斯之後，何也？

余時未辯所言，即嘿嘿別去。明日，師復謁余邸次，出所著三境圖論。其論所演④不出所言者，其圖又曰：“因境生象，因象生見生想生道。”余爲披圖誦書，蓋有不得其續。師且過索余言爲引重。余，孔子徒也，言不相謀，得非云者有非其徒所能決回，必將決於言不相謀者邪⑤！夫苟合卦體於八佛之道者〔八〕，易之罪人也，故余爲録其言以啟折中者，引于弓之端，非苟合也。抑余聞中土三寶有象〔九〕，四十二有章〔十〕，實身迦景摩騰、竺法蘭始〔十一〕。今三境有章，又自師始也，貪佛者欲不爭傳競習而得乎！吁，使三境者誠灼灼不誣，其罔諸法度群想出大允而優入乎四聖之域者〔十二〕，當無勝矣。則是書非台祖之宗子〔十三〕，外道之金城，四十二章之羽翼驂乘歟！

師名并學，自號無爲子，台盤石人。脱白於杭之芝皐〔十四〕，受天台旨于知先〔十五〕，今主净性寺云〔十六〕。

【校】

① 娑婆：原本作“婆”，文淵閣四庫全書本作“娑”，徑爲增補。
② 亥：原本誤作“永”，徑改。亥指竪亥，參見本文箋注。
③ “寶”字下蓋脱一“城”字。
④ 演：原本作“瓆”，據文淵閣四庫全書本改。
⑤ 邪：原本作“邦”，據文淵閣四庫全書本改。

【箋注】

〔一〕文撰於元至正十六年（一三五六）七月以前。繫年依據：本文應釋并學之請而撰，其時鐵崖寓居杭州，當爲至正初年鐵崖浪迹杭州，或至正十一年至十六年爲官杭州時期。三境圖論：杭州净性寺住持釋并學撰。今已失傳。浙江通志卷二百四十六釋藏著録三境圖論,注曰:"徐一夔三境圖論序。釋并學撰,自號無爲子,台磐石人。主杭浄性寺。"今按徐一夔別集始豐稿,未見三境圖論序。并學生平已見本文。

〔二〕身毒國:即天竺,指今印度一帶。

〔三〕"初聞其説娑婆"八句:佛教有關娑婆世界之描述。大唐西域記校注卷一序論:"然則索訶世界,(舊曰娑婆世界,又曰娑訶世界,皆訛也。)三千大千國土,爲一佛之化攝也。今一日月所臨四天下者,據三千大千世界之中,諸佛世尊,皆此垂化,現生現滅,導聖導凡。蘇迷盧山(唐言妙高山。舊曰須彌,又曰須彌婁,皆訛略也。)四寶合成,在大海中,據金輪上,日月之所照迴,諸天之所游舍。七山七海,環峙環列;山間海水,具八功德。七金山外,乃鹹海也。海中可居者,大略有四洲焉:東毗提訶洲,(舊曰弗婆提,又曰弗于逮,訛也。)南贍部洲,(舊曰閻浮提洲,又曰剡浮洲,訛也。)西瞿陁尼洲,(舊曰瞿耶尼,又曰劬伽尼,訛也。)北拘盧洲。(舊曰鬱單越,又曰鳩樓,訛也。)"

〔四〕由旬:里程之計數單位,所謂帝王一日行軍之里程。一由旬爲四十里,或云三十里。

〔五〕持地山:意爲與地相持。又名地持。又名魚觜山,以海中有魚觜尖,其山形相似而得名。又名持邊山,意爲此山護持圍繞内六山。

〔六〕"山上"五句:大唐西域記校注卷一序論:"則贍部洲之中地者,阿那婆答多池也。(唐言無熱惱。舊曰阿耨達池,訛也。)在香山之南,大雪山之北,周八百里矣。金、銀、琉璃、頗胝飾其岸焉。金沙彌漫,清波皎鏡。八地菩薩以願力故,化爲龍王,於中潛宅,出清冷水,給贍部洲……或曰潛流地下,出積石山,即徙多河之流,爲中國之河源云。"

〔七〕章、亥:指大禹時人太章豎亥。淮南子墜形訓:"禹乃使太章步自東極至于西極,二億三萬三千五百里七十五步;使豎亥步自北極至于南極,二億三萬三千五百里七十五步。"注:"太章、豎亥,善行人,皆禹臣也。"

〔八〕八佛:俗稱八大菩薩。不同佛經指稱有異。

〔九〕三寶:釋氏要覽三寶:"三寶,謂佛、法、僧。"

〔十〕四十二章經:佛教流入中國後第一部經。東漢攝摩騰、竺法蘭共譯。就小大乘攝集四十二章。

〔十一〕身迦景摩騰:蓋即指攝摩騰。攝摩騰(或作竺攝摩騰)、竺法蘭,皆中天竺人。漢明帝永平中來我國,譯四十二章經等。生平事迹見高僧傳卷二。

〔十二〕四聖：指佛、菩薩、聲聞、緣覺。參見釋摩訶衍論卷一。

〔十三〕台祖：指佛教天台宗祖。

〔十四〕芝阜：疑指杭州靈芝崇福律寺。萬曆杭州府志卷九十七寺觀一："靈芝崇福律寺舊在湧金門外。宋太平興國元年建，本吳越王故苑，芝生其間，因以爲寺，故名。大中祥符賜額。元符初重修。建炎初毀於金兵，乾道間再創。今徙建城内保安坊。"

〔十五〕知先：杭州芝阜寺僧，天台宗傳人，元中葉在世。生平不詳。

〔十六〕净性寺：疑指杭州天長净心寺。萬曆杭州府志卷九十七寺觀一："天長净心寺在後洋街……舊名天長，宋大中祥符元年改賜今額……咸淳元年重建。元末兵燹，佛殿鐘樓僅存。國朝景泰間重建，歸并于此。"

瑞竹圖卷序[一]

竹見于易，於書，于詩，於周禮。易言卦象[二]，書言地宜[三]，詩比德君子[四]，禮述器於樂也[五]，而未聞以瑞言者。然竹心虛，虛故靈，故與人心往往有感應之機。娥皇、女英哭舜於三湘之野，而湘竹爲之斑然[六]。漢文①帝孝於母，而子母筍生白虎殿[七]。唐隴西地饑，而竹爲結米如粳實[八]，民賴以活者百萬數。蓋湘野之文，義所感；白虎之萌，孝所感；隴西之實，仁所感。竹之靈若此，謂非瑞應可乎？

雲間心海上人植竹於庭[九]，而有產雙莖并幹者。雙莖并幹，不常得於有竹之所，則歸之海瑞應亦可也。或曰心海爲沙門之民，不染於物者，烏有所謂仁義孝節之所感虖？予曰，人情物狀，世容有僞，惟天出之物，不可以僞參也。物不可以僞參，則不可以爲動物於天出者，其必有以也夫。

其徒虛碧氏爲繪竹形[十]，來求予言以記不朽。上人高德余未知，而信其動物者，故爲志之。且使其徒之物我之相感應於理者，不可以離而去也。至正十年十二月朔旦序。

【校】

① 文：當作"章"，參見本文箋注。

【箋注】

〔一〕文撰於元至正十年（一三五〇）十二月一日。按：因有同年友舉薦，鐵崖
被授予杭州四務提舉，遂自松江動身前往杭州赴任。至正十年十二月一
日道過崑山，拜見顧瑛，并有詩酒酬唱。本文或作於動身之前。參見顧瑛
撰芝雲堂分韻詩序（載元詩選）、鐵崖撰芝雲堂分韻得對字（載鐵崖逸編
注卷四）。

〔二〕易言卦象：易說卦：“震爲雷，爲龍……爲蒼筤竹，爲萑葦。”

〔三〕書言地宜：書禹貢：“三江既入，震澤底定。篠簜既敷，厥草惟夭，厥木
惟喬。”

〔四〕詩比德君子：詩衛風淇奧：“瞻彼淇奧，綠竹猗猗。有匪君子，如切如磋。”

〔五〕禮述器於樂：孫詒讓周禮正義卷四十三：“凡樂，圜鍾爲宮，黃鍾爲角，大
蔟爲徵，姑洗爲羽，靁鼓靁鼗，孤竹之管，雲和之琴瑟，雲門之舞。”

〔六〕“娥皇、女英”二句：述斑竹產生緣由。參見鐵崖先生古樂府卷一湘靈
操注。

〔七〕漢文帝：當作漢章帝。章帝爲東漢人。述異記卷上：“漢章帝三年，子母
筍生白虎殿前。時謂爲孝竹，群臣獻孝竹頌。”

〔八〕“唐隴西”二句：太平廣記卷四百十二竹實：“唐天復甲子歲，自隴而西，迨
于褒、梁之境，數千里内亢陽，民多流散。自冬經春，飢民啖食草木，至有
骨肉相食者甚多。是年，忽山中竹無巨細皆放花結子，飢民採之，春米而
食，珍于粳糯。”

〔九〕心海上人：松江僧人，元至正年間在世。生平不詳。

〔十〕虛碧：釋心海之徒，虛碧當爲其別號。蓋亦爲松江僧人。

毛隱上人序〔一〕

客有沙門以金錫杖荷青襆囊，謁余雲間次舍者。問其出，吳興儒
氏子也；問其業，縛筆也。余怪縛筆非沙門事，則曰：“余祖禰業，余弗
忘其先也。”且自矜：“生而穎悟，六歲善讀書史，日記萬餘言。長而善
草隸諸①書。詘於父命，爲浮屠。而俚浮屠惟以習歌唄②、擊鐃考鼓③、
利人死喪爲事，無所用吾善④書記者。遂服先業，自號毛隱。蓋將附

穎而逃吾浮屠氏之耻也,且可挾以見世之賢人君子,如閣老青城先生尚及見之〔二〕,而喜余之爲,且貽余以詩。今幸願見夫子也,竊嘗誦夫子三史統辨數千言〔三〕,至今口不忘。”

余覆其流誦,沛然若大江之流⑤,奔決無少哽也。於是異其人,曰:“人生之初,受魄於陰。魄盛者多善記。昌黎伯稱毛穎善記,亦豈非以其明际⑥之裔,犇月合太陰之精,受魄爲尤甚故爾耶〔四〕?上人以毛隱自號,非徒欲祖穎裔,而又將傳穎心,至於博纂洽記,述爲文章,資世之賢人君子,以文明昌天下乎? 不然,何舍子浮屠事,而復其先業以僕僕走文章家之門乎若是,則上人之志有所鬱而未信可知已。用上人之伎者,毋徒用於字書、官府市井貨泉之注記、釋老巫覡之書鈔而已也。抑昌黎言毛穎有時而禿,不任事,遂以謝⑦老退,且有中書不中書⑧之議。吾將還子顛毛,返子儒衣冠。萬一列諸鴻生碩士,聽受指畫,俾克⑨冠之際,毋得以老退議子者⑩,子以爲何如?”上人避席載拜⑪,曰:“夫子倘有意拂拭⑫我,我將加巾冠,載筆以從。”至正九年十二月會稽楊維禎⑬叙。

　　自跋曰:余爲此文後,上人者遂幡然爲賈浪仙故事〔五〕。言之不可已也如此。儒之才日衰,折而入浮屠家如毛隱者多矣。謹録似方外友覺隱〔六〕、玉岡〔七〕、雲谷諸公發一笑云⑭〔八〕。

【校】

① 諸:原本作“詩”,據鐵崖文集本改。

② 唄:原本作“咀”,據鐵崖文集本改。

③ 皷:原本作皷,據鐵崖文集本改。

④ 善:原本作“菩”,據鐵崖文集本改。

⑤ 流:原本無,據鐵崖文集本增補。

⑥ 际:原本作“昧”,據鐵崖文集本改。

⑦ 謝:原本作“詩”,據鐵崖文集本改。

⑧ “不中書”之“書”,原本無,據鐵崖文集本增補。

⑨ 克:原本作“免”,據鐵崖文集本改。

⑩ 子者:原本無,據鐵崖文集本增補。

⑪ 拜:原本作“操”,據鐵崖文集本改。

⑫ 拂拭:原本作“佛試”,據鐵崖文集本改。

⑬ 會稽楊維禎：原本無，據鐵崖文集本增補。

⑭ "謹録似方外友覺隱、玉岡、雲谷諸公發一笑云"凡十八字，原本作"僅"，以下脱，據吳興藝文補卷二十八所録此文增補。鐵崖文集本無"自跋曰"以下跋文。

【箋注】

〔一〕文撰於元至正九年（一三四九）十二月，當時鐵崖在松江吕氏塾授學。毛隱上人：生平見本文。

〔二〕青城先生：指虞集。虞集爲蜀人，官拜翰林直學士兼國子監祭酒。

〔三〕三史統辨：即三史正統辨，元至正初年鐵崖所撰。

〔四〕"昌黎伯"四句：明眎，禮記曲禮下："凡祭宗廟之禮……兔曰明視。"韓愈毛穎傳："毛穎者，中山人也。其先明眎……八世孫䨲，世傳當殷時居中山，得神仙之術，能匿光使物，竊姮娥，騎蟾蜍入月……穎爲人强記而便敏。"

〔五〕爲賈浪仙故事：意爲效法賈島還俗。唐才子傳賈島："島字閬仙，范陽人也。初，連敗文場，囊篋空甚，遂爲浮屠……時韓退之尹京兆……共論詩道，結爲布衣交，遂授以文法。去浮屠，舉進士。"

〔六〕覺隱：即釋本誠。元詩選三集蜀時坅公本誠："本誠初名文誠，字道元（一作原），後名道元，字覺隱，嘉禾語溪人。住興聖禪寺，嗣法虚谷陵禪師。又主本覺寺，寓吳下佳山水間。居無常處，以詩自豪。與天隱至公、笑隱訢公詩聲相埒，呼爲'詩禪三隱'。天隱先化去，師與笑隱洪武初尚在，有文集行世。道元喜詼諧……又善書，山水學巨然，翎毛竹石俱有灑脱之韻。自云：'吾嘗以喜氣寫蘭，以怒氣寫竹。'每畫畢，輒喜題跋其上。自稱輔成山人、大同山翁、凝始子，或詭言'蜀時坅公筆'云。"又，橋李詩繫卷三十覺隱上人本誠："本誠，一作本成，又名文誠，字道原，號覺隱，崇德人……至正間，住嘉興興聖、本覺二寺，姚綬作記，稱其善詩畫，寫竹有掀簸之態。"又，式古堂書畫匯考五十三著録有釋本誠覺隱詩畫合卷。

〔七〕玉岡：即釋蒙潤。參見本卷一漚集序。

〔八〕雲谷：元季爲松江延慶講寺僧。參見鐵崖先生詩集辛集古觀潮圖注。

送用上人西游序〔一〕

金仙氏之教〔二〕，上爲坐，次爲游，下爲誦習也。滅去動息，歸於頑

空,坐而得之。聞觸知覺,會於真原,游而得之。誦習者,一出一入之
學耳。然其游也,不趨乎靈山勝水之聚,求即夫大浮屠之神者,耳目
其聲光,則亦僕僕與販丁役卒等爾。

四明用上人,蓋有志乎浮屠氏之游。天台、廬阜、羅浮、南嶽〔三〕,
蓋嘗遍歷焉。又①將自虎丘達金陵〔四〕,馴致乎五臺之山〔五〕。其徒自
妙聲而下凡十餘人〔六〕,贈之言而去,又持其卷來請予一言。蓋上人由
吾儒而學浮屠,以爲浮屠闊大之言以誘愚,非以誘賢也,故又未忘於
吾儒之教。蓋吾儒亦有游矣,孔子轍環天下〔七〕,太史公歷覽天下之名
山大川〔八〕。孔子不游,無以成春秋;太史不游,無以成史記。吾嘗見
浮屠氏之文史矣,擴諸②外學,輔諸内典者,曰橘洲〔九〕,曰石門〔十〕,吾
誦之予之,大抵得諸游耳。上人之學得諸游,他日東歸,有所見於③語
言文字,足以繼石門、橘洲者,不屬之上人,誰屬乎? 不然,僕僕乎與
販丁役卒等者④,固汝教之所無取也。上人尚以予言勉之。

【校】

① 又:原本無,據鐵崖文集本增補。

② 諸:原本作"詩",據鐵崖文集本改。

③ 於:原本作"予",據鐵崖文集本改。

④ 與販丁役卒等者:鐵崖文集本作"興販丁役卒者"。

【箋注】

〔一〕文當撰於元至正七、八年間,其時鐵崖游寓蘇州,授學爲生。繫年依據:
其一,用上人卒於至正十九年(一三五九)三月,本文必作於此前。其二,
文中曰用上人"將自虎丘"出發西游,吳縣釋妙聲等送行,知其時鐵崖寓
居蘇州,當爲其浪迹吳中,授學謀生期間。用上人:釋必才。釋鑑稽古略
續集卷一元:"大用法師(一二九二——一三五九),諱必才,字大用,姓屈
氏,台州人。十二從西矍法師出家,祝髮進具,謁湛堂澄公,親玉崗潤
公……隨玉崗於德藏。命師分座講演,辨若雨注河翻,聽者稱之。繼主德
藏。後遷杭之興福,次補演福,順帝特賜佛鑒圓照之號。是年(至正十九
年)三月十九日,焚香高稱彌陀佛號,盡一晝夜……合掌而逝……壽六十
八,臘五十六。"

〔二〕金仙氏:指佛教。後漢書西域傳:"世傳明帝夢見金人,長大,頂有光明,

以問群臣。或曰西方有神，名曰佛，其形長丈六尺而黃金色。帝於是遣使天竺，問佛道法，遂於中國圖畫形像焉。”

〔三〕天台：位于今浙江台州市北。廬山：位于今江西九江市。羅浮山：位于今福建霞浦。相傳此山浮海而來，故名。南嶽衡山：位于今湖南衡陽市北。

〔四〕虎丘山：位于今江蘇蘇州市。

〔五〕五臺山：位于今山西五臺縣東北。

〔六〕妙聲：釋必才弟子，有東皋録三卷傳世。四庫全書總目東皋録：“東皋録三卷，明釋妙聲撰。妙聲字九皋，吳縣人。元末居景德寺，後居常熟慧日寺，又主平江北禪寺。洪武三年，與釋萬金同被召，莅天下釋教。所作詩文，繕寫藏之山房。洪武十七年，其徒德瓛始刊行之。”又據康熙常熟縣志卷二十二仙釋傳，謂“（妙聲）戒行爲時所重。有九皋録傳於世”。未知九皋録是否即東皋録。

〔七〕“孔子”句：孔子曾率衆弟子周游列國，主要在中原地區。所謂“轍環天下”，乃屬誇飾。

〔八〕太史公：指司馬遷。

〔九〕橘洲：當指宋僧橘洲曇禪師所撰詩文集。歷朝釋氏資鑑卷十一宋下：“橘洲曇禪師，蜀人。名擅天下，一時士夫咸尊師焉。丞相史公一門皆崇事之，凡有質疑必咨之，延住杖錫。後造竹院居之。觀史魏公放魚云：‘試問恩波幾許深，一湖渾是使君心。巨鱗細口重相見，雷電風雲去自今。’非但詩文，宗說俱通，世莫能及。撰大光明藏，盛行於世。一日沐浴更衣，請史魏公叙平日行記，笑談而化。茶毗，舍利無數。”

〔十〕石門：指石門文字禪，宋高僧惠洪所撰文集。

送照上人東歸序〔一〕

四明水山①與天台并秀，説者以比海之方丈、蓬萊，則其鍾爲人物，宜有清明俊傑者出，以應時需也。國家開鄉選法已三十餘年，而破選之荒②者，僅史馹孫氏、程端學氏〔二〕，而來者無繼焉。豈其人好隱，逃浮屠而去者不少耶！以余受③交浮屠南北之秀，凡數十人，而明亦寥寥無聞耶。晚④始得斷江恩師〔三〕，繼得照師覺元，才之難也可知已。

照且不以才自止,從游於吾門,稱方外弟子。連日夜記書數千言,屬詩文若干首,孜孜自課以爲常。故其行修業進,今日與昨之日⑤不等夷也。獨惜其學成終歸無所於用,不得應吾盛時賢良之選,以接史、程氏之躅,君子不獨爲明之才難惜也。秋高東歸,來別曰:"照也有母焉,久不覲,心感感焉。矧先生篤倫紀之教,敢辭而歸。"予益歎照之性近於道,而才足與有爲也。使照還鬚髮,加冠巾,有禄位民上,其不篤吾倫紀之教以行先王之政者幾希。以明得才之難而僅得如照者,又逃於浮屠而未知其返⑥也,故於⑦其去,余甚惜之,而申言⑧以告之。

【校】

① 水山:鐵崖文集本作"山水"。
② 破選之荒:鐵崖文集本作"被選之美"。
③ 受:原本無,據鐵崖文集本增補。
④ 晚:原本作"娩",據鐵崖文集本改。
⑤ 昨之日:原本作"昨日之",據鐵崖文集本改。
⑥ 返:鐵崖文集本作"道"。
⑦ 於:原本作"三",據鐵崖文集本改。
⑧ 言:原本無,據鐵崖文集本增補。

【箋注】

〔一〕文撰於元至正九、十年間,其時鐵崖寓居松江,授學吕氏塾。繫年依據:其一,文中曰"國家開鄉選法已三十餘年",所謂"開鄉選法",指實行科舉。元代科舉始於延祐二年(一三一五),故本文當撰於至正六年之後。其二,文中謂"晚始得斷江恩師,繼得照師覺元",可見撰此文時,照上人與之結識并從游時間不久。照上人曾讀書於澱山湖濱十年,又與鐵崖唱和西湖竹枝詞,故知其與鐵崖結交,不得遲於鐵崖初寓松江期間。照上人:即釋覺照。元詩選癸集照:"照,一作覺照,字覺元,甬東人。幼穎悟,師覺皇出世法,不廢儒業,讀書於澱山湖濱者十年,故其爲詩有本法,不在椿大年之下。復從游楊鐵厓之門,稱方外弟子。連日夜記書數千言,屬詩文若干首,孜孜自課以爲常。鐵厓嘗作序送之。"西湖竹枝集録其竹枝兩首,參見西湖竹枝集詩人小傳。甬東:又稱"四明",今浙江寧波。

〔二〕"破選之荒者"二句：謂四明史馹孫、程端學爲當地首中科第者。按清錢大昕元進士考，泰定（元年）甲子會試中榜者有："史馹孫，江浙慶元路人，第十一名。禮記。""程端學，江浙慶元路人，第二名。春秋。"按：程端學字時叔，史馹孫官職爲國子助教。

〔三〕斷江恩師：即釋覺恩。山庵雜録卷下斷江禪師："諱覺恩，族慈溪顧氏……幼依雲門廣孝寺落髮，後從明之延慶聞法……師所製詩頌，典雅蒼古，宋提刑牟公獻之首爲之序。一時士大夫若趙文敏公、鄧康莊公、袁文清公，皆相友善。出世蘇之天平，嗣橫川和尚。後遷開元及明之保福，而終於越之天衣。"

送象元淑公住持南湖序〔一〕

予嘗論浮屠之教，足以捭闔宇宙，玩弄人世，歆艷王公大人，遂以法門位吾孔子之次，非徒以閎闊不經之文，亦其徒有異比丘，至靈甚睿，人仰之若古神明者得之。

皇帝既定南京〔二〕，奄有朔服。以天下版籍不白，浮屠氏脱兵而遺者十不一二，徵①賦動力疲於上，農夫斃版築以萬萬計。已而高望鴻德者，示化顯神於不可蹤迹之中〔三〕。天子聞②之，爲之動色。太史氏録其人，使有所考。重選精進闍梨，立大壇場，設人天佛事，主以天界大龍象〔四〕，教門阽仆而一日起立。吁，是孰使之然哉！

南湖在秀，當兵車使馹之衝。兵燹後，穹殿湧堂已入焦土，其徒縮以痺蓋，僅如逆旅，舍佳山者代難其人矣。象元師由杭之大名③輟以陞茲座。吾聞其人於元叟〔五〕、雪窗〔六〕、古鼎之間已久〔七〕，顧今齒愈夙，才愈老，道愈神，其於秀主勝地起廢補缺，完而大之，使文布述粲然如承平時，是不難者。至其妙通大知識，一言一動，有以上贊大明之化，靈迹異迹，照著一時，俾王公大夫仰之爲古神明，如前所稱，則其教也，當與吾孔子之教相表裏，西方聖人之道，誰得而廢之？吾以勉象元而還以自勉。青龍集戊申冬十一月廿有一④日序。

【校】

① 徵：原本作"微"，據文淵閣四庫全書本改。

② 天子聞: 原本作"大子問",據四部叢刊本改。

③ 名: 原本作"各",據文淵閣四庫全書本改。

④ 一: 原本闕,據四部叢刊本補。廿有一: 文淵閣四庫全書本作"二十有二"。

【箋注】

〔一〕文撰於明洪武元年戊申(一三六八)十一月二十一日,當時鐵崖寓居松江。
象元淑公: 即釋仁淑。增集續傳燈錄卷五徑山古鼎銘禪師法嗣:"杭州徑
山象原仁淑禪師(? ——一三八〇),台之臨海陳氏。年二十,聞徑山寂
照道望,往依之,獲薙染……東還之鄞,至育王,雪窗命職書記。妙明主杭
中天竺,師造焉……會明遷徑山,師再往參之,命居第二座……洪武元年,
善世院檄住嘉禾天寧。五年,詔天下高僧建法會於鍾山,師預其列。入覲
奉天殿,賜坐與饍。尋住徑山……書偈而逝,洪武庚申六月四日也……其
住徑山,翰林學士宋公濂贈以十偈。其末章云: 寂照傳燈到妙明。如今
正印屬師兄。好將東海爲油點,續焰聯芳到化城。"又,列朝詩集閏集載其
小傳,謂其"字象元"。

〔二〕皇帝既定南京: 指朱元璋定金陵爲南京。按明太祖實錄卷三十四:"洪武
元年八月己巳朔,詔以金陵爲南京,大梁爲北京。"

〔三〕按: 所謂"高望鴻德者,示化顯神於不可蹤迹之中",實指當時有十二高僧
死於京城。參見本卷送奎法師住持集慶寺詩序。

〔四〕天界: 寺名。嘉慶新修江寧府志卷十古迹:"天界寺在城南鳳臺山,離聚
寶門二里。元文宗以金陵潛邸建寺,名大龍翔集慶寺。舊在城西朝天宮
東,今下街口、白塔街皆其地也。明洪武初災,敕徙城南閒寂處,與民居不
相接。出内帑建,更名天界寺,徵高僧宗泐主之……洪武時詔高啓等十六
人於此修元史,啓有'萬履隨鐘集,千鐙入鏡流'句,想見其盛。"

〔五〕元叟: 即釋行端。參見本卷高僧詩集序。

〔六〕雪囱: 即釋悟光。清通問編定、施沛彙集續燈存稿卷七靈隱海禪師法嗣:
"明州育王雪窗悟光禪師,字公實,姓楊氏,蜀之新都人。初出世白馬,繼
遷開元、育王,復領天童。虞文靖公集嘗贊師,謂爲'佛果一枝,鳳毛
麟角'。"

〔七〕古鼎: 即釋祖銘。補續高僧傳卷十三習禪篇祖銘傳:"祖銘(一二八
〇——一三五八),字古鼎,奉化應氏子……年十八,厭處塵俗,從金峨錫
公學出世法。二十五得度,受具戒。出游諸方,首依竺西坦公,掌記室。
復走閩、浙,多所參訪,莫有契者。時元叟在靈隱,師往謁焉……順帝元統

元年,師五十有四,始自徑山出,住昌國之隆教……後八年,遷普陀……未幾,遷中天竺。至正七年,還主徑山……十七年,杭再受兵,師退而庵居……乃大書偈曰:'生死純真,太虛純滿。七十九年,搖籃繩斷。'書已,擲筆而逝……有四會語録暨外集若干卷傳於世。……至於文學,廼師之世業,里中袁文清公桷、金華胡公長孺、黃公溍、蜀郡虞文靖公集、長沙歐陽公玄,咸稱慕之。"

送蘭仁二上人歸三竺序〔一〕

余在富春時〔二〕,得山中兩生,曰蘭,曰仁,天質機穎,皆有用世才,授之以春秋經史學。兵興,潛於釋,來游雲間,別余曰:"釋氏有衡台派〔三〕,由北齊悟龍樹三觀法〔四〕,以授南嶽〔五〕。南嶽以授智者,智者因悟法花之秘。於是約五時,張八教,總括①群籍,歸諸一宗,復述止觀書〔六〕。教理既白,觀行兼明,以是傳之章安〔七〕。章安傳之法花〔八〕,法花傳之天宫〔九〕,天宫傳之荊溪〔十〕,而其道大修。會昌之厄〔十一〕,教帙亡去。吳越王求其書於海國〔十二〕,得諸高麗觀師〔十三〕,四明由之而中興〔十四〕,三竺由之而弘演,猶孔聖之道由河、洛而大振〔十五〕,由許、李而大行〔十六〕。儒釋盛衰,實相倚伏。今丁世變,刹毀於兵,經火劫,厄甚會昌。學者解散,遺籍漫然,莫從稽正。某輩將參承故老,由三②竺始,幸先生一言爲指南。"

余謂之曰:"文武之道,具在方册。人存政舉,人亡政息。汝佛之教亦也③。二子齒甚穉,志甚宿,學甚武,能以宗乘與吾聖典合而爲一,以載諸行事,以俟昭代之太平。吁,汝乘不墮,則吾道其亦興矣乎!"

【校】

① 總括:原本作"總括總括",據文淵閣四庫全書本删。

② 三:原本作"二",據四部叢刊本、文淵閣四庫全書本改。

③ 也:文淵閣四庫全書本作"然"。

【箋注】

〔一〕文撰於吳元年（一三六七），或明洪武元年（一三六八），其時鐵崖寓居松江。繫年依據：文中述及元末兵亂，又曰"今丁世變"。蘭、仁：蘭，指釋如蘭。列朝詩集閏集第二古春蘭公："如蘭，字古春，富陽人。自號支離。少與夢觀仁公俱游于楊鐵崖之門。剃染後，住杭天竺。道行超邁。太宗御極，召四方名德較銓經律論三藏，師與首列，錫賚優渥……古公蓋精於相術……此可入方技術也。"仁，指釋守仁。列朝詩集閏集第二夢觀法師仁公："守仁，字一初，號夢觀，富陽人。發迹四明延慶寺，住持靈隱。洪武十五年，徵授僧錄司右講經，甚見尊禮。三考升右善世……二十四年，主天禧，示寂于寺。南洲洽公讚夢觀法師遺像云：'右街三考左街陞，跨朗籠基只一僧。遍界光明藏不得，又分京浙百千燈。'又跋楊鐵崖送夢觀游方序云：'師少從鐵崖游，奇才俊氣，師友契合，觀于序文可知。'……夢觀集六卷，即古春所編定也。"按：釋如蘭編夢觀集六卷，明建文二年長汀胡公義刊刻。此刊本似已失傳，今存清鈔本，即據此本鈔錄，日本內閣文庫收藏。三竺：指浙江杭州上、中、下三天竺寺，位於靈隱寺南。按明商輅重建鐘樓記："東南佛寺錢塘爲勝，錢塘佛寺天竺爲勝。天竺有三，上天竺又其最勝者也。"（萬曆杭州府志卷九十九寺觀三天竺靈感觀音寺注引錄。）

〔二〕在富春時：指至正十七、十八年間，鐵崖任建德理官之時，爲躲避戰亂隱居富春山中。

〔三〕衡台派：即天台宗。

〔四〕北齊：指北齊尊者慧文。龍樹：相傳生於南天竺，天聰奇悟，梵志種也。詳見龍樹菩薩傳。又，宋志磐撰佛祖統紀卷六東土九祖紀第三之一："二祖北齊尊者慧文，姓高氏。當北朝魏、齊之際行佛道者……師既一依釋論，是知遠承龍樹也。師在高齊之世，聚徒千百，專業大乘。獨步河、淮，時無競化。所入法門，非世可知。學者仰之，以爲履地戴天，莫知高厚。師以心觀口授南岳。岳盛弘南方，而師之門人在北者皆無聞焉。"

〔五〕南嶽：佛祖統紀卷六東土九祖紀第三之一："三祖南岳尊者慧思，姓李氏，元魏南豫州武津人也。"按：慧思晚年居南嶽衡山，世稱南嶽大師。

〔六〕"南嶽以授智者"七句：述天台智者事迹。佛祖統紀卷六東土九祖紀第三之一："四祖天台智者智顗，字德安，姓陳氏，世爲潁川人。晉朝避亂，止於荊州之華容……師造寺三十六所，嘗曰：'予所造寺：棲霞、靈巖、天台、玉泉，乃天下四絕也……'有大機感乃親著述，爲晉王著淨名義疏二十八卷。

爲毛喜著六妙門。爲兄陳鍼著小止觀。爲學徒著覺意三昧、法華三昧行儀各一卷,法界次第三卷。”

〔七〕章安:佛祖統紀卷七東土九祖紀第三之二:“五祖章安尊者灌頂,姓吳氏,臨海章安人……七歲入攝静寺,依慧拯,日記萬言。年二十,受具戒。天縱慧解,一聞不忘。陳至德初,謁智者於修禪寺,稟受觀法……唐貞觀六年八月七日終於國清,壽七十二,臘五十二……所著八教大意、智者别傳各一卷,觀心論疏二卷,國清百録五卷,涅槃玄義二卷,涅槃經疏二十卷,真觀法師傳、南岳記各一卷。吳越王請謚爲總持尊者。”

〔八〕法花:或作法華。佛祖統紀卷七東土九祖紀第三之二:“六祖法華尊者智威。姓蔣氏,處州緒雲人……往國清投章安爲師,受具之後,咨受心要。定慧俱發,即證法華三昧。唐上元元年,欲卜勝地說法度人,執錫而誓曰:‘錫止之處,即吾住所。’其錫自國清飛至蒼嶺普通山,可五百里。以隘狹不容廣衆,陵空再擲,至軒轅鍊丹山,師既戾止。蔂棘刈茅,班荆爲座,聚石爲徒,晝講夜禪,手寫藏典。於是名其地曰法華……永隆元年十一月二十八日跌坐禪堂而化。”

〔九〕天宫:佛祖統紀卷七東土九祖紀第三之二:“七祖天宫尊者慧威,姓劉氏,婺州東陽人……聞法華大弘天台之道,即往受業……自法華入滅之後,登門求道者不知其數,傳法之的唯左溪耳。師於高宗朝,與法華同封朝散大夫四大師。吳越王請謚全真尊者。”

〔十〕荆溪:佛祖統紀卷七東土九祖紀第三之二:“九祖荆溪尊者湛然,姓戚氏,世居晉陵荆溪。時人尊其道,因以爲號……開元十八年,始從學左溪……左溪既没,師挈密藏獨運東南……建中三年二月五日,示疾於佛隴……壽七十二。夏四十三。”又,閒居編第十六對友人問:“天下咸云龍樹師於文殊,慧文師於龍樹矣。龍樹、慧文之道,至南岳、天台而張大之,引而伸之。後章安宗其道,撰涅槃疏,年將二百,至荆溪治定之,然後得盡善矣。”

〔十一〕會昌之厄:指唐武宗會昌五年(八四五),罷僧尼,毀寺院,田産没官,銅像用以鑄錢。參見通鑑總類卷十四下武宗毀寺舍令僧尼還俗。

〔十二〕“吳越王”句:佛祖統紀卷八興道下八祖紀第四:“(義寂師曰):自唐末喪亂,教籍散毁,故此諸文多在海外。於是吳越王遣使十人,往日本國求取教典。既回,王爲建寺螺溪,扁曰定慧。賜號净光法師。”

〔十三〕高麗觀師:指諦觀。佛祖統紀卷八興道下八祖紀第四:“案二師口義云:吳越王遣使,以五十種寶,往高麗求教文。其國令諦觀來奉諸部。”

〔十四〕“四明”句:佛祖統紀卷八興道下八祖紀第四:“傳聖人之道者。其要在乎明教觀而已。上尊龍樹,下逮荆溪,九世而祖之宜矣。至於遼、修二師,相繼講演,不墜素業。會昌之厄,教卷散亡,外、琇、竦三師唯傳止觀之道。螺溪之世,賴吳越王求遺書於海東,而諦觀自高麗持教卷用還於我,於是祖道復大振,四明中興實有以資之也。"按:四明,指北宋高僧法智大師,法智爲四明人,其事迹詳見大正藏論藏諸宗部三四明尊者教行録。

〔十五〕河、洛:指隋末王通河汾派及宋程顥、程頤洛派。

〔十六〕許、李:未詳所指。許或指元大儒許衡。

送奎法師住持集慶寺詩序〔一〕

天子即位之元年,於浮屠氏之教既立僧省〔二〕,以土賦奔命京城者以萬計,而露殍者三千餘人,高德之寂而去者十有二人。上命僧統曇師傳録之〔三〕,餘①遺而得恩歸故山者數十人。而會稽方舟奎師,由旌德新領天竺之大集慶住持事,於是薦紳士及其同袍,莫不謂法社之得人。予聞主集慶者,由宋南峰〔四〕、佛光而下〔五〕,若元之無極〔六〕、宗周〔七〕、天岸諸公〔八〕,皆僧中大龍象,而桂子山之蟾兔尚有光也。今方舟踵其躅,清標古韻之所及,吾見桂子之山若增而高,蟾兔之窟若闢而朗也。於其行也,書以贈之。同盟之士歌以餞者,係諸後云。

【校】

① 餘:原本無,據四部叢刊本補。

【箋注】

〔一〕文撰於明洪武元年(一三六八),當時鐵崖寓居松江。繫年依據:文章起首曰"天子即位之元年",據此可知。奎法師:友奎。明佚名撰續佛祖統紀卷下耶溪若法師法嗣:"法師友奎(一三〇九——一三七四),字方舟,會稽人,朱姓……十四出家雲門之靈峰……泰定初,耶溪主杭與福,復往侍之,即能該通性具之學,遂擢職賓司……至正二年,出住慶元奉化。安住不久而回雲門,與安陽韓公、五峰李公、白野泰公結世外之好。而靈峰有松風閣,往來嘯詠,名士日盈其門。白野公以師名聞於大寶法王,錫以覺海弘慈廣濟之號。至正十六年……主天竺靈鷲……吳元丁未，國朝革命，以師住南山旃德。未幾浙右諸寺咸以臺雄之役萃南京，仆者八九，師獨獲全。洪武初，開善世院，總統曇公柄天下僧選，首以師住天竺大集慶……忽示疾，以手書空，欲索筆書偈而彼不知之，遂奄然而化……實洪武甲寅十月也。"集慶寺：參見本卷送象元淑公住持南湖序注。

〔二〕立僧省：指設立善世院。據明太祖實錄卷二十九，洪武元年正月，"立善世院，以僧慧曇領釋教事"。

〔三〕僧統曇師：指明初善世院統領慧曇。慧曇字覺原，俗姓楊，天台人。其生平事迹詳見宋濂天界善世禪寺第四代覺原禪師慧曇遺衣塔銘（載國朝獻徵錄卷一百十八釋道）。

〔四〕南峰：據新續高僧傳四集卷三南宋餘杭上天竺講寺沙門釋法照傳，南峰禪師名止誠，由佛光法師舉薦而任集慶寺住持。

〔五〕佛光：佛祖統紀卷四十八："（紹定二年）詔法昭法師住下天竺，尋遷上天竺，補右街鑒義。賜佛光法師，進録左街，賜金襴袈裟，召見倚桂閣，對御稱旨。時集慶寺新成，有旨命法照開山。力辭，舉白蓮觀主南峰誠法師以代。明年誠公入寂。詔佛光兼住持，轉左右街都僧録。御書'晦岩'二大字賜之。"按：釋法照（一一八五——一二七三），俗姓童，黃巖（今屬浙江）人。宋理宗賜予佛光法師之號。生平詳見新續高僧傳四集卷三南宋餘杭上天竺講寺沙門釋法照傳。

〔六〕無極：即無極度法師，華亭如庵法師之師。參見大明高僧傳卷一杭州上天竺寺沙門釋真净傳。

〔七〕宗周：釋鑑稽古略續集卷一元："宗周法師（？——一三三九），諱子文，字宗周，四明人。得法於北溪聞公。出主寶雲寺，教觀淹博，律規甚嚴。尋常對人則訥，升座講演則滔滔如建瓴之水，莫之禦也。"又，續佛祖統紀卷上法師善繼言及宗周曾"住集慶"。

〔八〕天岸：釋鑑稽古略續集卷一元："天岸法師（？——一三五六），諱弘濟，字同舟，天岸其號也。會稽姚氏子。從寶積寺舜田滿公出家，授法華經，輒能記憶。既爲大僧，精持律學……自是辨博無礙。開法於萬壽圓覺寺……後主顯慈、集慶二寺，遷主會稽圓通，修念佛三昧。詔住大普福寺，歸清鏡閣。是年（至正十六年）殁。"

送儀沙彌還山序〔一〕

海内兵變，三教之厄，浮屠氏爲甚，壇塔資爲烽燎，幸存者宿爲戍舍。沙門之桀,至有易廬改服以從。山臺野邑①毀去,幾與會昌之厄等〔二〕,其能卓然自立,不忍償其法門者,百無一二。大阿蘭若力扶象教〔三〕,又以徭賦同瘦編户,其暇拔漏身,譚覺路,越濁悟昏以爲教乎?

　　驪峰〔四〕,余客富春舊游地也。方外友雪舟尊者〔五〕,月一招致,至則爲宿,留旬浹而後去。時沙彌儀年甫十二三,侍師左右,應對進退,一一中軌則。余山中所爲文,三過即能背誦。去之十餘年,驪峰兩罹兵燹,而雪舟亦隔世矣。寺之徒日解散,儀獨結茅爲蓋,守其故址而不去。今年不遠四百里謁余雲間,談山中往事,恍如雷比丘夢〔六〕。竟三日告别,索一言歸,爲山靈重。吁,浮屠氏遭兵不改業,又不自償其法門如儀者,能幾何人? 於其來也,不無感焉;其歸也,不無望焉。吾老未木,尚及見驪峰宿草復還舊觀,吾復大書歲月,出窟鍾以落之,有日期②也,儀勉之耳。同袍曰仁曰蘭在雲間者〔七〕,當詩以繫吾卷。

【校】

① 邑: 原本作“色”,據文淵閣四庫全書本改。
② 期: 原本作“斯”,據文淵閣四庫全書本改。

【箋注】

〔一〕文當撰於元至正二十六年(一三六六),或稍前,其時鐵崖寓居松江。繫年依據: 其一,鐵崖於至正十五、六年間數游富春,又曾避兵山中。本文曰“去之十餘年,驪峰兩罹兵燹”,然未言及戰亂平息,故當撰於明朝建立之前。其二,文末曰釋守仁、釋如蘭當時在松江,而上述二人離開松江,在吴元年或洪武元年。參見本卷送蘭仁二上人歸三竺序。儀沙彌: 元至正年間富陽妙智寺僧徒。
〔二〕會昌之厄: 參見本卷送蘭仁上人歸三竺序注。
〔三〕阿蘭若: 即佛寺。
〔四〕驪峰: 富陽妙智寺舊名。明吴之鯨武林梵志卷六外七縣梵刹:“妙智寺在(富陽)縣西南五十里善政村永安山之陽。唐太和元年僧會遇建。舊名驪峰,錢武肅時改名永安,宋大中祥符元年改今額。”
〔五〕雪舟: 當爲驪峰寺(即富陽妙智寺)僧人,鐵崖友。雪舟蓋其別號,名字籍貫不詳。死於元末至正後期。
〔六〕雷比丘夢: 不詳。

〔七〕同袍曰仁曰蘭：指釋守仁、釋如蘭。參見本卷送蘭仁二上人歸三竺序注。

琦上人孝養序〔一〕

　　韓子曰〔二〕：人有儒名而墨行，墨名而儒行者，可以與之游乎？曰：揚子雲稱在門牆則退，在夷狄則進。蓋儒焉而行墨者，退可也；墨焉而行儒者，進可也。浮屠文暢以慕吾道，周游天下，必有請於縉紳先生之教。故爲韓子所進焉。夫彼之教以蔑君親之倫，而吾之道以有人倫爲教。今有人焉，宗浮屠之教，而又一旦幡然自外其説以還吾道，君臣父子之懿也，又豈非君子之亟予乎！

　　琦上人，吳之儒氏也，自幼落髮爲浮屠天平山中〔三〕。壯游四明雪竇〔四〕，見石室禪師〔五〕，深器之，俾職記室。後浮游淮、湘閒，以肆其輕世之志。未幾，丞相府以東土名宿所推，俾主毗陵龍興禪寺〔六〕。留不期月，忽自唶曰：“出家以能脱俗而去，使俗高而慕之，以爲不可及也。奈之何又挂名官府，罷送迎道路，覆爲俗所厭邪！且余母耄矣。”即飄然荷包①笠，尋先人舊廬於蠡②澤之上〔七〕。而先廬敝矣，今將築屋一區，以養其母而終其天年，計未知所出，首以其事告予。

　　蓋上人嘗以儒行爲余友者也，今又還天倫之懿，職其孝於母，以風動其儔輩。吳人多孝親而義於成人之盛事，聞上人之風，其不有勇棄金粟，如棄執鉢浮屠以侫土木偶者，吾不信也已！上人出予言以往，吾明年至蠡上，將睹子之室突如化成，堂上之親無恙，且當爲子奉豆觴爲壽云。至正八年秋七月序。

【校】

① 荷包：原本作“戒色”，據文淵閣四庫全書本改。
② 蠡：四部叢刊本作“彭”。

【箋注】

〔一〕文撰於元至正八年（一三四八）七月，其時鐵崖寓居蘇州，授學爲生。琦上人：即釋良琦。列朝詩集閏集龍門完璞琦公：“良琦，字完璞，吳郡人。自幼讀書,禮石室瑛爲師,學禪白雲山中。性操温雅,淡然無塵。鐵崖云琦公既究神理,兼通儒學,能詩,其餘技耳。住天平山之龍門及欈李興聖寺。"按:釋良琦字一作元璞,號龍門山人。至正初年參與鐵崖西湖竹枝詞唱和,參見西湖竹枝集釋元璞傳。

〔二〕韓子曰:下引文出自韓愈送浮屠文暢師序,與通行本有出入。

〔三〕天平山:位於今江蘇吳縣西。

〔四〕四明雪竇:即雪竇寺,位於今浙江奉化市西雪竇山。

〔五〕石室禪師:即釋祖瑛。繼燈録卷三仰山熙禪師法嗣:"明州育王石室祖瑛禪師,蘇之吳江陳氏子,韶年出家,即策杖游方。初參虚谷陵,聞晦機道化,亟往投之,一見契合,遂留掌記。出住隆教,移萬壽,遷雪竇、育王……後造一木龕,日坐其中,不涉世事。臨終示衆曰:'五十三年,弄巧成拙。踏破虚空赤脚行,萬象森羅笑不徹。'遂趺坐而化。"

〔六〕毗陵:今江蘇常州。

〔七〕蠡澤:太湖別名。

抹撚氏注道德經序〔一〕

道之不明也,知者過之,愚者不及也。聖人載道於言,未嘗不簡易著明。自非下①愚之極,皆可得而白也,故曰"道若大路然〔二〕"。老氏道與吾聖人之道,本無二也,引以爲異者,私知②求之之過也。於是乎有真無之論,要非老氏之本③也。

金人抹撚氏仲寬,以吾聖人之學注老氏之書,深諱儒者以虚無、以絶滅禮樂、以慘刻術數言老子,而必欲證其道體④以同吾聖人,蓋其讀老之見有獨至,而自信者篤矣。觀其十一章,首闡虚實之論,與夫真無妙有之譚。十三章,深折滅⑤生脱患之説。二十二章,極其至精於真實信驗。三十七章,以天下之事相生相代爲理之必至。五十三章,爲備論修齊治平之道。八十章,爲歷叙至治之化,以還淳返朴望於後聖之治。於此見老氏之學,非虚無之祖;而老氏之道,非機謀術數者之所爲也。坦乎其言,實訓詁諸家之所未見也。吾於是感無極翁之論無〔三〕,即老子有生於無之旨,而惜鵝湖諸子之疑於無者〔四〕,未見抹撚氏之論也。

其高第弟子爲四明董自損〔五〕,嘗受師旨爲同歸論。今將板行⑥其師所注老氏經若干卷,持其編來見予錢唐,丐一言以引首。予頗是其説,故爲之序云。至正六年冬閏⑦十月望序。

【校】

① 下:原本作"不",據鐵崖文集本改。

② 知:鐵崖文集本作"智者"。

③ 之本:鐵崖文集本作"本旨"。

④ 體:原本無,據四部叢刊本補。

⑤ 深:鐵崖文集本作"探"。滅:四部叢刊本作"賊"。

⑥ 行:原本筆劃殘闕,據鐵崖文集本補。

⑦ 閏:原本作"有",據鐵崖文集本改。

【箋注】

〔一〕文撰於元至正六年(一三四六)閏十月十五,其時鐵崖游寓湖州、杭州等地,授學爲生。抹撚氏:指抹撚仲寬,金國貴族後裔,元季於杭州爲道士。所撰道德經注,後世不傳。按:抹撚乃金人姓氏,或作末撚。其諧音漢姓有二:一爲孟,一作秦。參見陳述撰金史拾補五種一六四頁,科學出版社一九六〇年版。

〔二〕道若大路然:語出孟子告子下。

〔三〕無極翁:指北宋周敦頤。周敦頤曾反復闡發"無極"二字之深蘊,故後人有此稱呼。參見性理群書句解卷三朱熹感興詩"珍重無極翁"之注。

〔四〕鵝湖諸子:指南宋陸九淵、朱熹等理學家。宋史陸九淵傳:"初,九淵嘗與朱熹會鵝湖論辨,所學多不合。……至于'無極而太極'之辨,則貽書往來,論難不置焉。"

〔五〕董自損:四明(今浙江寧波)人。杭州道士,抹撚仲寬高徒,元至正年間在世。著有同歸論。

送鄧煉師祈雨序〔一〕

洪武二年夏,旱。松陵太守陳府公初下車〔二〕,首詣瞿①曇祠求雨[三]，十日不降，守怒，欲焚曇象，浮屠氏拜以免。六月二十日壬午，移禱於鄧煉師法壇。明日，移壇公宇。守自製心詞一章，告天曰："下民六月之旱，無伸所求。上天三日之霖，有感斯應。"鄧爲奏章上帝，然後役五雷丁甲，呼吸鬼物。是日少女風從西北起[四]，迅②霆一聲振屋瓦，大雨如注。一日雨，二日雨，三日大雨③足。松民咸抃手相慶，曰："此府公方寸中雨。而非鄧之法力，則亦無以成其誠感之速也。"守命屬吏於琮乞一言於東維先生，爲鄧之勞。先生爲叙其事④，而又侈之以歌曰：

　　東海水，枯沃焦[五]，神工無處尋天瓢。松陵太守閔民苦⑤，疾⑥呼鄧師誅魃妖。誅魃妖，役⑦丁甲，蚩尤鼓風旗倒插[六]。搜龍龍走白龍潭[七]，迅霆夜擘⑧干將匣。於乎，縣令不積薪[八]，將軍不拜井[九]。爐烟一穗達丹誠，三日甘霖雲萬頃。君不見漕家糧船星火急，瓜州渡頭河水澁[十]。蒼天蒼天不悔禍，海民盡作枯魚泣。鄧師鬼工煩叱訶，稻田粒粒真珠多。松陵太守報新政，和氣化作擊壤堯民歌[十一]。

【校】

① 本文又載楊鐵崖先生文集全録卷四、鐵崖漫稿卷四，據以校勘。瞿：原本作"翟"，據楊鐵崖先生文集全録本、鐵崖漫稿本改。

② 迅：楊鐵崖先生文集全録本無。

③ 大雨：楊鐵崖先生文集全録本作"雨大"。

④ 叙其事：楊鐵崖先生文集全録本作"序"。

⑤ 閔民苦：楊鐵崖先生文集全録本作"憫民疾苦"。

⑥ 疾：楊鐵崖先生文集全録本無。

⑦ 役：楊鐵崖先生文集全録本無。

⑧ 擘：楊鐵崖先生文集全録本作"劈"。

【箋注】

〔一〕文撰於明洪武二年(一三六九)六月，當時鐵崖寓居松江。鄧煉師：生平不詳。

〔二〕松陵太守：即松江知府。陳府公：指明初松江太守陳寧。參見東維子文集卷三送山西省參知政事陳公序。

〔三〕瞿曇祠：指佛寺。按：舊稱釋迦牟尼爲瞿曇。

〔四〕少女風：指西風。按：據八勢方位，兌爲西方，兌爲少女。三國志魏志管輅傳裴松之注引管輅別傳："樹上已有少女微風，樹間又有陰鳥和鳴。"此指微風。

〔五〕沃焦：傳說東海中大石山。參見陳善學序刊楊鐵崖先生文集卷二些月氏王頭歌。

〔六〕蚩尤：山海經大荒北經："蚩尤作兵伐黃帝，黃帝乃令應龍攻之冀州之野。應龍畜水，蚩尤請風伯雨師，從大風雨。"

〔七〕白龍潭：正德松江府志卷二水上："白龍潭在府城谷陽門外坊後柵橋西。其南通小清河，北通二里涇，東出與城河合，北爲採花涇。潭廣可十餘頃，相傳有龍蟄其下。水深而清，可瀹可釀。歲旱，禱之得雨。"

〔八〕縣令積薪：後漢書獨行列傳："戴封字平仲，濟北剛人也……公車徵，陛見，對策第一，擢拜議郎。遷西華令……其年大旱，封禱請無獲，乃積薪，坐其上以自焚。火起而大雨暴至，於是遠近歎服。"

〔九〕將軍拜井：後漢書耿恭傳："匈奴遂於城下擁絕澗水。恭於城中穿井十五丈不得水，吏士渴乏，笮馬糞汁而飲之。恭仰歎曰：'聞昔貳師將軍拔佩刀刺山，飛泉涌出。今漢德神明，豈有窮哉！'乃整衣服向井再拜，爲吏士禱。有頃，水泉奔出，衆皆稱萬歲。"

〔十〕瓜州：又稱瓜步洲，位於今江蘇揚州市南。

〔十一〕擊壤：樂府詩集卷八十三擊壤歌："帝王世紀曰：帝堯之世，天下大和，百姓無事，有八九十老人擊壤而歌。"

送鄉人韓道師歸會稽序①〔一〕

安易韓氏自宋魏公至今凡十世，散處北南者，代有賢子孫，如會稽道師致用父者，其一也。致用不特以世家稱於人，尤以好古博雅稱，以清修敏學稱。其燕處之室曰讀易，所蓄書有先秦之秘文，有岣嶁篆刻〔二〕，桐棺隸迹〔三〕，有古器皿，漢司馬、坡、谷諸名公手書帖，皆代之故家所希②有，入其室者，不問可知其爲文獻故家子孫也。求文獻之後，如致用之博雅，之清修，而又敏學不倦，殆亦難其人已。而致用不用於世，廼爲道士錢唐。吾始甚惜之，別去數年，與朝易薛公〔四〕、伯雨張公爲師友，學益晉，行益高，道益大也，重爲之意而畏焉。顧視鄉之出而仕者，離親戚，棄墳墓，將以大榮身及家也，不知世變者可畏，名一掛牒書者，如牒③臬籍，錮而禁可也，放竄可也，斧質而奴而族可也。思一返其故鄉，非其君哀其老而憊，憊而瀕於死，乞與休告，則法亡得而去也。

今致用道遵於身，心泰於世。進退自如，駕一葉舟，絶江而東也，歸拜其鄉之父兄師友，塗迎門候，獲見風采者，如見神仙。吁，其得錮而束之乎？放而逐之乎？斧質孥族而僇之乎？於其歸也，其不僾而慕之乎？抑吾聞鄉之穉老人民，非者已過半；而城郭之一新者，亦非舊矣。致用於風露之夕，馭鶴於小蓬閣上，賦海嶠之詩，得無有同聲而應，過城頭話甲子，詔時人以學仙而去者？爲我志之，漆書者爲何人？夢道士而飛鳴者又爲何人？至正十三年青龍集癸巳七月七日，老鄉客楊維禎在由弖之寄寄巢寫④〔五〕。

【校】

① 本文與卷九送韓諤還會稽序近似，可參看。或鐵崖當時爲韓諤送行，曾撰有兩稿。文淵閣四庫全書本無此文，據文津閣四庫全書本（文淵閣四庫全書補遺影印）校勘。

② 希：四部叢刊本作“罕”。

③ 牒：文津閣四庫全書本作“掛”。

④ 由弖：文津閣四庫全書本作“由拳”。寫：文津閣四庫全書本作“寓”。

【箋注】

〔一〕文撰於元至正十三年（一三五三）七夕日。其時鐵崖任杭州稅務官，因公出差，暫寓由拳（今浙江嘉興）。文與卷九送韓諤還會稽序大致相同，或其一爲改本，有關箋注可參看前者。

〔二〕峋嶁：峋嶁山碑，相傳大禹所書。

〔三〕桐棺隸迹：指先秦隸書遺迹。宋洪适隸釋卷二十水經：“臨淄人發古冢得桐棺，隱起爲字，言‘齊太公六世孫胡公之棺’。惟三字是古，餘同今隸書。”

〔四〕朝昜薛公：即薛廷鳳。廷鳳字朝陽，早年學道龍虎山，爲大宗師吴全節弟子。皇慶二年，領馬迹山紫府觀事。元順帝至元三年，奉璽書賜號稱真人,領杭州四聖延祥觀。吳全節卒,以次當承,懇辭大宗師之傳,故朝野推重。特加號大真人,領杭州路道教諸宮觀事,爲大開元宮住持。晚居崑山報恩宮,明洪武二年猶存於世。參見袁冀元代玄教弟子法孫考(載元史論叢,聯經出版事業公司一九七八年出版)。

〔五〕由弓: 即由拳。